海《かい》賊《ぞく》船《せん》の財《ざい》宝《ほう》

ブライアン・ジェイクス／酒井洋子［訳］

ハリネズミの本箱

早川書房

海賊船《かいぞくせん》の財宝《ざいほう》

日本語版翻訳権独占
早川書房

©2004 Hayakawa Publishing, Inc.

THE ANGEL'S COMMAND
by
Brian Jacques
Copyright © 2003 by
The Redwall Abbey Company, Ltd.
Illustrations copyright © 2003 by
David Elliot
Jacket illustration copyright © 2003 by
John Howe

Translated by
Yoko Sakai
First published 2004 in Japan by
Hayakawa Publishing, Inc.
This book is published in Japan by
arrangement with
Philomel Books
a division of Penguin Young Readers Group
a member of Penguin Group (USA) Inc.
through Japan Uni Agency, Inc., Tokyo.

さし絵：David Elliot

登場人物

ベン……………主人公
ネッド…………黒いラブラドール犬《けん》。ベンの相棒《あいぼう》
ヴァンダーデッケン
…………………幽霊船《ゆうれいせん》「フライング・ダッチマン号」の船長

フランス船「いとしのマリー号」

ラファエル・チューロン……船長
アナコンダ……………………操舵手《そうだしゅ》
ピエール………………………水夫長《すいふちょう》
ルードン………………………航海士《こうかいし》
グレスト、リカウド、ガスコン、
マロン、コルデー…………乗組員《のりくみいん》たち

スペイン船「海の悪魔《あくま》号」

ロッコ・マドリード……船長
ポーチュギー……………水夫長
ボーリー…………………航海士
ペペ………………………乗組員

イギリス船「デボンベル号」

レッドジャック・ティール……船長
タッフィー……………………砲手長《ほうしゅちょう》
ムーア…………………………コック
ジョービー……………………船大工《ふなだいく》

カレイ……………美しい歌い手の少女
ドミニク…………似顔絵《にがおえ》かきの少年
ヴァンサント・ブルゴン
…………………ヴェロンの伯爵《はくしゃく》
アダモ……………伯爵の甥《おい》
マチルド…………ブルゴン家の料理人《りょうりにん》
ガラート…………ブルゴン家のうまや番
アーネラ…………ヤギ飼《か》いの大女

ラザン一族

マグダ・ラザン
…………………洞窟《どうくつ》に住む魔女《まじょ》
ロウス……………マグダのいちばん上の弟
リグラン…………マグダの二番めの弟
ルージュ、ドンバ、アブリット
…………………手下たち
ギザル……………目の見えない老婆《ろうば》

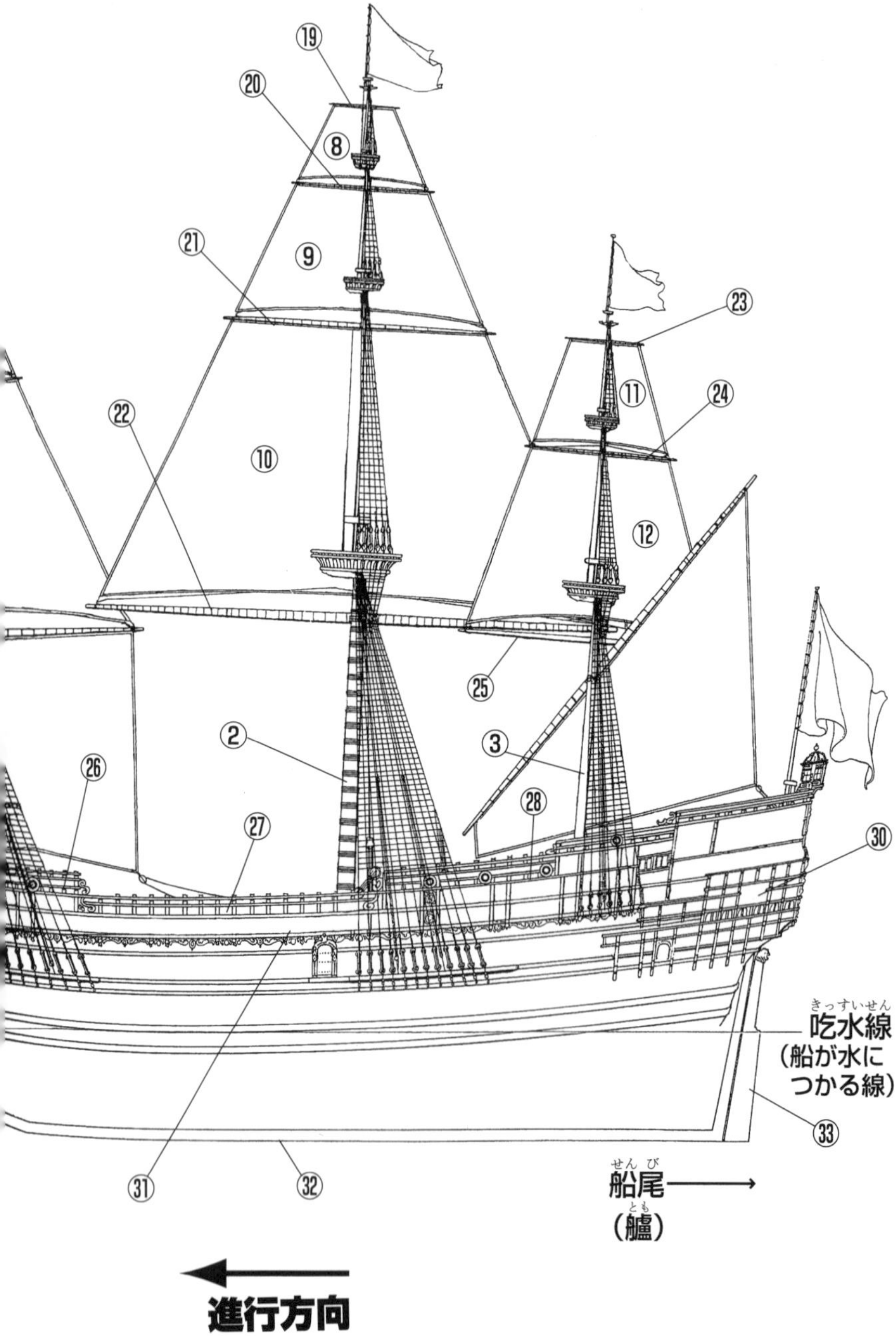

⑲
⑳
⑧
㉑
⑨
㉓
⑪
㉔
㉒
⑩
⑫
㉕
②
③
㉖
㉘
㉗
㉚
吃水線《きっすいせん》
(船が水につかる線)
㉝
㉛
㉜
船尾《せんび》
(艫《とも》)
進行方向

船の図

①	フォアマスト
②	メンマスト
③	ミズンマスト
④〜⑦	フォースル
⑧〜⑩	メンスル
⑪⑫	ミズンスル
⑬	バウスプリット
⑭〜㉕	帆桁《ほげた》
㉖	前甲板《ぜんかんばん》
㉗	中甲板《ちゅうかんばん》
㉘	後甲板《こうかんばん》
㉙	船首楼《せんしゅろう》
㉚	船長室《せんちょうしつ》
㉛	舷側《げんそく》
㉜	竜骨《りゅうこつ》
㉝	舵《かじ》

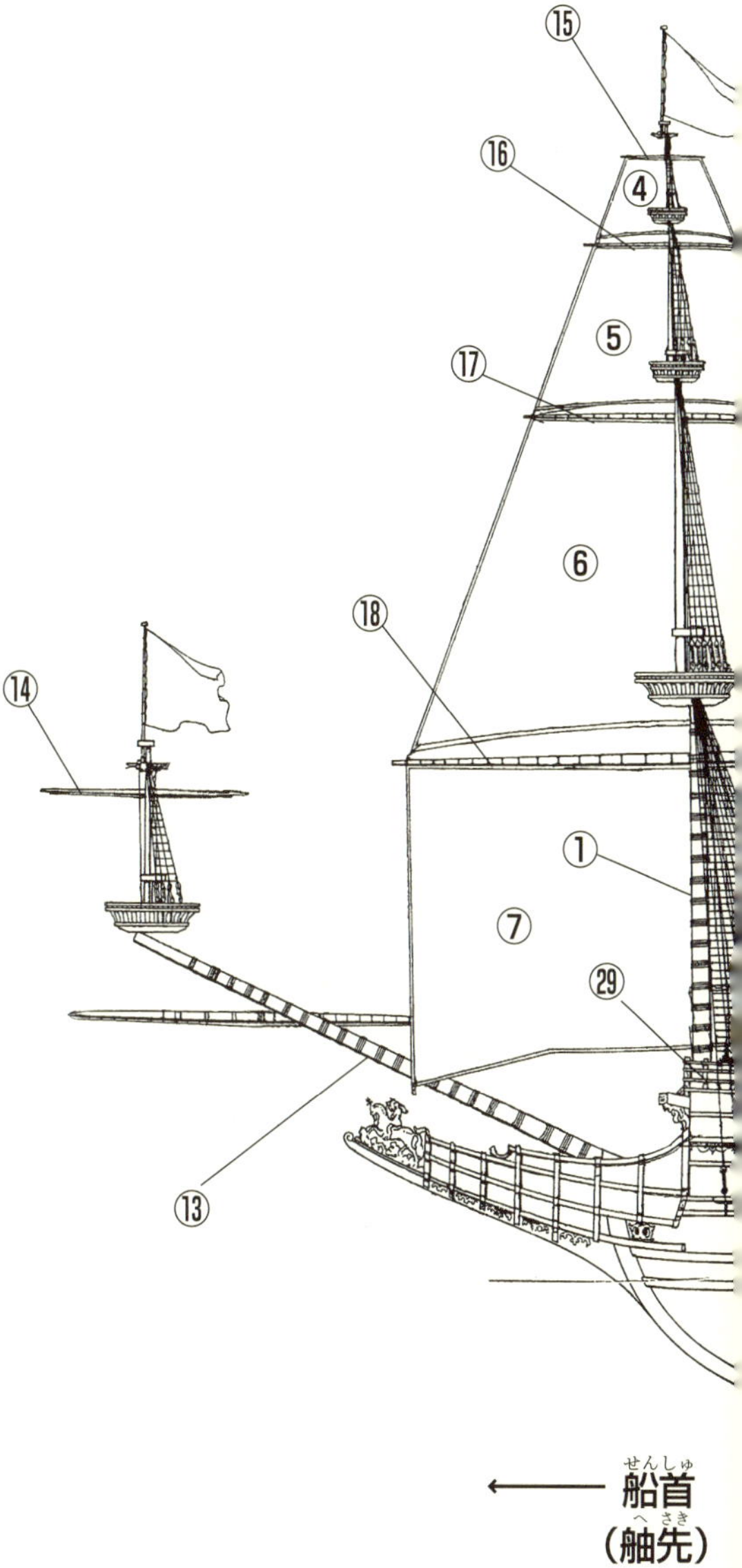

海の男ならだれでも知っている「フライング・ダッチマン号」――世にいう〝さまよえるオランダ人〟号の伝説《でんせつ》。ヴァンダーデッケン船長と幽霊《ゆうれい》になった乗組員《のりくみいん》たちは、天の呪《のろ》いを受けて広い世界の海また海を永久《えいきゅう》にさまよう運命《うんめい》となった。その船に舞《ま》いおりて呪いをかけたのは、神がつかわした天使だ。ヴァンダーデッケンと乗組員たちは、生きているものも死んだものもみな、はてしない旅へと向かう。

だが、このフライング・ダッチマン号から脱出《だっしゅつ》したものがふたりだけいた。口のきけない、貧《まず》しいみなし子ベンと、その忠実《ちゅうじつ》な犬ネッド。このふたりだけは、純真無垢《じゅんしんむく》な心を持ち、悪業《あくごう》にそまることはなかった。

天使はふたりをホーン岬沖《みさきおき》の嵐《あらし》のなかで船から海へと放りだす。フライング・ダッチマン号の遭難者《そうなんしゃ》となったふたりは、半死半生《はんしはんしょう》で南アメリカ南端《なんたん》のフエゴ島に打ちあげられる。だが、このふたりもまた天使の呪いの犠牲者《ぎせいしゃ》だった。一日も老《お》いることなく、永遠に生きるよう運命づけられたのだ。

しかし、慈悲《じひ》ぶかい天は、ベンにどの国の言葉でもしゃべれる力と、さらには犬と心を通いあわせる力までさずけてくれた。こうして、何百年もつづく友情《ゆうじょう》が生まれた。フエゴ島では、羊飼《ひつじか》いの老人《ろうじん》に引きとられ、ともに暮《く》らした。三年後に老人が死ぬと、天使はふたりに旅をつづけるよう命じる。ふたりの使命は、助けを必要としているところに行き、人々を助け、力になることだ。

かくしてふたりは旅をする。不思議《ふしぎ》な青い目をした少年と、忠実《ちゅうじつ》なラブラドール犬《けん》。大海原《おおうなばら》のみなし子ふたりは連《つ》れだって世界をめぐる。けっして一カ所にはとどまらない。仲よくなった人たちが老《お》いて死んでいくのに、ベンとネッドは永遠《えいえん》に若《わか》いままなのだから……

はてしない旅の日々。天使に命じられ、ヴァンダーデッケン船長のかげにおびえ、ふたりは南米大陸《なんべいたいりく》を北上し、人のふみいったことのない山々や草原、手つかずのジャングルをさすらう。どんな冒険《ぼうけん》が、見たこともない光景が、危険《きけん》が、われらが友ふたりを待ちうけているのだろう？

この物語はふたりが数年間さすらったところからはじまる。運命《うんめい》はベンとネッドをふたたび海に向かわせる。舞台《ぶたい》はカリブ海。そこはならずものたちの巣窟《そうくつ》、海賊《かいぞく》どもの縄張《なわば》りだ！

さあ、ペンを取って、その物語をつづってあげよう。

カリブの海賊《かいぞく》の巻《まき》

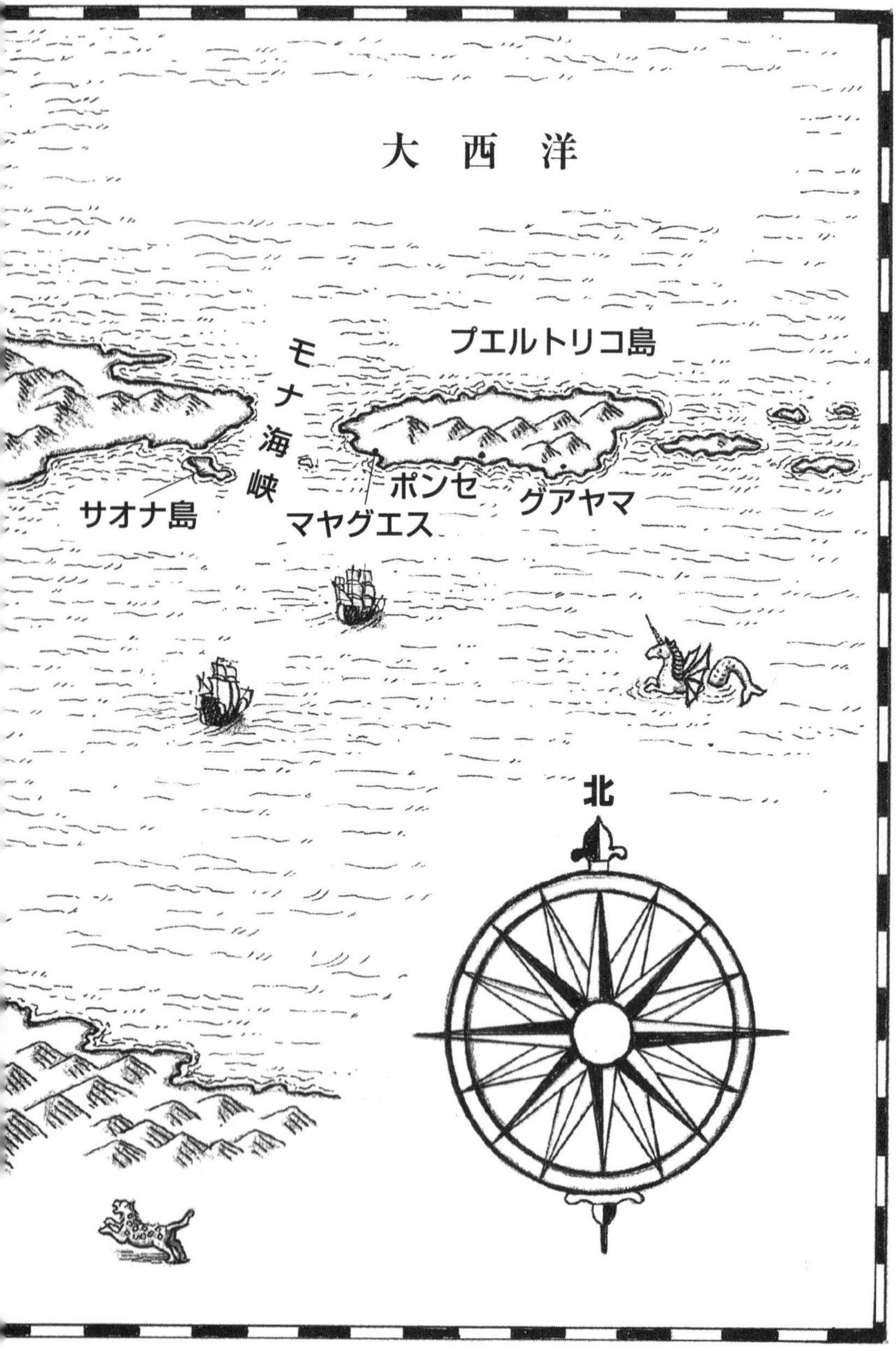
大 西 洋
プエルトリコ島
モナ海峡
サオナ島
ポンセ
マヤグエス
グアヤマ
北

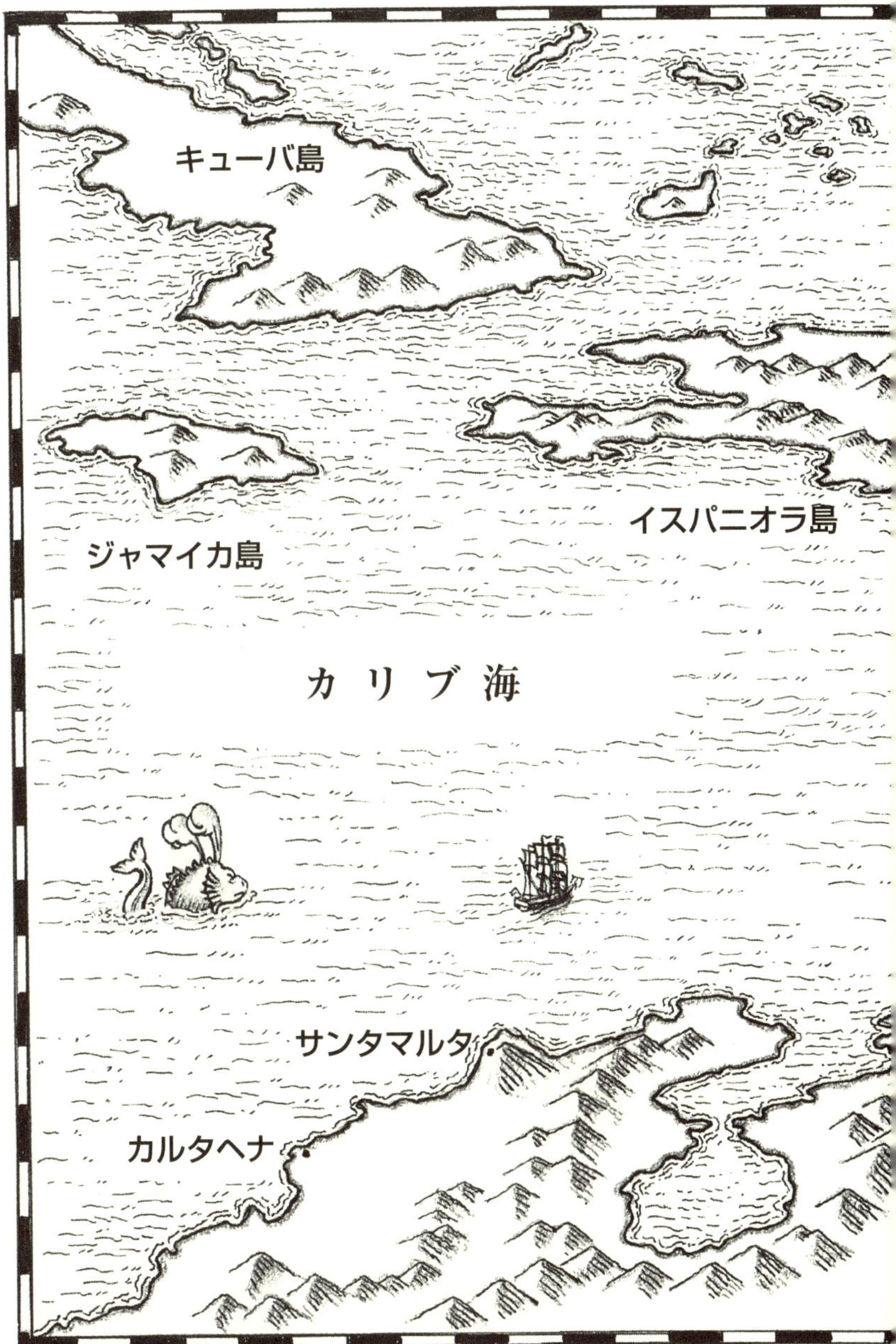
キューバ島
イスパニオラ島
ジャマイカ島
カリブ海
サンタマルタ
カルタヘナ

カルタヘナ。一六二八年

1

鋳造《ちゅうぞう》したてのスペイン金貨《きんか》のような、まんまるく大きい黄金《こがね》色の太陽が、カリブ海の海岸線をてらしていた。世界各国の船という船が、係留《けいりゅう》ロープの先で浮《う》き沈《しず》みしていた。塩のこびりついた小舟から威風堂々《いふうどうどう》のガレオン船まで、どれも波《は》止場《とば》の壁《かべ》に舳先《へさき》を向けている。

青緑色に澄《す》んだ海に向けられた青銅《せいどう》の大砲《たいほう》に、子どもたちがよじのぼって遊んでいた。ほこりっぽい波止場では、釣《つ》り舟がつかまえた魚をじかに屋台《やたい》の店先にあけていた。どこもかしこも、ガヤガヤ、ざわざわと音であふれていた。女たちはバナナ、メロン、ヤシの実《み》、そのほかたくさんの南国の果物《くだもの》や野菜《やさい》を売っていた。竹かごのなかで、オウムはクワークワーと鳴き、サルはキーキーとわめいた。男たちは日かげに座《すわ》りこんで、香辛料《こうしんりょう》、ラム酒《しゅ》、かぎ煙草《たばこ》に紙巻《ま》き煙草などを売った。若《わか》い娘《むすめ》たちはギターと太鼓《たいこ》に合わせて踊《おど》り、通行人に小銭《こぜに》をせびった。

聖《せい》マグダレナ教会の凝《こ》った装飾《そうしょく》の高い塔《とう》から、鐘《かね》がゴーンと重々しく鳴り、赤いタイル壁とシュロ葺《ぶ》き屋根の家々の上を流れていった。家々といっても、壮麗《そうれい》なスペイン式建築《けんちく》の屋敷《やしき》から、むさくるしい掘《ほ》っ立て小屋にいたるまでいろいろだ。居酒屋《いざかや》、酒屋《さかや》、宿屋《やどや》はどこも、酔《よ》った男たちの笑《わら》い声、どんちゃんさわぎ、どなりあいであふれかえっていた。男たちはカルタヘナでは「兄弟衆《しゅう》」とひとまとめに呼《よ》ばれている、船乗《ふなの》り、海賊《かいぞく》、流れものたち。まっとうで堅気《かたぎ》の人間の法から遠くはずれた男たちだ。

ベンとネッドは木《こ》かげに座《すわ》っていた。そこなら、わりあい安全で、どかどかと通る足にふまれることもなかった。長いあいだ、人のろくにいない南アメリカをふたりだけで旅してきたのだ。人のあふれかえる波止場《はとば》のざわめき、人また人のにぎわいに気《け》おされて、ふたりとももう一時間以上も通りを見まもっていた。大きなラブラドール犬が、亜麻色《あまいろ》の髪《かみ》の少年に気持ちを伝えた。

「ねえ、まだ食べ物さがしに行かない？　おなかすいてるだろ？」

少年は親友のぬれた黒い瞳《ひとみ》にほほえみかけた。

「たまには、ほかの人が料理してくれたものが食べたいよ。さあ、行こう、ネッド。町のようすを見てみよう」

犬は相棒《あいぼう》の言葉をちょっとだけ考えていたが、しなやかに立つと、心のなかで返事をした。「あーあ。ぼくにこんな前足じゃなく本当の手があったら、いいコックになるんだけどなあ。でも、ぼくは犬だからねえ」

ベンはネッドの頭をいとしげになでて、答えた。「ああ、おまえはこの地球でいちばんの犬だもの、きっと世界一のコックになると思うよ」

黒いラブラドールはしっぽをふった。「おや、本当のことをいってくれるなあ。さあ、ついてきて。おいしい食べ物のあるところをかぎわけてあげる」

ふたりが波止場《はとば》の通りを歩いていくのを、だれも気にとめなかった。亜麻色《あまいろ》の髪《かみ》の少年は、年のころ十三才。ボタンの取れた青いシャツに、もとは白だったろうカンバス地のズボン。すそはぼろぼろにすりきれて、はだしで大きな犬と歩いている。ネッドはクワッ、クワッと鳴いている生きたニワトリの檻《おり》や、はねまわる銀色の魚でいっぱいの樽《たる》のあいだをぬっていった。

人だかりがしているあたりを、よけながらのぞくと、大道芸人《だいどうげいにん》が何匹《びき》もの生きたヘビを体に巻《ま》きつけて見せている。ベンが立ちどまると、ネッドがシャツのすそをツンツンとひっぱった。「大道芸なんか見てないで、食べ物さがしだろ？　さあ、行こう！」

ベンはおとなしく犬の言葉にしたがいながらも、道ゆく人びとのさまざまな姿《すがた》に目をうばわれていた。

ネッドは港《みなと》に面した、カタルヘナでいちばん大きな居酒屋《いざかや》の入り口で止まり、ベンに向かって片《かた》目《め》をつぶった。「ローストビーフのにおいだ。ああ、よだれが出る！」

ベンの不思議《ふしぎ》なかげりのある目が、頭上でゆれている店の看板《かんばん》を見あげた。へたな絵だが、一頭の虎《とら》がにっこりして、風呂《ふろ》に入るみたいにラム酒《しゅ》の樽《たる》に入っている。その下にかざり文字で〈ラムの虎〉と店の名前がある。居酒屋の印象《いんしょう》は、もとは裕福《ゆうふく》なスペイン人商人の屋敷《やしき》だったものを飲み屋につくり変えた、という感じだった。二階には宿賃《やどちん》をはらえる客を泊《と》める部屋《へや》があるのだろう。

ベンは入っていくのをためらった。ヴァイオリンの音に合わせて下品《げひん》な小唄《こうた》を調子っぱずれに歌うどら声が、船乗《ふなの》りたちの話し声を上《うわ》まわって流れてくる。ネッドは座《すわ》って、爪《つめ》のまるくなったうしろ足で耳のうしろをかき、気持ちを伝えた。

「さあ、坊《ぼう》や、入った入った。こわがってるんじゃないよね！」

ベンは足をふみかえて、肩《かた》をすくめた。

「おまえはいいけど、金がないってわかったら、ほうりだされるのは、ぼくなんだぞ」

ネッドはあいかわらずふざけ半分で、ベンを後おしするようにいった。

「だいじょうぶ、だいじょうぶ。たよれる子分の犬にまかせてよ！」

ネッドは立ちあがると、トコトコとなかへ入っていった。ベンがあわてて気持ちで引きとめる。

「ネッド、もどれ……ちょっと待て！」

犬の答えがふわふわと返ってきた。「いままでだってお金がなくてがまんしたことなんてないだろ、ベン。弱気じゃローストビーフにはありつけないぞ。わーっ、うまそう！ 見て、あの食べ残し！」

ベンは店から出てくる男たちを肩で押《お》しわけるようにして進んだ。だが、店に足をふみいれたとたん、こおりついた。まわりの顔、顔、顔がフライング・ダッチマン号で見なれていたような顔ばかりだ。洗《あら》わず、ひげをそらず、歯ならびはすきまだらけ、刺青《いれずみ》をほり、真鍮《しんちゅう》のイヤリングを下《さ》げた顔。しかめつら、意地《いじ》のわるいうすら笑い、細めた目、つぶれた鼻、ナイフの切り傷《きず》。どれも、ベンの夢《ゆめ》につきまとう顔だ。

ベンはその場に根が生えたみたいに立ちすくんでいた。と、ネッドがシャツのそでをひっぱって、うなりながらなだめてくれた。

「元気に足を出して。だれもわるさしないよ。ぼくも同じ気持ちになったけど、食《く》い気《け》には勝てないもんね。見て、あそこ！」

ネッドが食い気を向けているのは、古い、くぼみのようなかまどだ。赤々と燃《も》えている炭《すみ》の上に固定《こてい》した焼き串《やぐし》に、牛肉のかたまりがささっている。それをふたりのコックがゆっくりと回しているのだ。あぶられた肉から出る肉汁《にくじゅう》と脂《あぶら》が火の上にしたたり落ちて、パチンと音をたてる。

ときどき、コックは焼き串を回す手を止める。そして長いよく切れるナイフで肉を切りとり、お客に出しては、もらった金貨《きんか》をポケットに落としこむ。ベンのおなかがグーッと大きな音をたてた。とてもひもじかったのだ。

ネッドが笑ってこう伝えた。「ハハハ、おなかが鳴ってるね。こわさも飛んでっちゃったじゃないか」

ベンは犬のすべすべした耳をなでた。「おまえだって。でも、おなかが鳴っても、お金がなくちゃどうしようもないね。どうしたらいいかな？」

かまどは部屋《へや》の中心にあった。かまどの火のむこうに、酒場《さかば》と、テーブルがいくつか見えた。そのうちのいちばん大きいテーブルでは、なにかが行なわれているらしく、見物人が取りかこんで見ている。

ネッドはベンをそのテーブルのほうにひっぱりながら、考えを伝えた。「あそこで、落ちてる金貨がないか、さがしてみよう」

二隻《せき》の海賊船《かいぞくせん》「海の悪魔号《あくま》」と「いとしのマリー号」の乗組員《のりくみいん》たちは、自分たちの船長が博打《ばくち》をするのを見ていた。悪魔号の船長ロッコ・マドリードが勝ちつづけ、マリー号の船長ラファエル・チューロンは負けがこんでいた。

ロッコの剣《けん》がテーブルの上に置《お》かれていた。トレド鋼《はがね》でできた上等《じょうとう》な剣で、銀をかごのように編《あ》んでつくった柄《つか》がついていた。剣のかげにさまざまな国の金貨《きんか》が、しだいにうずたかく積《つ》みあげられていく。

スペイン人船長ロッコは白髪《しらが》まじりの長い巻《ま》き毛をもてあそんで、チューロンに向かってうす笑いしていった。「さあ、選べ。豆はどこにある？」

フランス船の船長であるチューロンは、ごわごわした茶色のひげを、ずんぐりした指でなでながら、テーブルの上のクルミの殻《から》に目を走らせた。殻は三つ、みんな下に向けて置かれている。船長はロッコを憎《にく》しみのまじった目でちらっと見、うなった。「せかすな、マドリード！」

深いためいきをついて、チューロンは自分のだんだん減《へ》っていく金貨の山から目をそらした。チューロンの金貨はテーブルのこちら側《がわ》、自前《じまえ》のカトラス刀《がたな》のうしろに積んである。船長はくちびるをかむと、けんめいに三つのクルミの殻に目をこらした。ロッコ・マドリードがテーブルの面を指先でコツコツとたたく。

「せかしちゃいない。おまえさんがお友だちのお豆さんを見つけるまで、おれは昼寝《ひるね》でもしてようか、ええ？」

悪魔号の乗組員たちは、自分たちの船長のしゃれたつっこみによろこんでざわめいた。チューロンは金貨《きんか》を失《うしな》えば失うほど、見きわめが念入《ねんい》りになり、決心するのが遅《おそ》くなった。

チューロンは三つのクルミの殻《から》から目を上《あ》げずにいった。

「へっ、この豆はおまえのお友だちだろ、おれの友だちじゃない。たてつづけに十回も負けてるんだぞ！」

ロッコはワックスで固めた口ひげをねじりながら、敵《てき》のうろたえぶりを楽しんでいた。「いやいや、お豆さんは気が変わって、今度はおまえにほれるかもしれんぞ。さあ、選べ！」

とたんに、チューロンは決めた。三つのクルミの殻のうち、まんなかにある殻をつかんでひっくりかえした。中は空《から》。豆は入ってない！

悪魔《あくま》号の船員《せんいん》たちからわあーっと歓声《かんせい》があがり、マリー号の男たちからうめき声がもれた。チューロンはとぼしい自分の金貨の山から、束《たば》を五つ取ると、スペイン人船長のほうに手の甲《こう》で押《お》しやった。

と、金貨の一枚《まい》がテーブルから落ちてチャリーンと床《ゆか》で鳴った。ネッドは鳩《はと》に飛びかかるタカのように金貨に飛びついてくわえた。マドリードが手を出してするどくいった。「おい！　こっちよこせ！」

ネッドは無視《むし》して、大きな黒い目をチューロンに向けた。チューロンはすぐにこの犬が気に入った。手をさしだすと、やさしい声でいった。「だれだ、このいい犬の飼《か》い主《ぬし》は？」

ベンはチューロン船長の横に進みでた。「ぼくです。こいつはネッドっていいます」

犬と気持ちを交わして、ベンは命じた。「この人に金貨をわたしな。こっちの人のほうが好きだな」

ネッドはしっぽをふった。「ぼくもだ。さあ、受けとって」と口の金貨《きんか》をチューロンのてのひらに落とした。

マドリードは剣《けん》をひっつかんでわめいた。「それはおれんだ。よこせ！」

チューロンはにやっと笑って、ベンに片目《かため》をつぶってみせると、金貨の小山からもう一枚《まい》取って、ロッコ・マドリードに向けてはじき飛ばした。「ほれ。さっきの金貨はこいつの犬のかせぎだ。おい、小僧《こぞう》、名前はなんという？」

少年は敬礼《けいれい》していった。「ベンといいます、船長！」

チューロンは金貨を一枚取ってピッと上に飛ばした。ベンがすかさずそれを取って命令《めいれい》を待った。

船長は満足《まんぞく》げにうなずいた。「それであの肉とビールを買ってきてくれ。つりはやる。おまえと犬もなんか食《く》え」

ベンはチューロンに礼をいい、ネッドに伝えた。「さあ、肉を味見しにいこう」

ネッドは後ろ足で立ち、フランス人船長とならんでテーブルの上に前足をのせながらいった。「きみは行って。ぼくはここで見てる。どうもこのスペイン人、ツキすぎてる。ねえ、ぼくにはたっぷり肉と脂《あぶら》のついた骨《ほね》を持ってきてね」

チューロンは黒いラブラドール犬《けん》のすべすべした耳をなでていった。「ネッドをここに置《お》いてってくれ、ベン。この犬はツキを呼《よ》んでくれる気がする」

ベンは居酒屋《いざかや》の客のあいだを分けて進み、食べ物のそばに行った。コックが厚《あつ》く切ったローストビーフを二枚《まい》、それぞれパリっと固めのパンの上にのせてわたしてくれた。脂《あぶら》と肉のついた骨《ほね》も二本くれた。ベンはビールも買って、おつりの小銭《こぜに》はポケットにしまった。

博打《ばくち》のテーブルにもどってみると、チューロンの金貨《きんか》の山はさらに小さくなっていた。ネッドの考えが伝わってきた。「また負けたんだよ。スペイン人はイカサマしてる」

マドリードは食べものに目をやり、立ちあがった。「その肉うまそうだな。失礼、おれも取ってくるから、ちょっと休憩《きゅうけい》だ」

ロッコ・マドリードのいかつい水夫長《すいふちょう》ポーチュギーが割《わ》って入った。「取ってきてさしあげます、船長！」

スペイン人船長は剣《けん》をつかんだ。「いや、自分で取ってくる。肉は自分で選びたい。おまえは、この金貨を見張《みは》っていろ」

双方《そうほう》の乗組員《のりくみいん》たちもうまそうな肉にそそられて、ついていった。博打はひと休みとなった。ネッドはベンにマドリードのイカサマについて説明した。

「ぼくの目はだませないよ。やつが豆を手のなかに入れるのを見たんだ。クルミの殻《から》を入れかえたときには、どの殻の下にも豆なんかないんだ。そして、自分が殻をひっくりかえす段《だん》になると、手のなかの豆を前からそこにあったみたいにテーブルに置《お》くんだよ。あのスペイン人はずるい」

チューロンは少年と犬がだまって見つめあっているのに気がついた。肉をのみこむと、いった。

「このネッドがおれのツキを変えてくれるといいんだが。ベン、おれは負けてばかりだ。どうだ、マドリードのきょうの勝ちっぷりは！　おい、小僧《こぞう》、聞いてるか？」

ベンはすこし船長に近よって、テーブルの向こう側《がわ》にいる悪魔号《あくま》の乗組員《のりくみいん》らに聞かれぬよう、口を動かさずにささやいた。「ぼくのほうを見ないで。まっすぐ前を見たまま聞いてください……」

ロッコ・マドリードは自分の剣《けん》で牛肉を切りとり、酒場《さかば》で食べて、赤ワインを飲んだ。絹《きぬ》のハンカチで口もとを神経質《しんけいしつ》に何度もぬぐうと、チューロンが待つ博打《ばくち》のテーブルにもどってきた。剣をテーブルに置《お》くと、機嫌《きげん》よく笑顔《えがお》でいった。

「それじゃ、まだつづけるんだな。けっこう。今度こそ、お豆さんはあんたのほうに顔を出してくれるかもしれんぞ」

マドリードは豆をテーブルの上に置き、三つの下向きのクルミの殻《から》のうち、まんなかの殻をかぶせた。ベンはマドリードの長い指が器用《きよう》に殻を動かすのに目をこらした。右の殻が左に、左のが右に、まんなかのがわきに、わきのがまんなかに。

そのとき、イカサマが見えた。殻がものすごい速さで動いているので、見落とすところだった。ロッコは巧《たく》みに殻を動かしていき、やがて豆が下に入った殻をテーブルのふちまで持っていく。つぎの瞬間《しゅんかん》、豆はひざの上に落ちる。それが目にもとまらぬ速さなのだ。

ネッドの考えが、ベンに伝わってきた。

「ね、いったとおりだろ？　あのあと、やつは手を下におろして豆を指のあいだにはさみこむ。こっちの船長がけんめいになって殻を選んでいるときにさ。いざ、これだって決めて開けると、空《から》だ！　そのあとスペイン人船長がうまく豆をもどしながら自分の殻を開けてみせるってわけ。勝つよ、これじゃ」

ベンは黒いラブラドールの頭をなでていった。「今度はそうはいかないぞ」

ロッコはゆったりと座《すわ》って、うす笑いをうかべたまま、あいかわらず自信たっぷりにいった。

「さあ、選んでもらおうか、チューロン船長。今度はいくら賭《か》ける？」

チューロンの航海士《こうかいし》と水夫長《すいふちょう》がじわじわと寄《よ》っていって、マドリード船長の両わきに立った。チューロンは身を乗りだし、ずるいスペイン人船長を真《ま》っ向《こう》から見た。

「あんたのテーブルにあるその金貨《きんか》だが、ぜんぶでいくらあるかな？」

マドリードは肩《かた》をすくめた。「さあね。数えていたら日が暮《く》れるだろうよ。どうだ、賭けるのか賭けないのか？」

チューロンはにこっと笑った。「ああ、賭けるとも。船に帰ればそれ以上の金貨はあるんだ。だから、けちな賭けはやめとこう。あり金ぜんぶを、この勝負に賭ける。一発勝負。勝ったほうが総《そう》どりだ！」

ロッコ・マドリードはこの誘惑《ゆうわく》に勝てなかった。「おまえさんは、ほんとうに博打《ばくち》が好きだなあ。わかった、賭け金はそれでいこう！」そういって、自分の部下に賛成《さんせい》してもらおうと目を上《あ》げたが、とたんになにかへんだと勘《かん》づいた。マリー号の水夫長と航海士がぴったりと自分のわきに寄ってきている。

チューロンはテーブルの下に片手《かたて》をかくし、敵《てき》にニタリと笑いかけていった。

「おまえの両わきに短刀《たんとう》、おれのほうからは弾《たま》をこめたマスケット銃《じゅう》が、おまえのどてっ腹《ばら》をねらってる。おれは賭けるぞ、その三つの殻《から》の下に豆はない！　動くな！　ベン、その殻をぜんぶ開けてみろ！」

ベンはいわれたとおりに開けた。もちろん、豆はない。とたんに吹《ふ》きだした汗《あせ》が、青白いスペイン人船長の顔をしたたり落ちた。

居酒屋《いざかや》じゅうがしーんとなった。聞こえるのは、肉の脂《あぶら》が垂《た》れおちて火のなかでバチッとはじける音だけ。そこへ、チューロンのおそろしい声がひびいた。

「おとなしくしろ、マドリード。その豆がおまえのひざのうえで血だらけになるのが見たいか。おまえら、悪魔《あくま》号の乗組員《のりくみいん》たち、ばかなまねはよせ。船長のイカサマにつきあって死ぬことはない。動くな。ケガするぞ。博打《ばくち》は終わりだ。おれが勝った！　アナコンダ、その金貨《きんか》を運べ！」

チューロン船長の操舵手《そうだしゅ》であるアナコンダは、頭をそりあげた黒人の大男だった。着ていた麻《あさ》のシャツをさっとぬいでみごとな筋肉《きんにく》をあらわにすると、手ぎわよく金貨をまとめてシャツの上にのせてくるみ、端《はし》を結んで即席《そくせき》の袋《ふくろ》をつくった。

ロッコ・マドリードは、ほとんど口を動かさずにラファエル・チューロンをあざ笑った。「これで逃《に》げおおせると思ったら大まちがいだぞ、お仲間よ！」

チューロンはマスケット銃《じゅう》の先をマドリードの胸《むね》に向けたまま、立ちあがった。「ああ、逃《に》げるとも……お仲間よ。さあ、みんな、うしろ向きに出ていけ。動くやつがいても気にするな。動いたら船長を殺《ころ》すまでだ。ベン、おれといっしょに来い。おれのラッキードッグも連《つ》れてな」

犬の考えが伝わってきた。「いわれたとおりにしよう。ここはもうあぶない！」

路上《ろじょう》に出るなり、マリー号の乗組員《のりくみいん》は全員、わっとばかりにかけだした。ベンとネッドは、チューロンや大男のアナコンダとともに、一同の先頭になっていた。逃げる海賊《かいぞく》の一団《いちだん》が群衆《ぐんしゅう》のなかを突進《とっしん》するので、オレンジを積《つ》んだ荷車《にぐるま》はひっくりかえり、ニワトリが何羽もかごから逃《に》げだした。

歌っていた娘《むすめ》たちは悲鳴をあげ、ヘビ使いはヘビを手から落とした。

チューロンは舳先《へさき》を波止場《はとば》に向けて停泊中《ていはくちゅう》の、三本マストの小型帆船《こがたはんせん》に向かって大声でどなった。

「出帆《しゅっぱん》！　出帆だ！　船を出すぞう！　おーい、出帆だ！」

急な傾斜《けいしゃ》の渡《わた》り板《いた》を上《のぼ》りながら、ベンが見ると、当番の乗組員たちが索《さく》(注)によじのぼり、何人かが船首《せんしゅ》ロープをゆるめるのが見えた。船首には小型のカルヴェリン砲《ほう》があった。船長は大声で砲弾《ほうだん》をこめるよう命令《めいれい》した。船長は回転式大砲《たいほう》のそばにひざまずいて、ベンをそばに手招《てまね》きした。

「追ってきたら、波止場からこれでぶっとばしてやる。その火縄《ひなわ》を取ってくれ」

ベンは太い火縄を見つけて、チューロンに手わたした。

ネッドが考えを送ってきた。「また海に出るなんて、思ってもみなかったよ、あーあ」

ベンは心のなかで返事をした。「しかたないだろ。カルタヘナに残ったら殺《ころ》されちゃうもん」そ

(注) 船のロープやくさりなどのこと。索具ともいう。

うしてチューロン船長に向かっていった。

「連中《れんちゅう》は追いかけてくるでしょうか？」

フランス人の船長はカルヴェリン砲《ほう》の口に点火した火縄《ひなわ》を近づけてうなずいた。

「すぐではないかもしれないが、かならず追ってくる。ロッコ・マドリードはさっきの賭《か》けで面子《めんつ》丸つぶれだからな。ところで、どうしてやつがイカサマしてるってわかった？　おれは自分がひどくツイてないだけだと思ってた」

ベンはネッドとのことを説明するのはむりだと思った。そこでうそをついた。「あの博打《ばくち》はまえに見たことがあるんです。あのテーブルに行ったとたん、マドリードが豆を手にしのばせるのが見えたんです。この船、どこに向かうんですか、船長？」

ラファエル・テューロンは少年の肩《かた》に腕《うで》をまわした。「故郷《こきょう》だ。うるわしの国フランスだよ！　おまえのおかげでやっとおれも堅気《かたぎ》の暮《く》らしができる。海賊稼業《かいぞくかぎょう》はあぶなくていけない」

2

マリー号が波止場《はとば》の壁《かべ》を棒《ぼう》で突《つ》いてはなれるなり、アナコンダは船を強まってきた風に向け、カリブ海へと乗りだした。体になじんだあの感覚《かんかく》、足の下でゆれる甲板《かんぱん》の感覚に、フライング・ダッチマン号のおそろしい思い出がベンの頭によみがえってきた。思わず甲板につっぷすと、ヴァンダーデッケンと悪党《あくとう》の子分たちの姿《すがた》がつぎつぎと脳裏《のうり》にあらわれる。

ネッドがそのわきに腹《はら》ばいになって、けんめいにベンをはげます。「だめだ、負けちゃ、ベン。ヴァンダーデッケンのことなんか忘《わす》れて。チューロン船長は味方だ、いい人だよ」

通りかかった乗組員《のりくみいん》のひとりがベンの背《せ》に手をのばし、ゆさぶった。「おい、どうした、小僧《こぞう》？　さあ、しっかり立て！」

ネッドがベンの体をかばうように立って、毛を逆立《さかだ》てながらうなった。チューロン船長が、乗組員を押《お》しのけた。

「その子にかまうな。もう船酔《ふなよ》いにかかったのかもしれん。ベン、気分がわるいのか？」

額《ひたい》にうかんだ冷《ひ》や汗《あせ》を手でぬぐって、ベンは頭をもたげた。「だいじょうぶです、船長。さっきはこわかったもんだから」

船長はうなずいた。「おれもこわかった。ロッコ・マドリードは評判《ひょうばん》のわるい男だ。おまけに、おれの二倍の数の手下《てした》を持っている。あいつがこわくないやつなんか、いないのさ。でも、もうだいじょうぶだ。さあ、船尾《せんび》に行け。犬も連《つ》れていって、おれの部屋《へや》で休め。おまえの安全はおれが守る。ベン、おまえはおれの福《ふく》の神、ラッキーボーイだ。おまえたちふたりとも」

船尾の大きな船長室は、すずしくて心地《ここち》よかった。ベンはビロードの上掛《うわが》けでおおわれた大きなベッドに横になると、夢《ゆめ》も見ずにすやすやと眠《ねむ》った。ネッドはその横に飛びあがってきて、ご主人の足の上に頭をのせた。「ふーん。フランスってどこだろう。きっと遠いんだろうなあ」

マリー号は満帆《まんぱん》の風をはらみ、カリブ海の青緑の大海原《おおうなばら》を進んでいった。

夕方になり、深紅《しんく》の空に紫《むらさき》の雲が縞《しま》もようにかかるころ、船室のドアが開く音がして、ベンは目が覚《さ》めた。ネッドが足を鼻先でつついている。「起きて！　食べ物が来たよ！」

チューロンのあとについて入ってきた乗組員《のりくみいん》が、ボウルに入った水と、深皿入りのシチューを置《お》いた。

チューロンはテーブルのわきに座《すわ》った。「ベン、ほら、食《く》え。おれがつくったシチューだ」

ベンはベッドの端《はし》に腰《こし》かけた。すぐそばのテーブルを見ると、シチュー、新鮮《しんせん》な果物《くだもの》、水がある。

ベンは元気にぱくついた。

チューロンはそんな食べっぷりを見てくすりと笑うと、ベンの髪《かみ》をもしゃもしゃとかきみだしていった。「もう船酔《ふなよ》いじゃないな？　ふたりとも食欲《しょくよく》はいい勝負だ、おまえと、ネッドじいさんと」

皿をきれいになめてしまったネッドは、ベンにひと言伝えた。「フン、じいさんってだれのことさ。ぼくはまだまだ小犬だよ」

ベンは心のなかで答えた。「そうっ、デブでくいしんぼうの小犬だ！」

ネッドがうなった。「デブはそっちだ、ずんぐりむっくり！」

船長は太い指でベンの顔を自分のほうに向けさせ、目と目を合わせた。少年のかげりのある青い目には、太古《たいこ》からいまにつづく深い海がたたえられているようだった。船長は少年のおだやかな顔を見つめた。「おまえは不思議《ふしぎ》な子だな。国はどこだ？」

ベンは目をそらして、パイナップルをひと切れ、つまんだ。「フエゴ島です」

船長はおどろいて眉《まゆ》をつりあげた。「そりゃ、この大陸《たいりく》のいちばん下のはしっこじゃないか！　カルタヘナからは遠い、遠いところだぞ。どうやってそんなに旅した？」

ベンは船長にうそをつきたくなかったが、謎《なぞ》に包《つつ》まれた自分の人生を知りたがるものに、本当のことをいうわけにはいかなかった。

「フエゴ島で羊飼《ひつじか》いのおじいさんの手伝いをしていたんです。おじいさんの話だと、ぼくは船が難《なん》破《ぱ》して磯《いそ》に打ちあげられていたそうです。そこで、おじいさんの見習いになりました。ネッドはおじいさんの犬でした。ある年の春、おじいさんが事故《じこ》で死に、それからぼくはネッドと放浪《ほうろう》してるんです。もうこれで四年以上も、いろんなところを旅して、カルタヘナに来たってわけです」

チューローンはおどろきのあまり、首をふっていた。「羊飼《ひつじか》いに磯《いそ》で拾われたときには、まだ赤ん坊《ぼう》だったんだな。難破船《なんぱせん》の名前はなんだ？」

ベンは肩《かた》をすくめた。「おじいさんは教えてくれなかったし、船は嵐《あらし》で沈《しず》んだっていってました。ぼくはなんにもおぼえてないんです。おぼえているのは、掘《ほ》っ立て小屋で暮《く》らし、きびしい天気にたえながらネッドと羊を追っていたことだけ。船長は、船乗りになって長いんですか？」

ネッドの考えがベンの心に伝わってきた。「うまいこと話題を変えたね。それに、ぼくがおじいさんの飼《か》い犬だったっていうのもいいなあ。船長自身も知らないでいれば、めんどうには巻《ま》きこまれないもんね」

ベンはチューローンをじっと見つめた。今度はチューローンが自分の身の上を語りはじめた。

「ああ、おれはおまえより若《わか》いときに船乗《ふなの》りになった。生まれはフランスの海ぞいの町、アルカションだ。おれは親父《おやじ》みたいな貧乏百姓《びんぼうびゃくしょう》になるのがいやさに、ある日家出して、商船に乗り組んだ。ところが、カディスへ向かっているとき、スペインの海賊《かいぞく》におそわれてな、ほとんど全員殺《ころ》されたが、おれだけ助かって厨房《ちゅうぼう》の下働《したばたら》きになった。それ以来ずっと、あっちの船、こっちの船と海で暮《く》らしてきた。体力がなかったら、とうに死んでいただろう。だが見ろ、いまじゃおれ、ラファエル・チューローンは、フランスの海賊船《かいぞくせん》マリー号の船長だ！」

ベンは船長を見あげた。「さぞかし誇《ほこ》らしいでしょうね」

フランス人の船長はグラスに水をそそぐと、それを考えぶかそうに回して、首をふった。

「誇《ほこ》らしい？　いや、ベン、よく聞け。いままでだれにも話したことはないが、おれはこんな人生になってしまったことがはずかしい。はずかしいんだよ！」

船長はぐるぐる回る水の動きに目をくぎづけにしたままいった。

「おれは正直《しょうじき》で信心《しんじん》ぶかい一家の長男だった。だが、おれは暴《あば》れん坊《ぼう》で、弟のやつとは大ちがい。親はおれがいつか心を入れかえて神父《しんぷ》になってくれることを願《ねが》っていた。だが、弟のマテューのほうがその仕事には向いていたんだ。弟はとてもいいやつなんだ。何度もおれが迷惑《めいわく》をかけたけどな。でも、親父《おやじ》のような百姓《ひゃくしょう》になるのは、どうしても気が進まなかった。だから海に逃《に》げた。そして、どうだ。長年たったいまは無法者《むほうもの》の海賊《かいぞく》として生きている。でも、それもここでおしまい。ラファエル・チューロンの悪事《あくじ》は終わった。終わりだ、聞いてるか？」

これはベンにはおどろきだった。「どうしてそんな決意をしたんですか？」

船長はグラスを一気に飲みほすと、バシッと置《お》いた。グラスにひびが入った。

「おまえに会ったからだよ、ベン。おまえがネッドと立っている姿《すがた》を見たら、おれのおさないころを思い出してなあ。おれも仲よしの犬をしたがえて走りまわる元気な子だった。

そのおまえがマドリードのイカサマを見やぶった。それで思ったのさ、ここでおれは人生を変えなきゃいけないって。おまえたちはおれの福《ふく》の神、ツキを呼《よ》ぶおまじないみたいなもんだ。おれはたくわえがあるし、それにマドリードから取った金をたすと、大金持ちだ。この金で海賊していたことのつぐないをするよ。いいか、ベン。おれはアルカションに帰って、家族の力になる。城《しろ》を建《た》てて、大きなブドウ畑も買う。教会や貧《まず》しいものたちに金を寄付《きふ》する。みんなはおれを指してこういうんだ……ええと……」

ベンが助け船を出した。「まるで聖者《せいじゃ》だって？」

ニコーッと晴れやかな笑《え》みがチューロンのたくましい顔に広がった。「そうだ、小僧《こぞう》、それだ。聖ラファエル・チューロンだ！」

船長はダハハと大笑いし、ベンもつられて笑った。ネッドまで遠ぼえをはじめた。船長は刺繍《ししゅう》のついたそで口で涙《なみだ》をふいた。「おまえたちふたりも加わるんだぞ。聖ベンに聖ネッド。どうだ、これ？」

これにはたまらなくおかしくなって、ネッドは笑いが止まらなくなった。「フッフッフッフッ！聖ネッドだって。いいねえ、気に入った。金の首輪《くびわ》をつけようか、聖者の光輪《こうりん》が頭からずり落ちたみたいに見えるかもね」

ベンが返事をした。「そしたら、ぼくは長い衣《ころも》に先のとがった帽子《ぼうし》だな、司教《しきょう》さまみたいに。ハハハハ！」

チューロンは笑いながらいった。「ワハハハハ、見ろ、おまえたち、だれが見たってふたりでうわさ話して笑ってるとしか見えないぞ。ハハハ！」

ベンは船長の背中《せなか》をバシンとたたいた。その手が痛《いた》かった。「ヒーヒーヒーヒー、おかしい、犬とうわさ話だって、ヒーヒーヒー！」

大笑いに水夫長《すいふちょう》ピエールの声が水をさした。船尾《せんび》マストの見張《みは》り台から大声でどなっている。

「船尾方向に船体一隻《せき》発見！　水平線から姿《すがた》をあらわしました。本船を追っていまーす！」

船長が甲板《かんぱん》に飛びだした。ベンとネッドがあわててそのあとを追う。心配そうな顔をした乗組員《のりくみいん》が居住《きょじゅう》甲板から、手に手にマスケット銃《じゅう》などの武器《ぶき》を持って、どやどやと船《せん》尾《び》の手すりに向かう。チューロンは上着の内側《うちがわ》から望遠鏡《ぼうえんきょう》を取りだして、後方の黒いよごれのように見えるカルタヘナを見た。望遠鏡の筒《つつ》をのばしたりちぢめたりして、ようやく帆《ほ》のかげを見つけた。

「ロッコ・マドリードの船、海の悪魔《あくま》号だ！　すぐ出航《しゅっこう》したと見える。全員、用意しろ、これから追跡《ついせき》がはじまる。大砲《たいほう》に弾《たま》をこめろ、アナコンダ。おれが舵《かじ》を取る。さあ、ベン、来てくれ。ネッドもいっしょだ。おまえたち、せいいっぱいおれにツキをくれよ」

一方、ロッコ・マドリード船長は見張《みは》りを見あげてどなった。「敵《てき》はこっちに気づいたか、ぺぺ？」

大きなはっきりした声で、見張《みは》りがどなりかえした。

「そのようです、船長。帆《ほ》を張《は》り増《ま》して、逃《に》げようとしています！」

水夫長《すいふちょう》のポーチュギーは、舵輪《だりん》を船長にゆずった。「本船の大砲《たいほう》をぜんぶくりだして、派手《はで》にお見舞《みま》いしますか、船長？　撃《う》ちあいならマリー号にはぜったい負けません」

マドリードが目を細めると、わるがしこそうな切れ目になった。「いやいや、チューロンは金貨《きんか》を持っているんだ。やつが金貨をかかえて船もろとも沈《しず》んでしまったら元も子もない。悪魔《あくま》号はやつらに追いつき、マリー号も乗組員《のりくみいん》も生けどりにする。そして連中《れんちゅう》を残らず帆桁《ほげた》からつるしてカルタヘナに凱旋《がいせん》するんだ。そしたら、港《みなと》の兄弟衆《しゅう》は思い知るだろ。ロッコ・マドリードから金貨《きんか》をうばうやつは、生きては帰れないとな！」

航海士《こうかいし》の太ったオランダ人、ボーリーが口を出した。「あのガキと犬もですか？」

マドリードは望遠鏡《ぼうえんきょう》を取りだして、遠くの船を目で追った。「とりわけあのガキと犬はだっ！　こっぴどい見せしめにしてやる」

マリー号では、チューロン船長が大声で命令《めいれい》をくりだしていた。「そこ、帆布《はんぷ》をピンピンに張《は》れーっ！　索《さく》につけーっ、登檣員《とうしょういん》たち！　ピエール、ルードン、舳先《へさき》に行って、ロープフェンダーを切り落とせ。舳先をするどくすれば、水がきれいに切れて速度が出る！」

水夫長《すいふちょう》のピエールと航海士のルードンが口に短刀《たんとう》をくわえて、船首《せんしゅ》に急いだ。

ベンは心配そうに船長を見て、思わずきいた。「本当に相手をふりきれるでしょうか？」

チューロンは苦笑《にがわら》いしていった。「ふりきらなきゃ、全員死ぬしかないんだ。でも心配するな。

この船は小型《こがた》だが、敵《てき》より足は速い。おれが乗ってるから、マドリードは金貨《きんか》を追いかけてくるが、あのでっかいスペイン船は、海上の追跡《ついせき》には不向《ふむ》きな船だ。このマリー号がさっさと水をあけるだろう。ただし、相手が大砲《たいほう》を撃《う》ってこなければの話だ。おれの仕事は大砲の射程《しゃてい》に入らないように走って、相手にあきらめさせることだ。あっちはこの船を沈《しず》めたくはないはずだが、射程内に入ったら、マドリードはこっちのマストを砲撃《ほうげき》してぶっ飛ばすだろう」

ネッドは名案《めいあん》がうかんだので、ベンに伝えた。「一、二時間もしたら暗くなるから、船の灯《あか》りをぜんぶ消してこっちの位置《いち》がわからないようにしたらどう？」

ベンはすぐその案を船長に伝えた。船長は賛成《さんせい》してくれた。「いい考えだ。よし、船じゅうの窓《まど》を目かくしし、灯りに水をかけて消してこい。やみにまぎれて逃《に》げられるかもしれない。アナコンダ、舵《かじ》を頼《たの》む。下に行って海図《かいず》を調べよう、ベン。もしかしたらキツネになれるかもしれんぞ――逃げるのをやめてかくれるんだ！」

船じゅうのランタンの火を消し、厨房《ちゅうぼう》の窓に幕《まく》を張《は》って、かまどの火の灯りで船の位置がさとられないようにしてから、ベンとネッドは船長の部屋《へや》に行った。チューロンが海図をベッドの上に広げていた。船長は短刀《たんとう》の先で沿岸《えんがん》の一点をさししめした。「ここ、サンタマルタ。ここにかくれる」

ベンは海図を調べた。サンタマルタはカルタヘナから北に上《のぼ》った沿岸にあった。ベンは船長にいった。「でもこれじゃ、もどることになりますね」

ネッドもベッドに両足を上《あ》げて見ていたが、「ほんと、そうだ」と思った。

だが、船長は作戦《さくせん》を説明してくれた。「マドリードはおれたちがフランスに向かっていることをまだ知らない。カリブ海を北上して逃《に》げるつもりだと思いこんでる。そこで、おれは東に折れて、夜明けとともに南下するんだ」

ベンはこの作戦をすぐにのみこんだ。「頭いい！　マドリードが北、北とさがして追ってくるのを、こっちは横に逃げてかわすんですね。むこうがどんどん海を進むあいだに、こちらは陸《りく》に向かう──名案《めいあん》です、船長！」

ネッドが冷静《れいせい》な考えを伝えた。「でも、かなり危険《きけん》だ！」

すると船長が、犬の考えが聞こえたみたいに反応《はんのう》したので、ベンはぎくっとたじろいだ。でも、それはまったくの偶然《ぐうぜん》だった。

「たしかに危険だ。マドリードか手下《てした》がこちらを見つけたら、おしまいだ。だが、おれはいちかばちか、危険をおかしてやってみる。サンタマルタには一カ所、高い岩場が海にせりだしているところがある。悪魔《あくま》号に気づかれずにそこまで行けば、そこの風下《かざしも》にかくれることができるんだ」

ロッコ・マドリードは赤くなってきた空を見つめた。昼の光が弱まり、夜になりかかっている。マドリードはペペに声をかけた。「まだやつらは見つからないか？」

ペペはあたふたと下《お》りてきて、不満《ふまん》げな声を出した。「見えるような見えないような。船長の望遠鏡《ぼうえんきょう》でちゃんと見ればわかるんですがねえ。ランタンか厨房《ちゅうぼう》のかまどの火さえ見えれば、マリーの位置《いち》はすぐわかるはずなんだが」

船長は自分の望遠鏡《ぼうえんきょう》を手わたした。「落とすなよ」

ペペはまた苦労《くろう》してマストの高みによじのぼりながら、不平《ふへい》をいった。「上に張《は》りついてると、食《く》い物にもありつけねえや」

マドリードがこれを聞きつけて、容赦《ようしゃ》なくやりかえした。「おまえのメシどきはおれが決める。その見張り台から下《お》りてみろ、首をたたき切られて、開いた切り口からメシ食うはめになるからな！」

ペペは見張り台に上《あ》がって、望遠鏡で前方の海を見まわした。「見つけました、船長！　やつらの厨房《ちゅうぼう》の火が灯台《とうだい》みたいに光ってます！」

ベンの目に、送りだされた円材《えんざい》が波にゆれてぐんと船の左側《ひだりがわ》にかしぐのが見えた。ランプの油にひたしてあった、クズ同然《どうぜん》の帆布《はんぷ》の山が円材の上で勢《いきお》いよく燃《も》えた。ベンはネッドの頭をいとしげになでた。「もしぼくが帽子《ぼうし》をかぶってたら、おまえに向かってぬいで敬礼《けいれい》するところだ。円材に火をのせて出すっていうの、天才的な名案《めいあん》だ！」

犬は前足を左舷《さげん》の手すりにのせて立ち、フンフンにおいをかぎながら返事をした。「ぼくが人間だったら、いまごろ、提督《ていとく》になっているな。これはきみの案だって、船長にいえばいいよ」

ベンは首をふった。「おくびにも出さないよ」

ネッドはおどけて耳をたらりと垂《た》らした。「いいから、船長にいいなって。名誉《めいよ》はひとりじめしていいよ。〝犬なみの人生〟ってよくいうだろ、働くばかりで、ごほうびはもらえないものなんだよ」

ベンは軽く犬の頭にキスをした。「ほら、いまのが、ぼくからのごほうびさ。おまえがいなかったら、ぼくはなんにもできないよ。おまえは世界一頭のいい犬だ！」

チューロンが船長室からあらわれて、おとりの灯《あか》りを指さした。「ほう！　こりゃうまいわなだ。おまえの考えか、ベン？」

少年は本当のことをいった。「いいえ、これを考えついたのは、聖《せい》ネッドです！」

船長はふざけてベンをなぐるまねをした。「笑わせないようにしてくれ。海の上では音が遠くまで届《とど》くんだぞ」

月のない暗やみが静かに波立つ水面《みなも》に落ち、星々も雲があらかたかくしてしまった。ロッコ・マドリードは舵輪《だりん》をボーリーにゆずると、マストの根方《ねかた》まで歩いていった。上を見あげてかすれ声でいった。「マリー号はいまどこだ、ペペ？」

ペペの張《は》りつめたささやき声が聞こえてきた。「それがもう見えません、船長。借りた望遠鏡《ぼうえんきょう》を厨房《ちゅうぼう》の灯《ひ》に合わしていたんですが、ふっと消えてしまったんです。厨房のドアを閉《し》めちまったんでしょう」

マドリードの歯ぎしりはまわりにも聞こえた。「ばかもん！　見うしなったというのか？　きっと帆《ほ》を増《ふ》やしたにちがいない。おれたちはまっすぐ進む。チューロンはすぐ目のまえにいるはずだ。

あいつはジャマイカのポート・ロイヤルに向かっているに決まってる。

ボーリー、針路《しんろ》を北に取れ。ポーチュギー、総帆上《そうはんあ》げろ。明日、日が上《のぼ》ったら、見つかるさ。海ではかくれる場所などない。おれは部屋《へや》にもどる。夜明け一時間まえに起こしてくれ」

スペイン人の船長は鼻息も荒《あら》く部屋にもどってしまい、残された三人は夜のやみのなか、けんめいに水平線《すいへいせん》に目をこらした。マリー号を見のがすようなことにでもなれば、ロッコ・マドリードのような船長に仕《つか》えるのは、楽ではないだろう。

黒いこぶのようなサンタマルタの断崖《だんがい》が見えてきた。ベンはチューロンの部下たちが帆《ほ》をゆるめるのを手伝った。ネッドは大男の操舵手《そうだしゅ》アナコンダが、そびえ立つ断崖の西側《にしがわ》の風下《かざしも》にじわじわと船を寄《よ》せていくのを見守っていた。

チューロンが錨《いかり》を下《お》ろせと命令《めいれい》した。ベンが甲板《かんぱん》の船長のそばに行くと、船長はくすくすと笑っていった。「マリー号は今夜のところは安全だ。悪魔《あくま》号は全速力でキングストンかポート・ロイヤルに向かっているはずだ。カリブ海で兄弟衆《しゅう》の船が向かうところなんかほかにあるものか。

明日朝いちばんで、岬《みさき》をぐるりと回って、まっすぐ東に向かい、カリブ海をぬけて大西洋に出る。そしたらフランスだ、故郷《こきょう》だ。いいな、ベン？」

ベンは船長にきびきびと敬礼《けいれい》を返した。「はい、船長！」

3

サンタマルタの断崖《だんがい》を東に回りこんだところ、マリー号が錨《いかり》を下《お》ろしているところから二マイルとはなれていない海上に、もう一隻《せき》の船がうかんでいた。船の名は「デボンベル号」、つまり〝デボンの美女〟号。イギリスの私掠船《しりゃくせん》だ。国王のチャールズ一世から他国の船をとらえていいという免許状《めんきょじょう》をもらっているが、じっさいは海賊船《かいぞくせん》と変わりはなく、ほかの海賊船や敵国《てきこく》の船をおそうのだ。

私掠船はフランス、スペイン、ポルトガル、オランダなど多くの国にあったが、デボンベル号はイギリスの船で、〝どこの船でも英国旗《えいこくき》をかかげていない船は敵か海賊と見なす〟というたてまえのもとに、船長が選ぶ船をどれでも好きにおそってよいことになっている。船長は相手の船を占領《せんりょう》したら、財宝《ざいほう》をうばいとる。この戦利品《せんりひん》の大半を召《め》しあげるのは、英王室にとって大きな財源《ざいげん》になっていた。

私掠船の船長は、たいてい英国海軍《かいぐん》の軍人ということになっていた。表面上は海から海賊を追いはらい、まじめな船乗《ふなの》りたちの暮《く》らしを守るのが仕事だった。

ジョナサン・オームズビー・ティール船長は、そんな男のひとりだった。身なりがよく、一見上《じょう》品《ひん》で、学《がく》もあるこの男は、落ちぶれ貴族《きぞく》の長男だったが、海で身を立てることに決めて、なんなくこの仕事になじんだ。いまでは、小型《こがた》だが武器《ぶき》がたくさん積《つ》みこまれた船も持っていた。大砲《たいほう》は船首《せんしゅ》、船尾《せんび》、中甲板《ちゅうかんぱん》、どの砲門《ほうもん》からも突《つ》きでていた。

いまティールはお気に入りの遊びに取りかかっていた。つまり、サンタマルタの東側《ひがしがわ》のいつものかくれ場所でじっと待ち、バランキヤかカルタヘナから出航《しゅっこう》してくる船に飛びかかろうというのだ。ティール船長はあっというまに、カリブ海のたたりとしておそれられるようになっていた。すその四角い、赤いキツネ狩《が》り用のジャケットをきざったらしく着こみ、乗組員《のりくみいん》たちがつけたあだ名「レッドジャック船長」がすっかり気に入っていた。

いまティールが待ち望《のぞ》んでいるのは、日が上《のぼ》って、待たれているとは知らないどこかの船が岬《みさき》を回り、自分の大砲の射程内《しゃていない》に入ってくることだ。ティールは小さな個室《こしつ》に座《すわ》り、マデイラ酒《しゅ》をちびちび飲みながら、大きなスペイン金貨《きんか》をはじめいろいろな国の金貨を指先でもてあそんでいた。ぴかぴか光る純金《じゅんきん》のチャリンという音は、レッドジャック・ティール船長の耳には音楽だった。

ベンとネッドは甲板《かんぱん》で寝《ね》た。断崖《だんがい》のかげになっているせいでむし暑かったからだ。ふたりは船首楼《せんしゅろう》の、とぐろのように巻《ま》いたロープの上に大《だい》の字になり、そよ風にあたろうとしていた。

ベンはうとうとしかけたとき、ネッドの声に起こされた。黒いラブラドール犬《けん》は眠《ねむ》りのなかでクウクウと鳴き、前足と耳をぴくぴくさせている。ベンは起きあがって、ほほえんだ。どんな夢《ゆめ》を見ているのだろう？　最初にうなるような声を出したかと思うと、キャンと声をあげ、そのあと、鼻すじにしわを寄《よ》せて、わき腹《ばら》をふるわせた。夢《ゆめ》とはなんと不思議《ふしぎ》なものだろう。

ベンは立ちあがって船首《せんしゅ》まで行き、断崖《だんがい》のむこうの暗い海を見はるかした。と、夢ではない、あるものに目がとまった。

フライング・ダッチマン！

月のない夜のやみにくっきりと、不気味《ぶきみ》な緑色のかがやきに包まれて、呪《のろ》われた船の姿《すがた》がうかびあがった。嵐《あらし》に破《やぶ》れた帆《ほ》がこの世の風ならぬ風にあおられてバタバタと鳴る。索《さく》には氷がはりつき、船体にはフジツボや海のごみがこびりついている。

と、船はゆっくり向きを変えて船縁《ふなべり》をこちらに向け、まぼろしの波に洗《あら》われながらすこしずつ磯《いそ》に近づいてくる。だんだん、だんだん、こっちに。

少年は恐怖《きょうふ》のあまり金《かな》しばりにあったようになり、逃《に》げられなかった。目は大きく見ひらいたまだ。金切り声をあげたい、大声でさけびたい、なんでもいいからこの魔法《まほう》を破《やぶ》りたい。でも口は大きく開くものの、音が出てこなかった。

幽霊船《ゆうれいせん》はさらに近づいてきて、ベンの真上におおいかぶさるばかりだ。ヴァンダーデッケン船長のおそろしい姿が見えた。舵輪《だりん》にくくりつけられ、塩のこびりついた長い髪《かみ》がうしろにたなびき、死人のように青い顔の血の気《け》のない口から、墓石《はかいし》のような茶色の歯がむき出ている。

ヴァンダーデッケンは血走った目で、ずっと昔《むかし》、天使の力で船からのがれた少年と犬を見つめた。幽霊はじりじりと近づきながら、うらみがましい目でベンをにらみつける。

そのとき、ネッドが立ちあがり、ほえだした。長い、苦しげなほえ声は断崖《だんがい》にこだました。

乗組員《のりくみいん》の居室《きょしつ》から、さけび声があがった。「だれか、犬をだまらせろ！　小僧《こぞう》はどこだ？」

甲板《かんぱん》にぺたぺたと裸足《はだし》の足音がして、航海士《こうかいし》のルードンが船首倉《せんしゅそう》の上にあらわれた。船首ではベンが棒立《ぼうだ》ちになり、横では犬があいかわらず狂《くる》ったようにほえている。

ルードンはベンの腕《うで》をむんずとつかんだ。「なにやってんだ、小僧。犬をおとなしくさせねえか！」

ベンがつかまれたのを見て、ネッドは航海士に飛びかかり、甲板の上に押《お》したおした。と、チューロン船長があらわれた。ベンはガタガタ体をふるわせて、甲板にたおれた。船長はベンを赤ん坊《ぼう》のように抱いて、ルードンにけりを入れた。「ベン、だいじょうぶか？　この子になにしたんだ、ルードン？」

ネッドからよたよたとはなれながら、ルードンは抗議《こうぎ》した。「なんにもしてません、船長。ほんとうですって。犬が鳴いていたので、どうしたのかなと――」

チューロンは不運《ふうん》なルードンをどなりつけた。「二度とこの子に手を出すな。犬にもかまうな。このふたりはおれの福《ふく》

の神なんだ。かまうんじゃない！　わかったか！」

いつもはおだやかな船長の怒《いか》りを買って、傷《きず》つき、とほうにくれたルードンは、こそこそと自分の寝《ね》だなにもどった。

ベンは船長室のベッドの上で目ざめた。ネッドが顔をなめている。ベッドに起きあがると、急いでネッドと気持ちをやりとりした。「見た？　ヴァンダーデッケン船長がいたんだよ。ぼくたちを追いかけてきたんだ。まちがいない。船を見たかい、ネッド？」

犬は前足でベンの胸《むね》をたたいて、ベッドにたおした。「夢《ゆめ》のなかで見たんだけど、悪夢《あくむ》の呪《のろ》いがどうしても破《やぶ》れなかった。自分では起きられなかったんだ。ダッチマンはどんどん近づいてきて、昔《むかし》、船に乗っていたときくらい間近《まぢか》になった。きみに危険《きけん》がせまっていたのがわかったから、助けようとしたんだ。それで、急にほえだして、天使に助けに来てと呼《よ》びかけたんだ。それがきいたんだね、天使にしちゃルードンは口がくさいし、足がきたなかったけど」

ベンはベッドに寝《ね》たまま、ネッドにかすかに笑ってみせた。

「ありがとう。おまえは本当の友だちだ。ところで、船長はどこ？」

犬はベンが起きあがったのを見て、ドアのほうへ顔を向けてうなずいた。「船長なら、乗組員《のりくみいん》を集めてきつくお説教《せっきょう》している。自分の福《ふく》の神のふたりにいっさい手出しはならんって。もうぼくたちにかまう人はいないよ」

ベンは残念《ざんねん》そうに首をふった。「そんなことしてほしくなかったなあ。マリー号の人たち、みんないい人ばかりだ。海賊《かいぞく》だけど、ダッチマン号のやつらみたいな悪人じゃないもの」

ネッドはベンの手をなめた。「でも、きみはラッキーボーイ、ぼくはラッキードッグなんだもの。しかたないよ。さあ、すこし休みなよ。船長は甲板《かんぱん》に出てるっていってた。ぼくがここで見張《みは》っているから」

ベンは忠犬《ちゅうけん》の耳のうしろをかいていった。「ああ、そうして。おまえはほんとうにたよりになる犬だ」

ネッドはベンにウインクしていった。「まだ寝《ね》ないで。もうちょっと耳をかいていて。ああ、いい気持ち！」

けっきょく、ふたりは安らかな深い眠《ねむ》りに落ちた。ベンは夜明けのかがやかしい光のなか、ヤグルマギクのように青くおだやかな海のはるか上空で、金色の雲のあいだをただよっている夢《ゆめ》を見た。と、かすかに、野原をわたる遠くの鐘《かね》の音《ね》のように、天使の声がベンの心にひびいてきた。

われらが救《すく》い主《ぬし》の視界《しかい》から追われて
夜歩きまわる死者に気をつけなさい。
そしてすべての顔にそむかれたら、
その日のうちに海を去りなさい。
でも、黄金を受けとってはならない、
愛する友が旅立つのを見ていてはならない。

つぎにベンが耳にしたのはネッドが小さくうなる音だった。ドアにノックの音がしたからだ。アナコンダがドアからもれる朝日をさえぎるようにして、巨体《きょたい》をかがめて入ってきた。手にした盆《ぼん》から食事をベッドぎわのテーブルに置《お》いた。オートミールのおかゆの深皿がふたつ、果物《くだもの》がすこし、そしてふたり分の飲み水。

「出帆《しゅっぱん》するぞ。船長がこれを食べろっていってた」そういって、大男は向きを変え、すたすたと出ていった。

ネッドは、船の脇腹《わきばら》にドカンとものぶつかる音を聞きつけ、ベンに向かってうなずいた。「錨《いかり》を上《あ》げたみたいだ」

ベンは急いで食べはじめた。「出帆するなら、みんなの手伝いしなくちゃ」

チューロンの目に、ベンが索《さく》から敏捷《びんしょう》に身をおどらせ、軽《かろ》やかに甲板《かんぱん》に下《お》りたってネッドとならぶのが見えた。船長は少年の身のこなしに感心した。「サルだっておまえほど身軽《みがる》には上《のぼ》れまい。さて、おれのラッキー仲間たちよ。いよいよフランスに向かうぞ！」

ベンは敬礼《けいれい》した。「アイ、アイ、サー！」

ネッドはワンとほえ、しっぽをふった。船長はご機嫌《きげん》な笑顔《えがお》になって、舵輪《だりん》についていたピエールに呼《よ》びかけた。「まっすぐ断崖《だんがい》からはなれろ、水夫長《すいふちょう》。それから、針路《しんろ》を北東に取ってカリブ海を進んでいけ。イスパニオラ島とプエルトリコのあいだをぬけて、大西洋に出る！」

ベンはこれから先のことを思ってわくわくしてきた。広い海には予想《よそう》もできない危険《きけん》が待っている。苦難《くなん》もある。でも今度の旅は別の大陸《たいりく》に向かう旅だ。ベンの冒険心《ぼうけんしん》がたぎってきた。マリー号の乗組員《のりくみいん》たちが、別れの船歌《ふなうた》を歌いだすと、ベンはみんなの一員になったように親しみを感じた。二度めの船旅、世界を半周するこの旅で、ベンは自分がほんものの船乗《ふなの》りになったような気がした。チューロン船長がみんなといっしょに歌いだした。歌詞《かし》を知らないベンはハミングした。ネッドも歌に合わせてしっぽをふる。

さよなら、スザンナ
さよなら、友よ。
さらば、岸辺よ、もう見ることもない
遠く、はるかに旅するおいら。
海鳥舞《ま》いつつ鳴く荒海《あらうみ》を
こえて行くのがさだめのこの身
どうかなさけをかけとくれ
また会える日がないじゃなし。

デボンベル号のコック、パーシバル・マウンシーは、ティール船長に対する任務《にんむ》をはたそうとキリキリ働いていた。まず最初に船長に朝食を出すのが決まりだった。だから、コックは明け方に起きて、まえの晩《ばん》に船尾《せんび》手すりからたらしておいた釣《つ》り糸をひっぱりあげ、かかった黄色いウロコのヒラメを取りこむ。

それを厨房《ちゅうぼう》のかまにのせて完ぺきに焼《や》きあげると、銀の皿に盛《も》り、うす切りにしたレモンをそえて、粉《こな》トウガラシと岩塩《がんえん》をひとつまみふりかける。皿を盆《ぼん》の上にのせて、びん半分のマデイラ酒《しゅ》と、船長専用《せんよう》の缶《かん》から取りだしたうすい麦芽《ばくが》入りビスケットを二枚《まい》そえる。それからナプキンをていねいにたたんで、船長専用の金属製《きんぞくせい》のゴブレットにさしこむ。

小太《こぶと》りのコックは左のてのひらにのせたお盆《ぼん》を高くかかげて、右舷《うげん》の甲板《かんぱん》を船長室へと向かった。甲板を半分ほど行ったところで立ちどまり、太陽がピンクがかった真珠色《しんじゅいろ》の雲間《くもま》から上《のぼ》ってくるさまに見とれた。マウンシーはため息をついた。カリブ海もこのあたり特有《とくゆう》の気候《きこう》も大好きだった。と、断崖《だんがい》のむこうの岬《みさき》を回ろうとしている船に気づいた。コックはお盆をまっすぐに保《たも》ちながら、船首楼《せんしゅろう》に向かってかけていった。そして、見張《みは》りの最中《さいちゅう》に寝入《ねい》ってしまっているふたりの乗組員《のりくみいん》をけっていった。

「チャーリー！　バーティー！　見ろ！　船だ！」

ティール船長は食卓《しょくたく》についていた。絹《きぬ》の部屋着《へやぎ》をはおって房《ふさ》の下《さ》がった帽子《ぼうし》をかぶり、朝食を待っていた。

ところが、今朝《けさ》はいつものようにはいかなかった。いつもなら、コックがそっとノックして朝食の到着《とうちゃく》を知らせてくれるはずなのに、船長室のドアがバーンと開き、当のコックがわきに押《お》しのけられて、見張りふたりが飛びこんできてわめいた。「船長、船長、あの――！」

ティールはかっとなって飛びあがり、ドアを指さした。「出てけ！　わたしの部屋《へや》からすぐ出てけ。でないと、おまえらのケツを百たたきにしてやる！　出てけーっ！」

バーティーはおずおずと声を出した。「でも、でも、船長、申しあ——」

船長は背《せ》すじもこおるような冷たい目でにらんだ。「出ろ、外に。いますぐ！」

ふたりは船長と言い争《あらそ》うほどおろかではなかったので、つまずきながら部屋の外に出た。依然《いぜん》として、盆《ぼん》をまっすぐにかかげたまま、マウンシーはふたりをわけ知り顔で見やると、いまさっき自分が閉《し》めたドアをそっとノックした。ティールがだるそうに返事をした。「入れ」

コックはするりと部屋のなかに入ると、盆をティールのテーブルの上に置《お》き、レモンのスライスの位置《いち》を直しながら、いった。「おはようございますです、船長。見張《みは》り番の乗組員《のりくみいん》二名が船長にご報告《ほうこく》があると、外で待っておりますです」

船長はマデイラ酒《しゅ》をグラスにつぐと、声をいつもの貴族的《きぞくてき》なのんびりした話しかたにもどした。「そうか？　見張り二名といったな。中に入れてやれ」

マウンシーは外で待っていたチャーリーとバーティーを呼《よ》んだ。「ほれ、入って、ドアをちゃんと閉めろ」

ティールはふたりをゴブレットのふちごしにながめた。船長のまえに引きだされて居心地《いごこち》がわるそうだ。ふたりのどちらかが話しだすまえに、船長は片手《かたて》を上《あ》げて、静かにしろと制《せい》し、説教《せっきょう》をはじめた。

「きちんとノックすることを教えられなかったのか？　さあ、おれの言葉のとおりにくりかえしてみろ。『田舎者《いなかもの》は、船長もしくは身分の高い紳士《しんし》の部屋《へや》に入るまえは、かならずノックすること』ほら、いってみろ！」

チャーリーとバーティーはいくつか言葉をまちがえたが、なんとかそれらしくいいおえることができた。ティールは口のあたりにナプキンを何度か押《お》しあててふいた。

「礼儀《れいぎ》こそが船長に対する規則《きそく》その一だ。さあ、おまえ」ティールはフォークを取りあげ、チャーリーにその先を向けていった。「さっきはなにを報告《ほうこく》するつもりだった？　さあ、話してみろ」

「右舷船首《うげんせんしゅ》方向に船がいます。岬《みさき》の突端《とったん》をこえようとしてます。フランスの海賊船《かいぞくせん》みたいです」

ティールのフォークが音をたてて皿の上に落ちた。「ばかやろう！　どうして早くいわない？」

バーティーが勢《いきお》いづいていった。「いおうとしてたのに、船長が――」

船長はするどい目でバーティーをにらみつけ、だまらせた。「失礼。おまえに話せといったかなあ？」

バーティーは足をそわそわと動かして、じっと足もとを見つめた。「いいえ、船長」

船長はうなずいた。「だったら、だまっていろ、そこのやつ！」ティールはけっして部下の名前をおぼえなかった。えらい自分が下々《しもじも》のものの名前などおぼえる必要はないと思っているのだ。

船長はチャーリーを見つめた。「フランス野郎《やろう》か？　海賊船だな？　まだ射程《しゃてい》内だな？」

チャーリーはまっすぐ前を見つめて答えた。「アイ、キャプテン」

レッドジャック・ティールはいすから立ちあがった。「わかった。そのばかな船に、わたしの針路《ろ》をじゃまするなと教えてやる。コック、着替《きが》え係を呼《よ》んでくれ。おまえたち、砲手長《ほうしゅちょう》に報告《ほうこく》して、二倍の人員《じんいん》を配置《はいち》し、わたしの命令《めいれい》を待てといえ」

ロッコ・マドリードは日の出とともに起こされて、甲板《かんぱん》に呼《よ》びだされた。幹部乗組員《かんぶのりくみいん》の三人、ペペ、ポーチュギー、ボーリーは、後甲板《こう》におとなしくかたまって、船長の不愉快《ふゆかい》そうな視線《しせん》をさけていた。

マドリードは剣《けん》をぬくと、まだ燃《も》えた帆布《はんぷ》と油のにおいがする長い円材《えんざい》をつついた。その剣先をポーチュギーに向けていった。「見つかったのはいつだ？　どこで見つけた？」

水夫長《すいふちょう》はつとめてテキパキと答えた。「船長、見つかってまだ十五分とたっておりません。海からボーリーとわたしとで引きあげました。ペペが正確《せいかく》な場所を知ってます」

ペペは神経質《しんけいしつ》にせきばらいした。「はい、船長。本船のうしろの海上にただよっていました。見つけられて運《うん》がよかったです」

船長はくるりと向きを変え、つかつかと手すりまで歩いていくと、剣をさやにおさめて、じっと考えながら水面を見つめた。三人は船長の機嫌《きげん》をはかりかねて、心配そうに見まもっていた。と、ああ助かった。ふりかえった船長は笑顔《えがお》だ。

「おとりだよ、ええ？　やるものだねえ。この円材《えんざい》でふたつのことがわかる。ひとつ、マリー号の目的地《もくてきち》はジャマイカでもポート・ロイヤルでもない。ふたつ。連中《れんちゅう》はまちがった方向におれたちを行かせようとしている。となると、これでなにがわかる？」

さらににっこり笑いかける船長に対して、三人はまぬけづらを向けていた。

「ばかもん！　おまえら、そのばかさ加減《かげん》じゃ、脳《のう》みそ三人分合わせても船長にはなれんな。チューロンは引きかえしてカルタヘナにもどるほどばかじゃない。やつは東に針路《しんろ》を取って、海に出たんだ。目的地《もくてきち》はふたつのうちのいずれか――イスパニオラかプエルトリコだ。

　これで腹《はら》は決まった。この船も東に進み、ふたつの島のあいだをぬけて大西洋に出る。やつがどっちの島に行こうとしてるかは問題じゃない。チューロンがまた出帆《しゅっぱん》したときを待ちうけるんだ。ボーリー、海図《かいず》を持ってこい。ポーチュギー、舵《かじ》をかわって悪魔《あくま》号を東に向かわせろ。今度こそフランス狐《ぎつね》をつかまえてやる！」

　ペペは舵輪《だりん》についたポーチュギーのわきに立ち、船長が歩いていくのを見て小声でいった。「どうしてわかるんだよ、チューロンがリーワード諸島《しょとう》やウィンドワード諸島に行かないって？　いや、ラ・グアイラ、トリニダード島、キュラソー島、でなけりゃずっと遠くのバルバドスじゃないって？」

　ポーチュギーは舵輪を回しつづけながら、まぶしい太陽に目をしばたいた。「おれたちにはわからねえよ、ペペ。船長の言葉、聞いたろ？　おれたちゃ脳みそのないロバなんだ。あのおかたが船長。だから、あのおかたが決めることは正しいんだ。それとも、おまえのほうがよくわかってるって、いいに行くか？」

　ペペはあわてて首をふった。「いやだ、まだ死にたくねえ。船長がいちばんよくわかってるんだ。このロバはだまって命令《めいれい》にしたがうまでよ」

4

ベンはいままで、乗りあわせた船が砲撃《ほうげき》されたことなどなかった。まず最初に聞こえたのは、遠くのボーンという音だった。ベンとネッドは空を見あげた。ネッドが不思議《ふしぎ》そうにいった。「なんだか雷《かみなり》みたいな音だけど、雲ひとつないよね」

アナコンダの太い声がひびきわたった。「全員ふせろ。本船は砲撃《ほうげき》されてます、船長！」

チューロンは望遠鏡《ぼうえんきょう》をのばしながら、船尾《せんび》手すりまでかけよった。と、船尾後方五十メートルくらいの水面にものすごい水しぶきが上《あ》がった。船長は望遠鏡を目にあてて、つぎつぎと命令《めいれい》を下《くだ》した。

「イギリスの私掠船《しりゃくせん》がサンタマルタの東岸から出てきた！　戦列艦《せんれつかん》にも負けないほどの大砲《たいほう》を積《つ》んでいる。くそっ！　ピエール！　支索《しさく》をしめて、右舷《うげん》、左舷《さげん》ともステースル㊟を出せ。まだむこうの射程《しゃてい》内に入ってはいない。帆布《はんぷ》をぜんぶ張《は》りわたして、逃《に》げきるんだ！」

（注）支索《しさく》に張《は》った三角帆《さんかくほ》。

二発めの大砲《たいほう》が炸裂《さくれつ》した。今度は、ベンの耳にも鉄の弾丸《だんがん》がヒューッと音高く風を切るのがわかった。弾丸《だんがん》が船尾《せんび》二十メートル足らずの水面に落ち、上《あ》がった水しぶきでベンもネッドもずぶぬれになった。

そして、追跡劇《ついせきげき》がはじまった。強めのよい風にマリー号のゆるんだ帆《ほ》がぴんと張《は》ると、船は物音におどろいたシカのように走りだした。ガスコンという名の敏捷《びんしょう》な小男《こおとこ》が、船長の望遠鏡《ぼうえんきょう》を腰《こし》のベルトにさして、船尾の見張《みは》り台に上《のぼ》っていった。ベンとネッドはチューロンの横でそれを心配そうに見あげた。ガスコンが望遠鏡で敵《てき》を見つけ、大声でさけんだ。

「敵はものすごい速さで追ってきます。二十二門搭載《とうさい》、船首《せんしゅ》にカルヴェリン砲《ほう》を四門。乗組員《のりくみいん》たちがマスケット銃《じゅう》を持って立っているのが見えます！」

このさしせまった危機《きき》にもかかわらず、チューロンは不敵《ふてき》な笑《え》みをうかべた。「ふん！　いかにも私掠船《しりゃくせん》らしいわい。大砲ぞろぞろ、野郎《やろう》ぞろぞろ。そこへいくと、こっちのマリー号はやつらの半分の数の大砲に、きのうはロープフェンダーも切り落とした。ケツのでかいイギリス船など引きはなしてみせる。このラファエル・チューロンから王様へのみつぎものは取れないぞ。賭《か》けてもいい！」

ネッドがベンに急いで感想《かんそう》を伝えた。「すくなくとも、うちの船長は自信を持ってる。たのもしいよ」

ベンは目にかかった水しぶきをぬぐうと、船長にいった。「大砲の射程《しゃてい》からのがれるためには私掠船よりもっと速度を出さないとむりです、船長」

チューロンは少年の肩《かた》に手を回した。「そうだ、ベン。でも、このマリー号は船足《ふなあし》が速い。それにおれにはラッキーなベンとネッドがついているんだ。心配するな。やつらの大砲や鎖玉《くさりだま》に舵《かじ》やマストをズタズタにされないかぎり、弾《たま》はうちの船の航跡《こうせき》に落ちるだけだ。私掠船《しりゃくせん》をまいたことはまえにもあるよ。ふせろ！」

ベン、チューロン、ネッドは甲板《こうばん》にふせた。ビューンと耳ざわりな音がしたかと思うと、あたりに衝撃音《しょうげきおん》がひびいた。

船長とベンは同時に頭をもたげた。船長は船尾展望台《せんびてんぼうだい》の手すりをあごでしゃくって示《しめ》した。手すり部分の木がさけて砕《くだ》けたところに巻《ま》きついていたのは、人のこぶし大もある砲弾《ほうだん》つきの鎖だった。船長は音らしい音をたてずに口笛を吹《ふ》いた。「あぶなかったな。おい、小僧《こぞう》。ついてこい、鎖玉を見てみよう」

三人は身を低くしたまま、手すりまで這《は》っていった。チューロン船長は手すりからその砲弾をはずして船上に投げた。それは鉄球つきの投げ縄《なわ》みたいなもので、Yという字のようにのびた鎖のそれぞれの先に小型《こがた》の鉄球がついていた。

船長はそれを大きな両の手で囲んで持ち、いった。「いかにも英国海軍《えいこくかいぐん》らしい代物《しろもの》だ。おれのような貧乏《びんぼう》な海賊船《かいぞくせん》にはとても持てない、値《ね》の張《は》る、殺人的《さつじんてき》なおもちゃだ。おい、また来たぞ。立ってもだいじょうぶだ、小僧。ここまでは届《とど》かない。ぐんと差をつけたな！」

ベンの耳にヒューッという音が聞こえたかと思うと、船二隻《せき》分後方の海上に二発めの鎖玉が落ちた。

ティール船長はようやく甲板《かんぱん》に姿《すがた》をあらわした。朝食を終え、着替《きが》え係に身支度《みじたく》を手伝ってもらったのだ。赤いビロードのそでロからレースのハンカチをぴっと取りだし、それで灰白色《かいはくしょく》の絹《きぬ》の半ズボンについた黒い粉《こな》をはらい落とした。そしてもう名前を忘《わす》れてしまった水夫長《すいふちょう》に向きなおると、手入れの行きとどいた手をさしだしていった。

「なにをしとる。人をじろじろ見て立ってないで、報告《ほうこく》せんか！」

レッドジャック船長は砲手《ほうしゅ》から手わたされた望遠鏡《ぼうえんきょう》を目にあてて、獲物《えもの》を見た。砲手が報告する。

「やっぱりフランスの海賊船《かいぞくせん》です。大砲《たいほう》を二発お見舞《みま》いしてやつらの速度を試してみましたが、足は速いです。しかし、船尾展望台《せんびてんぼうだい》の手すりに鎖玉《くさりだま》を巻《ま》きつけてやることはできました」

船長は目から望遠鏡をはなして、それでてのひらを何度かたたいた。

「本当か。意気地《いくじ》のないフランス野郎《やろう》め。見ろ、野ウサギみたいに逃《に》げとる。ああ、なんて名前だったか、ええ、舵手《だしゅ》くん。やつらの射程内《しゃていない》に本船が入るようにしろ。できるか？」

ひょろっとして陰気《いんき》な顔をした舵手は、敬礼《けいれい》がわりに自分の前髪《まえがみ》をひっぱりながらいった。「やつぁ、こっちよりずっと速いんすよ。けど、最善《さいぜん》をつくします」

船長は舵手を見おろしていった。「最善じゃない。最善以上をつくせ。あの海賊船に最初に乗りこんだものには金貨《きんか》三枚《まい》ほうびを出す。だが、取り逃がしたら、全員三回むち打ちの刑《けい》だ。文句《もんく》あるまい、どうだ？」

舵手はティール船長が、いったことはかならずやる男だということを知っていた。そこですぐ、けわしい顔で命令《めいれい》をがなりたてた。「船首《せんしゅ》にもっと帆《ほ》を張《は》り足せ！　カトラス刀《がたな》でフェンダーを切れ。すぐかかれ、もたもたすんな！」

レッドジャック船長は舵手《だしゅ》に鷹揚《おうよう》に笑ってみせると、自分の服装《ふくそう》を見せびらかすように大きく両手を広げた。灰白色《かいはくしょく》のシルクの半ズボン、白い靴下《くつした》、銀のバックルのついたかかとの高い靴。洗《あら》いたてでプレスのきいた赤い狩猟服《しゅりょうふく》のそでロとえりもとには、クリーム色の絹《きぬ》のレースがきまっている。「だて魚っていうスタイルだ。服は時と場所に合わせんとな、いつもいってるとおり」

またマストに上《あ》がる気にはなれなくて、ガスコンは後甲板《こうかんぱん》にしゃがみこみ、チューロン船長の望《ぼう》遠鏡《えんきょう》でデボンベル号を見ていた。「イギリス船は帆《ほ》を張《は》り増《ま》してます、船長。速度が上がってきてます」

チューロンはうなずいた。「こちらは風向きどおりに平脚《ひらあし》(注1)でゆけ、ルードン。イスパニオラやプエルトリコのとちゅうに行くまでにあいつらをまこう」

舵手のルードンはふりかえって船長にいった。「まっすぐ東には針路《しんろ》を保《たも》てません。風が北から強くなってきてます。間切《まぎ》る(注2)しかありません、船長」

チューロンはネッドとベンを手まねきした。「見ていろ。いまからおれがジグザグ操船《そうせん》のやりかたを見せてやる」

（注1）船首、船尾《せんび》を水平に保ち、浅瀬《あさせ》に乗りあげないようにする工夫《くふう》。
（注2）向かい風のなかでジグザグに進む航法《こうほう》。

チューロンはルードンと交替《こうたい》すると、慣《な》れた手さばきで舵輪《だりん》を回しながら、ベンに作戦《さくせん》を説明した。「まっすぐ東に向かえないのなら、つぎにいい策《さく》は上手回《うわてまわ》し㊟だ。まず、風に向かって。つぎに風に押《お》されて。そうすれば船は横にかしいで、波をこえていく。これなら速力は落ちない。北風のなかをまっすぐ東に行こうとすると速度は落ちるんだ。ガスコン、敵《てき》はいまどうしてる？」

船長のうしろから見張《みは》りは答えた。「イギリス船もこっちと同じことをしています、船長。上手《うわて》回《まわ》ししてジグザグ操船《そうせん》です。池のアメンボウみたいに」

おしゃれで気取り屋のレッドジャック・ティール船長も、ばかではなかった。そのとき、やはりフランス船をけんめいに見まもっていたのだ。そして、やはり間切《まぎ》るよう指示《しじ》を出し、砲手長《ほうしゅちょう》に左舷《げん》の大砲《たいほう》を待機《たいき》させるよう命じていた。

ティールは敵の船にさっきよりすこし近づいたと思った。ころあいを見はからって、いちかばちかの勝負に出る気だった。

と、そのときが急に来た。ジグザグに進むうちに、この二隻《せき》がたがいに舷側《げんそく》を見せて向かいあったのだ。砲手長の横に立って、船長は早口で命令《めいれい》をくりだしていった。「そうだ！　いまだ！　舷側いっぱいにぶちかませ！　撃《う》てーっ！」

十門の大砲がうしろに引かれるや、いっせいに轟音《ごうおん》をたてて炸裂《さくれつ》した！

マリー号の乗組員《のりくみいん》は飛んでくる大砲の音を聞くなり、みんな腹《はら》ばいになった。ベンはあっと息を

のんだ。ネッドがご主人をかばうように背中《せなか》に飛びのったのだ。つぎの瞬間《しゅんかん》、ものすごい衝撃音《しょうげきおん》、煙《けむり》、炎《ほのお》、男たちの悲鳴、さけび声。

チューロンはすぐに立ちあがり、さけんだ。「南だ！　風にのって南に向かえ。上手回し中止！」そういって、ベンの背中からネッドを下《お》ろした。「だいじょうぶか、ベン？」

耳のなかでジンジンと音がひびいていたが、ベンは立った。

「だいじょうぶです、船長。それより船は？」

船長はベンとネッドがついていくのがやっとなほど、すごい勢《いきお》いで損傷《そんしょう》部分を見てまわった。運《うん》よく、マストは一本も折れていなかった。舵柄《だへい》も無傷《むきず》だったし、船体に穴《あな》も開けられなかった。だが、厨房《ちゅうぼう》が吹《ふ》き飛ばされ、甲板《かんぱん》には跡形《あとかた》もなかった。真《ま》っ青《さお》な顔をしたピエールが、傷《きず》を負った片腕《かたうで》をつかみながらよろよろと立ちあがっていった。

「乗組員《のりくみいん》三名が死亡《しぼう》しました、船長。厨房が吹き飛ばされ、コックからなにから、すべて失《うしな》いました。中《ちゅう》甲板も燃《も》えてます。ひどくはないですが」

（注）船がUターンするとき、いったん風上に向かって旋回《せんかい》するやりかた。

チューロンは自分の上着の裏地《うらじ》を引きさいて、それでピエールの腕を巻《ま》いてしばってやり、命令《めいれい》を出した。「火を消せ！　索具《さくぐ》を点検《てんけん》しろ！　ルードン、船を真南に向けろ。やつらの射程《しゃてい》からぬけだせ！」

ベンは船長が眉《まゆ》をしかめ、目を細めるのを見て、いった。「こんなになっても逃《に》げきれるでしょうか？」

チューロンはひげをなでて、デボンベル号に目をやった。「微妙《びみょう》だな。微妙だ。だが、逃げるよりもっといい手を思いついたぞ。やつらに追跡《ついせき》をやめさせる手だ。アナコンダ、プエルト・コルテスの作戦《さくせん》をおぼえてるか？」

大男の顔がとたんに笑顔《えがお》になった。「はい、船長。オランダ人からゲルダちゃんをぶんどったときのことですね？　あれを船尾《せんび》に運《はこ》ばせますか？」

船長はカトラス刀《がたな》をぬいた。「滑車装置《かっしゃそうち》を用意しろ！」

ネッドはめんくらってベンにきいた。「滑車を使って持ちあげる？　ゲルダちゃんってそんなに大きな子？　だれなんだろ？　ベン、聞いてみて」

ベンの質問《しつもん》に船長が説明してくれるのを、ネッドは耳をそばだてて聞いた。

「ゲルダっていうのは、変わった銃《じゅう》なんだよ。ユカタン半島の端《はし》にある駐屯地《ちゅうとんち》に向かっていたオランダ船からうばったものだがね、銃身《じゅうしん》が長くて、筒《つつ》は大砲《たいほう》の弾《たま》が入らないほど細いが、大砲よりも遠くに飛ぶようにできている。まあ、見ていろ」

ゲルダというのは、ほんとうに変わった武器《ぶき》だった。ベンも手伝って、ゲルダを船尾甲板《せんびかんぱん》に運び、船首《せんしゅ》のカルヴェリン砲に使われるはずだった支軸《しじく》の上にのせた。

船長は長い砲身《ほうしん》を満足《まんぞく》げになでた。「いつかこれが役に立つときが来ると思っていたよ。砲身を見ろ、これは遠いところをねらうのに向いているんだ。ゲルダにはふつうの二倍もの火薬をこめられる。砲身《ほうしん》には厚《あつ》い銅線《どうせん》が七重にも巻《ま》いてあるから、内圧《ないあつ》が激《はげ》しくてもこわれることはない。だが穴《あな》はふつうの砲弾《ほうだん》には小さすぎる。となると、なんに使おうとしてるかわかるか、ベン？」

少年はすぐに察《さっ》した。こわれた手すりのそばにチューロンが置《お》きっぱなしにしていた鎖玉《くさりだま》を拾いあげて、いった。「これがゲルダの口に入るってことでしょう」

フランス人はベンに向かってにっこり笑った。「そうだ、ラッキーベン！　イギリス人らに、お返しですって撃《う》ちかえしてやろう。アナコンダ、ガスコン、ゲルダ砲用意。まだ走っているうちに態勢《たいせい》を取れ！」

ネッドとベンは船長の命令《めいれい》で甲板《かんぱん》を下《お》り、詰《つ》め布《ぬの》がわりになるやわらかいぼろ布と、それをひたすヤシ油を集めた。甲板にもどるとちゅうで、ゲルダの砲弾をしっかり詰められるよう、船首のカルヴェリン砲から突《つ》き棒《ぼう》を持ってきた。

チューロン船長とアナコンダはゲルダ砲の弾道《だんどう》を上向きにしてねらいを定めていた。

デボンベル号の乗組員《のりくみいん》のひとりは、マデイラ酒《しゅ》のびんとゴブレットののった盆《ぼん》を持って、船長のそばにひかえていた。レッドジャック・ティール船長は朝の一服《いっぷく》とばかりにマデイラ酒を飲みながら、見張《みは》り台からの報告《ほうこく》を伝える乗組員にたずねた。「おい、フランス野郎《やろう》はなにしてる、ええ

?」

たずねられた男は見張《みは》り台を見あげてさけぶ。「船長が、フランス船はどうしてるかとおたずねだーっ」

見張りは下に向かってどなる。「まっすぐ南に向かってます。中甲板《ちゅうかんばん》に受けた損傷《そんしょう》の後始末《あとしまつ》をしています！」

その声は船長にも聞こえていたが、男はあらためて伝える。「まっすぐ南に向かっています。修《しゅう》理《り》しながら走っているようです」

マデイラ酒《しゅ》をちびちび飲みながら、ティール船長は口もとをふいて、ほほえんだ。「こいつはおどろいた。修理しながら走ってるだと。ふん、お笑いだ」

見張り番はまた下に呼《よ》びかけた。「船尾《せんび》に大砲《たいほう》を準備《じゅんび》したようですが、種類《しゅるい》ははっきりとは見分けられません」

男がまた船長に向かっていう。「報告によると――」

船長は冷たい視線《しせん》を向けて男をしりぞけた。「あっちへいけ、おまえはまるで洞穴《ほらあな》のなかの山びこだ。ちゃんと聞こえておる。砲手《ほうしゅ》、上にのぼって、あのあほうがなに寝《ね》ぼけているのか見てこい」

砲手長《ほうしゅちょう》はおとなしくマストを上《のぼ》って見張り台の男のそばまで行った。手で日ざしをさえぎってマリー号を見はるかす。

ティール船長がとがった声でどなる。「そいつに望遠鏡《ぼうえんきょう》をわたさんか、ばか！」

砲手《ほうしゅ》は望遠鏡《ぼうえんきょう》のレンズごしに見た。

「どうやら鼻の長いカルヴェリン砲《ほう》のようです。ここまでとどきやしません。半分くらいしか飛ばないでしょう、船長」

ティールはもっとワインをつげとばかりにゴブレットをさしだした。「そうか。じゃあばかなフランス野郎《やろう》どもにやらせるだけやらせてみよう。ハハハ！」

と、遠くにするどい砲声《ほうせい》がひびいたかと思うと、数秒後に悲鳴があちこちで巻《ま》き起こって、すごい衝突音《しょうとつおん》がした。

鎖玉《くさりだま》にもぎとられて、デボンベル号のフォアマストがぶらんぶらんとゆれまわり、そして落ちた。


マリー号の船上では、乗組員《のりくみいん》がわーっと歓声《かんせい》をあげた。ベンとネッドも船長のまわりをぐるぐる踊《おど》りまわった。犬はワンワンほえ、少年は大よろこびでさけんだ。「やったーっ、船長。すごい、すごい！　やつらのフォアマストをちょんぎっちゃった！」

でも、船長はまだ先が燃《も》えている火縄《ひなわ》を手にしたまま、平然《へいぜん》としている。そしてそれを派手《はで》にふってみせると礼をしていった。「ラファエル・チューロンは、昔泣《むかし》く子もだまる紅海《こうかい》の海賊船《かいぞくせん》『スーダンの星号』の砲手だったんだ！」

ネッドがベンに気持ちを伝えた。「ねえ、ピエールさんが船のまんなかからこっちに向かってくるけど、暗い顔してるよ。まるでマリー号がやられたみたいな顔だ」

ピエールのうかない顔のわけはすぐにわかった。「船長。厨房《ちゅうぼう》が砲撃《ほうげき》されたとき、保存食料《ほぞんしょくりょう》のほとんどが流れてしまいました」

チューロンががっくりした。「なにも残ってないのか？」

ピエールが肩《かた》をすくめた。「水が樽《たる》半分と、小麦粉《こむぎこ》の袋《ふくろ》がひとつ、それだけしか引きあげられませんでした」

チューロンの上機嫌《じょうきげん》はあっというまに消えてしまった。「イスパニオラかプエルトリコに着くまではなんとか食《く》いつなごう。舵《かじ》をかわれ、ピエール。東に針路《しんろ》をもどせ。アナコンダ、おれといっしょに、食料《しょくりょう》が手に入るまでの水と小麦粉の割《わ》りあてを決めよう」

ネッドはベンを横目で見ていった。「ぼくたち、船長にとってあんまりラッキーじゃなかったかもね。さあ、気合《きあ》い入れてがんばろう。苦難《くなん》の日々が待ってるぞ」

5

レッドジャック・ティール船長は上機嫌《じょうきげん》とはいえなかった。それどころか、不《ふ》機嫌《きげん》そのものだった。だから、部下全員に自分と同じ、心の底《そこ》からいやな気分を味わってほしかった。

自分の鎖玉《くさりだま》でフォアマストをなくしてしまった翌日《よくじつ》の昼だった。フランスの海《かい》賊船《ぞくせん》はまる一日分遠く青いカリブの海原《うなばら》にはなれてしまっていた。このイギリス船もけんめいに追跡《ついせき》をつづけたが、羽を痛《いた》めたカモメのように、しだいに遅《おく》れて、いまは折《お》れたマストの修理《しゅうり》をつづけながらヨタヨタと走っていた。

はじめに宣言《せんげん》したとおり、ティールは乗組員《のりくみいん》たちをこっぴどく罰《ばっ》して、部屋《へや》にもどってしまった。全員が先の結び目をタールで固めたロープで六回たたかれた。獲物《えもの》を取り逃《の》がしたことに対して三回、そして船長いうところの「規律《きりつ》を欠《か》いた、ふてくされた態度《たいど》」とやらにたいしておまけの三回が加えられたのだった。

船長室のドアにおずおずとノックの音がした。ティールは昼間のマデイラ酒《しゅ》のゴブレットから目を上《あ》げて、ぴしっといった。

「入れ」

水夫長《すいふちょう》がドスンドスンと足音をたてて入ってきた。骨折《こっせつ》した足の両側《りょうがわ》に添《そ》え木《ぎ》をしている。前髪《まえがみ》をひっぱって敬礼《けいれい》のしぐさをすると、こまったようすで立っていた。

ティールはテーブル上に広げた海図《かいず》を調べているふりをした。そして、もうこのくらいの間を取ればいいだろうと、いすに深く座《すわ》りなおし、部下を不愉快《ふゆかい》そうに見た。

「口のなかに舌《した》がないのか？　ええ？　ボサッとつったって、あわれっぽくしてるんじゃない！しゃべれ！」

水夫長ののどぼとけが神経質《しんけいしつ》そうに上下した。「はい、その、フォアマストがもとどおり直りました。もうこれで、満帆《まんぱん》で走れますよ、船長」

レッドジャック船長はゴブレットをもてあそびながら、水夫長の足のケガをじっとながめた。

「そんな足じゃ、まだ満帆で走ることはできまい、ええ？」

水夫長はまっすぐまえを見たまま、答えた。「はい、船長」

船長はなげかわしいといわんばかりにため息をもらした。「足をマストの円材《えんざい》の下敷《したじ》きにするとはな。おまえはよっぽどまぬけな野郎《やろう》だ。おまえはなんだ？」

あいかわらずまえを見たまま、水夫長は同じ言葉をくりかえさせられた。「まぬけな野郎であります！」

やれやれ、つかれたわい、といった感じで立ちあがると、船長は甲板《かんぱん》に持って出ようと、ゴブレットにワインをたした。「さあ、さっさと動け。修理《しゅうり》の結果《けっか》を見にいこう」

水夫長がピーッとするどくホイッスルを鳴らすと、乗組員《のりくみいん》は急いで主甲板《しゅかんぱん》に四列に整列《せいれつ》した。ティールはほかにはいっさい目もくれず、さっさと新しいフォアマストを見にいった。それは船の材木庫《ざいもくこ》から出してきたありふれたトネリコの木材の一部を、折《お》れずに残った一メートルほどのマストの根方にくぎとロープでくっつけてあった。そのロープでしばった部分にとかしたタールを何度もぬって固めた船大工《ふなだいく》と助手の男が、片側《かたがわ》にかしこまって立っている。

船長はその応急《おうきゅう》マストのまわりを二度回って、できばえをしげしげと見た。「ふーん。思ったほどはわるくない。しかし、これが割《わ》れずにもつかな？」

船大工は敬礼《けいれい》していった。「はい、船長。強風にもたえられると思います！」

ティールは新しい木材が南アメリカで積《つ》みこんだものと思いこみ、しぶい顔をした船大工にちらっと笑顔《えがお》を見せた。「よくやった！　しかし、ほんとは故郷《こきょう》イギリスのトネリコを使いたかったろうなあ。ええ？」

船大工はぬかりなく、元気よくうなずいていった。「はい、船長！」

しかし、船長がすたすたと遠ざかるのを見送りながら、大工は不思議《ふしぎ》でならなかった。これが船の材木庫にあった、ごくふつうのイギリスのトネリコだということもわからないやつが、どうして船長になどなれたのだろう？

ティール船長は後甲板《こうかんぱん》に立って、下の主甲板《しゅかんぱん》に気をつけをして待っている乗組員《のりくみいん》たちにお説教《せっきょう》をはじめた。できのわるい子どもをしかりつけるきびしい父親のようだった。

「国王陛下《へいか》の船の船長として、国王の免許状《めんきょじょう》をあたえられたものとして、わたしは海を海賊《かいぞく》どもから守る任務《にんむ》をおびている。しかるに、わたしは自分の乗組員のせいで失敗《しっぱい》しかかっている。なんとだらしないやつばかりか！　ばかなフランス船に逃《に》げられるとは！　それでもおまえら、砲手《ほうしゅ》か？　船の向きを撃《う》ちやすいようにしてやったじゃないか！　それなのに、おまえたちにこわせたのは、やつらの厨房《ちゅうぼう》だけだぞ！　それでも狙撃手《そげきしゅ》といえるか！　マスケット銃《じゅう》は一発も撃《う》ってないじゃないか！　敵の舵手《だしゅ》や船長を生けどりにしてやろうという根性《こんじょう》のあるやつはいないのか？　かと思うと、どうだ、舵《かじ》をにぎっているばかは、鎖玉《くさりだま》のひとつも避《さ》けることができないときた！　おかげでこっちの船は大ケガだ！」

乗組員《のりくみいん》は全員、そこに答えが出ているみたいに、甲板《かんぱん》を見つめていた。ティールはさらに話をつづけて、かんしゃく玉を爆発《ばくはつ》させる。「おまえら、それでもイギリス私掠船《しりゃくせん》か！　田んぼをたがやすロバだ、キャベツをつくってるまぬけどもだ！　だが、これからは変わってもらうぞ。これからおまえらを本物の船乗りにたたきなおしてやる。くにの女房《にょうぼう》どもが誇《ほこ》りに思える、戦《たたか》う船乗《ふなの》りにな！　もうただのロープたたきではすまされない。きびきびやらないやつには九本ロープのむち打ち刑《けい》だ。

いまからフランス野郎《やろう》を生けどりにする。でなければ、沈《しず》めて水の墓場《はかば》に送りこんでやる！　わかったか！」

全員が声をひとつにさけんだ。「はい、船長！」

ティールはゴブレットをささげてはべっていた男のほうを向いて、マデイラ酒《しゅ》を何口か飲み、頬《ほお》に軽くハンカチをあてた。部下をしかりとばすのはつかれる仕事だった。やおら甲板から引きあげようとしたとき、航海士《こうかいし》に引きとめられた。「水葬《すいそう》をとりおこなう許可《きょか》をいただけますか、船長？」

船長は忘《わす》れていなかったというふりをした。「おお、そうだ。マストの下敷《したじ》きになったやつだな。そう、運んできて、取りかかれ」

死体は船の手すりぎわまで運ばれてきた。帆布《はんぷ》にしっかりと包まれて、足首には甲板《かんぱん》みがきの砥《と》石《いし》が重石《おもし》がわりにくくりつけられている。帆布のまんなかを荒《あら》く縫《ぬ》いあわせている麻糸《あさいと》は、最後のひと針《はり》を死者の鼻に通してある。まちがいなく死んでいることをあらわすための船《ふな》乗りたちの習《なら》わしだ。

男が六人がかりでこの包みを持ちあげ、油をぬった板《いた》にのせる。それを手すりの上にのせ、船長がそそくさと聖書《せいしょ》の一節《せつ》を読みあげて「アーメン」の結び文句《もんく》で切りあげると、全員が「アーメン」とくりかえした。

そして、六人の男は板を海のほうにかたむけながら、声を合わせてとなえた。

父なる海神《うみがみ》ネプチューンよ
こいつにやさしくしてやって
かわいい人魚姫《にんぎょひめ》よ
甘《あま》い歌を歌ってやって
だってどっかの母の子が亡《な》くなって
こうして祈《いの》りをささげたいま

足に砥石《といし》をくりつけたいま
海に落とします、友よ、あなたは死にました！

帆布《はんぷ》の包みは水面にぶつかってバシャッとにぶい音をたて、海のなかに消えていった。

レッドジャック船長はえりもとのスカーフをまっすぐにした。「総帆上《そうはんあ》げろ、航海士《こうかいし》！　真東に向かって追跡《ついせき》開始。フランス船が見つかりしだい、報告《ほうこく》せよ。えぇーっと、ところで、いま弔《とむら》った男は？」

「パーシバルです、船長」

ティールはちょっとめんくらったような顔になった。「パーシバルだれ？」

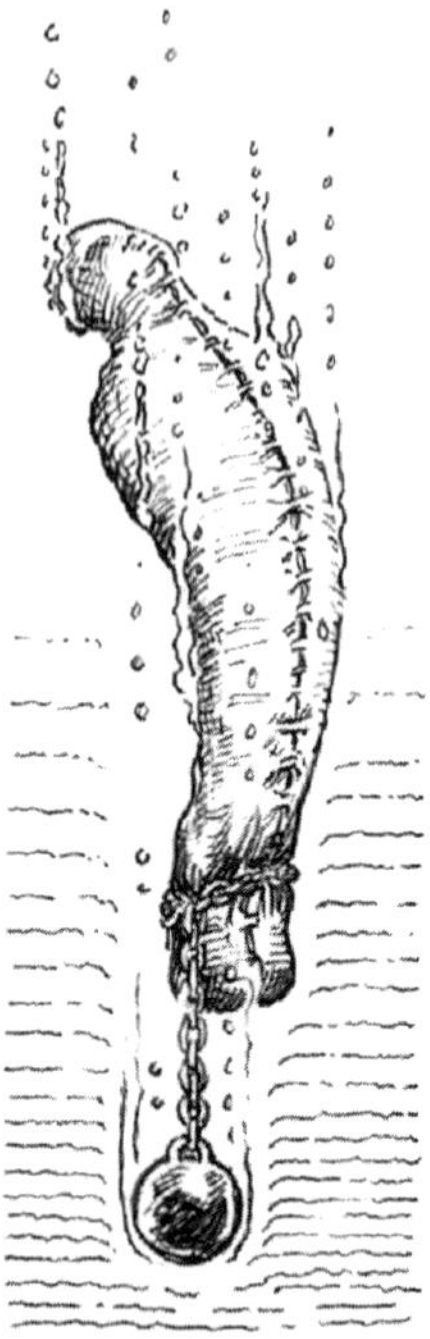

「マウンシーです。船長のコックでした」

船長は悲しげに首をふった。「コックか！　それは都合《つごう》がわるいなあ。やつのかわりができるいいやつを見つけてくれ」

マリー号の船上で三日がたった。天気はずっと晴れて風も順風《じゅんぷう》だった。

ベンは竹のカップをふたつ持って列にならんでいた。厨房《ちゅうぼう》がわりにつくった間《ま》に合わせの帆布《はんぷ》の日よけのなかでは、ルードンと、グレストという名の乗組員《のりくみいん》が、全員に配給《はいきゅう》の飲み水を分けていた。ベンが最初のカップをさしだすと、グレストはひしゃくに水を三分の二入れて、カップにそそいだ。つぎにベンがもうひとつのカップを出した。

グレストはそれを見てベンをにらみつけた。「ひとりにつき一杯《ぱい》。それだけだ！」

ルードンがなにごとかグレストに耳うちすると、グレストはだまってベンに二杯《はい》めをついでくれた。

チューロン船長がつかつかと寄《よ》ってきた。「なんか問題でもあるのか、小僧《こぞう》？」

ベンは首をふった。「問題なんかありません。ぼくとネッドの水をもらっているだけです」そういってベンはネッドをしたがえてその場をはなれた。

船長は太い指でグレストの肩《かた》をついて、ふるえあがらせた。

「犬も水をもらう。ほかのみんなと同じにな。犬にもきちんと配給しろ、わかったな？」

チューロンが去っていくのを見ながら、グレストはつぶやいた。「犬に水だと？　人間さまだって十分に行きわたらねえのに」

これがチューロンの耳に聞こえてしまった。船長はふりかえると、ほほえんでいった。「そのひしゃくをこっちにくれ」

グレストはいわれたとおりにひしゃくをわたした。チューロンはひしゃくの金《かね》の取っ手をつかみ、楽々と曲げた。そして、あいかわらず笑顔《えがお》のままひしゃくをグレストの首に回しかけ、その両端《りょうはし》をひとつにしてねじった。まるで鉄の首輪《くびわ》だった。チューロンの顔から笑《え》みが消えた。

「おまえが船長になりたくなったら、そのときは知らせてくれ！」

ネッドは竹カップの水をなめきった。「おかしいよね、水なんてあってあたりまえだと思ってるけど、なくなれば大変なんだ」

ベンはネッドの黒い目にほほえみかけて、返事をした。「雨のきざしもないしね。雨さえ降《ふ》れば帆《ほ》を広げてすこしは水を集められるのに。イスパニオラとプエルトリコまであとどのくらいだろう？」

黒いラブラドール犬は竹カップを口でくわえていった。「さあね。船長んとこに行って聞いてみよう」

チューロンは船首《せんしゅ》に立って望遠鏡《ぼうえんきょう》をのぞいていた。ふたりは水の配給《はいきゅう》にならんでいる人垣《ひとがき》をさけて、右舷《うげん》のほうから回っていった。ネッドが帆布《はんぷ》の仮厨房《かりちゅうぼう》の裏《うら》で立ちどまり、ベンに急いで考えを伝えた。「音をたてないで。聞いてごらん！」

ルードンとグレストがリカウドという名の男に水をわたしながらささやいていた。「サンタマルタで停泊中《ていはくちゅう》にな、犬ちくしょうがほえるのを止めようとしたら、船長のやつ、おれをけりやがった！」ルードンのぐちがベンの耳に入った。ネッドが憤慨《ふんがい》して心のなかでいう言葉も聞こえてきた。「犬ちくしょう？　ふん、自分はどれだけりっぱなんだ！」

グレストはルードンに調子を合わせた。「そうだ、あのガキと犬がそんなにラッキーなら、どうして私掠船《しりゃくせん》なんかに追われてるんだよ？　食《く》い物一口もなく、飲み水一滴《てき》もなくてよ？　それでもラッキーか？」

リカウドもぐちっぽい男だということが、声の調子でベンにはわかった。「そうだ、水がないなんてなあ。こんなちょっとの水で生きていけるかってんだ！　おい、その樽《たる》にあとどのくらい水残ってる、グレスト？」

グレストが樽《たる》をかたむけて水をふる音が聞こえた。「明日《あした》一日はもたねえな。そのころには陸地《りくち》が見つかるかもしれねえ。けど、ひとつだけいっとく。チューロンはおれにはやっかいなだけだ。陸に上《あ》がったら、おれは逃《に》げるぞ。あのふたつの島のあたりにゃほかにも乗組員《のりくみいん》をさがしてる船はあるからな」

ルードンの声が答えた。「逃げるときは教えてくれ。おれも残ってけとばされてる気はねえ。おまえはどうだ、リカウド？」

リカウドがくっくっとのどで笑った。「おえらい船長も乗組員がいなけりゃただの人だ。おれも行くぜ。みんなに聞いてみるよ。フランスに帰ったらおたずねものになるやつらがおおぜいいるからなあ」

ルードンが用心ぶかそうな声になった。「そのとおりだ。けど、このことはピエールとアナコンダにはぜったいもらすなよ。あいつらはチューロンに忠実《ちゅうじつ》だ。さりげなく聞いてまわれ。くれぐれも持ちかける相手を選びまちがえるな」

ネッドは目を丸くしてベンを見つめ、考えを伝えた。「きみは船長のとこに行って。ぼくはこのあたりでいろいろ聞いているから。いまの話を船長に伝えて」

チューロン船長は望遠鏡《ぼうえんきょう》で水平線《すいへいせん》を見はるかしていた。背後《はいご》にベンの足音を聞いて、船長はふりかえった。ベンは立ち聞きしたことをどう伝えようかとまごついた。「船長……あの……じつは……」

船長は少年の神秘的《しんぴてき》な青い目を見つめた。目には嵐《あらし》にくもる遠くの海にまじって、永遠《えいえん》の誠実《せいじつ》さが見てとれた。船長は少年の気を楽にするようにほほえんだ。「いってみろ。困《こま》ってることでもあるのか?」

ベンはもう一度いおうとした。「乗組員《のりくみいん》のことです。あの人たち……」

船長は、よくわかってるといいたげにうなずいた。「陸《りく》に上《あ》がったら、マリー号から逃《に》げる気でいる。そんなおどろいた顔をするな、ベン。乗組員の気持ちが読めなくては船長なんかつとまらんよ。連中《れんちゅう》に陰口《かげぐち》いわれたり、白い目をむかれたりしてるんだろう。おれもしばらくやつらに気をつけていたからわかる。わるいやつらじゃないんだが、ときどきああいうふうになるんだ。連中にしてみれば、ロッコ・マドリードに追われて逃げるわ、私掠船《しりゃくせん》に追われて食べ物をなくすわで、まともな船乗《ふなの》りなら、こんな船は下《お》りたくなるさ。

カリブの島々じゃ、人は親切だし、陽気もいい。港《みなと》に行けば、ほかにやとってくれる船もある。それに、やつらのなかにはフランスに帰ると、海賊稼業《かいぞくかぎょう》のせいでおたずねものになってつかまるやつもいる」そういって船長は笑った。「かくいうおれもそのひとりかもしれん。だが、おれには金があるから、いちかばちかやってみるつもりなのさ」

ベンは船長の知恵《ちえ》とおおらかさに感心した。それでも、やはり聞いてみたかった。「でも、この問題をどう解決《かいけつ》するつもりですか？」

チューロンは海のほうに向かって望遠鏡《ぼうえんきょう》を目にあてた。「もう計画はできている。まず陸地《りくち》を見つけて、全員上陸させる。ただし、やつらをいつも監視《かんし》できる土地でなきゃだめだ。宿屋《やどや》、飲み屋でいっぱいの港町《みなとまち》ではなく、どこか静かで、真水の流れている入り江のようなところ。近くに村があって、食べ物や必需品《ひつじゅひん》を物物交換《ぶつぶつこうかん》できるところだ。

だが、肝心《かんじん》のその陸地がまだ見つからない。この一日二日でちょっと進路をそれたのはわかってるが、島がそんなに遠いはずはないんだ。ほら、のぞいてみろ。おまえはおれのラッキーボーイだ。なんか見つかるかもしれん」

ベンは望遠鏡《ぼうえんきょう》を受けとると、水平線《すいへいせん》にそってすこしずつ見ていった。

チューロンがくすくす笑った。「そうだ。そのラッキーな青い目を使うんだ。おれはネッドをさがしてくる。あいつが脱走班《だっそうはん》に加わらなければいいがな」

ベンは望遠鏡から目をはなさずにいった。「そんなこと考えちゃいけません、船長。ネッドみたいに忠実《ちゅうじつ》な犬はいないんですから」

水平線に小さな黒い点があるのに、ベンは気づいた。背《せ》すじを冷たい氷水が伝い下《お》りる感じがした。あれはフライング・ダッチマン号だと、直感でわかった。ベンは急いでレンズを南に向けた。と、遠くに、黒っぽい紫《むらさき》のよごれのようなものが見えて、ベンの恐怖《きょうふ》は消え、気持ちが晴れた。

「船長！　陸地です！　あそこ、南東の方向！」

チューロンが望遠鏡を受けとって目にあてた。「どこ？　どこだ、ベン？　おれにはなんにも見えないぞ」

返された望遠鏡《ぼうえんきょう》をのぞいて、ベンはすぐにまた遠くの点を見つけた。「かがんで、船長。望遠鏡を動かさないで持ってますから、のぞいてください。ほら、あそこ！」

船長は真鍮《しんちゅう》の筒《つつ》にけんめいに目を押《お》しあてた。「おまえの目はおれのよりよほどいいにちがいない。おれにはなんにも見えないぞ。いや、ちょっと待て。ああ、あった！　アナコンダに針路《しんろ》を二点㊟南に取って直進しろと伝えてくれ。ベン、おまえはほんとに、おれのラッキーボーイだ。またでかしたな。おーい、陸地《りくち》だぞ！」

ネッドは、男たちが船尾《せんび》手すりによりかかってぐちったり、言い争《あらそ》ったりしているのを、じっと辛抱《しんぼう》づよく聞いていた。

そのとき、船長のあげた歓声《かんせい》が聞こえてきた。それがまるで魔法《まほう》のようにきき目があった。乗組員《のりくみいん》はわいわいがやがや、四方に散《ち》ってそれぞれの任務《にんむ》に取りかかった。アナコンダが太いいい声で歌いはじめた。

えいこら、島だよ、仲間たち
あそこに行こうよ、
えいこらえい、
入り江にゃ魚が泳いでる、
木には木の実《み》がなっている。

えいこらえい、
あっちはいいとこ、楽なとこ
お日さまぽかぽかのんびりと
木《こ》かげで頭を休めたり
風下《かざしも》に錨《いかり》を下《お》ろしたり。
えいこらえい、
みんなそろって働けよ、
えいこら、船はまっしぐら。

ネッドは大男の舵手《だしゅ》の横に立ち、頭をつんと上《あ》げてワンワンとほえた。ベンは笑いながら考えを伝えた。「おまえ、歌詞《かし》を教えてもらえよ、ネッド」
犬は鼻を鳴らし、憤然《ふんぜん》としてベンを見た。「ヴァイオリン弾《ひ》きや、太鼓《たいこ》たたきや、ギター弾きが歌詞知らなきゃ弾けないかい？　わかってないんだから。ぼくはこの人にすばらしい伴奏《ばんそう》をつけてあげてるんだよ！」

西に落ちていく太陽に、船尾《せんび》から帆《ほ》を真《ま》っ赤《か》にそめられながら、マリー号はプエルトリコの南東沿岸《えんがん》の入り江グアヤマに入っていった。船は浅瀬《あさせ》の外側《そとがわ》に錨を下ろした。そうすれば引き潮《しお》になっ

（注）方位をしめすらしん盤《ばん》は32分されており、一点が十一度十五分。

ても砂州《さす》に取り残されることがないからだ。

チューロン船長はピエールに運搬《うんぱん》ボートを海面に下《お》ろせと命じた。このボートは小型《こがた》なので、岸まで四回も往復《おうふく》しなければならない。

水夫長《すいふちょう》が自分に忠実《ちゅうじつ》であることを知っている船長は、最初の往復をまかせることにした。「ピエール、おまえはアナコンダと先発隊《せんぱつたい》になれ。ベンとネッドは二番めに乗る。ルードン、おまえが三番め。おれは最後に行く。アナコンダ、おまえはむこうで降《お》りずに、毎回ボートをもどしてくれ。全員、マスケット銃《じゅう》も、カトラス刀《がたな》も船に置《お》いていけ。ナイフだけ携帯《けいたい》しろ。武器《ぶき》を見せると、島の住民が敵《てき》だと思って警戒《けいかい》する。アナコンダ、命令《めいれい》を出せ！」

武器を残していけといわれても、文句《もんく》をつけることも忘《わす》れるほど、男たちは興奮《こうふん》して浮《う》き足立《あしだ》っていた。アナコンダが両手でメガホンのように口を囲《かこ》って、大声を張《は》りあげる。「ボート班、出発するぞ！」

順番《じゅんばん》が来ると、ベンはボートの舳先《へさき》に座《すわ》って、横に立っているネッドに頼《たの》んだ。「そのしっぽをじっとさせててくれよな。でないと、固い地面に降りたつまえに、しっぽにたたきまくられて死んじゃうよ！」

ネッドは右に左に首をゆらしながら答えた。「ごめんよ、でもそれはむりな注文だ。ぼくたち犬は生まれつきしっぽをふるようにできてるんだ。このみごとなしっぽをじっとさせてたら、なさけない気持ちになっちゃうよ」

ピエールが第一の班とともに岸に上《あ》がって待っていた。この班は、ヤシの木が立ちならぶ浜辺《はまべ》で木を拾いあつめて火を起こしていた。船長に忠実《ちゅうじつ》な水夫長《すいふちょう》ピエールは、ネッドとベンをそばに呼《よ》んだ。ほかの乗組員《のりくみいん》たちからちょっとはなれた場所だった。

ピエールは声を落としていった。「この火はマリー号からも見えるんだ。もうじき夜になる。男たちは暗やみのなかをさまよい歩くことはない」

背後《はいご》の熱帯林《ねったいりん》から物音が聞こえた。正体《しょうたい》のわからない鳥、けもの、爬虫類《はちゅうるい》が、獲物《えもの》を狩《か》るか、反対に狩られるかしている、不思議《ふしぎ》な音だった。

ベンは焚《た》き火に近づいた。「水は見つかりましたか？」

ピエールは首をふった。「たぶん、あしただな。ほら、ヤシの実《み》の汁《しる》でも吸《す》え。木の下にいっぱい落ちてる」

そういって、厚《あつ》くて、繊維《せんい》におおわれた殻《から》を切ると、たっぷりの果肉《かにく》が顔を出した。そこにナイフで切り目を入れて、ベンにさしだした。ベンは透明《とうめい》な甘《あま》い果汁《かじゅう》を飲んだ。おいしかった。

ネッドが前足でベンの足をとんとんとたたいた。「ぼくには分けてくれないの？」

ベンはきゅっとラブラドールを抱《だ》きよせていった。「ごめん、ネッド。いますぐおまえの分ももらってやるよ」

チューロン船長が岸に着いたころには、乗組員は焚き火のまわりでうとうとといねむりしていた。船長はピエール、ネッド、ベンのそばに来た。三人はヤシの果汁を飲み、白い果肉を食べていた。

船長は小声でいった。「ここに上陸《じょうりく》してからもう三人が脱走《だっそう》した。ルードン、グレスト、それにリカウドだ。きっといまごろは陸《りく》の奥地《おくち》にかくれていることだろう。アナコンダが運搬《うんぱん》ボートで本船に帰って、あいつらがマリー号を乗っ取れないようにした。アナコンダは朝になったらこの浜《はま》にもどってくる。そうしたらピエール、そのボートでまた本船へ行き、日中はマリー号の警備《けいび》にあたってくれ。ときどき、交替《こうたい》して休んでもらう。おれはマスケット銃《じゅう》を何丁《ちょう》かとカトラス刀《がたな》を袋《ふくろ》に入れて持《も》ってきた。だから万一、反乱《はんらん》が起きても戦《たたか》えるってわけだが、そうならないことを祈《いの》るよ。ベン、おまえはネッドと最初の見張《みは》り番になれ。つぎにおれがかわる。おれのあとは、ピエール、おまえが朝まで見張りに立ってくれ。あすはどういうことが起きるか、まるでわからない。出たとこ勝負で、そのつど計画を立ててやっていく。さあ、おれはもう休む。しっかり起きていてくれ、ベン、ネッド。男たちをしっかり見張るんだぞ」

ベンは焚《た》き火のそばに座《すわ》って、火をたやさぬよう流木《りゅうぼく》のかけらなどを投げいれながら、浜辺《はまべ》に広がって黒々としたかたまりに見える木々や葉にじっと目をこらした。朝になったらどんなことが起きるのだろうか。ネッドはとなりで、割《わ》れたヤシの実《み》を前足でかかえこみ、低くうなりながら、固い殻《から》からやわらかく白い果肉《かにく》をかじりとっていた。

「うーっ、うまい！ いままでどうしてヤシの実を食べなかったんだろう？ 見た目はやわらかい骨《ほね》みたいだけど、甘《あま》くてみずみずしい。ううーっ、いい歯ごたえだ、うまい！」

ベンが笑った。「ヤシの実を食べる犬か。犬にもいろいろいるんだね。ねえ、ちょっとだけ話を聞いてくれる？ 流木がすくなくなってきたんだよ。波打《なみう》ちぎわにはいっぱいあるんだ。ぼくはここにいて見張《みは》りをしてるからさ」

黒いラブラドールは立ちあがって、のびをした。「ぼくが船の船長になったら、きみを流木拾《りゅうぼく》いに行かせるからね。楽じゃないよ、あれ持ってこい、これさがしてこいって。自分は焚《た》き火のそばに座《すわ》って命令《めいれい》するけど」

ベンはわざとまじめな顔をしていった。「そのとおりだ、相棒《あいぼう》。おまえが船を持ったら、『ブラック・ドッグ号』と名づけよう。そしてぼくを朝から晩《ばん》までこきつかったらいい」

ネッドはトコトコと浜辺《はまべ》を走っていきながら、まだぐちっていた。「ああ、こき使ってやるとも。ぼくの船ではなまけものの少年なんかゆるさないからね。おっと、もうひとつ。ぼくの船の名前は『ハンサム・ネッド号』だ。ブラック・ドッグなんて音のひびきがわるいよ！」

ベンはネッドが走っていくのを見守っていた。ネッドは浜を左に行った。浜に着いてから、ふたりとも右のほうに広がる海に目をやることはさけてきた。理由《りゆう》はわかっている。海上のどこかで、ヴァンダーデッケンとフライング・ダッチマン号がうろついているのを、ふたりとも感じていたからだ。ぞっと毛が逆立《さかだ》つような感じをおぼえながら、ベンは焚き火を見つめ、いびきをかいて寝《ね》ているマリー号の仲間たちをながめた。いまのところ、男たちに問題はない。海のほうにちらっとでも目が行かないように気をつけながら、ベンは暗い、こんもりした森に目を向けた。

とたんに、そばに犬がいないのをくやんだ。暗い木々の下生《したば》えのなかで、動くものがあった。ベンはじっとしたまま、船長か部下のだれかが目をさましてこの金《かな》しばりをといてくれないかと願《ねが》った。目は木の下のほうのやぶにくぎづけになったままだ。

またなにかが動いた。ゆっくりと音もなく、しのび足だ。ジャングルの肉食動物か？　ジャガーかもしれない。それとも巨大《きょだい》なヘビがこちらをうかがっているのか？

青白い月を浴《あ》びた砂浜《すなはま》に出てくるにつれて、姿《すがた》がはっきりしてきた。野生《やせい》のけものならいい。そうしたらなんとかわたりあえる。だが、出てきたのは人の形をしていた。陰気《いんき》で暗く、幽霊《ゆうれい》のようなそいつは、長い黒のガウンをまとい、先のとがったフードで顔形がわからなかった。まるで顔の部分が黒い穴《あな》のように見えた。

恐怖《きょうふ》のあまり、ベンは体が動かず、のどがしめつけられて声も出なかった。じっと座《すわ》ったまま、不気味《ぶきみ》なかげが滑《すべ》るように近づいてくるのを、金《かな》しばりにあったように見ているしかなかった。それが両手を広げて近づいてくる……だんだん近く……近くなる……

6

これよりまえ、その日の夕方に、海の悪魔《あくま》号は、イスパニオラとプエルトリコのあいだのモナ海峡《かいきょう》に入ってきた。ロッコ・マドリードは計画をすこし変更《へんこう》していた。

船長は航海士《こうかいし》のボーリーを呼《よ》びつけ、計画を説明した。「まっすぐ大西洋に出るのもどんなもんだろう。それよりまずこの海峡の両側《りょうがわ》の島々の港《みなと》、港に寄《よ》ってみたほうがいいんじゃないかな？」

ボーリーは船長に逆《さか》らうようなばかなまねはしなかった。「いい計画です、船長。マリー号が港に停《と》まっているかもしれない。そしたら、大海原《おおうなばら》にぽつんとうかんでただ海戦《かいせん》を待ってるより、よほど楽にことがはこびます！」

船長は口ひげをなでながら、まえに開《ひら》けた海に左から右へときびしい視線《しせん》を走らせた。「おまえならどの島に最初に行く？　イスパニオラか、プエルトリコか？　どこにチューロンは上陸《じょうりく》すると思う？」

航海士はまずイスパニオラに行きたかった。そこならいい飲み屋をたくさん知っていた。だからこそ、反対の島の名をあげることにした。ロッコが逆《さか》らうのがわかっていたからだ。「わたしが決めてよければ、船長、まずプエルトリコを見ますが」

マドリードは長い貴族的《きぞくてき》な鼻の上からボーリーを見おろした。「だが、おまえが決めるんじゃない。この船で命令《めいれい》できるのは、このわたしだ。そのわたしがいう。まずイスパニオラ、サオナ島に上陸《じょうりく》する。この海峡《かいきょう》を通って来た船なら、そこに上陸するはずだ」

ボーリーはおとなしくうなずいた。「船長のなさりたいように！」

待ってましたといわんばかりの調子のよさだった。船長がとたんに疑《うたが》わしげな目つきになり、即座《そくざ》に考えを変えた。「いや、おまえの意見のほうが正しいかもしれん。チューロンの裏《うら》をかいてやろう。進路を変えてマヤグエスというプエルトリコの波止場《はとば》に向かおう。やつはおれたちがサオナに向かっていると思うだろう。おや、どうした？　しけた顔をして。いまプエルトリコに行きたいっていってなかったか？　おまえの望《のぞ》みどおりにしてやって、やさしい船長だろうが？」

ボーリーはポーチュギーと舵《かじ》をかわると、悪魔《あくま》号をマヤグエスに向けた。

マドリード船長は航海士《こうかいし》をからかってやって笑《え》みが消えなかったし、前甲板《ぜんかんぱん》を自信ありげにふんぞりかえって歩いていたが、内心はおだやかでなかった。マリー号の位置《いち》がどこなのか疑《うたが》えばきりがなかったし、チューロンへの怒《いか》りで煮《に》えくりかえっていたからだ。なにがなんでも金貨《きんか》は取りもどしてやる。その金貨がもともとチューロンのものだったということは頭になかった。いいや。あれはおれの金貨なんだ！　取られたまま、チューロンにまんまと逃《に》げられたんじゃ、子分の手前、面子《めんつ》が立たない。しかも、金貨のうちのすこしは、事実《じじつ》、おれのものだった。おれの賭《か》け金だった。

だからラファエル・チューロンとやつの部下は、出すぎたまねをした報《むく》いを受けなければならない。やつを罰《ばっ》してやる。ああ、罰してやるとも。たとえ死にいたらしめてもな。

かげのように動くものはベンのまえで急に立ちどまり、腰《こし》を下《お》ろした。ベンはほっとして体じゅうがゆるんだ。かげは悪霊《あくりょう》などではなく、ただの老人《ろうじん》だった。それにしても、なんて老人だ！

フードをうしろに落として焚《た》き火の明かりにてらされたしわだらけの顔は、すがすがしく、見るからに親切そうだった。ラテン系人種《けいじんしゅ》らしく、白目《しろめ》にくっきりと黒い瞳《ひとみ》のうく目でほほえみかけると、金色がかった茶色の顔に無数《むすう》のしわが寄《よ》った。ベンはすぐにこの老人が正直《しょうじき》ないい人だとわかった。白髪《しらが》は房《ふさ》のように垂《た》れ、長い衣《ころも》は宗教的《しゅうきょうてき》なガウンらしく、ヤシの実《み》の殻《から》をくりぬいてみがいた十字架《じゅうじか》が首からひもでぶらさがっていた。老人はスペイン語で語りかけたが、ベンにはぜんぶよくわかった。

「平和をみもとに。わたしはエステバン神父《しんぷ》だ。きみとその仲間たちが、わたしたちに危害《きがい》を加えないことを願《ねが》っている」

ベンは神父《しんぷ》にほほえみかえした。「もちろんです、神父さま。ぼくたちは食べ物と飲み水がほしいだけなんです。旅がつづけられるように」

ネッドの思いがぱっとベンの心にひらめいた。見ると、ネッドが大きな枯《か》れ枝《えだ》を口にくわえ、引きずりながら浜《はま》をかけてくる。「きみの不安が伝わってきたよ。だれ、この人？　どこの人？」

ベンは頭のなかでネッドに返事をした。「おいで、この人の顔を見てごらん。ネッド、この人は友だちだ。エステバン神父だ」

ネッドはくわえていた枯れ木をはなして、ベンのそばに座《すわ》った。「エステバン神父？　人間というより、聖者《せいじゃ》さまってお顔だね。ぼく、好きだな！」

神父は大昔《おおむかし》の紙のような色の手をさしだした。ネッドがお手をすると、その前足をしばらくなでてだまっていた。それから、ベンの顔を見つめ、おどろいたとばかりに首をふった。「だれに犬と話すことを習った？」

なぜだかベンは、この教祖《きょうそ》のような老人《ろうじん》にみごとに心を読まれても、おどろかなかった。そして、本当のことをいおうと思った。

「だれにも教わってません。これは天使がさずけてくれた能力《のうりょく》なんです。ぼくが犬と話しているのが、わかりましたか、神父さま？」

老神父はかたときもベンから目をはなさなかった。「ああ、わかったとも。おまえの名はベン。そしてこの犬はネッドだ。しかも、おまえの目には、おまえはずっとまえから、見かけどおりの少年ではなかったと書いてある。きびしい人生を歩んできたとな」

神父《しんぷ》の見ぬく力に、ベンはショックを受けた。このすばらしい老人《ろうじん》に、いままでの身の上を洗《あら》いざらい話してしまいたくなった。

だが、神父は手をのばし、ベンの手を包みこんでいった。

「わかってる、ベン。わかってるよ。だが、この老人にその重い身の上を聞かせてくれるな。おまえはこのうえなく正直《しょうじき》な人間だ。この世界の悪《あく》が、おまえの心を汚《けが》しはしなかったな。わしはもう行かねばならないが、夜明けにはもどってくる。村のものたちが船に必要《ひつよう》なものをふるまってくれるだろう。船長に、わしたちは危害《きがい》を加える気がないと伝えてくれ」そういったあと、こうつけくわえた。「だが、おまえに頼《たの》みがある、ベン」

神父の手を軽くにぎって、ベンはうなずいた。「なんでもします、神父さま。なにをすればいいのですか？」

神父は首からヤシの十字架《じゅうじか》のついたひもをはずしてベンの首にかけ、シャツのなかに押《お》しこんだ。

「これを身につけていなさい。これはおまえと犬を、追いかけてくるものから守ってくれるだろう。あぶない目にあったら、思い出しなさい」

ベンは十字架を手に取ってみた。焚《た》き火の明かりにてらされてぴかぴかと光った。表面の人物像《じんぶつぞう》はていねいに彫《ほ》りこまれており、黒い染料《せんりょう》でふちどられていた。ベンが目を上《あ》げると、老人はいなくなっていた。

ベンは神父と出会ったことをチューロン船長に話した。でも十字架をもらったことや、神父に読みとられた自分の秘密《ひみつ》のことはだまっていた。

船長は焚《た》き火で両手をあたためながらいった。「なあ？　だからおまえたちふたりは、おれにとってはラッキーなんだよ。心配するな。神父《しんぷ》が食料《しょくりょう》などを提供《ていきょう》してくれたら、ちゃんと金ははらうから。よくやった！　さあ、おまえとネッドが寝《ね》る番だ。夜が明けたら山ほど仕事があるぞ！」


鏡《かがみ》のようにおだやかな海の上で、大空が淡《あわ》い夜明けの光に縞《しま》もように染《そ》められたころ、海の悪魔《あくま》号はマヤグエスの沿岸《えんがん》から三マイルとはなれていなかった。船長室で眠《ねむ》っていたロッコ・マドリードは見張《みは》りのペペのさけび声で起こされた。

「船尾右舷《せんびうげん》方向に帆《ほ》が見えまーす！」

船長はあわてて甲板《かんぱん》に飛びだし、望遠鏡《ぼうえんきょう》を目にあてた。「漁船《ぎょせん》だ！　ポーチュギー、上手回《うわてまわ》しして近づけ！　船長に会って話を聞く！」


スクーナー帆装《はんそう》の小型《こがた》漁船をあやつっていた、やせて歯ぬけのカリブ人の船長は、恐怖《きょうふ》にちぢみあがりそうになった。なにしろ相手は、逃《に》げきれそうにない大砲《たいほう》を積《つ》んだ海賊船《かいぞくせん》なのだ。船長はまえにもこの手の「兄弟衆《しゅう》」と関わったことがあった。だから、派手《はで》な笑顔《えがお》をつくって恐怖を押《お》しかくし、大きな魚を二匹《ひき》高くかざしていった。

「やあ、いい天気だねえ！　夜のうちにこんないきのいい魚がかかったよ。どうかね、買ってもらえんかね？　うちのあわれなかみさんと、十人の子どもを食《く》わせにゃならんでよ」

悪魔号《あくま》は小型漁船《こがたぎょせん》のそばにぬっとそびえ、そのため漁船がいっそう小さく見えた。マドリード船長は中甲板《ちゅうかんぱん》の手すりから身を乗りだして、漁船の船長を見おろした。そして金貨《きんか》を取りだすと、指先ではじいて男に投げた。男はすばやく金貨を受けとめて、このおっかない顔をした船長の言葉を待った。

マドリードはもう一枚《まい》、金貨を取りだし、気を引くように見せびらかしながらいった。「その魚は取っておけ。いままでどこで漁《りょう》をしていた？　こわがるな。すこし情報《じょうほう》がほしいだけだ」

漁船の船長はボロボロの麦わら帽子《ぼうし》をさっととぬぐと、おじぎし、そうしながら金貨がにせでないか歯で噛《か》んでみた。

「どんな情報かね、船長？　こっちはセント・クロイ島あたりで三日三晩網《ばんあみ》はったら、イスパニオラのサント・ドミンゴに向かう予定でさ。きつい暮《く》らしだよ」

マドリードはうなずいた。「おまえの身の上話はいい。そこにわたした金貨とおれの手にある金貨がほしいなら、教えろ。港《みなと》を出てからほかの船に出会ったか？　おれはマリー号というフランスの海賊船《かいぞくせん》をさがしているんだ」

麦わら帽をぺしゃんと胸《むね》に押《お》しつけて、漁船の船長はまたおじぎした。

「おれは字が読めねえ。けど、船はたしかに見た。あんたの船ほどでかくなく、舳先《へさき》が丸くて、足が速そうだった。ドクロと剣《けん》の旗《はた》を出してたなあ、あんたの船みてえに。兄弟衆《しゅう》の船ですかい？」

ロッコの目がかがやいた。「それだっ！　どこで見かけた？　教えてくれ！」

漁船の船長は帽子で自分の肩《かた》のうしろをさしていった。「南東の港をめざしてたんだろうな。ポンセとかグアヤマとか、アローヨとか。わかんねえけど」

マドリード船長はややとほうにくれて口ひげをなでた。「チューロンのやつ、そんなところになんの用だ？　ふーん。秘密《ひみつ》のかくれ場所があるのかもしれん。いや、すぐに見つけてやる！」そういうと、金貨《きんか》をもとのポケットに入れて、剣《けん》をぬき、気の毒《どく》な漁船《ぎょせん》の船長に剣先を向けた。

「イスパニオラにはくわしいんだ。おれにうそをいったとわかったら、ただではすまないぞ。未亡人《みぼうじん》になったかみさんに十人もの子は養《やしな》いきれまい。おぼえておけ」

船長は漁船を解放《かいほう》してやり、ペペにいった。「おれの海図《かいず》を持ってこい。この作戦《さくせん》はおれが指揮《しき》する！」

ペペは急いで船長室に行って海図をかきあつめながら、思わずつぶやいた。「いつだって自分が指揮してるじゃねえか。けど、そういうおれは、ただのロバだったよな」


デボンベル号の船上では、レッドジャック・ティール船長もまた朝食を取りながら海図をにらんでいた。船長の新しいコックになった、ムーアという名の小男《こおとこ》は、船長が魚をひと切れフォークでさして口に入れるのを、そばで落ちつきなく見ていた。船長はとたんに顔をしかめて、魚を甲板《かんぱん》にぺっと吐《は》きすてた。そしてムーアを責《せ》めるようににらんだ。「なんだこれは！　これで料理《りょうり》したつもりか？」

ムーアはぐっとこらえながら、同時に船長への敬意《けいい》も見せようとした。敬礼をし、きついアイルランドなまりをひびかせながらいった。「わたスの力としては最高にゆであがっておルます、船長！」

「ゆでた！」まるでその言葉がきたないもののように吐《は》き捨《す》てた。「ゆでただと？　いったいだれがゆで魚を朝食に食べるといった、ええ？　いや、口答えするな。気をつけ！　このひどい代物《しろもの》をかたづけろ。こんな魚、二度とおれに見せるな！　砲手《ほうしゅ》に用意させろ、おまえのケツにロープたたき六回の罰《ばつ》だ。百たたきを食《く》らわずにすんで運がよかったと思え！　もしまたゆでた魚なんか出したら、おまえを厨房《ちゅうぼう》で生きたままゆでてやる。出てけ！」

運のわるいムーアが部屋《へや》を出ていったあと、ティールはマデイラ酒《しゅ》を何杯《ばい》もがぶ飲みし、ひどく不機嫌《ふきげん》な顔をして甲板《かんぱん》に出ていった。「おい、そこのおまえ。陸地《りくち》はまだ見えないか？」

聞かれた男は前髪《まえがみ》をひっぱった。「まだでさあ、船長。でも昼までにゃ、なんか見えるんじゃないすかね」

ティールはなにをいえばいいものかわからなかった。「そうか……そう……だろうな。見えたらすぐに報告《ほうこく》しろ、わかったな？」それから、意地《いじ》わるく望遠鏡《ぼうえんきょう》で男の胸《むね》をつついていった。「これを見張《みは》り台に持って上《あ》がれ！　まぬけな目にこれをあてて、目ん玉ひんむいて陸地を見つけろと伝えろ。とっとと上がれ！」

船長は大股《おおまた》でその場をあとにしながら、つぶやいた。「ゆで魚！　あんなもの、食《く》えたもんじゃない。マトンのゆでたやつよりもっとひどい。最低だ！」

午前十時ごろには、乗組員《のりくみいん》全員、船長が機嫌を直すまでずっと部屋にこもっていてくれないものかと、切《せつ》に願《ねが》った。船長の着替《きが》え係であるジリスは、ムーアの厨房でゆで魚をいっしょに食べながら、はげしく毒《どく》づいた。「あいつが船長？　じょうだんじゃねえ。魚売りの親方《おやかた》にだってもっとましなやつがいらあ。やつあ、おれをけったんだぞ。けったんだ。ボタンが取れかかってたってだけでよ。ボタン取れかかったらけっていいなんて法《ほう》があるかい、ええ、コックさんよ？」

ムーアはお尻《しり》をしきりになでた。砲手《ほうしゅ》にこぶつきのロープでたたかれて、まだひりひりしている。

「けられただけか？　なんて運のいいやつだ。そのゆで魚、そんなにまずいか？」

ジリスが返事をしようとした瞬間《しゅんかん》、大声がひびきわたった。「陸《りく》だあ！　東前方に陸だぞーっ」

とたんにデボンベル号をひとのみにした解放感《かいほうかん》たるや、空気中に形になって見えるほどだった。水平線《すいへいせん》に見えてきた島の突端《とったん》を見ようと船首《せんしゅ》にならんだ顔、顔、顔は、どれもにこやかだ。

まもなく、船長のティールが足早に甲板《かんぱん》に出てきた。ジリスにあらためて着せてもらったお気に入りの赤い狩猟服《しゅりょうふく》に、新しいリネンのハンカチをあしらっている。海軍士官《かいぐんしかん》が持つ剣《けん》は真鍮《しんちゅう》のさやに入って、腰《こし》のわきでカタカタと鳴っていた。

男たちはこれから仕事にかかるところなのに、ティール船長は自分に背《せ》を向けて水平線の島かげを目で追っている彼《かれ》らに向かって、校長先生のようにお説教《せっきょう》を垂《た》れた。

「仕事がないのか、おまえらは？　ええ？　船長が話をするときは、こっちを向け！　気をつけーっ！」

全員、ゆれる甲板の上で整列《せいれつ》した。あごをひっこめ、まっすぐまえを見て身を固くしている。ティールは男たちをばかにしたようにながめまわすと、いつものきざったらしい鼻にかかった声で話しはじめた。

「よーし。話を聞け、紳士《しんし》諸君《しょくん》。と、まあ〝紳士〟といえるなら、だがな。ええ、わたしが海図《かいず》を計算し、本船を敵《てき》とあいまみえるプエルトリコの海域《かいいき》に走らせてきた。沿岸《えんがん》に到達《とうたつ》するのはおよそ、夕方近くになるだろうが、そのときは、本船は国王陛下《へいか》の船としてさっそうと、大砲《たいほう》を雄々《おお》しくならべて入港《にゅうこう》するつもりであーる！」

ここでいったんティールが話しやめてだまったとき、つぎにどんな言葉がくるか、だれもがわかっていた。船長はドシンと足をふみならしていった。

「この船はブタ小屋だ！　クソみたいなブタ小屋だ！　聞いてるか？　航海士《こうかいし》に、水夫長《すいふちょう》！　全員に砥石《といし》を持たせて甲板《かんぱん》みがきを開始しろ！　排水口《はいすいこう》をモップでそうじ！　索《さく》やロープを巻《ま》け、金具《かなぐ》類《るい》をみがけ！」

はじかれたように前に進みでると、航海士と水夫長は敬礼《けいれい》した。「アイ、アイ、サー！」

ティールはくるりと男たちに背《せ》を向けると、説教《せっきょう》をつづけた。「わたしはこれから部屋《へや》にもどるが、正午にはここへ出てくる。全員、そのとき点検《てんけん》を受けるものとする。イギリスの船乗《ふなの》りとしてはずかしくないよう、きちんと身なりを整《ととの》えよ。ど田舎《いなか》の百姓《ひゃくしょう》ふぜいはゆるさん。午後には、だらしないおまえらに演習《えんしゅう》をやってもらう。踊《おど》り、笛《ふ》を吹き、船乗り歌を歌うんだ。つまらなそうにやるやつには、処罰《しょばつ》が下《くだ》る。わかったか？」

男たちが従順《じゅうじゅん》に「アイ、アイ、サー」と答えるのも聞かずに、船長はわざと大股《おおまた》で部屋に向かった。背中に男たちの敵意《てきい》のこもった視線《しせん》を感じながら。

航海士は水夫長にタールをぬったこぶつきロープをわたして、木製《もくせい》の索止《さくど》め栓《せん》を手に取った。そうして首すじに血管《けっかん》をうきあがらせながら、大声で命令《めいれい》を下した。「ぼけーっとつったってるなっ！　仕事にかかれ！　船長の命令聞いただろっ！」

全員が持ち場に散《ち》るなり、水夫長《すいふちょう》と航海士《こうかいし》は甲板《かんぱん》を歩きまわりながら、声を落として話しあった。ふたりともティール船長にはほとほといやけがさしていた。水夫長の声は憤《いきどお》りのあまり、かすれていた。「また〝国王陛下《へいか》の船〟ってやつを持ちだしやがったぜ。ふん、ティールの野郎《やろう》、帆桁《ほげた》からほんもんの私掠船《しりゃくせん》の海賊《かいぞく》が降《ふ》ってきても、なんだかわかりゃしねえだろうよ。どうしてあんなやつが船長になれたかなあ？」

航海士はせせら笑った。「そうよ。おれのほうがやつよりよっぽど長く船に乗ってんだ。聞いたかよ、やつが計算して船をこの海に走らせてきただとよ。へっ、やつは昼も夜も〝いまどこだ？〟ってきくしか能《のう》がなかったじゃねえか」

水夫長は手にしていたロープの端《はし》で、だらだら甲板をみがいていた男をたたいた。「でもよう、プエルトリコに行って、フランス野郎どもがいなかったら、おかしいなあ。ハハハ。ティールはどうするかなあ、部下を歌わせたり、踊《おど》らせたりして、フランス野郎を誘《さそ》いだす気か？　やつら、プエルトリコにいると思うか？」

ピッと器用《きよう》にわきにつばを吐《は》いて、航海士は首をふった。「いたら、おれはたまげるぜ。敵《てき》はとうの昔《むかし》に大西洋に出てっちまっていねえよ。なんか聞いた話じゃ、ティールは博打《ばくち》で借金《しゃっきん》かかえ、イギリスから逃《に》げだしたらしいぜ。貴族《きぞく》の家の長男だとよ。ええ？」

水夫長はまったく同感とばかりに、片目《かため》をつぶってみせた。「一文《いちもん》なしの落ちぶれ貴族よ。いいか、この船はな、馬の頭とケツは見分けられても、船首《せんしゅ》、船尾《せんび》の区別《くべつ》もつかねえってあほが仕切《しき》ってるんだ」

航海士《こうかいし》は索止《さくど》め栓《せん》でてのひらをピシャピシャたたきながら、いった。「ああ、それなのに、ティールみてえなやつをがまんしなきゃならないとは、おれたちもなさけねえな。さあ、ティールが点検《てんけん》に来るまえに、野郎《やろう》どもが船のかっこうつけたか、見てこよう」

軽《かろ》やかな朝の微風《びふう》にのって、デボンベル号はプエルトリコにしだいにせまっていった。

エステバン神父《しんぷ》はきちんと約束を守った。夜明けとともに、二十四人の村人を連《つ》れてマリー号の野営地《やえいち》にもどってきたのだ。村人たちは目が黒く、コーヒー色の肌《はだ》をした無口《むくち》な原住民《げんじゅうみん》で、腰《こし》におそろしげなナタを下《さ》げていた。

ネッドはすばやくベンに考えを伝えた。「おだやかな人たちに見えるけど、ぜったい怒《おこ》らせたくないって感じ！」

ベンはうなずいた。「なに持ってきてくれたか、見てごらん」

あぶり焼《や》きにしたヤギ、ブタ、ニワトリ数羽のほかに、燻製《くんせい》の魚、みつばちの巣《す》、種類《しゅるい》も豊富《ほうふ》な果物《くだもの》と野菜《やさい》、それにトウモロコシの粉《こな》もあった。

空《から》になっているヒョウタンの山をさしながら、老《ろう》神父は説明した。「水がいるなら、このあたりの池や小川で、この入れ物を満《み》たすといい。どうかな、気分は？」

ベンは神父と握手《あくしゅ》してほほえんだ。「元気です、神父さま。お力ぞえ、ありがとう！　すばらしいおくりものです！」

　ネッドが立ちあがり、神父《しんぷ》の胸《むね》に両前足をかけた。神父は犬をいとしげになでていった。「わたしたちはいつでも、主《しゅ》のおめぐみをいただいている。この豊《ゆた》かな島には食べ物がふんだんにある。ああ、船長がいらしたようだ」

　船長と神父はヨーロッパ風《ふう》に、たがいの頬《ほお》にキスをした。ひと目見ただけで、船長は老人《ろうじん》を気に入ったようだった。

「わたしはラファエル・チューロン、マリー号の船長です。こんなにしていただいて、どうお礼を申せばいいのだろう？　さあ、これを受けとってください。わたしの手持ちの金貨《きんか》二十枚《まい》。これでたりるでしょうか？」

　だが、老人は首を横にふって、金貨をチューロンの手に押《お》しかえした。

「金はわざわいと死をもたらします。この食べ物は自然《しぜん》に育ったもので、金はかかっておりません。だから、よい心の人にただでさしあげるのです。主の御名《みな》をあがめ、どうぞ受けとって楽しまれるように」

　ネッドはエステバン神父の手をなめながら、ベンに頭のなかで話しかけた。「ねえ、ゆうべぼくがいったとおりだろ？　この人は聖者《せいじゃ》だって」

　この言葉が聞こえたみたいに、神父はくっくっと笑った。「人間にはわるい人といい人がいる。わしはこれまでずっと、いい人になろうとつとめてはきたが、聖者ではない。ただ、人の力になることが好きなんじゃよ」

ベンはいままで海賊《かいぞく》が泣く姿《すがた》を見たことがなかった。でもいま、チューロンが鼻をグスングスンとすすってそで口で目のあたりをふいているのに気づいた。

「そうですとも、たしかに神父《しんぷ》さまはわたしたちの力になってくださいました。ピエール、本船に合図を送れ。このいただきものをぜんぶ船に積《つ》みこまなくては。神父、こんなにたくさん食べ物をいただいたのに、なんにもお返ししないでよいのですか？　なんなりとおっしゃってください」

エステバン神父は村長らしき大きな男としばらく小声で話していたが、やがて肩《かた》をすくめると船長に向かってこういった。

「すこしばかりの帆布《はんぷ》とくぎをいただけたらありがたいのですが。町や港《みなと》からはなれているため、なかなか手に入らないのですよ」

チューロン船長はこのかんたんな頼《たの》みごとをご機嫌《きげん》で承知《しょうち》した。

「ベン、本船に帰ったら、アナコンダといっしょにくぎの箱をボートに積《つ》み、予備《よび》の帆布の半分といっしょに持ってきて、神父におわたししなさい」

その日は一日じゅう、運搬《うんぱん》ボートが本船と浜《はま》とのあいだを何度も往復《おうふく》した。マリー号の乗組員《のりくみいん》はみんなグアヤマをはなれたがらず、いい神父さまと別れるのを残念《ざんねん》がった。ベンとネッドが最後に島をはなれた。アナコンダがボートに座《すわ》って待つなかで、ふたりはエステバン神父にお別れをいった。ベンは船長からのことづてを神父に伝えた。

「船長が、くぎと帆布が役に立つとよいがといってます。それから、脱走《だっそう》した三人の男たちに気をつけるように、とのことでした。ルードン、グレスト、リカウドの三人です。もし見つけたらどうなさるおつもりかは知りませんが、神父《しんぷ》さま」

ネッドが怒《おこ》って気持ちを伝えてきた。「ぼくならどうするか決まってるな。あの脱走者《だっそうしゃ》め！」

老人《ろうじん》は肩《かた》をすくめた。「もういまごろは島の大きな港《みなと》に行ってしまってるだろう。自分たちと同じような連中《れんちゅう》と会えるところにな。船長に礼をいってくれ、ベン。あの人は海賊《かいぞく》にはめずらしい、正直《しょうじき》でまっとうな人だ。本当はおまえにとどまってほしいのだが、それはおまえのさだめではないとわかっておる。その十字架《じゅうじか》を大事にな。それが守ってくれるということをおぼえておきなさい。さあ、行きなさい。おまえと忠実《ちゅうじつ》な犬に幸《しあわ》せな人生を願《ねが》うとしよう。長い人生は願うまい。おまえたちにはあるものだからな。だが、ときどき、わしのことを思い出してくれ。おまえたちのために祈《いの》っておるぞ。さあ、行け。主《しゅ》のおめぐみのあらんことを！」

長い歳月《さいげつ》のあいだに、ベンはいろいろなことを忘《わす》れたが、この陽《ひ》ざしのかがやく昼さがり、老神父にさよならをいったときのことは、けっして忘れたことはない。美しいプエルトリコの黄金《こがね》色の砂浜《すなはま》に、トルコブルーの大波があたって白く砕《くだ》けた。老人がベンとネッドの頰《ほお》にキスしながら流した涙《なみだ》は、海の水のようにしょっぱかった。

波間《なみま》に浮《う》き沈《しず》みしながら、運搬《うんぱん》ボートはアナコンダの力強いオールさばきにしたがい、しだいに浜から遠ざかる。ベンとネッドは、とめどなく流れる涙にくもる目をこらして、浜に立つ背《せ》の高い人かげを見つづけた。人かげは手で大きく空中に十字架をえがいてみせた——そうだ、どんどんゆくがいい。

7

デボンベル号の船大工《ふなだいく》は索巻《さくま》き機《き》に腰《こし》かけて、ヴァイオリンを数小節《しょうせつ》、稽古《けいこ》した。まもなくいやな時間がはじまる。いちばん苦しい作業《さぎょう》よりなにより、水夫《すいふ》たちはこの舟歌《ふなうた》コーラスと角笛《つのぶえ》に合わせたダンスが大嫌《だいきら》いだった。だれもダンスなんかうまくないし、声ときたら、およそ歌には向いていないものばかりだったからだ。だが、英国海軍《えいこくかいぐん》の規則《きそく》では、船長は乗組員《のりくみいん》に歌い、踊《おど》ることを訓練《くんれん》として命令《めいれい》できた。ティール船長は自分たちが海賊《かいぞく》なみの私掠船《しりゃくせん》だということを棚《たな》に上《あ》げて、いかにも正《せい》規《き》の海軍のような習慣《しゅうかん》と訓練を重《おも》んじたのだ。

航海士《こうかいし》と水夫長《すいふちょう》はこの訓練に加《くわ》わらなくてもよいので、ほっとして立っていた。手にしたこぶつきのロープや索止《さくど》め栓《せん》は、歌いたがらないやつや、だらだら踊るやつをたたくためのものだ。

思わず笑えてきそうなのをこらえて、水夫長は待機《たいき》している男たちを見やっていった。「見ろ、あいつら。はにかんだひげづらの乙女《おとめ》だぜ。ほんものの乙女が見たらわるい夢《ゆめ》見そうだぞ」

航海士もけんめいにまじめくさった顔をしていった。「ティールは大工に〝陽気な船長〟を弾《ひ》かせるぞ。ばかのひとつおぼえだからな」

大工《だいく》はこれを小耳にはさんで、横を向いてつばを吐《は》くと、うんざりと曲の名をくりかえした。

「〝陽気な船長〟？　それ歌うんならほかの船だろが。しっ、だまって。船長が来た！」

ティールが甲板《かんぱん》にあらわれた。船長は深呼吸《しんこきゅう》すると、胸《むね》をたたいた。「いい天気だなあ、ええ？　海の空気は格別《かくべつ》だ。身が引きしまる。歌ったり踊《おど》ったりしたくなるじゃないか！　おい、大工。元気の出る曲を弾《ひ》いてくれ。えーと、なにがいいかな。ああ、〝陽気な船長〟がいい。あれは最高だ。みんな、元気よくやれ。もごもご、ぼそぼそやるんじゃないぞ。さあ始めろ、大工。一、二……」

ティールは大工が弾く曲に合わせて足ぶみした。水夫《すいふ》たちはぎこちなく踊りだした。みんなバラバラにどら声をあげながら、ロープを引き、索巻《さくま》き機《き》を回すふりで踊る。

ホー、風はよい風、
海にはお日さま
さらば恋人《こいびと》
なつかしイギリス
海原《うなばら》こえるよ
りっぱな船で。
陽気な船長で
おれたちゃ幸《しあわ》せ

フレーフレー、野郎《やろう》ども
王様につくせよ
陽気な船長で
おれたちゃ幸《しあわ》せ

なべには煮魚《にざかな》
コップにゃビール
はるかシナからグリーンランドまで
これ以上の幸せはないぜ
嵐《あらし》も日照《ひで》りも
歌えばやがてこえられる
おれたちゃ元気だ
陽気な船長の笑顔《えがお》が見たいから

ティールは片手《かたて》をくるくる回して大工《だいく》に声をかけた。「そうだ、それでいい。もう一度！」そういって、今度は水夫長《すいふちょう》と航海士《こうかいし》をいじわるそうな顔で見た。「そこのふたり。みんな元気に歌ってるか、見てろ。歌ってないやつにはこっぴどい罰《ばつ》をあたえろ！」

グアヤマから海ぞいにずっと西へ進んだあたりに、ポンセという村があった。熱帯《ねったい》の真昼の太陽にてらされ、高いヤシの梢《こずえ》はそよとも動かなかった。

ロッコ・マドリード船長は島の小さな突端《とったん》のかげで錨《いかり》を下《お》ろし、乗組員《のりくみいん》を上陸《じょうりく》させていた。船長はずかずかと村に入っていき、村人たちを昼寝《ひるね》からたたき起こした。自分の強さを見せつけようと、船長は剣《けん》をぬいて、足もとをつついた闘鶏《とうけい》の首を切ってはねた。ポンセのおだやかな村人たちは悲鳴もあげず、さわがず、ただヤシの葉で葺《ふ》いた小屋の暗がりにじっとひそんだまま、海賊《かいぞく》たちのふるまいを見つめていた。

マドリードは村人たちをしばらくにらみかえしていたが、向きを変えると、ポーチュギーとボーリーに命令《めいれい》した。

「乗組員六名を連《つ》れてこの岬《みさき》の反対側《はんたいがわ》に行き、フランス船がいないかどうか見てこい。おれはここの村人をなんとかする。ぐずぐずするな。チューロンが見つからなかったら、すぐさまグアヤマに移動《いどう》する」

男たちが出発すると、マドリードは落ちついた、風格《ふうかく》のある男を指さした。どうやら、村の長老《ちょうろう》のようだ。「ここに船が来たか？　しゃべれ！」

男は肩《かた》をすくめた。「もう長いこと船は来ていない」

男ののどもとに剣の先をあてて、マドリードは声におどしをこめた。「うそをつくと、殺《ころ》すぞ」

老人はそういわれてもうろたえずに、淡々《たんたん》とした声でいった。「どうしてうそをつく？　近ごろ、船は来ていない」

ロッコ・マドリードはまえにもこんなカリブ人に会ったことがあった。だから、老人《ろうじん》が本当のことをいっているのがわかった。でも、この動じない長老《ちょうろう》を相手に面子《めんつ》を失《うしな》うわけにはいかないと、いばってみせた。

ロッコはくんくんと空気のにおいをかいで、ふたりの女が番をしていた焚《た》き火のほうにあごをしゃくった。「あそこでなにを料理《りょうり》している？」

女のひとりが、かきまぜていた大なべから顔を上《あ》げた。「シチューさね。ヤギの肉にオオバコ、トウモロコシが入ってるだ」

ロッコは老人ののどを剣《けん》の先でつついた。「おれにも分けろ。部下たちにもだ」

老人は横目で女たちを見た。「シチューをやれ」

女たちがシチューをよそおうと動きだした。とたんに、マドリードが剣の先を老人のあごの下でひっくりかえした。「おまえがつげ！」

老人はするりと剣の先からぬけだすと、優美《ゆうび》な立ち姿《すがた》になっていった。「わしがつごう」

見張《みは》り番のペペはロッコのとなりに座《すわ》って、素焼《すや》きの小鉢《こばち》からシチューをがつがつと食べた。そして満足《まんぞく》げに口についた油を手の甲《こう》でふいた。「船長。こりゃうまいシチューですねえ！」

スペイン人の船長はほんのひと口しか食べずに、小鉢を不愉快《ふゆかい》そうにながめていった。「うまい？　ばかいえ！」

と、突然《とつぜん》マスケット銃《じゅう》の音がひびき、木の枝《えだ》にいたオウムたちがクワークワーと鳴きだした。つづいてあがる悲鳴。マドリード船長は飛びあがって、剣に手をかけると、ペペの手から小鉢をたたき落とした。「すぐ行って見てこい！」

そしてほかの三人の水夫《すいふ》にも合図した。「おまえらも行け！」船長は太いベルトから弾《たま》の入ったマスケット銃《じゅう》をぬくと、焚《た》き火のそばに立っている老人《ろうじん》を見た。「あれはだれだ？」

老人は指についたシチューをなめた。「わしにどうしてわかる？　一度にふたつの場所にはおられぬでな」

そうしてふたりの女のほうを見ると、マドリードにはまったく理解《りかい》できない言葉でなにかいった。女たちはほほえみ、うなずいた。

ロッコは三人が自分をばかにしているのだと思った。そこでピストルを老人の頭に向けた。「おれのゆるしなしにしゃべってみろ、殺《ころ》すぞ！」

老人はおどしにこわがるようすはなかった。「死は遅《おそ》かれ早かれ来るものだ。だれものがれることはできぬ」

海賊《かいぞく》の船長はピストルの引き金《がね》を引きかけた。そのとき、ペペが小屋の裏《うら》の茂《しげ》みから飛びだしてきた。「船長、見つけましたぜ！　ポーチュギー、やつを引きだせ！」

自分のベルトで首をしめあげられて、マリー号の航海士《こうかいし》だったルードンが、捜索隊《そうさくたい》の一行《いっこう》に茂みから引きずりだされてきた。ボーリーに背中《せなか》をけられて、ルードンはスペイン人の船長の足もとに転がった。

ルードンは恐怖《きょうふ》に引きつって泣き声を出した。「殺さないで……お願《ねが》いだ！」

ポーチュギーがベルトをぎゅんとひっぱった。「だまれ、虫けら！」

ボーリーは捕虜《ほりょ》の体にブーツの足をのせた。「三人いました、船長。あっちでばったり出くわしたんでさ。逃《に》げるのをマローシュが一人撃《う》ち殺《ころ》し、リロがもう一人をカトラス刀《がたな》で切り捨《す》てました。こいつは船長への土産《みやげ》に連《つ》れてきました。ほら、こいつはカルタヘナの居酒屋《いざかや》で船長の首に刀を突《つ》きつけたやつでさ」

マドリードはルードンの髪《かみ》の毛をひっつかむと、顔にニタリと笑いかけた。「おぼえてるとも！　おれたちのキャンプにようこそ、お仲間！」

ほこりまみれのルードンの顔に、涙《なみだ》がきたないすじをつけた。「いや、おれは船長を痛《いた》めつける気なんかなかった。おれはあのチューロンから逃げたんだ。あいつの部下になんか、はじめっからなりたくなかったんだ。うそじゃねえ、だから殺《ころ》さないでくれ、お願《ねが》いだあ！」

マドリードの笑顔《えがお》がいちだんと大仰《おおぎょう》になった。「殺しゃしない。いますぐにはな。おい、焚《た》き火にもっと木をくべろ、ペペ。こいつがチューロンとその船の居場所《いばしょ》を教えてくれる」

ルードンは悲鳴をあげて、泣いた。「ああ、頼《たの》みます、船長。おねがいだ。やつらの居場所を教えるから、そんなまねはやめてくれ」

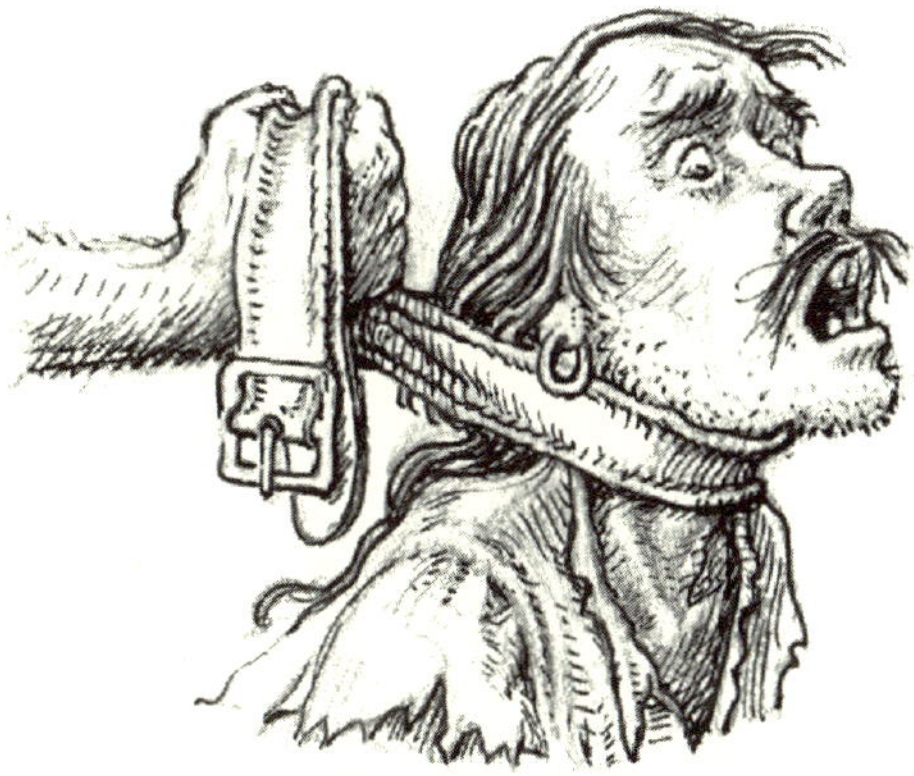

マドリードは向きを変え、水夫長《すいふちょう》にいかにもさりげなく話した。「やつらは決まってうそをつく。だが、火を使えば本当のことがわかるんだ。こいつを火の上であぶれ。そのあいだにこっちの話をつづけよう」

ルードンのもだえるようなうめき声を切りさいて、カリブの老人《ろうじん》の声がひびいた。「船長、わしの村でそんなまねはゆるさない。みんなただちに村を出ろ。ひとりのこらず船にもどれ。でないとここで死ぬことになるぞ！」

マドリードは老人に向かって傲慢《ごうまん》な笑《え》みをうかべて、いいかえした。「死ぬだと？　よくもそんなことをこのおれに向かってほざくな。マローシュ、このじじいの脳《のう》みそをおまえのマスケット銃《じゅう》でぶっとばせ！」

マスケット銃を持ちあげる間《ま》もなく、マローシュはアッとあえいで、派手《はで》な色をした羽のようなものを首すじから引きぬいた。それは、するどくとがった長いトゲでできた吹《ふ》き矢だった。マローシュはその矢をばかのような顔をして見ていたかと思うと、ぼとりとマスケット銃を落とした。足をわなわなとふるわせ、へなへなと砂地《すなち》にへたりこんだ。

カリブの老人は村をかこんでいる木々の梢《こずえ》に目をやった。そして抑揚《よくよう》のないきびしい声でいった。

「おまえたちの船は、ここに来るずっとまえから見えておった。ことにそなえて注意しないのは、おろかものだけだ。うちの狩人《かりうど》たちは村じゅうにひそんでいる。だれひとり吹き矢でねらってはずしたためしはない。おまえの不作法《ぶさほう》にはつくづくあきれた。さあ、手下《てした》どもを連《つ》れて立ち去れ。その男は置《お》いていけ、もう死んでいる。ぐずぐずするとおまえもこうなるぞ」

海賊《かいぞく》たちは恐怖《きょうふ》に見ひらいた目でマローシュを見つめた。マローシュは砂地《すなち》に転がったまま、けいれんを起こしたようにビクッビクッと動いている。

ロッコ・マドリードは剣《けん》とマスケット銃《じゅう》を持つと、うしろ足で村から出ていきはじめた。「ボーリー、乗組員《のりくみいん》を悪魔《あくま》号に退却《たいきゃく》させろ。毒矢《どくや》を持ってかくれたカリブ人相手じゃ勝ち目はない」

ルードンを引きずりながら、悪魔号の乗組員は全員、村から退却した。マドリードにとってなによりしゃくにさわったのは、長老《ちょうろう》や村人が、退却する自分たちなど目に入っていないみたいに仕事をつづけたことだった。ロッコは内心煮《に》えくりかえっていた。スペインの貴族《きぞく》の血が流れているロッコにとって、体面《たいめん》を重《おも》んじ、人に敬意《けいい》を求《もと》め、侮辱《ぶじょく》には徹底的《てっていてき》にしかえしをするのが性分《しょうぶん》になっているのだ。

ボーリーは船に帰ると、船長の顔を見まもった。左のまぶたがピクピクけいれんし、歯ぎしりしている。復讐《ふくしゅう》を決意したときの顔だ。

顔をおそろしげにしかめながら、ロッコはそれでも声だけはなんとかふつうに出した。「錨《いかり》を上《あ》げて帆《ほ》を張《は》り、左舷《さげん》の大砲《たいほう》ぜんぶに装塡《そうてん》！　ポーチュギー、針路《しんろ》を岬《みさき》を回るように取れ。だが、すぐにグアヤマには向かわない。まずあの野蛮人《やばんじん》らに借《か》りを返す。やつらの村を砲撃《ほうげき》してこっぱみじんにしてやれ！　毒矢《どくや》には大砲がいちばんのお返しだ。野蛮人めに礼儀作法《れいぎさほう》を教えてやる！」

昼さがり、あわれな現地人《げんちじん》の村に悪魔《あくま》号の大砲が雷《かみなり》のように落ちた。小屋という小屋はくずれ、ヤシの木はぺしゃんと折《お》れてたおれた。なにもかもがこわれ、あちこちで火の手が上《あ》がり、もうもうと煙《けむり》が立ちこめた。スペイン人の船長は、空まで上《あ》がった木の破片《はへん》やごみが、ぺしゃんこにつぶれた小屋の上にばらばらと落ちてくるのを見ながら、高笑《たかわら》いした。

「ひけーっ、いまから沿岸《えんがん》を下《くだ》るぞ、ポーチュギー。あの捕虜《ほりょ》を船長室まで連《つ》れてこい、ポーリー。やっと話がある！」

長老《ちょうろう》と村の人々は、最初に悪魔《あくま》号が岬《みさき》を回ってきたときから、村をあきらめていた。いま、みんな出てきて浜辺《はまべ》に立ち、去っていく海賊船《かいぞくせん》を見送っていた。海賊どもに小屋をこわされるのは、なにも今度がはじめてではなかったし、ケガ人も出なかった。大きな、ゆっくり飛んでくる大砲《たいほう》の弾《たま》から身を守るのはたやすかった。それにヤシや竹はふんだんに生えていたから、またすぐ小屋をつくることができるのだ。

女がひとり、泣いていたので、長老は肩《かた》に手を回してきいた。「なんで泣く？　ケガでもしたか？」

女は首をふった。「ヤギを連《つ》れて出るのを忘《わす》れたら、たおれた木の下敷《したじ》きになって死んじまったよ！」

老人の顔はあいかわらずおだやかだった。「わしのヤギをやろう。おまえのヤギは今夜のごちそうにしたらいい」

ベンはマリー号の索《さく》に上《のぼ》って、帆《ほ》の向きを直すのを手伝っていた。下を見ると、錨《いかり》が澄《す》んだ水のなかから引きあげられていく。ネッドがしっぽをふりふり、ベンを見あげて気持ちを送ってきた。

「ねえ、上ってどんなふう？　ずっと遠くまで見えるんだろう？」

ベンは心のなかで答えた。「おまえは気に入らないと思うよ。マストがすごくゆれるんだ。下を見ていれば、船がじっと動かないみたいに見えるけどね。でも、ここからのながめはすばらしいよ。海の水が水平線《すいへいせん》に向かって緑から青に変わっているのが見える。それに……」

残りの言葉はさけび声になった。「船だ！　船です！　船長！」

チューロンはあわてて舳先《へさき》に走りながら、望遠鏡《ぼうえんきょう》を取りだしてベンの指さす方向に向けた。船長のおそれが現実《げんじつ》のものになった。

「よく見つけた！　あれは私掠船《しりゃくせん》だ！　錨《いかり》を甲板《かんぱん》に上《あ》げろ、アナコンダ。西に向かえ、岸からはなれずに。イギリス人たちはこっちに気づいてないかもしれんし、やつらをやりすごせるかもしれん。その索《さく》から下《お》りてこい、ベン！　全員甲板に集合！」

チューロンがアナコンダと舵輪《だりん》をかわった。

「風は浜《はま》に向かって吹《ふ》いているから、すこし間切《まぎ》らなきゃな。なんだ、あれは？　雷《かみなり》みたいだな。聞こえたか？」

アナコンダは空を見あげた。「雷じゃありません、船長。雲は見えませんからね。私掠船でもないでしょう。こんなに遠くから撃《う》ってきても、むだになるだけですから」

チューロンはうなずかざるをえなかった。「ああ、大砲《たいほう》の弾《たま》が届《とど》かずに海に落ちたら水しぶきが上がるはずだからな。いや、正体《しょうたい》がなんであれ、この船はここからぬけて、イスパニオラとのあいだのモナ海峡《かいきょう》に向かい、大西洋に出るぞ」

　やや日が落ちて、東の水平線《すいへいせん》がクリーム色とピンクにそまりはじめていた。デボンベル号の船上では、乗組員《のりくみいん》がみんな座《すわ》りこんで、あえぎながら額《ひたい》の汗《あせ》をふいていた。午後の演習《えんしゅう》はつらく、長かった。ティール船長は、みんながたるんでいると決めつけて、歌と踊《おど》りの演習時間を二倍にのばした。そうやって、ようやくへたくそな踊りや調子っぱずれな歌にあきると、部屋《へや》に帰ってしまった。それに午後の分のマデイラ酒《しゅ》も飲みたかったのだ。

　ヴァイオリンをわきに置《お》くと、大工《だいく》は麻痺《まひ》してしまった指先に息を吹《ふ》きかけた。「もう一回〝陽気な船長〟を弾《ひ》けっていわれたら、おら、海に身投げするぞ」

　水夫長《すいふちょう》はケガをした足から添《そ》え木《ぎ》をはずすと、足をそっともんだ。「ふーむ。今日の足は調子がいい」

　コックは笑って毒《どく》づいた。「ヘッ！　おまえは踊らずにすんだからなあ」

　水夫長はばかにしたようにいった。「踊り？　あれが踊りだと？　アヒルが熱《あつ》いフライパンの上に乗ったって、もっとましに踊らあ」

「そのとおりだ。だらしないやつらじゃないか、ええ？」という声の主《ぬし》は、船室からこっそりもどって近よっていた船長だった。ティールはいつでも部下をおどろかすのが好きだった。そうすれば、部下たちが緊張《きんちょう》してきりっとすると思っているのだ。マデイラ酒をゴブレットからひと口飲むと、けだるそうにいった。「そうかそうか。つかれたから、小僧《こぞう》っこみたいにゴロゴロするか。メシはつくらんでもいいか、おい、コック。見張《みは》りはいなくても船は勝手に動いてくれるか、ええ？」

水夫たちは飛びあがって、いかにも仕事に精《せい》を出しているふりをした。なまけていると、船長はいつだって仕事を見つけてくるのだ。ティールがさらに憎々《にくにく》しいことをいおうとしたとき、トップマストからさけび声が降《ふ》ってきた。

「船です！　あのフランス船です、船長！」

船首《せんしゅ》の甲板《かんばん》に身軽《みがる》に飛びうつると、ティールは望遠鏡《ぼうえんきょう》をのぞいて岸ぞいに視線《しせん》を走らせ、マリー号を見つけた。

「ははーっ、そういうことだったか。西にこそこそ逃《に》げて岸辺《きしべ》についていたんだな。海峡《かいきょう》ぬけて大西洋に出るとは、あいつらがいかにもやりそうなことだ、ええ？」

船長は望遠鏡をぴしゃりとたたんだ。「だが、そうはさせない！　本船は一点西に針路《しんろ》を取り、まっすぐ岬《みさき》に向けて走って海峡の入り口で船首を交《まじ》える。一騎討《いっきう》ちだ！」

ティールは、よけそこねたものを突《つ》きとばしながら、船尾《せんび》まで走った。舵手《だしゅ》にかわって針路《しんろ》を変えようと、舵《かじ》を回していった。「舵は有能《ゆうのう》な船長にまかせろ。今度こそフランス野郎《やろう》をつかまえてやる！」

舵手が反対《はんたい》した。「しかし、船長！　風は陸《りく》に向かって吹《ふ》いてます。その針路にするためにはまず上手回《うわてまわ》ししなければ！」

ティールは舵手の顔を、気がふれたのかとでもいうように見た。「わたしが船にど素人《しろうと》で上手回しもできんと思ってるのか！　いいか、見てろ！」

舵手《だしゅ》はせいいっぱい冷静《れいせい》に、へりくだって説明した。

「失礼《しつれい》ですが、応急処置《おうきゅうしょち》のフォアマストは、追い風を受けて走る分にはだいじょうぶでしょう。しかし、それで上手回《うわてまわ》ししようとすると、持ちこたえられません。風に負けてボキンと折《お》れるか、根元からたおれるかしますが、船長」

ティール船長の顔が着ている狩猟服《しゅりょうふく》と同じくらい赤くなった。いきなり飛びかかると、舵手の顔を張《は》りとばした。

「バカヤロ、このクソなまいきな野郎《やろう》め！　だれに向かって口きいてると思ってんだ、ええ、ええ？　わたしが自分の船の舵《かじ》を取るのに、あれこれ指図《さしず》するか？　さっさと下《お》りて、錨《いかり》の鎖《くさり》でもみがいてろ。航海士《こうかいし》！　こいつの口にさるぐつわをして、なまいきな口がきけぬようにしろ！」

航海士は索《さく》止め栓《せん》を横ざまにして舵手の口のなかにつっこみ、ひもで口のまわりをしばって首のうしろでしばった。そうして錨鎖庫《びょうさこ》まで引きたてていきながら、小声でいった。「わるく思うな。こんなまねはいやだが、命令《めいれい》は命令だ。百たたきの刑《けい》よりましだったと思ってくれ」

舵手はぼうぜんとして航海士の顔を見た。こんなひどい仕《し》打ちをされて、目から涙《なみだ》を流していた。

ティールは船の横腹《よこはら》を風に向けたとたん、フォアマストがぐらぐらと大きくゆれはじめたのに気がつき、大声で大工《だいく》を呼《よ》んだ。「大工、手を貸《か》せ！　いますぐ！　急げ！」

船《ふな》大工はゆっくりした足どりで上《あ》がってくると、前髪《まえがみ》をひっぱった。「なんでしょうか？」

ティールはぶざまにゆれているフォアマストにあごをしゃくった。「あれがぐらぐらゆれるの、なんとか止められんか？」

大工《だいく》は耳のうしろをかいた。「どうしろとおっしゃるんですか、船長。やれることは、とっくにぜんぶやりましたぜ」

舵輪《だりん》をにぎるティールのこぶしが白くなった。「なんでもいいから、あれをじっとさせろ。わかったぞ。だれかとロープを持って上《のぼ》れ。そいつがメンマストに上《あ》がる。おまえはフォアマストに上《のぼ》る。二本のマストのあいだに何回もロープをわたして、それにボートのオールをはさんで、ロープがきつくしっかり張《は》るまでねじる。それでフォアマストは安定する」

大工はこんなばかばかしいアイデアは聞いたことがなかった。顔をしかめながら、また耳のうしろをかいた。「すみませんが、船長。こんなことして本当にきき目ありますかね？」

ティールは錨鎖庫《びょうさこ》をちらりと見てから大工に目を移《うつ》すと、いった。「船長と言い争《あらそ》いしたいのか、ええ？」

大工は身を固くして気をつけをした。「とんでもない！」

ティールはうなずいた。「よし。だったら、さっさとやれ。うまくいくに決まってる。まえにそんな話をきいたことがある。さあ、かかれ！」

ジョービーという名の大工の助手は、ロープをふた巻《ま》き肩《かた》からななめがけして、大工とひそひそしゃべった。「いったいなんすか？　おれたちゃなにするんです？」

肩からかけたロープの位置《いち》を直しながら、大工は運搬《うんぱん》ボートのオールをつかんだ。

「レッドジャックの命令《めいれい》さ！　おまえはメンマストに上れ。おれはフォアマストに上る。船長の話じゃ、ふたつのマストのあいだにロープをわたし、なかにオールをはさみこんで、きつくなるまでロープをねじるんだとよ。それでフォアマストが固定し、船がちゃんと間切《まぎ》れると思ってんだよ。さ、かかれ、ジョービー！」

頭をふりながら、ジョービーはマストに上《のぼ》りはじめた。「うまくいかねえって！」

大工《だいく》は肩《かた》をすくめていった。「おまえもおれもわかってる。けど、レッドジャックにさからえるかよ、おれたち？」


海の悪魔《あくま》号の船上では、見張《みは》り台から見張りがあわてて下《お》りてくると、ロッコ・マドリード船長の部屋《へや》に飛びこんでさけんだ。「船長、見つけました、フランス船です！　やつら、岸にそってこちらの方向にまっすぐ向かってきます。来てみてください！」

マドリードは腹《はら》をすかせたオオカミのようにニタッと笑った。剣《けん》をさやからぬくと、テーブルに大の字にしばりつけられているルードンに片目《かため》をつぶっていった。「きょうはおまえ、ついてるな。話はあとまわしだ」

マドリードが望遠鏡《ぼうえんきょう》をのぞくと、マリー号は見えることは見えたが、まだ相当遠くにはなれていた。マドリードは見張りに向かって、思わずつぶやいた。「チューロンは目が見えなくなったのか？　こっちが見えないのか、ペペ？」

ペペはきたない指の爪《つめ》で黄色い歯と歯のあいだをほじりながらいった。「わかりません。これからどうしますか、船長？」

マドリードは頭をせわしくはたらかせて、すぐに作戦《さくせん》を考えだした。

「ポーチュギー、本船を陸地《りくち》に寄《よ》せてくれ。ここで丸見えになっていても意味がない。チューロンは総帆《そうはん》を上《あ》げているようだ。ほかの敵《てき》から逃《に》げているのかもしれんが、知ったことか。こっちは岸に近い地点にとどまって、やつらが近づいたら飛びかかるんだ。ボーリー、切りこみ隊《たい》の準備《じゅんび》！　カギとひっかけ錨《いかり》を用意しろ！　すばやくやれば、大砲《たいほう》を撃《う》たなくてもチューロンの船を捕獲《ほかく》できるだろう。ぺぺ、こっちの灯《あか》りを見つけられるな。じき暗くなる。夜が明けたらやつに飛びかかるぞ！」

ベンとネッドは後甲板《こうかんぱん》でチューロン船長といっしょに私掠船《しりゃくせん》を監視《かんし》していた。チューロンが指さした。「見ろ、ベン。やつら針路《しんろ》を変えたぞ。イギリス船め、おれたちがモナ海峡《かいきょう》に出るまえに、針路《しんろ》に割《わ》りこむ気だ」

ベンは心配そうにフランス人船長の顔を見た。「やっぱり割りこんできますか？」

チューロンはのどで笑った。「いや。応急処置《おうきゅうしょち》の仮《かり》マストがあんなにぐらぐらゆれてちゃ、むりだ。マリー号を追いこせない。たとえ追いついてきても、暗くなりさえすればやりすごせるさ」

ネッドの前足がベンの足をかいた。犬のうろたえた思いが伝わってきた。「ベン、ダッチマンが頭の上にいるような気がするんだけど」

ベンはネッドの背《せ》をポンポンとたたいた。「ぼくより直感がするどいんだね。ぼくはなんにも感じないよ。本当なの？」

気づかわしげにハアハアと息をしながら、犬はベンを船首《せんしゅ》の方向にひっぱっていった。「ダッチマンかどうかよくわからないけど、上のほうでなんかがぼくたちの来るのを待ってるみたい。いやな予感がする」

ベンは犬の直感を信じた。ネッドから手をはなすと、船尾《せんび》にもどり、チューロン船長に話をした。

「船長。この船の航路《こうろ》に、なんかよくないものが待っているようなんです。もうちょっとだけ、沖合《おきあい》に出たらどうでしょうか？」

チューロンは少年の不思議《ふしぎ》にかげる目をのぞきこんだ。「心配そうだな、ベン。どうした？」

少年は首をふった。「わかりません。沿岸《えんがん》に見えないさんご礁《しょう》があるのかもしれない。もっと深い海の上に出たほうがずっと安全だって気がしてならないんです」

チューロンはベンの顔をしばらく見つめていたが、やおら結論《けつろん》を出した。「わかった。おまえはおれのラッキースターだ。アナコンダ、針路《しんろ》を一点、外に取れ。外のほうがより安全かもしれないし、私掠船《しりゃくせん》の大砲《たいほう》の射程《しゃてい》からはずれていられる。やつら、こっちより先に行って、針路をふさぐ気でいる」

大男のアナコンダが舵輪《だりん》を半分回した。「アイ、アイ、キャプテン。ですが、上手回《うわてまわ》しがいままで以上にむずかしくなりました。陸《りく》に吹《ふ》く風が強くなってるんです。スコールになるかもしれませんん」

水夫長《すいふちょう》のピエールがベンの背中《せなか》をたたいた。「海が荒《あ》れるときは沖合に出てるにかぎるのよ、浜《はま》に上《あ》げられて座礁《ざしょう》なんてことがない。おまえ、いつか船長になれるよ！」

ベンはほほえんだ。「ああ、それはネッドにやらせます。こいつは昔《むかし》から船長になりたがってたから。ぼくは客室の小僧《こぞう》でけっこうだ」

ピエール、アナコンダ、それにチューロンまで、これを聞いて大笑いした。

マドリードは口のなかでののしった。あと一マイルというところで、獲物《えもの》が岸を捨《す》てて出ていこうとしている。

見張《みは》り台からぺぺがさけんだ。「船長！　フランス船は海に出ていきまーす！」

マドリードは矢つぎ早《ばや》に命令《めいれい》を出した。「まだ敵《てき》の進路《しんろ》を断《た》てるぞ。ポーチュギー、悪魔《あくま》号を急いで沖合《おきあい》に出せ。チューロンと横にならんで走れるはずだ。やつらはまだこっちに気づいてないにちがいない。本船を沖合に向けろ！」

ポーチュギーは大きな舵輪《だりん》をよいこらしょと回そうとしたが、ほんのわずかしか動かなかった。そこで大声で助けを呼《よ》んだ。「ボーリー！　だれか手を貸《か》せーっ！　舷側《げんそく》からの風につかまっちまった。陸《りく》に向かって流される！」

マドリードは気もそぞろで足ぶみしながら、舵輪に手こずっている水夫《すいふ》たちをののしっていた。「ばかもん！　風が起きてるのに気づかなかったのか！　しっかり回せっ！」

ドカーン。なにかにぶつかった音。マドリードがたおれまいとして横に一歩ふみだしたとき、ボーリーのうめくような声がした。「浅瀬《あさせ》に乗りあげた！　船体の底《そこ》をこすっちまった！」

ロッコ・マドリードは剣《けん》をぬくと、やみくもに宙《ちゅう》を切りまくった。「だったら、オール、パイク、棒《ぼう》、なんでもいいから使って船を突《つ》きはなせ。チューロンに逃《に》げられるぞ。そこの三人、第一の船《せん》首砲《しゅほう》につけ、鎖玉《くさりだま》をこめろ。近くに来たら、マストを粉々《こなごな》にしてやる！」

雨が悪魔《あくま》号の甲板《かんぱん》にぱらぱらと降《ふ》ってきた。マドリードは、点火した火縄《ひなわ》を持って大砲《たいほう》のそばにひざまずいた。大砲の砲身《ほうしん》にそって目を細め、いまにもマリー号が通るはずの地点を見さだめようとした。「羽の折《お》れたフランス鳥がどんだけ速く飛べるか、見てやろうじゃないか。ハッ！　来たぞ……」

ポーチュギーとボーリーは、まさにその瞬間《しゅんかん》、悪魔号を砂州《さす》から突《つ》きはなすことができた。ふたりが舵輪《だりん》と格闘《かくとう》するなか船がやっとすこし向きを変え、船尾《せんび》がドンと水中の障害物《しょうがいぶつ》からはずれた。

ロッコ・マドリードは大砲を撃《う》って、うしろにひっくりかえった。

8

視界《しかい》のすみに砲撃《ほうげき》の閃光《せんこう》が見えたかと思うと、例《れい》の、夜の空をつんざくような音が聞こえてきた。ベンはぱっと床《ゆか》にふせた。ネッドはチューロン船長のひざの裏《うら》をどんと突《つ》いてベンの横にたおした。バンッ！　さらになにかが裂《さ》ける大きな音がした。

チューロンは立ちあがって舵手《だしゅ》に向かってどなった。「船《ふね》を逃《に》がせ！　砲撃されてる！」

マリー号は船体をかたむけ、雨に煙《けむ》るカリブ海に出て、ジグザグに間切《まぎ》りながら危険《きけん》からぬけでようとした。ネッドは体から雨をふり落としながら思った。「フライング・ダッチマンのはずないよね。ベン。幽霊《ゆうれい》は大砲なんか撃《う》てないもん」

ベンが犬の考えに答えた。「いまのは大砲じゃないよ。鎖玉《くさりだま》っていうんだ。こないだ私掠船《しりゃくせん》にやられたから、あの音はおぼえてるよ」

チューロンはたくましい腕《うで》でベンを立ちあがらせた。「さあ、立て、おれのラッキーボーイ。あれを見ろ！」

ベンはまっすぐ上を見あげた。いままでフォースルのあったところで、ずたずたになった大きな帆布《はんぷ》が風に吹《ふ》かれてビシャビシャとはためいている。

アナコンダはピエールに舵輪《だりん》をまかせて、のしのしと歩いてきた。そして、めちゃくちゃになった帆《ほ》を見て低く口笛を吹《ふ》いた。「だれかがうちのマストをふっとばそうとしてますな、船長。だれですかね？」

望遠鏡《ぼうえんきょう》のレンズから雨のしずくをふきながら、チューロン船長は沿岸《えんがん》をぐるりと見わたした。「悪魔《あくま》号だよ。すっかり忘《わす》れていた。キツネ野郎《やろう》のマドリードめ、こっちの足あとをかぎつけたと見える。ハッ、それにしてもやつの撃《う》ちかたはうまくならんなあ。フォースルに穴《あな》があいただけだぞ。鎖玉《くさりだま》が的《まと》に命中《めいちゅう》してたら、こっちのフォアマストが吹《ふ》きとばされていたわい！」

アナコンダが冷静《れいせい》な意見をのべた。「はい、船長。それに、ふせずに立っていたら、船長もラッキーなふたり組もこっぱみじんになっていましたよ」

こんなピンチのときにもユーモアのセンスを失《うしな》わない船長は、さらりといいはなった。「そうだ。そしたらネッドは自分の船の船長になることができなくなったなあ」

みんなが笑っているのを見て、ネッドが憤慨《ふんがい》してベンに伝えた。「いまの冗談《じょうだん》、ちっともおもしろくないよ！」

だが、もう一度望遠鏡をのぞいた船長は、真剣《しんけん》な顔になった。「しかし、これはえらく困《こま》ったことになったぞ。こちらにはイギリスの私掠船《しりゃくせん》、あちらにはスペインの海賊船《かいぞくせん》。さあて、アナコンダさんよ。おまえならこういう場合、どうする？」

大男の舵手《だしゅ》は、太い低音《ていおん》でクックックッと笑った。「わたしなら、例《れい》のトリニダード走法《そうほう》で行きますよ」

ベンはふたりの顔をかわるがわる見た。「なんですか、トリニダード走法って？」

チューロンが片目《かため》をつぶってみせた。「おれは舵《かじ》につく。おまえが説明してやってくれ、アナコンダ」

アナコンダが説明する。「これは危険《きけん》だが、うまくやればすごい作戦《さくせん》なんだよ、ベン。まず、マドリードにこの船を追跡《ついせき》させる。こっちはまっすぐ突《つ》きすすんでイギリス私掠船《しりゃくせん》に向かっていく。マドリードはこちらのうしろにぴたりとついてくる。こちらが帆《ほ》を減《へ》らして近よらせると、やつらに見えるのはこの船の船尾《せんび》だけだ。暗がりでやつは、大砲《たいほう》が命中《めいちゅう》してこっちのマストを折《お》ったと思いこむ。こちらはのろのろと進んでいるしな。

一方、イギリス船はマリー号に舷側《げんそく》を向けるのがいやだから、向きを変えるにきまっている。そしてぎりぎりまで近づいたら、こちらは両方の船に向かって砲撃《ほうげき》開始だ。スペイン船には船尾から。イギリス船には船首《せんしゅ》から。それから帆という帆をいっぱいに張《は》って、夜のやみにまぎれて西に逃《に》げるんだ。

イギリス船はフォアマストが折《お》れてるから、マリー号には追いつけないのを知っている。だが、私掠船というものはどんな海賊船《かいぞくせん》よりたくさんの大砲《たいほう》を積《つ》んでいる。その私掠船のまえに、スペインの海賊船、悪魔《あくま》号があらわれる。こっちよりずっと大きくて、金目《かねめ》のものをたくさん積《つ》んでいそうな海賊船が。さあ、おまえが私掠船ならどうするかな？」

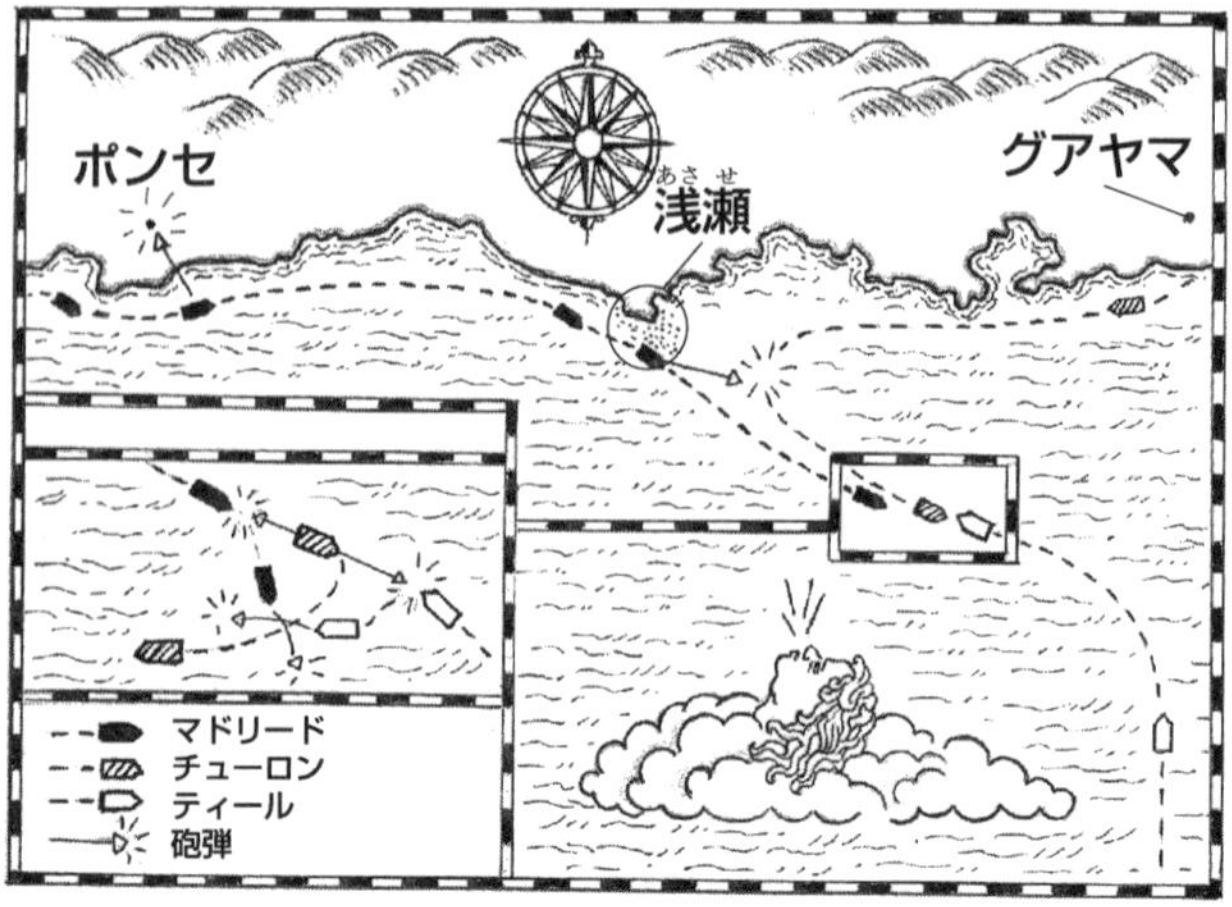

少年はまよわず答えた。「スペイン船を攻撃《こうげき》します！」

デボンベル号の見張《みは》りは、目にかかった雨をふくと、むきになって舵輪《だりん》に取りくんでいるレッドジャック・ティール船長を大声で呼《よ》んだ。

「フランス船です、船長！　本船にまっすぐ向かってきます。それにそのうしろにもう一隻《せき》います。ほんとです、別の船です！」

ティールは舵輪をぐるっと回しながら、興奮《こうふん》して声をきしらせた。「上手回《うわてまわ》しするぞーっ、両方の船に舷側《げんそく》をさらすなーっ！」

大工《だいく》とジョービーはまだ高みにいた。二本のマストにロープを巻《ま》きつけると、フォアマストのいちばん上から、メンマストの三分の二の高さまで、ロープは六往復《おうふく》した。大工はオールをそのロープのあいだにさしこみ、ぐるぐるとねじってたるみを取り、ついには太い荒縄《あらなわ》がヴァイオリンの弦《げん》のようにぴんとなった。

と、急にデボンベル号が上手回《うわてまわ》しした。舳先《へさき》が海に深くつっこみ、反動《はんどう》で船首《せんしゅ》に大きな波が上《あ》がった。大工《だいく》はマストにつかまろうとオールをはなした。それは、自分に死刑《しけい》を宣告《せんこく》したも同然《どうぜん》だった。手をはなれたオールはプロペラのように旋回《せんかい》して大工の顔面を直撃《ちょくげき》した。大工はフォアマストのいちばん上から落ちて手すりに激突《げきとつ》し、はねかえって夜のカリブ海の水底《みなぞこ》に消えた。

ジョービーが悲鳴をあげた。「海に落ちたーっ！」

ティール船長は歯ぎしりした。交戦《こうせん》のさなかに嵐《あらし》の海に落ちるばかなど、たとえ死んでも知ったことか。ティールはマリー号の船首から飛んできた大砲《たいほう》の空《くう》を切る音と砲火《ほうか》に、うっとうめいて低くふせた。

ロッコ・マドリード船長はマリー号がよく見えるいい位置《いち》にいたが、その砲声にめんくらった。

「ペペ、フランス野郎《やろう》はなにしようとしてる？　やつはどこをねらった？」

マリー号の監視《かんし》に集中していたペペは、高みから派手《はで》な身ぶりをしてさけんだ。「船長！　フランス船のむこうに船が一隻《せき》見えます。やつはその船に向かって砲撃《ほうげき》してます！」

その瞬間《しゅんかん》、アナコンダがマリー号のうしろにぴったりついていたスペイン船に向けて、船尾《せんび》の大砲を撃《う》った。

悪魔《あくま》号のバウスプリットと凝《こ》った装飾《そうしょく》の船尾展望台《てんぼうだい》の手すりは爆撃《ばくげき》にあって、ロープ、鉄、木材《もくざい》の破片《はへん》がバラバラと降《ふ》ってきた。と同時に、マリー号の前甲板《ぜんかんぱん》の端《はし》からの一撃が、デボンベル号のフォアマストを根元の部分からなぎたおした。たおれたフォアマストはメンマストのロープ類《るい》にひ

っかかり、めちゃくちゃにゆれた。

　大混乱《だいこんらん》だった。スペイン船もイギリス船も、船上に煙《けむり》がもうもうと立ちこめ、火の手が上《あ》がった。この混乱につけこんで、チューロン船長はトリニダード走法《そうほう》を実行《じっこう》した。

　鎖玉《くさりだま》で破《やぶ》れた帆《ほ》を新しいものと取りかえたマリー号は、いま帆という帆を総動員《そうどういん》してこの大胆《だいたん》な作戦《さくせん》にあたった。チューロンが舵輪《だりん》を思いきり上手回《うわてまわ》しに切ると、頭上の帆がいっぱいに風をはらんでふくらんだ。マリー号は急角度でかたむき、いちばん下の帆の先端《せんたん》が水面をかすめた。ベンが階段《かいだん》の下にもぐりこむと、ネッドがぴったりと身を寄《よ》せてきた。

　マリー号の舳先《へさき》が大波に深くつっこみ、ドバーッと船首波《せんしゅは》が上《あ》がった。ほんの一瞬《いっしゅん》、船は時化《しけ》の海でぐらつき、二隻《せき》の敵船《てきせん》にそれぞれ舷側《げんそく》を見せた。と、チューロンは舵輪を右いっぱいに回してから、マリー号を自由に走らせた。とたんに、船は弓をはなれた矢のように、突風《とっぷう》を帆に受けて岸へと疾走《しっそう》しはじめた。

　大砲《たいほう》が二発、轟音《ごうおん》をたてて飛んできた。一発はイギリス船から。もう一発はスペイン船から。二発の砲弾《ほうだん》はフランス船の航跡《こうせき》で交差し、音高くすれちがって暗いカリブの海に落ちた。チューロンは船を猛《もう》スピードで走らせながら、気がふれたかのように高笑《たかわら》いした。

弾《たま》の届《とど》かないところまで行くと、チューロンは岸を避《さ》けて西に船を間切《まぎ》った。ベンはかくれ場所から走りでて、男たちといっしょに歓声《かんせい》をあげた。ネッドがその足もとで遠ぼえした。

ピエールは船長と舵輪《だりん》をかわって、熱烈《ねつれつ》な握手《あくしゅ》を交わした。「やった、やりましたね、船長！」

船長はひざまずいてネッドとベンを抱きしめ、笑いながら答えた。「トリニダード走法《そうほう》をやらせりゃ、ラファエル・チューロンの右に出るやつはいないのさ！」


デボンベル号の砲手長《ほうしゅちょう》は船長のそばまで走ってきて、まっすぐ前にいる悪魔《あくま》号を指さした。「舵《かじ》を回して舷側《げんそく》をやつらに向けてください！　こっぱみじんにしてやります！」

レッドジャック・ティールは、この運のわるい男に雷《かみなり》を落とした。

「あんなお宝船《たからぶね》をこっぱみじんだとっ！　おまえ気でも狂《くる》ったか？　見ろ、左舷《さげん》におれの大砲《たいほう》をならべ、マストにおれの旗《はた》がひるがえってみろ、どんな船よりりっぱになるぞ。捕獲《ほかく》しておれのもんにするんだ。フランス野郎《やろう》は逃《に》がしてやれ。一時中止だ。まずスペイン船をつかまえてからまたあいつを追う」

船長は航海士《こうかいし》をそばに呼《よ》びつけた。「おい、おれのそばについていろ。あの船はもう逃げようと向きを変えだしている。それを逃がさないのがおまえの任務《にんむ》だ。舵輪をまかせるから、ぴったりついていけ。おい、砲手《ほうしゅ》、相手の右舷、左舷、どっちにも砲撃《ほうげき》できるように大砲準備《じゅんび》！　浅瀬《あさせ》に追いこんで、動けなくして、つかまえる。いやあ、なんともいい船じゃないか、ええ？」

イギリスの私掠船《しりゃくせん》を相手にしていると知って、ロッコ・マドリードのただでさえ青白い顔がさらに青白くなった。かたわらでは、ボーリーとポーチュギーが舵輪《だりん》と格闘《かくとう》して悪魔《あくま》号の向きをのろのろと変えている。フォースルもバウスプリットもないので、作業《さぎょう》がおそろしくはかどらなかった。ようやく船が回りはじめると、ボーリーはちらっと相手の船をぬすみ見た。「あいつのうわさは聞いたことあるぞ。イギリスの私掠船だ。見ろ、あの上着の色！　レッドジャック船長だ！」

ポーチュギーは思わず、にぎっていた舵輪をはなしそうになった。「レッドジャック！　バルバリア海賊《かいぞく》㊟よりたちのわるいやつじゃないか！」

マドリードは腰《こし》の剣《けん》のさやに手をかけて、語気《ごき》もするどくどなりつけた。

「だまれ！　やつのことくらいわかっておる！　いいか。レッドジャックはフォアマストをなくしてるんだ。戦《たたか》う気はないかもしれん。ボーリー、落ちつけ。右舷《うげん》方向に一点取れ！」

だが、悪魔号がまだ三十センチと動かぬうちに、イギリス船の砲弾《ほうだん》が威嚇《いかく》するように右舷に落ちた。つづいてマスケットの銃弾《じゅうだん》が雨あられとスペイン船の船尾《せんび》に降《ふ》ってきた。

ボーリーは船をぬかりなくもとの針路《しんろ》にもどした。

「船長。あの悪党《あくとう》はこっちよりはるかにたくさんの銃を持ってます。こっちが逃《に》げようとすれば、海の底《そこ》に沈《しず》める気でさ」

ポーチュギーも同じ意見だった。「こっちはフォースルがないんだから、逃げられっこねえです、おれたちゃみな殺《ごろ》しだ！」

マドリードは後方四分の一マイル以下にせまってきた私掠船《しりゃくせん》に望遠鏡《ぼうえんきょう》を向けた。砲門《ほうもん》という砲門からは大砲《たいほう》が突《つ》きでており、手すりには乗組員《のりくみいん》たちがマスケット銃《じゅう》を手にずらっとならんでいる。しかも、赤いジャケットを着た人かげが、前甲板《ぜんかんばん》のカルヴェリン砲にブドウ弾《だん》を詰《つ》めこむのを監督《かんとく》している。ブドウ弾は、マスケット銃の銃弾《じゅうだん》、くず鉄、こわれた鎖《くさり》などを合わせたおそろしい武器《ぶき》だった。ブドウ弾など撃《う》ちこまれたら、甲板はこっぱみじんだ。船尾《せんび》からカルヴェリン砲がさらに二台運ばれてきた。いまや、ブドウ弾を詰めこんだカルヴェリン砲が四門も至近距離《しきんきょり》にある！

マドリードは氷のような冷たい汗《あせ》が額《ひたい》を伝って下《お》りてくるのを感じた。このレッドジャックというやつは、冷血非道《れいけつひどう》な殺し屋なのだ！　船長は混乱《こんらん》する頭をけんめいに働かせて、部下に命令《めいれい》を下《くだ》した。「まっすぐ進め！　朝になったら、おれがレッドジャックと話しあいをする。条件《じょうけん》を提示《ていじ》すれば聞きいれてくれるかもしれん。おれは部屋《へや》に下《さ》がるが、まっすぐ前進しろ。やつを刺激《しげき》するなよ」

夜明けとともに雨はやんだ。静かにさざ波《なみ》が立っている海一面にもやがただよい、東から血の色がかった大きなオレンジのような太陽が上《のぼ》って、カリブの水に淡《あわ》い紅色《べにいろ》をさした。

チューロン船長はベンとネッドのそばに行った。ふたりは船首楼《せんしゅろう》の甲板で朝食がわりに果物《くだもの》を食べ、ヤシの実《み》の汁《しる》を飲んでいた。船長はふたりのそばに座《すわ》って左回りの風にもやが消えていくのを

（注）北アフリカの沿岸でキリスト教国の船を略奪《りゃくだつ》することを公認《こうにん》された、イスラム教徒の海賊。奴隷貿易《どれいぼうえき》をさかんに行なった。

見まもった。

「きれいなながめじゃないか、ベン。こんな海から出ていくのはもったいないな。ここがどこかわかるか？」

少年はうなずいた。「もうじきモナ海峡《かいきょう》です。昼まえには船首《せんしゅ》左方向にモナ島が見えてくるはずです」

チューロンはもじゃもじゃの眉《まゆ》をつりあげた。「そのとおり。でも、どうしてわかった？」

ネッドはかじっていたヤシの実《み》から目を上《あ》げた。「忠犬《ちゅうけん》ネッドが教えてくれましたって、船長にいって、いって、いって！」

ベンはその言葉にほほえみながら、船長にいった。「ネッドが聞いたらしいです。アナコンダがピエールと舵《かじ》をかわったときに話してるの」

チューロンはネッドの耳のあたりをかいた。「おまえ、ほんとうに犬と話してるのか？」

ベンは大まじめでいった。「はい、いつでもです、船長！」

船長は笑った。「信じるよ。信じないわけにはいかん。おまえたちふたりはじつに正直《しょうじき》な顔をしているからなあ。ふたりとも」

ネッドがまた友だちに思いを伝えた。「ていうか、ぼくが正直な顔してるんだ。この二、三十年で、きみはかなりせこい顔つきになったけど、ぼくはますます純真《じゅんしん》になってきたもんねえ。見てよ、ぼくの気品《きひん》のある姿《すがた》。まじめさと誠実《せいじつ》さが全身にあらわれているだろう！」そういって、ネッドはハアハアいい、舌《した》をだらりと垂《た》らして耳をゆらした。

ベンは思わず声をあげて笑った。チューロンもつりこまれて笑った。

「なんだって？　ネッドはいまなんていった？」

ベンはネッドの背中《せなか》をなでた。「船長にトリニダード走法《そうほう》を教えてほしいって。いつか自分でもやれるようにって」

ネッドはヤシの実《み》をかじるのをやめて、ベンを責《せ》めた。「うそつき！　そんなこと、ぼくはいってないじゃないか！」

チューロンがふたりの心の会話に割《わ》って入った。「いってやってくれ、それよりおまえたちふたりにトビウオのつかまえかたを教えてやるって。トビウオはな、メキシコ湾《わん》に流れこむ潮《しお》の流れにのって、このあたりを泳いでるんだ。うまいぞーっ。オートミールをまぶしてバターで焼《や》くとな」

ネッドはまたヤシの実をかじりはじめた。「トビウオだって！　冗談《じょうだん》でしょ、魚が飛ぶわけないもん！」

チューロンが太い指で船首《せんしゅ》の方向を指さした。「見ろ！　トビウオがはっきり見える。船の高さにまで飛びあがってるぞ！」

ベンがぱっと立ちあがった。「また一匹《びき》！　おいネッド、いまの見た？」

ネッドはうしろ足で立って、前足を手すりにかけて見た。トビウオがすぐそばを飛んだのでのけぞると、魚は舳先《へさき》の波頭《なみがしら》をかすめて遠ざかる。

「うわあっ！　つかまえるの、もったいない気もするな。ほんとにおいしいの？　ねえ、ぼくたちにもつかまえかたを教えてほしいって、船長に頼《たの》んでよ、ベン！」

午前中はほとんど舳先《へさき》に身を乗りだして見ているうちにすぎていった。チューロン船長がバウスプリットに張《は》った網《あみ》に、トビウオがどんどんかかってくるのだ。

アナコンダが厨房《ちゅうぼう》のコックにトビウオの料理法《りょうりほう》を教えながら、持ち前のよく通る低い声で元気に歌を歌った。ベンは歌を聞きながら、網にかかった魚をはずし、すこしまえまで海の上を飛んでいた魚の、大きく広がったヒレに目を丸くした。

おいで、おいで、トビウオ、
飛んでおいで、おいらの皿に
鳥は鳥だよ、飛ぶから鳥だ
魚は魚、生まれつき
ばかだよ、おまえは
どっちにもつかずに
海のうえ飛び
ヒレを広げておいらの皿に。

トビウオ、飛べ、飛べ、
おいら船乗《ふなの》り、腹《はら》ぺこだ。
空でおまえはかっこいいけど

皿にのったらもっといい
厨房《ちゅうぼう》で料理《りょうり》だ、皿あたためて
ほら来た、もう一匹《ぴき》トビウオだ！

海のうえ飛び、
ヒレを広げておいらの皿に。

マリー号がモナ島とマヤグエスを通りすぎたころ、コックがおたまでかまどのへりをたたいて、全員に向かってさけんだ。「魚が焼《や》けたぞ、順番《じゅんばん》だーっ。早く来ねえと、アナコンダがぜんぶ食《く》っちまうよーっ」

ネッドはベンのまえを走りながら、考えを伝えた。「早く、早く。コックのいうこと、きっとほんとだよ。アナコンダがぼくの分も取っておいてくれるといいけど」

チューロンとベンは横一列になってネッドのあとを追い、厨房《ちゅうぼう》まで行った。乗組員《のりくみいん》は全員、行列になってもみあっていた。二組の敵《てき》をどうにかやりすごしたので、みんなほっとして、笑いさざめき、ふざけあっていた。

ベンはネッドと考えを交《か》わした。「同じ船旅《ふなたび》でもなんて大きなちがいだろう。最初のフライング・ダッチマン号やヴァンダーデッケン船長と、この旅と」

ネッドは体の毛を逆立《さかだ》てた。「もう、あんな船の名もヴァンダーデッケン船長のこともいわないでよ。マリー号みたいな、いい正直《しょうじき》な海賊船《かいぞくせん》なら、ぼくはよろこんで乗《の》り組むな」

犬の言葉のとおりだと、ベンはダッチマン号のことは頭からさっぱり追いはらった。そして、気持ちを目のまえのことだけに向けた。陽射《ひざ》しがさんさんと明るいカリブ海。仲よしのチューロン船長。陽気にざわめいている船乗《ふなの》りたち。そして、生まれてはじめて食べるトビウオ。

ロッコ・マドリードは深刻《しんこく》な事態《じたい》におちいっていた。イギリスの私掠船《しりゃくせん》に追われ、悪魔《あくま》号は、プエルトリコのヤシの木がならぶ浜《はま》の浅瀬《あさせ》にまっすぐ入ってきてしまった。マドリードは、船長室のなかをうろうろ歩きまわりながら、イギリス人船長がつぎにどんな手に出てくるかを考えていた。部屋《へや》のすみには、首に巻《ま》いたロープで甲板上《かんぱんじょう》の金輪《かなわ》につながれたままの、元マリー号航海士《こうかいし》ルードンが、おびえきった目を見ひらいて船長を見つめていた。ふたりとも、自分がおそろしい状況《じょうきょう》に置《お》かれていることがわかっていた。

舷窓《げんそう》を通して、船三隻《せき》分もはなれていないデボンベル号が見えた。こっちに舷側《げんそく》を向けて、大砲《たいほう》をかまえ、やれるもんならやってみろといわんばかりだった。

ロッコ・マドリードはそんな挑発《ちょうはつ》にのるほどばかではなかった。わなにかかったネズミの気分だった。すこしでも攻撃《こうげき》のかまえを見せるのは自殺《じさつ》するようなものだ。レッドジャック船長は、容赦《ようしゃ》なく人を殺《ころ》すので有名だった。

ポーチュギーとボーリーが、わるさをしてしかられにきた子どものように、こそこそと船長室に入ってきた。

ボーリーが、湾《わん》にうかんでいる私掠船《しりゃくせん》から船長に目を移《うつ》していった。「どうしますか、船長？」

マドリードはじっさいよりずっと自信ありげに答えた。「どうするか？　いまはなんにもしない。最初に手を出すのはイギリス人のほうだ」

ポーチュギーはしかめつらをしていった。「あっちの手は、おれたちを大砲《たいほう》で吹《ふ》きとばすことでさ。先に動かねえと、おれたちみんなあの世行きだ！」

シャリッと鋼《はがね》がさやをこする音がしたかと思うと、ポーチュギーは隔壁《かくへき》に押《お》しつけられていた。船長の剣《けん》の先がのどもとに突《つ》きたてられている。マドリードが憎々《にくにく》しくささやいた。

「よけいな口たたくと、思ってるより早くあの世行きになるぞ。おまえたちのようなばかに入れ知《ぢ》恵《え》されなくても、おれはちゃんと考えてるんだ。おれにまかせておけ。作戦《さくせん》がある。それより、おまえたちは甲板《かんぱん》に行って大砲《たいほう》の砲門をぜんぶ閉《と》じろ。ボーリー、おまえは停戦《ていせん》の白《しろ》旗《はた》を上《あ》げろ。ポーチュギー、マスケット銃《じゅう》と剣はぜんぶかたづけて、鍵《かぎ》をかけろ。全員、甲板の下に集合し、音をたてるなと伝えろ。さあ、行け！」

船長はつづいてルードンにけりを入れた。「おい、おまえ！　おれがいいというまで、勝手にしゃべるな。おまえにも出番がある！」

マドリード船長は、デボンベル号のマストの上で白い旗がはためいているのを見つけるなり、すばやく甲板に出ていった。ティール船長は船のなかほどで、メガホンを口に立っていた。その声はすこしはなれた場所にいる悪魔《あくま》号にもよく聞こえた。イギリス船の乗組員《のりくみいん》たちは銃撃《じゅうげき》できるばかりになったマスケット銃をにかなって立っているし、みにくい大砲《たいほう》の先は悪魔《あくま》号をおどすように突きでている。ティール船長は大声でいった。「ちょっとでも妙《みょう》なまねをすると、砲撃《ほうげき》するぞ。いってることがわかるか？」

スペイン人の船長は口を両手で囲《かこ》んで、どなりかえした。「英語はわかる。なんの用だ？」

ティールの返事はするどく、横柄《おうへい》だった。「わたしは国王陛下《へいか》の船、デボンベル号の船長、ジョナサン・オームズビー・ティールだ。私掠船《しりゃくせん》として国王陛下の許可《きょか》を持っている。おまえたちには無条件降伏《むじょうけんこうふく》を要求《ようきゅう》する。ただちに！」

マドリードはふだんと変わらない声を出すように気をつけたが、内心はこのイギリス人の派手《はで》でえらそうな態度《たいど》に煮《に》えくりかえっていた。「船長、スペイン貴族《きぞく》の名誉《めいよ》にかけて約束《やくそく》しよう。わたしの船から先に砲撃することはない」

ティールはふんとばかにしたように鼻を鳴らすと、メガホンを口にあてた。「あたりまえだ。砲撃すればおまえの破滅《はめつ》だ。本船はおまえの体も船も粉砕《ふんさい》して、おまえの血でこの湾《わん》を真《ま》っ赤《か》にそめてやる！　さあ、返答しろ。降参《こうさん》するか……どうだ？」

スペイン人は相手におもねるように両手を広げた。「降参しよう、船長。このような申し出を断《こと》わるのはおろかものだけだ。でも、そのまえに船長と話がしたい。いい申し出がある。船長を大金持ちにする話だ。聞いてもらえるかな？」

ティールはちょっと考えて、部下たちに耳うちした。水夫長《すいふちょう》、航海士《こうかいし》、砲手長《ほうしゅちょう》。それからやっと答えた。「大金持ちといったな？　そのままじっとしていろ。そっちに行く。ちょっとでも動いたら、マスケット銃《じゅう》がいっせいに火を吹《ふ》くぞ！」

ロッコ・マドリードはていねいにおじぎをした。「小細工《こざいく》はしない、約束《やくそく》する。男と男らしく話しあおう。いいワインを用意して、部屋《へや》であなたのお越《こ》しを待とう。では、よろしければ、これで失礼《しつれい》！」

デボンベル号の運搬《うんぱん》ボートに、二十名の男たちがぎっしりと乗りこんだ。みんなマスケット銃《じゅう》とライフル銃で武装《ぶそう》している。ティール船長はボートの艫《とも》、男たちのうしろに座《すわ》った。

悪魔《あくま》号の船長室では、マドリードがルードンをしばっていた縄《なわ》をゆるめて、首すじをしめあげた。そうしてルードンを舷窓《げんそう》に押《お》しつけると、ティールのほうを指さして命令《めいれい》した。

「おれの話をよく聞け。あの赤い上着の男が見えるな？　やつがおれたちふたりの命を助けてくれる。おれがおまえにしゃべれといったら、やつにうそをつけ。一世一代《いっせいいちだい》の大うそをつくんだ。マリー号はものすごい黄金を積《つ》んでいるとな。カルタヘナの博打《ばくち》をおまえも見てたろ。チューロンがあのとき、おれからうばった金の量《りょう》を二十倍、三十倍にいうんだ。こうすれば、おまえは命が助かって大金持ちになれる。わかったな？」

ほっと安心して、ルードンは何度も何度もうなずいた。「アイ、アイ、キャプテン、ちゃんとやりまさ。おふくろの墓《はか》にかけて誓《ちか》います！」

ティール一行《いっこう》が悪魔号の船上に上《あ》がると、甲板《かんぱん》にはだれもいなかった。ティールは水夫長《すいふちょう》に小声でいった。「完ぺきだ！　おまえたち、ハッチに板《いた》を打ちつけろ。ドアというドアは船長室をのぞいて封鎖《ふうさ》だ。甲板に顔を出す海賊《かいぞく》がいたら殺《ころ》せ。二名をつけて、運搬ボートをこっちのとむこうのと二艘《そう》、本船まで運べ。帰りには砲手《ほうしゅ》を残して全員こっちに連れてこい。さあ、さっさと取りかかれ！」

ティールは剣《けん》の柄《つか》に手をかけて、気取った足どりで船長室にふみこんだ。ロッコ・マドリードは丁重《ていちょう》にむかえた。「よくお越《こ》しくださった、船長。ワインをすこしいかがかな？」

出されたワインのびんとゴブレットを無視《むし》し、ティールは銀のふちどりのある凝《こ》ったつくりのピストルをぬいて、マドリードに向けた。「まず降参《こうさん》のしるしを受けようじゃないか」

マドリードはゆっくりと腰《こし》の剣をぬいて、柄が相手がたに来るようにしてさしだした。ティールは剣を受けとり、無造作《むぞうさ》にふってその重みをはかると、自分のベルトにさしこんだ。そうして、マドリードにピストルを向けたまま、目をはなさずに、船長室のテーブルのまえに座《すわ》った。

ルードンがまえに進みでてきてワインをついだ。ティールは足を組み、いすに深く座ると、ワインをひと口飲み、ルードンのほうへあごをしゃくった。「で、なんだ、この男は？」

マドリードはずるそうにニタッと笑うと、切り札《ふだ》を出した。

「こいつは、われわれを大金持ちにしてくれる男です。フランスの海賊船《かいぞくせん》の航海士《こうかいし》だった男です。おい、見たことをお話ししろ」

夕方までには取引《とりひき》が成立《せいりつ》した。どちらかといえばマドリードよりティールのほうが得《とく》をする取引だった。だが、マドリードは自分に言い聞かせて納得《なっとく》した――そのうち、この損得《そんとく》をひっくりかえしてやればいい。

武器《ぶき》をはぎとられて、悪魔《あくま》号の乗組員《のりくみいん》たちは全員、四列になって甲板《かんぱん》を行進し、引き潮《しお》どきに浜《はま》まで歩いて上《あ》がらせられた。完全武装《ぶそう》のおそろしいイギリス人たちに囲《かこ》まれていては、ふてくされて言いなりになるしかなかった。

ボーリーとポーチュギーが最初の班の先頭に立った。胸《むね》まである海の水のなかを、一同は砂浜《すなはま》まで歩いていった。ポーチュギーがうんざりしてあたりを見まわした。「かんべんしてくれよ、このあたりはサメが出るんだぞ」

ボーリーが歯ぎしりした。「ほんもんのサメは船の上にいらあ。けど、おれたちにはなんにもいえねえ。もしマドリードのやつが、おれたちをだましたんなら、おれはやつを地のはてまでだって追ってってやる！」

そのとき、マドリードがティールとならんで甲板に出てきた。スペイン人船長は見張《みは》り番のペペと言葉を交わした。ペペはうなずいて、マドリードとティールの両方の船長と握手《あくしゅ》し、それからマドリードは船の反対側《はんたいがわ》に消えた。


ボーリーとポーチュギーは、ペペが水をはねかしながら浜に近づいてくるのを待っていた。ふたりはかけよった。

「船長、おまえになんていった？」

「レッドジャックは、なんていった？　話してくれ、ペペ！」

悪魔《あくま》号の乗組員《のりくみいん》たちはペペの話を聞こうと取りかこんだ。

「レッドジャックはなんにもいわねえ。けど、うちの船長からみんなに伝えろといわれた。イギリスの私掠船《しりゃくせん》と協力《きょうりょく》して大洋に出、チューロンの船をつかまえる、だと」

ボーリーは信じられないというふうに頭をふった。「それ、本当か？」

ペペはあたたかい砂地《すなち》に座《すわ》った。「ああ、本当だとも。計画はこうだ。おれたちは私掠船《しりゃくせん》に乗り組むんだ。レッドジャックのやつは悪魔号をひっぱってくれる。自分の大砲《たいほう》をこっちに分けてくれ、折《お》れたバウスプリットを直したら悪魔《あくま》号の指揮《しき》をとる。だが、チューロンの船をつかまえたら、レッドジャックは曳航《えいこう》のロープを切って、おれたちゃもとどおりカリブ海にもどれるってわけだ」

ポーチュギーは考えこみながらくちびるをかんだ。「けど、どうして船が二隻《せき》もいっしょになってチューロンを追っかける必要があんだ？　ええ？」

ペペはにやりと笑って、マドリード船長から聞いた話をした。

「マリー号の捕虜《ほりょ》だよ。やつがなんていったと思う？　チューロンは海賊《かいぞく》から足を洗《あら》って故郷《こきょう》のフランスに帰るんだと。だからグアヤマに泊《と》まったのさ。一生かかってためた財産《ざいさん》がそこに埋《う》めてある。そいつを海をわたるまえに掘《ほ》りだしにいったんだ。捕虜のやつが見たらしいんだが、そりゃもう箱に、樽《たる》に、金銀ざくざく宝《たから》の山だとよ。船長が口を割《わ》らせて、それでティール船長と取引《とりひき》したんだ。うまいだろ、ええ？」

みんながそろってボーリーの顔を見た。仲間うちでもいちばん長くマドリードに仕《つか》えてきたボーリーは、考えかたもいちばんきびしくするどかった。ボーリーは腰《こし》を下《お》ろし、口もとを引きしめ、目を細めて考えていた。と、ボーリーが笑いだした。

「うまい！　二隻《せき》のほうが一隻より早く見つけられるもんなあ。フッフッ、ロッコのやつ、サルよりは頭のできがいいらしいや。もう計略《けいりゃく》はできてるんだろ。おい、かけてもいいぞ、マドリードは最後にぜんぶお宝《たから》をちょうだいする気だぜ！」

夜になってきたので、乗組員《のりくみいん》は浜辺《はまべ》で流木《りゅうぼく》を集め、積《つ》みあげて、焚《た》き火の準備《じゅんび》をした。デボンベル号の水夫《すいふ》たちは悪魔《あくま》号を曳航《えいこう》して、浅瀬《あさせ》から助けだし、自分たちの船の横につけた。ティール自身が指揮《しき》をとった。甲板《かんぱん》上を大股《おおまた》で歩きまわり、命令《めいれい》を下《くだ》し、滑車装置《かっしゃそうち》を使って船から船へ大砲《たいほう》を移動《いどう》させた。

一方、マドリード船長はデボンベル号の船長室に座《すわ》って、マデイラ酒《しゅ》をちびちびやりながら、これからどうしたものか、残忍《ざんにん》な復讐《ふくしゅう》計画をねっていた。兄貴分《あにきぶん》の死で新しく船大工《ふなだいく》に昇格《しょうかく》したジョービーは、デボンベル号のこわれたフォアマストから集めた木材《もくざい》で、バウスプリットをつくりなおそうと男たちを働かせていた。ほかのものたちも新しくフォースルや索《さく》を張《は》るのにこきつかわれた。

男たちのひとりが浜に上《あ》がっている私掠船《しりゃくせん》の水夫《すいふ》たちにあごをしゃくっていった。「ケッ、不公《ふこう》平《へい》だ！　見ろ、やつらを。砂浜《すなはま》に寝《ね》っころがってやがるぞ、こっちは船で汗水垂《あせみずた》らしてんのに！」

「なんだって？」

ふりかえると、目のまえにティール船長が立っていた。男は腰《こし》をかがめておじぎをするとていねいにあやまった。「なんでもありません、船長。ひと言もしゃべっておりませんです、はい！」

9

マリー号はイスパニオラとプエルトリコのあいだのモナ海峡《かいきょう》をぬけた。ベンとネッドは船長室にいて、船長から航海術《こうかいじゅつ》の手ほどきを受けていた。大きな、使い古しの海図《かいず》がベッドに広げられており、丸まった四すみを本や六分儀《ろくぶんぎ》でおさえていた。

チューロンが地図の上の一点を示《しめ》していった。「こいつは素朴《そぼく》で古いが、たよりになる海図だ。いまいるのはこのへんだが、わかるか、ベン？」

少年はチューロンが指さしているあたりを見た。「もう大西洋に出たんですね。ここからどこに向かうんですか？」

チューロンはあごひげをかいた。「この海図をつっきって、おれが持ってるつぎの海図に行くんだ。海っていうのは不思議《ふしぎ》なところでな、あまりくわしいことはわかってないんだ。たくさんの船が遭難《そうなん》して二度ともどらない。だれもこの世界の海の本当の深さは知らないんだ。嵐《あらし》の海を行くとき、足もとの海のずっと下になにがあるかなんて、考えてもみないだろ。考えたことあるか、ベン？」

ネッドがベンの思いに割《わ》って入った。「ぼくは考えたくないね。どうしてわざわざ、こわいこと考えるの？　海の下の世界のことは魚たちにまかせとけばいいよ！」

ベンはラブラドールの耳のあたりをかいてだまらせた。「しっ、ネッド。だまって船長の話をお聞き」

チューロンは片足《かたあし》で甲板《かんぱん》をトンとふんだ。「おれたちのちっぽけな船の下には、一大世界が広がっているんだ。谷あり、丘《おか》あり、砂漠《さばく》あり、高い山々あり！」そういって、おどろいているベンの青い目にほほえみかけた。「考えたこともないだろう、ちがうか？　でも、事実《じじつ》なんだ。いつの日か、人間はその探検《たんけん》に出かけるかもしれん。何百、何千リーグ㊟と広がる海は、太陽がさしこむ水面近くはすきとおり、よく見える。だが、それより下へ行くと暗い青や緑色となり、そのまた下は月も星もない夜になる。さらにそのずっと下は真っ暗なやみだ。はてしなく、音のない墓《はか》のようなやみ。大小ありとあらゆる魚の領地《りょうち》だ。赤ん坊《ぼう》の爪《つめ》ほどもない小さな魚もいれば、世界が生まれたときから深海に息をひそめて生きてきた巨大《きょだい》な怪物《かいぶつ》もいるんだ！」

ネッドはベッドに横たわって、両耳を前足でおさえながら、くうくうと泣き声でベンにうったえた。「ああ、早く陸地《りくち》に上《あ》がりたいよ。もう二度と水には近づかない。アヒルの池だってごめんだ！」

ベンは犬をなぐさめるようにさすってやったが、船長はまだ話をつづける。

「そう、それにひきかえ、おれたちはちっぽけな存在《そんざい》だ。聖書《せいしょ》に出てくる、クジラの化《ば》け物みたい

(注) 距離《きょり》の単位《たんい》。一リーグは約四・八キロメートル。

なレビヤタンや、怪獣《かいじゅう》が住む大海に、浮《う》き沈《しず》みするだけのクズなんだ。おれたち人間てのは、ちっぽけでむこうみずな動物だよ！」

ベンはうなずいた。「そのとおりだと思います。でも、これ以上ネッドをおどかすのはやめて、どこに向かってるのか教えてください」

チューロンは犬と少年を見くらべていたが、くすくす笑いだした。「こわがってるのは、ネッドじゃなくておまえだろう。どこに向かってるかって？　まっすぐ北東だ。ここといフランスのあいだにある陸地《りくち》といえば、アゾレスと呼《よ》ばれる小さな群島《ぐんとう》だけだ。さあ、おいで、おれのラッキー仲間たち。ピエールのとこに行って、真東から針路《しんろ》を変えるようにいおう」

船長はふたりをしたがえて甲板《かんぱん》に出ていき、舵柄《だへい》についていたピエールに命令《めいれい》を出した。命令を受け、たのもしいピエールは舵輪《だりん》を回した。だが、すぐにしかめつらをして、舵輪をもうすこし回した。

「船長！　舵《かじ》が回りません、ほら！」船長の見ているまえで、ピエールはもう一度回してみた。

ピエールはとほうにくれて首をふった。「これだけ回せば、南に向かってなきゃいけないんだが。なんかへんです、船長！」

チューロンが舵をかわった。「貸《か》せ、おれにやらせろ」

だが、舵にはまるで手ごたえがなく、くるくると楽《らく》に回った。船長は舵を止め、そのマホガニー材《ざい》の軸棒《じくぼう》に額《ひたい》をつけて、どうなっているのか考えた。

ベンは「どうしたんですか？」と聞かずにはいられなかった。

チューロンは背《せ》すじをまっすぐにのばすと、首をふっていった。「わかってたら、教えてやるがな。けど、原因《げんいん》には心あたりがある。トリニダード走法《そうほう》だ。それ以外にはない。このマリー号はもう少女じゃない、おばあさんになって、あちこち傷《いた》んできている。あの夜は嵐《あらし》で海が荒《あ》れていた。おまけにふたつの船にはさまれた。あの走りかたは船にとってむりな苦しい動きだったんだ。それで、なにかが折《お》れたか、割《わ》れたか、ゆるんだかしてしまったんだろう。それが原因になって、あの夜からいままでの航海《こうかい》で、舵柄《だへい》のどっかが傷《きず》ついたんだな。きっとそうだ。ベン、アナコンダを呼《よ》んできてくれ」

アナコンダは休憩中《きゅうけいちゅう》で、ハンモックで眠《ねむ》っていた。ベンがそっとゆり起こした。「船長がご用です」

アナコンダはひらりと身軽《みがる》に甲板《かんぱん》に立った。ベンにちょっと笑顔《えがお》を見せると、頭をひょいと下《さ》げて船室から出た。

チューロンはけっして小さな男ではなかったが、アナコンダと話をするときは見あげなければならなかった。

「うちのマリーちゃんがトリニダード走法を踊《おど》って、ケガをしたんだよ」

アナコンダは太いロープのひと巻《ま》きを、まるで糸の切れはしでも拾うみたいにつかんだ。「このおばあさんは舵柄をケガしたんでしょう。見てきます」

アナコンダはロープをマリー号の船尾係柱《せんびけいちゅう》に巻きつけると、端《はし》を海中に落としこんだ。そうして、ロープをたぐって下《お》りていき、水につかると、深呼吸《しんこきゅう》してもぐった。船尾のカーブした部分の下に

もぐってからは、姿《すがた》が見えなくなった。

ネッドが船尾展望台《せんびてんぼうだい》の手すりのあいだから顔を突《つ》きだしていった。「よかったよねえ、アナコンダが船長の話聞いてなくて。海の怪獣《かいじゅう》が底《そこ》のほうにひそんでるって話！」

ベンが犬の考えに答えた。「いや、アナコンダならだいじょうぶだ。だって、ベルトにはさんであるナイフの大きさ見た？　剣《けん》だってあんなに大きくないくらいだよ。でも、もぐってからだいぶたつね。なにもなければいいけどなあ、ネッド」

ピエールの声が割《わ》って入った。「上がってきた！」

さっそうとした大男の頭がなめらかな航跡《こうせき》の下に見えたかと思うと、水面が割れた。アナコンダはまばたきし、息を大きく吸《す》うと、すばやく甲板《かんぱん》に上《あ》がってきた。

「銅板《どうばん》、かなづち、それにくぎがいります、船長。舵《かじ》がばらばらになってました。まるで宿屋《やどや》の看板《かんばん》みたいに水のなかでゆれてます」

チューロンはほっと安心した。「ああ、そりゃよかった。銅板とくぎならたっぷりある。修理《しゅうり》に長くかかるかな？」

アナコンダは筋肉《きんにく》のもりあがった肩《かた》をすくめた。「何度かもぐらなきゃだめでしょう。それにひとりじゃむりです。おれの指は太すぎて、銅板《どうばん》を船体と舵棒《かじぼう》のすきまに通すことができない。細いすきまなんだ。だから、だれかいっしょにもぐってくれたら、おれが舵柄《だへい》をおさえてるあいだに、銅板をせまい部分に通してもらえる。つまり、片方《かたほう》の端《はし》を舵板《かじいた》にくぎづけし、つぎに銅板の反対の端をせまい部分に通したら、もう一本のくぎで打ちつける。両側《りょうがわ》にあと一、二本くぎを打ってやれば、舵板は新品同様《どうよう》です！」

チューロンはさっそく上着をぬぎながら、まわりに集まった乗組員《のりくみいん》に命令《めいれい》した。「もう一本ロープ持ってこい。かなづち一本、銅板、真鍮《しんちゅう》のくぎもひとつかみな」

アナコンダが船長の手をつかんだ。「船長。船長の手はおれのほど大きくはありませんが、こんなに短くて太い指じゃむりです」

それを聞いたとたん、乗組員たちは急ぎの用事があるみたいに四方に散《ち》りだした。チューロンはこそこそ逃《に》げていく男たちを目で追って、いった。「船乗《ふなの》りに船を走らせろといったら、なにもいわずにやるものを、海につま先入れろといったら、どうだ、このざまは、ピエール？」

ピエールはばかにしたようにいった。「やつら、たいてい泳げないんでさ。深い海がこわくてこわくて。船長、おれがやります」

アナコンダは首をふった。「おまえの指みたいなのを、こないだカルタヘナの船着場《ふなつきば》で売ってたぞ。ポークソーセージをな。手を見せてくれ、ベン」

少年の細い指をちらっと見ただけで決まった。アナコンダはベンに片目《かため》をつぶっていった。「おまえならぴったりだ！」

　チューロンはベンの肩《かた》に手を回した。「おい、ちょっと待て。海にもぐらせるわけにはいかない、これはおれのラッキーボーイなんだ」

　ベンは船長の腕《うで》の下からするりとぬけるといった。「はい、ラッキーです、その仕事にうってつけなんて。それに必要とされるときにマリー号に乗っていたのもラッキーだった。ぼく、やります、船長！」

　ネッドが飛びあがってベンの胸《むね》に前足をかけ、うったえた。「だめだよ、ベン、そんなことしないで。お願《ねが》いだ！」

　ベンは犬の頭を両手ではさむと、必死《ひっし》な黒い目をじっと見つめた。「だれかがアナコンダを助けてやらなきゃ。さもないと来年のいまごろもこのあたりでただよっていることになるよ。おまえがぼくだったら、きっと同じように申し出たさ。でも、おまえの前足はこの役には立たない。ぼくのみたいな手がいるんだよ。心配するな、ちゃんと気をつけるから。約束《やくそく》する！」

　チューロンはアナコンダをわきに引きよせた。「頼《たの》む。もぐったらあの子から目をはなさないでくれ。おれのラッキーボーイになにかあっちゃ困《こま》る」

　大男の舵手《だしゅ》は敬礼《けいれい》した。「わかってます、船長。おれが守ります。ベン、さあ、もぐるか？」

　シャツをぬぎすて、靴《くつ》をけとばしてぬぐと、ベンは予備《よび》のロープを肩から巻《ま》きつけた。「はい、行きまーす！」

くどいほど甘《あま》いポートワインは、ティール船長の好《この》みでなかった。だから、それより淡白《たんぱく》で、もっと味わいのあるマデイラ酒《しゅ》を、ゴブレットからちびちびと飲んでいた。ティールはかなり満足《まんぞく》していた。船としては、悪魔《あくま》号はすばらしい戦利品《せんりひん》だった。もとロッコ・マドリードの船室だった会《かい》議《ぎ》室《しつ》のような部屋《へや》をすっかりもよう変えして、ティール自身の家具《かぐ》や持ち物でかざった。それでずっとイギリス紳士《しんし》らしくなったと、ティールは思った。

もう一度マドリードの剣《けん》をぬいて試してみた。古典的《こてんてき》なトレドの鋼《はがね》は、自分の英国海軍支給《えいこくかいぐんしきゅう》の剣よりはるかに優美《ゆうび》だった。ぱりっと洗《あら》いのきいた服に身を包んで、ティールは新しい剣を腰《こし》にさし、長い姿見《すがたみ》のまえであれこれポーズをつくってみた。この鏡《かがみ》だって、どこかの大金持ちの商人から、あのスペイン人が略奪《りゃくだつ》したものにちがいない。ティールは剣をわきに置《お》くと、巻物《まきもの》を手にして、甲《かん》板《ぱん》に堂々《どうどう》と出ていった。

そのとき、デボンベル号にいたマドリードは、ティールの姿を目にした。二隻《せき》の船のあいだにわたしてある板《いた》の上を器用《きよう》に歩いて、まっすぐティール船長のそばに行った。

ティールは、めずらしく愛想《あいそ》笑いをしてみせた。「ああ、そこにおられたか。いい天気じゃないか。ええ、マドリード?」

怒《いか》りがわきあがってくるのをおさえて、スペイン人の船長は型《かた》どおりに軽くおじぎをした。「あのデボンベル号は、はだか同然《どうぜん》だ。どうしてうちの乗組員《のりくみいん》たちを使って修理《しゅうり》させないんです? マストを直し、食料《しょくりょう》、水を積《つ》んで航海《こうかい》の準備《じゅんび》させたらいいのに。それにフランス人捕虜《ほりょ》、ルードンはどこです? うちの水夫長《すいふちょう》、航海士《こうかいし》、乗組員たちはどうして浜《はま》でごろごろ遊んでいるんですか?

どうしてむかえのボートを出さないいんですか？　こっちの仕事に手がいるでしょう」

そういわれても、依然《いぜん》としてほほえんだまま、ティールは手にした巻物《まきもの》でマドリードの胸《むね》を軽くたたいた。「いやあ、ひとつひとつ、順番《じゅんばん》にだよ！　きみはかっとなりやすいんだねえ。あのフランス人捕虜は錨鎖庫《びょうさこ》に閉《と》じこめてある。逃《に》げられちゃこまるからな、そうだろう？　ほかのことは、じょじょにだよ、じょじょに」

ロッコ・マドリードは疑《うたが》いぶかい目でティールをにらみつけた。「いつ？　いつですか？」

ティールはわざとおどろいたような顔をしてみせた。「おや、なんなら一時間以内だっていいんだよ。お望《のぞ》みしだいだ」

面と向きあったおかげで、ちょっと評価《ひょうか》が上《あ》がったらしい、とマドリードは考えた。そこで、この派手《はで》なだて男のイギリス人相手にもう一歩ふみこんでやろうと思った。

「武器《ぶき》を返していただきたい。武器もなしにあの海賊船《かいぞくせん》を追いかけてもむだだ。チューロンは戦闘《せんとう》になると大変《たいへん》な強敵《きょうてき》ですぞ」

レッドジャック・ティールの顔からほほえみが消えた。「わたしが適当《てきとう》だと判断《はんだん》したときに武器は返す。大砲《たいほう》は、この船だけでも二隻《せき》分積んでいる。あのフランス船を沈《しず》めたくはないだろ？　お宝《たから》が海の底《そこ》に沈んじゃ困《こま》るだろ？」

マドリードはじれて大きなため息をもらした。「しかし、ここで遊んでちゃチューロンはつかまらない。こうしてるうちにもどんどん遠ざかってしまう。乗組員《のりくみいん》を乗船させる許可《きょか》をもらえませんかね？」

ティールはうなずいた。「いいとも。おい、水夫長《すいふちょう》、デボンベル号の運搬《うんぱん》ボートを下《お》ろせ。マドリード船長が浜まで行かれる！」

ロッコ・マドリードは運搬ボートに乗りこんだ。腰《こし》を下ろして不思議《ふしぎ》そうにティール船長を見あげた。ティールは悪魔《あくま》号の中甲板《ちゅうかんぱん》で、凝《こ》ったかざりの手すりごしに身を乗りだしている。「船長。このボートをわたしが自分で岸までこがねばならんのですか？」

ティールは肩《かた》をすくめた。「もちろんだ。そうすれば帰りにはおおぜい乗組員《のりくみいん》を乗せられるじゃないか」

マドリードはオールの軸受《じくう》けにオールを入れて、不器用《ぶきよう》にこぎはじめた。ほぼボート二艘《そう》分くらい行ったところで、ティールが大声で呼《よ》んだ。

「おーい、そこのやつ。よーく聞け！」ティールは巻物《まきもの》をほどいて大声で読みはじめた。「国王陛下《へいか》チャールズ一世《せい》よりたまわった権威《けんい》のもと、わたしは合法的《ごうほうてき》な報復拿捕行為《ほうふくだほこうい》として本船を占領《せんりょう》する。神よ、国王とイングランドを守り、敵《てき》をたおしたまえ！」

マドリードがオールをはなし、立ちあがったので、ボートがぐらぐらゆれた。「イギリスのブタ野郎《やろう》！　てめえ、だましやがったな！」

ライフル銃《じゅう》が三発鳴りわたった。マドリードはあわてふためいてボートのなかにしりもちをついた。でも、一発もあたらなかったことにびっくりして、おそるおそるひざをつくと、ティールのほうを見た。ティールはこちらを指さしていった。

「命が助かって運がよかったと思え、スペインの犬野郎め！　おれはケチな海賊《かいぞく》ふぜいと取引《とりひき》なんかせん。ましてや信用などするか！　おまえらぜんぶをしばり首にするのは手間《てま》がかかっていけない。全員島に置《お》き去りだ。おまえはボートが沈《しず》まないうちにせっせと島までこいでいけ。おまえらみんなくたばっちまえ！」

ロッコ・マドリードはやり場のない怒《いか》りにわめき、どなった。マスケットの銃弾《じゅうだん》を三発、吃水線《きっすいせん》下《か》に受けたボートには、開いた穴《あな》からどんどん水が入ってきていた。

「レッドジャックの裏切《うらぎ》りもの！　くず野郎！　地獄《じごく》の火に焼《や》かれてしまえ！　うそつきの舌《した》などサメの餌食《えじき》になっちまえ！　魚に骨《ほね》まで食《く》われてしまえ！」

レッドジャック船長は水夫長《すいふちょう》にうんざりしたような声でいった。

「怒《おこ》りっぽいやつだな、あいつは。ラテン系《けい》だからむりもないか。ここにいてあいつのどなるのを一日じゅう聞いてるわけにもいくまい。なあ？　それでもひとつだけまともなことをいったな。ここにいては時間のむだだ。デボンベルを後方にしたがえ、錨《いかり》を上《あ》げ、総帆《そうはん》上げて出帆《しゅっぱん》だ！」

ロッコ・マドリードとその部下たちは、日暮《ひぐ》れ時の波打《なみう》ちぎわに立って、かつては自分たちのものだった船を見送った。帆《ほ》に風をいっぱい受け、ティールの古い船をひいて遠ざかっていく。

ペペがくやしそうな顔でマドリードを見た。「これからどうします、船長？」

マドリードは砂地《すなち》に座《すわ》ると、長いブーツをひっぱってぬぎだした。運搬《うんぱん》ボートから岸まで歩いたので、ブーツは海水をふくんでびしょびしょだった。運搬ボートは浅瀬《あさせ》がはじまるあたり、浜《はま》から百メートルあたりの水中に没《ぼっ》していた。

マドリードはボートを指さしていった。「ポーリー、ポーチュギー、何人か使ってあのボートをこのかわいた砂地《すなち》に引きあげろ」

ポーリーはまったく動かなかった。と、マドリードの背中《せなか》にぺっとつばを吐《は》きかけた。「ポーリーさまに命令《めいれい》を下《くだ》すのはやめろ。船のねえ船長のくせによ。てめえでボートを取ってこい！」

マドリードはぱっと立ちあがると、こぶしをにぎってポーリーになぐりかかった。海賊船《かいぞくせん》の航海《こうかい》士《し》はみな腕《うで》っぷしが強く、気性《きしょう》が荒《あら》い。ポーリーも例外《れいがい》ではなかった。さっとわきによけてこぶしをかわすと、足をひっかけてマドリードを転がし、たおれる彼《かれ》の首すじに強烈《きょうれつ》なパンチを見舞《みま》った。

ポーリーは、たおれた船長を見おろすように立った。「てめえなんか船長じゃない。ただのばかだ。チューロンが掘《ほ》りかえした宝《たから》を持ってるなんてうそついたせいで、てめえがだまされやがって。これでみんな置《お》き去りだ。腰《こし》のナイフ一丁《ちょう》だけで、ほうりだされてよ。まともな武器《ぶき》もありゃしねえ。どうだ、おれと戦《たたか》うか、マドリード？」

マドリードの手がさっと剣《けん》のさやにのびたが、空《から》だった。ポーリーがばかにしたようにけりつけたので、マドリードはひるんだ。

ポーリーの声には軽べつがにじんでいた。「そのまま這《は》いつくばってろ、土下座《どげざ》がおまえにぴったりだ。下手《へた》に立ってみろ、素手《すで》でおまえを殺《ころ》してやる！」

ロッコ・マドリードは夕やみのせまってきた浜《はま》にひとりで座《すわ》っていた。部下はみんなマドリードを捨《す》て、新しく決めたリーダーのポーリーについていってしまった。みんな、上陸《じょうりく》して以来絶《た》やさないようにしてきた焚《た》き火を囲んでいた。二番手と見なされているポーチュギーは割《わ》ったココナッツをかじりながら、当然《とうぜん》のようにボーリーに意見を求《もと》めた。「それで、これからどうする？」

ボーリーは腕《うで》に降《ふ》りかかった火の粉《こ》をつまんではらった。「レッドジャックもマドリードにおとらずばかだ。プエルトリコみたいな大きな島に海賊《かいぞく》を置《お》き去りにできると思ってんのか！　兄弟衆《しゅう》の船はここいらの港《みなと》にいっぱい来るんだ。マヤグエス、アグアディヤ、アレシボ、サン・ファン。ポンセからだって遠くないぜ。二日も歩きゃどっかの船に乗り組むこともできるさ。置き去り？へっ！　おれたちゃ置き去りになんかなってねえ！」

これを聞いて、ほとんどの海賊《かいぞく》たちが元気になった。船や飲み屋がいっぱいの港町《みなとまち》に行けると思えば、孤島《ことう》に置き去りにされたというみじめな気分も晴れるというものだ。

ペペが、焚《た》き火の仲間から五十メートルほどはなれた暗がりにぽつんと座《すわ》っているマドリードのかげに、あごをしゃくっていった。「あいつも連《つ》れていくのか？」

ポーチュギーはその考えに乗らなかった。「やつが地獄《じごく》に落ちようと知ったことか、なあ、ボーリー！」

ボーリーは焚き火につばを吐《は》いた。「マドリードはもうおれたちには疫病神《やくびょうがみ》だ。やつを連れてはいけねえ。海賊《かいぞく》仲間じゃマドリードは大物《おおもの》だったんだ。悪魔《あくま》号をなくしたことをおれたちのせいにするに決まってる。まっさきにやられるのがおれだ。おれを反乱罪《はんらんざい》でひっくくるさ。マドリード船長相手にやれることはただひとつ。ここで埋《う》めちまうことだ！」

乗組員《のりくみいん》はシーンと静まりかえった。ポーチュギーはその提案《ていあん》に息をのみ、焚き火にてらされた顔が青白くなった。「マドリードを殺《ころ》す？　そんな大《だい》それたことはできねえ！」

ボーリーは幅《はば》の広い短刀《たんとう》を腰《こし》からぬくと、慣《な》れた手つきでくるりと回した。「よし、おまえらそろって腰ぬけなら、おれがやる！　だが、みんな港《みなと》に行ったら、このことはぜったい人にもらすなよ。マドリードは悪魔《あくま》号をうばわれたとき、海賊《かいぞく》に殺《ころ》されたっていうんだ。ちがったことをいいふらすやつは、おれが始末《しまつ》するからな。じゃ、殺すところを見てたくないやつは、うしろを向いてろ。やつは裏切《うらぎ》りものだ。いねえほうがいい！」

砂地《すなち》に這《は》いつくばり、口にナイフをくわえて、ボーリーは焚《た》き火からはなれていった。焚き火から大きく半円をえがくように進んでいく。あたりに聞こえるのは大波が岸に寄《よ》せる音と、燃《も》えてはぜる流木《りゅうぼく》のバチバチという音だけ。

ボーリーの目に、マドリード船長の背中《せなか》が見えてきた。船長はいねむりでもしているように、だらんとまえかがみになっている。ボーリーは音をたてないようににじりよった。口のナイフを手に持ちかえ、きつくにぎりしめた。これで船長の肋骨《ろっこつ》のあいだを下から突《つ》きさしてやる。もうちょっと、もうちょっとと、四つんばいのままにじりよった。マドリードの背中が目と鼻の先だ。ふぁっとひざ立ちになって、ボーリーは空《あ》いている腕《うで》で船長の首をしめあげた。

と、ロッコ・マドリードの頭が横にたおれた。ボーリーの腕を、色のついた羽がくすぐった。恐《きょう》怖《ふ》にのどがつまったような声をあげて、ボーリーは獲物《えもの》をはなしてしりもちをついた。

四本の毒矢《どくや》が、マドリードの命を絶《た》っていた。一本は耳のうしろ。三本は頬《ほお》。船長は砂の上に奇《き》怪《かい》な形でちぢこまっていた。体がまだあたたかかった。ボーリーはあえぎ、泣きさけびながら転がるように浜《はま》の焚き火までもどった。

ポーチュギーに抱《だ》きとめられた瞬間《しゅんかん》、ボーリーもまたたおれた。のどもとに刺《さ》さった竹製《たけせい》のするどい矢をぬこうとしながら、両足をけいれんさせて空《くう》をけっている。

焚《た》き火の明かりの輪《わ》のふちに、村を焼《や》かれたひげの長老《ちょうろう》があらわれた。長老はおそれにすくんでいる一同を見まわした。「もどってきたのか。あんなことをした場所にもどってくるのは、おろかものだけだ！」

長老が暗がりに歩いていってしまうと、太鼓の音がはじまった。トン、トン、トン、トン！　うつろな、いつはてるともなくつづく太鼓《たいこ》の音。月のかげのように音もなく、カリブの狩人《かりうど》たちは、草木の黒い汁《しる》で縞《しま》もように塗《ぬ》った体で、かつての悪魔《あくま》号の乗組員《のりくみいん》たちにせまってきた。

10

チューロン船長のいったとおり、海のなかはまったくの別世界だった。金色の太陽光線が、やわらかな青と緑のカーテンとなってたなびいている。ふたりは下へ、下へともぐっていった。マリー号のフジツボのこびりついた船腹《せんぷく》から、小さな泡《あわ》ぶくが銀色のすだれのようになって上へとのぼっていく。船の下をゆく宝石《ほうせき》のような色をした丸っこい小魚が、ベンの頬《ほお》を軽くつつく。

船尾《せんび》につないだロープを伝って下《お》りたベンとアナコンダは、舵板《かじいた》のあるところまでもぐった。船体が水に落とすかげと、曲線を描《えが》く船の形のせいで、うす暗く陰気《いんき》だったが、こわれた舵板はよく見えた。ベンは長い亜麻色《あまいろ》の髪《かみ》をやわらかにたなびかせながら、舵板の下から突《つ》きでている舵棒《かじぼう》の端《はし》にロープをしっかりしばりつけた。

アナコンダはふたりの道具類《るい》の入った袋《ふくろ》の口を、ロープにしっかり結んで、手が自由に動かせるようにした。船尾からのロープにつかまったまま、ふたりはこわれた部分を調べた。

アナコンダがベンに向かって手をふった。ベンは袋から銅板《どうばん》を数枚《まい》と、かなづちを取りだした。

アナコンダが一本指を突きだしたので、ベンは袋をまさぐって一本のくぎを出し、そうしながら、一枚《まい》の銅板《どうばん》を長方形の舵板《かじいた》の片側《かたがわ》におさえつけた。両足でロープをはさんだまま、アナコンダは銅板を舵板にくぎで打ちつけた。そして、かなづちを袋《ふくろ》のなかに落とすと指で上をさした。

ベンは甲板《かんぱん》にいるネッドに考えを送った。「息をしに上《あ》がるよ！」

犬の答えがベンの頭にひらめいた。「よかった！　ふたりとも魚になる気かと心配してた！」

ふたりは水面に顔を出し、まばたきをして息を吸《す》った。

チューロンは船尾展望台《せんびてんぼうだい》の手すりと手すりのあいだから足を出して甲板に座《すわ》り、大声でいった。「ふたりともだいじょうぶか？　下はどんなぐあいだ？」

ベンも大声でいった。「二、三回もぐらなきゃだめです。でも、銅板の片側はくぎでとめました」

船長は立ちあがりそうにしていった。「でかした！　助《すけ》っ人《と》がいるか？　おれももぐって手伝おうか」

アナコンダが首をふった。「おれとこの子だけで場所がいっぱいだ。船長はじゃまになります」

ベンも同じ意見だった。「そのとおりです。上にいてください。ネッドに船をのっとられないように。船長になりたがってますから」

ラブラドール犬も手すりのあいだからベンをにらんだ。「そうだ。そうなったら、きみのような若造《わかぞう》の無礼《ぶれい》はゆるさないからな！」

ふたりはまたもぐった。こんどは、ベンが舵棒《かじぼう》と船体のあいだに銅板《どうばん》を通さなければならない。だが、そこはフジツボや髪《かみ》の毛のような海草でふさがれていた。ベンはアナコンダのナイフを使ってそれを取りのぞくと、銅板《どうばん》をすこしずつさしこみはじめた。だが、やわらかい銅板は障害物《しょうがいぶつ》にあたるたびに曲がるので、思うようにいかなかった。

もう二回、ふたりは息をしに水面に上《あ》がらなければならなかった。ベンの指は冷たくかじかみ、海草ですべって思うように動かなかったが、三回目にやっと銅板を通すことができた。アナコンダが反対側《はんたいがわ》から一本くぎを打ってとりあえず固定《こてい》し、それからふたりはまた息をしに上がった。

ベンは船長に手をふっていった。「やりました、船長！　あとは銅板をしっかりのばして両端《りょうはし》にもっとくぎを打つだけです！」

チューロンは感謝《かんしゃ》の気持ちをこめてほほえんだ。「ピエール、コックにいって、ふたりのためにあったかいうまいスープをつくらせろ。こんなに長いあいだ水のなかにいたんだ。さぞ冷《ひ》えてしまったろう」そういって、もう一度もぐっていくふたりに手をふった。

こんどはアナコンダが口に六本のくぎをふくんだ。そうして、すばやく仕事にかかったが、かんたんにはいかなかった。ベンは舵板《かじいた》をしっかり持って動かないようにしたが、かなづちが打ちつけられるたびに体がゆれた。

と、アナコンダの手のなかでかなづちがすべり、素手《すで》でくぎの頭を強くたたいてしまった。血がどっと吹《ふ》きでて赤いリボンのように水中にただよった。ベンはうす暗い水中でアナコンダに上へあがろうという身ぶりをした。だが、大男は首をふって、あともう一本くぎを打つだけだというしぐさをした。そうして勇敢《ゆうかん》にも口のくぎを手に吐《は》きだすと、銅板の最後の部分を舵板に打ちつけだした。四回しっかり打って、銅板が固定した。アナコンダが上を指さした。

そのとき、事故《じこ》は起こった。

甲板《かんぱん》の上では、舵板《かじいた》の修理《しゅうり》のさまたげにならないよう、舵輪《だりん》にはだれもついていなかった。舵板が直ったとたん、仕組《しく》みを嚙《か》んだ舵輪がひとりでに半分回り、舵板がベンの頭を直撃《ちょくげき》した。痛《いた》みでぼーっとなり気を失《うしな》いかけたまま、ベンはロープをはなして浮《う》きあがりはじめた。見おろすと、アナコンダが手をさしのべている。

そのとき、大きな黒いかたまりがアナコンダにぶつかった。つぎの瞬間《しゅんかん》、水はあたり一面真《ま》っ赤《か》に沸騰《ふっとう》する泡《あわ》のるつぼになり、なにかがベンの足の裏側《うらがわ》にするどくあたった。ベンは意識《いしき》を失い、赤い縞《しま》もようになった暗やみのなかで、逆《さか》さまになったまま渦《うず》に巻《ま》きこまれた。ネッドの狂《くる》ったようにほえさけぶ声が脳裏《のうり》にこだました。「ベン！　ウオーーー！　べーーーーン！」

チューロンは血と泡が上《のぼ》ってくるのを見た。口にナイフをくわえると、ほえる犬をかわすようにして、うしろも見ずに手すりをこえて飛びこんだ。

ベンは切れたロープを片足《かたあし》に巻きつけ、水中に逆さまにぶら下《さ》がっていた。真っ赤な色をしたものが、暗くかすむ深海に、あとを引きながら落ちていく。アナコンダの姿《すがた》はどこにもなかった。船長は暗い大きなかげがおそいかかってくるのを目にして、少年とロープをつかむと無我夢中《むがむちゅう》でたぐりよせた。

ふたりは船の上から乗組員《のりくみいん》が必死《ひっし》にひっぱるロープによって引きあげられた。チューロンはかたときもベンとロープをはなさず、全身でかばった。船尾《せんび》の手すりから引きあげられるや、巨大《きょだい》なカミソリのような歯のある口をばっくり開けたものが、船長の足すれすれの水面に顔を出した。

ピエールがかぎ竿《ざお》を投げつけて、わめいた。「サメだ！　サメ！」

弾《たま》をこめたピストルを身につけていた男たちが数人、マリー号のまわりをぐるぐる回りはじめたサメに向けて発砲《はっぽう》した。だが、ピエールがマスケット銃《じゅう》をかまえた男の腕《うで》をはらいのけたので、弾《たま》は空《くう》に向かって発射《はっしゃ》された。「ばか！　撃《う》つな、アナコンダにあたったらどうする！」

チューロンはベンの背中《せなか》をとんとんとたたいてやった。意識《いしき》のないベンの口から海水があふれでる。船長は目を上《あ》げて、悲しみとショックにひしがれた顔で、泣くようにさけんだ。「アナコンダは死んだ、ピエール。死んでしまったんだ！」

銃声《じゅうせい》がやみ、男たちはみんなぼうぜんとしてたがいの顔を見あった。

アナコンダが死んだ？

ベンはチューロン船長の部屋《へや》のベッドで寝《ね》ていた。となりでは、ネッドがなんとか大事な友に語りかけようとしていた。が、犬の思いは熱《ねつ》にうかされた少年の心には届《とど》かなかった。少年の

心にばらばらの映像《えいぞう》がよぎる。嵐《あらし》の海、岩だらけの岸にくだける大波、幽霊船《ゆうれいせん》、舵輪《だりん》にしばりつけられたヴァンダーデッケン船長、船の索具《さくぐ》を不気味《ぶきみ》にてらしだす放電《ほうでん》の緑の明かり。

ネッドがベンの苦しむ心に、安《やす》らかな思いを届《とど》けようとして、少年の手をなめ、クンクンとやさしく鳴いた。「ベン、ベン、ぼくだよ。もうだいじょうぶだ、ゆっくり休んで！」

チューロンが、砂糖《さとう》を入れ、お湯で割《わ》ったブランディを持ってきた。ネッドが見まもるまえでベンの口に二、三滴《てき》落としこんだ。ベンを看護《かんご》しながら、船長は犬に話しかけた。「ほーら、これでよくなる。この子はひどい目にあったんだ。ぐあいがよくなるまで、おれがついててやろう。サメに食《く》われなくてよかった。かわいそうにアナコンダとはもう二度と会えないなあ。ベンとおまえを別にすれば、アナコンダはおれのいちばんの親友だったのに。どうか天国で安《やす》らかに眠《ねむ》ってくれ！」

チューロンはいすに座《すわ》り、ベッドの端《はし》に両足を上《あ》げて、ネッドにつかれた声でいいきかせた。「すくなくともベンはもう安全だ。なあ？　心配するな、朝にはびっくりするほど元気になる」

舵板《かじいた》がもとどおりになって、マリー号は針路《しんろ》を北東に取り、夜のやみのなかを大西洋の大海原《おおうなばら》へと出ていった。

ラファエル・チューロンはテーブルに頬《ほお》づえをついて眠《ねむ》っていた。ネッドもベッドの上で、ベンの両足の上に頭をのせていた。ベンはうつらうつらと、眠ったり、目ざめかかったりして、ほとんど音もたてず、じっとしていた。

そのとき、なにか妙《みょう》な光景《こうけい》が心のなかにしのびこんできた。目は開いていたのか、つぶっていたのか。どちらともベンにはわからなかったが、かざりの多い、楕円形《だえんけい》の窓《まど》のむこうは見えていた。海はおだやかで、月の光でまだらに見えた。だが、そのずっと先の海は嵐《あらし》のようだった。ベンの額《ひたい》に冷たい汗《あせ》がうかんできた。遠くはるかから、突風《とっぷう》にのってフライング・ダッチマン号がマリー号のほうに向かってくる。ベンは横たわったまま、口もきけず、身動きもできぬまま、幽霊船《ゆうれいせん》がじょじょに近づいてくるのを見まもっていた。犬に伝えることもできなかった。ヴァンダーデッケンの狂《くる》おしい、絶望的《ぜつぼうてき》な顔が、ベンの心からほかのすべてのものを消してしまった。

ヴァンダーデッケンは舵輪《だりん》のところに立ち、がい骨《こつ》のような指でベンにそばに来いと手まねきした。大理石《だいりせき》の墓石《はかいし》のかけらのような目で、ベンを射《い》ぬかんばかりだ。いまやフライング・ダッチマン号はマリー号の横にならんだ。トン、トン！　船長の指が窓をたたき、ベンに自分の船に乗ってこいと合図している。

ベンはこおりついたまま、現実《げんじつ》の世界からはなれてしまっていること、手足の自由がきかないことに気がついた。ぼくはまだベッドに寝《ね》ているんだろうか？　それとも起きあがって、ベッドからぬけだし、夢遊病《むゆうびょう》のように窓の外のまぼろしに向かって歩いているのだろうか？

ヴァンダーデッケンは勝ちほこったような笑顔《えがお》になり、黒ずんだくちびるのあいだから黄色い歯をむきだしにした。指をヘビのようにくねらせ、獲物《えもの》を招《まね》いている。

この感覚《かんかく》がじわじわとネッドの頭にしみこんでいき、ネッドは目をぼんやりと開けた。とたんに、両耳がぴんと立ち、はっきりと目ざめた。ワンッとひと声するどくほえて飛びあがると、ヴァンダーデッケンは犬に気を取られ、目をむいてにくらしげにシーッといった。

そのとき、犬のほえ声にチューロンが目を覚《さ》ました。と、ベンが一瞬《いっしゅん》、金《かな》しばりから解《と》きはなたれて、首から下《さ》げていたヤシの実《み》の十字架《じゅうじか》の革《かわ》ひもをプツンと切ったのが見えた。

チューロンが船室の床《ゆか》に転がり落ちると、ベンは外でうろついているやつに目がけて十字架を投げつけた。すかさず船長もいすの足をつかんで、あおむけのまま力いっぱい投げつけた。

11

あたりをつんざく、ガラスと木の割《わ》れる音。つづいてかん高い泣きさけぶような声がした。ネッドが窓《まど》わくに前足をかけて、静かな夜の海に向かってほえている。

チューロンはふるえながら、われに返って、船室の床《ゆか》に座《すわ》っているベンのそばに来た。船長はベンをぐいっとつかむとしっかり抱《だ》きしめた。「ベン、だいじょうぶか？　窓のとこにあらわれたやつは、いったいなんだったんだ？　人か、鬼《おに》か？」

ネッドがしゃべってはいけないと注意するまえに、ベンが口を開いた。「あれはフライング・ダッチマン号のヴァンダーデッケン船長です！」

チューロンは割れた窓にかけよった。ガラスが割れ、わくはバラバラになっているのもかまわず、船長は窓から身を乗りだして、なにもない海を見まわした。

それからゆっくりふりかえると、犬と少年を見くらべた。「ふーん、おれに話してないことがあるんだな？」

ネッドが急いでベンに考えを伝えた。「幽霊《ゆうれい》の正体《しょうたい》を教えちゃったじゃないか。あとのことも話すつもり?」

ベンは船長に顔を向けたまま、犬の質問《しつもん》に答えた。「船長はぼくたちの命を助けてくれたんだ。信用できるよ。なにもかも話そう。きっとわかってくれるよ。きっとね」

ネッドはあきらめたように目をつぶった。「だといいけどね」

乗組員《のりくみいん》のガスコンは、ルードンたちといっしょには逃《に》げなかった。そのガスコンがいま当番で舵《かじ》をにぎっていた。ネッドのほえ声と窓《まど》の割《わ》れる音を聞いて、船尾《せんび》の方向に目をこらすと、ひもつきの十字架《じゅうじか》がからんだ船長のいすが、夜のやみのなかをただよって遠ざかっていくのが見えた。ロープで舵輪《だりん》を進行方向に固定して結《ゆ》わえつけると、ガスコンは船長の部屋《へや》のドアまで急いだ。そしてノックしようとしたとき、なかから話し声が聞こえた。

ガスコンは用心ぶかくドアに耳をあてて聞いた。ベンがチューロンと話をしていた。その夜、ガスコンが聞いたことは、魂《たましい》までこおりつくほどおそろしい話だった。

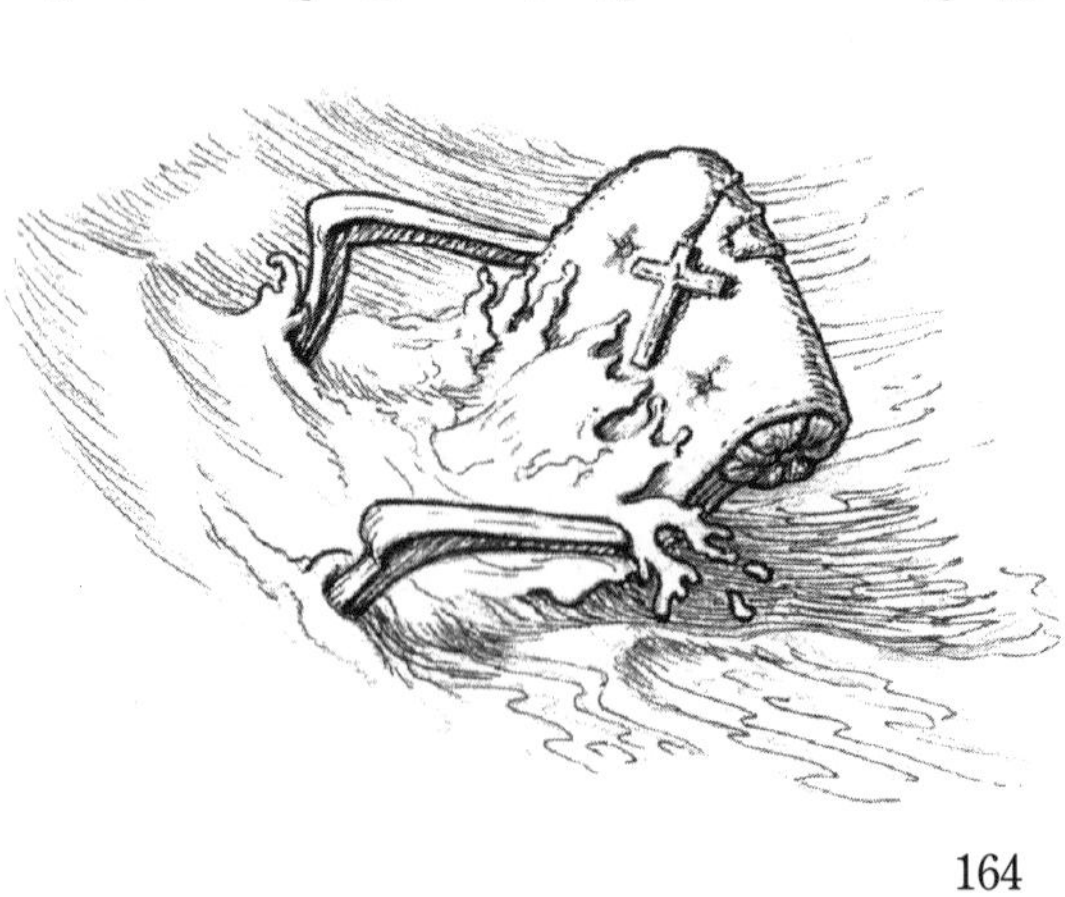

レッドジャック・ティール船長は、食器棚《しょっきだな》に熟成《じゅくせい》したうまいチーズを見つけた。マデイラ酒《しゅ》一杯《ぱい》と、船長専用《せんよう》のビスケット数枚《まい》、それにこのチーズとで、すばらしい午後のおやつになった。そこ

へ、神妙《しんみょう》なノックの音。船長は口を絹《きぬ》のハンカチでせかせかとぬぐうと、大声を出した。「入れ！」

水夫長《すいふちょう》がドカドカと入ってきた。うしろに捕虜《ほりょ》のルードンを引きずっている。水夫長はルードンを床《ゆか》に突《つ》きたおすと、革《かわ》をたばねてつくったむちを額《ひたい》にあてて敬礼《けいれい》した。

「二回、たたいてやりました。ご命令《めいれい》どおり」

ティールは立ちあがって、ロッコ・マドリードからうばった腰《こし》の剣《けん》の位置《いち》を直した。

「ふーむ、よくやった。行け！」

水夫長はもう一度敬礼《けいれい》し、「アイ、アイ、キャプテン！」というと、船長室を出、ゆっくりとドアを閉《し》めた。

ルードンは床《ゆか》の上でちぢこまり、自分の体を抱《だ》くようにしてすすり泣いた。

ティールはもう一杯《ぱい》、酒《さけ》をゴブレットにつぎながら、うんざりした声を出した。

「泣くんじゃない！　腹痛《はらいた》起こしたブタみたいにビービー泣きおって！　自分をあわれに思うのもいいかげんにしろ！」

ルードンは涙《なみだ》でよごれた顔をティールに向けて、あわれっぽく泣いた。「あんたがおれのことをむち打ちの刑《けい》にしたんでしょうが。なんもわるいことしてねえのに！」

レッドジャックは鼻すじにしわを寄《よ》せた。カリブ海の港町《みなとまち》でルードンがおぼえた雑《ざっ》な英語は、耳ざわりこのうえなかった。

「いいか。わたしは理屈《りくつ》に合わないことはいっさいしない。だいたい、本当にむち打ちの刑にしたわけじゃない。二回、たたいただけのことだ。だが、どんな感じかはわかったろう。わたしは取引《とりひき》をしようというのだ。本当のことが知りたい。うそはだめだ。そりゃうそをついてもいいが、そうなると、うそ一つにつき十回ずつたたくからな。どうだ？　考えてもみろ」

ルードンはぶるっと身ぶるいして、背中《せなか》をまっすぐにのばした。そうしないと、シャツが背中の傷《きず》にふれて痛《いた》かった。「本当のことをいいます。誓《ちか》って。きいてください、なんでもちゃんと答えます！」

ティールは座《すわ》って捕虜《ほりょ》をまじまじと見た。「当然《とうぜん》だ。さあ、答えろ。チューロン船長はどこに向かっていた？」

ルードンはてきぱきと答えた。「やつは生まれ故郷《こきょう》、フランスのアルカションとかいうところに向かってます。あいつは、まえから海賊《かいぞく》をやめる話ばかりしてました。もういまはうんとこさ金がたまったので、土地と城《しろ》を持って、ほんもんの紳士《しんし》みてえに暮《く》らす気だ」

ティールはいすのひじを、考えながらこつこつとたたいた。「やつは金貨《きんか》をどれくらい持っている？　宝《たから》を埋《う》めてあるなんておおぼらを吹《ふ》くな、本当のことをいえ。どのくらいだ？」

ルードンはごくりとつばをのみこんだ。「どれくらいってたしかなところはわからねえ。けど、ここの水夫長《すいふちょう》くらい大きな男と同じだけの重さはあります」

ティールは剣《けん》をぬいて、捕虜の背中を軽くたたいた。ルードンはうめくと、背中を弓なりにしてのけぞった。ティールがくすくす笑った。「そりゃたいしたお宝だ。ぜんぶ金貨ってことならな。純金《じゅんきん》の金貨はどこででも使える。豪華《ごうか》な宝石《ほうせき》、真珠《しんじゅ》の首かざり、きれいな指輪《ゆびわ》のたぐいは、たいていにせものだってことが多い。でなきゃ出どころが割《わ》れてしまう。どこでもありがたいのは金貨《きんか》だ、なあ？」

船長は海図《かいず》をさがしだして、テーブルの上に広げ、じっくりと見た。「フランスっていったなあ？　フランスのどこだ？　ああ、ここだ。アルカション。ビスケー湾《わん》からちょっとはずれたところだ。よし、おまえの海賊船《かいぞくせん》船長に金を取りに行かせるぞ」

ルードンは痛《いた》む背中《せなか》を一瞬《いっしゅん》忘《わす》れていった。「じゃあ、チューロンを追いかけて大西洋をわたり、フランスの海岸まで行くんですかい？」

ティールは自分の新しい考えに興奮《こうふん》してきた。「あったりまえだろ！　こんないい船が手に入ったんだ。食料《しょくりょう》はたっぷりあるし、ひと財産《ざいさん》ものにする見込《みこ》みも立った。あの悪党《あくとう》がフランス沿岸《えんがん》に近づくまえにとっつかまえて、やつの船の帆桁《ほげた》からつるしてくれる！　そのあと、イギリスに向けて出発だ！　考えてもみろ、ジョナサン・オームズビー・ティール船長が三隻《せき》の船を連《つら》ね、各国選《え》りすぐりの金貨をかかえて凱旋《がいせん》だ！　この船もロイヤル・チャンピオン号と名前を変え、あとの二隻を曳航《えいこう》していく。ああ、そうとも、みごとな絵になるだろうさ。テムズ川をさかのぼるんだ。男たちは拍手《はくしゅ》かっさい、女たちは扇子《せんす》やハンカチをふるだろう。ハッ、それで一年以内に提督《ていとく》に昇格《しょうかく》しないわけがない！」

ルードンはじっとだまって聞いていた。マリー号がティールに追いつかれないでほしい。せめて両方の船がフランスの領海《りょうかい》に入るまでは。フランスとイギリスはいつでも戦争《せんそう》しているから、ルードンにも助かる見込みが生まれる。全員がフランスの海軍《かいぐん》につかまるかもしれないのだ。チューロンとその手下《てした》たちは、フランスの海賊《かいぞく》として絞首刑《こうしゅけい》になるかもしれない。ティールとその手下が、その横でならんで絞首刑になるということもありうるし、イギリス向けの人質《ひとじち》として牢《ろう》につながれるということも考えられる。金貨《きんか》さえ横どりできれば、フランス海軍《かいぐん》の船長にわいろを使ってうそ八百を信じこませるなんてわけもない。イギリスの私掠船《しりゃくせん》につかまって金貨をうばわれた、カリブの商人のふりをしよう。そしてフランスに上陸《じょうりく》したら、国境《こっきょう》をこえてスペインに逃《に》げこもう。金のある男はどこへ行っても楽しく暮《く》らせるさ。

ティールのいうとおりだ。金貨がたくさんあれば、すべては解決《かいけつ》する。

ティールが船の針路《しんろ》を決定するなり、うわさは船じゅうに流れた。私掠船は家路《いえじ》につくという知らせにおおいにわいた。航海士《こうかいし》、水夫長《すいふちょう》、それに砲手長《ほうしゅちょう》は厨房《ちゅうぼう》で、マグでグロッグ酒《しゅ》のお湯わりを飲みながら話しあった。

だが、はじめの興奮《こうふん》がおさまってみると疑《うたが》いが頭をもたげてきた。なかでも水夫長は首をかしげた。「へっ、フランス船はつかまえられねえ。ありゃバターに乗ったノミみてえに足が速い。まえだって、逃げられちまったじゃないか」

マグをぐるぐる回して、航海士はひと口飲んだ。「そうよ、そのとおり。けど、今度はやつら、追いかけられていることを知らねえ。だいたい、カリブ海からビスケー湾《わん》までほかの船を追跡《ついせき》するなんて話、聞いたことねえだろうが」

ごましお頭でうなずきながら、砲手長も同じ意見を口にした。「そうとも。フランス野郎《やろう》たちはまさかティールが大きな新しい船で追っかけてくるとは思ってないよなあ」

だが、水夫長《すいふちょう》の陰気《いんき》な顔は晴れなかった。

「それでどうなる？　おれたちゃ戦《たたか》って、イギリスの土もふまず、家にも帰れずに殺《ころ》されるだけじゃないか。よく聞け。ティールは海賊船《かいぞくせん》の宝《たから》ほしさにやってるんだ。だが、そいでおれたちにどんな得《とく》がある？　一ペニーももらえねえぞ。おれを見ろ。おれだって、こんなケチな私掠船《しりゃくせん》じゃなく英国海軍《えいこくかいぐん》の船に奉公《ほうこう》してりゃもっとましだった。せめてこの骨折《こっせつ》に年金半分くらいはもらえたさ！」

航海士《こうかいし》はばかにした。「そりゃ骨折じゃない。円材《えんざい》が落ちて痛《いた》めただけじゃねえか」

水夫長は足を動かすと、いかにもつらそうにうめいてみせた。「ああ、まだ折《お》れてるんだ、イテテ！　ティールのやつの上に円材が落ちりゃよかったのに。いや、でっかいマストが落ちりゃもっとよかった。そしたら、おれたちゃ自由の身だった。そしてドーヴァーに帰って、船を沈《しず》めて宝《たから》を山分けできたんだ！」

するどくひじでこづいて、砲手長《ほうしゅちょう》は口を動かさずにいった。「やめろ！　ティールに聞かれてみろ、反乱《はんらん》くわだててるって死刑《しけい》だぞ。シッ、コックが来た！」

アイルランド人のコックが厨房《ちゅうぼう》に飛びこんできて、大声でいった。

「国に帰るって、イギリスにか？　だれもアイルランドとはいってくれなかったな。ロンドンのテムズ川より、ダブリンのリフィー川の流れが見てえのによ。おい、あいつが小金《こがね》持った洗濯女《せんたくおんな》みたいに得意《とくい》そうに命令《めいれい》出してるの聞いたか？」

そういってティール船長のきざったらしいしゃべりかたをまねしたので、みな思わずにんまりした。

「おい、おまえ、コックよ。どうした、わたしのマデイラ酒《しゅ》は？　これが新鮮《しんせん》な魚だと？　新鮮だったのは聖書《せいしょ》が書かれたくらい大昔《おおむかし》のことだろ。こんないまいましいものは、目のつかないとこにかたづけろ。さもなきゃ、おまえを百たたきにしてやる。うせろ、このクソなまいきなゴキブリめ！」

ルードンが厨房《ちゅうぼう》の真下の甲板《かんぱん》に座《すわ》って、こうした話をぜんぶ頭のなかに入れていた。将来《しょうらい》かならず役に立ててやる。反乱《はんらん》のくわだて、殺《ころ》しとうわさ話。船長の悪口《わるぐち》。コックはティールをなんにたとえたっけ？　そうだ、〝洗濯女《せんたくおんな》〟だ。しかるべきときが来たら、レッドジャックはこれを聞いてさぞよろこぶだろう！

ルードンは自分の計略《けいりゃく》がどんな形になるのか、それをいつ実行《じっこう》に移《うつ》せるのかまだわかっていなかった。でも、見たこと、耳にしたことのすべてに価値《かち》があった。

とどのつまり、自分は敵《てき》のまっただなかでポツンと孤立《こりつ》した捕虜《ほりょ》なんだから。

12

夜明けのあたたかい光が船室に満《み》ちあふれ、さわやかな海風が船長室のテーブルの上に広げた海図《かいず》の四すみを持ちあげた。

ベンとネッドはベッドに座《すわ》って、自分たちの身《み》の上話《うえばなし》を聞いた船長の顔を心配そうに見つめた。チューロンは夢《ゆめ》物語のようなその話を、荒《あら》いあごひげをなでながらしばらく考えていたが、やがていった。

「この話をほかのやつから聞いたら、気がちがってると思って牢《ろう》に閉《と》じこめてしまっただろう。だが、おまえが本当のことをいっているのはわかる。おまえの不思議《ふしぎ》な目をはじめて見たときから、いままで会ったどんな子ともちがうと思ってた。なにか不思議な運で、おれたちは出会ったのかもしれん。おれは学がないから本当の答えは出せんが、おまえの言葉を信じるよ」

ベンはほっとしてため息をついた。心に重くのしかかっていた重石《おもし》が取れたような気がした。

ネッドが気持ちを伝えた。「よかった！　ぼくたちの船長が信頼《しんらい》できる人で」

思わず、ベンは声に出して返事をしてしまった。「ああ、そうだね、ネッド」

チューロンはほほえんで、犬の信じきっているような目をのぞきこんだ。「こいつはおれのいうことがみんなわかるんだな。いまもおまえたち、話していたろう。なんていってた?」

ベンがありのままにいうと、船長はとてもよろこんだ。「ネッドと話ができたらいいんだがなあ。こいつはハンサムで頭もよさそうだ。ハハハ! 見ろ、いまのがわかったんだ」

黒いラブラドール犬はベッドの上に立って、ハンサムで頭がいいと見えるようポーズを取ってみせた。ベンは船長といっしょになって笑った。

「こいつと話はできないでしょうが、なにか聞くと、うなずくか、首をふるかはできますよ。なあ、ネッド?」犬はこれを聞いてウンといわんばかりにうなずいた。

チューロンが目をかがやかせた。「そいつはいいことを聞いた。ありがとう。おれはこんなすばらしい友だちを持って運がいい。だが、これはここだけの秘密《ひみつ》にしておこう。乗組員《のりくみいん》たちには理解《りかい》できまい」

ベンも同じ意見だった。「はい、たぶんピエール以外はね。あの人はいい人です、船長!」

チューロンはうなずいた。

「みんなそれなりにいいやつなんだ。だが、アナコンダがいちばんだった。あいつがいなくなって、どれだけさびしいか。安《やす》らかに眠《ねむ》っていればいいんだが。あれはもとは奴隷《どれい》だったんだ。ずっと昔《むかし》、おれといっしょにインド洋のマダガスカル沖《おき》で海賊《かいぞく》のガレー船から逃《に》げた。それからずっとおれたちゃいっしょだった。おれが自分の船を持ったとき、やつに航海士《こうかいし》になってもらいたかったが、どうしてもウンといってくれなかった。舵手《だしゅ》になりたいっていってな。よくいってた。〝おれがあんたの船の舵《かじ》をにぎって、どこへでも行きたいとこに連《つ》れていきますよ。あんたはおれの船長、おれの生涯《しょうがい》の友だ！〟ってな。おれたちはずっとそのとおりに生きてきた。きのうまで。ああ、かわいそうに。やつを思うと心が痛《いた》む」

船長がおおっぴらに泣きだしたので、ベンは顔をそむけずにはいられなかった。ネッドがクーンと鳴いて、チューロンの膝《ひざ》の上に頭をのせた。

「船だーっ！　南東方向に船だーっ！」

そでさっと目をぬぐうと、チューロンは見張《みは》りの声にすっくと背《せ》すじをのばした。「船か！敵《てき》でないことを祈《いの》ろう！」

男たちが全員手すりにむらがるなか、船長は望遠鏡《ぼうえんきょう》で遠くの船をとらえた。そしてわけ知り顔でピエールに話しかけた。

「あっちがおとりの旗《はた》を上《あ》げるまえに見つけてよかった。あれはバルバリア海賊《かいぞく》。『トリポリの炎《ほのお》号』だ。金色の地に赤いアラブの偃月刀《えんげつとう》を染《そ》めぬいた旗を上げる船長はただひとり。アル＝クルクマンだけだ。ほらほら、見ろ、ポルトガル商船のふりして旗上げてるぞ。悪党《あくとう》め。その手は食《く》わぬわ」

トリポリの炎号がマリー号の進路《しんろ》をさえぎろうとして方向転換《てんかん》するなり、ベンの目に血のように赤い帆《ほ》が飛びこんできた。チューロン船長のそでをひっぱっていった。「船長、こっちを攻《せ》めてきますか？」

チューロンは望遠鏡《ぼうえんきょう》をしまった。「すきがあると思えばな。アル＝クルクマンは奴隷《どれい》商人なんだ。アフリカのモザンビークで買いつけたあわれな奴隷たちの檻《おり》を、キューバ島まで運んでいく。おれは人間を売買するやつがゆるせん。だが、アル＝クルクマンとはうまくやらなきゃな。ちょっとでも弱みを見せるとおそってくる危険《きけん》なやつだ。まあ、おれにまかせろ。あしらってみせる。ピエール、大砲《たいほう》をぜんぶ突《つ》きだして、全員武器《ぶき》をもたせろ！　戦闘態勢《せんとうたいせい》を取って、おれの命令《めいれい》を待て！」

トリポリの炎《ほのお》号が近づいてくるにつれ、ベンの目にアル＝クルクマンと呼《よ》ばれる船長が見えてきた。まさに、バルバリア海賊《かいぞく》そのもの、アラブ人とインド人の混血《こんけつ》だった。日の光を浴《あ》びてギンギラに光っているのは、体じゅうを金鎖《きんぐさり》、首かざり、宝玉《ほうぎょく》、指輪《ゆびわ》、腕輪《うでわ》など、すべて純金《じゅんきん》の装飾品《そうしょくひん》でかざりたてているからだ。身にまとっているのはあざやかな緑色の絹《きぬ》、頭に巻《ま》いた黒いターバンにはルビーがひとつぶ、でんとおさまっている。そのアル＝クルクマンが、大胆《だいたん》にも舳先《へさき》に立ってニタニタと笑っている。歯までが金歯だった。

ネッドがベンにいった。「あれで海に落ちたら、あの重さだもん、海の底《そこ》に一直線だね。ぼくはぜったいあんなかっこうはしないな。船長になったら、シンプルなうすい金の首輪さえあればいい！」

ベンは犬の背《せ》を軽くたたいた。「そうだ、それが利口《りこう》だ！」

ふたりはハッと飛びあがった。マリー号がドカーンと大きな音を出したのだ。チューロンが発射《はっしゃ》させた大砲が轟音《ごうおん》をたてて相手の船の船首《せんしゅ》をこえていった。こっちは武装《ぶそう》しており、なりゆきしだいでは攻撃《こうげき》するぞという マリー号の意志表示《いしひょうじ》だった。

アル＝クルクマンは頭上をかすめてヒューと大砲が飛んできても、いっさいひるまなかった。いっそう派手《はで》な笑顔《えがお》をつくると、おじぎをし、広げた片手《かたて》を胸《むね》、口、額《ひたい》とあててあいさつした。

チューロンも短くおじぎをして答え、笑顔《えがお》で呼《よ》びかけた。「順風《じゅんぷう》とおだやかな船路《ふなじ》にめぐまれんことを、アル＝クルクマン船長。インド洋は遠いですぞ。進路《しんろ》を迷《まよ》いなすったか？」

トリポリの炎号《ほのお》は、水をせきかえしてマリー号とほとんど横づけになった。アル＝クルクマンはまるで長いあいだ行方《ゆくえ》不明だった兄に会ったみたいに答えた。「チューロン、いや、なつかしい！ あんたをフランスの商人とまちがえた。かんべんしてくれ！」

チューロン船長は自分の大砲《たいほう》の列や、武装《ぶそう》して索《さく》にむらがっている男たちのほうにあごをしゃくって、すました顔でつづけた。

「おれはあんたと同じだよ、船長どの。するどい歯をしたハトだ。ところで、この広い世間の情報《じょうほう》はなんかあるかな？」

金のかざりをジャラジャラいわせて、バルバリア海賊《かいぞく》は肩《かた》をすくめた。

「目新しいことはない。どこも人間であふれてる。悪人《あくにん》、善人《ぜんにん》いろいろよ。ところで、ギリシャ海軍《ぐん》の船を見かけなかったか？ アクラに物資補給《ぶっしほきゅう》に寄《よ》って以来、ずっと後をつけられているんだ。どうしてギリシャの船長がおれのような正直《しょうじき》な商人をつかまえたがるのかなあ？ どう思う、昔《むかし》なじみよ」

こんどはチューロンが肩をすくめた。「人生は神秘的《しんぴてき》なもんだ。おれにわかるはずがない。ギリシャ人は疑《うたぐ》りぶかいのさ。あんたはどこに向かってる？」

「南アメリカのベルンさ」と、アル＝クルクマンはうそをいった。「そこの移民《いみん》たちのために農機《のうき》具《ぐ》を運んでるのさ。で、あんたは？」

「マルタ島に、ロウソクをつくるためのロウを運んでる」とチューロンも大まじめな顔でうそをついた。「あんたと出会えてよかった。さて、もう行かなければ。海の精《せい》があんたの行く手を守られるよう、アル＝クルクマン！」

バルバリア海賊《かいぞく》は金歯をしたサメみたいにほほえんだ。

「航路《こうろ》の無事《ぶじ》を、チューロン船長。精霊《せいれい》たちのご加護《かご》があるように。あ、ちょっと待った。その小《こ》僧《ぞう》、そこにいる細《ほそ》っこい坊主《ぼうず》をおれに売ってくれないか？　ちょっと太らせたら、マラケシュの市場で金貨《きんか》の一枚《まい》、二枚にはなるだろう」

チューロンはふざけてベンの首に手を巻《ま》きつけていった。「こいつか？　せっかくだが、これはおれの息子《むすこ》だ。売るわけにはいかない。もっとも、食《く》いすぎるうえに頭がいかれてるがなあ」

アル＝クルクマンは眉《まゆ》をひそめてベンを見ていたが、笑いだした。「じゃ、食い物やらずに折檻《せっかん》して仕込《しこ》んだらいい。またあんたと会うときがあったら、そいつに見あうやつと交換《こうかん》しよう！」

ふたりの船長が号令《ごうれい》をかけるまでもなく、二隻《せき》の船はそれぞれの航路を動きだした。チューロンは相手の船の射程《しゃてい》からぬけだすまで、乗組員《のりくみいん》の武装《ぶそう》を解《と》かず、大砲《たいほう》も発射《はっしゃ》できるようにしたままだった。

チューロンはベンとネッドを見まもった。ふたりが話をしているのがわかったからだ。「どうだ、ベン。いまのをどう思った？」

ベンは船長に身を寄《よ》せてささやいた。「ネッドはちょっと機嫌《きげん》がわるいです。アル＝クルクマンに目をつけられなかったって。ハンサムで利口《りこう》そうな犬をほしがるとばかり思ってたみたいで。どう思います、船長？」

チューロンはささやき声で答えた。「ネッドにいえ。アル＝クルクマンに買われてたら、今夜の夕食の皿にのってたぞって」

と、ネッドがしっぽを高く上《あ》げてはなれていってしまった。「すごく気分を害《がい》したみたいです、船長。あんなこといっちゃだめですよ。傷《きず》ついてました」

船長はクスクス笑った。「コックにいって、ネッドにうまいものを食《く》わせるよ。それより、フランスの旗《はた》を上《あ》げて、平和な商人の船らしくかっこうをつけなきゃならん」

ベンはめんくらってきいた。「でも、どうしてですか？」

チューロンはベンの髪《かみ》の毛をバサバサとかきみだしていった。「ギリシャ海軍《かいぐん》の船に出くわすような気がするんだ。海賊《かいぞく》だって知られたくないだろ。砲門《ほうもん》をかくす手伝いをしてくれ。そのあと、見張《みは》り当番をかわって、ギリシャ船が来ないか見ててくれ」

昼から、ベンは船長の望遠鏡《ぼうえんきょう》を手に見張り座《ざ》に上《のぼ》って、船の前、後ろ、ぐるりと広がる海を見はるかした。見えるものといえば、北西のかなたに小さな点になってしまったバルバリア海賊の船だけだった。

ベンは見張り座に上るのが好きだった。いまではぐらぐらゆれる感覚《かんかく》も好きになっていた。上を見ればはてしなく広がる青い空。雲ひとつない大空にところどころ、はばたくアホウドリやトウゾクカモメがちらばる。下を見れば、甲板《かんぱん》は不安になるほど向きが変わり、いつでも左右にゆれている。と、チューロン船長が厨房《ちゅうぼう》からあらわれて、ネッドにごつごつした羊《ひつじ》の骨《ほね》をあたえているのが見えた。いいやつだ、ネッドは。忠実《ちゅうじつ》な友だちだ。

と、いきなり、足もとのはしごに男があらわれておどろいた。船乗《ふなの》りたちのリーダー格《かく》であるマロンだ。マロンは片目《かため》をつぶるといった。「船長がおまえと見張《みは》りをかわれってさ」そういって見張り座《ざ》のベンの横に立った。「まだ船は見えないか？」

ベンは望遠鏡《ぼうえんきょう》を手わたした。「ぜんぜん。あの奴隷船《どれいせん》以外はね。でもそれももう水平線《すいへいせん》のむこうに行っちゃった」

マロンは首をふった。「あれはわるい船だ。あのアル＝クルクマンもわるい船長だ。ほんもんの海賊《かいぞく》さ」

ベンは波間《なみま》に目を走らせた。「船長があれはバルバリア海賊だっていったけど。ぼくたちはバカニーア海賊っていわれてるんだよね？」

マロンは肩《かた》をすくめた。「海賊であることに変わりはないさ。呼《よ》び名はいろいろ。バカニーア、フィリバスター、フリーブーター、ラドロンズ、ピッカルーン、コルセア、シードッグとな。たいていがワルだが、すこしはいい海賊もいる。けど、アル＝クルクマンみたいなやつのおかげで、みんないっしょくたにワルにされるのさ。私掠船《しりゃくせん》や軍艦《ぐんかん》にとっちゃ、みんな同じ海賊だから、つかまったら全員しばり首にされるんだ！」

ベンは横目でマロンを見ていった。「ぼくたちをしばり首にはしないよね？」

海賊は陰気《いんき》に笑った。「するとも。法律《ほうりつ》は法律だ。海賊はみんなワルってことになってるからな。あの私掠船ってやつはいちばんたちがわるい。おれたち海賊とどこもちがわねえのに、免状《めんじょう》があるとかいって、おとがめなしさ。海賊《かいぞく》がつるされるのを見たことあるか？」

ベンはあわてて首をふった。「いいえ。あるの？」

マロンはうなずいた。「あるとも。一度船から追いだされてバハマの港《みなと》に上《あ》がってたときだ。地元の総督《そうとく》の命令《めいれい》でフィレホンという海賊が死刑《しけい》になった。そりゃあ凝《こ》った見せものだった。紳士淑《しんししゅく》女《じょ》のみなみなさまが、馬車をくりだして見物に来たものよ。おれは人ごみにまぎれて見てた。フィレホンはワルでさ、高い懸賞金《けんしょうきん》がかかってたんだ。

英国海軍《えいこくかいぐん》がやつの船を沈《しず》めて、鎖《くさり》につないで連《つ》れてきたんだ。罪《つみ》があんまり重いんで、絞首刑《こうしゅけい》なんて軽すぎるっていうやつもいた。そいで、やつはまず百たたきにあい、それから二日間、牢屋《ろうや》に入れられ、パンと水しかもらえずにすごした。それから、やつにロープを手わたした。自分で首つりの結《むす》び目をつくれってわけよ。いや、首つりっていうのは、見るもおそろしいものだよ。総督はやつが鎖や手錠《てじょう》を身につけるのをゆるさなかったんだから」

ベンはこの話におびえながらも、引きこまれた。「それはまたどうして？」

マロンは口をきゅっと結んでから、いった。「そうすれば鎖や金具《かなぐ》の重みで、すぐには死ねないからだよ。地元の司祭《しさい》が詩を書いて、フィレホンにつるされるまえに朗読《ろうどく》させた。あの詩はいまでもそらでおぼえているよ。聞かせてやろうか、ベン？」

ベンの返事も待たずに、マロンは詩をそらんじた。


来《きた》れ、母から生まれし子よ、船乗《ふなの》りよ。

これから語る最後の話を聞け。
海賊暮《かいぞくぐ》らしはやってはいけない、
行きつくところは地獄《じごく》のみ。
堅気《かたぎ》の船をおそい、うばい、沈《しず》め、
なさけを乞《こ》う船を打ちこわす。
宿屋《やどや》で金貨《きんか》をむだづかいし、
いつの日か首のまわりに縄《なわ》がかかる。
おれも一度はわるい海賊《かいぞく》だった、
人の世の法《ほう》と天にいます神をばかにした。
いま、おれのために泣いてくれるものもなく、
首つり台で死ぬさだめ。
おれの非業《ひごう》の最期《さいご》からさとれ、
裁《さば》きの日はだれにも来ると。
悪行《あくぎょう》の日を悔《く》いても遅《おそ》い、
おお、主《しゅ》よ、命つきるおれにお慈悲《じひ》を！

マロンは芝居《しばい》がかった効果《こうか》をねらって、間《ま》を取り、話しつづけた。「それから兵隊《へいたい》たちがドロドロと太鼓《たいこ》を打ちならして……」

ふいに、ベンは気分がわるくなった。マストの段索《だんさく》につかまって見張《みは》り座《ざ》からいきおいよくぬけだすと、下《お》りはじめた。「もうたくさん。どうも！」

マロンは望遠鏡《ぼうえんきょう》を目にあてて、船の後ろのほうを見た。「船尾《せんび》後方に船です、船長！　ギリシャの軍艦《ぐんかん》と思われます！」

ベンはバルバリア海賊《かいぞく》を見つけたときよりずっとおそろしかった。とたんに、なぜチューロン船長が海賊をやめて陸《りく》で平穏《へいおん》に暮《く》らしたがってるか、わかった。

ネッドが羊の骨《ほね》から顔を上《あ》げていった。「船の暮らしに慣《な》れたと思ってたのに、なんだ、船酔《ふなよ》いみたいだなあ。ああ、船長、ベンのようすを見てやって」

チューロンにはネッドの言葉は聞こえなかった。でも、ベンが真《ま》っ青《さお》な顔をしてふらふらしているのに気づき、肩《かた》に手を回した。「どうした？　苦しいのか？」

ベンはしゃんと立とうともがいた。「だいじょうぶです、船長！」

チューロンは見張り座にいるマロンを見あげてから、ベンを見た。「ははん、あいつのなげき節《ぶし》を聞いてたんだな。得意《とくい》のしばり首の話だろ。お気に入りの詩も聞かせてくれたか？」

ベンは額《ひたい》に浮《う》きでた汗《あせ》をぬぐった。「はい。おそろしい話で――」

「くだらん！」船長はベンにみなまでいわせなかった。「あいつは聞いたうわさ話から勝手にでっちあげてるんだ。お涙《なみだ》マロンのことなど気にするな。あんなやつがどうして海賊になれたのかまったく不思議《ふしぎ》だよ。牧師《ぼくし》だったたって話だが、献金箱《けんきんばこ》から金をくすねたとかで聖省《せいしょう》に追放《ついほう》された。とうの昔《むかし》に海に投げこんでもよかったんだが、海の底《そこ》でもあの海賊処刑《しょけい》のおそろしい話で魚たちをおどかすからな！」

ベンはむりに笑顔《えがお》をつくった。「でもギリシャ海軍《かいぐん》の船はどうなるんですか？」

ネッドは手すりに前足をかけて近づいてくる船を見ていた。チューロンはいとおしげに犬の耳のうしろをかいた。「おれとネッドにまかせておけ。なんとかする。なあ、ネッド？」

犬はうなずいてベンに気持ちを伝えた。「そうだよ、ベン。ぼくは刀をかくし、耳輪《みみわ》をはずし、体じゅうの刺青《いれずみ》を上からおおってかくすからね。相手はぼくのこと、無害《むがい》なペットだと思うよ！」

ベンは犬のゆれるしっぽをつかんでいった。「いい考えだ。だれもおまえが海の暴君《ぼうくん》、泣く子もだまるネッドさまだとは思わないよ」


ギリシャ艦《かん》の名前は「アキレス号」だった。かっこうのいい船で、私掠船《しりゃくせん》以上の数の大砲《たいほう》を積《つ》み、マスケット銃《じゅう》の兵《へい》だけでなく、弓の使い手たちも乗っていた。みんな甲板《かんぱん》にならび、攻撃態勢《こうげきたいせい》を取っている。アキレス号は近よってきて、マリー号に対して舷側《げんそく》を見せ、弾《たま》をこめた大砲の先を向けた。

チューロンは、ひどく世《よ》なれた調子で相手の艦長《かんちょう》に呼《よ》びかけた。「なんのご用かな？　手前どものような商人の船を追いかけてくるとは？　ほかにたくさん海賊《かいぞく》やワルどもがいるでしょうに」

白い麻《あさ》のチュニックのような服を着て、長いブルーの毛糸帽《ぼう》をかぶったギリシャの艦長は、みごとなフランス語でしゃべった。「商船？　積み荷《に》はなにかな、船長？」

チューロンは不愉快《ふゆかい》そうに見かえした。「積み荷などありゃしません。スペインの海賊に乗りこ

まれてうばわれてしまった。籐《とう》いすですよ。それをやつら、ひと荷物《にもつ》まるまる取ってった。くそっ！　いすに座《すわ》るたびに、やつらの尻《しり》にトゲがささるように！」

ギリシャ人の艦長《かんちょう》は声をたてて笑った。「海賊《かいぞく》はなんでも取っていってしまうからな！　生きていられただけでも幸《しあわ》せだと思え。じゃ、船内にはなにも積《つ》んでないんだな？」

フランス人の船長は表情《ひょうじょう》ゆたかに肩《かた》をすくめた。「なんにも。なかに来て自分の目で見ますか？」

ギリシャ人はじっとチューロンの顔を見つめて、マリー号を捜索《そうさく》するかどうか決めかねていた。ベンは足がふるえてくるのがわかった。とたんに、ネッドがほえて牙《きば》をおそろしげにむきだした。

アキレスの艦長は首をふった。「いやいや、もうさんざんな目にあってきたろうから、やめておこう。しかし、この海上でなにをしている？」

チューロンは希望《きぼう》に満《み》ちた顔をした。「地中海沿岸《えんがん》にはいい仕事があるって聞いたもんでね」

ギリシャ人はばかにしたような顔になった。「うちの故郷《こきょう》の海のほうがよほどいいぞ。エーゲ海のほうが。あっちのほうが島も多いし、商売の景気《けいき》もいい。ところで、いままでの旅で、赤い帆《ほ》の船、『トリポリの炎《ほのお》号』を見かけなかったかな？　この海域《かいいき》のどこかにいるんだが。見ていないかね？」

チューロンは本当のことをいった。「今朝早《けさ》くにその船と会いましたよ、艦長《かんちょう》。あれは奴隷船《どれいせん》で、アメリカ大陸《たいりく》まで奴隷を運んでるんです。その親方《おやかた》はうちの息子《むすこ》まで買い取ろうとしたんですから。なあ、ベン？」

ベンはだまってうなずき、チューロンが話をつづけるのを見まもった。「運よく、この船はおそわれることなく、逃《に》げおおせました。いまごろは、水平線《すいへいせん》はるかをまっすぐ北西に向かってますよ。あなたの船ならせいいっぱい走れば、二日で追いつきます。奴隷商人ってのは、あくどいやつらです。つかまえてふんじばってください、乗組員《のりくみいん》もろとも！」

ギリシャ人の艦長は敬礼《けいれい》した。「ああ、そうしよう、船長。人間を売り買いするようなやつはしばり首になって当然《とうぜん》だ。では、お達者《たっしゃ》で！」

チューロンも敬礼を返した。「お達者で。首尾《しゅび》よく連中《れんちゅう》をつかまえられますように！」

アキレス号はマリー号が行ってしまうまで待った。それから針路《しんろ》を変えて、帆《ほ》を張《は》り増《ま》し、奴隷船を追跡《ついせき》しはじめた。

チューロンはほっと安心してため息をもらした。「どうして上船して調べようとしなかったんだろう？」

ベンはネッドと話しあってから、ほかの乗組員たちに聞かれぬよう小声で船長に説明した。

「ネッドにはわかったらしいですよ、あの艦長は犬がこわいんだって。だから、ほえて牙《きば》をむいてみせたって。なんでもないことだけど、それで艦長の気が変わったんですね。上船したら嚙《か》まれるんじゃないかって」

チューロンは黒い犬を体ごと抱《だ》きあげて、キスした。

「この利口《りこう》な犬め。どこまで頭がいいんだ、ええ？」

ネッドはむちゃくちゃにもがいて、必死《ひっし》でベンに伝えた。「おえーっ！　いってよ、このひげづらのおじさんに、下《お》ろせって。ぼくが船長になったら、ぜったい部下にキスなんかしない。ああ、はずかしーっ！」

13

長い航海《こうかい》のとちゅう、船乗《ふなの》りにはきつい労働《ろうどう》ばかりで、気晴らしや娯楽《ごらく》はほとんどない。だから、仲間のうわさや悪口《わるぐち》が悪魔《あくま》号の、いや、いまは「ロイヤル・チャンピオン号」と改名《かいめい》した船の男たちのうさばらしの種《たね》だった。レッドジャック・ティールのような船長のもと、どんな無法《むほう》にさらされ、たえしのんできたかが、話の中心だった。

これはルードンの策略《さくりゃく》には好都合《こうつごう》だった。乗組員《のりくみいん》と船長のあいだの気持ちのへだたりを、さらに広げるいいチャンスだ。けっして学《がく》のある男ではなかったが、敵《てき》をばらばらにしたうえで征服《せいふく》するという手は使えると思っていた。だから、まわりをよく見、話をよく聞いて、機会《きかい》あるごとにかげ口をあっちこっちに伝えてあるいた。

船の暮《く》らしでは、捕虜《ほりょ》が逃《に》げるところはどこにもない。だから、なまけているやつをがまんできない航海士《こうかいし》は、ルードンにコック助手の仕事をあたえた。ルードンは甲板《かんぱん》の居住区《きょじゅうく》に行って、下《した》っ端《ば》の水夫《すいふ》たちに食事を出した。しかもコックがほっとしたことに、船長に食事を運ぶ役目を負《お》わされた。ひとりぼっちで策謀《さくぼう》を練っているルードンにとっては、願《ねが》ってもない役目だった。

ロイヤル・チャンピオン号の雰囲気《ふんいき》は、ルードンのこそこそした策謀《さくぼう》のせいで、日一日と険悪《けんあく》なものになっていった。だれかが船の食事に不平《ふへい》をならべると、すぐにティールの耳に入った。規律《きりつ》を重《おも》んじるティールは、反抗的《はんこうてき》なものに手きびしい罰《ばつ》を下《くだ》した。男たちはますます腹《はら》を立て、ふてくされた。とりわけ、ルードンの口を通して、船長が自分たちを無知《むち》で、できそこないのばかだと思っていることが伝えられたときには。本当のこと、半分本当のこと、真《ま》っ赤《か》なうそ、それらに囲《かこ》まれて、男たちは自分の仲間を疑《うたが》うようになっていった。

ある晩《ばん》、ルードンは甲板居住区《かんぱんきょじゅうく》の食堂《しょくどう》で男たちに食事を出していた。見まわして席が空《から》になっているところには、食事を出さないように十分に気をつけた。すると水夫長《すいふちょう》が文句《もんく》をいった。「おい、フランス野郎《やろう》！　砲手《ほうしゅ》の皿にも食《く》い物のせろ！」

ルードンは手を止めた。「でも、本人がいねえです」

かんしゃくを起こして、水夫長はナイフをテーブルの表面にバシンとたたきつけた。「皿にのせろといったろ！　てめえが食い物の分配を指図《さしず》するのか？　見ろ、砲手が来たじゃないか！」

テーブルについて座《すわ》った砲手長タッフィーは、真っ赤にはれあがってすり傷《きず》だらけの両手を見せた。「見てくれ！　大砲にかたっぱしから熱湯《ねっとう》をかけて、みがかなきゃならなかった。マスケットも大砲も。夜明けからずっとだ。見ろ、タッフィーさまの手を！　包帯《ほうたい》でぐるぐる巻《ま》きだ。カルヴェリン砲の穴《あな》に手をはさんだのよ。手なくさなかったのが、不思議《ふしぎ》だぜ」

水夫長は血にそまった、きたない包帯を見た。「おれなら、毎日きれいな包帯にかえるぞ、タッフィー。傷口がうまないようにしろ。まあ、それで銃身《じゅうしん》をきれいにしとくのが大事だってわかったろ」

スプーンを口まで持っていきかけた半白髪《はんしらが》の砲手長《ほうしゅちょう》は、怒《いか》りを爆発《ばくはつ》させた。

「おれの銃《じゅう》はいつだってきれいだ！　砲手長になって二十年、銃をきたなくしてるなんて船長にとがめられたことは一度もない！」

水夫長《すいふちょう》はいいわけがましくいった。「それじゃ、どうして船長はおまえたちに罰《ばつ》を下《くだ》した？」

タッフィーが、包帯《ほうたい》の手を動かしていう。「そりゃ、船長室のドアにいちばん近い大砲《たいほう》に、バケツいっぱいのゴミをぶっかけたやつがいるからさ！」

スプーン山盛《やまも》りの食べ物を口のなかにつっこみ、砲手長は歯のぬけた口でやけくそのように嚙《か》みつつしゃべった。「そいつ見つけたらただじゃおかねえ！」そういって、とちゅうまで嚙んだ肉を吐《は》きだした。「ゲッ！　これが塩《しお》ブタか？　ニカワのなべから出してきた馬の死体みてえな味だ」

砲手長はルードンをにらみつけた。「腹《はら》すかしてる男たちにこれっきゃ出せねえのか！」

ルードンは肩《かた》をすくめた。「コックがこれしかないって。けど、船長は生きのいい魚を食《く》ってますぜ。それに合わせて、高いビスケットや、マデイラ酒《しゅ》も」

自分の皿をむこうに押《お》しやって、水夫長はせせら笑った。「いまにはじまったことじゃねえ。乗組員《くみいん》はクズを食い、船長は豪華《ごうか》な食事ってのはな。おい、フランス野郎《やろう》、この生ゴミを持ってけ、舷側《げんそく》から捨《す》てろ！」

砲手長はルードンの顔に指をふりつけて、おどした。「おれの大砲にぶちまけるんじゃねえぞ！　さもねえと……」

ルードンは食べ残しをつぼのなかに急いで落としこむと、食堂《しょくどう》から大またで出ていった。姿《すがた》が見えなくなるなり、水夫長《すいふちょう》は目を細めてドアのほうにあごをしゃくり、低くつぶやいた。

「やつは信用できねえ。最近気がついたんだが、おれたちがしゃべってると、あいつの耳がブタみてえにピクピクしやがる。本当だぜ。やつが近くにいるときは、用心しろ！」

航海士《こうかいし》はあやしむように水夫長の顔を見た。「あのフランス野郎《やろう》がレッドジャックにたれこんでるのかい？」

タッフィーが答えた。「ありそうなことさ。やつの顔はネズミみてえだ。海賊船《かいぞくせん》から脱走《だっそう》してスペイン船に身売りしたようなやつを信用できるか！」

ナイフをテーブルの面にぐさっと突《つ》きたてて、水夫長はまわりの男たちを見まわした。「それじゃ、どうする？」

砲手長は公平《こうへい》な考えかたをする男だった。「証拠《しょうこ》がないのになにをする？　顔つきがわるいからってつるしあげるわけにはいかねえ。そうやって、いままでまちがいをおこしてきたんだ」

死んだ大工《だいく》の助手だったジョービーは、かつて大工のものだったヴァイオリンを手に取って、何小節《しょうせつ》か弾《ひ》いた。その音に張《は》りつめた雰囲気《ふんいき》がやわらいだ。

年よりの砲手長は歯ぬけの口でニッと笑った。

「おい、ジョービー、歌を歌ってくれ。こうやってたむろして、反乱《はんらん》だ、人殺《ひとごろ》しだってしゃべってるのにはいやけがさしたぜ。元気出せ、みんな！」

ジョービーはにっこり笑った。「〝陽気な船長〟弾こうか？」

とたんに、常備食《じょうびしょく》のビスケットのかけらが飛んできて、ジョービーはひょいと首をすくめた。
「おれ、新しい歌詞《かし》つけたからさ、聞いてくれ！」
そういって、ふざけた替《か》え歌を歌った。

ホー、風は立たない、
だからこがなきゃ
ブタ野郎《やろう》ティール船長の
首かっ切《き》ってやりたい
赤い服着て
マデイラ酒《しゅ》飲んで
船長なんて呼《よ》べるわけない
ほんとの名前はブタ野郎！

フレーフレー、仲間たち
メシも食《く》わせず、クズばかりくれて
ロープのこぶをたっぷりくれる
だからみんな元気がないのさ

やつのおやじはブタだった
おふくろもメスブタ
ふたりに追われてやつは海に
おかげでおれたちゃあいつのお守《も》り……

ジョービーの声がかぼそくなった。ヴァイオリンの弓が弦《げん》の上をすべって耳ざわりな音をたて、鳴りやんだ。

ティール船長が開いた戸口に立っていた。船長はバックルのついた靴《くつ》をカッカツとふみ鳴らしてテーブルに近づいた。そして運のわるいジョービーに向かって、かろうじて怒《いか》りをおさえたふるえ声でいった。

「たいへんおもしろい。さあ、先をつづけたまえ！」

ヴァイオリンをテーブルの上に置《お》いて、ジョービーはかたずをのんだ。「いえ、あの、ほんの冗《じょう》談《だん》でした、船長」

ティールはヴァイオリンを手に取り、片手《かたて》でその重さをはかる。男たちはすくんで声もなく船長を見ていた。瞬間《しゅんかん》、船長がヴァイオリンを隔壁《かくへき》に投げつけた。そして床《ゆか》に落ちるなり、両足で飛びのり、残忍《ざんにん》にふみつけ、ふみしだいてけとばした。死んだ大工《だいく》愛用《あいよう》のヴァイオリンは粉々《こなごな》に砕《くだ》け、割《わ》れ、室内に木片《もくへん》、ねじ、弦と、ばらばらになって散《ち》らばった。

ティール船長はその残骸《ざんがい》のなかに立ち、目を細めていった。「ほんの冗談だと？　ええ？　無礼《ぶれい》もはなはだしい！」

ティールは水夫長《すいふちょう》と砲手長《ほうしゅちょう》をねめつけた。そしてつばを飛ばしてどなった。「食べ物がどうしたと？　肉が死んだ馬みたいだと？　乗組員《のりくみいん》はクズを食《く》ってるのか？　どうした、口がきけなくなったのか？　船長の食事は王様みたいか？　さあ、いえ、いってみろ！」

水夫長と砲手長はおそろしさのあまりだまっていた。

と、船長が急におだやかになった。ふたりをずるそうな笑顔《えがお》で見て「つぎは反乱《はんらん》の相談《そうだん》だよな？」といった。

首をふって砲手長はかすれ声をしぼった。「おそれながら、おれたちゃ反乱のことなどこれっぽちも……」

いいきるまえに船長が銀めっきをほどこしたピストルをぬいて撃鉄《げきてつ》を起こした。「起こす気はなかったと？　そうか、そうか。元気のいい兄さんたちよ、そんなチャンスが来ないようにしてやろう。おい、航海士《こうかいし》。ここへ来い！」

航海士は飛びあがって敬礼《けいれい》した。「はい、船長！」

船長は水夫長とジョービーと砲手長をピストルで示《しめ》した。

「こいつらを取りおさえてデボンベル号に移《うつ》せ。マストのてっぺんにそれぞれしばりつけ、一週間、半分のビスケットと水だけの処分《しょぶん》だ。これで反乱ぐせもなおるだろう！」

三人は悪天候《あくてんこう》のときにマントがわりにしている、帆布《はんぷ》のあまり布《ぬの》を拾った。だが、ティール船長は首をふった。「そのままで行け。足もはだしでな。きびしい教えは、きびしい試練《しれん》にあってこそ身につくものだ。航海士《こうかいし》、三人をそれぞれのマストに連《つ》れていけ！」

航海士は従順《じゅうじゅん》に、前髪《まえがみ》に手をあてた。「アイ、アイ、キャプテン」

「いや、待て！」ティールは考えがうかんだと見え、ピストルの照準器《しょうじゅんき》で自分のあごをトントンとたたいた。「捕虜《ほりょ》のフランス野郎《やろう》を連れてこい！」

とまどったような顔をしたルードンが、男ふたりにひっぱられて食堂《しょくどう》に来た。レッドジャックは、やさしくほほえみかけた。「ああ、来たか。きみにはこれから一週間、ここにいる三人の悪党《あくとう》どもとデボンベル号で暮《く》らしてもらうことにした。ビスケットと水はいままでの半分！」

ルードンは暗い顔をしている三人の顔を見るなり、ひざまずいてティール船長の赤い上着のすそをつかんだ。「でも船長、おれ、なんもわるさしてねえです！」

ティールは上着をぐんとひっぱってふりはらうと、ルードンをけって転がした。

「あることないことチクりやがって、乗組員《のりくみいん》の仲間意識《いしき》をみだした。それがおまえの罪状《ざいじょう》だ。四人とも連れてけ！」

乗組員三人は航海士に追いたてられていき、そのあとをルードンが泣きながらふたりの水夫《すいふ》に引きずっていかれる。「いやだ、いやだよう、船長。こんな目にあわせねえでくれ！」

ティールはピストルの撃鉄《げきてつ》をもとどおり下《お》ろして、この残忍《ざんにん》なはからいにしのび笑いした。「口のきたないヒキガエルめ。おれの船のことを自由にできるのは、このおれだけだって思い知れ！」

マリー号では、ベンが船長室のこわれたガラス窓《まど》の修理《しゅうり》を終えかかっていた。窓に帆布《はんぷ》を張《は》ったが、ガラスのように明かりが入ってこないのが難点《なんてん》だ。でも、これで波しぶきや風はふせげる。重い短刀《たんとう》の柄《つか》をかなづちがわりにして、ベンはしわの寄《よ》った帆布《はんぷ》の端《はし》に最後のくぎを打ちこんだ。

ネッドが入ってきて、あたりを見まわし、ベンに伝えた。「ちょっと暗くない、ここ？」

ベンは短刀をしまった。「うん、でも間《ま》に合わせだからいいよ。これならフライング・ダッチマン号を見なくてすむし」

ネッドは船室に来た理由を思い出した。「ああ、船長が呼《よ》んでるよ。船首《せんしゅ》にいるけど」

ふたりは甲板《かんぱん》を歩いていった。ベンがうしろをちらっと見て、ネッドに考えを伝えた。

「ほら、あそこにガスコンがいるだろ？　ぼくたちが通りすぎてから、十字を切って船の外につば吐《は》いたよ。どうしたんだろう？」

黒い犬はしっぽを軽《かろ》やかにふった。「ああ、あいつね。この船でいちばんきらいなやつだな。だって、いつもぼくのことにらむんだよ。なんにもわるいことしてないのに」

チューロンが船首のいつもの位置《いち》から大声で呼んだ。

「ベン、ここに来い、いいもの見せてやる！」ベンは船首の先のやりだしに上《のぼ》って、両足をしっかり巻《ま》きつけた。

船長が望遠鏡《ぼうえんきょう》を手わたしてくれ、指さした。「まっすぐまえに、どうにか見えるだろ……陸地《りくち》だ！　あれがアゾレス諸島《しょとう》だ。それじゃ、今度は下の海に望遠鏡を向けてみろ。なにが見える？」

舳《へ》先《さき》の両側《りょうがわ》に立つ船首波《せんしゅは》の表面に目をこらして、ベンはなにかはっきりしたものが見えないかとがんばった。「とくになんにもありません。ただ、ところどころ白いものがあるけど、ずっと下の

ほうです。そのことですか？」

ネッドがやっきになって知りたがる。「白いもの、白いものってなに？　なに？」

チューロンが答えを教えてくれた。

「海の下には大きな世界が広がってるって話したの、おぼえてるか？　おまえたちが見てるものは山脈《さんみゃく》のてっぺんだ。巨大《きょだい》な高い峰《みね》の先端《せんたん》なんだ。この船はグリーンランドから地球の南端近くまでつづいている山々の、でこぼこした峰の上を走っているんだよ。アゾレス諸島《しょとう》に行ってみたらわかる。あそこはその山脈のつづきなんだ。ほかのところより高いから、海の上に突《つ》きでて島々になったんだ」

ベンは望遠鏡《ぼうえんきょう》を上《あ》げて、遠くにそびえるアゾレス諸島の岩だらけの峰を見つけた。「この世界はすばらしいんですねえ。すごく広ーい！」

マリー号はその日の午後、本島近くの深いラグーンに錨《いかり》を下《お》ろした。ベンとネッドは、巨大な岩山に青々と茂《しげ》る南国の草木に目をうばわれた。

ピエールが運搬《うんぱん》ボートを下ろして、上陸《じょうりく》する一行《いっこう》といっしょに乗りこむようさそってくれた。「おい、そこのふたり！　果物《くだもの》と真水《まみず》を取りにいくぞー！」

ベンとネッドはピエールをはさんで船尾《せんび》に座《すわ》った。ベンはガスコンが舳先《へさき》にかがみこんでいるのに気づいて、短くネッドに伝えた。「どうしたんだろ？　すごくこそこそしてるよ」

ネッドが額《ひたい》にしわを寄《よ》せた。「ふん！　ボートから落っこちておぼれちゃえばいいよ」

ベンがしかめつらをした。「ネッド、そんなむごいことというもんじゃない」

ネッドがフンとばかりに鼻を鳴らした。「かまうもんか！　あんなやつ好きじゃないし、あっちもぼくやきみのこと好きじゃないもん。勘《かん》でわかるよ」

ピエールはそんなやりとりが行《おこ》なわれてるとはつゆ知らず、陽気にしゃべっていた。「島にはたくさんうまい果物や野菜《やさい》がなってるんだよ、ベン。長いこと活動してない火山だからな、土地が豊《ゆた》かなんだな」

一行《いっこう》はその日の午後ずっと斜面《しゃめん》にむらがって、島で取れる野菜や果物をどっさり集めた。よく知っているのもあれば、はじめて食べるめずらしいのもあったが、どれもおいしかった。何人かが、コケの生えた岩だなの池に落ちる、小さな滝《たき》を見つけた。ベンとネッドは男たちといっしょに水に飛びこみ、いたずらっ子の一団《いちだん》のように水をかけあい、笑い、さわいだ。つらい船旅《ふなたび》や夢《ゆめ》につきまとう幽霊船《ゆうれいせん》の恐怖《きょうふ》を忘《わす》れたひととき。それは少年と犬にとって、思い出に残る黄金の一日となった。

夜遅《おそ》く、一行がマリー号にもどってみると、出むかえたチューロンが暗い顔をしている。ボートの人員《じんいん》をたしかめると、うなずいた。「ガスコンがいない。そんなことだろうと思った！」

ピエールがうろたえた。「いないのに気づかなかった！」

船長はマスケット銃《じゅう》を肩《かた》にかけると、カトラス刀《がたな》を持った。「ああ、ガスコンは逃《に》げると思ったさ。ベン、ネッドとここに残れ。ピエール、ボートこぐのに四人連《つ》れてこい。あの悪党《あくとう》をつかまえる！」

ベンは船長のいうことがのみこめなかった。「どうしてこのまま逃がしてしまわないんですか？　いなくても困《こま》らないじゃないですか？」

チューロンが説明する。「ガスコンがただの、ふてくされたなまけものってことなら、逃げてもどうってことない。だが、おまえたちが島に行ってるあいだに調べたら、おれの金貨《きんか》に手をつけたやつがいるとわかった。犯人《はんにん》はガスコンだ。ここはアゾレス諸島《しょとう》だ、そう遠くには行けまい。ピエールとおれとでやつを連れ帰る。そして、あした早朝に出帆《しゅっぱん》だ」

ネッドは手すりに前足をかけて、出ていく運搬《うんぱん》ボートを見送り、ベンに伝えた。「ねえ？　だからガスコンはきらいだっていったんだよ」

ベンは犬のすべすべした耳をやさしく掻《か》いた。「人間を見る目があるんだねえ。おまえが船長になったら、あんな男はやとわないだろうね」

ネッドは少年をむっとした顔で見た。「ぼくにそんなくだらないジョークいわないでよ」

その夜、ふたりは後甲板《こうかんぱん》に乗組員《のりくみいん》たちといっしょに座《すわ》った。ラグーンのおだやかな海にぼんやりと淡《あわ》い月の光が反射《はんしゃ》していた。風はそよとも吹《ふ》かず、日の名残《なご》りで暑《あつ》かった。

ひとりの乗組員が小声で歌を歌っていた。

おいで、やさしいきみ、聞いておくれ
いつか持ちかえろう、きみに宝《たから》を
ぼくは船乗《ふなの》り、波乗り暮《ぐ》らし
だからいわせて、旅立つまえに

風がロープゆらして
白帆《しらほ》高く上《あ》がれば
心は泣くよ、カモメみたいに
待っておくれ、祈《いの》っておくれ
いつか海をこえて帰る日まで

みやげはなにがいい、いとしい人
宝石《ほうせき》ちりばめた腕輪《うでわ》か、
シナのシルクか、きっと気に入る
それとも指にかがやく指輪か

だからぼくを信じておくれ
目から涙《なみだ》をふいておくれ

いつか帰ったら、もう泣かせはしない
陸《おか》に上《あ》がって、きみがそばにいてくれたら
海とはおさらば、きみはぼくの花嫁《はなよめ》。

ベンは星のきらめく空を見あげて、ネッドに伝えた。「ねえ、きれいな曲だと思わない？」

ネッドはくすくす笑うかのようにあえいだ。「ああ、そのとおりだけど、歌ってる本人見てよ。ひげづらに片目《かため》は眼帯《がんたい》、歯は一本だけっておじさんだよ。あのおじさんに帰って来られたら、どんな娘《むすめ》さんも逃《に》げだすよ！」

少年はふざけて犬の首に片手をかけ、ぐいと引きつけた。「こいつ、わるいやつだ。自分がかっこいい犬だからって、ひとのことわるくいって！」

ネッドはベンに流し目をしてみせた。「冷酷《れいこく》で美しい、それがぼくなの！」


〝あした早朝に出帆《しゅっぱん》〟という船長の言葉とは裏腹《うらはら》に、心配するベンのもとに運搬《うんぱん》ボートがもどってきたのは三日後だった。ガスコンは両手を背中《せなか》でしばられており、乗組員《のりくみいん》たちが甲板《かんぱん》に引きあげてのせた。チューロンはへとへとにつかれているふうだった。男たちは全員、船長のもとに集まった。

ピエールがベンに耳うちした。「するりするりと逃げやがって、ガスコンのやつめ。やっとつかまえたが、三日も遅《おく》れを出しちまったって、船長は機嫌《きげん》がわるい」

船長が短刀《たんとう》をぬいたので、ベンは一瞬《いっしゅん》、恐怖《きょうふ》にすくんだ。船長はガスコンと向かいあうと全員に大声でいった。「見てろ！」

いいざま、短刀《たんとう》でガスコンのポケットを裏地《うらじ》ごと何度か切り裂《さ》いた。金貨《きんか》がばらばらと甲板《かんぱん》に落ちて西日《にしび》にぎらぎら光った。船長はガスコンの片耳《かたみみ》をつかむと、荒《あら》っぽくゆさぶった。

「みんなで分けるまで待てなかったか！　泥棒《どろぼう》ネズミ！　おまえなんかあの三人とプエルトリコで逃《に》げりゃよかったんだ。すくなくとも、あいつらは船長からも仲間からもくすねはしなかったぞ。おい、このげす野郎《やろう》を錨鎖庫《びょうさこ》に閉《と》じこめとけ、処分《しょぶん》が決まるまでな！」

水夫長《すいふちょう》と数人の男たちに引《ひ》っ立《た》てられながら、ガスコンはわめきだした。

「ああ、海に投げこんでくれ。おれは泳いで岸に行く。おまえとラッキーなガキどもの秘密《ひみつ》は知ってんだぞ、チューロン。こんな船にいられるか！　おれは降《お》りる！　この船は呪《のろ》われてるんだ。呪われてるぞ！」

ピエールがガスコンのあごに一発パンチを食《く》らわしてだまらせた。そうして半分意識《いしき》を失《うしな》っているガスコンを錨鎖庫に押《お》しこんだ。ドアにかんぬきを下《お》ろしながら、ピエールはうなるようにおどかした。

「そのきたねえ口をしっかり閉じとけ。命を取られなかっただけでもありがたいと思え。船長に短刀で刺《さ》し殺《ころ》されてりゃよかったんだ！」

チューロンは空を見あげ、風のぐあいを見はからった。「あしたの明け方には錨《いかり》を上《あ》げて出帆《しゅっぱん》だ！」

その夜はむし暑《あつ》かった。ベンはネッドと甲板に出て寝《ね》ることにした。ラブラドール犬《けん》は考えぶか

郵 便 は が き

料金受取人払

神田局承認

1324

差出有効期間
平成16年10月
9日まで

101-8791

0 2 5

東京都 千代田区 神田多町 2-2

早 川 書 房

〈ハリネズミの本箱〉編集部行

★切手をはらずに、そのままポストに入れてください。

お名前

(男・女　　歳《さい》)

ご住所《じゅうしょ》(〒　　－　　)

メールアドレス(あれば)

学校名・学年 またはご職　業《しょくぎょう》

愛読者カード

あなたが感じたことを教えてください。
いくつ丸をつけてもかまいません。
むずかしかったら、おうちの人と相談《そうだん》しながら書いてもけっこうです。

このはがきが入っていた本の題名

どこでこの本のことを知りましたか？

①本屋さんで見た　②新聞・雑誌《ざっし》などで紹介《しょうかい》されていた
③広告《こうこく》を見た　④友だちや先生から聞いた
⑤おうちの人が買ってきてくれた
⑥その他（　　　　　　　　　　　　）

どうしてこの本を読んでみようと思ったのですか？

①表紙やさし絵がきれいだったから　②題名《だいめい》がよかったから
③あらすじがおもしろそうだったから
④〈ハリネズミの本箱《ほんばこ》〉のほかの本を読んだことがあるから
⑤同じ作家《さっか》が書いた本を読んだことがあるから
⑥ほかの人にすすめられたから（だれに？　　　　　　　　　　）
⑦その他（　　　　　　　　　　　　）

この本を読んで、どうでしたか？

内容　①おもしろかった　②ふつう　③つまらなかった
表紙・さし絵　①おもしろかった　②ふつう　③つまらなかった

感想を何でも書いてください。

これからどんな本を読んでみたいと思いますか？

①ミステリ　②ＳＦ　③ファンタジイ　④冒険《ぼうけん》
⑤ユーモア　⑥こわい話　⑦感動的《かんどうてき》な話　⑧歴史
⑨その他（　　　　　　　　　　　　）

ご協力《きょうりょく》どうもありがとうございました。
あなたの意見をもとに、これからも楽しい本を作っていきます。

そうに、心のなかでひとり言《ごと》をいった。「ピエールのいうとおりだ。船長はあの悪党《あくとう》を刺《さ》しちゃえばよかったんだ！」

ベンが答えた。「それはちょっとむごいと思うなあ」

ネッドは目をつぶりながら、もうひと言いいたした。「ガスコンについてはいやな予感がするんだ。やつがこの船にいると、きっとぼくたちに災難《さいなん》がふりかかるよ！」

14

ティール船長はアゾレス諸島《しょとう》には入港《にゅうこう》しなかった。よい天気と順風《じゅんぷう》にめぐまれ、船はまっすぐビスケー湾《わん》、そしてフランスの港《みなと》に向かった。ロイヤル・チャンピオン号はあいかわらずデボンベル号を曳航《えいこう》したまま、知らないうちにマリー号をつかまえるチャンスをのがしてしまった。マリー号は出口がひとつしかないラグーンにいて、その船長は岸に上《あ》がって船を留守《るす》にしていたというのに。

いつものように、ティール船長は自分の部屋《へや》に座《すわ》って、まめまめしく世話を焼《や》かれていた。一人は船長のバックルつきの靴《くつ》をみがいていたし、もう一人は船長が着こんだ赤い狩猟服《しゅりょうふく》にせっせとブラシをかけていた。ティールが白い靴下をはいた足を靴のなかに入れたとたん、ノックが聞こえた。ティールはシャツについている、ぱりっとして真っ白な飾《かざ》りえりを手で整えた。「入れ！」

航海士《こうかいし》は足をふみいれて、神妙《しんみょう》に敬礼《けいれい》した。「報告《ほうこく》します。一名行方《ゆくえ》不明。フランス人捕虜《ほりょ》です」

ティールは両腕《りょううで》を大きく広げて、さやに入ったスペインの剣《けん》を腰《こし》のベルトにさしてもらった。

「そうか？　おどろいたな、いままでもっていたんだ」

航海士《こうかいし》はけげんそうにいった。「はい？」

姿見《すがたみ》から目をそらして、船長はあわれむように首をふった。「頭を使え、頭を。たれこみ屋のフランス野郎《やろう》が、チクってたイギリス人三人とひとつ船に残されてみろ。とうにやられてないのが不思議《ふしぎ》ってもんだ。どうだ、わたしの姿は、ええ？」

航海士はいかにも感心していると思わせようとあせった。「かっこいいです。船長らしいし、ブリストル風《ふう》です！」

ティールはばかにした。「ブリストル？　ばかいえ。ロンドンだぞ、わたしにお似《に》あいの場所は！　おい、こうやっていつまでも船長を立たせておく気か、それともドアを開けて甲板《かんぱん》に出してくれるのか？　とっととやれ！」

甲板に出たティールは望遠鏡《ぼうえんきょう》で右舷《うげん》の水平線《すいへいせん》を見はるかした。そしておおいに満足《まんぞく》して舵手《だしゅ》ににこやかに笑いかけた。「ハッ、やっぱり思ったとおりだ。スペインのオルテガル岬《みさき》だ。自分でいうのもなんだが、みごとな操船《そうせん》ぶりだ。ヒホンとサンタンデルのあいだを行くが、岸からはなれていろ。ガスコーニュ湾《わん》の端《はし》にそっていき、それからアルカション内湾《ないわん》を上《あ》がる。おい、航海士、デボンベル号に行ってるならずもの三人を連《つ》れてこい。報告《ほうこく》させろ」

そういって甲板を行くティールの歩きかたは見るからにはずんでいた。自分にすっかり満足していた。

三人の悪党《あくとう》、つまり水夫長《すいふちょう》、ジョービー、砲手長《ほうしゅちょう》の三人は、まえの晩《ばん》にルードンを殺《ころ》してしまっていた。三人はマストから下《お》りてきて、たれこみ屋を追いつめた。そしてすばやく実行《じっこう》した。索止《さくど》め栓《せん》でルードンの頭をなぐって意識《いしき》を失《うしな》わせ、首のまわりに甲板《かんぱん》みがき石の輪《わ》をつけてすぐ沈《しず》むようにしてから、海に投げこんだ。

いま、三人は青ざめて船長のまえに立っていた。船長はきっと死刑《しけい》をいいわたすにちがいない。ティールは三人のまわりをぐるぐる回りながら、じろじろとながめた。と、おどろいたことに、船長はウィンクして笑いだした。

「フランス野郎《やろう》は夜のあいだにいなくなったんだってな。暗い、暗い夜になあ。へんなやつだなあ。だれか、やつが夜中に泳ぎに出たのを見たか？」

水夫長《すいふちょう》が代表して答えた。「いいえ、船長。おれたちはマストの上で命をつなぐのがせいいっぱいでさ。だれも見ていません」

ティールは満足《まんぞく》げにうなずいた。

「よくいった。それでこそイギリス人だ、仲間を裏切《うらぎ》ったりはしないものな。それがイギリス式ってもんだ。まあ、おまえたち、マスト暮《ぐ》らしも半給《はんきゅう》の食《く》い物ももう十分だろう。船ってのは楽しくなけりゃな。だからおまえたちをロイヤル・チャンピオン号の仕事にもどしてやろう。正直《しょうじき》でいろ、行《おこ》ない正しく、国王と船長に忠誠《ちゅうせい》をつくせ。どうだ、なにかいいぶんはあるか？」

三人はティールの心持ちのあまりの変わりようにおどろいた。三人は夢中《むちゅう》になって前髪《まえがみ》をひっぱっていった。「アイ、アイ、キャプテン、ありがとうございまーす！」

だが、ティールはさっさと船長室に行ってしまった。

ジョービーはぽかんと口を開けていた。てっきり殺人《さつじん》の罪《つみ》でしばり首になるものと思っていたのだ。「ひえーっ！　船長はいいほうに間切《まぎ》ってくれたぜ！」

砲手長《ほうしゅちょう》はごましお頭でさかんにうなずいた。「そうとも、この海《かい》域《いき》を行くんだったらおれだってそうしたさ。スペインとフランスは、イギリスをよく思ってないからな。とくに私掠船《しりゃくせん》は最悪《さいあく》なんだ。船長は襲撃《しゅうげき》されたときのため、戦闘員《せんとういん》がひとりでも多くほしいのさ」

水夫長《すいふちょう》もまったく同じ意見だった。「レッドジャックはスペインやフランスの戦艦《せんかん》に向かってこられたらこわいんだ。〝水夫長も砲手長もおりません〟じゃ話にならない。どう思う、ジョービー？」

もと大工《だいく》の助手はにやりと笑った。「おい、コックんとこに行って、なにか食《く》い物もらおうぜ。ぺこぺこで、腹《はら》と背中《せなか》の皮がひっついちまいそうだ」

水夫長はジョービーの肩《かた》に手を回した。「いい考えだ。厨房《ちゅうぼう》にゃいっぱい食い物があるはずだ。ひとり口が減《へ》ったしなあ、フランス野郎《やろう》が！」

三人は厨房に向かって子どものように笑いながら歩いていった。

夕暮《ゆうぐ》れまでに、ロイヤル・チャンピオン号はヒホンをこえ、サンタンデルとの中間あたりまで行った。帆《ほ》を満帆《まんぱん》に張《は》り、デボンベル号を小犬のようにうしろに引きつれて。

レッドジャックは自分の部屋《へや》で、海図《かいず》とにらめっこしながら〝陽気な船長〟のメロディを口ずさんでいた。いま、これまでの人生とはくらべものにならないくらい、ツキと好運《こううん》にめぐまれていると思った。ああ、ロンドンの飲み屋やしゃれた喫茶店《きっさてん》で、おれのことがうわさになるだろうなあ。レッドジャック・ティールはすばらしいスペインのガレオン船に乗り、あと二隻《せき》も曳航《えいこう》している。それも人間一人分の重さもある金貨《きんか》を手に凱旋《がいせん》だ……ああ、おれは生きているあいだに伝説《でんせつ》になるのだ！

朝日がきらきらと大洋をてらし、マリー号は錨《いかり》を上《あ》げて、出帆《しゅっぱん》した。ラファエル・チューロンは舵輪《だりん》について、犬に助けてもらって舵《かじ》を取っているベンをニコニコしながら見まもっていた。船長はふたりをはげました。「そう、そのまま。そうだ！　今度は東に一点取れ。行きすぎだ、ベン！　ネッドを見ろ、コツつかんだぞ！」

ネッドはうしろ足で立ち、前足を舵輪にかけてベンをしかった。

「ほら、船長の言葉聞いたろ。ぐらぐらさせないの、ぼくみたいに！　ぼく、船長がむりでも、一流の操舵手《そうだしゅ》にはなれるな！」

ベンは笑いをこらえながら、舵輪を安定させた。「ごめんよ、ネッド。ぼくはぶきっちょな人間だからね」

マロンともうひとり、コルデーという水夫《すいふ》がバケツで海水をくみあげ、中甲板《ちゅうかんぱん》にざぶざぶと流していた。チューロンの笑い声を聞いて、ふたりはふりかえり、少年と犬が舵輪にいるのに気がついていた。

た。マロンが首をふった。「見ろ、ありゃおかしいぜ。舵輪《だりん》にガキと犬がいるなんて、おまえ、聞いたことあるか?」

コルデーは声を落とした。「ガスコンがいってたことにも一理《いちり》あるな」

マロンはコルデーを見た。「なんだ、教えろ」

コルデーはバケツの水を空《あ》けて、それが甲板《かんぱん》の水落としに流れていくのを見まもった。

「ガスコンがいうにはな、あのふたりはヨナで、船のみんなに不幸《ふこう》がふりかかる不吉《ふきつ》なやつらなんだと。やつらが――」

ピエールの手がコルデーの肩《かた》をばしっとたたいた。「なんだって? さあ、いってみろ」

マロンとコルデーはだまってしまった。ピエールはたくましい腕《うで》を組んで、きびしい目でふたりを見すえた。「どろぼうや脱走者《だっそうしゃ》のたわごとを信じるのは、ばかのすることだぞ。船長の耳にベンや犬の悪口を入れるんじゃない。さあ、仕事にもどれ。つまらんうわさ話はやめろ。だれかをわるくいいたいなら、おれの悪口をいえ、それも直接《ちょくせつ》おれに向かってな!」

忠誠心《ちゅうせいしん》のあついピエールはのしのしと去ってしまい、しゅんとなったふたりは黙々《もくもく》と仕事をつづけた。

ベンとネッドはあいかわらず舵《かじ》をにぎって楽しんでいた。そこへピエールが来て、船長をわきに呼《よ》んで耳うちした。「船長かおれがマリー号の舵を取ったほうがいいですよ。でなければ、乗組員《のりくみいん》たちに交替《こうたい》で舵取らせましょう」

チューロンがけげんそうに眉《まゆ》を上《あ》げた。「なに? おれのラッキー仲間がこの船をひっぱってってくれるのが気に入らないのか？　見ろ、あのふたりはいつかアナコンダみたいないい船乗《ふなの》りになるぞ。どうしたんだ、ええ？」

水夫長《すいふちょう》は目をそむけた。「つまらんうわさが流れてるんですよ、船長。気に入らないってやつらもいるもんですから」

それまでの船長の上機嫌《じょうきげん》はあっというまに消えてしまった。

「気に入らない？　なら、がまんしてもらうしかないな。マリー号の船長はこのおれだ。おれが命令《めい れい》を下《くだ》す。でも、なにが気に入らないというんだ、ピエール？　うわさってなんだ？」

ピエールは足をふみかえ、いいづらそうに口を開いた。「ばかなことをいうと思うでしょうが、でも乗組員《のりくみいん》たちは、ベンとネッドは不吉《ふきつ》なヨナだ、乗組員みんなに不幸《ふこう》がふりかかるといってます」

チューロンはただちにベンとネッドをさがらせ、自分が舵輪《だりん》についた。「もう今日《きょう》はこのくらいにしとこう。船長室に行って、海図《かいず》をかたづけてくれ。フランスに里帰《さとがえ》りするんだ、きちんとしておきたい」

ベンはきりっと敬礼《けいれい》した。「はい、船長。船長室を掃除《そうじ》したら、厨房《ちゅうぼう》からなにか食べ物を見つくろってきます」

チューロンの眉根《まゆね》にしわがよった。「いや、やめとけ。船長室にネッドとおとなしくしていろ。しばらくは乗組員たちからはなれていろ。なにもきくな、ベン。おれのいうとおりにしてくれ」

ベンとネッドはけげんそうな顔でたがいを見たが、ベンはだまっていいつけにしたがった。船長はふたりが自分の部屋《へや》に歩いていくのを見送った。

　不安な気持ちが頭をもたげてきた。だれかが、あのふたりのことを知ってしまったのだろうか？じっくり考えてみなくては。たいていの船乗《ふなの》りは教育がなく、例外《れいがい》なく迷信《めいしん》ぶかかった。とりわけ、海賊《かいぞく》たちは。だれかひとりでも船の上にヨナがいると信じたら、どう説得《せっとく》しても考えを変えさせることはできない。船長がどんなに乗組員《のりくみいん》を大事にしていても、一度迷信にとりつかれたら、変えることはできないのだ。船長自身も、ふたりのラッキー仲間も、いまや深刻《しんこく》な身の危険《きけん》にさらされているのだ。

　黒いラブラドール犬《けん》はすこし開けたままにしたドアから、外をのぞいてベンに伝えた。

「ほら、船長が来た。でも、どうしたんだろ。心配そうな顔してるよ」

　船長は入ってきてベッドに腰《こし》を下《お》ろすと、ふたりをそばに呼《よ》んだ。「ドアを閉《し》めて。話がある」

　ネッドが前足で押《お》してドアを閉めた。ベンは心配そうに船長の顔を見た。「どうしたんですか、船長？」

　チューロンは真剣《しんけん》だった。「おれに打ちあけてくれた話だが、ベン、あれをだれかほかのやつにも話したか？」

　ベンははげしく頭を横にふっていった。「話してません。ピエールにも。だれにもぜったい話しません、船長以外には！」

　船長は深いためいきをついた。「おまえを信じよう。だが、男どもは勝手にしゃべってる。おまえたちが、マリー号とその乗組員みんなにとって不吉《ふきつ》だといってるんだ」

ネッドがベンに考えを伝えた。「ほらね！　いっただろ？　ガスコンは災難《さいなん》のもとだって」

ベンはチューロンに向かっていった。「ネッドは、ガスコンがうわさを広めたんだっていってます」

船長は犬の背中《せなか》をトントンとたたいていった。「そう、こいつのいうとおりだろう。やつがピエールに閉《と》じこめられたとき、なんてさけんだかおぼえてるか？　この船は呪《のろ》われているっていったんだ」

ベンはうなずいた。「はい、でも、ぼくたちのことを知っているはずないんですが。どうしましょうか、船長？」

チューロンはちょっと考えて、答えた。「やれることはあまりないな。ベン、おまえたちはみんなからはなれていることだ。この部屋《へや》から出るな。運がよけりゃ、このことも自然《しぜん》に消えるだろう。フランスもうそんなに遠くない。ばかなうわさも忘《わす》れるかもしれん。家に帰れる、金貨《きんか》の分け前《わまえ》ももらえると思えば、船にかかる呪いやヨナのことは忘れるだろう。そうしてくれるか、ベン？」

ベンは船長の大きく強い手をにぎった。「もちろんです！　ネッドもいうとおりにします。困《こま》らせたりしません、船長！」

チューロンは立ちあがり、ドアに向かった。「よかった、ベン。おまえは信頼《しんらい》できると思ってた。ピエールにいって、厨房《ちゅうぼう》から食べ物を運ばせよう。いいか、ピエールとおれ以外には、だれとも話をするんじゃないぞ」

ネッドは床《ゆか》に腹《はら》ばいになり、ネッドはドアが閉《し》まるのを見ていた。「ああ、せっかく操舵手《そうだしゅ》になれそうだったのになあ！」

ベンは犬の耳のうしろをなぐさめるように掻《か》いた。「元気出せ、相棒《あいぼう》。あしたのいまごろにはビスケー湾《わん》。そのあと一日、二日で陸地《りくち》に上《あ》がれるよ」

その後数日、少年と犬は船長の部屋《へや》にこもっていた。ふたりにとっては気づまりな時間だった。ベンは不幸《ふこう》な結末《けつまつ》がせまりつつあるのを感じていた。ヴァンダーデッケン船長や呪《のろ》われた幽霊船《ゆうれいせん》の悪夢《あくむ》を毎晩《まいばん》見るようになると、なおさらその感じが強まった。

ベンもネッドも眠《ねむ》るのがこわかった。眠ればつぎつぎとまぼろしにおそわれるからだった。ホーン岬《みさき》の山のような氷まじりの波が、あの地獄《じごく》の船をおそい、たたく。氷のこびりついたロープが不気味《ぶきみ》にすすり泣いて、ハリケーンなみの風が帆《ほ》を切り裂《さ》き、ズタズタにする。さまざまな顔がうかんでくる。せせら笑う顔、傷《きず》だらけの顔、残忍冷酷《ざんにんれいこく》な顔をした死人たちが甲板《かんぱん》をゾンビのように歩きまわる。怒《いか》りくるう空から、嵐《あらし》に傷《きず》ついたような、どす黒い雲がむくむくとわきでてくる。そして、ああ、ヴァンダーデッケン！　その苦悶《くもん》する心は、ほえ声となって天に対《たい》し悪態《あくたい》をつき、呪う。

「ベン！　ベン！　おい、だいじょうぶか？　どうしたんだ？」

ベンが目を開けると、なじみのピエールの顔が上でゆれている。ネッドの考えが伝わってきた。

「ああ、ピエールのおかげだ。あのおそろしい夢《ゆめ》で動けなくなって、きみを起こしてやることもできなかった！」

ベンは上半身を起こして、目をこすった。「だいじょうぶ。どうもありがとう、ピエール。ただのこわい夢《ゆめ》だったんだ」

ピエールは飲み水と、あたたかいシチューの入ったボウルをふたつ、ベッドのそばに置《お》いた。

「心配するな。万事《ばんじ》うまくおさまるよ。男たちのうわさ話なんか気にするな。連中《れんちゅう》はものを知らないし、信じやすいから、ああなっちまうんだ。まあ、おれも同じようなものだが」

ベンはこのチューロンに仕《つか》える水夫長《すいふちょう》に、親しみとあわれみを強く感じた。

「あなたはちがうよ、ピエール。いままでずっとぼくとネッドにやさしくしてくれたじゃないか。チューロン船長とあなたは、ぼくたちの本当の友だちだ」

ピエールはふたりのために飲み水をそそいでいった。「さあ、横になって少し眠《ねむ》れ。船長とおれとで、おまえたちを守る。もうあとひと晩《ばん》こしたら、フランスの土地をふめるんだ。あそこへ行ったら、友だちもたくさんできるよ。さあ、もう行かなきゃ。おれと船長以外のものにはドアを開けるんじゃないよ」

食事をすると、ベンとネッドは気持ちが楽になった。大きなベッドでふたりは眠りに落ちた。犬は前足を少年の足の上にのせて寝《ね》た。ベンは夢のなかでふわふわとただよっていた。高く、遠く、ネッドをわきにしたがえ、やわらかな夜の空に上《のぼ》っていく。下を見ると、マリー号はまるでおもちゃだ。月を浴《あ》びて銀色に光り、たゆたう波間《なみま》にうかんでいる。

天上のおだやかさがベンを包み、天のゆりかごにゆられる赤ん坊《ぼう》になったような気分だった。あたり一面に星が淡《あわ》くかがやいて、そのなかのひとつがゆっくりとベンのほうにただよってきた。だんだん近づいてくると、それは天使だった。幽霊船《ゆうれいせん》からふたりを救《すく》ったあの天使だ。

はるかに広がる牧場《まきば》にやわらかにひびく鈴《すず》の音のように、美しいまぼろしはベンの心をやさしく包みこんだ。

無《む》法者《ほうもの》たちの金を取ってはならない。
わたしの言葉を心してお聞き
おまえの足が陸《りく》にふれたなら
急いでそこから去りなさい。
いまの暮《く》らしをあとにして
ふたたび海をふりかえるな。
天罰《てんばつ》がタカを運んできたら、
新しい時代が開《ひら》けるだろう。

朝になると霧雨《きりさめ》が降《ふ》り、うっすらともやがかかったが、風らしい風は立たなかった。ベンが目ざめると、チューロン船長がテーブルに金貨《きんか》を柱のように何本も積《つ》んでいた。ネッドも目ざめて、ベンに伝えた。「なんだなんだ、いったいどうしたの？」ベンは犬の質問《しつもん》を船長に伝えた。

チューロンは金貨を積みあげるのをやめたが、深刻《しんこく》なおももちだった。「まずいことになった、ベン。こんなことにはなるまいと信じてたなんて、おれはお人好《ひとよ》しだった。乗組員《のりくみいん》たちはガスコンを牢《ろう》から出した。反乱《はんらん》が起きるだろう」

ベンはくちびるを噛《か》んだ。「ぼくとネッドが原因《げんいん》ですね？」

船長は金貨《きんか》の柱を親指でまっすぐにした。「そうだ。どうしておまえたちとフライング・ダッチマンのことを知ったのかなあ。でも、おれにまかせておけ。フランスが目のまえだし、金貨を分けてやれば、すこしは折れるかもしれん」

船長室のドアにそっとノックの音がして、ピエールが入ってきた。手にはカトラス刀と弾《たま》をこめたマスケット銃《じゅう》を持っている。「乗組員たちが話があるといってます、船長。全員、甲板《かんぱん》に出ています。ガスコンとマロンが首謀者《しゅぼうしゃ》です」

チューロンは立ちあがると、積《つ》みあげた金貨を二本分、左右のポケットにつかんで入れた。「ベン、おまえとネッドはここにいろ。さあ、行くぞ、ピエール。話を聞いてみよう」

マリー号の乗組員たちは、船長と目を合わせまいとしていた。全員、中甲板《ちゅう》に寄《よ》りあつまって、ふてくされた顔でおとなしくしていた。船長は後甲板《こう》の手すりをつかんで、男たちをにらみつけた。

「よーし、いいたいことはなんだ？　おれはいままで、正直《しょうじき》にものをいったやつを罰《ばっ》したおぼえはないぞ」

ガスコンとマロンはちょっとだけヒソヒソと話しあっていたが、やおら、ガスコンがまえに進みでると、船長室のほうを指さした。「あの小僧《こぞう》と犬でさ。ふたりには船を下《お》りてもらいてえ。やつらは不吉《ふきつ》でさ。ごぞんじでしょうが」

チューロンは肩《かた》をすくめてほほえんだ。「ばかをいうんじゃない。そんなこと知るか！」

マロンがガスコンのほうにあごをしゃくった。「こいつはあのガキが夢《ゆめ》見てわめきだしたときに、舵《かじ》の当番してたんだ。そうだよな、相棒《あいぼう》？」

ガスコンは腕《うで》を組んで、得意《とくい》げだった。「そうだ、おれをなめるんじゃねえぜ、チューロン。あんたが船室に入っていくのが見えたから、ドアごしに聞いてたのさ。ふん、気づかなかったろ？おれはあの呪《のろ》われたガキがあんたにしゃべった話を、ひと言残《こと》らず聞いたのよ。ずっと昔《むかし》にフライング・ダッチマン号から逃《に》げたとか、一日分も年を取らずにいまでも生きながらえているとかってな。ガキも犬も悪魔《あくま》の呪いがかかってるんだ。やつらはヨナだよ。このままこの船にいられたら、フランスに行きつくどころか、ビスケー湾《わん》の海の底《そこ》に沈《しず》んじまうぞ。いいか、現実《げんじつ》を見ろ。乗組員《のりくみいん》全員がおれとマロンの側《がわ》についた。全員武装《ぶそう》している」

船長は甲板《かんぱん》につながる階段《かいだん》のまんなかまで下《お》りた。そしてポケットから金貨《きんか》をぜんぶ出すと、首《しゅ》謀者《ぼうしゃ》ふたりを手まねきした。

「ネッドとベンはカルタヘナからずっといっしょだった。おれにとっては幸運の守り神だった。おれがそういうのを、何度も耳にしただろ。おまえたち、ばかなまねをして後悔《こうかい》するまえに、この金貨を見ろ。これはおまえの取り分だ、ガスコン。おまえは泥棒《どろぼう》で脱走者《だっそうしゃ》だが、これだけやる。あとの半分はマロン、おまえの分だ。さあ、受けとれ！」

男ふたりはそそくさとまえへ出てきて、自分の分け前に手を出した。チューロンはふたりがポケットに金貨を入れるのを見ていった。

「全員、おなじだけの分け前をもらう。それに明日《あした》の朝にはフランスの土をふむ。どこへでも好きなところに行ったらいい。家でも、最寄《もよ》りの酒場《さかば》でも。ほらな、それが不吉《ふきつ》で運がわるいか？　ヨナがそんないいことをしてくれるか？」

ガスコンは腰《こし》のマスケット銃《じゅう》をぬいて、船長にねらいをつけた。「ああ、わるいんだよ、おれたちには。おれは国じゃおたずねものだ。ほかのやつらもほとんどな。だから、おれはこの船をのっとってスペイン海域《かいいき》へ行き、ゲルニカ沖《おき》で乗りすてる。あとはみんな好きにしたらいい。スペインにとどまるか、国境《こっきょう》こえてフランスにもぐりこむか」

チューロンはおだやかにうったえた。

「どうして早くそういってくれなかった？　そんなことならアルカション沖でマリー号を捨《す》ててもよかったんだ。あのあたりなら、静《しず》かでいい場所を知っていた。だが、おまえたちがスペインまで行って、そこで船を沈《しず》めたいなら、それもいい。おれもついていって、お互《たが》い、これまでのいやなことはいっさい忘《わす》れようじゃないか」

マロンはがんこに口もとを結んでいたが、「あの小僧《こぞう》と犬がいたらだめだ。やばい目にはあいたくねえ」といった。

このあいだずっと、ピエールは舵《かじ》を取っていたが、急に舵輪《だりん》を回して大声でさけんだ。

「スペインに向け針路《しんろ》変更《へんこう》！　総帆《そうはん》上《あ》げろ！　フランス海軍《かいぐん》の軍艦《ぐんかん》が四隻《せき》、満帆《まんぱん》でこっちに向かってくる！」

15

マリー号でこの事件《じけん》が起こる二日まえ、ティール船長はアルカションの沿岸《えんがん》に来ていた。岸近くにまで乗りいれたのは、そうすれば自分たちの位置《いち》や状況《じょうきょう》がつかめるからだった。

ティールは甲板《かんぱん》に立って沿岸線をながめながら、海図《かいず》をトントンとたたいた。

「ふん、これこそ最高の操船術《そうせんじゅつ》というものだわい！　小さな入り江のあるアルカションの船着《ふなつ》き場《ば》。そのむこうの内湾《ないわん》に面した大きな港《みなと》。アルカション内湾だ、海図に書いてあるとおり。すばらしい！」

ティールはえらそうに航海士《こうかいし》に向かって指をふりつけた。「おい、ちょっと岸からはなれて、二、三点南に向けろ。あっちの岸のほうが落ちつける。ここでぐずぐずするのはやめよう。地元のやつらに町からじろじろ見られたくないしな。ワハハハ！」

航海士は前髪《まえがみ》をひっぱって返事をした。「アイ、アイ、キャプテン。おーい、舵手《だしゅ》！　向きを変えて、船尾《せんび》がデボンベル号の船首《せんしゅ》やりだしをひっかけないように気をつけろ。二点南だ。さっさとかかれ、霧《きり》が晴れて人に見られるまえに。かかれーっ！」

だが、運わるくロイヤル・チャンピオン号とデボンベル号は、人に見られていた。港《みなと》の入り口のかげになってティールには見えなかったが、埠頭《ふとう》近くに四隻《せき》のフランスの軍艦《ぐんかん》が泊《と》まっていた。この四隻のうち、いちばん大きくて破壊力《はかいりょく》のある軍艦が、真新《まあたら》しい「山のハヤブサ号」だった。そして艦長は誰《だれ》あろう、その名も高きギー・ファルコン・サンジャンデモン元帥《げんすい》、歴戦《れきせん》の勇士《ゆうし》だったのだ。

フランス海軍の戦列艦《せんれつかん》のなかでも最大規模《きぼ》のこの船の名前ハヤブサ（ファルコン）は、元帥のすばらしい戦歴《せんれき》をたたえてつけられた。ほかの三隻も同様《どうよう》の戦列艦で、いま四隻は元帥の希望《きぼう》どおり、アルカション内湾《ないわん》に勢《せい》ぞろいしていた。ギー・ファルコンはこの新しい戦列艦の能力《のうりょく》を海上での戦闘演習《せんとうえんしゅう》で試して、世の中に見せつけたいと思っていた。

この日の朝、ほかの三隻の艦長をしたがえて、元帥は広い会議室《かいぎしつ》に座《すわ》り、演習の計画や作戦《さくせん》を練《ね》っていた。海図《かいず》が何枚《まい》もテーブルの上に広げられていた。三隻の艦長たちは尊敬《そんけい》する元帥の言葉に真剣《しんけん》に耳をかたむけた。元帥は背《せ》が高く、陰気《いんき》な男だった。年のわりに多い白髪《しらが》、きびしい顔立ち、するどい黒い目、風雨にさらされ、しわの多い皮膚《ひふ》、引きしまった口もと、ワシ鼻。これらがみんな威厳《いげん》ある雰囲気《ふんいき》をかもしだしていた。

会議が終わりに近づいたとき、ドアにノックの音がした。海軍大尉《たいい》が入ってきて、地元の住民ふたりを前に押《お》しだし、元帥に会釈《えしゃく》していった。「元帥どのに、見たことをお話ししろ。おそれることはない」

二人のうち年配《ねんぱい》のほうが親指を自分の肩《かた》ごしに突《つ》きだしていった。

「はい、けさ丘《おか》のほうに出かけたんです、岬《みさき》の突端《とったん》あたりでカモメのたまごを取ろうと思って。そいでひょいと海のほうを見たら、霧《きり》がかかってたけど、船が見えたんです」

元帥《げんすい》の眉《まゆ》がつりあがった。「どんな船でしたか？」

ていねいな口調《くちょう》で話しかけられて感激《かんげき》した男は、せいいっぱい正確《せいかく》に見たままを話した。

「スペインのガレオン船みたいに見えました。大きな船です。けど、イギリスの旗《はた》を上《あ》げてました。商船にしては、たくさんの大砲《たいほう》を積《つ》んでるのが見えました。霧のなかでも」

元帥は急に興味《きょうみ》がわいてきてうなずいた。「けっこう、けっこう。その船は、どっちに向かってましたか？」

男は指さした。「右、つまり南です。ガスコーニュ湾《わん》のほうですね。もう一時間以上まえになります」

男の肩をぽんぽんとたたいて、元帥は笑顔《えがお》を見せた。「いや、ありがとう。よくやった！　大尉《たいい》、このふたりにハムを一本ずつと、ふたりでかご一杯《ぱい》のたまごを持たせなさい」

ドアが閉《し》まるなり、元帥は艦長たちのほうをふりかえった。

「どうやらわれわれの領海《りょうかい》に海賊船《かいぞくせん》かイギリスの私掠船《しりゃくせん》がいるようだ、諸君《しょくん》。いままで討議《とうぎ》していた演習《えんしゅう》の一件《いっけん》は忘《わす》れたまえ。新しい船にほどこすいちばんの洗礼《せんれい》は、流血《りゅうけつ》と砲撃《ほうげき》だ！　諸君、総帆《そうはん》上《あ》げて出帆だ。わたしが艦隊《かんたい》の指揮《しき》にあたる。命令《めいれい》を待て。本日の命令は実戦《じっせん》だ。戦闘《せんとう》だ、諸君！」

それから一時間もたたないうちに、四隻のフランス軍艦《ぐんかん》は山のハヤブサ号を先頭に入り江から出た。砲撃《ほうげき》の態勢《たいせい》は整い、白い帆《ほ》という帆が風にはためき、ユリの花の旗《はた》は艦尾《かんび》からたなびいた。元帥《げんすい》は満足《まんぞく》げにフォアマストの先端《せんたん》から風になびいている元帥個人《こじん》の旗をながめた。緑の地にハヤブサが大きく羽を広げている図は、元帥の家の名字《みょうじ》をあらわしていた。しかし、船乗《ふなの》りはそれをハヤブサとは呼《よ》ばなかった。たくさんの海戦《かいせん》を勝ちぬいてきた元帥を、船乗りたちはこう呼んだ……ハゲタカ、と。

ベンは南に急旋回《きゅうせんかい》したマリー号が、横にかしいだのを感じた。と、ピエールのさけび声。ネッドはドアを開けたベンを押《お》しのけて甲板《かんぱん》に出た。そしてすぐにベンに伝えた。「戦列艦《せんれつかん》が四隻《せき》！　見て、見て、どうしたんだろ？」

船長と乗組員《のりくみいん》の対立は一瞬《いっしゅん》どこかに忘《わす》れられた。船長は「帆を張《は》り増《ま》せ！」と大声で命令《めいれい》を飛ばし、船尾方向の戦列艦四隻を心配そうに望遠鏡《ぼうえんきょう》で追いつづけた。ベンに望遠鏡をわたして首をふり、眉《まゆ》をひそめた。「見ろ、ベン。あれがフランス海軍《かいぐん》の軍艦だ。ものすごい速さでせまっている！」

ベンは先頭に立つ軍艦を見つめているうちに、頭のてっぺんに氷のような冷たいショックを感じた。それがネッドに伝わった。ネッドもあせってせっつく。「なんなの？　ベン、なにを見たの？」

天使の詩の最後の四行が黒い犬の頭脳《ずのう》に、かなづちで打ちこむようにたたきこまれた。

いまの暮《く》らしをあとにして
ふたたび海をふりかえるな。
天罰《てんばつ》がタカを運んできたら、
新しい時代が開《ひら》けるだろう。

さらにベンの言葉が追いうちをかける。「いちばん前の大きい船は、旗《はた》にタカがえがいてある！」

チューロンはベンの手をつかんだ。「おいで、ベン。ネッドもいっしょに！」

ふたりを船室に追いこんで、チューロンはドアをバシンと閉《し》めた。そして、ベッドのわきにひざまずくと、なにかがびっしり詰《つ》まった重たげな帆布地《はんぷじ》の袋《ふくろ》を二つ、口のところで一つにしばってあるのをひっぱりだした。ベンの見ているまえで、船長は二つの袋を一枚の帆布で包んだ。カチンとぶつかりあうにぶい音で、中身が金貨《きんか》だとわかった。

「それをどうするんですか、船長？」

船長はそれをベッドの上に置《お》いた。「これはおれの分の金貨だ、ベン。おまえとネッドの分も入っている」

少年はあやしいものを見るように袋を見た。「ぼくたち、金貨なんかいりません。それに、もらう理由もありません」

チューロンに両手で強くつかまれ、ゆさぶられて、ベンはおどろいた。

「いいか、ベン。この金貨《きんか》はおれたちのものだ。おれとおまえたちのだ。だから、ふたりをなんとかして岸に上《あ》げてやりたい！」

ベンは船長の目を見て、死にものぐるいなんだと思った。「そんなにあぶないんですか、船長？　やつらから逃《に》げきれませんか？　まえみたいに？」

フランス人船長はつかんでいた手をゆるめた。「今度ばかりはだめだ。逃げる見込《みこ》みはない。あっちはこの船を追いかけ、囲《かこ》んで、乗組員《のりくみいん》もろとも船を沈《しず》めるつもりだ！」

ベンはこぶしを強くにぎりしめた。「だったら、逃げるんじゃなく戦《たたか》いましょう！　船長は作戦《さくせん》を知ってるじゃないですか。ほら、トリニダード走法《そうほう》とか……」

チューロンはさびしそうにほほえむと、ベンの髪《かみ》をバサバサとかきみだした。

「ベン、そんなのは役に立たないよ。おまえだって、今度こそは風前《ふうぜん》のともしびだってわかってるだろう。だから、おまえたちを金貨といっしょにボートに乗せて岸に逃がしてやろうとしてるんだ。岸のどこにたどりついても、おれの来るのを待っててくれ。相手はスペインに着くずっとまえに戦《せん》闘《とう》をしかけてくるだろう。だが、おれはおまえたちが岸のどのあたりに上がったかをおぼえておく。マリー号が沈むにしても、なるべく沖合《おきあい》で沈むようにする。それからピエールといっしょに泳いで岸に行くよ。もう甲板《かんぱん》に行かなきゃ。ベン、おれのいったことをおぼえておくんだぞ」

その沿岸線《えんがんせん》のずっと先、ミミザンという小さな町からちょっとはなれた沖合に、ロイヤル・チャンピオン号とデボンベル号は投錨《とうびょう》していた。

レッドジャック・ティール船長は船室でマデイラ酒《しゅ》を飲んでいた。と見張《みは》りがドアをたたいて、外からせっぱつまった声でどなった。

「船長！　マリー号です！　本船の後方、北に見えてきました！」

ティールはすばやく赤い上着を着ると、大声でいった。「でかした！　どっちに向かってる？」

返事はすぐ返ってきた。「南です。本船の位置《いち》より一点はずれていますが、こっちに向かってきてます！」

船長は人を呼《よ》ばずに自分で剣《けん》を腰《こし》につけ、甲板《かんぱん》に急ぎながらつぶやいた。「南か、ええ？　おれのツキもまだもっていると見える。さあ、来い、チューロン。おまえの首をしめあげて、あり金《がね》残らず吐《は》きださせてみせる！」

航海士《こうかいし》と水夫長《すいふちょう》はこぶつきロープをふりまわして命令《めいれい》をほえたて、男たちはとたんにきびきびと動きだした。「砲門《ほうもん》開けろ！　大砲《たいほう》をぜんぶ突《つ》きだせ！」「帆《ほ》を上《あ》げろ！　さっさと動け！　総帆《そうはん》だ！」

一方、マリー号の乗組員《のりくみいん》たちは、自分たちの前方より、後方の軍艦《ぐんかん》に気を取られていた。このすきに、チューロンは船長室から持ちだした金貨《きんか》の袋《ふくろ》を運搬《うんぱん》ボートに落としこんだ。そして、舵手《だしゅ》のピエールに呼びかけた。「ピエール！　マリー号をちょっと岸に近づけてくれ！　あの子と犬を連《つ》れてくる！」

ベンとネッドが船長室から姿《すがた》をあらわすと、船長は固定《こてい》してあった運搬ボートのロープをゆるめだした。と、そのとき、ガスコンとマロンが弾《たま》をこめたマスケット銃《じゅう》をふりまわしながらかけよってきた。マロンがピエールのまえに立ちふさがると、ガスコンが銃の先を船長に突《つ》きつけてどなった。「なにやってんだ？　なにをたくらんでる、チューロン？」

チューロンはネッドとベンに派手《はで》にウィンクすると、ガスコンに向かって答えた。

「この子と犬を岸に上《あ》げるんだ。そしたら、おれたちのツキも変わるかもしれない。おまえがそういったろ、こいつらはヨナだって。そら、そのピストルをしまって、海軍《かいぐん》の戦列艦《せんれつかん》がどのくらいせまってきたか見てみろ。行け！」

船長のはげしい怒《いか》りのこもった声に気《け》おされて、ガスコンはすごすごとはなれていった。ベンは抵抗《ていこう》する間《ま》もなく、船長に抱《だ》きあげられボートに投げこまれた。ネッドがすかさずご主人のそばに飛びおりる。

チューロンはロープをゆるめた。ボートは水しぶきを上《あ》げて海面に落ちた。船長は船縁《ふなべり》から身を乗りだして、せっぱつまったかすれ声でささやいた。

「おれたちの金貨《きんか》は艫《とも》の座席《ざせき》の下だ。帆布《はんぷ》に巻《ま》いてある。こっから陸地《りくち》が見える。ぐずぐずしないで、せいいっぱいこげ。岸辺のあの丘《おか》をめざせ。ほら、てっぺんに木が生えてるとこだ！」

船長は涙目《なみだめ》を何度かしばたきながら、それでもなんとかニッと笑ってみせた。

「ベンとネッド、おれのラッキー仲間よ！　おまえたちにツキがずっとあるように！　いいか、せめてあしたのこの時間までは待っててくれよ。さあ、行け！」

ベンは最後にもう一度、海賊船《かいぞくせん》の船長ラファエル・チューロンの顔を見た。そしてマリー号に背《せ》を向けると、オールをにぎってせっせとこぎだした。なにをいったらいいのかわからなかった。目がくもっていきなり涙《なみだ》があふれてきた。胸《むね》のなかが鉛《なまり》のように重かった。黒いラブラドール犬《けん》も、少年と同じ気持ちだった。チューロンの顔に運命《うんめい》の刻印《こくいん》が押《お》されているのがふたりにはわかってい

た。もう二度と船長に会うことはないだろう……。

ガスコンが船長室から飛びだしてきた。運搬《うんぱん》ボートを指さして、男たちみんなに向かって大声でさけんだ。「金貨《きんか》がない！　ボートだ！　ふたりを止めろ！」

ベンはふせた。犬も身を低くした。ダダダッと音をたてて、マスケットの銃弾《じゅうだん》がふたりのまわりの水面に飛び散った。チューロンはカトラス刀《がたな》の力づよいひとふりでガスコンを切りすて、わめいた。「逃《に》げろ！　ベン！　命がけでこげーっ！」

とつぜん、ヒューッという音。つづいてバーン、バリバリッと木材《もくざい》の裂《さ》ける音。山のハヤブサ号の大砲《たいほう》がマリー号の船尾《せんび》に命中した。大砲をドカンドカンと撃《う》ちながら、フランス海軍《かいぐん》の軍艦《ぐんかん》は標《ひょう》的《てき》に向かってせまってきた。三隻《せき》の戦列艦《せんれつかん》は扇形《おうぎがた》に広がって、海賊船《かいぞくせん》を舷側《げんそく》からめった撃ちにした。そのあいだに旗艦《きかん》はまっすぐつっこんできて、艦尾《かんび》からの鎖玉砲《くさりだまほう》と索《さく》に配置《はいち》された狙撃手《そげきしゅ》たちのマスケット弾《だん》で甲板《かんぱん》を片《かた》っぱしから破壊《はかい》した。

ピエールの体は舵輪《だりん》にもたれかかり、死んでも指は舵輪をつかんでいた。燃《も》えあがる帆《ほ》とくすぶる索類《さくるい》のなかで、マストがつぎつぎにたおれた。マリー号は左舷《さげん》も右舷《うげん》も、大砲の一斉射撃《いっせいしゃげき》にあって穴《あな》が開き、ゆっくりと沈《しず》みはじめた。

たおれた船首《せんしゅ》の円材《えんざい》の下敷《したじ》きになったチューロン船長は、もう見えなくなった目をかっと見ひら

いて、船を取りまく黒い煙《けむり》ごしに太陽を見つめていた。マリー号は傷《きず》ついた海鳥《うみどり》のようにうしろにかたむき、まず船尾《せんび》から沈《しず》みはじめた。

海軍《かいぐん》の大砲《たいほう》は、マリー号の船首《せんしゅ》が水からはなれて上《あ》がってもなお、砲撃《ほうげき》しつづけた。船はほんのいっとき、動きを止めた。だがやがてシューッ、ゴボゴボと大きな音がして、うしろからすべりこむように深海《しんかい》に沈んでいき、永久《えいきゅう》に姿《すがた》を消した。

旗艦《きかん》の上では、ハゲタカの元帥《げんすい》が片手《かたて》を上げた。「撃《う》ちかた、やめーっ！」そしてトップマストから報告《ほうこく》に下《お》りてきた見張《みは》りに向きなおった。「なんだ？」

見張りは敬礼《けいれい》した。「元帥、もう一隻《せき》船がいます。イギリスの旗《はた》を上げている小型砲艦《こがたほうかん》です！」

元帥のワシ鼻がぴくぴくと動いて、目がかがやいた。「ほう、こんどはイギリスの船か。どれくらいはなれている？」

見張りは答えた。「南です、元帥。沿岸《えんがん》について、別の船を曳航《えいこう》しているようです。こちらに気づいて、向きを変え、南にどんどん逃《に》げていいます、艦長」

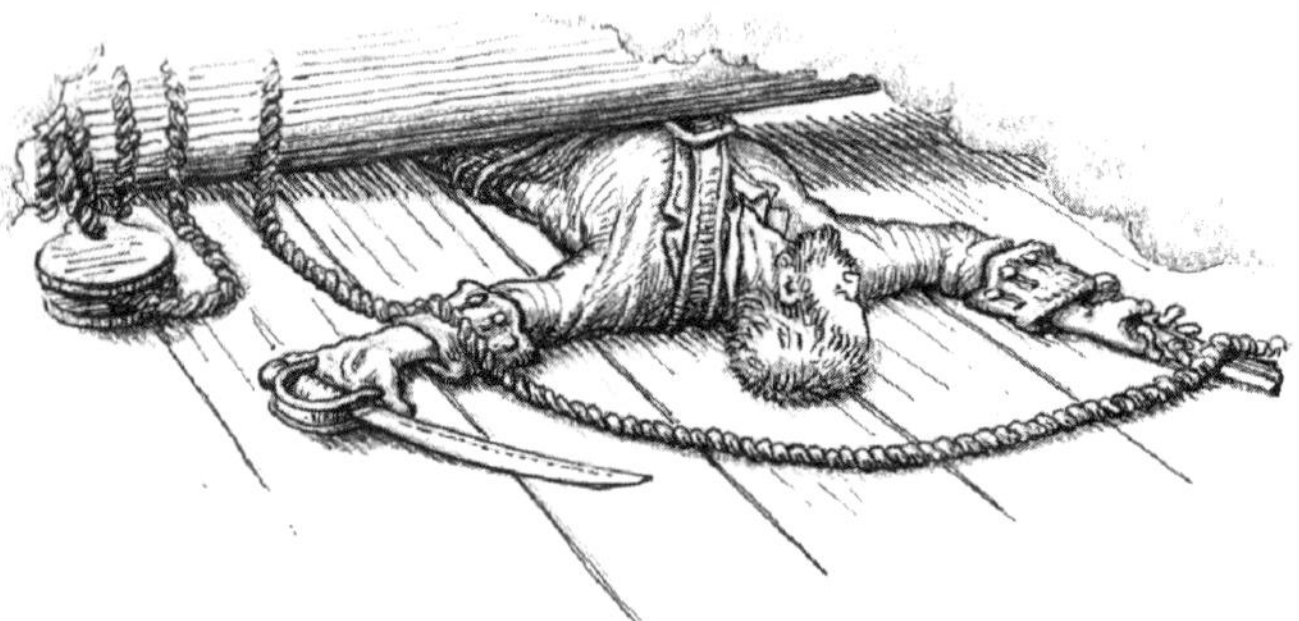

タカは望遠鏡《ぼうえんきょう》を目にあてて、前方の海をながめた。「ああ、あれだ。イギリスの旗《はた》を上《あ》げてるが、スペインのガレオン船だ。小さな船をひいている」

元帥《げんすい》は新しい艦《かん》でのはじめての勝利《しょうり》にやんやとかっさいを送ってくる乗組員《のりくみいん》たちに、そっけなく目礼《もくれい》しながら艦首《かんしゅ》まで歩いていった。艦首楼《かんしゅろう》に立った元帥は、部下たちに命令《めいれい》を下《くだ》した。

「諸君《しょくん》。わたしは自分の艦にみごとな砲撃力《ほうげきりょく》があることくらいよくわかっている。おかげでフランスの敵船《てきせん》が一隻《せき》、この海から減《へ》った。つぎは速力のあるところを見せてやろうではないか。イギリス船がスペイン海域《かいいき》に入ってしまうまえに、なんとかとらえよう。相手を沈《しず》めるのではなく、戦利品《せんりひん》として持ちかえるのだ。ほかの艦長らに連絡《れんらく》してくれ。わたしが総帆上《そうはんあ》げて先頭を行くから全速力でついてくること。そしてわたしの命令を待つこと！」


ベンはうしろをふりむかなかった。天使の言葉にしたがおうとしただけではない。おそろしいものたちがせまってきていたのだ。ベンはまわりがどうなっているかにも気づかず、運搬《うんぱん》ボートの底《そこ》に横になっていた。フランス海軍《かいぐん》が撃《う》つ大砲《たいほう》の轟音《ごうおん》に、はるか遠くのホーン岬《みさき》の音が混《ま》じった。波が砕《くだ》け、船の索《さく》が切れ、嵐《あらし》がたけりくるう。ヴァンダーデッケンが舵《かじ》にくくりつけられたまま、狂人《きょうじん》のように笑い、世界のはての狂乱《きょうらん》の海に流されていく……骨《ほね》もこおるような思い出がマリー号の最期《さいご》と混じりあって、なにが現実《げんじつ》かわからなくなってしまった。

ベンが正気《しょうき》に返ったのは、ネッドが前足の爪先《つまさき》で掻《か》いてくれたからだった。忠実《ちゅうじつ》な犬はベンの背中《せなか》を掻きながら、必死《ひっし》に伝えた。「ベン、起きて！　動いてよ、ベン！　ボートが沈《しず》むよーっ！」

運搬《うんぱん》ボートの底板《そこいた》にゴツンと頭をぶつけて、ベンはせきこみ、飲んだ海水を吐《は》きながら、上半身を起こした。ネッドはベンのシャツのそで口をくわえてひっぱった。

「さあ、相棒《あいぼう》。泳がなきゃ。ボートはマスケットにやられて穴《あな》だらけ。体にあたらなかっただけでも運がよかった！」

やっと正気《しょうき》にもどったベンは、さしせまった危険《きけん》に気がついた。犬の首まわりをつかむと、ボートの外にほうりなげ、自分もそのそばに飛びこんだ。岸のほうを見、そこまで百メートルほどと見さだめると、水をけって泳ぎだした。「まっすぐ行くんだ、ネッド。もうちょっとだ！」

生まれてはじめて、ティール船長は恐怖《きょうふ》をおぼえた。フランス海軍《かいぐん》の軍艦《ぐんかん》が四隻《せき》も自分のほうに向かってくるのだ。砲手長《ほうしゅちょう》が、先端《せんたん》の火縄《ひなわ》がくすぶっている棒《ぼう》を手にかけあがってきた。そして助けを求《もと》めるような目で船長を見ていった。

「船尾《せんび》のカルヴェリン砲《ほう》に鎖玉《くさりだま》をこめられます。敵《てき》のフォアマストを折《お》っちまいやしょう。少しは速力が落ちますすよ、船長」

船長は棒をひったくると、海に投げこんだ。「ばかもん！　あっちはフランス海軍だぞ。あの大《たい》砲《ほう》の列が見えんのか！　ハッ！　やつはこっちの銃《じゅう》からちらっとでも煙《けむ》が上《あ》がったら、すかさずこっぱみじんにする気だ。そんなこともわからんか！　チューロンをどんな目にあわせたか見たろうが！」

ティールはみじめな気持ちで、新しい戦列艦《せんれつかん》が間切《まぎ》りながら、前方から回りこむようにして近づいてくるのを見まもった。ほかの三隻《せき》もこのわなを閉《と》じるように動いて、一隻は右舷《うげん》に、もう一隻は左舷に回り、最後の一隻はティールの後方にぴたりとついた。

かんしゃくを起こしたティールは、しゃれた靴《くつ》をはいた足で床《ゆか》をふみならした。こんなことってあるかっ！　カリブ海からはるばる遠く、大海原《おおうなばら》をこえて黄金の財宝《ざいほう》を追ってきたというのに、このほんの二、三時間で富《とみ》と栄光《えいこう》の夢《ゆめ》を無残《むざん》にうばわれてしまうのか！　それだけじゃない。一発の大砲《たいほう》を撃《う》つこともなしに、むざむざフランス軍《ぐん》に取られてしまうとは！　これじゃ完敗《かんぱい》じゃないか！　水夫長《すいふちょう》と航海士《こうかいし》が船尾《せんび》ロープをゆるめているのを見て、船長は船尾まで夢中《むちゅう》で走った。「おい、いったいなにをする気だ？」

航海士は敬礼《けいれい》すると、さも船のためだといわんばかりにいった。「ああ……その、デボンベル号を流すんです。そうすれば、うしろのフランス船がぶつかって、そのすきに逃《に》げられるかもしれません」

ティールは発狂寸前《はっきょうすんぜん》だった。かーっとなって航海士のすねをけりあげ、顔につばを飛ばしながらどなりつけた。「あの船はおれんだ。おれんだ、わかるかっ！」

さらに向きを変えて、まさか自分までしかられるとは思ってない水夫長をけりあげた。「おれがこの船の船長だ、わからないのか！　ばかな砲手《ほうしゅ》は四隻相手に砲撃《ほうげき》しようとするし、このばかは向きを変えて逃げられると思う。この船のやつらはみんな頭がおかしく――」

「イギリス船、旗《はた》を下《お》ろして帆《ほ》をゆるめろ！」うしろの船から、ひとりの男がメガホンで呼《よ》びかけた。ティールは肩《かた》をがっくり落《お》とした。万事休《ばんじきゅう》すだった。

船長はすねをさすっている航海士《こうかいし》に向かって、いった。「旗《はた》を下《お》ろして帆《ほ》をたため！　おれは部《へ》屋《や》にこもる」


タカの元帥《げんすい》は会議室《かいぎしつ》に座《すわ》っていた。新しい内装《ないそう》の木材《もくざい》の色が、たそがれどきの真《ま》っ赤《か》な太陽でバラ色をおびていた。元帥は部下がロイヤル・チャンピオン号の乗組員《のりくみいん》から集めてきた情報《じょうほう》を注意ぶかく聞いていた。船長に会うまえに、その手下《てした》どもの話を聞くのがいつだって最善《さいぜん》の方法《ほうほう》だ。手下どもは、船長のようにうそをつく理由がないからだった。

元帥はいすに背中《せなか》をあずけて、テーブル面の彫《ほ》りこみをトントンと指でたたきながら、聞いた話についてじっくり考えた。それから、ひかえている大尉《たいい》に合図した。「イギリス船の船長に会おう」

がっちりした砲手《ほうしゅ》ふたりに弱々しく抵抗《ていこう》しながら、ティールが元帥の前に引きだされてきた。私《し》掠船《りゃくせん》の船長は憤然《ふんぜん》としていたが、見た目はだらしなかった。砲手にがっちりとおさえられていて、身づくろいもできなかったのだ。

ティールはすぐに抗議《こうぎ》した。「これが大英帝国《だいえいていこく》の国王の船に対するあつかいか？　こいつらに手をはなすようにいってもらおう。わたしはこんなふうに荒《あら》っぽくあつかわれるおぼえはない」

元帥は調べていた書類《しょるい》から目を上《あ》げた。そのまばたきしない目と、人を上から下までえらそうに見る態度《たいど》に、ティールはうろたえ、きまりわるくなった。

ティールはふたりの手を強引《ごういん》にふりほどこうとしたが、すぐにおさえこまれた。船長は落ちついた声を出そうとした。「頼《たの》む、こいつらに手をはなすよういってもらいたい。わたしは、あなたと同じく、軍人《ぐんじん》であり、紳士《しんし》だ！」

元帥《げんすい》は敵意《てきい》に満《み》ちた目つきでじろっと見て、ティールをだまらせた。「わたしをおまえなんかと同列にならべる気か？　やくざものが！」

元帥はティールの持っていた羊皮紙《ようひし》の信任状《しんにんじょう》をふりつけて、一言一句《いちごんいっく》を意地わるく吐《は》きすてた。「私掠船《しりゃくせん》！　なんとうすぎたないなりわいだ！　信任状など持っていても、陸《りく》でも海でも、それ以上にいやしい職業《しょくぎょう》はないぞ。おまえは捕虜《ほりょ》だ。それなりにあつかわれるから覚悟《かくご》しろ！」

レッドジャック・ティール船長は、元帥の侮蔑《ぶべつ》にあって、しゅんとなってしまった。形勢《けいせい》がわるくなったいじめっ子のように、泣き声を出してうったえた。「わたしはただ、国王の命令《めいれい》を実行していただけなのに。そんな罪《つみ》のないものを罰《ばっ》するなんて！」

元帥はふんとばかにしたように鼻を鳴らした。「わたしが罰するつもりなどない。それは軍事法《ぐんじほう》廷《てい》の役割《やくわり》だ。おまえがしばり首になるか、ギロチンで首をはねられるか、そんなことはどうでもいい。めそめそするんじゃない。命だけは助かって、乗組員《のりくみいん》ともどもマルセイユの囚人労働所《しゅうじんろうどうじょ》に行くことになるやもしれん。そこで看守《かんしゅ》にむち打たれながら、波止場《はとば》の壁《かべ》の修理《しゅうり》をして罪《つみ》を一生つぐなえばいい。おい、こいつをひったてろ！」

それからまもなく、ティールはハゲタカ元帥の新しい軍艦《ぐんかん》の甲板《かんぱん》の下にいた。くるぶしに足かせを巻《ま》かれ、ほかの乗組員たちといっしょにつながれていた。水夫長《すいふちょう》が鎖《くさり》をひっぱって甲板に転がすと、男たちはいじわるくしのび笑いした。

「見ろ、こいつ、だれだっけよ？　なあんだ、陽気な船長だ！　立て、レッドジャック、元気よく踊《おど》ってみせろ！」

ティールはこそこそとすみのほうへ逃《に》げこもうとしたが、航海士《こうかいし》が足かせをつかんで引きずり出した。「おい、おしろいつけためかし屋め！　聞こえなかったのか？　踊れっていわれたろ？　ほれ、元気よく踊れ、見せてもらおうじゃねえか！」

捕虜《ほりょ》たちの部屋《へや》の上のはめ格子《ごうし》をふんで歩いていたふたりの乗組員《のりくみいん》は、下からもれてきたティールの泣き声と、ゆるしてくれとさけぶ声にぎくっとなった。ひとりが肩《かた》をすくめて、さらっといった。

「あいつら、自分たちの船長、あんまり好きじゃなかったんだな」

まる二日間、少年と犬はうずくまっていた
すべてを失《うしな》った浜辺《はまべ》に
なにも食べず、なにも飲まず、
死んだ友を思い悲しみながら
涙《なみだ》は四月の雨のように
大地に落ちてしみいり、消える
ふたりだけが取り残された
この先を見とどけなさいと。
生きている敵《てき》、死んだ敵に追われて
カリブ海からビスケー湾《わん》まで
天使の言葉が命じるままに
過去《かこ》に背《せ》を向け、歩みさる
どんな試練《しれん》が、危険《きけん》が待つのか
天のあたえる宿命《しゅくめい》か。
幽霊船《ゆうれいせん》は海をさまよい、
呪《のろ》われた船長は待つ……待ちうける！

ピレネーの山賊《さんぞく》の巻《まき》

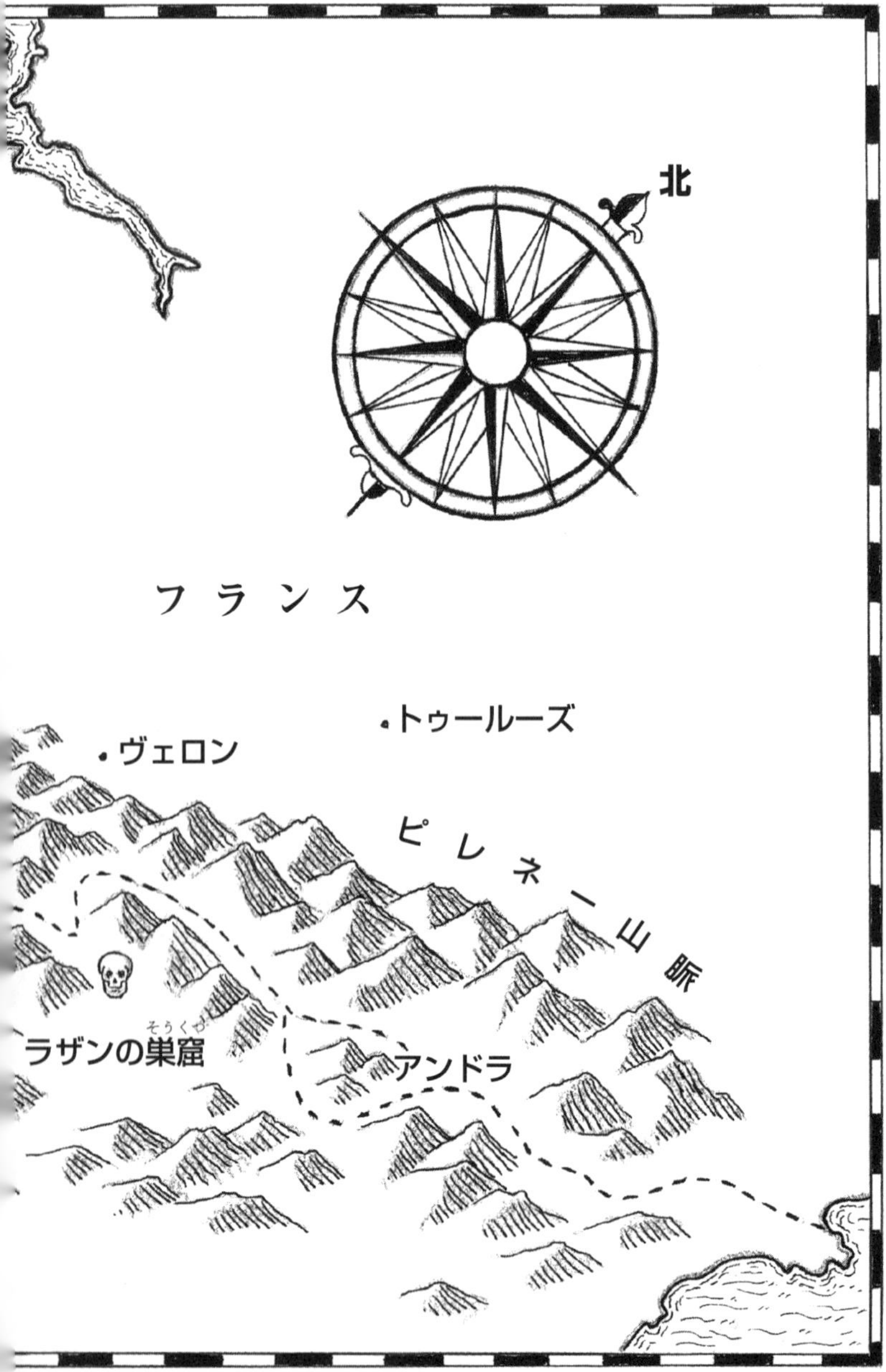
北
フランス
トゥールーズ
ヴェロン
ピレネー山脈
ラザンの巣窟《そうくつ》
アンドラ

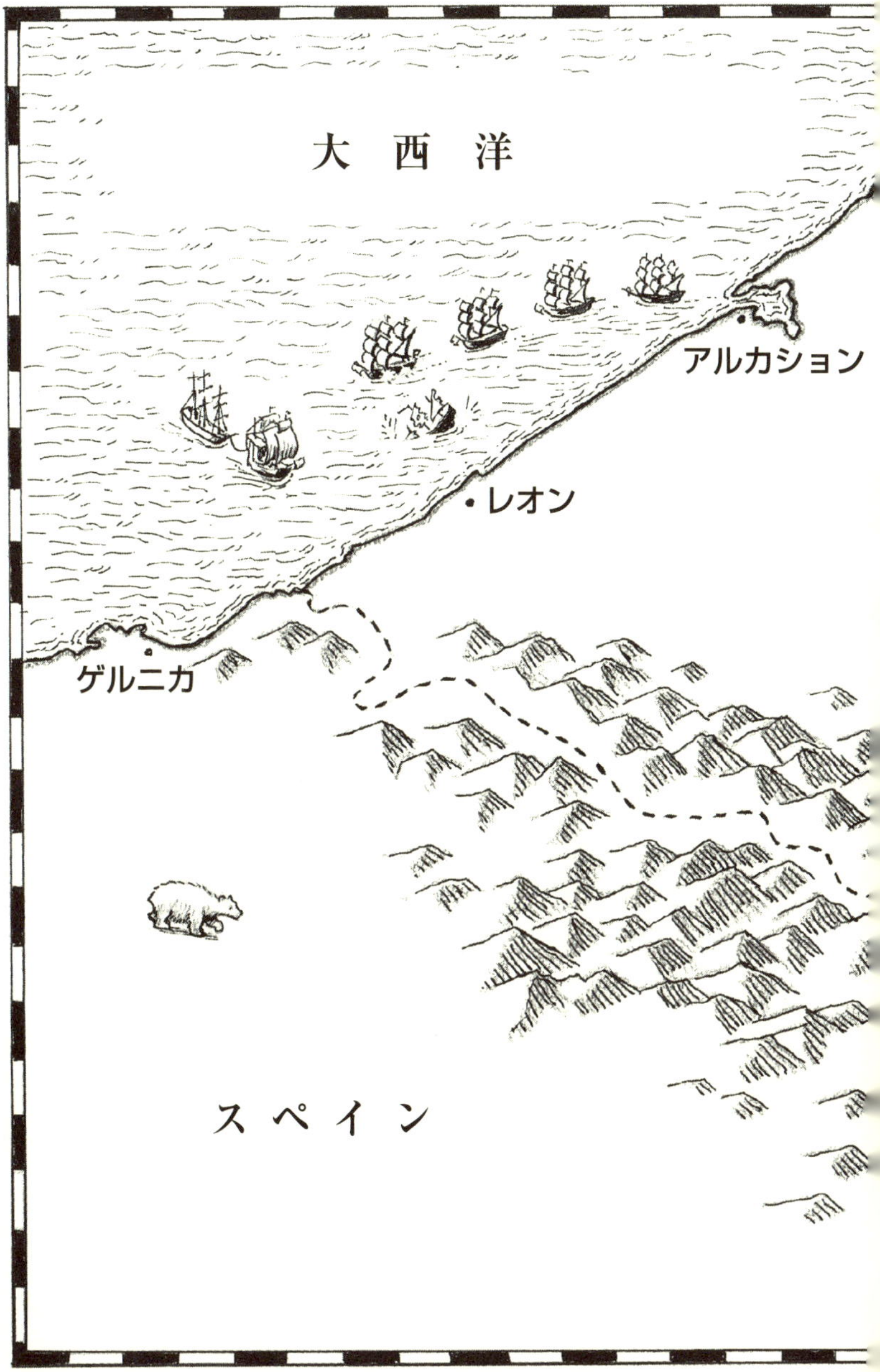
大 西 洋
アルカション
レオン
ゲルニカ
ス ペ イ ン

16

灰色《はいいろ》の日だった。寒くもなく、あたたかくもなく、風も吹《ふ》かずどんよりとしていた。水でうんとうすめた牛乳《ぎゅうにゅう》のような色をした空から、霧雨《きりさめ》がうすいカーテンのようになって降《ふ》っていた。

ベンとネッドは今日まで数日間、村や人の住んでいそうな場所を避《さ》けて、内陸《ないりく》の奥地《おくち》を歩いてきた。地面から突《つ》きでた大きな岩のかげにうずくまり、体を寄《よ》せあったが、四方から包みこんでくる雨は防《ふせ》ぎようがなかった。

ベンがネッドに伝えた。「マリー号の生き残りを、まださがしてるかな?」

黒いラブラドール犬《けん》は首をふった。「いや、明け方から人っこひとり出会ってないもの、ぼくたちのほかにはだれもいないよ。村人たちは家に帰ったし、船乗《ふなの》りたちは船にもどったさ。それより、食べ物さがそうよ、ベン。海岸をあとにしてから、食べたのはすっぱいリンゴとカブだけだ」

鼻の頭にかかった雨水をふっと吹いて落とし、ベンはうなずいた。「ああ、ぼくのおなかのほうがずっとひどく鳴ってる。ほら、この野原の先のあの丘《おか》の上、見てごらん。あそこは森のように見えるなあ。行ってみるか?」

ネッドは頭をもたげて、雨のなかに目をこらした。「うん、行ってみよう。木《こ》かげで雨宿《あまやど》りくらいはできるだろう。どうもここいらは静かすぎていやだな。さ、行こう。ここにいたらぬれるだけだ」

ふたりは不気味《ぶきみ》に静まりかえった土地をかけていった。足もとの草や地面でバシャバシャとはねる水の音も、雨音にかき消された。足がつかれきっていたから、丘《おか》の斜面《しゃめん》を上《のぼ》っていくのはつらかった。息を切らし、ぐしょぬれにぬれそぼって、ふたりはやっと丘の上の、うっそうとしげった木々の下に着いた。ナナカマド、ザイフリボク、ニレの木、ブナの木、それにさまざまな針葉樹《しんようじゅ》がたくさん生《お》いしげって、ふたりの頭上にかぶさり、あたりはかわいていた。ふたりは雨との境目《さかいめ》あたりに生えている太いニレの木に背中《せなか》でもたれて座《すわ》り、うす暗い原っぱをながめた。

ベンはぶるぶるっと身ぶるいして、両手で腕《うで》をなでさすった。「ああ、あったかい焚《た》き火がほしいなあ！　雨で骨《ほね》まで冷《ひ》えきったよ」

ネッドは地面に寝《ね》そべり、前足にあごをのせた。「うーん、焚き火ねえ。見つけたら教えるよ。でも、昼には晴れそうだから、そしたらちゃんとさがしてみようよ。それまでは、つかれてるから一、二時間寝よう」

ベンは犬のそばで横になった。雨足が広い原っぱを遠ざかっていくのを見ているうちに、ふたりともつかれからまぶたがしだいに下《さ》がってきて、いつしか眠《ねむ》ってしまった。

どのくらい眠っていたろうか。ベンはネッドのざらっとした舌《した》に手をなめられて目が覚《さ》め、ぶるっと身ぶるいした。あたりはもう暗かった。

ベンは目をこすりながら、文句《もんく》をいった。「どうして起こしたんだ？　いい気持ちで眠《ねむ》ってたのに。でも、寒かったなあ。ブルルッ！」

犬の気持ちが伝わってきた。「きみが恋《こい》しがっていた焚《た》き火だけど、近いところにあるみたいだ」

ベンは立ちあがり、黒々とした深い森に目をこらした。「どこ？　見えないよ」

ネッドは猟犬《りょうけん》のように、鼻の先で方向を示《しめ》した。「あっちのほうのどっか。ぼくにも見えないけど、においがするんだ。そおっと行こう、どんなやつが火を焚いてるのかわからないから。ついてきて、ベン。静かに、静かにね」

ベンは犬のあとについて、茂《しげ》みや落ち葉のなかをぬけ、こぶのある老木《ろうぼく》を回りこんで歩いていった。しばらくするとネッドが立ちどまり、樫《かし》の木のかげに身をかくした。「あそこだ！　ほらね、焚き火のにおいがするっていっただろ」

ベンは遠くの明かりをはっきり見ようと、つま先立ちになった。物売りの小さな荷車《にぐるま》が一台、轅《ながえ》をせまい空き地に置《お》いて止めてある。ベンとネッドはもうすこしはっきり見ようと、前へ前へと這《は》っていった。

ひとりの男が焚き火のそばで眠っていた。が、荷車を引く馬やロバはどこにもいなかった。年のころ十四、五才の少女が、荷車の車輪《しゃりん》に鎖《くさり》でつながれて座《すわ》っていた。布《ぬの》きれでさるぐつわをされている。

と、ベンがかわいた枯《か》れ枝《えだ》をふみ、バリッと音がした。寝《ね》ていたふとっちょの大男は、ウーンとうなって大《だい》の字になった。やおらいびきをかきはじめたが、少女のほうはふたりに気がつき、ベンをじっと見つめた。

ベンは指を一本口にあててシーッというしぐさをした。ネッドの考えが伝わってきた。「シーッなんて意味ないよ。さるぐつわされてんだから。見て、目を上下に動かしてる。なにかを教えようとしてるんだよ。もうちょっと近寄《ちかよ》ろう！」

眠《ねむ》っている男のすぐそばに、柄《え》を革《かわ》で巻《ま》いたこん棒《ぼう》があった。ベンはぴんと来た。少女の目はこのこん棒で男をたたけとうったえているのだ。ネッドの顔を見た。

「どうしよう？」

犬はぜんぜん迷《まよ》わなかった。「あんなかわいい子を、あのふとっちょの悪党《あくとう》は捕虜《ほりょ》にしてるんだぞ。ぶんなぐってやれ、ベン。そうすればあの子は自由になるし、あいつはぐっすり眠れるし。さあ、やって！」

ベンは体をふたつに折るようにして、焚《た》き火の明かり

のなかへじりじりと進んだ。少女は早く、早くとばかりに、夢中《むちゅう》になって何度もうなずいている。でも、どのくらいの力をこめてこん棒《ぼう》をふりおろしたら男は気絶《きぜつ》するのだろう。迷《まよ》いつつ、ベンは男の頭にパシッと一発こん棒をふりおろした。男はがばっと上体を起こして、片手《かたて》で頭をなでると、もう一方の手をさっとベンの足にのばしてつかみ、わめいた。「この小《こ》なまいきな人殺《ひとごろ》しめが、どうして――」

ベンは目をつぶり、こん棒を高いところからふりおろした。〝ボコン〟と頭蓋骨《ずがいこつ》にあたる大きな音。ネッドが焚《た》き火の明かりの輪《わ》のなかに飛びこんできて、満足《まんぞく》げにうなずいている。「それでいいんだ、相棒《あいぼう》！　さあ、この子のさるぐつわをはずしてやろう！」

こん棒をほうり投げて、ベンはすばやくひざをつき、布切《ぬのき》れをはずしてやった。少女はほんとうに美しかった。やや褐色《かっしょく》をおびた肌《はだ》、雌《め》ジカのようなつぶらな瞳《ひとみ》、すらりとした体。豊《ゆた》かに波打《なみう》つ黒髪《くろかみ》が顔をくっきりと浮《う》き立たせていた。だがしゃべりだしたとたん、ベンはそのはげしい口調《くちょう》にあぜんとした。

「デブデブのビヤ樽野郎《だるやろう》め、首に巻《ま》いたひもにこの手かせの鍵《かぎ》つけてんだよ。目覚《さ》ますまえに、そいつを取ってくれよ。急いで！」

男の頭を持ちあげて、ベンは首まわりからひもをはずし、ついていた鍵で車輪《しゃりん》の金属《きんぞく》のへりに少女の手首をつないでいた鎖《くさり》の錠《じょう》をはずした。自由になるなり、少女はぴょんと立ちあがると、こん棒をわしづかみにし、それを気絶している男の足首めがけて二度、勢《いきお》いよくふりおろした。男は低くうめいた。少女はこん棒を高くふりかざして、とげとげしい声でいった。「ほら、これでも食《く》らってヒイヒイ泣け！」

ベンはその手をつかんでこん棒《ぼう》をもぎ取った。「なにするんだ？　殺《ころ》す気か？」

少女は焚《た》き火のなかから、燃《も》えている長い枝《えだ》を数本取りだすと、それをひとつに束《たば》ねてたいまつをつくった。「ふん、そうしようかな。こんなやつ死んじまえばいい。さあ、とっとと出ていこう！」

荷車《にぐるま》から小さな袋《ふくろ》を取りだすと、少女はそれをベンに向かって投げた。「ほら、食べ物持ってな！」

ネッドは少女のあとをあわてて追いかけながら、ベンに感想《かんそう》を伝えた。「おっかないなあ、この子。怒《おこ》らせないようにしようっと。見た、こん棒ふりまわしたときのこの子？」

「きっとそれなりの理由があったんだよ、ネッド。とにかく、食べ物にはありつけたし、火を起こす手段《しゅだん》も手に入れた。あの子、もうちょっとゆっくり走ってくれないかな。ふう、なんて足の速い子だ！」

だが、少女はなかなか足を止めなかった。やっと止めたと思ったら、そこは深い森のなか、木々と、地面から生えたような大きな岩々に囲《かこ》まれたところだった。

「このたいまつが燃えつきちゃうまえに、たきぎを集めてきな」

なにもいわず、ベンとネッドはかわいた枝を拾いあつめた。少女はネッドがくわえてきた針葉樹《しんようじゅ》の枯《か》れ枝を手に取り、それで焚き火を起こした。

少女はベンを手まねきして自分のそばに座《すわ》るようにうながすと、ネッドをなでた。「頭のいい犬だねえ。気に入ったよ。なんて名前?」

ベンは少女が荷車《にぐるま》から取った袋《ふくろ》を開けはじめた。「ぼくはベン、こいつはネッド。きみの名前は?」

少女は袋をベンの手からひったくった。「カレイナ。でも、カレイって呼《よ》ばれてる」そういって少女は袋のなかから、古くなった穀物《こくもつ》入りの小さなパンを取りだし、公平《こうへい》に三つにちぎって、一つをベンに、一つをネッドにあたえ、自分の分をちぎりはじめた。

ベンは焚《た》き火の明かりに浮《う》かんだ少女の顔を見た。ほんとうに美しい顔だった。「あの男にひどい仕打《しう》ちをしたね、カレイ。どうして?」

カレイは鎖《くさり》ですりむけた手首をさすっていった。

「ふん、あのげす野郎《やろう》! あたしらレオンの牢屋《ろうや》でいっしょだったんだよ。でも、牢やぶりをして逃《に》げ、荷車《にぐるま》をかっぱらった。それから、あいつはあたしを馬みたいにこきつかってさ、荷車をひかせたり、食《く》い物を取ってこさせたりしたんだよ。毎晩《まいばん》あたしを鎖でつないで、スペイン国境《こっきょう》のピレネー山脈《さんみゃく》に行ったら売り飛ばすっていうんだ。でも、もうあのデブはほっとこう。足首折《お》っちまったからあたしらをさがせないさ。あたしにあんなまねしたやつは、ただじゃおかない!」

ベンは考えこみながら固いパンを噛《か》んでいた。「ふたりとも牢屋なんかにどうして入ったの?」

とたんにカレイはベンのわき腹《ばら》をひじでこづいていった。「あんたには関係《かんけい》ないだろ。でもどうしても知りたいっていうんならいうけど、あたしは歌い手、あいつは道化役《どうけやく》でさ。町から町へ旅しては、市《いち》の立つ日に出てって芸《げい》をしたんだ。あたしが歌ってるあいだにあいつが人だかりのなかにまぎれこむ、あいつが芸《げい》を見せてるあいだにあたしも人だかりのなかにまぎれこむってわけ」

ベンがしかめつらになった。「まぎれこんでどうするの?」

カレイがせせら笑った。「財布《さいふ》や金《かね》をするんだよ、決まってるだろ。あたしはうまいんだから。あのデブがドジをしてつかまったんだよ、あたしのせいじゃない。それより、あんたとその犬、この森のなかをなにうろうろしてたの?」

ベンは焚《た》き火をじっと見つめた。「べつになにも。迷《まよ》ってただけだよ」

カレイは大声で笑いだした。「ハハハ、あたしをだませるって思ってんの? あんたたちでしょ、船乗《ふなの》りや町の人たちがさがしているのは。海軍《かいぐん》に沈《しず》められた海賊船《かいぞくせん》の生き残り。牢屋《ろうや》でもみんなうわさしてたよ」

ベンは一瞬《いっしゅん》、このずけずけものをいう少女に腹《はら》が立った。「ちがう、ぼくたちじゃない! もうその話はしたくない!」

カレイはふくれつらをして、長い髪《かみ》をさっとふりはらった。「あたしだって、聞きたくないよ。ふーんだ!」

少女のしぐさがおもしろかったので、ベンは思わずまねをした。「ぼくだって泥棒《どろぼう》なんかと仲よくなりたくないよ、ふーんだ!」

とたんにふたりはおかしくなって笑いだした。そのあとは雰囲気《ふんいき》がなごやかになった。ネッドは焚き火のわきのふたりのそばに来た。すべすべした耳のあたりをなでてやりながら、カレイは犬がうれしそうにまばたきするのを見まもった。そして、ぽつんといった。「ネッディみたいにいい犬がほしいなあ」

ネッドはとたんに体の毛を立てて、ベンに伝えた。「この子にいってやって！」

ネッドは焚《た》き火の反対側《はんたいがわ》に行き、かげのなかに寝《ね》そべった。ベンはカレイに説明した。「あいつはネッディて呼《よ》ばれるの、きらいなんだ。ネッディだとくたびれたおばさんみたいだって。ネッドのほうがずっときりっとしてるって」

少女はベンのかげりのある青い瞳《ひとみ》のなかをのぞきこんだ。「どうしてそんなことわかるの？」

ベンは首をすくめた。「そういうんだもん」

少女はくすくす笑いだした。「ふたりでおしゃべりしてるんだね？」

ベンは小枝《こえだ》で火をかきおこした。「友だちも長いことといっしょにいると、相手がよくわかってくるんだよ」

カレイはゆらめく火にじっと見入《みい》った。「そうなったら楽しいだろうな。あたしはだれとも、そんな仲よしになるほど長いことといっしょにいたためしがない。親も、家族も、友だちも。あたしたち、そんなふうになれると思う？」

ふいにベンは自分にも、この少女にも強いあわれみを感じた。目のすみに、少女が火をじっと見つめているのが見えた。裸足《はだし》の少女は、ぼろぼろの赤いドレスを着て、肩《かた》に黒いショールを巻《ま》いている。いつの日か、ベンとネッドはこの子を置《お》いて立ち去らなければならない。そしてもう二度と会うこともない。けっして年を取らない永遠《えいえん》の少年の正体《しょうたい》を見せるわけにはいかないのだ。

なんとか傷《きず》つけずにすむような答えをでっちあげなければと思ったとき、ネッドの声がベンの心に聞こえてきた。「じっとして、ベン。きょろきょろしないで。目を動かすのもだめだよ。だれかに見張《みは》られてる！」

ベンは犬のいうとおりにしながら、頭をせわしくめぐらせていた。「だれなんだ、ネッド？　何人もいるの？　火をかいたときの枝《えだ》を持ってるよ。敵《てき》は武器《ぶき》を持ってる？　おまえには見えるかい？」

ネッドの心の声が返ってきた。「ひとりだと思う。きみたちのうしろの岩からこっちをうかがってる。ぼくは茂《しげ》みにかくれたから、気づいてないはずだ。いまからやつのうしろに回りこむからね。やつがちょっとでも動いたら、ぼくが背後《はいご》から飛びかかってたおす。その枝をかまえていてよ、ベン。抵抗《ていこう》したらぶんなぐってやって。いくぞ！」

そんなこととはつゆ知らないカレイは、岩に背中《せなか》をもたせかけて座《すわ》っていた。そして肩《かた》のショールをしっかりと体に巻《ま》きつけて、うとうとといねむりしはじめた。ベンは、身がまえていると見せないようにしながら、手のなかの枝をいっそう強くにぎりしめた。焚《た》き火のパチパチと燃《も》える音だけが静かな夜のやみにひびいて、数秒間が数時間のように長く思われた。ベンは相手をおびきよせるために、わざとまぶたをとろんと閉《と》じてみせたが、体は鋼《はがね》のばねのように張《は》りつめていた。

と、ふいに、ぼろぼろの革《かわ》のカバンを肩からかけた、細身《ほそみ》の若《わか》い男が岩の後ろから前に進みでて、口を開いた。

「焚き火が見え――ウウッ！」

岩のてっぺんから、ネッドがまるでヒョウのようにこの侵入者《しんにゅうしゃ》に飛びかかり、うつぶせに地面にたおした。ベンはぱっと立ちあがったが、目のまえに立ちはだかったカレイに押《お》しのけられた。少女は敵《てき》の背中《せなか》に両足で飛びのり、どしんとふみつけたので、相手は大きく息をもらした。ネッドは少女にふまれまいとわきに飛びのいた。

　カレイは相手の背骨の上にひざをつき、腰《こし》のベルトからナイフをうばうと髪《かみ》をわしづかみにした。そして髪を乱暴《らんぼう》にぐいぐいとひっぱってのけぞらせると、そののどもとにナイフの刃《は》を押しつけ、雌《めす》のトラのようにうなった。

「おとなしくしないと、のどをかっ切るぞ！」

　ベンは、侵入者《しんにゅうしゃ》は自分と同《おな》い年《どし》くらいだと見当をつけた。恐怖《きょうふ》に目を見ひらいてまっすぐベンを見つめている。ベンは急いでカレイに近寄《ちかよ》り、その手首をつかんだ。「やめろ！　傷《きず》つけちゃだめだ」

　少女はしかめつらになった。「どうしてさ？　こいつはナイフ持ってたんだよ。あたしらからなんか盗《ぬす》むか、殺《ころ》す気だったんだ！」

　ベンはカレイの手を地面につけさせて、ナイフの刃《は》を足でふみ、押さえた。「いまのところは、泥棒《どろぼう》するつもりも、殺すつもりもないみたいだよ、きみのおかげで。さあ、泥棒で人殺しのおまえ！　名前はなんだ？」

「ドミニク」つかまっている少年は、息をしようと大きくあえいでいった。「きみたちにわるさをする気はないよ、ウッッ！」

　カレイがまた髪をぐいっとうしろにひっぱって、少年の耳に憎々《にくにく》しげにささやいだ。「じゃ、どうしてこそこそしてた？　ナイフを持ってあたしたちをうかがってたじゃないか！」

ベンは少女の野蛮《やばん》なふるまいにうんざりしてきた。だから、急いでネッドに伝えた。「カレイをなんとかしてよ。かわいそうにこの人、首折られちゃうよ」

黒いラブラドールはさっと少女にかけよると、両の前足で力いっぱい押《お》して少年から突《つ》きはなした。ベンはナイフを取りかえして自分のベルトにさすと、ドミニクと名乗った少年に手をさしのべた。「さあ、立ちなよ！」

そうやって、もう一方の手を少女にさしだした。「きみもだ、カレイ。ドミニクは人殺《ひとごろ》しにも泥棒《どろぼう》にも見えない。いい人だと思うよ」

カレイは服についた土をはらいおとしながら、冷たい目でネッドをにらんだ。「あんなふうにあたしを突き飛ばすなんて。友だちだと思ったのに！」

一同は焚《た》き火のそばにもどって、いっしょに腰《こし》を下《お》ろしたが、カレイがご機嫌《きげん》を直して落ちつくのにはしばらく時間がかかった。

ドミニクをきらいになる人などいないだろう。物腰《ものごし》はおだやかで、やわらかな話しかたをし、にっこり笑うと思わず好きにならずにいられない、そんな若者《わかもの》だった。ネッドはうずくまってドミニクのひざの上に頭をのせ、顔を見あげながらベンと心のなかで話をした。「ドミニクって、好きだな。とってもいい人だ！」

カレイはまだ疑《うたが》っていた。もっとくわしく聞きだそうと、「こんな森のなかでなにしてたの？どこへ行くつもりだったの？」といった。

ドミニクは東のほうを指さした。「ヴェロンの市《いち》に行って、お金をかせげないかと思ったんだ」

「あたしは市に行けばいつだってお金かせげるよ」とカレイは自慢《じまん》した。

ベンの声がきびしくなった。「盗《ぬす》んでかせぐんじゃないだろうね。そんなことしたら、牢屋《ろうや》に入ることになるぞ。きみばかりじゃなくぼくたちまで」

少女はまたなまいきになった。「盗むまでもないわよ、いい市なら。人はあたしの歌が目あてでお金はらってくれるんだもん。あたしはすごい歌い手なのよ」そういって、ドミニクに向きなおると話題を変えた。「どうやってかせぐの？　ものを売るの？」

答えるかわりに、ドミニクは使いこんだ古い革《かわ》の肩《かた》かけカバンを開けて、なかから木炭《もくたん》、チョーク、先が欠《か》けた細い鋼《はがね》のやすり、それに何枚《まい》かの石板《せきばん》を取りだした。「似顔《にがお》絵をかくんだよ」

ベンは急に興味《きょうみ》がわいた。「じゃあ、きみは絵かきなの？　絵かきに会うのははじめてだ。だれに習ったの？　絵の学校へ行ったの？」

ドミニクはもう仕事に取りかかっていて、ネッドを上から下まで見ながら、やすりで石板に絵をかきはじめた。スケッチしながら話をする。「だれにも習わないけど、生まれつきかきかたを知ってたんだね。生まれはスペインのサバダだけど、子どものころにそこから追放《ついほう》されたんだ。ふーん。これはおもしろい犬だなあ」

ネッドの考えがベンに届《とど》いた。「ほらね、ぼくはおもしろいのさ。品《ひん》がよくて、ハンサムだし。ね？　だからドミニクは好きだっていっただろ——」

ベンが犬のもの思いをさえぎった。「どうして追放されたの？」

ドミニクは絵をまっすぐ見つめながら、答えた。「無知《むち》な人ばかりだった。でも、ぼくはどこへ行っても、遅《おそ》かれ早かれ追いだされるのさ。みんな、ぼくのことを魔法使《まほうつか》いだと思ってこわがるから。しかたないよね。ぼくのかく絵は、ほかのだれともちがうんだ。ぼくが人の絵をかくと、男でも、女でも、子どもでも、真実《しんじつ》があらわれてしまう。それはぼくにはどうにもできない――人のよさ、わるさ、ごまかし、ねたみ、愛、やさしさ、残酷《ざんこく》さ。そういうのがみんな絵にあらわれてしまう。まるでぼくがスケッチする人たちの心のなかを見とおしているみたいにね。はい、ネッド。これがきみだ。正直《しょうじき》で、上品《じょうひん》で、ハンサムで、なによりも忠実《ちゅうじつ》だ。でも、そのすばらしい目の奥《おく》にはまだなにかがあるね。ぼくにはうまくあらわせないんだけど。見て！」

ベンとネッドとカレイは仕上《しあ》がったスケッチをながめた。ドミニクの言葉どおりの絵だった。ネッドは画家のひざに前足をのせてベンと話した。「すばらしい絵だ！　まるで波のない池に映《うつ》った自分を見ているみたい。ぼくそのものだよ！」

ベンはうなずいて、ほかの三人にいった。「ほんとうにみごとな絵だ！　きみはすごい才能《さいのう》の持ち主《ぬし》だね、ドミニク！」

カレイも調子に乗っていった。「そうよ、あんた、なかなかやるじゃないの。あたしのこともかいてくれない？」

ドミニクは平《ひら》たい、かわいたポプラの樹皮《じゅひ》を一枚《まい》取りだすと、その上に木炭《もくたん》でスケッチをはじめた。そして親指を器用《きよう》にはじいて陰影《いんえい》をつけ、絵に深みを出した。目の部分に来たとき、ドミニクはくっくっと笑った。「きみは機敏《きびん》で頭がいい、カレイ。だけど気も短い。手に入れたいと思ったら、なんとしても手に入れないと気がすまないたちだ。ぺてん師《し》で泥棒《どろぼう》だけど、美人だ」

少女はベンのベルトからナイフをうばって、先をドミニクに向けた。「自分をなにさまだと思ってんのさ、あたしにそんな口きいて？」

絵かきは目の部分をかきおわって絵を高くかざした。「ほら！」

カレイはショックを受けて息をのんだ。すべて完ぺきに描《えが》かれていた。美しさも、荒《あら》っぽさも、泥棒のこそこそしたずるさも目にあらわれていた。カレイは顔を赤らめて絵をひったくると、ショールの下にかくした。

「これ、もうあたしんだからね。金《かね》ができたら、そのときはらうよ。さあ、つぎはベンの番だ。ドミニク、かきなよ、ベンを！」

一瞬《いっしゅん》、ドミニクはベンの顔を見、その目にじっと見入《みい》った。が、すぐに頭をふると絵の道具をカバンのなかにしまいだした。「だめ、だめだ。ベンはかけない！」

カレイがドミニクをからかった。「どうしたの、腕《うで》に自信がないか？　こわいのか、ええ？」

ベンはドミニクから目をそらした。絵かきがなにを見たのか、ベンにはわかっていた。長い年月が、自分の目にあらわれていたはずだ。荒海《あらうみ》、ヴァンダーデッケンとフライング・ダッチマン号、ほえたける大海原《おおうなばら》、とどろく大砲《たいほう》、水底《みなぞこ》深く沈没船《ちんぼつせん》のなかに横たわるチューロン船長。そのほか何千もの、この世のことではないさまざまなできごと。おそろしいほどに美しい天使が、船とその乗《の》組員《くみいん》に永久《えいきゅう》につづく罰《ばつ》をあたえたことも。

ベンは少女からナイフをやさしく取りあげた。「好きにさせてあげよう、カレイ。うなされるよから。ぼくのいままでの暮《く》らしにはそんなものがいっぱいあったんだから。ねえ、ドミニク？」

カレイはうなずいた。「並《な》みの似顔《にがおえ》絵かきの手には負えないね」

ドミニクは指をぱちんと鳴らした。「ああ、あんた、サバダの似顔絵かきだ！　うわさを聞いたことあるよ。ふうん、さぞかしおっかない魔法使《まほうつか》いみたいなやつだと思ってたら。あんただろ、サマドールの町で代官《だいかん》の女房《にょうぼう》の似顔絵かいて、さらし台にかけられたの？」

ドミニクはうなずいた。「ああ、ぼくだよ。はじめからあの女の人をかくのは気が進まなかったんだ。でも、ご亭主《ていしゅ》の代官がどうしてもっていってね。美しく上品《じょうひん》にかけって命令《めいれい》された」

ベンは絵かきにナイフを返してやり、「そうしたの？」ときいた。

ドミニクはふくみ笑いをした。「がんばったけど、ありのままのあの人になっちゃったよ。食《く》いしん坊《ぼう》でけちん坊」。そういってから固い表《ひょうじょう》情になった。「その罰《ばつ》で、代官は手下《てした》にぼくをさんざんなぐらせたうえ、頭と手だけ穴《あな》から出すさらし台に三日三晩《ばん》かけたんだ。ぼくの才能《さいのう》もときには足かせ、手かせになるんだよ」

一同はしばらくだまって座《すわ》っていた。カレイはドミニクに手荒《てあら》なまねをしたのを後悔《こうかい》しはじめていた。自分が持っているパンのかけらをドミニクが見ているのに気づいて、「そのカバンのなかに食べ物はあるの？」ときいた。

ドミニクは力なくほほえんだ。「ないよ、ぜんぜん。絵をかく道具と、水を飲むのに使う空《から》の酒《さけ》びんだけさ」

少女は暗がりに目をこらした。「この近くに川か湖でもあれば、みんなに魚取ってきてやるのになあ」

ネッドが耳をぴんと立て、ベンに伝えた。「カレイにいって。ぼくが水を見つけるって。森にはかならず水はあるんだ。そこに魚もいればいいけどなあ。腹《はら》ぺこで死にそうだ！」

ベンは返事をした。「わかった。じゃ、われらが友人たちのために、いつものようにちょっと芝《しば》居《い》を打つか」そういって、ベンはドミニクのカバンから酒びんを取りだし、犬にそのにおいをかがせて、カレイにいった。「見ててごらん。ほら、ネッド！　いい子だから。水だ。水はどこだ？」

黒い犬は内心、くすくす笑った。「これって演技《えんぎ》だもんね！　あとでみんなをあっといわせるための芸《げい》だ！」そうして、地面とあたりの空気をくんくんかぎながら、ゆっくりその場をはなれていった。

ベンはカレイに向きなおっていった。「あいつについて行きな。水のあるところを見つけてくれるよ」

少女はよろこんだ。「なんていい子なんだろう、ネッディは……ちがった、ネッドは。ごめん」

少女と犬は夜のやみのなかに消えた。

ベンは焚《た》き火ごしにドミニクの顔を見た。「ぼくをスケッチしないでくれてよかった。本当はなにを見たの？」

サバダの絵かきは目をそらした。「多すぎて、とても言葉にできないよ。自分のなやみだけでもいっぱいなんだ。きみのなやみまでは背負《せお》えないよ。でも、そんなに若《わか》いのに、どうしてそれほど危険《きけん》な目にあい、どうやって生きぬいてきたんだい？　きみの目のなかにあることは、ぼくなんかは夢《ゆめ》にだって見たことがないよ。ぼくと同じような年の子が、こんなにいろいろな経験《けいけん》を積《つ》んでいるなんて。いや、やめた、ベン。ぼくには理解《りかい》できそうもない。その話をするのはやめとこう。きみの秘密《ひみつ》も、ネッドの秘密も、もれることはないから、信用してくれ。ぼくはきみたちふたりの本当の友だよ」

ベンはドミニクがさしのべた手を、感謝《かんしゃ》をこめてにぎった。「ありがとう、ドミニク。きみがまたとない、本当の親友になってくれるってわかってた。さあ、握手《あくしゅ》だ！　カレイとネッドがじきに水を見つけてくれるといいね。そしたら、明日は四人でヴェロンの市《いち》に行こう。でも、いまはしばらく、あのおっかない女友だちがいないあいだ、平和なひとときを楽しもうよ」

ドミニクがほほえんだ。「いや、あの子は荒《あら》っぽくてカッとなりやすいけど、心のきれいな子だよ。ちゃんとわかる」

あいかわらず、雨はぽつん、ぽつんと落ちていたが、ふたりはゆっくりと座《すわ》ってくつろいだ。暗い夜の森のなかに、焚《た》き火の炎《ほのお》が光とあたたかさに満《み》ちた丸い空間をつくりだしていた。

少年ふたりは一時間近くうたたねしたが、もどってきたカレイとネッドに起こされた。犬と少女は騒々《そうぞう》しくはしゃぎながら飛びこんでくると、岩のてっぺんの平たい部分に獲物《えもの》の魚をぶちまけた。カレイはずぶぬれだったが、得意《とくい》げだった。ネッドは体をぶるぶるとふって水をはらい落とすと、低くウーッとうなりながら、ベンに伝えた。「魚だよ！　見てよ、このみごとな魚たちを。ぼくも一匹《びき》つかまえたんだ！」

カレイはせっせと働いた。獲物はよく太ったコイ四匹だ。エラのところから太めの葦を突き刺してある。「ねえ、あんたのナイフを貸《か》して、絵かきさん。ベン、あんたの犬はいい漁師《りょうし》だよ。この大きいのは、ネッドが取ったんだよ！」

カレイは魚のはらわたを取りのぞきながら、元気におしゃべりした。「ネッドが川を見つけたんだ、ゆっくり流れてるきれいな川をね。あたしが土手《どて》の下をバシャバシャやってコイを追いだした。そしてネッドが浅瀬《あさせ》のとこで一匹《ぴき》つかまえた。クレソンも見つけたよ。ほらね？　カタバミやタンポポの根やキイチゴも取ってきた。見ててごらん、みんなの食事つくってやるよ、とびっきりのごちそうを！」

カレイがおしゃべりに夢中《むちゅう》になっているかたわらで、ネッドはベンと話をしていた。「見せたかったよ、あの子の活躍《かつやく》を。川に手を入れて魚を手のなかにおびきよせたかと思うと、ちょっとかまってさ、それを土手の上に投げとばすんだよ。カレイが仲間にいたら、食べ物にはぜったい困《こま》らないよ！」

少女はその言葉どおり、料理《りょうり》がうまかった。一同はあぶり焼《や》きにした魚にみじん切りにしたハーブをふりかけて、軽く焼《や》いたパンといっしょに食べた。キイチゴがデザートになった。

カレイは魚の骨《ほね》をしゃぶった。「これでパンは食べきった。ねえ、ヴェロンは遠いの？」

「ひたすら歩いて六時間くらいかな」とドミニクが答えた。

カレイは焚《た》き火にさらに枝《えだ》をくべた。「よーし！　じゃ、夜明けに出発すれば昼ごろには着くね。さあ、みんなすこし寝《ね》ておこう！」

ベンは敬礼《けいれい》していった。「アイ、アイ、お嬢《じょう》さん、そうしましょう！」

ネッドはのびをしてため息をついた。「ちょっとえばりん坊《ぼう》だけど、料理《りょうり》はうまいや」

ベンがおどろいたことに、カレイはあおむけに寝《ね》ころがると、歌を歌いだした。いつだったかカルタヘナの波止場《はとば》で聞いたスペインの女の人のように、カレイの声もすこしかすれた甘《あま》い声だった。

たずねていくの広い世界を、
海山こえて、季節《きせつ》をこえて、
わたしは飛ぶの、ハトのように
いつか止まれるその人の手に。
人のむらがる町また町を
見わたすかぎりの丘《おか》をこえ
さまようでしょう、いつまでも
夢《ゆめ》のかなうその日まで。
夜空の月に呼《よ》びかける、
どこに、どこにいるの、愛するあなたは？
目覚《めざ》めて見るはその人の顔？
せつない乙女《おとめ》の祈《いの》りかなえて、

紫《むらさき》けむる谷のどこかで
わたしを待っているかしら？
静かに動かぬ水鏡《みずかがみ》、
映《うつ》るはあなたの顔かしら？
ほほえみつづける魅惑《みわく》の瞳《ひとみ》、
愛してくれるの、わたしだけ。

夜空の月に呼《よ》びかける、
やっと見つけた、愛するあなたを

ひさしぶりに、ベンは安《やす》らかにぐっすり眠《ねむ》った。焚《た》き火で体はあたたかく、寝《ね》そべるネッドをわきに、すべてを包みこむ森の暗やみの、おだやかさと静けさに囲《かこ》まれていた。天に呪《のろ》われ永遠《えいえん》の地獄《ごく》へ舵《かじ》を取るフライング・ダッチマン号のヴァンダーデッケン船長は、もう眠りをさまたげなかった。バラ色がかったもやが少年の眠りを染《そ》めた。遠くから天使の声が、やわらかに、はっきり、そしてどこまでもしつこくせまってきた。

子のない男が
おまえを息子《むすこ》と呼《よ》ぶだろう。

そのとき、おまえは去らねばならない。
顔を海に向ければ
もうひとりの男に会うだろう。
子のない父に、
旅立つまえに。
その男が子らを助けるのを助けなさい、
男の身内《みうち》となりかわって。

夜どおし、この言葉はベンの心に鳴りひびいた。でも、その意味をあれこれ考えたりはしなかった。天がとうに決めている運命《うんめい》に逆《さか》らうことなど、できはしないとわかっていたから。

17

すっきりと晴れわたった朝だった。一同は森をあとにして丘《おか》のてっぺんに出た。ベンは足を止めて、さわやかに開《ひら》けた四方の景色《けしき》をながめた。ドミニクがいまどこにいるか、これからどっちに向かうのかを説明した。「南に向かって旅するんだ。前方に見えるあの山々がピレネー山脈《さんみゃく》だよ。ここからは上《のぼ》りと下《くだ》りの連続《れんぞく》だ。こことピレネーとのあいだの三つめの丘の頂上《ちょうじょう》にヴェロンがある。坂をまともに上るより、丘を取り巻《ま》く川にそって谷をぬけて行ったほうがすこしは楽だと思うよ」

カレイがさっと飛びだして、ネッドとならんで走りながら少年たちをふりかえってさけんだ。

「さあ、おいで、あっちまで競争《きょうそう》だ！」

ベンはふたりが下り坂をかけていくのを見まもった。「ほうっておこう。ネッドには勝てっこないさ。さあ、ぼくたちはばかをせず、かしこい人間らしく歩いていこう」

ベンとドミニクはゆったりとした速度で歩きはじめた。やがて、つぎの丘のふもとにたどり着くと、川岸で息を切らして座《すわ》りこんでいるカレイが見えた。ネッドがカレイのドレスのすそをひっぱっていたが、ベンが近づいてきたのを見て、気持ちを伝えた。「弱虫《よわむし》で気まぐれなんだから、人間は。

見てごらん。この子、もう息を切らしてる。子犬だって、もうちょっと体力があるのに！」

ドミニクはベンに片目《かため》をつぶってみせると、カレイの横を通りすぎながらいった。「おはよう、お嬢《じょう》さん。そこに一日じゅう座《すわ》っていたら、ヴェロンの市《いち》は見られないだろうねえ。とっても楽しい市だって聞いてるけどなあ！」

カレイが水をひっかけてきたので、ふたりは首をすくめてよけた。「待ってよ、いじわる！」そういうと、カレイはけんめいに走って三人に追いついた。

ヴェロンは町にはちがいないが、小さな町だった。なだらかに広がる丘《おか》のてっぺんにあり、いくつかの曲がりくねった小道が町の入り口門につづいている。ヴェロンはかつて要塞《ようさい》だったらしく、古いが厚《あつ》く頑丈《がんじょう》な石壁《いしかべ》が周囲《しゅうい》を取り巻《ま》いている。ここで立つ市は、毎月一度、金曜日の午後から月曜日の午後遅《おそ》くまで開かれる、週末《しゅうまつ》の出店《でみせ》のようなものだった。

ベンたちは早めに着いて、町の入り口門のところで番兵《ばんぺい》から入場の許可《きょか》をもらおうとならんでいる、地方からの人たちの列についた。一行《いっこう》はさまざまなようすの人たちにもまれ、あたりのものめずらしい光景《こうけい》に気を取られて目をきょろきょろさせた。粗末《そまつ》な上《うわ》っ張《ぱ》りを着た家畜《かちく》商人が、牛、羊、ヤギ、馬を追って歩いていく。そのうしろを、果物《くだもの》、野菜《やさい》、田舎《いなか》の特産品《とくさんひん》をうずたかくつんだ荷車《にぐるま》がもみあうように進む。屋台《やたい》として組みたてる、色を塗《ぬ》った木材《もくざい》や染《そ》めたカンバスを積《つ》んだ荷車が、一家全員にうしろから押《お》され、まえから引かれしして坂道をごとごと進む。アヒルやガチョウが車輪《しゃりん》のあいだで羽をばたつかせ、くわっ、くわっと鳴きながら飛びあるき、ただでさえ騒々《そうぞう》しい市の雑踏《ざっとう》がさらに騒々しくなる。市に行きたい大人《おとな》たちは、子どもを追いたて、商《あきな》いの見込《みこ》みなど語りあいながら、みんなわれ先に町に入ろうと門にむらがり、もみあった。

門に近づいたとき、ネッドはベンに考えを伝えた。「見て。なかに入るには入場料《にゅうじょうりょう》をはらわなきゃならないんだ」

ベンはカレイとドミニクをふりかえっていった。「せっかく来たのにむだ足だったようだね。番《ばん》兵《ぺい》にお金をはらわなきゃならないけど、ぼくは一銭《いっせん》もない。きみたちは？」

ドミニクががっかりした。「入場料がいるなんて、知らなかった。一銭も持ってないよ」

カレイは首をふると、ばかにしたようにしのび笑いをしていった。「なんてまぬけなの、あんたち！　金だって、ふんっ。こんな門通るのに、金なんかいるものか。あたしにまかせて。あんたらは、いままでどおり、ぼけーっと立ってりゃいいから。しゃべりはあたしの役だ」

ベンは肩《かた》をすくめた。「お好きなように。ぼくたちは親分にしたがうよ！」

ふたりの番兵はごくふつうの町民で、これ見よがしに紋章《もんしょう》入りの腕章《わんしょう》と、骨董品《こっとうひん》のようなかぶとをかぶっていた。そして、ひと組入場者を通すたびに、いかにも仰々《ぎょうぎょう》しく、手にした長い時代遅《おく》れの槍《やり》で門にとおせんぼした。

ベンは不安な気持ちを犬に伝えた。「カレイ、だいじょうぶかな？　けとばされてこの長い坂道を転がり落ちるなんて、ごめんだよ」

ネッドは鼻づらをベンの手にすりつけた。「カレイを信用しよう。あの子、いままでにもやったことあるみたい！」

四人が近づくと、ふたりの番兵は槍を下《お》ろして、入り口をふさいだ。ふたりのうちの体の大きい男が手をさしだした。「ひとりにつき二サンチーム。犬は一サンチーム。だから、ええと……」

「七サンチーム」と小柄《こがら》なほうの番兵《ばんぺい》が答えた。

カレイはきょとんとした顔をした。大男の番兵に向かい、手を腕《うで》にかけていった。「でも、隊長《たいちょう》。うちの父さんか母さんがはらったでしょ？」

隊長と呼《よ》ばれて、大きい番兵は胸《むね》をふくらませた。えらそうに美少女の目をのぞきこむと、いった。「あんたの親なんか知らないよ、お嬢《じょう》さん。今日はだれも、ほかの人の分を余分《よぶん》にはらったりしてない」

カレイは目をしばたき、番兵の腕をぎゅっとつかんだ。「いやだ、隊長、知ってるくせに。エミールとアーニュよ。ほら、うちはホットケーキとはちみつの屋台を出してるじゃないの。父さん、母さんはあたしたちよりずっと早く家を出たんだよ」

番兵の目に、カレイのくちびるが小《こ》きざみにふるえるのが見えた。番兵はカレイの手をやさしくとんとんとたたいていった。「じゃあ、まだ到着《とうちゃく》してないんだな。あんたと兄さんたちはわきにのいて、父さんたちが来るのを待ってな、いいな？」

ベンがおどろいたことに、少女の目に涙《なみだ》が自然《しぜん》にわいてきた。カレイは番兵の腕にしがみつき、せがむような目つきで見あげて必死《ひっし》な声でいった。「ねえ、おねがい、隊長。あたしたちを入れて。まだ父さんたちが来てないんなら、屋台の場所はほかの人たちに取られてしまう。きっと荷車《にぐるま》の車輪《しゃりん》がまたはずれちゃったんだ、それを父さんが直しているんだよ。だからもうじき来るはずだよ。あたしたちが屋台の場所を取って見張《みは》ってるって思いこんで。あたしら貧乏《びんぼう》なんだ、隊長さん。でも、正直《しょうじき》だよ。入場料《にゅうじょうりょう》はすぐに持ってくるよ、屋台《やたい》を立てて、品物《しなもの》が売れたらすぐに」

番兵《ばんぺい》は態度《たいど》がやわらかになって、相棒《あいぼう》にもごもごといった。「どう思う？」

小柄《こがら》な番兵は肩《かた》をすくめ、「まかせるよ、ジル」とひそひそ声でいった。

とたんに、カレイの顔がぱっと明るくなった。「ジルっていってたよね」ベンとドミニクが夢中《むちゅう》でうなずくと、カレイはさらにひと押《お》しした。

「母さんがあんたにお金はらえっていってたんだ、隊長《たいちょう》。背《せ》の高い、ハンサムな人がそうだよって。ジルって、母さんいってた！」

列のうしろにならんでいた人たちが、いらいらしはじめて、カレイに「どいてくれ、おれたちを先に通せ」といった。ジルは槍《やり》をひとふりして、大声でどなった。「静かにしろ！　さもないと、だれも通してやらないぞ。なかに入れるものを決めるのは、このおれだ！」

カレイはあいかわらず、せがみつづけた。「約束《やくそく》します、隊長。できるだけ早くお金を持ってきます。ふたりにそれぞれホットケーキも持ってくるわ。たっぷりはちみつかけた、ほっかほかのホットケーキ！」

これがきいた。ジルは槍を下《お》ろした。「さ、行け。急いで！　ああ、それから、ホットケーキにはレモンをちょっとしぼってかけてくれないか？」

カレイはベンとドミニクをまえに押しやって、門をくぐらせた。ネッドをわきにしたがえて、カレイはいった。「ホットケーキはあたしがつくるよ、レモンのしぼり汁《じる》をたっぷりかけて。じゃ、あとでね、隊長。さあ、あんたたち、早く行かないと場所が取られちゃうよ！」

番兵《ばんぺい》は四人が町のなかに急いで入っていくのを見まもり、相棒《あいぼう》に片目《かため》をつぶってつぶやいた。
「礼儀《れいぎ》ただしいよ、あの子は。それに美人だ！」

ヴェロンの町の中央《ちゅうおう》広場は、町をあげてのお祭りのようににぎやかだった。屋台はびっしりと詰めあってならんでおり、細い横道でさえ、場所を取ろうとすれば、押《お》しあいへしあいになった。四人は南に向かって立っている大きな領主館《りょうしゅやかた》の、正面の広い石段《いしだん》に身を寄《よ》せあって座《すわ》った。

ドミニクはカレイをからかった。「エミールもアーニュもまだ来てないなあ。ああ、父さん、母さん、どこに行ってしまったの？　きみは大うそつきだよ、カレイ！」

少女は軽くドミニクの腕《うで》をたたいた。「あら、そのおかげで町のなかに入れたんじゃないか。のろまな兄ちゃん！」

ベンはくすくす笑ってネッドの耳のまわりの毛をかいた。「あの番兵たちに七サンチームとホットケーキ二枚《まい》の借《か》りがあるの、忘《わす》れちゃだめだよ」

ネッドが心のなかでベンの言葉に乗った。「うーん、バターとはちみつたっぷりつけたのね。でも、ぼくはレモンなしでいいよ」

カレイの目がぴかりと光った。「ホットケーキ！　それよ、あたしたちに必要なのは！　ああ、おなかぺこぺこだ！」

カレイはぱっと立ちあがると、まっすぐ屋台の列のほうに歩いていった。

ネッドはベンの足に前足でさわった。「ついていったほうがいい。あのお嬢《じょう》さんはなにをしでかすか、わかったもんじゃない！」

「そのとおりだ、相棒《あいぼう》！」ベンはネッドに答えた。そして、ドミニクを石段《いしだん》からひっぱって立たせた。「さあ行こう、ドム。あの泥棒《どろぼう》ちゃんをひとりでふらふらさせるのはあぶないよ」

カレイはひとりでホットケーキの屋台を見つけた。中年のおばさんが番をしていた。少女はちょっとはなれたところから、屋台のようすをじっくり観察《かんさつ》した。

「今度はホットケーキを盗《ぬす》むつもり？」

ふりかえると、ベン、ドミニク、ネッドがいた。カレンは怒《おこ》って低い声でいった。「泥棒なんかするか！　あのおばさんはよろこんでホットケーキをくれるさ。いいから、だまって見てな、屋台のことじっくり研究《けんきゅう》するから。みんなに食べ物取ってきてやるよ！」

ネッドは頭をベンの足に押《お》しつけた。「ぼくなら、カレイのいうとおりにするよ。あの子にやらせてみて」

しばらくすると、カレイはぶらぶらと屋台に近づき、おばさんが客の相手をしおわるまで待っていた。おばさんは腕《うで》で額《ひたい》をふきふき、ため息をついた。「ホットケーキだよ、二サンチーム！　バターつけたら三サンチーム、はちみつとバターつきなら四サンチーム、塩とレモンのしぼり汁《じる》だけなら三サンチーム。食べるかい、娘《むすめ》さん？」

少女はおばさんの顔をじっと穴《あな》のあくほど見つめ、しばらくだまっていたが、やがていった。

「だんなさんを亡《な》くしてるのに、ほんとうによく働くねえ」

おばさんはおたまをきれいな布《ぬの》でふいていった。「はじめて会うのに、どうしてわたしが亭主《ていしゅ》を亡《な》くしたってわかるの？」

カレイは目をつぶり、指を一本突《つ》きだした。そしてないしょごとを打ち明けるみたいな口ぶりでゆっくりと話した。「あたしはあんたのことをいろいろ知っているよ。あたしの心の目は過去《かこ》だけでなく、現在《げんざい》も未来《みらい》も見えるの。これはあたしの才能《さいのう》、聖《せい》ヴェロニクさまからさずけられた才能なの。あたしの名前も聖ヴェロニクさまにあやかってつけられたんだ」

おばさんは胸《むね》のまえで十字を切ると、親指に口をつけた。「聖ヴェロニクさま！　ああ、もっと話しておくれ！」

カレイは目を開いた。そして悲しげにほほえむと、首を横にふった。「この技《わざ》を使うといっぺんにつかれてしまう。あたしはスペインからやってきたんだけど、あそこでは、ブルゴスの貴婦人《きふじん》の運勢《うんせい》を占《うらな》ったら金貨《きんか》を五枚《まい》もくれたよ」

とたんに、おばさんは口をきっと結んで、ホットケーキのたねを混《ま》ぜた。「なんだ、占い師《し》か！わたしの金《かね》は汗水《あせみず》たらしてかせいだもんだ、そんなインチキやうそに使ってたまるか！」

カレイはつんとした顔で、ホットケーキ売りの女の顔を見おろした。

「金ならもう金貨を持ってるもん。あんたの小銭《こぜに》などほしかないよ、ジルベールさん」

女の混ぜる手が止まって、どろどろの液《えき》がおたまからしたたり落ちた。「どうしてわたしの名前を知ってるの？」

カレイはそっけなく答えた。「子どもにその名前を継《つ》がせることはできなかったね。子どもはできなかったから。あんたの運勢を見ようか？」

女ががっくりした顔になった。「あたってる。わたしらには子どもができなかった。でも、運勢《うんせい》見てお金はいらないっていうんなら、どうしてここに来たの？　わたしからなにがほしいの？」

少女はほほえみ、屋台《やたい》にただよう甘《あま》いかおりをうっとりとかいでいった。「あたしのおばあちゃんは、あんたのとまったく同じホットケーキをつくってくれた。正統田舎《せいとういなか》ふうってやつ。でしょ？」

ホットケーキ売りはうれしそうにほほえんだ。「ああ、そうだ、正統田舎ふうってやつ。あんたが運勢を占《うらな》ってくれたら、一枚《まい》あげるよ」

カレイは気をわるくしたみたいにそっぽを向いた。「たった一枚？」

寄《よ》ってきたハチをシッと手で追いはらい、女ははちみつのびんにふたをしながら両手を大きく広げていった。「じゃあ、いくつほしい？　いってごらん」

カレイはちょっとのあいだ、黒い巻《ま》き毛をもてあそんでいた。「八枚、いや、十二枚にしよう。これから長い旅だし、宿屋《やどや》によっては、口に合わない食べ物を出すところがあるから」

女はちょっとショックを受けたようだった。「十二枚とはまた、すごい量《りょう》だね！」

カレイは軽《かろ》やかに肩《かた》をすくめた。「軽く食べられるよ、たっぷりはちみつとバターが塗《ぬ》ってあれば。けど、この先どんな人生や運命《うんめい》が待っているかわかるんなら、安いもんだと思わない、奥《おく》さん？」

女はエプロンで両手をふいた。「あげるよ！」

カレイは屋台のカウンターがわりになっている板《いた》のうしろに回りこんだ。「右手を見せて」

女はてのひらを広げてさしだした。カレイはその手をじっくりと調べながら、相手にもよく聞こえるように聖《せい》ヴェロニクの祈《いの》りの言葉をとなえた。それからゆっくりと話しはじめた。

「ああ、やっぱりね。ジルベール、つまり、あんたのご亭主《ていしゅ》はとっても腕《うで》のいいパン職人《しょくにん》だった。ご亭主に死なれてから、あんたはこの仕事で暮《く》らしていこうと、長いこと一生けんめい働《はたら》いてきた。でも、心配にはおよばないよ、あんたはひとりじゃない。だれだろう、あんたの力になってくれてるこの男の人は？」

女はてのひらから目を上《あ》げていった。「フラーヌさんのこと？　農業《のうぎょう》やってる？」

カレイはうなずいた。「あの人はいい人だ。つれあいを亡《な》くしたけどね、奥《おく》さんを。よく訪《たず》ねてきて力になってくれてるだろ？」

女はほほえんだ。「朝早くから夜遅《おそ》くまでさ、わたしの頼《たの》みならね」

カレイはほほえみかえしていった。「あんたのことを気に入ってる。その人の娘《むすめ》さんも」

パンケーキ売りはうなずいた。「ジャネットはいい子だ、わたしの本当の娘みたい。あの子もよく家に来てくれるのよ。もっと話して」

カレイは女のてのひらにいくつかしるしを描《えが》いてみせた。「さあ、この先のことだけど。しっかりあたしのいうことを聞いてね。今夜は家に帰らないこと。地元の宿屋《やどや》に部屋《へや》を取って、市《いち》が終わっても、二、三日そこに泊《と》まってなさい。窓辺《まどべ》に座《すわ》ってフラーヌさんと娘が来るのを待つんだよ。ふたりは来るだろう。そしたらフラーヌさんに、もう仕事につかれたからやめたい、家やパンの屋台を売って引《ひ》っ越《こ》そうと思うっていうの」

女は不思議《ふしぎ》そうな顔になった。「どうしてそんなことをするの？」

少女は手をふって女をだまらせた。「あんたの将来《しょうらい》を知りたい？」

女はうなずいた。カレイは先をつづけた。「あんたは結婚《けっこん》して幸《しあわ》せに暮《く》らしている。農家《のうか》の奥《おく》さんとして。心のやさしい娘《むすめ》さんもいっしょにね。もうホットケーキは焼《や》かない。あんたが焼くのは家族で食べるパンと、暖炉《だんろ》を囲《かこ》んで夕べに食べるケーキだけだ。信じて、奥さん。あんたの運《うん》はあんた自身の努力《どりょく》で決まるんだ。聖《せい》ヴェロニクさまは、あんたをいい人だって信じてなさる。あたしにはわかる」

ふいに、女は両手を広げて少女に抱《だ》きつき、キスした。「ホットケーキ十二枚《まい》だけでほんとにいいの？」

領主《りょうしゅ》の館《やかた》の正面階段《かいだん》にもどって、少年ふたりと少女と犬は、ほかほかのホットケーキにこってりバターとはちみつを塗《ぬ》ったのを、たらふく食べた。ベンは指をなめながら、カレイを感心してながめた。

「どうしてあんなことができたの？　未亡人《みぼうじん》とか、農夫《のうふ》とか、娘とか、死んだ夫《おっと》の名前とかを、どうやって知ったの？　それに、聖ヴェロニクってだれ？」

カレイの説明はかんたんそのものだった。「だって、ここはヴェロンじゃないの。ヴェロニクっていえばかっこいいいし、いかにもこの土地に合ってるだろ。聖ヴェロニクなんて名の聖女《せいじょ》さまがいるのかどうか知らないけど、たしかにご利益《りやく》があったよ。

あの屋台が手がかりだったね。ペンキを塗《ぬ》りなおしてあったけど、その下にうっすら白い字が見えたのよ。〝パン屋S・ジルベール〟って。そんな男の姿《すがた》はないし、女はひとりで働《はたら》いていて、その名前を消してあるんだからね。だから、未亡人《みぼうじん》で、子どももはいないって思ったんだ。あの人は中年だったから、子どもがいたら、あたしたちと同《おな》い年《どし》くらいだろ。だったら、母さんの手伝いしてるはずじゃないの。あの人は家をひとりで出てここまで旅してきたのよ。だれかが手を貸《か》してるよ。

そこで農夫《のうふ》のフラーヌさん登場だ。女ひとりじゃぜんぶはできない、その人が助けているんだよ。奥《おく》さんが生きていたら、そんなことはできない。未亡人の家に一日じゅういて、ほんとの奥さんを二の次にするなんてできるわけがない。

あの人はブレスレットを手首につけてた。きれいな安物《やすもの》だった。そんなものにあの人が金《かね》を使うとは思えない。だから、若《わか》い娘《むすめ》が買ってくれたんだと見当つけた。そのとおりだった。農夫には若い娘がいた。ふたりともあのホットケーキおばさんが気に入ってる。未亡人と男やもめが、近くで暮《く》らしている。娘のジャネットは未亡人が好きだ。未亡人にとって、ジャネットは持ったことのない娘も同じ。

あとのことは、あの人がまじめにやればどうなるかをいってやっただけよ。だって、あの人が農夫の奥さんになって娘を持って、どこがわるいの？　そうしたいんでしょ？　それを手に入れるいちばんいい方法《ほうほう》を教えてあげただけよ。屋台と家を売ってどっかに行ってしまったら、フラーヌさんと娘はとっても悲しむよ。きっといったとおりになる、みんなそろって幸《しあわ》せになる、見てなって！」

ベンはすっかり感心して首をふった。「予想《よそう》がまちがっていたことはないの？」

少女は指についたはちみつをなめた。「ときどきね。まちがっても、しゃべっているうちに直していけるよ。これって、出たとこ勝負みたいなもんよ。当て推量《すいりょう》と相手の見きわめ、それと相手が聞きたがっていることをいってあげるだけ。さあ、この石段《いしだん》のとこに屋台出そうよ。ドミニク、あんた、絵の道具出して。ベンとネッドはあたしのとなりに座《すわ》って、貧《まず》しいけど正直《しょうじき》って顔するんだよ。あたしが歌うたってお客を引きよせるから。ホットケーキはあとでまた食べるのに取っておこう。ドミニク、もう一枚《まい》ネッドの絵かいて」

犬はカレイの横に座ってベンにウィンクした。「きみは貧しく見える役。ぼくは正直に見える役！」

カレイはショールをふたつ折りにたたんで、小銭《こぜに》を投げいれてもらえるように足もとに敷《し》いた。ドミニクは石板《せきばん》とチョークを取りだした。ベンは少女のわきに座って、甘《あま》い歌声に耳をかたむけた。

そこゆくだんなさん、奥《おく》さん、子どもさん、
しばし止まってくれたなら、歌をうたってあげましょう。
この世は不思議《ふしぎ》なとこばかり、
はるか海ゆきゃシナにアラビア、
ラクダはゆくよ、五色《ごしき》の絹《きぬ》をなびかせて。
かすむ山々、白い峰《みね》、

船はお塔《とう》か、天までそびえ、
はためく白帆《しらほ》はいさましく、
積《つ》み荷《に》はコショウにルビーに黄金、
港《みなと》じゃ花輪《はなわ》が桟橋《さんばし》をかざる。
おえらい王様、殿《との》さまの国じゃ
うるわし乙女《おとめ》やかしこい坊《ぼう》さまが
青い空のもと、歌うたい、経《きょう》となえる。
まだその目で見たことないのなら、
歌をうたってあげましょう、
たちまち心は遠い空、
異国《いこく》の甘《あま》い夢《ゆめ》のなか。

すこしずつ、人が集まってきた。荷車《にぐるま》を押《お》した年寄《としよ》りもいた。荷車にはバターミルクの入った大きな缶《かん》、おたま、そしていくつかの焼《や》き物のボウルを積んでいた。カレイの歌が終わると、年寄りは拍手喝采《はくしゅかっさい》して大声でいった。「なんていい声だ！　もっと歌っておくれ、娘《むすめ》さん！」

カレイは手をさしだした。「ちょっと息つかせてね。それよりここに来て、名人絵かきに似顔絵《にがおえ》かいてもらいなよ。高くないから！」

年寄りはふくみ笑いして、首をふった。「いや、けっこうだ。絵なんかに使う金《かね》はないよ。それに、こんなよぼよぼじいさんを描《えが》いたってしかたないじゃないか、なあ？」

ベンは年寄《としよ》りをいいくるめて石段《いしだん》のいちばん上に座《すわ》らせ、ドミニクに顔を向けさせると、しぶしぶといったようすの年寄りを安心させた。「お金なんか取りませんよ。のどがかわいてるから、バターミルクを一杯《ぱい》ずつくれたらそれでじゅうぶんです。あいつはいい絵かきです、きっと気に入りますよ。さあ、はずかしがらないで。ほら、ぼくの犬にもいっしょに座ってもらおう。こいつは絵になりますから」

見物人からも老人《ろうじん》をはげます声があがった。老人はやっと似顔絵《にがおえ》をかいてもらうことを承知《しょうち》した。「じゃあ、かいてくれ。それがありゃ、女房《にょうぼう》が腹《はら》いせに泥《どろ》をぶつけることもできるしな」

ドミニクはバターミルク売りの老人の正体《しょうたい》を、びっくりするほどみごとに描《えが》いた。見まもる人の数はどんどん増《ふ》えて、みんな似顔絵のうまさに目を丸くした。

「すばらしい！　なんてうまい絵だ！」

「生き写しだなあ。黒い犬までかいたぞ、あの人のひざに前足をのせてるとこまで。ほら！」

「年寄りの顔、親切で人がよさそうじゃないか！」

ネッドは人々が絵をほめているのを見ながら、ベンに伝えた。

「ドミニクって本物の芸術家《げいじゅつか》だよね。その絵のぼく、いつも以上に気高《けだか》く見えるよ。それにおじいさんの目！　しわまで完ぺきにかけてる。これ見ただけで、陽気で人のいいおじいさんだってわかるもの。さあ、だれだ、つぎに似顔絵《にがおえ》かいてもらうのは？　気高いぼくとならんでさ。ぼく、有名なのに慣《な》れてきたよ！」

ベンは犬のしっぽをツンツンとひっぱった。「自慢《じまん》なんかしてないで、バターミルク早くなめちゃいな。おじいさん、ボウルがあくのを待ってるよ。もっとも、つぎの人に出すまえに、ボウルを洗《あら》わなきゃならないだろうけどね」

ネッドは鼻を鳴らした。「そうだよ、農民《のうみん》どもが、貴公子《きこうし》ネッドさまのボウルを使うんだからね！」

男も女もつぎは自分の絵をかいてほしいと、大声で競《きそ》いあい、小銭《こぜに》をさしだした。カレイがベンをこづいた。「ハハハ、商売繁盛《はんじょう》だね！」

ドミニクはあたりを見まわして、つぎにかく相手を選んだ。そして男の赤ん坊《ぼう》を抱《だ》いた若《わか》い母親の手を取って石段《いしだん》の上にひっぱりあげた。母親は見るからに貧《まず》しかった。着ているものはくたびれて糸がほどけていた。でも、赤ん坊は清潔《せいけつ》で健康《けんこう》そうだった。

母親ははずかしさに顔を真《ま》っ赤《か》にして、ドミニクからけんめいに逃《のが》れようとした。「おねがい、赤ちゃんを養《やしな》うお金だってないの。お代なんかはらえないわ」

サバダの絵かきはやさしく話しかけた。「お代なんかいいんです。あなたとその赤ちゃんを絵にかけるなら、ぼくが支払《しはら》わなきゃと思うくらいです。このホットケーキを二枚《まい》あげましょう。一枚はあなたに、もう一枚を赤ちゃんに。さあ、赤ちゃんを抱《だ》いてじっとして。ぼくのほうを見て」

石段《いしだん》のベンの横にどさっと腰《こし》を下《お》ろし、カレイはあきれたように大きなため息をついた。

「客はこれまでに二人、いや、三人か、赤ん坊を入れると。それでかせぎはなに？　ひとり一杯《ぱい》ずつのバターミルクだけじゃないか！　物乞《ものご》いをさがしてきたら、あの絵かきは片《かた》っぱしからただでかいてやるよ。あたしらも服ぬいで物乞いにくれてやろうよ。ほどこしをさせてもらった代金にさ。ばかだよ、あたしらみんな！」

ベンは少女の冷たい態度《たいど》が気に入らなかった。「文句《もんく》をいうなよ。人を助けるのはわるいことじゃないだろ。人生にはお金以外にも大切なものがあるんだ。荷車《にぐるま》の車輪《しゃりん》に鎖《くさり》でつながれていたきみを助けなかったら、いまごろどうなっていたと思う？」

カレイがすかさずいいかえそうとしたとき、栗毛《くりげ》の馬の背《せ》に横座《よこずわ》りした金持ちらしい身なりの婦《ふ》人《じん》が声をかけてきた。婦人は大声でえらそうにいった。「その小僧《こぞう》に、つぎにわたしをかいてもよいと伝えなさい！」

ネッドは婦人が栗毛馬をまえに進めてきたのを見て、ウウーッとうなった。馬はあとずさりしようとしたが、婦人は強引《ごういん》にまえへと進ませた。そしてベンに革《かわ》むちをふりつけていった。「その犬をつなぎなさい！　さもないと、始末《しまつ》させるよ！」

ベンは犬の首輪《くびわ》をつかんでいった。「すみません。ネッドはあなたの馬にふまれるかと思ったんです」

ネッドがむかっとなってぼやいたのが聞こえたが、ベンは無視《むし》した。「女も馬も礼儀《れいぎ》ってものを知らないよ！」

金持ちの婦人《ふじん》は革《かわ》むちの先をドミニクに向けていった。「その絵を早くかきおえておしまい。おまえが百姓《ひゃくしょう》どもとぐうたら絵をかいてるのを、一日じゅう待ってるわけにはいかないんだよ！」

絵かきはどこ吹《ふ》く風とばかりにスケッチの手を休めなかったが、ちらりと婦人を見あげる目は怒《いか》りに燃《も》えていた。「だったらお帰りください、奥《おく》さま。あなたの絵をかく気はありません！」

赤ん坊《ぼう》を抱《だ》いた女は立ちあがろうとしたが、ドミニクが押《お》しとどめた。「じっとして、もうすこしだ」

とたんに婦人が馬の向きを変えたので、見物人たちは四方に散《ち》った。婦人はドミニクを憎々《にくにく》しげににらんではなれていった。

ネッドはベンの手からはなれて、馬のあとをほえながら追った。とたんに馬が早足になった。婦人はかざりのついた帽子《ぼうし》が落ちないようにけんめいにおさえて、馬の背《せ》で上下に飛びはねた。屋台の商人たちはこのぶさまな逃《に》げかたを見て大声で笑い、あざけった。なかにはベンのそばにかけもどってきたネッドに拍手《はくしゅ》するものもいた。

ドミニクは若《わか》い母親と赤ん坊をえがいた石板《せきばん》をかかげて見せた。まわりの見物人からおおっと感《かん》嘆《たん》の声がもれた。母親の顔には美しさと正直《しょうじき》さ、わが子に対《たい》する愛があふれていた。赤ん坊の目からは疑《うたが》いを知らない幸《しあわ》せと信頼《しんらい》がかがやいていた。非《ひ》の打ちどころのない美しい絵だった。ドミニクは絵を母親にあたえて、約束《やくそく》したホットケーキもそえた。母親はていねいにおじぎをして、つっかえつっかえ礼をいった。

「こ、これを暖炉《だんろ》の上の壁《かべ》にかけたら、うちの主人がよろこびます。ありがとう、ほんとにありがとう！」

ドミニクはおじぎをして、ほほえみかけた。「ご主人に伝えて。こんなすばらしい奥《おく》さんと子どもがいるあなたは幸《しあわ》せものですって」

母親と子どもが去っていき、ドミニクが太った陽気な奥さんの絵をかきだしたとたん、屋台のあいだからなにやらさわがしい音がした。ドミニクは目を上《あ》げていった。「なんだ、このさわぎは？」

カレイが領主《りょうしゅ》の館《やかた》の大きな門柱《もんちゅう》によじのぼった。「あれあれ、これはたいへんだ。あんたが追っぱらったなまいきな女が、番兵連《ばんぺいつ》れてもどってきたよ」

ドミニクは絵の道具をかきあつめだしたが、ベンは座《すわ》ったまま動かなかった。「逃《に》げたってむだだよ。みんなひとところに固まって相手の出かたを見よう。だれを傷《きず》つけたわけでも、盗《ぬす》みをしたわけでもないんだから」そういってことさらにカレイの顔を見た。「だろう？」

門柱から下《お》りてきたカレイも同じ意見だった。「どうしてそんな顔してあたしのこと見るの？　すりなんかしてないよ。あんたのいうとおり、みんなで固まろう！」

ネッドはベンをせがむような顔で見た。「あーあ、逃げろっていってほしかったなあ。ぼくはあの馬をいじめちゃったんだもの」

馬に乗った婦人《ふじん》と番兵ふたり、それに番兵の隊長《たいちょう》がつかつかと階段《かいだん》を上《あ》がってきて、物見高いやじうまたちを追いはらった。ドミニクは先手を打って隊長に声をかけた。「ぼくたちはなにもわるいことはしていません。このご婦人《ふじん》をことわったのは、かく人を選ぶのはぼくの自由だからです！」

ネッドの考えがベンに伝わってきた。「ドミニクがわるいんじゃないよ。見て、あの冷たい顔した女。あの馬のお尻《しり》をかいたほうが、よっぽどいい絵ができると思うよ」ネッドの冗談《じょうだん》に思わずベンは吹《ふ》きだした。

きちんと制服《せいふく》を着た番兵《ばんぺい》の隊長《たいちょう》は、きびしい顔でベンをにらみつけた。「なにがおかしい！」そして革手袋《かわてぶくろ》をした手をベンの一行《いっこう》に対してふりつけると、「こいつらか？」ときいた。

ふたりの番兵のうちの小柄《こがら》なほうが答えた。「はい、隊長。こいつらです。こいつら、金《かね》をはらわずに門を通りぬけました。小僧《こぞう》ふたりに娘《むすめ》と犬です。おれたちは持ち場をはなれられないので、追いかけられませんでした」

婦人は革むちをドミニクに向けた。「そいつよ、わたしを侮辱《ぶじょく》したのは。なまいきな若造《わかぞう》めが。隊長、きちんと処罰《しょばつ》することを要求《ようきゅう》するわ。わたしの主人はトゥールーズの長官《ちょうかん》よ。うちの町ならこんな無法《むほう》はゆるされないわ。ぜったいに！」

隊長は両手を腰《こし》のうしろで組んで、ベンたちのまわりを歩きながら、きびしく説教《せっきょう》をはじめた。

「これは冗談ごとではすまん。すぐに罰が下《くだ》ると思え！」

カレイはむじゃきな笑顔《えがお》を隊長に向けていた。「あら、いやだ、隊長！　あたしたちなんにもわるいことなんかしてな――」

「だまれ！」隊長が真っ赤《まっか》な顔をしてどなった。「番兵をだまして入 場 料《にゅうじょうりょう》をはらわなかったではないか！　免許《めんきょ》も、使用料《しようりょう》もなしに商売をはじめたではないか！　ブルゴン伯爵《はくしゃく》のお屋敷《やしき》の石段《いしだん》の上で商売をしただろう？　そこで商売などゆるされておらんのだ。そのうえ、ヴェロンにいらした高貴《こうき》なご婦人《ふじん》を侮辱《ぶじょく》して犬をけしかけただろう？　それをぬけぬけと突《つ》っ立って、なにもわるいことをしてないだと？　こいつらを逮捕《たいほ》して連《つ》れていけ、犬もだっ！」

ネッドは歯をむきだして猛然《もうぜん》とほえた。ベンは犬の首輪《くびわ》の下に手をすべりこませて、心のなかでネッドに注意した。「しーっ、これ以上事態《じたい》をわるくしちゃだめだ。えらい人たちを怒《おこ》らしちゃって、ほんとうにおおごとになってしまったみたいだよ」

町人たちが声もなく見まもるなかを、四人の違反者《いはんしゃ》たちは引《ひ》っ立《た》てられ、広大な館《やかた》の塀《へい》の端《はし》にある、鉄格子《てつごうし》の下《お》りた入り口に向かって歩いていった。

18

煉瓦《れんが》づくりの長いトンネルをぬけると、そこは周囲《しゅうい》を塀《へい》で囲《かこ》まれた明るい庭だった。まえを隊長《たいちょう》、うしろをふたりの番兵《ばんぺい》にはさまれた四人の仲間たちは、暗いトンネルから明るい日ざしのなかに出て目をしばたいた。見るからにとても裕福《ゆうふく》な家の、手入れの行き届《とど》いた庭だった。バラやシャクナゲの茂《しげ》みが壁《かべ》のすそをいろどり、たくさんの小花が縁《ふち》どりのように咲《さ》き乱《みだ》れていた。赤っぽい小石を敷《し》きつめた小道が石庭《せきてい》の周囲をぐるりと輪《わ》のように取りかこみ、小川がシャワシャワと音をたてて流れていた。石庭のまんなかには石段《いしだん》のある古いあずま屋《や》があり、その両わきにはそれぞれ剪定《せんてい》された洋ナシの木が生えていた。

あずま屋のなかには、あごひげを生やした老人《ろうじん》が籐《とう》でできた長いすに座《すわ》っていた。寝巻姿《ねまきすがた》のまま、上に絹《きぬ》のキルティングの上着を着ている。

ヴァンサント・ブルゴン伯爵《はくしゃく》はゆうべよく眠《ねむ》れなかった。だから、いまこうして庭で夏のあたたかい陽《ひ》ざしを浴《あ》びながら、うたたねして時間つぶしをしているのだった。砂利道《じゃりみち》をふむ足音に、伯爵はゆっくりと目を開けた。隊長が近寄《ちかよ》ってきて主君《しゅくん》の伯爵に敬礼《けいれい》した。ブルゴン伯爵はかわいた羊皮紙《ようひし》のような手をのろのろと上《あ》げて、隊長《たいちょう》の動きを止めた。そして、ぼろぼろの服を着た若者《わかもの》三人と犬を見た。

隊長は首をのばすようにしてやっと、老伯爵《ろうはくしゃく》の声を聞きとることができた。「その子らと犬をどこに連《つ》れていく？」

気をつけの固《かた》い姿勢《しせい》をしたまま、隊長はえらそうにいった。「免許《めんきょ》なしに商売してました、伯爵。こいつらは若いが違反者《いはんしゃ》たちです。一、二週間牢屋《ろうや》にぶちこめば、規律《きりつ》と行儀《ぎょうぎ》も身につくものと思われます！」

老伯爵は目をちかっとかがやかせて、ベンにたずねた。「法《ほう》をおかすとは、よほど困《こま》ったか？」

ベンはたちまちこの伯爵が好きになった。見るからにかしこく親切そうだ。

「ちがいます、伯爵。あなたの町の市《いち》に入るための二サンチームがなかっただけです。ああ、あとこのネッドの分の一サンチームと」

伯爵はゆっくりうなずいてほほえんだ。「なるほど。で、この犬、ネッドとやらは、わしがなでたら噛《か》みつくかな？」

ベンはくっくと笑った。「そんなことはしません。とても行儀のいい犬です。さあ、ネッド。こちらのおかたになでてもらいなさい。さあ、行け！」

黒いラブラドールは伯爵のそばにとことことかけよりながら、ベンに伝えた。「ぼくがいかにもまぬけな小犬みたいな話しかた、やめてくれないかな。でも、このおじいさんはいい人みたいだ。ちょっと魔法《まほう》をかけちゃおう。見てて！」

ネッドは心をこめて伯爵《はくしゃく》の顔を見つめ、片方《かたほう》の前足をさしだした。老人《ろうじん》はよろこんでその前足をにぎり、ネッドの頭をやさしくなでた。

「いやあ、こいつはいいやつだ。なあ、ネッド？」

ベンにはネッドの感想《かんそう》が聞こえた。「そうですとも。それに、おじいさんもなかなかすてきですよ。うーん、なでるのがうまいやあ」

伯爵は一件落着《いっけんらくちゃく》といわんばかりにうなずいて、隊長《たいちょう》にいった。「帰ってよろしい。この若《わか》い衆《しゅう》はわしにまかせなさい」

かっとなって隊長がさからった。「しかし、こいつらはお屋敷《やしき》の石段《いしだん》のところで商売をしておったのです。しかも、トゥールーズの長官夫人《ちょうかんふじん》を侮辱《ぶじょく》した――」

片手を上《あ》げて最後までいわせず、伯爵は答えた。「ふん、あのえらそうな鬼《おに》ばばあめ、そろそろあの高慢《こうまん》ちきな鼻をへし折ってやらにゃ。もういい。番兵《ばんぺい》らとともに市《いち》にもどって任務《にんむ》をつづけなさい。この浮浪者《ふろうしゃ》たちは、わしがあずかる」

かりかりして真《ま》っ赤《か》な顔になった隊長は、番兵ふたりを連《つ》れてまた、トンネルをぬけて帰っていった。

両手を広げて、伯爵は四人にそばに来るよう手まねきした。「ここにおいで、子どもたち。このいすのそば、敷物《しきもの》の上に座《すわ》りなさい。隊長のことは気にするな。あれはいいやつだが、ときどき仕事に熱心《ねっしん》になりすぎる」

老人の足もとに腰《こし》を下《お》ろし、一同はつぎつぎに名前を名乗った。伯爵は黒い犬を軽くたたいていった。「そしてこの子がネッドだ。もうおぼえたぞ。わしの名前はヴァンサント・ブルゴン。ヴェロンの伯爵《はくしゃく》だ。伯爵なんて近ごろじゃあまりはやらないし、役にも立たんがな。カレイ、わしはナシが好きでな、みんなの分もいくつか取ってきてくれんか」

少女はあずま屋《や》の窓《まど》のなかにまで枝《えだ》をのばしているナシの木の、いちばん近い枝から黄色くうれた大きなナシを五個《こ》もいだ。ナシの実《み》はおいしかった。老人《ろうじん》はナプキンで口もとについたナシの果《か》汁《じゅう》をふくと、一同にたずねた。

「それでは、きみたちの話をしてもらおうか。カレイ、きみはなにをしているんだ？」

そで口でくちびるをふきながら、少女は答えた。「あたしは歌い手です。世界一の歌い手！」

老人はくっくっと笑った。「そうだろうとも。じゃあ、お嬢《じょう》さん、一曲歌っておくれ。楽しい歌をな。いい声を聞いてみんなが楽しくなるのはいいもんだ。さあ、歌っておくれ！」

カレイは立ちあがり、両手の指をみぞおちあたりで組むと、陽気な歌を歌いだした。

陰気《いんき》な顔も悲しい顔も
あたしの歌聞きゃ
長くはもたない。
小鳥は空で歌うけど
どうして歌うかわからない
あたしも歌を歌うけど

どうして歌うかわからない。
陽気になるのにお金はいらない
歌ってレイイレイイレイホー
笑ってニコニコ、ニッコリと
今日は歌おう
陽気な歌を、
なやみも苦労《くろう》も飛んでって
なげき悲しむひまもない

歌の終わりのやさしい声音《こわね》が昼の陽《ひ》だまりのなかにたゆたった。伯爵《はくしゃく》はハンカチでそっと目頭《めがしら》をふき、鼻をすすった。「気にしないでおくれ。きみの歌といい声に気持ちはうんと明るくなったのに、目にはまた別の都合《つごう》があるらしい。さあて、ベン、きみはどんな特別《とくべつ》の才能《さいのう》を披露《ひろう》してくれるのかな?」

座《すわ》ったまま、ベンは親切な伯爵の目を見あげた。「ぼく? ぼくは特別な才能なんかありません。ネッドとぼくは、このふたりの友だちだってだけです。カレイのように歌えないし、ドミニクのように絵もかけません」

伯爵はベンの頭をやさしくなでた。「じゃあ、ふたりはきみやネッドのようないい友だちがいてほんとうにめぐまれている。友情《ゆうじょう》は最高のおくりものだからな。さあ、ドミニク、きみはどんな絵をかくのかね？」

「人の顔です」とドミニクは答えた。「ぼくは似顔絵《にがおえ》かきで通っています」

まばらな髪《かみ》をなでつけ、あごひげをまっすぐにのばして、伯爵《はくしゃく》は胸《むね》を張《は》っていった。「わしを描《えが》いてもらえるかな？」

ドミニクは肩《かた》かけカバンから羊皮紙《ようひし》を一枚《まい》と、木炭《もくたん》、それにチョークを取りだして、敷物《しきもの》の上にあぐらをかいたまま、伯爵を見あげた。「伯爵はとても味のあるいいお顔をしておられます。この羊皮紙はいい題材《だいざい》にめぐりあったときのためにと、大事にとっておいたものです。ちょっとあごを下《さ》げて、ぼくのほうを見てください」

金色の午後の時間はゆっくりと流れて、ドミニクはしわのよった伯爵の顔のどんな細部も見落とすまいと、じっくりとスケッチに取り組んだ。ネッドは長々と寝《ね》そべって気持ちよさそうに昼寝《ひるね》した。カレイは庭をぶらぶらと見てまわり、美しい花や、壮麗《そうれい》な館《やかた》のりっぱな窓《まど》などに目を見はった。ベンは開いていた窓のわくの上に座《すわ》って深呼吸《しんこきゅう》した。空気はくらくらするほど匂《にお》う花々のかおりをたたえ、流れる小川の水に冷《ひ》やされてさわやかだった。どこか近くで、ツグミが雲ひとつない青い空をたたえるようにさえずっている。ハチはこもった羽音で小鳥の歌に伴奏《ばんそう》をつけ、チョウチョウはベンのシャツのまえに止まり、きらめく青と紫《むらさき》の羽を広げたままじっとしていた。

おだやかな静かさがベンの心に染《し》み入《い》ってきた。ここは嵐《あらし》に引き裂《さ》かれた海からも、フライング・ダッチマン号やヴァンダーデッケン船長からも遠くはなれた世界だった。海賊船《かいぞくせん》での暮《く》らしや気の毒《どく》なラファエル・チューロン船長の思い出も、遠い昔《むかし》の夢《ゆめ》のように思えた。じょじょにベンのまぶたが落ちてきた。と、ドミニクの声がした。「はい！　かなり伯爵《はくしゃく》らしくかけたと思います」

カレイが庭からもどってきた。ネッドも目を覚《さ》まし、ベンとともに似顔絵《にがおえ》のできばえを見に集まった。五人はそろって、老《ろう》伯爵がふるえる手で持っている絵を見つめた。描《えが》きだされていたのは、ヴェロンの伯爵ヴァンサント・ブルゴンそのもの、いや、それをはるかにこえたものだった。どの線も、どの小じわも、年をへて銀色にかがやくあごひげと髪《かみ》も、びっくりするほど実物《じつぶつ》に似《に》ていた。

老人はふるえる声でいった。「この目！　教えてくれ、若《わか》い絵かきさん。わしの目になにが見えた？」

ドミニクはしばらく考えてから答えた。「見えたのは、知恵《ちえ》でした。でも同時に、昔《むかし》は幸《しあわ》せだったのに、さびしく希望《きぼう》のない暮《く》らしをするようになった人の、なにかを失《うしな》った悲しみが見えます。もっとお話ししましょうか？」

伯爵はやるせなさそうに首をふった。「あとはわかっている。こんなに長いあいだ苦しんできた年寄《としよ》りは、いまさら苦しみの話を聞くまでもない」

ベンは手をのばして伯爵の頬《ほお》にふれた。「だったら、ぼくたちに話してくれませんか？　話してしまえば気が晴れるかもしれませんよ。うかがいましょう、ぼくたちは友だちですから」

伯爵は目をしばたき、夢《ゆめ》から覚《さ》めたような顔で一同を見つめた。「そうだ、友だちだ！　縁《えん》があってわしのところに送られてきたような気がするよ、わしの話を聞いて助けてくれるために！」

伯爵は絵のかかれた羊皮紙《ようひし》を注意深く丸めると、ネッドにわたしていった。「持っていってくれ。そっとだよ。この絵は額《がく》に入れて家のなかにかざろう」ネッドは巻《ま》いたスケッチをそっとくわえた。

衆《しゅう》。両方の手を広げると、老人《ろうじん》は打って変わってきびきびした調子でいった。「さあ、友だちの若《わか》い衆《しゅう》。その強い手を貸《か》してわしを立たせてくれ。家のなかに入ろう。食べ物がいっぱいあるぞ。思いきり食べない子どももなんて聞いたことないからな。まず食べてから、わしの話をしよう」

館《やかた》のなかはみごとなものだった。壁《かべ》には、絹《きぬ》の壁かけ、よろい、昔《むかし》の武器《ぶき》がかざられていた。伯爵《はくしゃく》は一同が興味《きょうみ》しんしんのおももちで見ているのにも知らん顔で、まっすぐキッチンに案内《あんない》した。そして、ずらりとならぶ料理《りょうり》器具や配膳《はいぜん》用具のまんなかにある、みがきこまれた松《まつ》の木の大きなテーブルを囲《かこ》んで座《すわ》るようにいった。まわりには棚《たな》があって、なかに皿やグラスや杯《さかずき》、ふたと足のついたつぼなどがいっぱいおさまっていた。銅《どう》なべ、ポットや釜《かま》なども樫《かし》の木の太い梁《はり》からぶら下《さ》がっていた。

主人である伯爵も一同といっしょに座った。そして、テーブルの面をとんとんとたたいて、ぞんざいに大声で呼《よ》ばわった。「マチルド！　飢《う》え死《じ》にしかかってる人間に食べ物を出す気もないのか、おい！」

ものすごく太ったおばあさんが、元気いっぱいという顔で飛びだしてきた。丸っこい手を大きなエプロンでふいている。おばあさんはご主人の頼《たの》みにするどく切りかえした。「ふん、飢え死にしかかってる？　まっとうな人間なら決まった時間にきちんと食事するもんだよ。冗談《じょうだん》じゃない。あわれなマチルドがお昼寝《ひるね》しようかってときになって、どかどか入ってきて食べ物出せなんてさ！」

ご主人の目がいたずらっぽく光ったかと思うと、負けずにいいかえした。「市場に売りに出されたアヒルみたいにクワクワさわぐんじゃない！　この骨董品《こっとうひん》が！　わしとここにいる若い友だちみんなのために、食べ物を持ってこい。いますぐ！」

ベンはほほえみを押《お》し殺《ころ》した。このふたりは長年いっしょに暮《く》らしてきた仲よしで、このいいあいもおたがいにとって、ただの遊びなんだ……。

料理人《りょうりにん》のマチルドは腕組《うでぐ》みし、若者《わかもの》たちをにらみつけて、口もとをゆがめた。「友だちだって？みんな浮浪者《ふろうしゃ》かごろつきに見えるけどねえ。家に入ってこられたら、銀の食器《しょっき》をかくしたくなる連《れん》中《ちゅう》だよ。わたしがきれいに手入れしてるいすに座《すわ》ってるのは、黒いオオカミかい？　待ってな、マスケット銃《じゅう》取ってきて撃《う》ってやる！」

ネッドはベンの顔を見て伝えた。「冗談《じょうだん》だよね？　このおばあさん、すごくこわいよ！」

伯爵《はくしゃく》は負けずにマチルドをにらみかえすと、わざと荒々《あらあら》しくいった。「すぐに食べ物持ってこないと、わしがマスケット銃取ってきておまえを撃ってやる！　この役立たずのやっかいもんが！」

マチルドは笑いをかみ殺してやりかえした。「やっかいもんはそちらさんだ。このかわいたキリギリスのぬけがらが！　そうだ、早く食べ物持ってきてやらないと、風に吹《ふ》かれてふたつに折《お》れて、どっかに飛んでってしまうだろ！」

マチルドが出ていくと、カレイはがまんできなくなって笑いだした。「伯爵、いつもあんなすごい調子でやりあっているの？」

老人《ろうじん》はほほえんだ。「ああ、いつもだ。あんな気っぷのいい、やさしい人間は世界広しといえどもふたりとはいないだろ。この家を仕切《しき》って、わしをいたずら小僧《こぞう》あつかいしおるが、マチルドがいなかったら、わしは一日も暮《く》らしていけないよ」

運ばれてきた食べ物はすばらしかった。盛《も》り鉢《ばち》いっぱいの地元産《さん》クリームチーズ、オニオンスープ、とれたての牛　乳《ぎゅうにゅう》、農家《のうか》ふうのパン、アーモンドをのせたレーズンケーキ。マチルドはそれらを一同に出しながら、口のなかでしきりに〝寝《ね》ているあいだに物乞《ものご》いや浮浪者《ふろうしゃ》に殺《ころ》される〟とつぶやいていた。ネッドに頬《ほお》をなめられると、わざとひどくおどろいてみせ、「自分の家のキッチンでオオカミに食《く》い殺されちゃかなわないよ」と、逃《に》げていった。

おなかいっぱいおいしい食事をしたあとで、四人はいすにゆったり座《すわ》ってこの家の主人の話に耳をかたむけた。

伯爵《はくしゃく》は印形《いんぎょう》つきのどっしりした金《きん》の指輪《ゆびわ》を指からはずして、テーブルの上に置《お》いた。

「この印形はわが家《や》の紋章《もんしょう》なのだ。ライオンは力を、ハトは平和を、結んだロープは統一《とういつ》、もしくは団結《だんけつ》を意味している。ブルゴン家は昔《むかし》からこの家訓《かくん》にしたがって生きてきた。このあたり一帯《いったい》の土地を何代にもわたって所有《しょゆう》し、定められたとおり、この土地の人々を守ってきた。

わしはふたり兄弟の兄だったが、運《うん》わるく結婚《けっこん》できなかった。わしは学問《がくもん》が好きで、かつては修《しゅう》道院《どういん》に入って修道僧《そう》になりたかったが、それもはたせなかった。わしの弟はわしよりはるかに人望《じんぼう》があった。エドアールは体も大きく、たくましく、どんな武器《ぶき》も使いこなした。両親が亡《な》くなったあと、わしたち兄弟はいっしょにヴェロンを治《おさ》めた。だが、エドアールは町の仕事もこの家の管理《かんり》もすべてわしまかせにして、冒険《ぼうけん》の旅に出かけるようになり、ときには長いあいだ帰ってこなかった。

ある日、弟は馬で南のほうに出かけた。たったひとりで。エドアールは冒険好きだった。スペインとの国境《こっきょう》、ピレネー山脈《さんみゃく》に分け入《い》って狩《か》りをするつもりだった。だが、山中で事故《じこ》にあい、馬から落ちて頭にケガをして意識《いしき》を失《うしな》った。その弟を発見したのが、強大な勢力《せいりょく》を持つラザンの一族だったのだ」

「ラザン！」ドミニクが身を乗りだし、信じられないという顔でいった。

老人《ろうじん》の眉《まゆ》がつりあがった。「おや、その名前を聞いたことがあるのか？」

ドミニクは勢《いきお》いよくうなずいた。「山のむこう、ぼくの故郷《こきょう》のスペインの町サバダでは、もっぱらその話でもちきりです。連中《れんちゅう》の名前を聞いただけで、正直《しょうじき》な人々は胸《むね》のまえで十字を切ります。馬や牛がいなくなったり、人が行方《ゆくえ》不明になったりすると、みんながそいつらのしわざだとうわさします。母親たちは、子どもがわるさをすると、そいつらの名前を出しておどします。〝ラザンが来るよ！〟って。でも、実際《じっさい》にはだれもやつらの正体を知らないんです。牧師《ぼくし》さんは連中のことを、もとはアルジェにいた、いろいろな魔法《まほう》やまじないを使う魔法使いだっていってました。でも、話のじゃまをしてごめんさい。どうぞ、伯爵《はくしゃく》、話をつづけてください」

細くのびたあごひげをなでながら、伯爵は語った。「ラザンについてはいろいろな説《せつ》がある。アフリカから来た、いや、カルパティア山脈から来たなどとな。わしにいわせると、みんなつくり話で、ラザン族の連中が無知《むち》な農民《のうみん》たちに恐怖《きょうふ》を植えつけるために、自分たちで広めたのだと思う。わしも連中が呪《のろ》いをかけて、男や女や子どもを、魚や獣《けもの》や鳥に変えたという話を聞いている。やつらは人々の迷信《めいしん》につけこみ、未知《みち》のことに対《たい》するおそれを逆手《さかて》に取って、素朴《そぼく》な人々を支配《しはい》するのだ」

印形《いんぎょう》つきの指輪《ゆびわ》を人さし指にもどして、老《お》いた伯爵《はくしゃく》はため息をついた。「弟のエドアールはこわいもの知らずだった。ラザン族は弟が何者かを知っていたにちがいない。でなければ、馬と武器《ぶき》をうばうついでに弟を殺《ころ》していたろうからな。だが、弟はラザン族に介抱《かいほう》されてケガを治《なお》しているうちに、ラザンの娘《むすめ》に恋《こい》をしてしまった。娘はラザン一族ただひとりの娘でな、たいそう美しかった。その娘ラズリーナは、看病《かんびょう》をほかのものにまかせず、けんめいに弟を看《み》た。娘の母親マグダは、このふたりをいっしょにさせるのもわるくないと思ったのだろう。そうすれば、昔《むかし》から手に入れたくてしかたがなかったヴェロンの村に難《なん》なく、正当に足がかりができるからだ。

ラズリーナとエドアールは、ラザンの村で結婚《けっこん》をみとめる式をあげ、弟は体がもとどおりになってから花嫁《はなよめ》を連《つ》れて帰ってきた。あの娘が、どうしてあんなよこしまな一族のなかで暮《く》らしてこられたのか、どうしてもわからん。それほど正直《しょうじき》で、真心《まごころ》があって、やさしい子でな、弟がどうして恋に落ちたのか納得《なっとく》したものだった。ふたりはここで二年近く幸《しあわ》せに暮らした。

そして、悲劇《ひげき》がこのブルゴン家をおそった」と、伯爵はひといきついた。その先をつづけるのがつらそうだった。

ネッドは老人《ろうじん》のそばに行ってひざに頭をのせ、やさしい思いやりのある目で見あげながら、ベンにこう伝えた。「かわいそうに。見て、おじいさんの悲しそうな顔を」

ベンはうなずいて、老人の肩《かた》にそっと手をかけた。「悲劇って？」

ハンカチで目をふきながら、伯爵は先をつづけた。「ラズリーナは子どもを産《う》むとすぐ死んでしまったのだ。子どもは男の子だった。エドアールは悲しみのあまり、生まれた子の顔も見ようとしなかった。自分の部屋《へや》に引きこもってしまってな。だからマチルドとわたしとで子どものめんどうを見、アダモと名づけた。家じゅうから明かりが消えてしまったように、悲しい家になってしまった。

　ところが、ラズリーナの死から三日たつかたたぬうちに、母親のマグダとその四人の弟たちが、まるで魔法《まほう》のようにこの家の玄関《げんかん》にあらわれた。あのマグダのように不気味《ぶきみ》で、野蛮《やばん》な顔をした女にはいままで会ったことがない。まさに、魔女そのものだった。喪服《もふく》のような黒いぼろ布《ぬの》をまとい、顔じゅうに奇妙《きみょう》なもようをぬりたくって、あの女はうちのドアを杖《つえ》でどんどんとたたいた。エドアールは出てこず、女と話をしようともしない。女は娘《むすめ》の亡骸《なきがら》を返してくれ、それを山に持ちかえってラザンの墓場《はかば》に埋葬《まいそう》するといった。この頼《たの》みはことわることができなかったが、もうひとつの頼みはどうしてものむことができなかった。マグダは赤ん坊《ぼう》のアダモをよこせといったのだ！」

　ドミニクは老人《ろうじん》の顔を心配そうに見つめた。「わたしたりしなかったんでしょうね？」

　伯爵《はくしゃく》の目がきっぱりとしたかがやきをおびた。「わたしてたまるものか。生まれたばかりのおさな子を、人殺《ひとごろ》しや泥棒《どろぼう》をするようなやつらにはぜったいにわたせない！　マグダと弟たちはラズリーナの亡骸をひつぎに入れて去っていった。弟たちは無言《むごん》だったが、マグダ・ラザンは傷《きず》を負った雌《めす》トラのようにほえていた。ありとあらゆる呪《のろ》いと悪口《わるぐち》をエドアール、わし、そしてブルゴン家に浴《あ》びせてな。村人たちはふるえあがって、みんな逃《に》げてかくれたくらいだ。マグダは空中に煙《けむり》と炎《ほのお》を吹《ふ》きだしてみせ、娘が死んだのは弟のせいだといって、〝復讐《ふくしゅう》〟とか〝死〟とかいう言葉をわめきちらした。そして、ラザンたちはあっというまに消えたのだ。あとに煙と灰《はい》だけを残して」

カレイは聞かずにはいられなかった。「それで話は終わり、伯爵《はくしゃく》？」

首を横にふって、老貴族《ろうきぞく》は答えた。「いいや、それがことのはじまりだったのだよ。以来、ブルゴン家は盗《ぬす》み、火事、あらゆる災難《さいなん》に見舞《みま》われてな。わしがどれほど門を固めても、塀《へい》に番兵《ばんぺい》を配《はい》置《ち》しても、ラザンのやつらはどこかから入ってきてしまう。それでも、この家は武装《ぶそう》した兵士たちで守らせたよ。甥《おい》のアダモはぜったいわたせないからな」

ベンはほほえんだ。「それほどかわいかったんですね」

伯爵はまた目頭《めがしら》をふいて、かすれた声でいった。「かわいい？ あの子はわしの命より大事な子だった。真っ黒な髪《かみ》、黒い瞳《ひとみ》。赤ん坊《ぼう》のときから大柄《おおがら》で、強く、がっしりしていた。でも、おだやかないい子で、とてもおとなしかった。泣かず、大声で笑わず、いや、くすくす笑うこともなかった。医者に見せたら、話す能力《のうりょく》はあるし、けっして声を出せないのではないと保証《ほしょう》してくれた。だが、あの子はけっして――いや、めったに声を出さなかった。たまに、マチルドのことを〝チルド〟と呼《よ》んだがな。かわいそうに。弟のエドアールは自分の息子《むすこ》のそばにいるのもたえられないようだった。そんなこと、想像《そうぞう》できるかね？」

ベンは思わず聞いた。「エドアールはどうなったんですか？」

伯爵は指輪《ゆびわ》を指のまわりでぐるりと回した。「この指輪は弟のだった。あれは小指にこれをはめていたが、わしには人さし指にだってゆるいほどだ。これで弟の大きさがわかるだろう。その大きな弟がひと口のワインにたおされてしまった。ラザンのしわざにちがいないんだ。やつらのひとりが、どうやったものかこの家に侵入《しんにゅう》し、弟の部屋《へや》にしのびこんでワインに毒《どく》を盛《も》ったんだ。あれの妻《つま》が死んで二年後のことだった。

だが、これからが話の終わり、いちばんおそろしいくだりだ。弟の埋葬《まいそう》の日、わしは葬式のしたくを、マチルドは食べ物の準備《じゅんび》をしていた。いい陽気の明るい日でな、マチルドは庭に敷物《しきもの》を敷いてそこでアダモを遊ばせていた。キッチンの窓《まど》から見えるところでな。だが、ちょっと目をはなしたすきに、アダモは消えてしまった！」

ネッドの考えが届《とど》いたのと同時にベンはさけんだ。「ラザンだ！」

伯爵《はくしゃく》はうなずくとまえかがみになり、両手で頭をかかえた。「あれからこの夏でもう十八年になる。あれ以来あの子には会っていない。風のたよりもない」

ベンはブルゴン伯爵を心の底《そこ》からかわいそうだと思ったが、すこしめんくらってもいた。「どうしてさがしに出かけていかないんですか？」

老人《ろうじん》はつかれたように目をつぶって答えた。「ラザンから知らせが来たんだよ。矢に結びつけた手紙が塀《へい》をこえて飛んできたのだ。万一、わしが留守《るす》にするようなら、自分たちが村をおそって占《せん》領《りょう》してしまうとな。手紙にはアダモの髪《かみ》の毛の束《たば》がそえられていた。自分たちが捕虜《ほりょ》にしているという証拠《しょうこ》だ。わしは勇敢《ゆうかん》な男をふたり送りだしたが、ふたりとも帰ってこなかった。

というわけで、わかるだろう、わしは板《いた》ばさみなのだよ。わしは自分の村にいながら、とらわれの身も同然《どうぜん》なのだ。それに、こんなに長い年月がたってしまったのだ、アダモが生きているかどうかもわからない！」

若者《わかもの》たちは無言《むごん》で座《すわ》り、年老《としお》いた伯爵の運命《うんめい》に心から同情《どうじょう》していた。伯爵はじっと動かず、目を

つぶり、テーブルの上にひじをついて両手で額《ひたい》を支《ささ》えた。昼の太陽にあたためられた空気に乗って、市場のざわめきがかすかに聞こえてきた。庭では、さえずるツグミに合わせるようにクロウタドリが鳴いていた。

ベンはネッドに考えを伝えた。「天使がぼくたちをここによこした意味がわかったよ。このやさしいおじいさんが甥《おい》っ子を取りもどせるようにしてやらなければ。どう思う、相棒《あいぼう》？」

犬は老人《ろうじん》のひざから頭を上《あ》げてこたえた。「どいつがラザンか教えてよ。そしたらそいつのズボンのお尻《しり》のとこに魔法《まほう》かけちゃうからさ。このおじいさん、大好きだよ、ベン。この人を助けてあげようよ。ぼくはやる。カレイとドムも賛成《さんせい》するよ、ぜったい！」

ベンが沈黙《ちんもく》を破《やぶ》った。「山のどのあたりにラザンの巣《そう》窟《くつ》があるか、わかりますか？」

目を開けて、伯爵《はくしゃく》は背《せ》すじをしゃんとのばした。「わが家《や》でその場所を知っているのは、死んだ弟だけだった。しかも、ケガをしてラザンたちに運びこまれでもしなかったら、ぜったいにわからないような場所だったそうだ。どうやらピレネー山脈《さんみゃく》の奥《おく》でヴィエラとモンテ・マラデタのあいだ、スペイン国境《こっきょう》からそう遠くではないらしい」

ベンはドミニクの顔を見た。「そのあたりにくわしいかい？」

首をふりながら、似顔絵《にがおえ》かきはいった。「ぼくの故郷《こきょう》のサバダはもっと南西のほうなんだ。そっちの方角に旅をしたことはないよ」

伯爵《はくしゃく》が口をはさんだ。「待った！　うちで昔《むかし》から働《はたら》いている、うまや番で鍛冶屋《かじや》のガラートなら、なにか知っているかもしれん。あれとエドアールは気が合って、よくしゃべっておったもんだ。あれは、わたしが信用できる数少ない男のひとりだ。ここに呼《よ》んでこよう」

ベンは伯爵に手を貸《か》して立たせてあげた。「いっしょに行きましょう。あなたがつかれてしまってはいけない。きみたちも手を貸して、ふたりとも！」

伯爵は、似顔絵《にがおえ》かきと少女の手を借《か》りてドアのところまで歩いていったが、そこで立ちどまった。

「待った！」そういうと、棚《たな》にあった重そうな石のつぼを開けて、なかからうす茶色の砂糖《さとう》のごつごつしたかたまりを取りだした。伯爵はネッドにウィンクしてささやいた。「馬たちにやるのさ。わしのことを知っているからね」そういって、砂糖のかたまりをガウンのポケットにしのばせた。

ガラートはもう若《わか》くはなかったが、たくましい男だということがベンにはわかった。革《かわ》のまえかけの下にはシャツを着ておらず、白っぽい毛の生えた二の腕《うで》には太い筋肉《きんにく》や腱《けん》が何本も浮《う》きでていた。ガラートはさし毛の雌馬《めすうま》のうしろ足を自分の両ひざではさみ、小さなナイフでひづめの軟骨《なんこつ》をきれいにしていた。

一同が甘《あま》いような馬のにおいのするうまやに入っていくと、ガラートは目を上《あ》げた。

「馬に乗って骨《ほね》をガタガタゆらせようとおいでなすったか？　乗馬には絶好《ぜっこう》の日和《ひより》ですよ！」

「いやいや、こんな老骨《ろうこつ》は乗馬はおろか、馬の背《せ》に座《すわ》っただけでも、一週間は寝《ね》こんでしまうよ」伯爵《はくしゃく》は笑った。「この若《わか》い友人たちを紹介《しょうかい》しよう。おまえに質問《しつもん》があるそうだ」

それぞれが自己《じこ》紹介しているうちに、雌馬《めすうま》は鼻づらを伯爵のポケットにつっこんで、鼻を鳴らした。伯爵はふくみ笑いした。「わしの砂糖《さとう》を盗《ぬす》む気か？　さあ、顔を出せ。ほら、すこしやろう。でも、こっちのネッドにも分けてやろう。それ！」

馬と犬がうれしそうに砂糖をがりがりとかみ砕《くだ》いているあいだに、伯爵はここに来たわけをガラートに説明した。「この若い人たちは、弟がおまえにラザンのかくれ家《が》の場所を話したかを知りたいそうだ」

よくブラシをあてた馬のわき腹《ばら》をポンポンとたたきながら、鍛冶屋《かじや》はうなずいた。「エドアールさまは一度話してくださいました。国境《こっきょう》の峰《みね》近くの高い山で、スペインのヴィエラとマラデタのあいだだそうな。とんでもない奥地《おくち》です！」

ベンは額《ひたい》にかかった亜麻色《あまいろ》の髪《かみ》をはらいのけた。「それはもう聞きました。そのほかになにか思い出すことは？　ささいなことでも、役に立ちそうならなんでもけっこうです」

ガラートは歩いていって、伯爵が砂糖をあたえていた灰色《はいいろ》の大きな馬の背中をなでながらいった。

「ふーん、どうだったかなあ。ああ、そうだ、いま思い出した。イノシシ狩《が》りの話をしておられた。事故《じこ》にあって気絶《きぜつ》するまえに目にしたのが、連中《れんちゅう》のイノシシ狩りだったと。イノシシ狩りが行なわれる場所さえわかれば、ラザンの砦《とりで》がどこにあるかわかるといわれた。そのあとはご自分のいわれたことを忘《わす》れてしまった。なにしろエドアールさまは頭にケガなさったんだから。馬から落ちてからは、以前のエドアールさまとは別人《べつじん》でした」

カレイはがっかりした。「それしかおぼえてないの？」

鍛冶屋は肩《かた》をすくめた。「はい。それしかおっしゃらなかったし、そのあとはわしもたずねませんでしたから」

ドミニクが出てきて、鍛冶屋が話しているのをスケッチした絵を見せた。そのへんに転がっていた古い樽《たる》のふたに木炭《もくたん》でかいたのだった。

ガラートは木のふたに描《えが》きだされた自分の似顔《にがお》を見て、ちょっとおじぎをした。「ありがとうございます。この絵のわしは男前すぎますがねえ。わしはこんなふうですか？」

ドミニクは勢《いきお》いよくうなずいた。「このとおりですよ、ガラートさん。でも、ぼくがかいたのは男前な顔じゃなく、正直《しょうじき》で働《はたら》きものの心です」

伯爵《はくしゃく》が感想《かんそう》をのべると、ガラートはそのほめ言葉に頬《ほお》を赤くしてそっぽを向いた。「正直な人間はめったにいないものだ。これは本当におまえそのものだ、ガラート。見ろ、この目を。正直さと、長いあいだわたしの家族につくしてくれた忠義《ちゅうぎ》があらわれている」

鍛冶屋《かじや》はおじぎした。「だんなさまにも、そのご友人衆《しゅう》にも、もっと力になれなくてもうしわけありません」

伯爵の館《やかた》の客間にもどって冷たいフルーツジュースを飲むころには、あたりに夕やみがせまっていた。老人《ろうじん》はマチルドに命じた。「今夜は客人五人の夕食だぞ。この若《わか》い人たちにたっぷりとごちそうを用意しなさい。ああ、それとエクトールにいって、客間の寝具《しんぐ》に風をあてておくように」

マチルドはネッドをわざとらしくよけて出ていきながら、小声で浮浪者《ふろうしゃ》や野蛮人《やばんじん》に食《く》われてしまうとつぶやいていた。

カレイはうれしさのあまり身をよじるようにして伯爵《はくしゃく》にきいた。「じゃ、この大きなお屋敷《やしき》で本物のベッドに寝《ね》られるの？　わあ、ありがとう！　あたし、まだ本物のベッドに寝たことないんだ！」

老人の目がちょっと光った。「すぐに慣《な》れるよ。男の子たちもな。この陰気《いんき》な館《やかた》に元気な仲間が来てくれたのはありがたい。いつまででも、好きなだけ泊《と》まったらいい」

ベンは残念《ざんねん》そうに首をふった。「そうできたらいいんですが、アダモを見つけなければなりません。明日にも出発します」

伯爵の顔が急に真剣《しんけん》になった。「その申し出はありがたいが、あまりに危険《きけん》だ。それに、甥《おい》っ子をさがしだせるとどうして思うのかね？」

ベンは説明した。「ぼくたちはここでは旅人です。みんな、ぼくたちがつかまるのを見ていました。ぼくたちが貴族《きぞく》のお屋敷《やしき》を訪《たず》ねるような人間には見えないでしょ。どう見ても貧《まず》しい旅人です。マチルドだって、ぼくたちを泥棒《どろぼう》か浮浪者《ふろうしゃ》だといったじゃないですか。だから、だれもぼくたちをあなたのまわしものだとは思いません。どこへだって自由に行けるんです、だれの目にもとまらずに。でしょ？」

伯爵《はくしゃく》はベンの、一度見たら忘《わす》れられない青い目をじっとのぞきこんだ。「なぜかはわからないが、きみとネッド、カレイとドミニクが庭に連《つ》れてこられたとき、なにかが起きると強く感じたよ」

ドミニクが熱心《ねっしん》にいった。「あなたの力になります。本当に。どうぞ信じてください、ぼくたちは友情《ゆうじょう》を証明《しょうめい》してみせます！」

老人はみんなの顔をかわるがわる見た。「計画があるのかね？」

ベンが、計画はないけれどこれから考えるといいかけたとき、ネッドの考えが伝わってきた。

「聞いて、相棒《あいぼう》。ぼくの考えをいうから、そのとおりこのおじいさんに伝えて。いいかい、まず……」

ベンはネッドの考えを声に出して伯爵に伝えた。「世間には、ぼくたちが館《やかた》の石段《いしだん》で商売をした罪《つみ》で牢屋《ろうや》に入れられたと思わせましょう。ここに市《いち》の終わる月曜日まで泊《と》まらせてください。人目につかないようにしますが、ぼくたちが囚人《しゅうじん》でなくお客だと世間に知られないようにしましょう。市が終わったら、番兵《ばんぺい》たちにぼくたちをヴェロンから追いはらわせてください。牢から出られてよほど悪運《あくうん》の強いやつらだ、と大声でいわせて」

伯爵はひげをかいた。「しかし、どうしてそんな手のこんだまねをするのだ？　朝早くこっそりぬけだすだけでいいではないか？」

ベンは犬の考えを伝えつづけた。「いいや、だめです。ぼくたちのことをわるいやつらだと人々に思ってもらわないと。もし、おっしゃるとおり、ラザンがこっそりあらわれているのなら、市の客のなかにも何人かまぎれこんでいるかもしれない。ぼくたちがやつらと同じような悪人だと思ってくれたほうが、ことはうまく運びます！」

カレイはにやっと笑ってベンをひじでこづき、片目《かため》をつぶった。「やるねぇ！　あんた、見かけほどまぬけじゃないんだね、ベン。どうやってそんな計略《けいりゃく》を思いついたの？」

なぞめいた少年は肩《かた》をすくめた。「ああ、いまのはぼくの考えじゃないよ。ネッドのだ！」

一同が声をたてて笑ったので、黒いラブラドールはむっとなった。「ふん！　なに笑ってるのさ？　ぼくの頭は人間並《な》みにいいんだよ。いや、人によっちゃぼくの頭のほうがいいんだからね！」

ドミニクはネッドのしっぽをふざけてつんつんとひっぱった。「いい考えだ。おまえはいい泥棒《どろぼう》の犬になるよ！」

伯爵《はくしゃく》はふたたび真剣《しんけん》な顔になった。「本当にそうしたいんだな？　とても危険《きけん》な目にあうんだぞ！」

ベンは老人《ろうじん》の手をにぎった。「あなたのような友だちの力になれなかったら、ぼくたちはいままでなんのために生きてきたのでしょう！　どうか心配しないで。きっとアダモをさがしだして無事《ぶじ》にあなたのもとに連《つ》れて帰ります」

老人はまた涙《なみだ》をふかざるをえなかった。「もしそうしてくれたら、わしは永久《えいきゅう》にきみたちに感謝《かんしゃ》するだろう！」

19

マグダ・ラザンとその一党《いっとう》は、国境《こっきょう》のスペイン側《がわ》、ピレネー山脈《さんみゃく》の奥《おく》深くの洞《どう》窟《くつ》に住んでいた。マグダは男をだれひとり信用せず、女たちは劣《おと》った生きもので、絹《きぬ》や宝石《ほうせき》をほしがるだけのやっかいものだとばかにしていた。マグダの目は不思《ふし》議《ぎ》な魔力《まりょく》があり、その力でどんなものでも自分の思いどおりにするので、仕《つか》えるものたちにおそれられていた。おびただしい数の毒薬《どくやく》、香水《こうすい》、秘密《ひみつ》の粉《こな》を持ち、おまけに催眠術《さいみんじゅつ》をかけられる眼力《がんりき》を持っているマグダは、洞窟の絶対的支配者《ぜったいてきしはいしゃ》だった。若《わか》いころに夫《おっと》に死なれたため、外の世界のことがらは四人の弟たちから教えてもらっていた。弟たちは陰気《いんき》で口が固く、手《て》だれの殺《ころ》し屋だった。

小さめの洞穴《ほらあな》やくねくね曲がった通路《つうろ》がすべて、山中を通ってマグダのいちばん大きな洞窟につながっていた。そこはこの一大岩山の奥深い中心部にあり、マグダが裁判《さいばん》を行《おこ》なう場所でもあった。そこは無知《むち》な泥棒《どろぼう》やだまされやすい農夫《のうふ》たちに恐怖《きょうふ》をたたきこむようなつくりだった。あたり一面墓場《はかば》のように静まりかえり、不気味《ぶきみ》な偶像《ぐうぞう》がたくさん壁《かべ》に彫《ほ》りこまれていた。爬虫類《はちゅうるい》の体やおそろしい獣《けもの》の体をした男たち、手足が何本も生えた冷酷《れいこく》な目をした女たち。どれも、足もとからはさまざまな色の炎《ほのお》が燃《も》えていた。硫黄《いおう》のような黄色、血の赤、てらてらと光る黒、そのほか地獄《じごく》を思わせるさまざまな色あいの色。それらすべてがあいまって、洞窟《どうくつ》の天井《てんじょう》の高みに有毒《ゆうどく》なもやを吹《ふ》きあげていた。

とうの昔《むかし》に死んだ動物の剝製《はくせい》にごたごた囲《かこ》まれて、マグダ・ラザンはもとはある貴族《きぞく》の館《やかた》にあったといわれる豪華《ごうか》な玉座《ぎょくざ》に座《すわ》っていた。玉座からはさまざまな獣《けもの》の皮が垂《た》れさがり、ビーズでかざられていた。両手をいっぱいにのばしても玉座のひじにも届《とど》かないマグダは、まるでクモの巣《す》の中心にとまっている毒《どく》グモのようだった。小柄《こがら》で、黒、青、こげ茶の入りまじったうすい布《ぬの》をまとい、オレンジ色に染《そ》めた髪《かみ》の毛が頭から冠《かんむり》のように突《つ》っ立ち、ところどころ根もとの銀灰色《ぎんかいしょく》が縞《しま》もようとなっていた。顔の深いしわのあいだにめりこむように彫《ほ》られた、邪教《じゃきょう》のまじないらしき黒ずんだ刺青《いれずみ》が、血の気《け》のない肌《はだ》をおおっていた。

だが、見るものをくぎづけにするのは、その目だった。にごった黄色の眼球《がんきゅう》から深みのある細い光が出ていて、それが獲物《えもの》を求《もと》めるコブラのように、たえまなくチラチラと周囲《しゅうい》をうかがうのだ。

ひとりの男がマグダのまえにひざまずき、背後《はいご》をラザンの兄弟のひとりが守っていた。男はむなしくすすり泣いていた。マグダは顔をすこしも動かさずに、男を見おろした。そして、息のもれるようなささやき声で、男を問《と》いつめた。

「どうしてポール・バンドルの戦利品《せんりひん》だった首かざりをちゃんと出さなかった？　いってみろ、ルイ？」

マグダの目をけっして見ないようにしながら、ルイは泣いた。「マグダさま、あれは価値《かち》のない安物《やすもの》です。うちの女房《にょうぼう》があんなのが好きなもんで。でもただのガラクタです！」

マグダ・ラザンの声は落ちついていた。「価値があろうとなかろうと、ラザンのものだ。それはいまどこにある？」

弟のひとりが首かざりを高々とかかげた。たしかに安物だった。糸に通したビーズを何本かよりあわせてヘビの形になっている。

マグダのとほうもなく長い爪《つめ》の指が動いて、男の顔を指さした。「こいつの首にかけてやれ、頭をちゃんと起こして。わしが顔を見られるように」

ルイの首に首かざりをかけた弟が、髪《かみ》をむんずとつかんでうしろにひっぱった。ルイはマグダの目を正面から見る形になった。

マグダの声は絹地《きぬじ》の上をすべっていく細い氷のかけらのようだった。

「わしを見ろ、わしの目をじっと見つめろ……じっと……じっと！　おまえを傷《きず》つけたりはせぬ、ルイ。おまえがわしからくすねたヘビは派手《はで》な色をしておる。そういうヘビは毒《どく》ヘビだってことを知らなかったのか？　そういうヘビが、昔《むかし》むかしエジプトの女王の命をうばったのではなかったかな？　どうだ、感じるか、ぬすっとめ、そいつがおまえの首のまわりにしっかり巻《ま》きついていくのを？　血管《けっかん》をさがしているのを？　その牙《きば》をぐさっと突《つ》きたてるのを？」

マグダの両手が高々と上《あ》がり、指がかぎ爪《づめ》のように曲がったかと思うと、つんざくような金切《かなき》り声を発した。「死ね！　死ねーっ！」

血が吹《ふ》きだして顔じゅうにかかり、男はピシャンと片手《かたて》をのどの横にあてるや、のどからガラガラといやな音をさせながら横にたおれた。両足はけいれんして宙《ちゅう》をけり、背中《せなか》をのけぞらせ、やがてくたっとなった。息絶《いきた》えていた。

マグダの声がなにごともなかったように、冷酷《れいこく》にひびきわたった。「その首かざりをはずして、こいつの女房《にょうぼう》にくれてやれ！」

弟は手を出しかけて、ためらった。マグダがばかにしたような声でいった。「かまないよ。ただの安物《やすもの》の首かざりだ。はずせ！」

おそるおそる弟はいわれたとおりにした。マグダはそれを冷《ひ》ややかに見ながらいった。「見ろ、そいつの首を。なんのあともない。想像《そうぞう》さ、ただの。このばかは自分のおろかな想像で死んだのさ！」

弟は首かざりをはずすと、こそこそとその場をはなれて行きながら、低くつぶやいた。「想像だけじゃない、あんたのその目だよ、姉さん。そいつで男は死んだんだ！」

弟がおどろいたことに、姉の声が追いかけてきて洞窟《どうくつ》とトンネルじゅうにひびきわたった。「ああ、そうだ、弟よ。でも、気をつけろ、わしの耳は目に負けぬくらいするどいのだぞ。マグダ・ラザンの耳が聞きもらすことなどない！」

弟はわっとかけだして、ちょうどマグダに会いにきた兄のそばを走りぬけた。

マグダは、いちばん上の弟が入ってきて死んだ泥棒《どろぼう》が横たわっている場所を回りこみながら、目に恐怖《きょうふ》を浮《う》かべたのを見守った。そして弟が自分の玉座《ぎょくざ》のそばに来るずっとまえに声をかけて止めた。「ヴェロンの市《いち》はどうだった？　ブルゴン伯爵《はくしゃく》は？　よく考えて本当のことをいえ、ロウス！」

ラザン四兄弟のいちばん上、ロウスは報告《ほうこく》した。「あのじじいには会わなかった。うわさじゃ、けっして家を出ないそうだ」

マグダがいらだってするどくいった。「それはわかっておる！　ほかにだれか出入りしなかったか？　新顔とか、見知らぬやつとか？」

ロウスは首をふった。「いや、どっかの若造《わかぞう》どもだけだ。入場料《にゅうじょうりょう》をはらわず、無断《むだん》で商売をしたんでつかまったんだ」

マグダが指先で玉座《ぎょくざ》のひじをこつこつとたたいていった。「そいつらのことを聞かせろ！　ぜんぶ聞かせろといったのが聞こえなかったか！」

そんなことは聞いてなかったロウスだが、言い争《あらそ》うのは損《そん》だとわきまえていた。いままでマグダに逆《さか》らったものがどんな目にあったか見てきているからだ。「三人が番兵《ばんぺい》たちにしょっぴかれていくのを見たぜ。いまごろは土牢《どろう》にぶちこまれているだろ。そのうちふたりは野郎《やろう》っこさ。ひとりは十四才ってとこか、うすい色の髪《かみ》に青い目をしてた。もうひとりは同じくらいの年で、顔だちのいい、スペイン人だな。娘《むすめ》っこのほうはそいつらより年上だが、そうちがわねえ。ジプシーの血が流れているんじゃないのかな。いい歌い手だよ。歌を聞いた。館《やかた》の石段《いしだん》とこで歌って人集めて、スペイン人のやつが似顔絵《にがおえ》をかくお膳立《ぜんだ》てしてやがった」

ロウスがだまって立っていると、マグダはひとりごとをいいながら考えをめぐらせた。「似顔絵かき？　もうひとりの小僧《こぞう》はどうだ、青い目のやつは？」

ロウスは首をすくめた。「あいつか？　あれはただそばに立っていただけだ、犬と――」

マグダが弟の話をさえぎった。「犬？　犬なんてひと言《こと》もいわなかったじゃないか。どういう犬だったか、いってみろ！」

ロウスはネッドのことを説明した。「ラブラドールという種類《しゅるい》の犬だ。大きな、黒い犬でさ。どうしてそんなことを聞く？」

マグダは手をふって弟をだまらせた。「黒い犬は不吉《ふきつ》なしるしかもしれん。そいつらが釈放《しゃくほう》されるまで、監視《かんし》のものを送ってヴェロンの町の壁《かべ》の外に張《は》りこませろ。そいつらのことがもっと知りたい。ヴェロンを出てどこへ行くのか。もうよい、さがれ！　ひとりになって考えたい」

ロウスが出ていくと、マグダは杖《つえ》を取りあげて、玉座《ぎょくざ》から立ちあがった。杖に体ごと寄《よ》りかかるようにして、洞窟《どうくつ》の端《はし》をぐるりと取りかこむ偶像《ぐうぞう》のひとつひとつに近づき、それらの足もとの火に色つきの香《こう》をふりかけた。やがて立ちのぼった煙《けむり》が高い天井《てんじょう》の下で濃《こ》くなるのを見ながら、ぶつぶつとつぶやいた。しばらくしてから、玉座にもどった。玉座の上、自分のわきに置《お》いてあったドクロをまんなかにして、マグダは骨《ほね》、小石、縞《しま》もようの入った石のかけらなどを、その奇怪《きかい》なドクロの上にばらまいた。それらがどの方向に落ちたかを見きわめて、マグダは高い、歌をうたうような声でとなえた。

土よ、水よ、風よ、火よ、

わしに話をしておくれ、
目をこの場所より連《つ》れだして
見知らぬやつらを見せてくれ。
深く、暗いやみの精《せい》たちよ、
ラザンは忠誠《ちゅうせい》つくしたぞ、
心開いて教えてくれ、
どんな秘密《ひみつ》が見えるのか、
おまえにこの身をささげたわしに！

マグダはしばらくのあいだ、ドクロとそのまわりに散《ち》らばる小石や骨《ほね》などに思いをめぐらしながら座《すわ》っていた。目をつぶり、わずかに体をゆらしながら。やがて低くうめき声をもらしたかと思うと、それが撃《う》たれた獣《けもの》のようなするどいさけび声に変わった。その声は山じゅうの洞《ほら》穴《あな》にひびきわたり、ラザン一族の男女全員を呼びよせた。一族のものが洞窟《どうくつ》の入り口でおそるおそる見つめるなかで、玉座《ぎょくざ》から転がり落ちたマグダが、石段《いしだん》の上で立ちあがった。そして一同に向かっていらだった怒声《どせい》でわめき

たてた。

「ゆけ、おまえたちみんな！　ヴェロンでとらわれているやつらを連《つ》れてこい！　小僧《こぞう》ふたり、ひとりは浅黒く、もうひとりは色白だ。それと、小娘《こむすめ》に黒い犬だ。そいつら全員ここに連れてこい、命令《めいれい》だ！」

よろよろと玉座《ぎょくざ》に上《あ》がって腰《こし》を落ちつけると、マグダは出ていくものたちの足音が遠ざかり、消えていくのを待った。不機嫌《ふきげん》とうっぷんをせせら笑いにまぎらしたが、魔法《まほう》の小道具を見ているのもがまんならずに、はらいのけた。ドクロ、小石、骨《ほね》などが階段《かいだん》を転がり落ちた。だが、ドクロは上を見あげるかっこうで止まり、目のない顔でマグダに向かってニタッと笑った。マグダはつばを吐《は》きかけた。

マグダの透視力《とうしりょく》にはじゃまが入っていた。フライング・ダッチマンのまぼろしを見ることはできたのだが、ほんのちらっとしか見えなかった。マグダにとってごちそうのような悪《あく》の光景《こうけい》は、ぷつんと切られてしまった。黒い犬を連れた色白の少年の目のなかなら、ダッチマンのすべてが映《うつ》っているはずだ。マグダ・ラザンは期待感に身ぶるいした。その小僧《こぞう》とふたりきりになったら、自分の魔力《まりょく》で支配《しはい》してやる。そのときこそ……そのときこそ。

市《いち》が終わった日の午後、どんよりとした空から雨が降《ふ》りだした。人々は屋台や商《あきな》いの道具をたたみはじめ、どしゃぶりになるまえに町を出ていこうとした。

フードのついたマントで身をかくし、食べ物の包みをたずさえて、ベンとその仲間たちはトンネル入り口の鉄格子《てつごうし》の門扉《もんぴ》のそばに立っていた。

　ヴァンサント・ブルゴン伯爵《はくしゃく》は最後にもう一度ネッドをなで、カレイの頬《ほお》にキスし、ふたりの少年を抱《だ》きしめた。「さあ、行きなさい。この雨がかくれみのになるだろう。ガラート、この子たちを門のまえまで案内《あんない》していきなさい。役割《やくわり》は心得《こころえ》ているな？　きみたちが囚人《しゅうじん》ではなく客であったことは、だれにも知られてはならない。このつぎ会うときには、お日さまがかがやき、みんなが笑《え》顔《がお》であるように祈《いの》ろう。神よ、この子たちを危険《きけん》からお守りください！」

　人のよい鍛冶屋《かじや》に引《ひ》っ立《た》てられて門まで行く四人を、立ちどまって見る人は少なかった。それでも数人は見ていると知って、ガラートは四人の頭上でぴしっとむちを鳴らしてきびしく警告《けいこく》した。

「浮浪者《ふろうしゃ》め、ぬすっとめ、さっさと出ていけ！　伯爵《はくしゃく》さまのご機嫌《きげん》がよくて運がよかったんだ、感《かん》謝《しゃ》しろ。さっさとヴェロンから消えろ！　今度またこの壁《かべ》の内側《うちがわ》に入りこむようなまねしたら、荷《に》車《ぐるま》にしばりつけて、スペイン国境《こっきょう》に着くまでずっとむちでたたきつづけてくれるぞ！」

　ガラートが何回かむちを鳴らすと、ネッドはワンワンとほえ、それから仲間たちにつづいて急いで町の門を通りぬけた。

　ベンははげしくなってくる雨に目を細めて、山のほうを見やった。「南東に折れて森の斜面《しゃめん》を上《のぼ》っていくのがいちばんだ。それで、すこしはこの雨をやりすごせる！」

　遠くで雷《かみなり》の音がした。一行《いっこう》はヴェロンの壁《かべ》の外の草が生えた斜面を、ぴちゃぴちゃ足音を立てて歩いていった。ドミニクはふりかえって、市に出ていた商人たちが、ばらばらの方角へと家路《いえじ》につくのをながめた。

カレイが声をかけた。「さあ、似顔絵《にがおえ》かき！　歩いて歩いて！　だめだよ、みんなから遅《おく》れちゃ！」

ドミニクがみんなに追いつくと、カレイはじろっとにらんだ。「なに見てたのよ？　かきたい顔でもさがしてんの？　あんなけちなやつら相手にするくらいなら、カブでも見てかいてやりゃいいんだ！」

ドミニクはネッドも町から出ていく商人たちを見守っているのに気がついた。「ネッドとぼくを見習うんだね。きみもあの人たちを見てごらんよ、何人がぼくたちを見ているか。考えてもごらん、あのうち何人がふつうの人たちで、何人がぼくたちを行く手をさぐろうとしているラザンのやつらか」

ネッドはベンに考えを伝えた。「いっときも油断《ゆだん》しない、それがぼくとドミニクさ。きみは考えもつかなかっただろ？」

ベンは声に出して答えた。「よく考えてるね、ドミニク。ぼくたち、まわり道をして行ったほうがいいかもしれないな、敵《てき》をあざむくために」

ベンの意見にしたがって、一同は山すその森の道から急にわきにそれた。もう夕方になっていたが、まだ危険《きけん》はなくなっていなかった。稲妻《いなずま》がうす暗い山道にパッパッとひらめき、雷《かみなり》の轟《とどろ》きがだんだん近づいてきた。カレイは水かさを増《ま》してふくれあがった川のそばで立ちどまった。森と、その奥《おく》の高い山々から流れてきている川だ。

「雨のなかではたいして足あとが残らないかもしれないけど、流れる川ならまちがいなく、だれにもあとはつけられない。みんな、この川を歩いて森のなかに行こう」

三人は氷のように冷たい水のなかにひざまでつかり、体をまっすぐに保《たも》てるよう手をつないだ。

ネッドはぼやきながらついていった。「あーあ、上から雨、下からもずぶぬれ。なにもこんな日に山歩きしなくてもいいじゃないか。同じ雨でもさ、南アメリカのはあったかかったよ。そう思わない、相棒《あいぼう》？」

ベンは黒いラブラドールの首輪《くびわ》をつかんで、川を進むのを助けてやった。「ああ、泥《どろ》だらけの川はヘビがウヨウヨ。いろんな虫に噛《か》まれるわ、刺《さ》されるわ。そう、人食《ひとく》いピラニアなんかなつかしいよな。あのころにもどりたいのか？」

ネッドはなさけなさそうな顔をしてベンを見あげた。

夕暮《ゆうぐ》れどき、一行《いっこう》はやっと川から出て森のなかに入っていった。カレイは腰《こし》を下《お》ろして、自分の足を調べた。「見て、この足。冷たい水でしびれてるし、紫《むらさき》色になっちゃったし。それに干《ほ》しぶどうみたいにしわだらけ！」

ドミニクがくすっと笑った。「川に入ろうっていったのはきみだよ。さあ、立って、どこかかわいたあたたかい場所をさがそう。おっと、やめろネッド、体をふってみんなに水かけるなよ」

ネッドはベンに向かって片目《かため》をつぶっていった。「こういうふうに体の水をふりはらえたらいいなと思ってるだろ？　ぼくたち、毛の多い動物はね、きみたちみたいに青白い、皮膚《ひふ》のうすい人間より有利《ゆうり》なんだよ。ぼくたちのほうがすぐれた生きものなんだからね、わかってる？」

ベンは犬の耳をねじった。「なるほど。じゃあ、おまえみたいにすぐれた生き物は、ぼくたちあわれな人間たちが起こす焚《た》き火なんか囲《かこ》んで、あったまりたくもないよね？」

天蓋《てんがい》のように重なりあった木々の梢《こずえ》に、たえまなくあたる雨の音。それをのぞけば森は音もなく、気がめいるほど陰気《いんき》だった。地面は砂《すな》まじりのやわらかい土と針葉樹《しんようじゅ》の落ち葉で厚《あつ》くおおわれていた。びっしり茂《しげ》った枝葉《えだは》のせいで、雨はほとんど落ちてこなかった。

ネッドがキャンプをするのに手ごろな場所を見つけてきた。木々のあいだをはねるように遠ざかっていったネッドは、もどってきて舌《した》を垂《た》らしながらベンに伝えた。「ハハ、朝までぬれずにすむいい場所見つけたよ！　ついてきて！　ぼくが教えてあげる。それと、きみたちあわれな人間が焚き火を起こすんなら、そばに座《すわ》ってやってもいいよ」

その場所は、地面から突《つ》きでた岩にできた深い割《わ》れ目だった。ベンは愛犬をいとおしそうになでた。「よくやった、相棒《あいぼう》！　これなら洞穴《ほらあな》と同じだ！」

ドミニクは針葉樹のかわいた落ち葉を集め、ナイフの鋼《はがね》の部分に火打ち石をあてて、フーフーとていねいに吹《ふ》いて火を起こした。そして洞穴の壁《かべ》をながめていった。「ぼくたちよりずっとまえにも絵かきがいたんだ。見て！」

ごつごつした岩の壁に、踊《おど》りまわる人々の素朴《そぼく》な絵が、黒、赤、黄土色《おうどいろ》で描《えが》かれていた。棒《ぼう》のような足をした男女と子どもたちが、焚き火のように見えるもののまわりで踊っている。

カレイは焚き火に枯《か》れ枝《えだ》をくべていった。「こういう絵をオブラック山地で見たことあるよ。ジプシーの女の人がいうには、その絵は千年以上もまえの絵で、かいたのは牛追いや炭焼《すみや》きだって。ここみたいな場所に住んでいたらしいよ」

それを証明《しょうめい》するように、洞穴《ほらあな》のいちばん奥《おく》のせまいところに木炭《もくたん》のかたまりが見つかった。ベンとカレイがそれを焚き火にくべた。木炭は火がつくとあかあかと燃《も》え、あたりを心地《ここち》よくあたためた。ドミニクはみんなのマントを近くの岩の上に広げてかわかした。あたたかみがみんなの体に染《し》みわたり、ぬれた髪《かみ》から水蒸気《すいじょうき》が立ちのぼった。

ベンは食べ物の包みを開けて、なかからパン、スモークハム、チーズ、それに水でうすめたワインの入った水筒《すいとう》を取りだした。

一同が食べていると、ドミニクがちらちらとゆらめく炎《ほのお》にてらされた壁《かべ》の絵を指さしていった。

「見てごらん。ゆれるかげのせいで、本当に踊《おど》っているみたい！」

洞穴の入り口に物音がして、ネッドが身がまえた。首まわりの毛が逆立《さかだ》ち、うなり声をたてている。ベンが急いできいた。「どうした、ネッド？　なにがいる？」

入り口に向かってうなりながら、歯をむきだして、ネッドが答えた。「イノシシだ。食べ物のにおいに引きよせられたんだ。ここがやつの住みかなのかな。追いかけてみるよ！」

カレイがベンにささやいた。「ネッドがなんか怒《おこ》ってる！」

ベンは入り口に細い、獰猛《どうもう》な目が光っているのをちらっと見た。「イノシシだと思う。ネッドが追っぱらってくれるよ」

「だめだ、つかまえてて！」ドミニクがはげしい口調《くちょう》で止めた。「見たかい、あの牙《きば》を！　犬なんかやられてしまう。ぼくにまかせて！」

ドミニクは焚《た》き火のなかから太い松《まつ》の枝《えだ》の燃えさしを選ぶと、入り口に向かって突進《とっしん》した。「こらーっ！　出ていけーっ！」イノシシはうなって鼻を鳴らすと、向きを変えかけた。ドミニクはイノシシに近づくと飛びかかって燃《も》えている枝《えだ》で何度も力まかせにたたいた。イノシシはキューキューと泣き声をたてると、毛の燃えるつんと鼻をつくにおいを残して逃《に》げていった。ドミニクはまだ燃えている枝をそのうしろ姿《すがた》めがけて投げつけ、さけんだ。「こらーっ！　それで尻《しり》にやけどしろ！　行っちまえ、こっちに来るな！」

カレイはあらためてドミニクを見なおした。「いまのはほんと、勇気《ゆうき》があったね。あたしならいちもくさんに逃《に》げてたよ！」

似顔絵《にがおえ》かきは肩《かた》をすくめた。「サバダのうちの近所に年取ったイノシシが迷《まよ》いこんだとき、よく村の人たちがやってたからね。まねしただけだよ」

その夜、ネッドはイノシシがもどってくるのを用心して寝《ね》ずの番をした。夜中になって、いつのまにか、雨がやんだ。洞穴《ほらあな》のなかでは、焚《た》き火が燃えつきて赤く光るおきだけになった。ベンはあたりを押《お》しつぶしそうな静寂《せいじゃく》のなかで、犬がかすかに鳴き声をたてているのに気づいた。わき腹《ばら》をなでてやった。「だいじょうぶか、相棒《あいぼう》？」

ネッドは少年の手をなめた。「うとうとしてたみたい。森の木のかげからヴァンダーデッケンと手下《てした》たちがこっちを見ていたんだ」

ベンは首輪《くびわ》の下のやわらかい毛をかいてやりながらいった。「つかれのせいだよ、ネッド。眠《ねむ》ったらいい。ぼくが見張《みは》りをするよ。ヴァンダーデッケンはここまで追いかけてこないよ。天の呪《のろ》いで海からはなれられないんだから。でも、おまえのいうことはわかるよ。ぼくもおまえに起こされるまえに似《に》たような夢《ゆめ》を見ていた。さあ、おやすみ、もっと楽しい夢を見るんだよ」

ネッドは前足の上にあごをのせて、目をつぶった。「そうするよ。でも、ベン、この土地はきらいだな。ラザンに出くわすまえにきっとなにかあるよ。気づかないふりをしてもむだだよ、相棒《あいぼう》。忘《わす》れた？　ぼくはきみの気持ちが読めるんだからね。きみだって同じこと考えてるじゃないか。きみはこわがってるし、ぼくも同じだ！　ふたりともこわいんだ。ここいらの森や山、気味《きみ》がわるいよ。ぼくたち、見たこともないようなものに出くわすかもね」

ベンに見まもられながら、ネッドは眠《ねむ》ってしまった。ベンはおそろしい予感を感じながら、さとっていた――ネッドのいうとおりなのだと。

20

夜明けの弱々しい光が洞穴《ほらあな》にさしこんできた。ネッドは入り口を守って横たわっていた。半分眠《ねむ》り半分起きているような奇妙《きみょう》な状態《じょうたい》で、切れぎれの夢《ゆめ》が頭からまだはなれなかった。遠くから聞こえてきたのは、聞きおぼえのある天使の声だった。

　悪《あく》のまぼろしがあらわれたとき、
　道案内《あんない》するのはおまえの役目。
　ほかのものたちに見えることがおまえには見えない
　だから、おまえは自分の目に導《みちび》かれるがよい！

と、もうひとつの声がそれに加わった。「だれだ？　まえに出てきて名を名乗れ！」
ネッドは飛び起きた。二番めの声が夢でないとわかったからだ。だが、運よく、声は遠くからのもので、犬にしか聞きとれなかった。ベン、カレイ、ドミニクはまだ眠っている。ネッドは自分が聞《き》きつけた声の主《ぬし》を調べようと、そっとその場をぬけだした。

「棒《ぼう》を下《お》ろしてくれ、おれだ。すりの道化役《どうけやく》だよ！」

ネッドが森の下生《したば》えのなかを腹《はら》ばいになってかきわけ、音もなく前へ前へと進むと、話し声の主たちが見えてきた。

十人の男の一団《いちだん》が、浮浪者《ふろうしゃ》のようなボロをまとい、こん棒、ナイフ、マスケット銃《じゅう》で武装《ぶそう》して、ひとりの男が森の木々のあいだから姿《すがた》をあらわすのを見まもっていた。その一団といっしょにいたのが獰猛《どうもう》な番犬のマスチフ犬《けん》と、茶色のクマだった。両方ともくぎのようなスパイクのついた首輪《くびわ》をし、長い鉄の鎖《くさり》につながれている。

ネッドの目が一団に加わった男をじっと見さだめた。カレイを捕虜《ほりょ》にしていたあのふとっちょの男だった。手づくりの松葉杖《まつばづえ》に寄《よ》りかかり、木《こ》かげから足をひきずってみじめそうに出てきた。一団の頭領《とうりょう》である、不気味《ぶきみ》な目つきをした意地のわるい顔の男が、この新顔を小ばかにしてせせら笑った。「ふん、どうしたんだ、すり名人よ！」

うめきながら松葉杖を下に置《お》き、男は木の幹《みき》に寄りかかって、身の上話を苦しそうに語りだした。

「先週はついてると思ってた。若《わか》い娘《むすめ》をつかまえてさ、そいつは歌い手で、いい声してた。けど、そいつのせいでふたりともおまわりにつかまった。で、ふたりで牢《ろう》をやぶって荷車《にぐるま》を盗《ぬす》んだ。ところが、そのアマっこがどうしたと思う？　荷車を盗んでおれから逃げたんだ！」

頭領で、マグダの二番めの弟でもあるリグランが、すりの話をばかにして笑った。「そいで、足まで折られたか、このデブのまぬけが！」

すりはふくれて口をとんがらせた。「足じゃねえ、足首だ。アマっこを追っかけて転んで折ったんだ」

リグランはすりの顔を軽べつして見た。「どうしておまえみたいなのが、ラザン一族に入ってきたのかねえ。さあ、その松葉杖《まつばづえ》を拾っていっしょに来い。もたもたするな。ついてこれねえやつは待ってやらねえぞ。おい、泣き顔するんじゃねえ、来い！　ばかが！」

犬が鎖《くさり》をひっぱりだしたので、リグランは反《そ》り身《み》になりながら先頭を行った。ほかの三人はクマの体にさらにぐるぐると鎖をかけた。そうしてそのあわれな獣《けもの》を引《ひ》っ立《た》てていった。クマは男たちの長い棒《ぼう》でたたかれるたびに、声にならないこもった声で、あわれっぽく悲しげにほえた。

ネッドは危険《きけん》が去るまで、じっと待った。そして洞穴《ほらあな》にかけもどると、鼻先でベンをつついて起こした。犬は見てきたことを残らずベンに伝えた。ベンはちょっと考えてから答えた。「カレイやドミニクを起こしちゃだめだ。外に出よう、考えがある。心配するな、相棒《あいぼう》、これはおまえの手柄《てがら》だよ」

カレイとドミニクは、洞穴に飛びこんできたネッドとベンに起こされて、目をこすりながら体を起こした。

ドミニクがきょとんとしていった。「きみたち、どこ行ってたの？」

ベンはドミニクに注意した。「大声を出さないで。ネッドがちょっとまえに外の物音を聞きつけてね、ぼくもいっしょに行ってみたら、男たちの一団《いちだん》がいたんだよ。ラザン一族のものらしく、こわそうで、しっかり武器《ぶき》を身につけていた。犬とクマも連《つ》れて。で、そこにだれが来たと思う、カレイ？　ほら、きみがこん棒《ぼう》で足首をたたいたあのデブの男さ。足を引きずってたよ」

カレイは怒《おこ》って歯ぎしりした。「チャンスがあったとき、殺《ころ》してしまえばよかった。あんただよ、止めたの！」

ベンは片手《かたて》を上《あ》げていった。「どならないで！　音が外にひびくよ。すんだことはしかたない。きみがあの悪党《あくとう》を殺さなくてよかった」

カレイはさからうように舌《した》を出した。「死んで当然《とうぜん》だよ、あんなやつ。死ななくてよかったなんてどうしていうの？」

ベンは説明した。「だって、あいつが連中《れんちゅう》といっしょに動いているからさ。ケガをしているから、つい連中も歩くのが遅《おそ》くなる。ということは、ぼくたちも追跡《ついせき》しやすいじゃないか。向から先はかくれ家《が》にきまってるだろ？」

ドミニクはうなずいた。「そうだ！　ついていけばアダモに行き着けるんだ。朝食を取ったら、すぐにやつらのあとをつけよう！」

いまはもう、新しく火を起こすのは危険《きけん》だった。だから、果物《くだもの》とチーズだけで食事をすませて、洞穴《ほらあな》を出発した。

まえの晩《ばん》の大雨はやんで太陽が顔を出した。水分をたっぷりふくんだ土や木々からは、陽《ひ》ざしにあたためられた蒸気《じょうき》が濃《こ》いもやとなって立ちのぼり、森の斜面一帯《しゃめんいったい》をおおっていた。四人はネッドを先頭に一列になって進んだ。

見うしないようのない足あとだった。犬にクマ、それに十一人の男たちがたっぷりと足あとをつけていた。歩きだして一時間にもならぬうち、ネッドがまえをゆく一行の音を聞きつけ、足を止めるとベンに伝えた。「ゆっくり歩いて。連中《れんちゅう》の声が聞こえる。あんまり近づきすぎちゃいけない」

ベンは犬を指さしていった。「見て、ネッドの耳。やつらの話し声が聞こえるんだ！」

カレイがひそひそ声でいった。「霧《きり》ともやで音が弱まってるんだよ。本当はとっても近くにちがいない。しばらく動かずにいよう」

ネッドがまたベンに伝えた。「ここにいて。ぼくがこの先へ行って、やつらがなにをしようとしているのか見てくる。すぐもどるよ」

やめろというまもなく、犬は霧のなかに姿《すがた》を消した。ネッドは木々のあいだを、音のない黒いかげのようにぬっていった。男たちを見かけるなり左に折れて、一行《いっこう》と同じ道すじを這《は》いすすみ、監《かん》視《し》しながら耳をすませた。

リグラン・ラザンが後方を見ていった。「どこだ、あの役立たずのすり野郎《やろう》は？　遅《おく》れているな。まえへ連《つ》れてこい、歩かしてやる！」

ふたりの男がすりをまえに引きずり出した。男はつまずきながら、あわれっぽくうったえる。「いて、いて！　足首に気をつけてくれよ。リグラン、おれを置《お》いてってくれ。あとで追いつくからさ」

残忍《ざんにん》なうす笑いがリグランの顔に広がった。「おまえを置いてきゃしねえ。おまえがだれかに見つかったら、おれたちのかくれ家の場所をべらべらしゃべっちまうだろうが。だから、だらだら歩くんじゃない。このグルッがおまえを先頭にさせてくれるとよ」

リグランはマスチフ犬《けん》をつないでいる鎖《くさり》の端《はし》を手にして、むんずとすりをつかむと、胴《どう》まわりのベルトに鎖をつないだ。

「ハハハ、グルッを引きとめてみろ、おまえを昼めしがわりに食《く》うだろうよ。ようし、グルッ！　行け、それ、走れ！」

すりがどうにか鎖をつかむと同時に、大きなマスチフ犬が走りだした。男はつんのめり、ぴょんぴょん飛び、よろめきながら引きずられていった。「ヒーッッ、いやだ、はなしてくれ！　はなして、ちゃんとついていくからよう！」

リグランはうなずいた。「ああ、ちゃんとついていけるさ、グルッがひっぱってくれるからなあ。さあ、みんな、行こう。こっちのやつももっと早く動かしてみようぜ！」

クマの鎖をにぎっていた三人の男たちは早足になり、クマをぎゅんぎゅんと引《ひ》っ立《た》てていった。首輪《くびわ》は内側《うちがわ》にも外側にもくぎのようなスパイクがついていて、そのスパイクが首に食いこむたびに、クマは首をしめられるような音を出した。ほかの男たちはそのうしろを追いながら、手にしたむちのような小枝《こえだ》でかわいそうなクマをたたいて小走りにさせた。

ネッドはもうたくさんだと思った。その場から急いではなれ

ていきながら、クマとは心のなかでも話をしないようにした。うっかり話をして自分がそばにいることがわかってはまずい。

昼ごろには霧《きり》が晴れて、太陽が山の斜面《しゃめん》をてりつけた。森《もり》の端《はし》がわずかにくぼんでいて、そこから小さな谷になっていた。この谷のむこうに、雪をいただいた峰々《みねみね》が巨大《きょだい》な見張《みは》りのようにそびえていた。ベンと仲間たちは木の生えているへりのあたりに身をひそめて、谷にいるラザンたちを見まもった。

ラザンたちは水のすんだ湖のそばにキャンプを張《は》り、焚《た》き火を起こした。ふたりの男が焚き火にかけた大釜《おおがま》でオートミールとトウモロコシの粉《こな》のおかゆをつくっていた。それが配られると男たちは思い思いの場所に座《すわ》って、しゃべりながら食べはじめた。ベンのかくれている場所からはっきりと男たちの声が聞きわけられた。

太ったすりの男は湖の岸辺近くにくたびれはてて寝《ね》ころがっていた。ケガしたほうの足は水のなかにひたしていたが、あいかわらずひとつ鎖《くさり》につながれたままの猛犬《もうけん》に、見るからにおびえていた。マスチフ犬《けん》は、すりの横でウウウウとうなっていた。リグランは大釜からおたまでどろどろしたおかゆをしゃくって、半分を地面にこぼしてやり、グルッがなめるのを見まもった。

そしてすりを軽くけって、笑いながらいった。「こいつにエサやらねえとな。おまえの足首を食《く》うといけねえ。どうした、すり野郎《やろう》？　かゆを入れるボウルがねえのか？　じゃ、このまま食え」

そういうと残りのおかゆを、ためらわず太った男のそでなしの胴着《どうぎ》にぶちまけた。ほかの男たちはすりの表情《ひょうじょう》を見て、げらげらと笑った。リグランは笑顔《えがお》でいった。「うめいてねえで、そいつが冷《さ》めちまうまえに食《く》え！」

すりがあたたかいおかゆに指をつっこんだとたん、グルッがほえた。男は恐怖《きょうふ》に引きつった顔で手をひっこめ、じっと横になった。すでに自分の分を食べおわっていたマスチフ犬《けん》は、おびえている男のそばに立ち、男の腹《はら》の上にたまったベタベタしたおかゆをなめはじめた。

リグランはこの光景《こうけい》を見てけたたましく笑った。と、クマをひっぱっていた男のひとりが大声できいた。「リグラン、こいつにもエサやったほうがいいかい？」

リグランは大釜《おおがま》に近づき、おたまをもう一度かゆでいっぱいにした。「こいつは踊《おど》るクマで通ってるんだ。踊ったら夕食にありつけるのさ。さあ、クマ公《こう》、踊れ！　立ちあがって踊れ！」

ベンは下のほうでくりひろげられている光景《こうけい》から目をそむけた。「もう見ていられないよ。どうしてあんなに残酷《ざんこく》で心ないんだろう？」

ドミニクが向きなおっていった。「あいつらはラザンだよ。殺《ころ》し、盗《ぬす》み、冷酷《れいこく》でわるい行《おこ》ないが、やつらの生きがいなんだ。ああやって強くなって、ふつうの人々におそれられるようになったんだ」

カレイはしばらく見ていたが、やはり目をそむけて、涙《なみだ》でうるんだ目を手でふいた。そしてふるえる声でいった。「あのクマ、かわいそう！　すきさえあったら逃《に》がすのに！　ぜったい逃がしてやる！」

クマの苦しそうな、こもった声を聞きながら、ネッドはベンの顔を見た。「ぼくだって逃がしてやるよ、かわいそうに！」

昼になってラザン一味はキャンプをたたみ、行進をはじめた。ベンたちはかくれていた場所にじっとして、ラザンが谷をはなれ、山のふもとをまわって見えなくなるまで待っていた。それから四人は湖の近くに行き、水辺《みずべ》に立って、前方の巨大《きょだい》な岩山を見あげた。

ドミニクはまぶしい日ざしに手をかざした。「やつら、あそこのぎざぎざに出《で》っ張《ぱ》っているところを曲がったぞ。すぐに追跡《ついせき》開始だ。見うしなうと、岩山では足あとがわからなくなってしまう」

谷のわきにそって上《のぼ》っていくのは、それほどたいへんではなかった。お昼ごろには、ドミニクが指さしたぎざぎざの岩山に着いた。ばらばらの小石に混《ま》じって、ダイコンソウやソラマメののびたのがあたり一帯《いったい》に広がっていた。

カレイは見まわして肩《かた》をすくめた。「どっちに行くの？」

ネッドはあたりをよくかぎまわってベンに考えを伝えた。「ぼくについてきて。あのでかいマスチフ犬《けん》、遠くからでもかぎわけてみせるから！」

ネッドはとことこと、原始《げんし》時代の怪獣《かいじゅう》の上向《うわむ》きの牙《きば》のような、大きな岩棚《いわだな》のほうへかけていった。みんなはそのあとを追って、突《つ》きでた岩から岩へと飛びうつっていった。ネッドが立ちどまり、耳をぴんと立てた。

ベンは犬の考えを聞いた。「やっぱり、やつらだ！　ちょっと上の、右のほうだ！」

山の高いところでは、日はすぐに暮《く》れる。昼さがりはたそがれに、たそがれは夕やみにと、つぎつぎと移《うつ》っていった。ごろごろした小石やうすくはがれやすい頁岩《けつがん》が、しだいになめらかな、固《かた》い岩にかわっていった。一同は足場を注意ぶかく手さぐりしながら、曲がりくねる山道を苦労《くろう》して上《のぼ》った。一陣《いちじん》の風が巻《ま》き起こった。刺《さ》すような冷《ひ》えびえとした風だった。

両手を丸めて息を吹《ふ》きかけながら、カレイが鼻をすすった。「どっかにかくれ場所さがそうよ。悪党《あくとう》どももいまごろキャンプ張《は》ってると思うよ」

みんなが見つけたいちばんまともな場所は、おおいかぶさるような岩の下の、かわいた、ワラビの生えたくぼみだった。両側《りょうがわ》が風にさらされているので、居心地《いごこち》はちっともよくなかった。カレイはがっかりして腰《こし》を下《お》ろした。「がまんするしかないか。このあたりに洞穴《ほらあな》はないし」

ドミニクはナイフを取りだして、ワラビを刈《か》りはじめた。「山の高いところで狩人《かりうど》たちがどうすごしているか、見せてあげるよ。できるだけワラビを集めて、この岩のそばに積《つ》みあげるんだ」

みんなでじゅうぶんなワラビを集めたころには、手が寒さでしびれてしまっていた。ドミニクはワラビに火をつけてから、上《あ》がる炎《ほのお》に顔を向けて座《すわ》るようにみんなにいった。そうしてみんなでマントをテントのように広げて火を囲んだ。ネッドはベンとカレイのあいだにもぐりこんだ。ドミニクが説明した。「上から岩がかぶさっているし、このマントがかくれみのになって、火の明かりはまわりから見えないだろう」

ベンはその火でありがたく両手をあたためながらいった。「こんな寒い夜はラザンのやつらだって外には出ないだろう。ここは安全だ。待ってて、いま食べ物を出すから」

一同はチーズとハムに、パンもすこし食べた。ドミニクはパンをくずして割《わ》り、焚《た》き火の上であぶって四つに分けた。とてもおいしかった。

吹《ふ》きさらしの山あいで焚《た》き火のまわりにうずくまる四人の上に、夜のとばりが下《お》りた。ワラビはもろくてすぐに燃《も》えてしまい、焚き火は長くはもたなかった。

ドミニクは燃えている火のなかに、小枝《こえだ》を投げこんだ。「残念《ざんねん》だなあ、このあたりに木がなくて。森という森はみんなはるか下のほうだ」

カレイが身ぶるいした。「背中《せなか》がこおりそう！　このマント、風を通しちゃうよ！」

ベンが立ちあがり、焚き火の火をふみつけて、ただのあたたかい地面になるまでならした。「もう燃やすものはないんだ。だから、地べたに座《すわ》って岩に背中をつけていよう。すこしはあたたかいかもしれない」

みんながいわれたとおりに固まってうずくまると、ネッドはベンの体を乗りこえてカレイのまえで横になった。「ほら！　こうすればカレイはあたたかいよ。ベン、だれかこっちに来る音がする。急いで、みんなにマントにかくれてじっと動かないでいるように伝えて！」

ベンはほかのふたりにささやいた。「だれか来る。頭からマントかぶってじっとしてて！」

ネッドは急いで、カレイのマントの下からなかへもぐりこんだ。

まもなく、杖《つえ》がコツコツと岩場にあたる音が聞こえてきた。ネッドのいうとおりだった。だれかが向かってくる。ベンはマントの合わせ目から外をのぞいて、吐《は》く息が白くもれないように口を押《お》さえた。

あらわれたのは年取った女だった。すっかり腰《こし》が曲がっている。年のせいか、いや、背負《せお》うようにまとったボロボロのショールやスカーフや毛布《もうふ》の重さのせいかもしれない。老婆《ろうば》は樹皮《じゅひ》をむいて真っ白な地が見えている長い木の棒《ぼう》によりかかっていた。そして、ベンたちがかくれているところからあまり遠くない位置《いち》まで来て立ちどまった。それからやおらベンたちのほうに向きを変えた。

ベンはかたずをのんだ。だが、すぐにほっとした。老婆は目が見えなかった。目のまわりに長い布《ぬの》きれを巻《ま》いてしばっている。ネッドの考えが伝わってきた。「あの人、目が見えないよ。でも、あんな魔女《まじょ》みたいな人、いままで見たことないや！」

ベンは老婆をじっと見つめた。犬のいうとおりだった。老婆の顔はくしゃくしゃに丸めたしわだらけの古い紙のようで、顔じゅうにあるこぶから毛が生えていた。ちぢんだ、歯ぬけの口の上にあるかぎ鼻の先は、いまにも上向《うわむ》きにしゃくれたあごの先にくっつきそうだった。まさに魔女《まじょ》そのものだった。口をきくと、声がぜいぜいと耳ざわりだった。「おまえら、味方か、敵《てき》か？」

ベンたちは押《お》しだまり、息もろくにしなかった。老婆が杖《つえ》をふりまわした。ベンの顔のすぐ近くでヒューッと空気が鳴った。

老婆はまえへ一歩進みでて大声でいった。「わしはギザル、ラザンの仲間だ。おまえたちがそこにいるのはわかっている。なんとかいえ！」

ベンたちはじっとだまっていた。ギザルはかん高い声でおどした。「わしの杖《つえ》のひとふりで、だれもがコウモリ、ヒキガエル、虫に変えられてしまうんだぞ。だから、ガキどもよ。いわれたとおり口をきかぬと、おまえらに呪《のろ》いをかける。これが最後のチャンスだ。さあ、なんとかいえ！」

ドミニクはカレイがマントの下で自分の手をつかむのを感じた。老婆はもう一歩まえに出てきて、かぎ爪《づめ》のような手の両方で杖《つえ》をしっかりつかむと、力いっぱいふりつけた。

トンッ！

木の杖は岩にぶちあたって、その衝撃《しょうげき》が老婆《ろうば》の体を伝い、両手は痛《いた》みにじーんとしびれた。「クッソーッッ！」

ベンはドミニクとカレイの口もとを手で押《お》さえて、声を出させないようにした。

ギザルはのたうちまわり、苦しがってにぎったこぶしを口もとにつけ、ハミングしているようなうめきをもらした。「ムーーーーーッ！」

しばらくすると、老婆はひざをついて体を起こし、両手を広げて落とした杖をさがしだした。杖はベンとカレイのまんなかで、片端《かたはし》を岩《いわ》に、もう片端は地面につけて落ちていた。ギザルはやみくもにまえへ進み、両手で宙《ちゅう》をかきまわすようにして近づいてきた。

ネッドがいまだとばかり、マントの下から顔を出すと、杖を鼻づらでまえに押《お》した。杖はひっくりかえって、老婆《ろうば》の肩《かた》にあたった。本能的《ほんのうてき》に老婆は杖をつかんだ。老婆はのろのろと体を起こすと、しぼんだくちびるのあいだから邪悪《じゃあく》なのろいの言葉を吐《は》きだした。

「おまえら、奈落《ならく》と地獄《じごく》の火のなかに落ちろ！　カラスがおまえらの骨《ほね》をついばみ、うじ虫どもが生きたままのおまえらの肉をむさぼり食《く》うだろう！　こんなことなら死なせてくれと泣きわめいてもな！」

老婆は歩きにくそうにしながら夜のなかを遠ざかっていったが、あいかわらず呪《のろ》いの言葉を吐《は》き、四人には想像《そうぞう》すらできないようなおそろしい死にざまをつぶやいていた。

ベンたちはしばらくじっとだまったまま、声も出せなかった。沈黙《ちんもく》を破《やぶ》ったのは、ベンだった。

「ヒューッ！　おばあさんにしちゃ、すごく口がわるかったね」

カレイが心配そうにいった。「まるで魔女《まじょ》だったよ。本当に人に呪《のろ》いをかけられるんじゃないのかな」

ドミニクは笑った。「そんなばかなこと、信じてるんじゃないだろ？　ふん、あいつがわめいていた地獄《じごく》の火をすこしここにわけてもらいたかったよ。ちょっとはあったかかったろうにさ。ねえ、ベン？」

少年は立ちあがり、冷《ひ》えきった足に力を取りもどそうと足ぶみした。「そうだ、ドム。あんな老《ろう》婆《ば》の呪《のろ》いなんか心配するのはよそう。カレイ、ぼくはあんなのよりもっとひどい呪いをかけられたことがあるけど、ほら、こんなに元気だ。ネッドも！」

犬の考えがベンの頭に飛びこんできた。「ここじゃなく、どっかほかに移《うつ》ったほうがいいよ。さっきのギザルが上にいるラザンの一味に会うのはわかってる。どんなに静かにしていても、ぼくたちがここにいたのは知られちゃっただろ。あいつがラザンに教えたら、連中《れんちゅう》がぼくたちをさがしにくるよ。追跡《ついせき》していたなんて知られたら、ただじゃすまないよ」

ベンは心のなかでネッドに礼をいうと、仲間にほかの場所に移って夜を明かそうといった。そしてキャンプを急いでたたんだ。

山のずっと上のほうでは、リグラン・ラザンがカンバス地の天幕《てんまく》の下に座《すわ》り、ヤギの肉を火にかけて料理《りょうり》しながら、ギザルの話に耳をかたむけていた。ギザルにワインとあぶったヤギのあばら肉をすすめ、状況《じょうきょう》を見きわめようとしていた。

ギザルはラザンの社会では尊敬《そんけい》されていて、その言葉を無視《むし》するのは賢明《けんめい》ではないと思われていた。リグランは近くで休んでいた男をけとばしていった。「ルージュ、おまえとドンバでグルッを連れ《つ》て山を下《お》り、かくれているやつらをつかまえてこい」

ギザルが口を出した。「やつらは二人、いや、三人かもしれん。それに犬がいる。犬のにおいはたしかにしたぞ。若《わか》いやつらをさがすんだ。息がおだやかで、大人《おとな》みたいにうるさくなかった」

ルージュと呼《よ》ばれた赤毛の大男は、マスチフ犬《けん》の首輪《くびわ》に鎖《くさり》をつけた。「グルッがかぎわけるよ。心配するな、ギザル。おれとドンバでガキどもにおしおきして連れてもどるさ。犬を連れてるってんなら、なお好都合《こうつごう》だ。グルッを見ろ。おい、おまえが犬まるまる一匹《ぴき》のごちそうにありつけるのは久《ひさ》しぶりだよな？」

ドンバは犬の鎖をぐいっとひっぱり、みにくい大きな犬がウーッとうなるのをなだめた。ふたりの男は長いナイフを腰《こし》にさして出発した。グルッがふたりをひっぱりながら、フンフンと音をたてて地面のにおいをかいで進む。

ギザルはがぶがぶとワインを飲んだが、むせてせきこみ、顔をリグランに向けた。「ところで、おまえのクマは帰り道、おとなしくしてたかい？」

リグランは焚《た》き火から燃《も》えている松《まつ》の枝《えだ》をぬいて、鎖で岩につながれているクマに投げつけた。

燃えさしはクマの前足にあたって落ち、クマはおびえてうめき声をあげた。

リグランはふっふっと笑った。「おまえのおかげで、あいつは逃《に》げる気をなくしたな。今度はおれが踊《おど》りを教えてやるのさ。マグダがよろこぶぞ。踊るクマなんて見たことがないからな」

21

ベンはキャンプを張《は》る場所をさがすうち、道をまちがえてしまったと思った。選んだ道は上に行くにしたがって、どんどん細くなっていき、一行は高い岩棚《いわだな》の上に出てしまった。見あげれば、頭上にはただ寒々とした夜の空が広がり、うしろにはつるっとした大きな石が上に向かってそびえている。ベンは石に背中《せなか》をつけて座《すわ》り、目のまえの空間と、胃《い》がざわざわしてくるような眼下《がんか》の景色《けしき》を見ていた。一歩まちがえれば、はるか下の森にまっさかさまに落ちてしまう。石の面にそって手をのばし、ベンはドミニクの指先にふれた。「もどって、ちがう方向をさがしたほうがいいかもしれない」

ドミニクもほんのすこしまえに出てきてベンの手をつかんだ。「いいや、このまま進もう。上のほうになんかあるよ、洞穴《ほらあな》とか深い岩の割《わ》れ目とか。でも、下を見るなよ。この石の面だけをまっすぐ見ていること。それと、歩くんじゃなく、すり足で横に動いていくんだ。急がず、ゆっくり落ちついて」

いわれるままに、ベンは目をまっすぐまえに向けて下を見ないようにしたが、それでもときどき、岩棚《いわだな》の下の奈落《ならく》に目がそれて気分がわるくなった。「だいじょうぶか、カレイ？　歩ける？」

少女はおびえているのをあらわさないようにして答えた。「だいじょうぶだよ、ドミニクのもう片方《かたほう》の手と、ネッドの耳につかまってるから！」

犬の気持ちがベンに伝わってきた。「文句《もんく》いうわけじゃないけどさ、こんな細い美人の女の子にしちゃ、この強いにぎりかたはまるで万力《まんりき》だよ！　ベン、きみはどんどん進んだらいい。ぼくの家系《けい》には、ヤギの血がまじってるんじゃないかな。けっこううまく進めるよ。気をつけてそろそろと歩くんだよ！」

ベンは返事をした。「ありがとう、ネッド、気をつけるよ。ラザンがぼくたちをつけている気配《けはい》はないよね？」

ネッドの答えは暗かった。「それを聞かれたくなかったなあ。ねえ、カレイやドミニクにいっちゃだめだよ、おどしてもしものことがあったらまずいから。でも、たったいまあのでっかいマスチフ犬《けん》のほえ声が聞こえたんだ。すごいほえ声だよ。男がふたりいっしょでね、ぼくたちを岩棚《いわだな》に追いつめたほうがいいかどうか、話しあってた」

ドンバという名の男が、マスチフ犬の鎖《くさり》を岩の出《で》っ張《ば》りに結びつけた。そして上に向かって曲がっていくせまい岩棚のほうを心配そうに見あげた。そして、こわごわ下を見たが、すぐに目をそらして片手でおおった。「こんなとこよじ上《のぼ》ったってしょうがない。こんな道を行ったわけねえよ、ぜったい！」

赤毛の大男、ルージュはばかにしてふんと鼻を鳴らした。「〝この道だ〟って、グルツがかぎわけたんだ。この道をゆくんだよ」

ドンバは別のいいわけを持ちだした。「ただのおとりの道かもしれないぞ。グルッを連《つ》れて見てこいよ。おれはここに残って、やつらがほかの道に行ってないか見張《みは》ってるよ」

ルージュはあきれて首をふった。「おまえはこわいんだ、ドンバ。こわいから行きたくねえだけだろ。見ろ、おまえの足を。ふるえてるじゃないか、この臆病《おくびょう》もんが！」

ドンバはルージュを押《お》しのけて、安全な地面の上にもどろうとした。「なんとでもいえ、おれは行かねえ！」

ルージュはドンバのえり首をつかむと、シャッと音をたててナイフをぬいた。「行くんだっ！でねえと、殺《ころ》すぞ。さあ、岩から鎖《くさり》はずして、グルッのあとについていけ。おれもすぐうしろから行く。もどろうなんて夢《ゆめ》にも思うな！」

ドンバは岩に結んでいた鎖をほどいて、自分の手首に巻《ま》いた。グルッは地面をかいで、荒々《あらあら》しくほえた。そして歩きはじめた。鎖をぴんと張《は》って、せまい山の岩場にそっておびえた男をぐんぐんひっぱっていく。

ベンたちはマスチフ犬《けん》のほえ声を聞いた。カレイががっくりして泣き声になった。「ラザンだ！見つかったんだ！　どうしよう？」

ドミニクが安心させようと手を強くにぎりしめた。「こわがらないで、一定の速さで進むんだ。あわてないで。やつらだってぼくたちと同じ速さでしか進めないんだから。まえになにか見えるかい、ベン？」

あけぼのが夜空に縞《しま》もようを描《えが》きはじめるなか、ベンはまえに目をこらした。ベンの答えは期待がこもって明るかった。「ああ、道すじがすこし曲がってるところがある。あそこを回ってみよう。ましな場所があるかもしれないよ。かくれるのにいい岩の割《わ》れ目とか！」

と、ベンの足が岩の上でずるっとすべった。ドミニクがとっさに崖《がけ》っぷちからひっぱったので、ベンはふみとどまり、体をもとどおりに起こした。「ふーっ、ありがとう、ドム。きみも気をつけて。岩棚《いわだな》がこおってるんだ。山の上のほうからしたたり落ちてきた水が、夜のあいだにこおりついたんだ」

四人の旅人は骨《ほね》を折ってすり足で進み、手をつないで、明け方の淡《あわ》い光ににぶく光る、こおりついた曲がり目を回りこんだ。

たどりついた場所を見て、ベンはがくぜんとなった。せまい岩棚が開《ひら》けて、広い、傾斜《けいしゃ》した裸《はだか》の岩壁《いわかべ》になっており、ところどころに頁岩《けつがん》の割《わ》れ目がある。上方の雪をいただいた峰《みね》と、はるか下のほうの地面とのあいだに道はなかった。

ドミニクが状況《じょうきょう》を見きわめようとした。四人のうしろではマスチフ犬《けん》が太いひびきわたるほえ声をあげていた。追跡者《ついせきしゃ》たちはもう近くまで来ている。

絵かきは迷《まよ》わず決めた。「ぼくが先導《せんどう》するよ、ベン。その岩の面に割れ目がある。それに手が届《とど》くから、手がかりにして上《のぼ》ろう。その先に頁岩の深いくぼみみたいなものが見える。岩が落ちて大きな溝《みぞ》を埋《う》めたんだな。そこまで行き着ければ、ぼくたちは安全だ！」

ベンはドミニクが教えてくれたルートを見あげた。それはとても見込《みこ》みがうすく、危険《きけん》なルートだったが、ほかに手はなかった。ベンはいった。「頁岩《けつがん》に乗ったとたんに、それがすべりださないともかぎらない。そこに上《のぼ》るのは、ぼくがやる。船のマストに上った経験《けいけん》もあるから。さあ、みんなマントぬいで、ぼくによこして。質問《しつもん》はなしだ、時間がない！」

ベンはドミニクのナイフをつかむと、三人のマントを背中《せなか》の縫《ぬ》い目のところで上から下まで切り裂《さ》いた。そしてその六枚《まい》を結びあわせて急ごしらえのロープをつくった。片端《かたはし》をしっかりくわえると、もう片方の端をドミニクに持たせた。そして小さく二度ほどジャンプして、岩の表面にできた割《わ》れ目に飛びついた。

一瞬《いっしゅん》、心臓《しんぞう》が止まるかと思われた。ベンのかじかんだ両手がこおった岩の表面でずるっとすべったのだ。が、すぐに割れ目に手をかけ、しがみついた。ネッドの思いが伝わってきた。必死《ひっし》に祈《いの》っている。「どうぞ、美しい天使さま、ベンが落ちないように守ってください。ケガをさせないでください、死なせないでください。ぼくはもっといいネッドになりますから、これからは。ほんとにいい犬になります！」

ベンは裂《さ》け目にそって手を這《は》わせ、じりじりと動いていった。裂け目がじゅうぶんに広くなったところで体をぐいっと持ちあげ、足をかけてまっすぐ立った。マスチフ犬《けん》の鼻息がすぐ近くに聞こえてきた。ルージュがドンバをおどして、せきたてている。

「ぼさっと立ってるんじゃない、こわがってりゃそのままこおっちまうぞ。とっとと行け。やつら、そんなに先じゃない！」

ドミニクはマントの端《はし》をカレイの胴《どう》まわりに結びつけていった。「よじ上《のぼ》って。すべってもベンがひっぱってくれるよ！」

カレイはおそるおそるまえへと進んだが、一メートルも行かぬうちに足がすべった。ベンはふんばった。「そのままつかまっていて。ぶらぶらゆれるのがおさまってから上《のぼ》って！」

カレイは目をしっかりつぶった。体がふりこのように右に左にゆれている。やがて、片足《かたあし》がごつごつした場所にかかったので、なんとかよじ上ろうとした。ベンはしっかりとロープをひっぱって
カレイの体を持ちあげた。やがて両手が届《とど》いた。カレイは岩の割《わ》れ目のところにうずくまり、マントのロープをほどいた。ベンはロープの先に小さな岩を結《ゆ》わえて、今度はドミニクに向かってほうり投げた。

ベンはネッドが伝えたとおりにドミニクに指示《しじ》した。「そのロープをネッドの体のまわりに巻《ま》いて。前足のつけねあたりで。ロープをちょっとだけくわえさせて、それからやつをこっちにほうり投げて」

ドミニクは命令《めいれい》にしたがった。ネッドは空中にほうりだされながら、また天使にお祈《いの》りした。

「おお、おねがいです、よい天使さま。ベンを助けたようにこのぼくもお助けください。そしたら、ベンをもっといいやつにします、約束《やくそく》します。ドミニクの手がすべりませんように、やさしい天使さま！」

一瞬《いっしゅん》ののちに、ベンとカレイはネッドをつかんで岩の割《わ》れ目のなかに引き入れていた。ドミニクのさけび声が三人の耳に届いた。あせって大声をあげている。「ロープをこっちに投げて。早く、やつらが来た！」

マスチフ犬《けん》のみにくい顔が岩棚《いわだな》の曲がり角からあらわれ、つづいて青ざめた顔のドンバと、得意《とくい》げにどなりまくっているルージュが出てきた。「その鎖《くさり》をこっちによこせ！　おれはグルッを見張《みは》ってるから、おまえ、犬を追いこしてそのガキをつかまえろ。残りのやつらは、そいつがなにをされるか見りゃ、下《お》りてくるさ。さあ、行け、こののろまが！」

岩棚の壁面《へきめん》にぴたりと張《は》りついて、ドンバはすこしずつマスチフ犬を追いこした。ドミニクはふりだされて目のまえに来たロープに手をのばしたが、届《とど》かない。もう一度、目のまえにゆれてきたとき、つかまえた。同時にドンバも片手《かたて》でドミニクの肩《かた》をつかまえた。ドミニクはロープを両手でにぎりしめ、口でもくわえると、ドンバにつかまれたまま、宙《ちゅう》に飛びだした。ベンとカレイ、そしてロープをくわえたネッドは、うしろに体をかたむけてふたり分の重みにたえた。ドミニクが空中でぐるりぐるりと回るにつれて、マントがミシミシ、ベリベリと破《やぶ》れる音がした。ドンバがドミニクの背中《せなか》にしがみついたまま、ふたりは岩壁《いわかべ》にぶつかった。ドンバの頭が岩にぶちあたり、手がはなれた。

「ギャーーーーーーッ！」

ドミニクは、ドンバの体が広い空中をずんずん落ちていくのを見ないようにした。マントのロープがびりびりと破けてきたのを感じて、無我夢中《むがむちゅう》でわめいた。「上《あ》げて、ベン、ひっぱりあげてよ、ベン。おねがい、落とさないで、ベン。おねがい、おねがいだ！」

つぎの瞬間《しゅんかん》、気がつくとドミニクはベンの両手につかまっていた。カレイとネッドはずたずたになったロープをがっちりとつかんでいた。ベンがいった。「もうだいじょうぶだ、ドム。ちゃんとつかまえた。さあ、立って！」

ルージュは四人の逃亡者《とうぼうしゃ》が身を寄《よ》せている、斜面《しゃめん》の割《わ》れ目に目をやった。そしていたずらをした子どもをしかるように指を一本ふりつけていった。「やりやがったな、てめえら。おれの仲間を殺《ころ》したな、かわいそうなドンバをよ！」

カレイがどなりかえした。「ばかいうな、あいつが勝手に落ちたんだ。おまえだってへんなまねするとああなるよ！」

ルージュは笑いながら首をふった。「ほほう、いさましいじゃねえか、お嬢《じょう》ちゃん。けど、おれはへんなまねなんかしねえ。おまえらはそこから一歩も動けねえ、逃《に》げ場なしだ。さあ、こっちにもどってこい、なんもしねえから！」

ベンはこういうタイプの泥棒《どろぼう》をいままでいやというほど見て知っていた。頭をうしろにそらし、ルージュを見て笑った。「ハハ、そんな手にだまされると思ってるのか？　おまえがラザンの一味だってことはわかってんだ。このままこっから動かないよ、ざまあみろ！」

ルージュはマスチフ犬《けん》の鎖《くさり》を手に巻《ま》きつけて答えた。「わかった、じゃあ、そこにいろ。おれはこれからキャンプにもどって応援《おうえん》を連《つ》れてくる。マスケット銃《じゅう》持ってもどってくるからな！」

ルージュの目に少年たちがしゅんとなって、不安そうに顔を見あわせるのが見えた。「ほう、もう元気がなくなってきたか。ええ？」

だまってしまったあいだに、ベンにネッドの考えが伝わった。「天使さま、ぼくの誓《ちか》った約束《やくそく》、おぼえてますか？　でも、ごめんなさい、ちょっとそれを破《やぶ》らせてもらいます。でも、正しい目的《もくてき》のためなんです。友だちの命を救《すく》うためなんですから。だから、ゆるしてください！」

ネッドは割《わ》れ目のふちにそって歩いていくと、しっぽをまっすぐにし、首まわりの毛を逆立《さかだ》て、歯をむきだした。グルッに向かってうなり、すさまじい声でほえたてた。ベンはネッドの首輪《くびわ》をおさえた。「どうした、ネッド？」


だが、ネッドはベンの言葉を無視《むし》して、後足立ちになり、首輪にかかっている手をふりほどこうとした。口から泡《あわ》が出てきて、グルッにいどむさまは野生《やせい》のけだもののようだ。

グルッも受けて立ち、何度か怒《おこ》ったようにほえたてた。

ルージュが犬の鎖《くさり》をぐいとひっぱった。「やめろ、おいっ、このばか！」

ネッドも負けずにほえかえし、狂《くる》ったようにわめいた。岩山に二匹《ひき》の犬のほえ声が反響《はんきょう》した。と、いきなりグルッが飛びだした。ルージュは引きずられて、足もとの氷で足をすべらせた。グルッは目のまえの空間をひとっ飛びでこえられると思ったのか、思いきりジャンプした。

だが、失敗《しっぱい》した。

人も犬もこの世で最後の声をひびかせて、矢のように谷底《たにぞこ》へ落ちていった。谷底ははるか、はるか下のほうだった。人と犬は岩山のふもとに散るふたつの黒点のようだった。

ドミニクはぼうぜんとして、ただ首をふるばかりだった。「どういうこと、これ？」

ネッドが心のなかでベンに説明した。「ぼくがやつの親のこと悪口《わるぐち》いったんだ。お母さんはロバで、お父さんはブタだって。それからけしかけてやったんだよ、ぼくみたいに跳《と》べるもんなら跳んでみろって」

ベンは犬の頭をなでて、うるんだ茶色の目を見つめた。「跳《と》んだっていばるけど、おまえはロープにつかまってきたんじゃないか」

ネッドは犬らしい無心《むしん》なようすでいった。

「ああ、そうだよ。でも、あいつは見てなかったもん。マスチフ犬《けん》ってあんまり利口《りこう》じゃないんだ。かわいそうなことしたけど、あの赤毛の悪党《あくとう》のせいで、ああするしかなかった。撃《う》たれて死にたくなかったらね」

ベンはネッドの耳のあたりをかいた。「天使さまはきっとゆるしてくださるよ。ぼくはゆるすな。いい思いつきだったよ」

明るい朝の日ざしが雲をはらいはじめ、空気があたたかくなってきた。ドミニクはこわばった両足をのばしたりちぢめたりした。「さあ、みんな、これからどうする?」

その質問《しつもん》に答えるように、どこからか「メーッッ!」というあわれっぽい鳴き声がした。

ベンがうしろのせまい岩棚《いわだな》を指さしていった。「ヤギだ!」

ヤギが二頭、裂《さ》け目のむこうからベンたちを見ていた。もしゃもしゃの毛におおわれ、ひづめのある足で立って、きょとんとした目に好奇心《こうきしん》を浮《う》かべて立っている。大きさのちがいから、母ヤギとその子どもらしい。母ヤギに鼻づらでつつかれ、子ヤギは鳴き声をあげた。「メーッ、メエーーッ！」

と、曲がり角からヤギを呼《よ》ぶ声が聞こえてきた。「シシー、パリス、おまえたち、どうしてそうやってはぐれるの？　何度もいったでしょ、ちゃんということ聞かなきゃ！」

曲がり角から、男の服に身を包んだ大柄《おおがら》な女があらわれた。粗末《そまつ》なマントの肩《かた》から何重にも巻《ま》いたロープを下《さ》げて、くくった輪《わ》の部分に氷を砕《くだ》くピッケルをさしている。女はヤギの世話を焼《や》き、岩棚《いわだな》ぞいに二頭をもとの道に追いやると、日に焼けた化粧《けしょう》気のない、素朴《そぼく》な顔をベンたちに向けた。「こんなとこで、子どもたちがまあ、なにやってるの？　ラザンの一味には見えないけど、近ごろじゃそれもわかんないからねえ」

直感的《ちょっかんてき》に、ベンはこの女の人はいい人だと感じた。ベンは笑顔《えがお》になっていった。「ラザンじゃありません、おばさん。やつらから逃《に》げてるんです。でも、ここから先どこにも行けなくなっちゃったんです」

ヤギ飼《か》いの女はベンの笑顔に笑顔でこたえた。そして岩棚から、はるか下に三つの重なりあった点のように見えるものを見おろしていった。「いいラザンてのは、死んだやつだけだ。あんたたちがやったんだね」

カレイがむっとなって、いいかえした。「ちがうよ、あいつらが勝手に死んだんだよ。それにあいつら、あたしたちを殺《ころ》そうとしたんだからね」

女は肩《かた》をゆすって巻《ま》いたロープを下《お》ろした。「そうだろうよ。でも、そうやってそこにいたら、こごえ死ぬよ。さあ、安全なところに行こう。あんたら、うちのヤギたちよりへんなとこに迷《まよ》いこむねえ！」

女はロープの片端《かたはし》をピッケルの柄《え》に結びつけると、それを手なれたようすで一同の頭上高くにほうり投げ、ピッケルの先を岩の割《わ》れ目に食《く》いこませた。そして何度かひっぱって、はずれてこないことをたしかめると、ロープの先をベンに投げてよこした。「それに犬を結びつけな。そして、思いきり反動をつけてこっちにふりだすんだ。わたしがつかまえるから」

ベンがいわれたとおり、岩肌《いわはだ》にそってネッドをほうると、ネッドの心の声が聞こえた。「うーっ！　この女の人、たくましい手していればいいけど！」

だが、心配無用《むよう》だった。大きな女は軽々とネッドをつかまえると、岩棚《いわだな》の上に下ろした。ネッドはほっとした。「ハハハ、この人、アナコンダの倍くらいたくましいや」

そのつぎにカレイが飛んだ。それからドミニク、そして最後にベン。全員が無事《ぶじ》わたると、ベンは握手《あくしゅ》を求《もと》めて手をのばし、仲間を紹介《しょうかい》した。

女は元気にベンと握手した。にぎる力が万力《まんりき》のように強くて、ベンは思わずうめいた。「どうもありがとう、おばさん。ご迷惑《めいわく》をかけてすみませんでした」

女は割れ目からピッケルを引きぬくと、それをたくみに受けとめて、ロープをもとどおり肩に巻いた。

「わたしはアーネラ。こんなのは迷惑でもなんでもないよ。いままで何度も割れ目をロープでわたってきたから。背中《せなか》にヤギをしょってわたったことだってある。さあ、あんたたち、なにか食べたいだろう。若《わか》いもんは食べたいよね、人間でもヤギでも」

岩棚《いわだな》から下《お》りると、アーネラはみんなの先に立って、けもの道や岩のでこぼこ道をジグザグに通っていった。そうしながら道々、ヤギを呼《よ》び集め、しかりながら追いたてた。「アキレス！　どこ行ってたの？　行儀《ぎょうぎ》のわるい子だねえ！　クローヴィス、あんたの子に群《む》れからはなれないようにいいなさい！　だめじゃないの、パンチロ、いつまでヤギっぽくしてんの？　教えたように仲間をまとめなさい！」

アーネラはネッドの頭をなにげなくなでていった。「ふーん、いい犬だ。おまえはこんなヤギたちより頭いいよね」

アーネラの住まいが洞穴《ほらあな》だとわかっても、ベンはちっともおどろかなかった。ただしそこは、アーネラが指さして教えなかったら、だれにもわからないくらいうまくかくされていた。

「ほら、あそこだよ。あの小さな滝《たき》のうしろ。あんたたち、ぬれないで入っていけるかな。わたしはできるよ、見てな！」そういうと、湿《しめ》ったコケや山の植物でおおわれた岩の角を曲がり、小さな滝の裏《うら》に姿《すがた》を消した。滝は落ちて滝つぼにたまり、あふれて小川になって流れていた。アーネラはみんなが滝の裏を通りぬけて洞穴に入ってくると、ひとりひとりの背中《せなか》をたたいてどのくらいぬれたかを見た。

「まあいいか。そのうちコツをおぼえるよ。ネッドだけだね、ぬれなかったのは」

アーネラはまた外に出ていって、ヤギたちを呼《よ》んだ。「だめよ、そんなに遠く行くんじゃないよ。

エサやらないからね。アトラス、その草食べちゃだめ。わかった？」

まもなくアーネラはもどってきて、あっちにもこっちにも積《つ》んであるたくさんの干《ほ》し草を手で示《しめ》していった。「ヤギのごちそうの上に座《すわ》ってなさい。そのあいだにわたしが火を起こすから」

洞穴《ほらあな》の奥《おく》の深い割《わ》れ目で、アーネラはまえに使った灰《はい》からもう一度火を起こしながら、にぎやかにおしゃべりした。「わたしは炭《すみ》を使うんだ。真《ま》っ赤《か》におきて、煙《けむり》が出ない。ここはわたしの夏から秋の家さ。冬から春はヤギたちを連《つ》れて森に下《くだ》るんだ。そこにもうひとつかくれ家《が》があってね、これと同じようなやつなんだ。さあ、カレイ、食べてくためだよ、お手伝いしな。あそこからたまごの入ったかごを持ってきて。男の子たちは小麦粉《こむぎこ》とミルクを持ってきて。それと、新鮮《しんせん》なハーブもね、棚《たな》の上にあるから」

たまごというのは山鳥のものだった。大きくて斑《ふ》の入ったものもあれば、真っ白いのもあった。カレイはアーネラにかごをわたしていった。「ヤギの肉でシチューをつくるんだと思ったのに」

大きな女はじろっとカレイを見た。「ヤギ？　まともな人間はヤギの肉なんか食べない。食べるとばかになるっていうだろ。わたしはまちがってもヤギなんか食べないよ、わたしの子どもだもの。あんたたちにはとっておきのごちそうを出してやるよ。山のハーブ入りのパンに、ヤギの上等《じょうとう》なチーズ。わたしの秘《ひ》密《みつ》のメニューだ、きっと気に入るよ」

アーネラのいうとおりだった。出されたとっておきの料理《りょうり》を、みんなはよろこんで食べた。食べ物は質素《しっそ》だがおいしかった。食べながら、ドミニクがいままでの話をした。村の市《いち》に出かけた日から、前日の夜、目の見えないギザルと出会ったことまで。アーネラは真剣《しんけん》に耳をかたむけ、アダモの名前が出るたびに強い興味《きょうみ》を示《しめ》した。

ドミニクが話しおえると、ヤギ飼《か》いの女は座《すわ》ったまま、じっと焚《た》き火のなかを見つめた。「そう。じゃあ、あんたたちは伯爵《はくしゃく》の甥《おい》を助けだす仕事を引きうけたんだね。なんてけなげで勇気《ゆうき》のあることだろう。でも、注意しておくけど、ラザン一族と戦《たたか》おうというのは、命がけだよ。やつらはしんから悪党《あくとう》なんだから！」

ベンはたずねずにはいられなかった。「あなたはこの山に住んでいるのに、やつらは手出ししないんですね。どうしてですか？」

赤ん坊《ぼう》ヤギがメーメーと悲しげに鳴いて洞穴《ほらあな》に入ってきた。アーネラがひざに抱《だ》きあげて、やさしくなでてやると、赤ん坊ヤギはしだいに静かになり、体があたたまってうつらうつらと眠《ねむ》った。

やがて、女は自分の身の上を語りはじめた。

「わたしの生まれはアンドラ。フランスとスペインのあいだの山の奥《おく》だった。母親の顔も父親の顔も知らないよ。わかっているのは、小さいときから酒場《さかば》で働かされたってことだけ。酒場の主人の話じゃ、〝ある晩《ばん》ジプシーがおまえを店先に置《お》いてった〟ってことだった。町の人たちはわたしをこわがってさ。山の大女だってね。そのころから大きかったんだよ。年は若《わか》いのに、だれよりも背《せ》が高く、体格《たいかく》がよく、腕《うで》っぷしが強かった。十才になったころには、近所の男の子たちはわたしをからかわなくなった。だって、そいつらにいじめられると、しっかりなぐってしかえししてやったからさ。

幸《しあわ》せな暮《く》らしとはいえなかったね。夜はロバやラバといっしょにうまやで寝《ね》ていた。そして、ついに運命《うんめい》の日が来た。二十才《はたち》ぐらいのときだった。ある晩《ばん》、うちの店でさ、市長の弟でえばり散《ち》らしてるやつが、飲みすぎてね、わたしにからんできた。わたしが知らんぷりしたら、機嫌《きげん》がわるくなってさ。わたしが食べ物や酒をのせた盆《ぼん》を持ってそばを通りかかったら、足を横に出してわたしをひっかけた。わたしはずってんどうと転んで、肉もビールも皿もジョッキもそこいらじゅうに散らばった。店の主人が飛んできて、〝このドジ！〟とわたしをせっかんしはじめた。だから、わたしは立ちあがってふたりに一発ずつパンチ食《く》らわして、たおしちゃったんだよ。店の主人と市長の弟をね。

そしたら兵隊《へいたい》やおまわりが呼《よ》ばれて飛んできたから戦《たたか》ったけど、相手は大勢《おおぜい》、とうとう取りおさえられて牢屋《ろうや》に入れられちゃった。でも、そこは牢屋というより便所《べんじょ》みたいなとこでね、市長が会《かい》議《ぎ》を開いてわたしにどんなひどい刑《けい》をあたえようかと話しあっているとき、かやと古い板張《いたば》りの屋根を破《やぶ》って、脱獄《だつごく》したってわけ！」

ドミニクは羊皮紙《ようひし》と木炭《もくたん》を体のまえでかまえて、身の上話をするアーネラの絵をかいた。ドミニクはふくみ笑いした。「すごい冒険《ぼうけん》の人生だなあ。そのあとどうなったんですか？」

アーネラは自分のたくましい、日焼《ひや》けした両手を見つめた。「わたしは逃《に》げて、この山や、下の森のなかで暮《く》らすようになった。町の人たちはラザン族のなわばりにはこわがって入ってこないのがわかってたからね。ならずもの以外はこのあたりには住めないよ」

カレイはあごを両手にのせて聞いていたが、ヤギ飼《か》いの女の勇敢《ゆうかん》さに感心して目をかがやかせていった。「でも、ラザンたちがこわくなかった？」

大きな女はふんとばかりに笑った。「わたしがおたずねものだって知ってるからね。男たちはまったく気にもとめなかったが、女のなかにはわたしをおどそうとするものもいたよ。ふん、そいつらは痛《いた》い目にあわせて追いかえしてやったよ。とくにわたしのヤギを盗《ぬす》もうとした女たちはね。それでラザンたちは、近ごろはあんまりわたしにかまわなくなったんだ。おかげで暮《く》らしやすくなったよ」

アーネラは赤ちゃんヤギをやさしく抱《だ》きあげて、干《ほ》し草の束《たば》の上に寝《ね》かせた。「この子をネムリちゃんって名づけようかな。生まれてから眠《ねむ》ってばかりいるから。ドミニク、あんた、アダモの名前を口にしたねえ。話してあげるよ、その子なら知ってるから」

ベンはとたんに全身を耳にした。「話してください、ぜひ！」

大きな女はうなずいてため息をついた。「もう何年にもわたって、その子が逃《に》げてはつかまり、ラザンの洞窟《どうくつ》に引《ひ》っ立《た》てられていくのを見たよ。その子を見たとたん、わたしは好きになったねえ。だって、わたしみたいに体が大きくて、強いんだ。うしろから見ただけで、アダモだ、りっぱな若《わか》者《もの》だってわかるよ！

ところが、ある晩《ばん》のこと、ひと月くらいまえだったかなあ、すごい嵐《あらし》になってね。わたしは崖《がけ》までヤギたちを連《つ》れもどしに行ったんだ。そしたらあの子がいたんだよ、岩のあいだに追われた獣《けもの》みたいにかくれて、全身ずぶぬれで腹《はら》をすかせていた。それで、この洞穴《ほらあな》に連れてきて、かわかしてやり、食べ物をやった。

最初は口がきけないのかと思ったんだ。ほとんどひと晩じゅう言葉らしい言葉をいわないで、じっときれいな茶色の目でわたしを見つめていたから。でも、すこしずつしゃべらせてみたら、アダモは自分の父親と母親がだれなのか知らなかった。けど、昔《むかし》大きな家に住んでいたことはおぼえていた。それに、やさしい紳士《しんし》と親切なおばあさんがいたってこともね。でも、それだけだった。ただひとつはっきりしているのは、自分がラザンのものじゃないってこと。山の洞窟《どうくつ》は、あの子にとって牢屋《ろうや》だった。あの年寄《としよ》りのマグダ・ラザンは、自分は実《じつ》のおばあさんで、世界じゅうでただひとりの身内《みうち》だっていいきかせてるんだ。かわいそうにアダモは、自分を自由にしてくれって頼《たの》んだけど、マグダははねつけた。アダモは泥棒《どろぼう》や人殺《ひとごろ》しといっしょに暮《く》らすのがいやさに、脱走《だっそう》をはかったんだ。でも、すこし逃《に》げただけでラザンの追手《おって》につかまって、洞窟に連《つ》れもどされてしまう。アダモはもともと無口《むくち》な、さびしい子だったが、最初に脱走にしくじって連れもどされてから、ラザンのやつらとはいっさい口をきかなくなった。とりわけマグダとはね。

それから何度も、何年にもわたって、あの子は逃げだしては、やっぱりつかまった。マグダはおそろしいやりかたであの子をおどしたんだけど、それでもアダモはあきらめなかった。

こういうことを、わたしが洞穴《ほらあな》にかくまった夜に話してくれたんだ。でも、夜が明けたら、あの子はどこかへ消えていた。そのあとすぐラザンのやつらがここへ来て、あたり一帯《いったい》をさがした。リグラン・ラザンってやつがそいつらの頭領《とうりょう》でさ。兄弟四人ぜんぶ合わせたよりもっとたちのわるいやつなんだ。連れてきた大きなマスチフ犬《けん》がアダモのにおいをかぎつけてね、それで追跡《ついせき》開始だ。獣《けもの》を先頭に獣みたいな男たちがさ！

それ以来、アダモの姿《すがた》を見たことはない。神さま、聖者《せいじゃ》さま、どうぞ今度こそあの子を無事《ぶじ》逃がしてやってくださいな。あれ以来あの子が連《つ》れもどされる姿《すがた》は見てないんだから、すこしは望《のぞ》みもあると思うよ。けど、ラザンのことだ、あの子をつかまえて、別の道を通って連れかえったのかもしれない」

ベンはアーネラに心から同情《どうじょう》した。「心配しないで、おばさん。やつらのかくれ家《が》に行ったら、かならずアダモを見つけだしますよ。そこにアダモがいるのならね。いなかったら、フランスとスペインじゅうを草の根分けてもさがし出して、アダモをヴェロンのおじさんのもとに連《つ》れて帰ります」

ドミニクは仕上《しあ》がった絵をアーネラに見せた。「力になってくれたお礼です、アーネラさん。気に入ってくれるといいけど」

それはアーネラの横顔の絵だった。焚《た》き火のそばで赤ちゃんヤギを抱《だ》いている姿をかいた絵からは、アーネラの心の美しさと素朴《そぼく》さがかがやき出ていた。大柄《おおがら》で赤ら顔のヤギ飼《か》いの女のありとあらゆるしわから、人柄のやさしさと力強さがにじみ出ていた。

アーネラは絵かきの腕前《うでまえ》に感心して、ややかすれた声でいった。「ドミニク、こんな絵は見たことがないわ。うちのいちばんかわいている壁《かべ》にかざっておくよ。これを見るたびにあんたと、仲間たちを思いだすだろう。わたしにできることがあったら、いってみて。遠慮《えんりょ》しないで、なんでもいいよ」

ネッドはアーネラのひざのうえにあごをのせて、顔を見あげた。「このすばらしい女の人はきっとぼくたちについてきてくれる。ぜったい来てくれる。でも、ヤギたちはこの人の子どもみたいなものなんだっけ。この人がぼくたちと冒険《ぼうけん》の旅に出てしまったら、ヤギたちはどうなるんだろう？」

ベンがこれを聞きつけて、声に出していった。「いや、いいんです、ぼくたちでやっていけますから。でも、ぼくたちが帰ってこられるかどうか見まもっていてください。この山から大急ぎで出ていかなければあぶない目にあうかもしれないから」

アーネラはネッドの耳の裏《うら》をなでた。「うん、夜も昼もあんたたちを待って、見まもっているよ。さあ、もう寝《ね》なさい。見つからないようにするなら、夜のあいだに旅したほうが安全だ。だから、いまのうち休むといい」

三人はかわいた気持ちいい干《ほ》し草の上に横になった。ネッドは目をなかば閉《と》じて、アーネラがヤギの毛の糸と太い骨《ほね》の針《はり》とで破《やぶ》れたマントをつくろうのを見まもった。

とろとろと眠《ねむ》りかけたとたん、アーネラが干し草を集めながら、洞穴《ほらあな》のなかに迷《まよ》いこんできたヤギにいいきかせるのが聞こえた。「しーっ、アイアース、パンチロ、若《わか》い人たちを寝かせてあげな。うんとがんばってきたんだし、これからもたいへんなんだよ。さあ、さあ、外に行きな、みんな。外のいい空気のなかで食事だよ。クローヴィス、あんた、自分の子どもをなんとかできないの？こんな行儀《ぎょうぎ》のわるい子、見たことないよ。さ、出ていきな！」

洞穴は安全だし、焚《た》き火はちらちらゆらめいていい感じだし、ネッドはすっかりいい気持ちになってベンに伝えた。「アーネラのヤギになるのもいいな。あんなにめんどう見てもらってさ。いや、やっぱりだめだ。ヤギって頭わるいからなあ。あんなにメーメーいうの、たえられないな。どう思う？」
ネッドの問《と》いをだれも聞いていなかった。ベンも、ドミニクもカレイも、もうぐっすり眠《ねむ》ってい
た。
アーネラに起こされたとき、ベンは外がもう夜なのに気づいた。アーネラの手にはみんなのため
に用意した深皿入りの野菜《やさい》スープと、パンと、はちみつがあった。
「さあ、たっぷりお食べ、若《わか》い衆《しゅう》。これからしばらく、おいしい食事にはありつけないだろうから
ね。針《はり》仕事は苦手《にがて》だけど、あんたたちのマントはせいいっぱいつくろっておいたよ。それに、食べ
物の包みと、あまってるロープとピッケルも入れといてやった。きっと必要《ひつよう》になるから」
食事をすませた四人は、洞穴《ほらあな》の外に出て、友だちになったばかりのアーネラにさよならをいった。
寒かった。霜《しも》の下《お》りた岩の表面が光り、見あげれば真っ黒なビロードの丸天井《まるてんじょう》のような空には、何
百万の針穴《はりあな》を開けたみたいに明るい星が散《ち》っていた。うすく切ったレモンの皮のような淡《あわ》い色の月
が浮《う》かんでいた。
アーネラはたくましい腕《うで》で四人の肩《かた》を抱《だ》いた。「さあ、お行き。心から無事《ぶじ》を祈《いの》っているよ。右
の曲がりくねっている道を行くのよ。左はだめ、どっかの岩棚《いわだな》で行きどまりになってしまうから。
さあ、みんなを案内《あんない》するんだよ、ネッド。あんた、いい犬だもん。さあ、うしろを見ずに、足もと
注意してね」
四人は歩きだした。アーネラの声がしだいに遠くなる。「水のそばへ行かないの、テセウス。毛
がこおってしまうよ。ナルキッソス、いつまでも水のなかをのぞいてないの。クローヴィス、ばか

なまねしないのよ、あんたの子はわたしのそばにいるじゃないの。さあ、みんな、なかに入りなさい。パンチロ、あんたもよ！」

22

高い山の上ですごす夜は、見知らぬ惑星《わくせい》の上に取り残されたような感じがした。あたりを静寂《せいじゃく》が支配《しはい》していた。澄《す》みきった空気のなかで、音という音が何倍もの大きさになってひびいた。旅人の四人はこわごわとまえに進み、近くにいる人間に聞きつけられないよう、ひそひそ声で話した。

つらい旅だった。どこまでも行っても上《のぼ》り坂で、不気味《ぶきみ》に広がる雪と、氷と、ところどころにできた真っ黒なかげの上を、用心ぶかく足をふみしめて歩いた。

二時間以上歩いたところで、カレイが蒸気《じょうき》のように大きく息を吐《は》いて、ドミニクにささやいた。

「ねえ、ちょっと止まって、ひと息つこうよ」

ベンはこれを聞いて「止まれ」と合図を出し、道の片側《かたがわ》にある大きな岩のかげで休むことにした。四人が岩かげに身を寄《よ》せるなり、人の話し声が聞こえた。

ネッドは耳をぴんと立ててベンに話しかけた。「男ふたりみたいだ。よかったよ、道のわきにどいておいて」

あらわれたのはあの太っちょのすりと、イタチのような顔をした中年男アブリットだった。ふたりはベンたちがかくれているところから五、六メートルのところを注意ぶかく歩いていった。すりは立ちどまり、松葉杖《まつばづえ》がわりに使っている木の棒《ぼう》に寄《よ》りかかって、地面をうさんくさそうに調べた。

「ほれ、ここに足あとがある！」

ふたりの男はたがいに憎《にく》みあっていた。アブリットはすりをうすばかあつかいして、せせら笑った。「あったりまえだろ、足あとがあるのが。これはおれたちが坂を上《のぼ》っていったときついたあとじゃねえか。まえのほうに犬の足あとだってある。来い、おまえがもたもた歩くからおれまで遅《おそ》くなるじゃねえか。急がねえと、ルージュもドンバも犬も見つからないぞ。なんだ、今度は？」

すりは痛《いた》そうにかがみこむと、雪の上に座《すわ》りこんでしまった。「足首が痛くて痛くて。これ以上歩くのはむりだ。なあ、どっかに今晩《こんばん》休めるところをさがそうぜ。朝になったらみんなに追いついて、ルージュもドンバもグルッツもいなかったっていえばいい。こんな暗やみのなかでうろついていたら、こっちの命があぶねえ！」

アブリットは、この提案《ていあん》をばかにした。「ふん、わかった、そうしよう。だがもどったら、おれはなんにもいわねえからな。おまえがリグランに〝あいつらを見つけられなかった〟っていうんだぞ。そしたらどうなると思う、ええ？」

すりは子どものように口をとがらせると、ケガをした足首をさすった。「だめだ、あのリグランはおれのことを目のかたきにしてやがるから。顔を見ただけでおれを殺《ころ》すよ。おそろしいやつだぜ、足を折《お》ってるおれを仲間のむかえに出すなんて。おれをやっかいばらいしたいだけなんだ！」

「おれもだよ」と、アブリットはうなずいた。「おれもリグランとはウマが合わねえ。だから、よけいルージュとドンバをさがさなきゃ。仕事をちゃんとやれば、命も助かるってもんだぜ。さあ、立った、立った、デブ！」

すりは立ちあがりかけたが、ある考えがうかんだ。「この道行ってもだめなんじゃねえか。見ろ、足あとは上のほうに向かってるやつしかねえだろ。ルージュとドンバが下《お》りてきたときのあとはどこだよ、おれには見えねえが」

アブリットは頭をかいた。「そうかもしれねえ。別の道をさがしていたのかもしれねえ。あっちに見える氷の張《は》った道かもな。あっち行ってみよう！」

ふたりの泥棒《どろぼう》たちが左のほうに下《くだ》る、広い、岩だらけの氷原《ひょうげん》をよたよたと歩いていくのを見て、ベンはほっと安心してため息をもらした。カレイはささやいた。「よかった、あたしたちの足あとがほかのやつらのと混《ま》じっていて」

泥棒《どろぼう》たちが氷原《ひょうげん》を三分の一ほど行ったとき、ベンがカレイをふりかえっていった。「どう、もうじゅうぶんに休んだ？」

少女はむかっとしたような顔で歩きだして、つぶやいた。「ああ、休んだよ。自分たちだって休みたかったくせに。ふたりともネッドよりハアハアあえいでいたじゃないか！」

そういって、元気だということを証明《しょうめい》しようと、岩かげから飛びだしたとたん、氷の張《は》った岩をふんだ。瞬間《しゅんかん》、ずるっとすべって足が地面をはなれ、あおむけにひっくりかえった。「キャーッ！」

悲鳴は周囲《しゅうい》の峰《みね》また峰にするどくひびきわたった。

氷原《ひょうげん》に出ていたすりとアブリットは、ぎくっと立ちどまった。すりは勝ち誇《ほこ》ったように杖《つえ》をふりまわした。「やつらだ！　リグランのさがしてるやつらだ。行こう、つかまえよう！」

アブリットは肩《かた》で相棒《あいぼう》を押《お》しのけた。「じゃまするな、ばかやろ。おれがやる！」ベルトに差《さ》してあったマスケット銃《じゅう》をぬくと、地面にたおれている少女に向かって崖《がけ》ごしに発砲《はっぽう》した。ダーンッ！　銃声は雷《かみなり》のように轟《とどろ》いた。

ベンは自分の背後《はいご》の岩に銃弾《じゅうだん》があたってはねかえったのに目を見はった。ふたりの泥棒《どろぼう》はわれ先にと氷原をこちらに向かってかけながら、ベンたちに向かってさけんだ。「待てーっ」

と、頭上からにぶくこもった音がして、それがしだいにゴロゴロと鳴る大きな地ひびきに変わった。

ゴロゴロゴロゴロ……！

ドミニクはとっさにまえにつっこむと、カレイの両足をつかんで岩のかげに引きずりこんだ。そして、ベンをその岩かげのいちばん深いところまでひっぱった。ネッドがご主人のそばにかけよった。

「なだれ！　なだれだ！」ドミニクのさけびは、この世のものとは思われない轟音《ごうおん》に、ほとんどかき消されてしまった。粉雪《こなゆき》、固《かた》まっ

た雪、氷の板《いた》に柱、それに岩くず、頁岩《けつがん》、丸石の混《ま》じったものが、銃声《じゅうせい》に刺激《しげき》され、山肌《やまはだ》から巨大《きょだい》なくさびの形となってガバーッと氷原《ひょうげん》にくずれ落ちてきた。

すりとアブリットはその場で死に、抵抗《ていこう》できない大自然《だいしぜん》の力によって押《お》しながされてしまった。

ベン、ネッド、カレイ、ドミニクは岩かげにひとつに固《かた》まって、たがいにひしとしがみついていた。一枚《まい》のとてつもなく大きな氷の壁《かべ》がガリガリと音をたてながら、頭上にせりだした岩をすべりおりてきて、出口をふさいで割《わ》れるような轟音《ごうおん》をたてて止まった。あたりが真っ暗になった。まるで地底《ちてい》の穴《あな》のなかだった。一同の耳に、外で雪のかたまりが太い滝《たき》のように落ちて岩と氷をたたく音が、バリバリとひびいた。

やがて、まったく音のない静寂《せいじゃく》に取りかこまれ、頭のなかがじんじんと鳴った。あっというまに起きたなだれは、あっというまに終わってしまった。

ネッドから伝わってきた言葉を口にするベンの声がこもって聞こえた。「だれもケガしてない？みんなそろってる？」

カレイとドミニクはまだたがいの肩《かた》に腕《うで》を回したまま、地獄《じごく》のような暗やみのなかから返事をした。

「転んで肩をぶつけたけど、命拾いしたわ」

「あのラザンのやつらを思えば、文句《もんく》はいえないよ」

ベンはラザンのふたりの非業《ひごう》の死を思って身ぶるいした。「あのなだれじゃ、なにも生き残れない。まるで世界の終わりだった。でも、このネッドはあたたかくて気持ちいいや」

黒いラブラドールはベンの手をなめた。「汗《あせ》が出るくらいびっくりしたんだもん。かっとなるって、まさにこのことだね」

ベンは犬を強く抱《だ》きしめた。「いまは、朝になって明るくなるのを待つしかないよ。お日さまが出てこの壁《かべ》が明るくなってくれたら、ぼくたちのいる位置《いち》がわかるかもしれない」

おどろいたことに、氷の穴《あな》のなかはベンたちが予想したほど寒くなかった。四人の吐《は》く息と体熱《たいねつ》のおかげで、雪と氷の穴蔵《あなぐら》のなかでも、気温は零下《れいか》にはならなかった。

夜《よ》どおしずっと、四人は断続的《だんぞくてき》に眠《ねむ》った。ベンが夢《ゆめ》うつつだったとき、犬の思いが伝わってきた。「ふう、ちょっと空気がこもってきたみたい。でも、もうきみの顔が見えるよ。ぼくの顔も見える？」

ベンが目を開けると、あたりはぼんやりと灰色《はいいろ》になっていた。「ああ、見えるよ。ちょっと息苦しいけどね。外はもうすぐ夜明けじゃないかな」

ドミニクが目を開けた。「食べ物ない？　飢《う》え死《じ》にしそう！」

カレイの声がネッドの肩《かた》ごしに聞こえてきた。「あたしも！」

ネッドは、自分のせまい居場所《いばしょ》で、ひざまである雪をかいた。ベンにネッドの言葉が聞こえてきた。「ドミニクの肩かけカバンを見つけたよ。なにか入ってないかな？」

ドミニクは雪の下から肩かけカバンをひっぱりだした。「ありがとう、ネッド。残りものがないか見てみよう」

一同の見まもるなか、ドミニクがカバンのひもをゆるめて、なかをさがした。「固《かた》くなったチーズひと切れ。古いパンの残り……あっ、なんだ、これは？　ワインだ。ひとびんまるまる残ってる。すっかり忘《わす》れてたよ！」

カレイはせいいっぱい上半身をまっすぐに起こした。「よかった！　早く分けて、早く！　おなかすいて死にそう！」

ドミニクはほほえんだ。「あわてないで。死にやしないさ。それよりゆっくり食べて、しばらく口をきかないことだ。ここの空気を使いきらないように。もうすぐすっかり夜が明けるよ」

すこしずつ食べ物をかじり、ワインをすすって、一同は時間をやりすごした。しだいにあたりの灰色《はいいろ》が金色のかがやきに変わって、雪の牢獄《ろうごく》にしみとおってきた。ネッドがしっぽをふった。「あ、とってもいい天気みたい！」

ベンはじゃまになるしっぽをむこうに押《お》しやった。「いい天気かどうか、ちゃんと見たいよ。そのしっぽ、おとなしくしろ！」

ベンはあたりを手さぐりして、アーネラのピッケルを掘《ほ》りだした。それを目のまえに突《つ》きたてて、とんとんとたたいてみた。「固い氷の壁《かべ》に閉《と》じこめられちゃったみたいだ。ねえ、ドム、どう思う？」

ドミニクはベンからピッケルを受けとると、逆《さか》さまにして金属《きんぞく》の部分をにぎった。そして柄《え》の端《はし》で頭上の天井《てんじょう》部分に穴《あな》を開けた。バラバラと雪が上から降《ふ》ってきた。

カレイが声援《せいえん》を送った。「それそれ！　もっとしっかり突《つ》いてみて！」

ドミニクは首をふって、あちこちさぐりながらつぶやく。「そっとやらなきゃだめなんだ。屋根ごと落ちてきたらたいへんだ」ピッケルの柄《え》でさらに前へ前へ押《お》しているうちに、だんだん楽に進むようになった。と、ドミニクが手を引いた。

金色の光の輪《わ》が上からさしてきて、ネッドの耳と耳のあいだをてらした。空気があっというまに新鮮《しんせん》になった。ベンは笑った。「よくやった！　きみはぼくたちの命を救《すく》ってくれたよ！」

みんなはかわりばんこに穴開《あなあ》けにかかった。注意深く穴を広げ、ピッケルを左右に動かしながら、氷や雪をかきおとした。水がしたたり落ちてきたので、ネッドは舌《した》を出して、何滴《てき》かなめた。

カレイは腰《こし》まわりにロープをしばりつけて、まえかがみの姿勢《しせい》で立った。「あたしがいちばん細くて軽いから、先に行くね。あんたたちはあたしの足を片方《かたほう》ずつ持って思いっきり上にあたしを上《あ》げてよ」

ベンとドミニクはそれぞれ両手を組んでカレイの足の下に入れ、上に持ちあげた。カレイの頭が上の穴《あな》から出た。カレイが号令《ごうれい》をかける。「せーの、一、二、三、ハッ！」勢《いきお》いよく持ちあげたとたん、少年ふたりは氷の天井《てんじょう》に頭をぶつけた。

カレイは外につんのめるように転がりでて、穴を広げ、姿《すがた》を消した。しばらくするとカレイが穴をのぞきこんだ。「ネッドがつぎ！　こっちによこして。ほら、おいで、前足を出すんだよ。ほら、おいで！」

ラブラドールは日光のなかにぬけでて、陽気にいった。「ねえ、〝ハッ〟って上《あ》がるの、おもしろいよ！」

ベンは同じ気分にはなれなかった。「ふん、おまえはいいだろう、ぼくの頭の上にのってるんだから。この尻《しり》のでかい犬め！」

まもなく、四人はそろってさわやかな、日にてらされた山の空気のなかに座《すわ》っていた。ドミニクは胸《むね》をふくらませて、元気に両方のこぶしでたたいた。「さあ、仲間たち！　いざ、まえへ、上へ、行こう！」

聞きなれない声が答えた。「そうだ、小僧《こぞう》。いっしょに行こうじゃないか！」

リグラン・ラザンと五人の手下《てした》たちが、いままでみんなが閉《と》じこめられていた岩のうしろからばらばらと出てきた。

ベンはあっけに取られたが、即座《そくざ》にネッドに指令《しれい》を送った。「動くな、敵《てき》はみんな武器《ぶき》を持ってる。なにもするんじゃない！」

黒い犬も即座に答えた。「待っててね、ベン。あとでかならずむかえにいく！」そういうなり、あっというまに山をかけおりていった。

リグランの手下のひとりがライフルを肩《かた》から下《お》ろし、ベルトの火薬のびんをつかんだ。

リグランは片足《かたあし》を横に出してその男を転ばした。「またなだれを起こす気か、ばか。犬はどうでもいい。さあて、獲物《えもの》はなんだ、男前ふたりに美少女ひとりか」そういって刀をぬくと、先をベンの胸《むね》にあてた。「こんな高い山の上になんの用だ、小僧《こぞう》？」

ベンは純　情《じゅんじょう》でくったくなく見えるようつとめていった。

「ぼくたちは旅のものです。スペインに行くところなんです」

リグランの刀が日の光にぎらりと光った。刀の平たい面でピシャッとたたかれ、ベンの頰《ほお》に痛《いた》みが走った。

ラザンの頭領《とうりょう》は憎々《にくにく》しげに毒《どく》づいた。「うそいえ！　旅人は峠《とうげ》を通るんだ、ここより南のアンドラのな。さあ、本当のことをいえ、さもなきゃ鼻をそいでやる！」

カレイは大胆《だいたん》にもベンのまえに進みでて、リグランに面と向かっていった。「いっただろ？　あたしたちはスペインに行くんだよ。さあ、やれよ、あたしの鼻をそいだらいい、この臆病《おくびょう》もの！　こっちは丸腰《まるごし》だよ！」

リグランは刀をかざし、ふりおろした。少女の黒い巻《ま》き毛が切られて落ちた。が、カレイはびくともしなかった。リグランは刀を下《さ》げると、笑った。「根性《こんじょう》のある女は好きだ。だが、マグダに尋《じん》問《もん》されても、どのくらいその根性が残ってるかな。見てやろうじゃないか。マグダ・ラザンを知ってるだろう？　あれはおれの姉だぞ」

カレイは笑った。「弟どもがそろいもそろっておまえみたいにみにくいなら、姉さんは気の毒《どく》だねえ！」

一瞬《いっしゅん》、リグランのにぎりしめる刀が、ぶるぶるとふるえ、目が残忍《ざんにん》そうに細まった。だがすぐに向きを変えてつぎつぎと命令《めいれい》を下《くだ》した。「ロープでこいつらをいっしょにふんじばれ。首と両手だぞ。急げば、先にクマといっしょに送りだしたふたりのすぐあとにもどれるだろう。こいつらがもたつくようなら、こん棒《ぼう》でなぐれ！」

アーネラのロープで両手をしばられ、それを首まわりにつながれて、三人はまえへと歩いた。ベンはすぐうしろにいるドミニクに口を動かさずに話しかけた。

「これで少なくとも、ラザンのかくれ家《が》には迷《まよ》わず行けるよ」

とたんに、こん棒《ぼう》がベンのすねを直撃《ちょくげき》した。ひょろっと背《せ》の高い、顔に傷《きず》のある男がこん棒をベンの顔に向かってふりつけた。「だまってろ、小僧《こぞう》。でないと足を折るぞ。おまえらもだぞ、おまえらはもう捕虜《ほりょ》なんだ。だからさっさと歩け！」

23

大きな洞窟《どうくつ》の床《ゆか》にぽつんと一頭さびしげにうずくまって、クマは悲しげなうめき声をもらした。ラザンの男女はそのまわりを取りかこんで、クマをものめずらしげにながめた。クマといっしょに送りだされていた男ふたりは、首の鎖《くさり》をだらんと手に持って、マグダが話しはじめると、目を合わせないように目をそらした。

マグダは身を乗りだし、催眠力《さいみんりょく》を持つ大きな目をあわれな動物に向けて低い声で毒《どく》づいた。「すぐにも踊《おど》ってもらうぞ。番兵《ばんぺい》ども、こいつを連《つ》れてゆけ、地下牢《ちかろう》に！」

男たちが鎖をひっぱって、クマをうしろ足で立たせた。クマは首すじに食《く》いこむスパイクが痛《いた》くてうめいた。男たちがクマを引《ひ》っ立《た》てていくと、入れかわりにマグダのいちばん上の弟ロウスが洞窟に入ってきて、マグダに近づいた。

魔法《まほう》の目がロウスに向けられた。「リグランが帰ってきたのを知らせにきたろうが、そんなことは先刻承知《せんこくしょうち》だ」

ロウスはバツがわるそうに肩《かた》をすくめた。「捕虜《ほりょ》を連れてくるよ。小僧《こぞう》ふたりに娘《むすめ》っこひとり。けど、黒い犬はいねえ」

マグダはシューッと怒《おこ》ったヘビのような音を出した。「ばかものども！　わしの手足にこの目ほどの力があったらなあ！　わしなら犬まで全員ひっつかまえたぞ。その犬をつかまえられなかったら、運勢《うんせい》は凶《きょう》と出ているんだ。捕虜《ほりょ》が来たら、すぐにここに連《つ》れてこい！　ゆけ、弟の手伝いをしろ！」

ベンは深い雪のなかでつまずいた。すかさず手下《てした》がその背中《せなか》をアーネラのピッケルの柄《え》でこづいた。ベンは背すじをまっすぐにのばすと、上《のぼ》り坂をけんめいに進んだ。ネッドと思いを交《か》わせないのが不安でならなかった。

ドミニクは友だちの気持ちを察《さっ》したみたいに、こっそりとささやいた。「ネッドはどこにいるんだろう。逃《に》げてしまうなんて、あいつらしくないよ」

カレイはこれを聞きつけて、にべもなくいった。「犬みたいに足が速けりゃ、あたしだって逃げるさ。どうすりゃよかったの？　うろうろしてつかまるか、撃《う》たれるかするの？」

手下のひとりがカレイを乱暴《らんぼう》に突《つ》きとばした。「だまってろ！」

ベンはそいつの気をそらしてやろうと、大きな声でいった。「ネッドが逃げて、ぼくたちにもよかったんだ。きっと助けてくれる。ぼくの言葉を信じて。あいつは並《な》みの犬じゃないんだ」

リグラン・ラザンはふりかえって、刀の先をベンに向けた。「もうひと言《こと》でもしゃべってみろ。舌《した》を切りとってやる！」

ベンはこのあたりでもうだまっているほうが利口《りこう》だと思った。ラザンの頭領《とうりょう》は口先でおどすだけでなく、そのとおり実行《じっこう》するのが好きな悪党《あくとう》に見えたからだ。リグランの荒々《あらあら》しい顔かたちは、どこを取っても冷酷《れいこく》さと短気さがあらわれていた。だから、ベンはじっと押《お》しだまったまま歩きつづけた。

やがて洞窟《どうくつ》の入り口が見えてきた。入り口の外の壁《かべ》を見たとたん、仲間に〝見ろ〟と大声で知らせたくなった。赤と黒で人の姿《すがた》が描《えが》かれ、男たちはイノシシを狩《か》っている！　ちょうどエドアールが、事故《じこ》にあって気絶《きぜつ》するまえに見たのと同じだ。エドアールは男たちがイノシシを狩っている場所さえわかれば、ラザンの砦《とりで》がどこにあるかわかるといったのだ。ベンはあれこれ考え、この大昔《おおむかし》の絵のあった場所を心にとめつつ、いくつもの洞穴《ほらあな》にのびている通路《つうろ》に押しやられていった。

じくじくと湿《しめ》っぽい岩のトンネルはどこまでも曲がりくねり、折れて、弱々しいランタンの灯《ひ》にてらされていた。ところどころで横穴《よこあな》も通りすぎた。焚《た》き火のすすで壁《かべ》が黒くなった横穴のなかで獣《けもの》のようにみじめたらしく暮《く》らすラザン一味のものたちが、焚き火ごしにベンたちを見つめた。通路の岩と岩のあいだから水がしみだして流れており、人々の発するにおいや、湿った食べ残しの生ゴミの異臭《いしゅう》が、動かない空気によどんでいた。

カレイは子どもの姿がどこにもないことに気がついた。やがて一同は、それまでより長く、広く、まっすぐな通路に出た。なめらかな床《ゆか》の上には、イグサのマットや動物の皮も敷《し》いてあった。

いきなり、三人はマグダ・ラザンの巣窟《そうくつ》のなかに押しこまれた。三人はおぞましい光景《こうけい》にあっけに取られた。天然《てんねん》そのままの洞窟《どうくつ》のなかは有毒《ゆうどく》な濃《こ》い煙《けむり》が立ちこめ、はるか上《うえ》にある天井《てんじょう》が見えなかった。煙はさまざまな色あいの柱となって立ちのぼっていた。硫黄《いおう》のような黄色、油っぽい緑色、黒ずんだ赤、どぎつい青、それに毒々《どくどく》しい茶と黒。それが、ひとつの岩からつくられた人型《ひとがた》の足もとの焚《た》き火から上《あ》がっている。人型は立っているのもあったが、たいていが洞窟《どうくつ》の壁《かべ》にきざまれていた。見るもおそろしい奇妙《きみょう》な怪獣《かいじゅう》や、大昔《おおむかし》の宗教《しゅうきょう》の神々、獣《けもの》もあれば人間もあったが、多くが手足をたくさん持った半人半獣《はんじんはんじゅう》だった。どれも角《つの》、牙《きば》、せせら笑う顔をしたおそろしい姿《すがた》だった。そして、円形のひな段《だん》のいちばん上、玉座《ぎょくざ》に座《すわ》っていたのは、邪悪《じゃあく》な巣《す》の中心にやどるクモ、マグダ・ラザンだった！

マグダはベンたちをさっと一瞥《いちべつ》すると、リグランを見すえた。ベンの目にリグランが神経質《しんけいしつ》そうにつばをのみこみ、のどぼとけが上下するのが見えた。

マグダはたったひと言《こと》、リグランに向かって吐《は》きすてた。「ばかめ！」

リグランは自分の足もとを見つめたまま、けっしてマグダの目を見ようとはしなかった。そして堂々《どうどう》としながらも相手を立てようとしていった。「手きびしいなあ、姉さん。おれはあんたに捕虜《ほりょ》を連《つ》れてきてやろうとして、いい手下《てした》を四人も亡《な》くしたんだぜ。あの犬はそこいらの犬さ、ウサギみたいにびくついて逃《に》げやがった。銃《じゅう》で撃《う》ってやろうにも、なだれがこわくてな。だから……この三人を……」しまいまでいいきらずに、言葉が消えてしまった。

マグダは嚙《か》みついた。「あの犬がほしかったんだぞ。あれを生かしておくのはあぶないと、占《うらな》いに出たんだ。おまえはばかだ、弟のリグランよ。わしの顔を見ろ！」

リグランはしぶしぶ目を上《あ》げた。両足ががくがくふるえていた。長い、先の曲がった黒い指の爪《つめ》が自分に向けられている。

マグダが口をきいた。「おまえはばかだ。そういってみろ！」

リグランは機械《きかい》のように、いわれたとおりくりかえした。「おれはばかだ」

マグダは深く座《すわ》りなおすと、リグランを追いはらうように手をふった。「わしの弟で運がよかったと思うんだな。自分の洞穴《ほらあな》にもどれ」リグランはなにもいわずに、こそこそと出ていった。

ベンはすぐそばに立っているカレイが、思わず身ぶるいしたのに気づいた。マグダはカレイに指をふりつけた。「そこのきれいな嬢《じょう》ちゃん、わしの山でなにをやっていた？」

ベンははげしくささやいた。「目を見ちゃだめだ、カレイ！」

「だまれ！」とマグダがどなった。「ロウス、その小僧《こぞう》にわしを見るのをやめさせろ！　なんとかしろ！」

いちばん上の弟がすばやく動いて、ベンに一撃《いちげき》を食《く》らわした。ベンは意識《いしき》を失《うしな》って床《ゆか》にたおれた。ドミニクとカレイはベンのそばにかけよろうとしたが、マグダの手下《てした》どもに押《お》しとどめられてしまった。

玉座《ぎょくざ》から意地のわるいしのび笑いが聞こえてきた。「おまえは歌がうまいそうじゃないか。歌ってみろ、アマっこ！」

カレイはふたりの屈強《くっきょう》なラザンたちの手をふりほどこうと暴《あば》れながら、憎《にく》しみをこめた声でさけんだ。「おまえのようなわるい鬼《おに》ばばあ相手に歌なんて歌わない！　歌うもんか！」

マグダ・ラザンの笑顔《えがお》は見るもおそろしかった。「ところが歌うんだよ、小鳥のように。そうとも、歌う小鳥さ。おまえを入れとく鳥かごをつくらせて、この洞窟《どうくつ》にぶらさげよう。おまえは羽の衣《ころも》を着て、わしのために毎日歌うのだ。ここへ来たわけをな。ああ、わしが知らぬと思うな。だが、旅はむだだったな。おまえがさがしている相手はもうここにはおらん。おやおや、そんなにおどろくことはない。マグダ・ラザンはすべてお見とおしだよ」

ドミニクはもうだまっていられなかった。おさえつけている番兵《ばんぺい》に逆《さか》らって、大声でさけんだ。

「うそだ！　うそと悪《あく》がおまえの目にやどっているぞ。真実《しんじつ》と正直《しょうじき》さなんか、おまえには縁《えん》がないだろう。おまえの世界は邪悪《じゃあく》といつわりで固まってるんだ！」

マグダは毒気《どくけ》のある目を向けた。「サバダの似顔絵《にがおえ》かきか！　おまえなら知っている。わしを見ろ！　おまえは若《わか》いのに、ずいぶんとご意見をお持ちだねえ」

ドミニクの視線《しせん》はゆるがなかった。じっとマグダを見つめていった。「ぼくは弱虫《よわむし》でも、ばかでもない。おどしはきかないよ。ぼくの目は真実を見とおすんだ。おまえのまじないや子どもだましのいんちきなんぞ、ぼくにはききめはない！」

それはふたつの意思の戦《たたか》いだった。ひとりの意思がもうひとりの意思に打ち勝とうとしている。マグダの瞳孔《どうこう》は針《はり》の一点のように小さくなり、目のまえにいる少年に向かって眼力《がんりき》を強めようとして頭がふるえた。ドミニクの視線はおだやかで、落ちついていた。

カレイはマグダの目を見つめてわずか二、三秒で、めまいをおぼえて目をふせた。そして、ドミニクがマグダの目をじっと見ていられるのに感心した。ベンがわずかに動いてうめき声をあげた。

カレイはベンのそばに近より、片手《かたて》を額《ひたい》にのせた。ふたりの意思のせりあいはまだつづいていた。が、カレイがおどろいたことに、マグダはしわの寄《よ》った手を上《あ》げて自分の視線をさえぎった。

ドミニクはまだじっと立って見つめていた。マグダの目のなかに見たおそろしい映像《えいぞう》にひるんだようすはなかったが、さすがに声をけんめいにおさえないとふだんどおりに話せなかった。「おまえの心のなかに見えるのは、死と滅《ほろ》びだけだ。でも、ぼくを催眠術《さいみんじゅつ》で眠《ねむ》らせることはできないぞ。ぼくには才能《さいのう》があるんだ！」

マグダ・ラザンの答えを聞いて、カレイはぞっとなった。「おまえをわしの思いどおりにするには、ほかにも手はある。おまえらのような若《わか》い、こわいもの知らずのやつらには思いもつかないような手がな。この器量《きりょう》よしのアマっこと、海から来た小僧《こぞう》は、おまえの友だちなんだろう……」

かぎ爪《つめ》のような手の指のあいだから、マグダはベンとカレイをずるそうに盗《ぬす》み見た。ドミニクはまえに飛びだしたが、別のラザンの男が首に巻《ま》きつけたロープをぐんとひっぱった。すかさず別のふたりが飛びかかって、最初のふたりといっしょになって腕《うで》をおさえこんだ。

ドミニクはマグダの言葉の重みに圧倒《あっとう》され、絶望感《ぜつぼうかん》に打ちのめされた。「魔女《まじょ》め！　性悪《しょうわる》の鬼《おに》ばばあ！　友だちをはなせ！」

マグダの勝ち誇《ほこ》った高笑《たかわら》いが洞窟《どうくつ》じゅうにひびきわたった。ドミニクに奇怪《きかい》な顔を向けていった。「どうした、さっきの自信は？　ええ？　こいつらを連《つ》れていけ、地下牢《ちかろう》に閉《と》じこめろ。なまいきな侵入者《しんにゅうしゃ》にわしがどんな楽しいおしおきを用意しているか、とっくりと考えさせてやれ！」

三人が連れ去られたあと、マグダは洞窟《どうくつ》の壁《かべ》のくぼみにかげのようにうずくまっていた、黒っぽい人かげを手まねきした。

「おまえの五感はおとろえてはおらんねえ。ええ、ギザル？　おまえが最初にあの三人の若者《わかもの》の存《そん》在《ざい》に気づいたんだからなあ」

マグダの杖《つえ》が床《ゆか》をとんとんとたたくと、ギザルが玉座《ぎょくざ》にすりよってきた。「わしが失敗《しっぱい》したことがありますかね、マグダさま。さわる、かぐ、耳で聞く。たいていのものの目よりよほど役に立ちますぞ」

マグダはギザルを自分のまえまで引きよせて、耳打ちした。「わしの捕虜《ほりょ》たちを、おまえはどう思う？」

ギザルは慎重《しんちょう》に考えてからいった。「アマっこはたいしたことはない。いつだって思いどおりになさるでしょう。だが、似顔絵《にがおえ》かきだってやつ。あれは手ごわいですぞ。やつには才能《さいのう》がある。その眼力《がんりき》はやつにはききませんな。それともうひとり、ロウスがなぐって気絶《きぜつ》させたやつ、あいつはなんともわからない。やつの知識《ちしき》がございませんので」

マグダはギザルの目をしばっているぼろ布《ぬの》を、まるで透視《とうし》するようにじっと見つめていった。「しかし、犬だ。おまえは犬をかぎわけたんだろ。そいつがつかまってないんだ！」

ギザルはせせら笑った。「それがどうかしましたかね、マグダさま。あんなばかな犬なんか関係《かんけい》ないでしょうに！」

マグダはしばらくだまっていたが、やおら声に出して笑った。「ああ、そうだ。犬はまだ逃《に》げまわっているだろう。犬ごときに血まよってどうする。ギザル、おまえはクマに関してもいい仕事をしたよ。あいつはもう逃げだせない。ほれ、これをほうびに持っていけ、それと、これもな」

目の見えない女は、マグダが手のなかに押《お》しこんでくれた金貨五枚《まい》の手ざわりをたしかめ、さらに手に置《お》かれた小さなガラスびんにもさわってみた。

「ありがとうございます、マグダさま。金《かね》はだれからもらおうと、使えますからな。ところで、このびんは？」

マグダはひそひそと耳打ちした。「おまえの働きが必要なのさ。あの捕虜《ほりょ》たちの監視役《かんしやく》になってもらいたい。やつらには恐怖《きょうふ》ってものを教えてやらにゃ。薬は少なめに使えよ」

ギザルはけげんそうに首をかしげていった。「弟がなぐりたおした小僧《こぞう》にも使うんですか？」

マグダが目を見ひらいた。「あいつには特《とく》に、だ！」

ギザルはしたり顔でいった。「こわがっておいでですね、マグダさま？」

マグダは目の見えないしわくちゃばばあの腕《うで》に爪《つめ》を深く食《く》いこませて、ささやいた。「生きているものでわしがこわいものなどなにもない！　むだ口をたたくな。ラザンの女王として、用心しなくてはならんのだ。お告《つ》げによれば、あの小僧には注意しなくてはならん。だが、そんな小僧でもわしの秘薬《ひやく》には抵抗《ていこう》できまい。さあ、ゆけ！」

地下牢《ちかろう》といっても、たんなる横穴《よこあな》のようなものだった。山中の地下深いトンネルにそってならんでおり、どれも入り口には鉄格子《てつごうし》がはまっていた。カレイとドミニクはベンの体を支《ささ》えてやりながら、ラザンの番兵《ばんぺい》たちに牢に押《お》しこまれ、錠《じょう》を下《お》ろされてしまった。三人は床《ゆか》に横たわって、番兵たちの足音が遠ざかっていくのを待った。ドミニクはベンに手を貸《か》してやって立たせると、ベンが首すじをもむのを心配そうに見まもっていった。「ベン、だいじょうぶか？」

苦笑《にがわら》いしながら、ベンは首すじをもみつづけた。「ああ、まだ死なないと思うよ。でも、あいつの手はすごくきいたよ」

カレイは鉄格子《てつごうし》をにぎって立ったまま、自分たちが連《つ》れてこられた道を見ていた。「ねえ、あのかわいそうなクマ、見た？　ここまで連れてこられるときに、ちらっと見かけたよ。たしか、ここから二つか三つ手前の檻《おり》だと思うよ」

ドミニクはカレイの肩《かた》になぐさめるように手をかけた。「ぼくもかわいそうだと思うよ。でも、自分たちの状態《じょうたい》をまず考えるべきじゃないかな。こっちだってあぶないぞ」

カレイは床《ゆか》に座《すわ》りこんでため息をついた。「そうだね、ドム。じゃあ、これからどうする？」

ベンは暗い片《かた》すみを見つけて座り、マントにくるまった。「いまはただ、すこしでも眠《ねむ》りたいだけだよ。山登りは寒くて、苦しかったから」

二、三分もしないうちに、ほかのふたりもベンのそばに行き、マントをしっかり体に巻《ま》きつけて、地下の洞穴《ほらあな》ですこしでも暖《だん》を取ろうと身を寄《よ》せあった。

ベンはすぐに目を閉《と》じて、ネッドに思いを伝えようと意識《いしき》を集中させた。だが、どんなにがんばっても、ネッドからの返事はなかった。ベンはがっかりした気持ちを押《お》しかくし、いつかちゃんと伝わってくるはずだと自分にいいきかせた。そして、いつの間《ま》にか夢《ゆめ》も見ない深い眠《ねむ》りに落ちた。

アーネラの目に、黒いラブラドールが自分の洞穴にふらふらと入ってくるのが見えた。足を引きずり、つかれているようだ。アーネラはヤギたちに囲《かこ》まれて、焚《た》き火のそばでうたた寝《ね》していた。はじめは夢《ゆめ》だと思った。でも、母ヤギたちの一頭が犬の姿《すがた》を見てメーメーと鳴きはじめた。それを

聞いて、アーネラははっきりと目が覚《さ》めた。そして目のまえのヤギを押《お》しのけてきいた。「ネッド、あんたなの？　どうしたの？」

犬は相手には聞こえないと知りながら、心のなかで返事をした。

「ああ、おばさんに伝えられたらどんなにいいか！　でも、まずこの前足を手あてして。ほら見て！」

小さく鳴き声をたてながら、ネッドはアーネラにすりむいた前足をさしだした。アーネラはそれをやさしく調べた。「あらら、とがった岩んとこで切ったんだね、かわいそうに。むけた皮が足の裏《うら》からぶらさがってるじゃないか。手あてしてやろう」

ネッドは大きなヤギにどんと体あたりして押しのけた。「手あてしてもらうのはぼくの足だよ。おまえじゃない。だいたい、おまえのはひづめがついてるからな、岩で切ることもないだろ。それより、ぼくがいいたいことをおまえに伝えたら、それをアーネラに伝えてもらえるかい？」

ヤギのあごは口いっぱいの干《ほ》し草を噛《か》むのにむやみに動くばかりで、犬に向かってひとつおぼえのように鳴いた。「メー、メーエエッ！」

ネッドはばかにしたようにフンと鼻を鳴らした。「それしかできないのか、じゃあいいよ。おっと、行儀《ぎょうぎ》わるいな。食べているときは口を閉《と》じるもんだよ。しょうがないなあ！」

アーネラはお湯で傷口《きずぐち》の砂利《じゃり》を取りのぞきながら、やさしく話しかけた。「心配ないよ、痛《いた》くしないから。じっと立ってるのよ。ほらごらん、もうきれいになったよ。塗《ぬ》り薬もつけてあげるからね。これは傷《きず》によくきくんだ。ハーブと、松《まつ》の木を焼《や》いた白い灰《はい》からつくるんだよ。どう、いい気持ちだろ？」

ヤギ飼《か》いの女は答えなど期待していなかったが、ネッドはしみじみと心のなかで答えた。「ものすごーくいい気持ちです、親切で頭のいいおばさん！」

アーネラはそばをぴょんぴょんと跳《と》んでいこうとした、毛足の長い若《わか》い雄《おす》ヤギを引きとめていった。「ちょっとじっとしてな、ナルキッソス。あんたの毛をちょっともらうよ」

そういって小さなはさみを取りだすと、ヤギの毛足のいちばん長いところからひとにぎりの毛を切り取った。ナルキッソスはなさけなさそうな声を出した。ヤギ飼《か》いはヤギをぽんと手でたたいて送りだした。「さあ、おゆき、大きな赤ちゃん。ちっとも痛くなかったろ。めそめそ泣くんじゃないよ」

アーネラが取った毛を分けるのを見ながら、ネッドは思った。「そんなものをどうするの、おばさん？」

アーネラは手あてをしながら、話しつづけた。「若い雄ヤギの毛はどんな包帯《ほうたい》よりも重宝《ちょうほう》なんだ。こうやって足先に巻《ま》いてやるからね、これが傷口を守ってくれるよ。ケガがよくなるころには、自《し》然《ぜん》に取れるよ！」

ネッドは信頼《しんらい》をこめてヤギ飼《か》いの顔を見つめた。「ほんとうに気持ちいいや。ありがとう、おばさん。そのうち取れるって言葉を信じるよ。だって、ばかみたいに見えるもの、黒い犬が白いヤギの毛を足先に巻《ま》いてるなんて。へんだよね？」

アーネラは深皿にスープとヤギの乳《ちち》をそれぞれ入れて、ネッドにくれた。ネッドはありがたくいただいた。アーネラは食べおわるまで待ってから、ネッドの両前足を自分のひざの上に置《お》いた。

「さあて。あの子たちはどこなの？」

ネッドはただ〝おねがいです！〟とうったえるような目で見ることしかできなかった。

アーネラはなおもきいた。「あの子たち、アダモを見つけたの？」

突然《とつぜん》、名案《めいあん》が浮《う》かんだ。ネッドは頭をゆっくりと横にふった。

アーネラは仰天《ぎょうてん》した。「頭をふった！ ということは、わたしのいうことがわかるの、ネッド？」犬は重々《おもおも》しくうなずいた。

アーネラはおどろいて目をかがやかせた。「わかるんだ！ わたしのいうことがわかるのね？ ああ、なんて頭のいい犬だろう！」

ネッドはアーネラの手をなめながら、ひとりごとをつぶやいた。「おばさんのほめ言葉をひと晩《ばん》じゅう聞いていたいけど、時間がないんだ。さあ、どうかぼくに質問《しつもん》して！」

アーネラはネッドの目の奥《おく》をじっと見つめてきいた。「じゃあ、三人にはなにがあったの？ ごめん、別のききかたにしよう。あの子たちとはぐれたの？ あの子たちはまだアダモをさがしてるの？」

ネッドは勢《いきお》いよく頭を横にふった。

アーネラが心配そうな顔になった。「三人はどっかでケガしてたおれてるの？　なだれの音が聞こえたよ」

ネッドは首をふり、つぎの言葉を待った。

「みんなラザンにつかまったの？」

犬は勢いよく何度もうなずいた。

「捕虜《ほりょ》になったのね。いまどこにいるかわかる？」

ネッドはじっと頭を動かさなかったが、やがて二度うなずいた。

アーネラはなにごとかとそばに寄《よ》ってきたヤギをシーッと手で追いはらっていった。「ネッド、わたしを三人のいる場所まで連《つ》れていける？」

今度もまた、ネッドは〝いける〟とうなずいた。


アーネラは立ちあがり、厚手《あつで》のマントを着ると、ロープとピッケルをつかんだ。そして、ヤギのエサのなかにかくしてあった、ラザン一味からうばったピストルをひっぱりだした。弾《たま》がこめられていた。それをベルトに差《さ》すと、犬の頭をなでた。「さあ、行こう、ネッド！」

大きな女は洞穴《ほらあな》の入り口で立ちどまって、ヤギたちに子どもに話すように話しかけた。「いい？あんたたち、山のなかにふらふら出ていくんじゃないのよ。ここに食べ物はあるんだから。よくかわいたおいしいエサはあるし、水は入り口近くまで来てる。ママはそんなに遠くには行かないからね。パンチロ、あんたが責任者《せきにんしゃ》よ。しっかりめんどう見てね、いじめちゃだめだよ。クローヴィス、あんた、パンチロのこと見張《みは》っててよ。あんたたちみんな、いい子でいるのよ。ママをがっかりさせないでね！」

ネッドは洞穴《ほらあな》を出てヤギたちをふりかえった。ヤギたちがなにもいわず見送っているのを見て、ネッドは内心つぶやいた。「ご主人さまが帰ってきたときに、うちがきちんとかたづいてなかったら、おまえたち、怒《おこ》られるぞ。ああ、こわ！」

一頭の若《わか》い雄《おす》ヤギが犬に向かって鳴いた。「メエエーッッッ！」

ネッドはじろっと見かえした。「かしこい年長者に口答えしないのっ！」

黒いラブラドール犬《けん》に道案内《みちあんない》してもらいながら、アーネラは上《のぼ》り道を歩きはじめた。

こうして無事《ぶじ》に救出作戦《きゅうしゅつさくせん》に乗りだすと、ネッドはベンとの会話に気持ちを集中し、はげましとなぐさめの言葉を送りだした。「ベン、聞こえるかい？　ネッドだよ、アーネラもいっしょだ。きみたちを助けにいくよ、どこにいようと。話しかけて、ベン。無事だって知らせてよ！」

ふたりがまえへ、上へと進むにつれ、忠犬《ちゅうけん》はだんだん不安になり、心配しはじめた。ベンから返事がなかったのだ。

24

コツコツという音に、カレイは目を覚《さ》ました。じっと横たわったまま、なかば開いた目で鉄格子《てつごうし》のむこうを見た。目の見えない老婆《ろうば》、ギザルがいた。そのうしろには男がいて、バケツと釜《かま》を持って立っていた。釜からはおたまの柄《え》が飛びだしている。男はそれを鉄格子のそばの、ギザルが杖《つえ》で示《しめ》したところに置《お》いた。老婆は指を一本自分の口にあてて、男に静かにしろというしぐさをする。そして、ふたりはだまってそそくさと立ち去った。釜から湯気《ゆげ》が立ちのぼっている。なかなかいいにおいがした。

カレイの動く気配《けはい》にベンとドミニクも目を覚ました。ドミニクはあくびをして、文句《もんく》をいった。

「静かにしてられないのか、カレイ？　ぐっすり寝《ね》ていたのに」

ベンはにおいをかいだ。「食べ物みたいだな。だれが持ってきた？」

少女は鉄格子ごしに手をのばして、おたまで釜のなかを混《ま》ぜた。「おかゆみたい。ついさっき、あの目の見えないおばあさんと番兵《ばんぺい》が来て置いていったよ。ああ、おなかすいた！」

ベンは飛びあがった。「さわるな、カレイ！　それ、なんか入ってるぞ！」

それでも、カレイはおなかがすいていたから、手についたものをなめてみた。「オートミールだ。ミルクとはちみつが入ってる。なかなかおいしいよ。あたしらを毒殺《どくさつ》する気なら、もうとっくにやってるよ。あたしらは捕虜《ほりょ》だろ？　捕虜っていうのは食《く》い物あたえとくもんだよ。バケツのほうには水もある！」

ベンは迷《まよ》って、絵かきに相談《そうだん》した。「ドミニク、どう思う？　安全かな？」

ドミニクはいたずらっぽくほほえんでいった。「じゃあ、カレイに味見してもらおうよ。悲鳴あげたり、体をふたつに折って苦しんだりしなかったら、だいじょうぶってことさ」

ドミニクの言葉をちっとも気にせず、カレイはおかゆに息をふきかけて冷《さ》ますと、おいしそうに食べはじめた。見ているふたりに向かって鼻すじにしわを寄《よ》せていった。「すごくおいしいよ。あんたたちふたり、そうやって立って見てるだけなら、あたしがぜんぶ食べちゃうからね。ああ、おいしい！」

ドミニクはあわててそばに寄った。「くいしんぼう、すこしくれ！」

さっきまで疑《うたが》っていたことも忘《わす》れて、ベンもあとにつづいた。「ちょっと待って、みんな。ぼくも腹《はら》ぺこだよ！」

あつあつで甘《あま》くて、おいしい食べ物だった。三人はおたまに三杯《ばい》分ずつ、分けあって食べた。最後におたまをなめたカレイは、それをバケツのなかですすいだ。そして、みんなのどがかわいていたので水を飲んだ。

食べ物と水でおなかがいっぱいになった三人は、すっかりいい気分になり、岩の壁《かべ》を背《せ》にして座《すわ》って、外のランタンの明かりを見つめていた。

ベンはマントのなかに両手をつっこんであたためながらいった。「やつら、ぼくたちをどうする気だろう？」

カレイがくすっと笑った。「おなかがすくたびにまたうまいおかゆをくれるよ、きっと」

ベンはどういうわけだか、急に笑いたくなった。「ハハハ、やつらにいってやれ、今度から三つなべ持ってこいって。ひとりにつきなべひとつだ！」

ドミニクもばかのような笑顔《えがお》になっていった。「そうそう。テーブルも用意しろってな。きれいなナプキンとかさ、伯爵《はくしゃく》の大きな家にあったみたいな。ハハハ、ナプキンをたくさんなあ、ふふふ……ワハハ、ハハハハ！」

三人はわき腹《ばら》をかかえて、けたたましく笑いころげた。でも、どうしてそんなにおかしいのかわからなかった。しばらくすると、三人の笑い声は落ちついて、おかしそうなしのび笑いになった。それから、ふっとだまりこくってしまい、まぶたが落ちてきた。

ベンはあくびをすると床《ゆか》にのびてしまった。カレイとドミニクはぐったりとおたがいにもたれあうと、岩に背中《せなか》をあずけて座《すわ》りこんだ。それからあっというまに深い眠《ねむ》りに落ちてしまった。

そして、マグダの秘薬《ひやく》が三人の心を乗っ取った。

カレイはまたすりの荷車《にぐるま》の車輪《しゃりん》に鎖《くさり》でつながれ、手首が動かせなかった。デブのまぬけな泥棒《どろぼう》はカレイのまえにしゃがみこみ、ニタリニタリと笑っていた。カレイはそれを見ても、どうすることもできなかった。男の横には湯気《ゆげ》の出ているおかゆの釜《かま》があった。すりはその釜をちょっとかたむけてカレイに中身を見せた。入っていたのはおかゆではなく、クモだった！　この世でただひとつ、カレイがどうにもならないおそれを感じるものはクモなのだ。大きなクモ、小さなクモ、毛の生えたクモ、つるっとしたクモ、赤いクモ、金色のクモ。だが、大半は光る紫《むらさき》がかった黒いクモだった。

クモの大群《たいぐん》はたがいにぶつかり、もみあいながら、なんとかして釜の外に出ようとする。カレイは全身こおりつくような恐怖《きょうふ》におそわれて、悲鳴をあげようとしたが、のどがつまって声にならなかった。すりがおたまを釜のなかに入れると、クモたちは這《は》っておたまのなかに入る。それを持ちあげると、おたまのわきについていたクモは床《ゆか》にこぼれ落ちた。

うれしそうにヒイヒイ笑いながら、太ったすりはカレイに不吉《ふきつ》なウィンクをすると、いたぶった。「見ろ、美人ちゃん、クモだよ。クモがたくさんだ。みんなおまえにやるよ！」

ドミニクはヘビと聞いただけでふるえあがる。気持ちわるい、にゅるにゅる動くヘビ。冷たくて、ぬめっとして、先の割《わ》れた舌《した》と、

毒《どく》をしたたらせる牙《きば》で獲物《えもの》を求《もと》めるやつ。いつだったか、ウサギが毒ヘビに噛《か》まれるところを見たことがあった。ウサギはたおれて小《こ》きざみにふるえ、目の光を失《うしな》っていったが、まだ死んではいなかった。その足のまわりに毒ヘビは巻《ま》きついた。ふてぶてしい鼻づらでいけにえの首すじをさぐり、ウロコにおおわれた体でウサギのあたたかい体の上をずるずるとすべっていく。ドミニクが目を上《あ》げると、ゆがんだ世界にマグダ・ラザンの姿《すがた》が見えた。

マグダは牢《ろう》の鉄格子《てつごうし》の外に立って、憎々《にくにく》しげにドミニクをにらんでいた。すっぽり体をおおった厚《あつ》いマントの合わせ目から、かぎ爪《つめ》のような手を出すと、ねこなで声でドミニクにいった。「わしは絵にかきたくないほど、みにくいか？」

いいざま、マントのまえをちらりと開けると、何匹《びき》ものヘビがするすると床《ゆか》に落ちはじめた。たくさんのヘビ！　きたない灰色《はいいろ》の体をして、下腹《したはら》に黄色い縞《しま》もようのついた一匹《ぴき》が、鉄格子に巻きついた。メガネのようなもようのある、首まわりのふくらんだコブラが、上体を起こし、シューシューとおそろしげに威嚇《いかく》した。ニシキヘビ、クサリヘビ、派手《はで》な縞の入ったサンゴヘビ、それらがみんなマグダの足もとでとぐろを巻き、ほどけ、ゆれ、シューシューいい、牙をむきだし、そうしているあいだにもマントの下から出てくるヘビの数は増《ふ》えていた。

ヘビたちが身をよじり、もつれあって自分のほうに向かってくるのを、ドミニクは恐怖《きょうふ》に固まって見まもった。このおそろしい光景《こうけい》を、目をつぶって追いはらうことすらできなかった。体をななめにして岩にもたれかかったまま、ヘビというヘビのガラス玉のような目が自分に向けられているのを感じながら、体が麻痺《まひ》してしまって身じろぎすることも、音を立てることもできなかった。

ヘビの大群《たいぐん》がおそいかかってきた！

ベンは急に息をつまらせた。フライング・ダッチマン号の全乗組員《のりくみいん》が、生者も死者も、みなぞろぞろと鉄格子のそばに近づいてきて、ベンをじっと見つめた。青白く水ぶくれした溺死者《できししゃ》の顔に、ベンがどれほど憎《にく》んだかしれない、強欲《ごうよく》で残酷《ざんこく》な男たちの、傷《きず》だらけできたないひげづらが混《ま》じる。かつて自分たちと同じ乗組員だった少年に向かって、したり顔で冷《ひ》ややかに笑う。と、突然《とつぜん》、一同が横によけて、あっと気づくと、船長のヴァンダーデッケンの顔と向かいあっていた。

船長の顔は羊皮紙《ようひし》のように白く、うすいくちびるは寒さのあまり青く、黄色い歯がひんまがった墓石《はかいし》のようにむき出ていた。塩で色のぬけた髪《かみ》の毛は氷で固《かた》まって、神聖《しんせい》とはほど遠い後光《ごこう》のように頭から立ちあがっていた。黒くふくれたまぶたの下で、ヴァンダーデッケンの狂《くる》った目はぎらぎらと光り、少年の心臓《しんぞう》に突《つ》き刺《さ》さってきた。

船長はしもやけにかかった、爪《つめ》の黒い指をベンに突きつけていった。「そうか、ここにかくれていたのか、ワルがきめ。かならず見つけてやるぞ、どこにかくれてもな！　そして船に連《つ》れもどしてやる。おれたちはいっしょに永遠《えいえん》に旅をするんだ。永遠に！」

牢《ろう》のまえに輿《こし》が運ばれてきた。六人の屈強《くっきょう》なラザンの男たちが辛抱《しんぼう》づよく肩《かた》にかついで立っている。輿の上ではマグダが、薬づけになった三人の捕虜《ほりょ》の顔を見まもっていた。マグダは満足《まんぞく》だった。三人の目はどれも大きく見ひらいているのに、見えているのは頭のなかの悪夢《あくむ》だけ。ほかのものにはいっさい反応《はんのう》しなかった。三人はまえを見すえ、自分にとっておそろしいもの、きらいなものばかりを見ていた。

ギザルは岩の壁《かべ》を杖《つえ》でとんとんたたきながら、ひょこひょこと出てきて、輿《こし》の横で立ちどまった。

「魔法《まほう》はききましたかね、呪《のろ》いと魔術《まじゅつ》のお師匠《ししょう》さま？」

マグダはうなずいた。「ああ、きいたぞ。こいつらは針《はり》で止められたチョウチョウだ。がまんできないものだけしか見えてない。こうやって二、三週間置《お》いとけば、わしの意《い》のまま、思いのままになるだろう。歌って、踊《おど》って、絵をかいて、けんめいにわしのご機嫌《きげん》を取るようになる。いつものことさ」

ギザルはおじぎをした。「まことに、あなたさまはラザン一のえらいおかたであられます！」

マグダは輿を片足《かたあし》でトンとたたいた。「玉座《ぎょくざ》にもどるぞ。そのあと、今日ここで見たことをみなにいいふらせ。わしに逆《さか》らうものがどんな目にあうか、わからせてやるのだ！」

一味はその場を去っていき、ギザルがひょこひょことあとを追った。


アーネラは頭上におおいかぶさるようにそびえる、雪の壁《かべ》らしきものをあおぎながら、ひとり言《ごと》をいった。「これはなだれのせいだ。まえはたしかこんなじゃなかった。まあ、いいか、ネッド。この道でいいと思うよ。あの峰《みね》んとこに飛びだしてる岩山が、いつもの目じるしなんだ。あそこがラザンのねぐらさ。でも、気をつけて行こうね。こういう雪にはかくれた落とし穴《あな》があるんだから。なだれのせいなのよ」

だが、黒いラブラドールは聞いていなかった。地面に長々とのびて両方の前足で目をおおっている。ぶるぶるとふるえる体からあわれな鳴き声がもれたかと思うと、それが突然《とつぜん》悲しみに満《み》ちた長いほえ声になった。

大きなヤギ飼《か》いの女はひざまずいて、犬にやさしく話かけた。「ネッド、どうした？　どうしちゃったの？」

その言葉も犬は聞いていなかった。ベンが味わっている心の苦痛《くつう》が、伝わってきたのだ。少年の悪夢《あくむ》の恐怖《きょうふ》と不安はそれほど強烈《きょうれつ》で、ネッドまでそのとりこになってしまった。ヴァンダーデッケンとおぞましい乗組員《のりくみいん》たちは、鉄格子《てつごうし》ごしにベンをつかまえようと手をのばしていた。だが、ベンは洞穴《ほらあな》のなかでとらわれたままだ。フライング・ダッチマン号の船長と乗組員、生けるものにも亡霊《ぼうれい》にも、抵抗《ていこう》するすべがなかった。

アーネラはたくましい手をネッドの体の下にさしいれて持ちあげ、赤ん坊《ぼう》のように抱《だ》くと、ほえ声を聞きつけられまいと、しーっといってだまらせようとした。

「さあさあ、いい子だ。あんたらしくないじゃないの、ネッド。どうしたの？　なにが気に入らない？　小犬だけだよ、そんなふうに鳴くのは。あんたは大きな聞きわけのある犬でしょう！」

まぼろしにうなされながら、ネッドはヴァンダーデッケンが自分のほうにぬっと手をのばしてくるのを見た。本能的《ほんのうてき》に歯をむき出してまぼろしの船長の手に嚙《か》みついた。

アーネラは犬の鼻づらをなでていたが、おびえていた犬が突然《とつぜん》、荒々《あらあら》しい獣《けもの》に変わったのをさとった。ヤギ飼いは間一髪《かんいっぱつ》、嚙まれるまえに手を引いた。が、ネッドの歯はヤギの毛の上着のそでを噛《か》みちぎった。ショックと怒《いか》りに、アーネラはわれを忘《わす》れて、犬を地面に投げとばした。「うーっ、この恩知《おんし》らずの、わるい犬めが！」

ネッドはアーネラがふみかためた雪の地面にドシンと落ちた。一瞬《いっしゅん》、かかっていた魔法《まほう》がとけた。

そのとき、耳に天使の声が雷鳴《らいめい》のように轟《とどろ》いた。

悪《あく》のまぼろしがあらわれたとき、
道案内《みちあんない》するのはおまえの役目。
ほかのものたちに見えることがおまえには見えない
だから、おまえは自分の目に導《みちび》かれるがよい！

ネッドは迷《まよ》う心で天使に呼《よ》びかけた。「よくわかりません。どうしたらいいのか教えてください、おねがいです！」

もう一度、天上からの声が語りかけた。

ものごとが見かけとちがうとき、
自分の目が見ることだけを信じなさい。
現実《げんじつ》の世界に逃《に》げなさい。
主人のいつわりの夢《ゆめ》から逃げなさい！

黒いラブラドールの目がぱっちりと開いた。犬は一瞬《いっしゅん》ですべてのことをさとった。なぜだか、どうやったのか、悪者《わるもの》がベンの心を乗っ取ってしまったのだ。その力がものすごく強力なので、ベンはそれをネッドに伝えざるをえなかった。この悪夢《あくむ》を寄《よ》せつけないようにするには、ほかのことに気持ちを集中するしかないと、ネッドはさとったのだ。

でも、そのまえにアーネラと仲なおりしなければいけない。ネッドは鼻づらをアーネラの片足《かたあし》にすりつけ、足を上《あ》げてくれるのを待った。そして足を上げると、すかさず自分のあごをその下につっこんだので、アーネラはネッドの頭の上に足をのせて立っている形になった。ネッドはしっぽを雪の上で左右にふってうちわのようにあおいだ。

アーネラはふんと鼻を鳴らしたが、風雪にたえた素顔《すがお》に〝しょうがない子だねえ〟というようなほほえみがうかんだ。「あらあら、わるかったってあやまってんの？　そう？」

ネッドは頭をひっこめておずおずとうなずいた。アーネラはネッドの体を起こして前足を自分の腰《こし》にのせさせると、犬の顔を両手で囲《かこ》い、やわらかな黒い目のなかをのぞきこんだ。「あんたのその頭んなかでなに考えているんだか知らないけど、きっとあんなことしただけの理由があるんだろうね」

ネッドは重々《おもおも》しくうなずき、アーネラを前足でなでて小さくクーンと鳴いた。

アーネラはネッドの耳のあたりの毛をばさばさと逆立《さかだ》てた。「じゃあ、もうなんにもいわないことにしよう。あんたはいい犬だもん、きっとベンやあの仲間のことを考えていたんだろう。あんたはあせって、心配してたんだ、きっとそうだよね」

ネッドはアーネラの手をなめてまたうなずいた。アーネラはネッドの前足を雪の上に下《お》ろした。

「さあてと、こんなところに夜どおし立っていたって、あの子たちを逃《に》がしてはやれない。さあ、まずわたしが行くよ。このピッケルで雪をついて道がしっかり固まってるかどうか見るからね。あんたはわたしのすぐうしろについて、足あとどおりにおいで」

アーネラのあとについてけわしい山道を上《のぼ》りながら、ネッドはひたすらご主人にメッセージを送ろうとつとめた。なんでもいいから楽しい、陽気なことばかり思い浮《う》かべよう。そうすれば、ベンがおそろしい夢《ゆめ》からハッと覚《さ》めてくれるかもしれない……。

「やあ、相棒《あいぼう》さん。ぼくだよ、ネッドだよ。おぼえてる？　二、三年まえのジャングルのなかのピクニック！　ハハハ、あれは楽しかった！　ふたりでげらげら笑ってたら、きみがアリ塚《づか》の上に座《すわ》ってたって気がついてさ。あははは！　きみがあんなにダンスうまいとは思わなかったよ、飛びあがるわ、はねるわ、お尻《しり》をパンパンたたくわでさ。おかしかったなあ！　みとめなよ、ベン、あれから一週間きみはどこにも座ろうとしなかっただろ。

さあ、もうわるい夢なんか見てないで、起きて！　目を覚《さ》まして！　カレイとドミニクに話しかけて。ほかのことを考えて、なんでもいいから！　ハハハハ、市《いち》でぼくが馬に乗った、えばったおばさんを追っかけまわしちゃったこととかさ。うふふ！　馬の大きいお尻があっちにこっちにゆれて、おばさんは帽子《ぼうし》が落ちないように必死《ひっし》でおさえてさ。あの帽子もダサかったなあ。死んだヒバリの剝製《はくせい》に、ロウ細工《ざいく》のさくらんぼなんかついたやつ。あんなのかぶって暗い夜に死んだりしたら、人にはぜったい見られたくないよね。さあ、ベン。いいことや楽しかったときのこと考えてよ、おもしろかったことを。さあ」

犬は歩いた。胸《むね》の高さもある深い粉雪《こなゆき》を押《お》しわけて。ゆるんだ頁岩《けつがん》や飛びだしている岩の上を這《は》いあがって。あちこちに張《は》った薄氷《はくひょう》を避《さ》けて。どこをどう進んでいようと、忠犬《ちゅうけん》はベンにかかっている呪《のろ》いを破《やぶ》ろうと、けんめいに話しかけつづけた。

25

リグランとロウスのラザン兄弟は、鉄格子《てつごうし》のはまった縦長《たてなが》の扉《とびら》の錠《じょう》をはずしてなかに入った。そして三人の若者《わかもの》をじっと見つめた。三人とも血もこおるような悪夢《あくむ》のなかに閉《と》じこめられ、口もきけず、動くこともできず、思いを伝えることもできずにいる。

リグランがふくみ笑いした。「いい夢《ゆめ》見てんだ。なあ？　おれはこいつらの見てるような夢を見るのはごめんだぜ。たとえ金貨《きんか》を十袋《ふくろ》、積《つ》まれてもな！」そういって、ドミニクの足を軽くけった。

ロウスが注意した。「気をつけろ！　呪《のろ》いがとけちまうだろうが！」

リグランは兄を小《こ》ばかにした。「それができるのは、おれたちのおっかない姉貴《あねき》だけさ。見ろ！」そういってひざまずくと、ドミニクの片目《かため》を手で大きく開けさせた。絵かきは夢から覚《さ》めることもなく、まっすぐまえを見つめている。リグランが肩《かた》をすくめた。「ほらな。おれたちがそばにいることもわからねえ」そういって、つまんでいた上《うわ》まぶたをはなした。

ロウスはベンの片腕《かたうで》をつかんでいった。「遊んでねえで、こいつをマグダんとこに連《つ》れていこう」

リグランは兄を助けて薬づけになった少年を立たせ、牢《ろう》から運びだして元どおり南京錠《なんきんじょう》を下《お》ろした。そしてぐったりと力の入らないベンの両腕《りょううで》をおのおの肩《かた》に回して、通路を運んでいった。ベンのつま先が力なく地面をこすった。

三人が牢《ろう》のまえを通りすぎるのを見て、クマは低くうめいた。リグランはちょっと立ちどまり、鉄格子《てつごうし》を足でけって、あわれな動物をどやしつけた。「むち持ってくるか？　もっとうめきたいか！」

とたんにクマは静かになった。悲しげな黒い目が、どんよりしてぬれていた。

兄弟は木の扉《とびら》のある洞穴《ほらあな》まで来て立ちどまった。錠が下りていなかった。ロウスが扉を二度けった。なかから聞こえてきたのは、姉の声だった。

「なかへ連《つ》れてこい」

その洞穴はこの泥棒《どろぼう》一族の武器庫《ぶきこ》だった。マグダ・ラザンは輿《こし》の上に座《すわ》っていた。輿は火薬の入った小さな樽《たる》四つの上にのっていた。洞穴にはほかにも樽が積《つ》みあげられていた。火打ち石式マスケット銃《じゅう》やライフル銃、ほこに、投げ槍《やり》、そのほか奇妙《きみょう》な形をしたいろいろな武器がずらりと壁《かべ》に立てかけられていた。

マグダは近くに転がっていた縄《なわ》を指さした。「それでこいつの両手をうしろ手にしばり、床《ゆか》に座《すわ》らせろ」

ロウスはいわれたとおり、ベンを床に下ろして座らせ、ふたつの火薬の樽に寄《よ》りかからせた。そして弟とともにつぎの命令《めいれい》を待った。

マグダが追いはらうように手をふると、長い爪《つめ》と爪がぶつかってカチカチと鳴った。「さがれ、ふたりとも！　一時間後にこの輿《こし》をかつぐやつらといっしょにもどってこい。待て、リグラン、これをこいつの口から飲ませろ」

リグランは姉の手からゴブレットを受けとり、ベンの頭をうしろにそらせて、くちびるのあいだから薬をすこし流しこんだ。ベンは飲みこみ、むせてせきをした。

マグダは手を上《あ》げた。「もういい、これで正気《しょうき》にもどるだろう」

ロウスは姉の助けになろうとしていった。「もうすこしここにいようか？　こいつが万一《まんいち》、暴《あば》れ——」

いいかけて、マグダの軽《けい》べつするような目つきに言葉をのみこんだ。「ばかの助けなどいるか。さっさと消えろ、ふたりとも！」

ふたりはさがって洞穴《ほらあな》から出、扉《とびら》を閉《し》めた。マグダはベンの顔をまじまじと見つめた。ベンは頭を左右にふり、くちびるをかすかに動かした。そろそろと目を開いた。あたりを夢中《むちゅう》になって見まわし、うろたえていった。「友だちはどこ？　おまえ、友だちになにをした？」

マグダは目を思いきり細めた。「おまえの友だちはまだ生きているさ。安全なところに閉《と》じこめられている……」そういって、芝居《しばい》がかった効果《こうか》をねらってひと息つき、つづけた。「……いまのところはな」

ベンはできるだけものわかりよく見えるようにつとめた。なにしろ目のまえにいるのは、悪辣《あくらつ》で執念《しゅうねん》ぶかい敵《てき》なのだ。「ぼくたちはあやしいものじゃありません。どうしてこんなふうに牢屋《ろうや》に入れたりするんですか？　どうか、友だちだけでも自由にしてやってください」

冷たい老婆《ろうば》は、口には出さないながらうれしげに首をふった。「いさましい大うそつきめ！　おまえらはわしの孫《まご》を救出《きゅうしゅつ》しにきたのだ。だが、世間が知るアダモはもういない。わしにとっては永久《えいきゅう》に死んだ」

ベンは背《せ》すじをのばした。「死んだ？」

マグダは自分を指さしていった。「わしが殺《ころ》したのではない。自分の強情《ごうじょう》さに殺されたのだ。やつの話はもうしない。自分と仲間を自由にしてほしいのだろう。それをかなえてやらんもんでもないが、ひとつ、条件《じょうけん》がある」

ベンは身を乗りだした。希望が見えてきた。「いってください、なにをすればいいんですか？」

マグダはしばらくだまって、指先で輿《こし》をコツコツとたたいていた。「おまえは不思議《ふしぎ》な小僧《こぞう》だ。わしのお告《つ》げにもそう出ている。おまえは長い年月のあいだにいろいろな目にあってきた。並《な》みの人間はおまえをただの年のゆかぬ小僧っこだと思うだろう。だが、このマグダは並みの人間ではない。条件はこれだ。わしがおまえの目を深くのぞきこんだら、なにが見える？　教えろ！」

ベンは秘密《ひみつ》をばらしてしまわないように気をつけながら、せいいっぱい正直《しょうじき》に答えた。「人々がぼくの目になにを見るかなんて、ぼくが決めることじゃありません。たぶん、見たいものを見るのではないでしょうか」

マグダは小《こ》ばかにした。「それは占《うらな》い師《し》や山師《やまし》がばかな百姓《ひゃくしょう》相手にいう言葉だ。そんな言葉にれがなんであれ、わしは知りたい。だが、気をつけろ。わしの気に入らないものが映《うつ》ったら、おまえはただではすまないぞ、小僧《こぞう》！」

ベンはこれが避《さ》けては通れない賭《か》けなのだとさとった。マグダの望《のぞ》みどおりにするしかない。むろん、こわかった。友だちふたりの身の上を思うともっとこわかった。だが、マグダがただおどしているのでないことは、痛《いた》いほどわかっていた。

ベンは自分の決断《けつだん》を待って座《すわ》っている、鬼《おに》のような老婆《ろうば》をちらっと見た。と、ベンは直感した。この老婆はなにかをこわがっている。ふつうなら、この老婆は大きな洞窟《どうくつ》でおおぜいの番兵《ばんぺい》たちに囲まれている。それなのに、どうして自分とはふたりきりだけで会おうとしたのだろう？　この目にあるものがそんなにこわいのか？　ほかのものたちに自分の弱みを知られたくなかったのかな？　マグダ・ラザンは本当に強いのだろうか？　そんなに無敵《むてき》なのだろうか？

ベンは危険《きけん》をおかしてそれを突《つ》きとめることにした。「ぼくの目のなかに見えるものが、気に入ればいいですが。さあ、いつでものぞいて見てください！」

マグダはベンと向かいあい、目をきつく閉《と》じると、奇妙《きみょう》な古代《こだい》の言葉で呪文《じゅもん》をとなえはじめた。手は自分のわきにある輿《こし》の上のドクロをなでている。

ベンは座ったまま、運命《うんめい》に身をゆだねて、老婆が不思議《ふしぎ》な儀式《ぎしき》を終えるのを待っていた。と、なんのまえぶれもなく、さまざまな映像《えいぞう》が心のなかに浮《う》かんできた。ほかならぬネッドのせいだった。ネッドの気持ちを伝えようとする思いがとほうもなく強いので、すべてを突きぬけて伝わってきたのだ。ベンはその映像《えいぞう》を心のすみに押《お》しやることができなかった。

マグダ・ラザンが急に目を開け、じっと見つめると、ベンの意識《いしき》のなかに突《つ》き進んできた。長いかぎ爪《づめ》のような両手を頭上高くに上《あ》げ、かすれ声でいった。「さあ、見てやろう。わしの目の奥深《おくふか》くをのぞけ、小僧《こぞう》。わしの力に逆《さか》らうな！」

ベンは催眠力《さいみんりょく》のある目と、目を合わせた。が、おどろいたことになんにも感じなかった。ただ不《ふ》愉快《ゆかい》な老婆《ろうば》を見つめているだけのことだった。

ベンはネッドが送りこんでくれる思い出にほほえんだ。

マグダ・ラザンはまばたきし、上げた両手をすこし下《さ》げた。「なんだ、このばかばかしいはしゃぎようは？　どこか遠い森のなかでおどっているのか。自分の体をたたいて、気のふれた子どもみたいにはねて。いや、待て！　ヴェロンの市《いち》が出てきたぞ……ばかな女がはねまわる馬に乗って、犬に追いかけられている！　わしをからかっているのか？　マグダ・ラザンをからかう気か？」

まじめな顔をしているのはむずかしかったが、ベンはいかにも催眠術《じゅつ》にかかっているふうに、一本調子の声でいった。「もっと奥を見たら、見えてくる」

ベンは気持ちをフライング・ダッチマン号だけに集中した。フエゴ島沖《おき》の猛《たけ》り狂《くる》う嵐《あらし》のまっただなか、氷まじりの大波とずたずたになった帆《ほ》を背《せ》に、ヴァンダーデッケン船長の顔があらわれた。長くのびた、塩のこびりついた髪《かみ》が、船長の呪《のろ》われた顔形をふちどっていた。血の気《け》のうせたくちびるから、よごれた墓石《はかいし》のような歯がむきだしになり、目は狂ったように光っていた。気の狂った人のように笑いながら、呪われた船の甲板《かんぱん》を行きつもどりつし、あたりのものすべてに呪いとおどしの言葉を吐《は》きちらしていた。

マグダの態度《たいど》がこれを見て変わった。楽しんでいる。そのおぞましい光景《こうけい》がうれしくてたまらないのだ。ヘビのような舌《した》を出してひび割《わ》れたくちびるをなめながら、かん高い声でさけんだ。「こいつこそ地獄《じごく》の火の落とし子だ！」

ベンはこの光景を呼《よ》びおこすのがいやだった。でも、これで自分と仲間が自由になれるのなら、こうするしかなかった。こめかみがずきずきと痛《いた》み、心に刃《やいば》が突《つ》き刺《さ》さるようだった。ベンは思い出すままに、おそろしい体験《たいけん》のすべてをマグダのなさけ容赦《ようしゃ》ない、食《く》い入《い》るような瞳《ひとみ》のなかにつぎこんだ。反乱《はんらん》、殺人《さつじん》、いさかい、乱闘《らんとう》、言葉ではとてもいいあらわせない船旅《ふなたび》で、嵐《あらし》の海をゆくフライング・ダッチマンの船上で起きたすべてを。

マグダ・ラザンはよろこびに身をふるわせた。まるでわがままな子どものように、くすくす笑ったかと思うと、ニタニタし、新しい映像《えいぞう》に変わるたびに刺青《いれずみ》の入ったしわだらけの顔がぴくぴくと引きつった。裏切《うらぎ》り、悪行《あくぎょう》、争《あらそ》い、苦しみこそ、マグダの命を保《たも》つ血なのだ。言葉にすることもできないような罪《つみ》にこそ、よろこびを感じた。

ベンはもう自分の考えを左右できなかった。脳《のう》はいまにも破裂《はれつ》しそうだった。洞窟《どうくつ》がぐらぐらゆれ、ベンのまわりで回りだした。あの遠い日の非運《ひうん》の旅を映《うつ》しだす狂気《きょうき》の万華鏡《まんげきょう》は、もうなにも止めることができなかった。

マグダの笑い声がひびき、こだまし、しだいに大きくなった。

そのとき……

雷《かみなり》と稲妻《いなずま》がこの大騒音《だいそうおん》をつんざいて、一瞬《いっしゅん》、あたりが静かになった。放電《ほうでん》による緑の光を通して、あの日に起きたのとまったく同じように、天国から天使が舞《ま》いおりてきた！

マグダ・ラザンはこおりついた。この世のものとは思われない絶叫《ぜっきょう》をあげると、輿《こし》の上に石のようにたおれて死んだ。清《きよ》らかさと美しさをはなつものを目《ま》のあたりにして、暗黒と悪《あく》の化身《けしん》であるものの心臓《しんぞう》が止まったのだ。

ベンは頭をがくっとまえに落として、胸《むね》に引きつけた両ひざの上にのせた。体じゅうの力がぬけていたが、あたりを包む安《やす》らかさとおだやかさに心が洗《あら》われるような気がした。外の廊下《ろうか》にどしんどしんと足音がして、扉《とびら》が勢《いきお》いよく開いた。リグランとロウス、それに手下《てした》どもが飛びこんできた。そのうしろに目の見えない老婆《ろうば》ギザル。

自分をおさえきれずリグランは輿につかつかと近より、上でのびているものをつついてみた。そしてはっと身を引くと、わが目を疑《うたが》ってかん高くさけんだ。「死んでる……マグダが死んでる？」

ロウスは刀をつかむとベンに向かってさけんだ。「おまえが殺《ころ》したな！」いいざま刀をベンにふりおろしたが、ギザルが杖《つえ》でその手首をたたいて刀のねらいをそらした。

「ばかもの！　なにがあったのか、調べるのが先だ！」

子分たちがわきにさがると、ギザルが杖をコツンコツンとつきながら輿までやってきた。マグダの死体を手でさわり、鼻と口もとに指をあててみて息をしていないかたしかめた。そして髪《かみ》から長いピンを取ると、それでマグダの目の瞳孔《どうこう》にふれた。なんの反応《はんのう》もなかった。ギザルはうなずいた。

「死んでいる！」

洞窟《どうくつ》のなかの男たちは、おどろきのあまりいっせいに息をのんだ。ギザルは男たちのあいだを、杖《つえ》を前後左右に打ちまくってベンのそばに近づいてきた。「道を開けろ、どけ！」

ベンはじっと静かに座《すわ》ったまま目を閉《と》じて、魔女《まじょ》のような老婆《ろうば》にいじくりまわされる嫌悪感《けんおかん》を必《ひっ》死《し》に押《お》しかくした。老婆はベンの口を強引《ごういん》にこじあけると、においをかいだ。つぎに髪《かみ》をひっぱって頭じゅうを調べ、耳のまわりをひっかくようにまさぐった。ベンはうめいた。それから、肩《かた》にのしかかり、上半身をまえにたおした。背中《せなか》でしばったロープを調べるあいだ、老婆のすえたようなにおいのする衣《ころも》が顔をすっぽりおおうので、ベンは息を止めてたえた。

やっと納得《なっとく》して、目の見えない老婆は立ちあがった。「マグダさまの体には傷《きず》あとも、血もない。だが、死んだ。この小僧《こぞう》が力で殺《ころ》したのではない。こいつはしっかりしばられていて、縄《なわ》をとくことも、しばりなおすこともできなかったはずだ」

リグランは火薬樽《だる》をこぶしでたたいた。「けど、どうやって――？」

ギザルは片手《かたて》を上《あ》げて、だまらせた。「よく聞け。たった

ふたつの方法《ほうほう》でしかこの小僧《こぞう》がマグダの命をうばうことはできない。口を使うか、目を使うかだ。マグダに毒《どく》を吐《は》きかけたか、とてつもなく強力な呪《のろ》いをかけたかだが、そうではないだろう。ロウス、こいつと仲間たちが姉上《あねうえ》のまえに連《つ》れてこられたときのことをおぼえているか？　おまえにこいつをなぐらせたじゃないか、見られるのはいやだといって？」

ロウスは口ひげをなでた。「ああ、そうだった！」

ギザルはロウスの腕《うで》に手をかけた。「やつに目かくしをしろ。さるぐつわもしたほうがいい、用心のためにな。そして牢《ろう》にもどせ！」

ベンは逆《さか》らう間《ま》もなく口と目をきたない布切《ぬのき》れでしばられ、手下《てした》どもにかつがれて牢へと運ばれていった。あとにギザルとふたりのラザン兄弟が残された。

ふたりのうちでもとくに気の短いリグランは、洞窟《どうくつ》のなかを歩きまわり、怒《おこ》って頭をふった。「あの小僧はおれたちみんなにとって危険《きけん》だぜ、ギザル。ロウスが殺《ころ》そうとしたのを止めちゃいけなかったんだ。よし、おれが自分で行ってかたづけてやる！」

目の見えない女は杖《つえ》でリグランの行く手をさえぎると、声を落として警告《けいこく》した。「怒《いか》りにかられて考えをあやまるな、リグラン。あの小僧《こぞう》が目でマグダを殺したのなら、マグダより強かったということだ。おまえの姉上《あねうえ》は恐怖《きょうふ》で支配《しはい》した。あれほど強いものがいなくなっては、われらが一族はすぐにここを捨《す》ててばらばらに散《ち》っていくだろう。そうではないか、ロウス？」

ロウスはうなずいた。「そのとおりだ。だが、小僧がおまえが考えているとおりに強いなら、どうやっておれたちのいうことを聞かせられる？」

リグランはギザルの考えを受けいれはじめていた。ずるそうな笑《え》みを浮《う》かべていった。「あいつのふたりの仲間を使うのさ。あいつらはきょうだいみてえに仲がいい。あの小僧《こぞう》は仲間たちが痛《いた》めつけられるのを見たくねえだろう、だろ？」

ギザルがリグランの肩《かた》を杖《つえ》でたたいた。「そうだ、ちゃんと考えられるじゃないか。さあ、わしをひとりにしてくれ、考えてみる。まず、一族みんなが感心するような盛大《せいだい》な葬式《そうしき》をあげよう。マグダさまをしかるべき墓《はか》におさめて、それから新しいお頭をラザン一族におひろめするんだ。マグダの霊魂《れいこん》がわれら三人のもとにあらわれ、あの小僧《こぞう》をマグダの後継者《こうけいしゃ》に指名したら、な」

ロウスは一瞬《いっしゅん》めんくらった。「ほんとに指名するかな？」

リグランはニタッと笑った。「もう指名したじゃねえか、兄貴《あにき》よ。声聞かなかったのか？」

ロウスはやっとのみこめて笑いだした。「ああ、聞いた、姉貴の声を聞いた。おしいなあ、ラザンのみんなが聞いてなかったとは、なあ」

ギザルは安心させるように、ロウスの腕《うで》をぐっと強くにぎった。「心配ない。みんな聞くことになる、しかるべき時が来たらな。ここにはかくれ場所はたくさんあるし、大きな洞窟《どうくつ》は声がやまびこのようにひびく。このギザルに万事《ばんじ》まかしておくれ！」

こうして計略《けいりゃく》を思いついた三人は、武器庫《ぶきこ》から出ていった。あとにはかつて絶対的《ぜったいてき》な独裁者《どくさいしゃ》だったマグダ・ラザンのこわばった死体だけが残った。だが、ギザルとリグランとロウスは、死んだ指《し》導者《どうしゃ》が命と引きかえに学んだ教訓《きょうくん》に気づいていなかった——善《ぜん》はかならず悪《あく》に勝つのだ。いつだって！

26

あくる日の午後遅《おそ》くだった。アーネラとネッドは氷でてらてら光る岩また岩のかげに身をひそめていた。目のまえの地面は固い土で、小さな急斜面《きゅうしゃめん》には頁岩《けつがん》と雪だまりが見え、うしろには原始《げんし》時代そのままの白い山の峰《みね》がそびえていた。

アーネラは指さして犬にささやいた。「ほら、あそこ、ネッド。あれがラザンの洞窟《どうくつ》のただひとつの入り口だよ。岩の割《わ》れ目のなかをまっすぐ行くんだ」

黒い犬は大きな岩の表面に見える暗い穴《あな》のようなものに目をこらして、ヤギ飼《か》いの大女の言葉に耳をかたむけた。

「入り口にある赤いしるし、ここからだと古い血のよごれみたいに見えるけど、あれは洞穴《ほらあな》に住んでいた人たちがイノシシを狩《か》るようすをかいた大昔《おおむかし》の絵なの。わたしはまえに一度見たことがあるんだ。ラザンのワルどもをここまでつけてきたときにね。ベンたちはこのなかのどこかにいるよ。それがどこかはわからない。なかにはたくさんの洞穴や通路があると思うよ。でも、その心配はあとまわしだ。まずなかに入らなきゃならないけど、入り口は番兵《ばんぺい》が固めているだろ。ここにかくれて、チャンスがあるまで見張《みは》っていよう。いい？」

ネッドは身をすりよせてうずくまると、わかったとうなずいた。

牢屋《ろうや》に乱暴《らんぼう》にほうりこまれたベンは、じっと横になって耳をすました。手下《てした》どもが牢の鉄格子《てつごうし》に錠《じょう》を下《お》ろし、通路を遠ざかっていくのが音でわかった。それから、ベンは仕事にかかった。両手をしばられ、目かくしをされたまま、ごろごろと床《ゆか》の上を転がっていくうち、ごつごつした岩の壁《かべ》にぶつかった。その壁に背中《せなか》をあて、くねくねと身をよじらせると、やがてきつくしばった手首の結び目が小さくとがった岩にあたった。ベンはそこに縄《なわ》をすりつけ、前後にこすった。のろのろとはかどらない、痛《いた》い仕事だった。両手はこごえ、はれあがり、きつくしばった縄のせいでしびれていた。

「ベン、そこにいるの、ねえ？　ぼくだよ、ネッドだよ！　アーネラもいっしょだ。いま入り口を見張《みは》ってるんだ。なかにしのびこんだらすぐに助けてあげるからね。カレイとドミニクは無事《ぶじ》？きみといっしょなの？」

ベンはほっと安心して体じゅうがゆるんだ。「ネッドか！　よかった！　来てくれるってわかってたよ。助《すけ》っ人《と》まで連《つ》れてきてくれたんだね。えらい！　ねえ、聞いてくれ。しばられているから、手みじかに話すけど、ぼくはいま洞窟《どうくつ》の広間の下のどこかにある牢屋に閉《と》じこめられているんだ。仲間たちもここにいるんだと思う。ラザンのやつらがぼくをもとの牢にもどしてたらだけど。へんだと思うかもしれないけど、ぼくはしばられ、さるぐつわをされ、目かくしされているんだよ。いまなんとかそれをはずそうとしてるけど。ぼくのいる場所がはっきりわかったら、おまえに連絡《れんらく》するよ。だからそれまでは、おまえもアーネラもくれぐれも注意するんだよ。ふたりまでつかまったら、もうお手上《てあ》げだからね。このラザン一味はばかじゃない。この山のなかのことはよおく知ってるんだ。あとでまた話をするよ。気をつけてな。聞こえるかい？」

ネッドの答えがベンに伝わってきた。「聞こえるよ、相棒《あいぼう》。すぐに会えることを祈《いの》るよ！」

犬に語りかけているあいだも、ベンは休まずに縄《なわ》を岩《いわ》にこすりつづけた。そして最後にもうひと引きすると、縄はぶつんと二つに切れた。両方の親指をつかってさるぐつわを鼻の下までずらし、目かくしを上にずりあげてちょっとだけ見えるようにした。それから、両手首のまわりでしっかり結《ゆ》わえてある縄を歯で嚙《か》みちぎった。しびれていた手は数分のあいだ使いものにならなかった。やがて指に血がもどってきて、痛《いた》みに思わずあえいだが、目をぎゅっとつぶってこらえた。それから頭のうしろに手をやって、さるぐつわと目かくしをほどいた。

ドミニクとカレイはまだ座《すわ》っていた。たがいに反対の方向に体をかたむけて座り、目を大きく見ひらいていた。ベンはふたりの手足がぴくんぴくんとけいれんし、顔が土気色《つちけいろ》なのに気づいた。ふたりはまだ悪夢《あくむ》のなかに閉《と》じこめられている。薬のせいだ！　ベンはネッドのやりかたをまね、それをちょっと自分なりに工夫《くふう》してふたりの心に語りかけようとした。おかゆと水はまだ鉄格子《てつごうし》の外にあった。ベンはおたまで水をくむと、びしゃっとドミニクの顔にひっかけ、強くひっぱたいて耳もとでどなった。「起きろ、なまけもの！　目を覚《さ》ませ！」

ドミニクのわきの下に手を回してしっかりつかむと、ひっぱりあげて立たせ、すねをきつくけった。

絵かきはウッとうめくと、両手でベンの顔をひっかきながら泣き声をあげた。「ギャーッッ！ヘビを追いはらってくれ、ヘビだけはいやだ――えっ、ベン？」

友だちをしっかりと抱《だ》きしめながら、ベンはなだめるようにささやいた。「いいから、いいから、シーッ、ドム。みんなわるい夢《ゆめ》だったんだよ。ヘビはもういない。楽しいことだけを考えな。そしたらもう出てこないよ」

ドミニクはまばたきして目の涙《なみだ》をはらうと、片足《かたあし》をさすった。「一匹がぼくの足を噛《か》んだんだよ、ベン。緑色のコブラが、このひざのそばを。ぼくは死ぬんだ――ここ、痛《いた》いんだよ。ウーッ！」

ベンはドミニクの目に浮《う》かんだ涙をふいてやった。「ヘビじゃないよ、ドム。それはぼくさ。きみを起こそうとして、ぼくがけったんだよ。ごめんよ。つぎはカレイをこの世に連《つ》れもどしてやらなきゃ。さあ、手貸《か》して」

ドミニクは少女の顔に水をかけた。ベンはカレイの顔をピシャピシャたたいて、髪《かみ》の毛をひっぱりながらどなった。「さあさ、起きた起きた、お嬢《じょう》さん！　起きて踊《おど》って、歌っておくれよ」

カレイが悲鳴をあげた。髪をひっぱるベンの手をひっかいたりたたいたりした。「イヤーッッ！あっち行け、けがらわしい虫どもめ！　ウウッ、クモ！　ウウウッ！」

ベンは顔をカレイの目と鼻の先に近づけた。少女は目を大きく見ひらいて泣きながらせがんだ。「クモを殺《ころ》して、ベン。そばに来させないで。殺して！」

それから一時間以上もかかったが、カレイとドミニクは完全に正気《しょうき》にもどった。その後もふたりは頭痛《ずつう》とめまいをうったえた。ベンはいままでのことを説明した。マグダ・ラザンが死んだことも教えたが、マグダが自分の目のなかに見たまぼろしのことはいうわけにいかなかった。だから、マグダはとても年取っていたので心臓《しんぞう》が弱っていたのだろうといった。

カレイはそのときでも、まだ半分くらいしか聞いていなかった。水バケツのなかのおたまをものほしげにながめていった。「あああ、のどがかわいた。ひと口でいいから水が飲みたい！」

ドミニクも同じ気持ちだった。ベンは肩《かた》をすくめていった。「その水からはなれて、ふたりとも。でないと一時間もしないうちに、またヘビやクモと闘《たたか》うことになるぞ！」

カレイはこめかみをもみながら、不機嫌《ふきげん》につぶやいた。「じゃあ、これからどうするの？　ただ座《すわ》っているの？」

ベンはうなずいた。「いまできることはなにもないんだ。でも、心配しないで。ネッドがじき助けにきてくれると思う」

ドミニクはベンを不思議《ふしぎ》そうな顔で見た。「そうわかってるの？　それともただの感じ？　教えて」

ベンの神秘的《しんぴてき》で、もやのかかったような青い目と、絵かきの目が合った。ベンがゆがんだ笑顔《えがお》になった。「ちょっとずつ、その両方かな」

トンネル入り口のものかげに配置《はいち》されていたラザンの番兵《ばんぺい》たちは、外に出て夕方近い午後の日の光をたっぷり浴《あ》びた。岩壁《がんぺき》に火打ち石式銃《じゅう》を立てかけて、日のぬくもりのなかでくつろいでいた。と、背《せ》の高いマント姿《すがた》の人かげがあらわれた。ロープを使った間《ま》にあわせの引き綱《づな》につないだ、

黒い犬をひっぱっている。番兵《ばんぺい》たちは沈《しず》みかかった太陽の光を手でさえぎって目をこらしたが、おおいかぶさるフードにかくれて相手の顔は見えなかった。犬は前足をつっぱって、ひっぱられまいとふんばっている。だが、大きい、強そうな人かげはかまわずぐんぐんひっぱって、番兵ふたりに親しげに手をふった。

ふたりのうちのひとりが相棒《あいぼう》をこづいた。「見ろ、あれだ。マグダがみんなにさがしだせと命令《めいれい》した犬だ！」もうひとりの番兵は苦々《にがにが》しい顔で犬を見た。「ふん、つかまえてどうなる？　マグダは死んだんだ。いまごろは墓《はか》に入れているころだ。いっしょに埋《う》めるのかよ？」

その人かげが近づいてきたので、男は問《と》いかけた。「待て。だれだ、おまえは？　なんの用だ？」

大きな人はないしょ話をするようにしゃべった。「心配することはない。おれもラザンだ。マグダにちょっとみつぎものがあってな。この犬が山のすそのほうをうろついているところを見つけた」

人かげはどんどん近づいてきた。第一の番兵が情報《じょうほう》を教えた。「ちょっと来るのが遅《おそ》かったな、兄弟。マグダ・ラザンはゆうべ死んだよ」

人かげはトンネルのなかを指さした。「マグダ・ラザンが死んだ？　ばかいえ。ほら、あそこにいるじゃないか！」

ふたりの番兵《ばんぺい》はふりかえってトンネルのなかを見た。とたんに、アーネラは──人かげはアーネラだったのだ──ネッドをはなした。そしてふたりの男をたくましい腕《うで》でうしろからつかまえると、頭を岩壁《いわかべ》に強くぶつけた。ふたりは二本の丸太のようにたおれた。

ネッドは気絶《きぜつ》した男たちの姿《すがた》を見てたじろいだ。「おお、よかった、アーネラがこっちの味方で！」

アーネラは持ってきた長い登山用のロープで男たちを背中《せなか》あわせにしばりあげ、男たちのバンダナでしっかりとさるぐつわをかませた。そして、それぞれの片足《かたあし》をつかむと楽々《らくらく》と引きずっていき、男たちがそれまでかくれていた場所に押《お》しこんだ。ふたつの銃《じゅう》を肩《かた》にかついで、アーネラはトンネルを指さした。「先に行って、ネッド。においをかいで友だちのいる場所を突《つ》きとめて」

黒い犬はトコトコとなかに入っていき、松明《たいまつ》の火がゆらめく壁に目を慣《な》らしながら、ベンにメッセージを伝えた。「ぼくたち、いまなかに入ってきたよ、ベン。アーネラが入り口の番兵《ばんぺい》たちをやっつけてくれた。いまどこ？　手がかりをくれない？」

ベンの気持ちが伝わったきた。「ネッド、ごめん、この場所がどこか、ぜんぜんわからないんだよ。道案内《みちあんない》できないんだ。でも、もしクマがほえたりうめいているのが聞こえてきたら、ぼくたちはそこの近くにいるよ。やつら、かわいそうなクマをぼくたちの牢《ろう》から三つ先くらいの檻《おり》に閉《と》じこめてるんだ。だから、その音を聞きわけて」

犬は足を止めてベンのいったことを考え、それからいい案《あん》を思いついた。「クマはぜんぜんほえないかもしれない。ぼくたちが向かってるなんて知らないんだもの。だからカレイに歌をうたっていてもらおう。あの子の声は高いから、聞きわけやすいんだ」

ベンはカレイにそのとおり頼《たの》んだ。「なんか歌って、カレイ。高い音のいっぱいある長い歌がいい」

カレイは座《すわ》ったまま、むっつりと答えた。「えらそうに命令《めいれい》しないで。口がかわいてて歌なんか歌えないよ。それに頭ががんがん痛《いた》くて、歌いたい気分じゃないんだ。ふん、歌いたいなら、あんた歌えば？」

ドミニクがベンの顔を見た。「どうしてやぶから棒《ぼう》に歌えなんていうの？　なんかわけでもあるの？」

ベンはぎこちなくいいわけした。「感じるんだよ、ネッドがこの洞窟《どうくつ》のどこかにいて、ぼくたちをさがしてるって。きっと味方を連《つ》れてきているよ。カレイの声を聞いたら、その声を頼《たよ》りにここまで来れると思うんだ」

カレイは立ちあがって鉄格子《てつごうし》のそばにかけよった。「早くそういってよ、ベン。いつまで歌えばいいの？」

ベンは肩《かた》をすくめた。「見つかるまで、だろうね。それに、そうすればあのあわれなクマの声を聞いていなくてすむじゃないか。あの苦しそうな声を聞いていると、ぼくまで悲しくなっちゃうよ」

カレイは歌いだした。

兵士《へいし》にほれるな、娘《むすめ》さん、
ほれたら戦地《せんち》についてかなきゃならぬ、
こごえる泥川《どろかわ》わたらにゃならぬ、
遠い異国《いこく》の野山をこえて。

ドンドンドコドン、ドンドコドン、
進軍太鼓《しんぐんだいこ》は一生の友よ、
笛や太鼓にせかされて
いつしか故郷《こきょう》は遠い空。

なぜに進むか娘さん、
兵士が戦《いくさ》に取られても
ひたすら祈《いの》りなげくのか、
無事《ぶじ》な帰りを待ちわびて。

ドンドンドコドン、ドンドコドン、

いつしか太鼓《たいこ》が憎《にく》くなる、
足は血まみれ、しびれても、
太鼓は進めとかりたてる。

むこにするなら、コックか書記か、
たとえ機《はた》おる織《お》り部《べ》でも、
娘《むすめ》さん泣かすことはない、
命知らずの兵士《へいし》のように。

ドンドンドコドン、ドンドコドン、
たとえまぬけなラバだって、
太鼓聞くより、ギターを聞いて
うまやのなかで寝《ね》ていたい。

カレイの歌が止まった。指を立てて静かにと合図している。
「どうして歌をやめたの？」とベンがきいた。
ドミニクが鉄格子《てつごうし》のそばににじりよった。「聞こえる、お経《きょう》あげてるみたいな声だ。おおぜいの人がこっちに向かってくる！」

ベンがふたりのそばに行くあいだにも、お経《きょう》の声はさらに大きくなった。ロウスとリグランのラザン兄弟が廊下《ろうか》の端《はし》の、通路が交差《こうさ》しているところを通りすぎた。ベンは顔をななめにして鉄格子《てつごうし》に押《お》しつけ、目のすみでどうにかその姿《すがた》を見ることができた。ふたりのあとにはラザンの男たちや女たちがしたがっていた。ギザルが率先《そっせん》して、四つの銅鑼《どら》の音の合間合間にうす気味《きみ》わるいお経をあげている。

マグダ……マグダ！
地底《ちてい》の世界はなんじが名を呼《よ》ぶ

マグダ……マグダ！
広めよ、なんじがおそれとほまれを。
ラザン、ラザン、ラザーン！

このお経が何度も何度も、単調《たんちょう》にくりかえされるなかを、ラザンの一族は横三列の行列をなして進んでいった。行列の最後には、十二人の屈強《くっきょう》な盗賊《とうぞく》どもが、マグダの座《すわ》った玉座《ぎょくざ》を乗せた長い架《か》台《だい》をかついでいた。

カレイはおそれに息をのんで、この不気味《ぶきみ》な行列が行きすぎるのを見まもった。「マグダを地底の墓《はか》に運んでいくんだ。あのわるい鬼《おに》ばばあにはぴったりの場所だよ、ほんと！」

ネッドからのメッセージがベンに届《とど》いた。「広い洞窟《どうくつ》に出たよ。いやなところだね、色つきの煙《けむり》が立ちこめていて、おそろしい巨大《きょだい》な彫刻《ちょうこく》みたいなものがあってさ。でも、生きた人間はひとりもいない！」

ベンは犬の言葉に割《わ》って入った。「よかった！　ちょうどいいときに来てくれたよ。ラザンのやつらはこの下の洞穴《ほらあな》で葬式《そうしき》をやってるんだ。ここに来てさえくれたら、ラザンたちが下で葬式やってるあいだに、この牢《ろう》を破《やぶ》って逃《に》げられる。急いで、相棒《あいぼう》！」

それまでずっとうめき声をあげていたクマが、ほえ声をあげはじめた。首の鎖《くさり》がガシャンガシャンと鳴る。

ネッドの思いが宙《ちゅう》を伝ってきた。「だれかそっちのほうで、ほら貝かなんか吹《ふ》いてる？　なに、このさわぎは？」

ベンは夢中《むちゅう》になって早口でいった。「クマだよ、やつが鉄格子《てつごうし》をけりはじめたんだ。やつの檻《おり》はぼくたちのから三つ目。クマを見つけたら、ぼくたちはそのすぐそばだ！」

犬の返事はきっぱりとした決意がこもっていた。「待ってて、相棒……きっとむかえにいく！」

ネッドはアーネラのそでをくわえてひっぱった。アーネラはなにもいわずにネッドについて走りだした。いまは無人《むじん》の、玉座《ぎょくざ》のあったひな段《だん》のまわりを通り、毒々《どくどく》しい無数の色のついた煙《けむり》のなかをくぐり、下に向かうトンネルをかけおりた。アーネラが立ちどまり、眉《まゆ》をひそめた。「悪党《あくとう》ども、いけにえの儀式《ぎしき》でもやってるの？　なに、あの気持ちのわるい音は？」

ネッドがヤギ飼《か》いのそでを思いっきりひっぱったので、そでがピリリと破《やぶ》れた。アーネラは何度もうなずいた。「わかった、わかったって！　さ、連《つ》れてって、ちゃんとついていくから」

ふたりはせまい、下にのびたトンネルを突進《とっしん》していった。急に左に折《お》れると、牢《ろう》がならんでいた。

ベンはふたりの足音を聞きつけてうれしそうな声をあげた。「ネッド、ネッド。きっと来てくれると思ってた！」

アーネラが牢の入り口に着いて、犬とならんでハアハアとあえいだ。「ああ、見つけたあ！」

カレイが泣き声になった。「ああ、間《ま》にあった、やっと来てくれた！」

どんなときでも冷静《れいせい》なアーネラが、一同に静かにするようにといった。「泣くのはあとまわしだ。早くそっから出してやろう！」

ドミニクは鉄格子《てつごうし》を狂《くる》ったようにゆさぶった。「あいつら、ぼくたちから着てるもの以外なにもかもうばったんだ。この南京錠《なんきんじょう》をこわす道具もない。それに自由になったらクマを逃《に》がしてやるって誓《ちか》ったんだ。聞いてよ、あのかわいそうなクマの声を！」

アーネラはドミニクを鉄格子からはなれていろとばかりに押《お》しやった。「さがって！　あんたたち、ここはわたしにまかせて！」

マスケット銃《じゅう》を肩《かた》からはずし、それを古びた南京錠めがけてものすごい力でふりおろした。一回、二回！　その衝撃《しょうげき》に時代ものの錠のなかの金具《かなぐ》がばらばらにこわれ、大きな錠はパカンと開いた。

クマはすっかり静かになっていた。依然《いぜん》として壁《かべ》に鎖《くさり》でつながれていたが、檻《おり》の鉄格子のそばまで来ていた。カレイは檻にかけよった。〝あぶないっ〟と仲間が注意する間《ま》もなく、カレイは手を鉄格子のあいだからさしいれ、クマの大きな顔をなでた。「かわいそうに、あたしたちが出してやるからね」大きなクマは悲しげに頭を少女の手にすりよせた。

アーネラはおどろいて息をのんだ。「あらら、見て、あれ！　人になついてるよ、あのクマ。この錠《じょう》からはなれて、お嬢《じょう》さん。それとクマさん、あんたも！」

そういってまたマスケット銃《じゅう》をふりあげると、古びた南京錠《なんきんじょう》の横を強くたたいた。一回、二回……ダーンッ！　錠ははずれたが、はずみで銃が暴発《ぼうはつ》した。

ドミニクが通路の端《はし》まで走っていって、こちらをふりかえった。「急げ！　いまの銃声でばれてしまった――連中《れんちゅう》がいまにも向かってくるよ」

ベンは反対側《はんたいがわ》の壁《かべ》に木の扉《とびら》があることに気づいた。そこはマグダから尋問を受《う》けた武器庫《ぶきこ》だった。「アーネラ！　見て、この洞穴《ほらあな》は火薬の樽《たる》でいっぱいなんだ！」

大女のヤギ飼《か》いは首を横にふった。「ここで火薬を使うなんて、ぜったいだめ！　山がくずれて下敷《したじ》きになってしまう。ほら、わたしのピッケルを使って、クマの鎖《くさり》を壁につないでいる股《また》くぎをゆるめて！　わたしにいい考えがある」

武器庫の木の扉は、厚手《あつで》の皮のちょうつがいで岩に止められていた。そのちょうつがいは木材《もくざい》のくさびにつながっていて、それが扉の側柱《そくちゅう》になっていた。アーネラはさっと小さいかぎ型《がた》のナイフを取りだした。ナイフの刃《は》はするどくて、皮がバターかなにかのようにすぱっと切れた。扉が外側にたおれてくるのを、アーネラは手でおさえ、通路に運びだすと、坂を下《くだ》って、粗《あら》く切り開かれたトンネルが細くすぼまっているところを見つけた。アーネラはそこに扉をくさびのようにぴったりと建《た》てこんだ。そうして耳をすませると、あわてて仲間のところにかけもどった。

「あんたのいうとおりだ、ドミニク。やつらがこっちに向かってくる。急いで。クマをつないでいる股《また》くぎをゆるめた、ベン？」

ベンはすでに片方《かたほう》ははずしていた。ピッケルのとがった先を反対側《はんたいがわ》の小穴《こあな》にさしこみ、てこにしてぐいと動かすと股くぎはぽんと取れた。クマは自由になった。カレイは大きなクマの手をつかむと外に連《つ》れだした。クマはおとなしく出てきた。

ベンは思わずほほえんだ。「やあ、いい友だちができたじゃないか、カレイ。さあ、ここから脱出《だっしゅつ》だ、みんな！」

一同は通路を上へと進んでいき、あの広い洞窟《どうくつ》に出た。アーネラは三人それぞれに武器庫《ぶきこ》から取ってきたピストルを手わたした。「これが役に立つかもしれないよ。気をつけて、弾《たま》が入ってるんだから。ああ、連中《れんちゅう》が扉《とびら》をたたく音が聞こえる、ほら！」

ラザンたちが通路をふさいだ扉を破《やぶ》ろうとたたく音が、はっきりとひびいてきた。

大広間を走って、一同は外に出るトンネルへと急いだ。ネッドが先頭を走った。出口で待っているとベンが追いついた。犬がすぐさま伝えた。「見て、もうひとつ扉がある。来たときには気づかなかった。アーネラに、ぼくたちが出たら閉《し》めて、しっかり動かないようにしてっていって。それですこし時間がかせげる！」

ベンはすぐに犬の考えをヤギ飼《か》いに伝えた。アーネラはじっと考えるように扉を見ていた。扉は見るからに頑丈《がんじょう》で、内側《うちがわ》に開いて壁《かべ》にぴたりとついていた。材質《ざいしつ》の木には色が塗《ぬ》られ、灰色《はいいろ》の布《ぬの》がかぶさっており、周囲《しゅうい》の岩と見わけがつかないたくみなつくりだった。その扉を閉めると、外部の敵《てき》には洞窟《どうくつ》の入り口はまず見つけられないだろう。

ネッドはあせった。「おばさん、いつまでそうやって立って考えてるんだろ、ベン？　ラザンの声が聞こえるのに。もう武器庫《ぶきこ》のドアを開けちゃったよ。おおぜいだよ、それにすごい速さだ。早くなんとかしなきゃ、ベン！」

アーネラがまたナイフを取りだした。「よし、こうしよう！」いいざま、皮のちょうつがいを断《た》ち切った——四つもあった。今度の皮はものすごく厚《あつ》くて、油でよくなめしてあったが、ヤギ飼《か》いのするどいナイフにはかなわなかった。アーネラはまえに飛びだして大きな扉《とびら》を抱《だ》きとめると、その重い扉を背中《せなか》で受けてあえいだ。「外に運ぶの手伝って！」

少年ふたりは厚い板《いた》の両端《りょうはし》をつかんだ。ベンがおどろいたことに、クマもアーネラを手伝うように重い扉運びに加勢《かせい》した。

もう追手《おって》のラザンたちが広い洞窟に入ってきていた。リグラン・ラザンがどなっていた。「入り口に行けーっ！　ひとりも生かしてここから出すなーっ！」

バンッ！　大きな音がして扉が地面にたおれた。アーネラは山の下《くだ》り斜面《しゃめん》を見おろした。見わたすかぎり氷と雪におおわれて、ところどころに頁岩《けつがん》と低い灌木《かんぼく》が見える。「いいか、みんな。ここで死ぬか、さもなきゃ生きのびられるかのせとぎわだ。さあ、乗った！　そりですべりおりるほかに手はないよ」

ネッドはふりかえってラザンのやつらを見た——泥棒《どろぼう》どもはオオカミの一団《いちだん》のように広い洞窟をぬけてきていた。

ヒュッと矢が顔をかすめた。ベンは相棒《あいぼう》の首輪《くびわ》をつかんだ。「扉《とびら》に乗れ、ネッド。早く！」

カレイはもう灰色《はいいろ》の布地《ぬのじ》のかかった扉《とびら》の上に座《すわ》って、そばにうずくまっているクマに抱《だ》きついていた。アーネラ、ベン、ドミニクの三人はかがんで重い扉を押《お》した。三人が背中《せなか》を丸め、うめきながらけんめいに押すにつれ、じりじり、じりじりじりと扉は動いた。やがて、じょじょにだが、斜面《しゃめん》にさしかかった扉は自然《しぜん》に動きはじめた。アーネラはベンとドミニクを押して扉に乗せ、自分もひとっとびしてはずみをつけると扉の上に乗った。

とたんに扉はすべりだした。まさにそのとき、リグランが手下《てした》どもと洞穴《ほらあな》からあらわれた。手下のひとりがマスケット銃《じゅう》をかまえた。リグランが乱暴《らんぼう》にその銃をうばった。「ばかやろ、おれたちを皆殺《みなごろ》しにする気か。弓を使え、矢をはなて！」

大きな扉はまだのろのろとしか動いていなかった。と、大きな矢がドミニクの頬《ほお》すれすれに飛んだ。「弓矢だ！　ふせろ！」四人はふせた。クマはカレイのわきに横たわり、守ろうとした。一本の矢が肩《かた》に刺《さ》さり、クマは怒《おこ》ってほえた。いまや矢は雨のように降《ふ》ってきて木の扉にざくざくと突《つ》き立った。

アーネラがそりに速度が出てきたと感じたとき、一本の矢が着ているものを刺して板《いた》にはりつけにした。アーネラは背《せ》すじをのばすと、ライフル銃をかまえ歯を食《く》いしばっていった。「よーし、ここらでけりをつけよう！　みんな、さっきわたしたピストルをかまえて。わたしが命令《めいれい》したら撃《う》つんだ。運がよきゃ逃《に》げきれるさ！」

一同はそりの上でもがくようにして向きを変え、丘《おか》の上のラザンの一隊《いったい》を見あげた。ベン、カレイ、ドミニクは手持ちのピストルを腰《こし》からぬいた。
アーネラがさけんだ。「ねらいはつけなくていい。ただ撃《う》つだけ。撃てーッ！」

四人の銃《じゅう》が同時に鳴りひびいた。すさまじい音だった。音ははるか遠くまで、高い、澄《す》みきった山の大気のなかをやまびこのように鳴りひびいた。この世の終わりのような音だった！

銃声《じゅうせい》につづいてものすごい地ひびきが起こり、山の斜面《しゃめん》をゆるがした。ものすごい〝ゴロゴロ〟という音がして、峰《みね》の側面《そくめん》がまるまるはがれ落ちた。洞窟《どうくつ》の外にいたリグラン・ラザンと手下《てした》たちは、重く白いカーテンの下に消えた。ラザンの砦《とりで》の出入口も消えた。そして、なかにいたものたちはみな、何千トンという氷と雪にうずもれてしまった。

むち打つような風と雪が、腹《はら》ばいになって忠犬《ちゅうけん》にしがみついているベンの顔にあたった。巨大《きょだい》なそりは、弓をはなれた矢よりも速く山肌《やまはだ》をすべっていた。ベンとネッドの思いは、口からは出ない大きなさけび声となって混《ま》じりあった――「イヤーーーッッホーッ！」

ドミニクは扉《とびら》にヒルのようにはりつきながら、いまにも指の爪《つめ》がはがれてしまうかと思った。クマは両方の前足をカレイの上に回し、かぎ爪を木目《もくめ》に食《く》いこませてふたりいっしょにおさえていた。ベンはネッドの首輪《くびわ》を歯でくわえていた。犬はかたわらに横になり、ふたりともアーネラの体におさえつけられていた。

そりは盛《も》りあがった傾斜面《けいしゃめん》にぶつかり、一瞬《いっしゅん》のうちに突《つ》きぬけた。つぎの瞬間、雪まみれの巨大なリュージュとなったそりは、氷におおわれた小山の頂上《ちょうじょう》にのぼりつめて地面をはなれ、鳥のように宙《ちゅう》に飛んだ。聞こえるのは風の音だけだった。だれもが目を固く閉《と》じて、地面からはなれてしまったのを感じていた。渦巻《うずま》く雪片《せっぺん》と耳をつんざくように咆哮《ほうこう》する風に取り巻かれ、それが永久《えいきゅう》につづくように思えた。

と、ぞっとするような衝撃《しょうげき》が来てみんなの息が止まった。ドシン！　それでもまだそりは前へ、前へと疾走《しっそう》していたが、いまは地面の上だった。ドカン！　そりはまだ前へ前へと音をたてて進む。と、破《やぶ》れるような音……ドシン！……シューッ！　地面をこする音がして、最後に耳を聾《ろう》する音……バーン！

そして、あたり一面暗やみと静寂《せいじゃく》に包まれた。

27

夜だ。目を開けるなり、ベンはそうさとった。見えるのは星をまき散《ち》らしたような空と、銀箔《ぎんぱく》のような半月だった。でも、足がどうしても動かない。ベンはあわてた。上半身をまっすぐに起こしたとたん後頭部《こうとうぶ》を木にぶつけ、なおいっそう星が見えた。星が消えたあと、ベンはもう一度、今度はこわごわと体を起こしてみた。すると、こおって固まった雪につま先から太ももまでが埋《う》もれているのがわかった。ゆっくりと、苦労《くろう》しながら、しびれた手で雪をかいた。体じゅうがひどく痛《いた》み、髪《かみ》はカチカチにこおっていた。

とたんに、別の考えがひらめいてがくぜんとなった。ネッド。ネッドはどこに行った？　すぐに返事が聞こえた。「ぼくは天使さまたちのところに来たみたいだよ、相棒《あいぼう》。あんまり悲しまないでね」

ベンはようやく足を引きぬいた。「ネッド、どこにいるんだ？」

「きみの真上だよ、冷凍《れいとう》人間くん。上を見て！」

忠犬《ちゅうけん》はご主人の頭上およそ一メートルほどの、モミの木の枝《えだ》からぶらさがっていた。ネッドはしっぽを注意深くふった。「飛びおりるから、ぼくをつかまえて。一、二……」

犬はベンが広げた腕《うで》のなかに落ちてきて、ふたりとも雪のなかにたおれた。そのまま雪のなかに、つかれはてて横たわっていた。

「メーッ！」ヤギの鳴き声が聞こえてきたとたん、アーネラの声がした。

「アイアースのチビ！　わたしのそでをかじるのはやめとくれ。いまだってもうボロボロなんだから。じっとして！」

ベンとネッドがもがいて立ちあがると、大女のヤギ飼《か》いはわきの下に子ヤギをかかえて、深く積《つ》もった固い雪をバリバリとふみしめて近づいてきた。ベンとネッドに手をふり、声をかける。「こんばんは！　ほかのふたりとクマに会った？」

ベンは首をふった。「まだなんだ、自分の体がばらばらじゃないってたしかめたばかりだから。ねえ、ネッド？」

犬もそのとおりといわんばかりにうなずいた。アーネラがのどで笑った。「あんたの犬は世界一お利口《りこう》な犬だね、ベン。その子はわたしのヤギぜんぶ合わせたより頭がいいよ。まあ、とにかくこうして助かった。わたしがばかなこと思いついたけどさ。見て、あの山。もういままでとはちがった山だ。なだれが落ちてきたのが左寄《ひだりよ》りでよかったよ。わたしたちは右にはずれてさ。わたしはどうかしてたよ、〝みんなですべりおりよう、ピストルをいっせいに鳴らそう〟だなんて。まったく、とんでもない話だ！」

ベンはかけよってアーネラを抱《だ》きしめた。「おかげでぼくたち助かったんだ、アーネラ。あんなピンチになったら、いちかばちかの手に出るしかないです。またつかまったらラザンにどんな目にあわされていたかと思うと、ぞっとするよ」

アーネラはベンの髪《かみ》をばさばさと乱《みだ》して、ついていた氷を落としてやった。アイアースのチビがあわれな声でメーッと鳴くと、ヤギ飼《か》いは甘《あま》やかされた子どもをあやすように話しかけた。「これっ！　わたしに抱《だ》いてもらって、ひと晩《ばん》じゅうなでてもらおうなんて思うんじゃないのよ。さあ、おうちにお帰り。ママにわたしが間《ま》もなく帰るって伝えて」

アーネラはベンとネッドのほうを向いた。「あんたたちはこの子について行きなさい。うちの洞《ほら》穴《あな》はこの尾根《おね》の下だから。わたしが掘《ほ》って道を見つけておいた。川と滝《たき》つぼは消えてしまったのよ。ヤギたちは洞穴のなかにいて助かったけど、山は頂上《ちょうじょう》からくずれちゃったから、もうようすがすっかり変わってしまった。ほかのふたりはさがしだすよ。心配しないで。

さあ、もうおゆき！　そしてなんか役に立つことをやっておいて。火を起こして湯をわかすとか、家のなかをさがして食べ物を見つけるとか。ヤギたちが残らず食べつくしていなきゃいいけどね。ううう！　パンチロのやつ。そのうちお説教《せっきょう》してやらなきゃ！」

ベンは寒さにふるえながら、アーネラを残していくのがいやでぐずぐずしていた。「ほんとうに、ひとりでだいじょうぶ？」

大女はネッドを軽々《かるがる》と抱《だ》きあげて、たがいの鼻と鼻がつくくらいに近づけた。「だいじょうぶにきまってるだろ。わたし以上にこの山にくわしいものはいないのよ。あんたたちがいるとかえってじゃまよ。わたしが見つけるわ。さあ、行って。行きなさい！」

美しい滝《たき》と滝つぼがなくなってみれば、アーネラの洞穴《ほらあな》は雪のなかにぽっかりと口をあけた、黒い穴にすぎなかった。ネッドはゆっくりした歩《あゆ》みで洞穴に入っていき、ヤギたちを肩《かた》で押《お》しのけながら、ベンに伝えた。「アーネラはランタンにも火を入れといてくれたんだ。ありがたい！　ふーっ、ヤギくさいよ。ああ、なんて散《ち》らかりようだ！」

ベンは針葉樹《しんようじゅ》のかわいた枯《か》れ枝《えだ》や泥炭《でいたん》や木炭《もくたん》を、暖炉《だんろ》がわりの岩の割《わ》れ目に積《つ》みあげた。と、犬がぼやいているのが聞こえた。「おい、やめろ、それはぼくのしっぽだよ。おまえたちの夜食《やしょく》じゃないよ。ふん、おまえらヤギときたら！　おまえたちの暮《く》らしぶりって、まるで……まるで獣《けもの》みたいだぞ」

ベンはランタンから火をもらって焚《た》き火を起こし、相棒《あいぼう》にウィンクした。「獣は少なくとも、ラザンどもより品《ひん》がいい。ネッド、大きなヤギたちは外に追いだしてよ。そうすればここが広くなるし、ヤギも新鮮《しんせん》な空気はうれしいだろう！」

平たい岩で仕切《しき》られた食料室《しょくりょうしつ》から、ベンはヤギのチーズ、たまごを数個《こ》、それに固い大麦《おおむぎ》のパンを何個か見つけた。たまご六つを釜《かま》のなかでゆでた。大麦パンの上にチーズをのばして、それを軽くあぶった。ネッドはそばに座《すわ》ってあたたかい火にぬくまった。あんな大冒険《だいぼうけん》のあとでは、ベンは心も体もしびれ、つかれはてていた。ふたりは食べ物を食べたあと、寄《よ》りそって座った。まぶたが重くなり、こっくりこっくりと船をこぎだした。眠《ねむ》りたいという誘惑《ゆうわく》に勝とうとも思わなかった。と、声が聞こえてきてふたりははっと目を覚《さ》ました。「おい、なんだ？　ぼくには食べ物ないのか？」

ドミニクがよろよろと入ってきて、ネッドに向かってたおれかかり、そのままその場にのびてしまった。「こんなあたたかい火にめぐりあえることはもうないだろうと思ってた。そしたらこの洞《ほら》穴《あな》が見えたんだ。明かりがちらちらと見えたんで、飛びこんできたよ」

ベンは目をこすってまばたきした。「おかえり、ドム！　どこに行ってたの？　アーネラがさがしにいったんだ。とちゅうでカレイとクマには会わなかった？」

氷のとけた水がドミニクの髪《かみ》から両方の頰《ほお》を伝って落ちた。「いや、ベン。会ってないんだ。気がついたら雪だまりのなかで逆《さか》さまになっててさ。鼻のなかにしたたり落ちてきた水のせいで気がついたんだ。そこから出るのにものすごく時間がかかったよ。そのあとは小さな木ばかり生えてるところを、やみくもにうろついた。それからようやく、自分がどこにいるかしっかり見きわめようとしたんだ。そこは山のふもとだったんだよ。木という木がみんな低いんだけど、それはなだれのせいで雪と氷が谷全体を埋《う》めてしまったからなんだ。だから、ぼくが歩いていたのは木のてっぺんのあいだで、小さな木じゃなかったんだ！　信じられるかい？　きみが火を起こしてくれててよかった。でなきゃ、さまよい歩いてそのうちこごえ死んでいたよ」

ベンが見ているまえで、ドミニクはあぶったチーズつきのパンをむさぼるように食べた。「きみが生きていてくれてよかった、ドム！」

絵かきは顔を上《あ》げてうなずいた。「ラザンの悪党《あくとう》一味がほろびてほんとによかった。あのなだれじゃだれひとり生き残れなかったよ。たとえ生き残ったとしても、そのほうがみじめだ。想像《そうぞう》してみなよ、あの洞窟《どうくつ》のなかに閉《と》じこめられたら。生きながら死んだも同じさ！」

ベンは赤く燃《も》える炭火《すみび》を見つめた。「トンネルは下に向かってのびてたじゃないか。なだれも岩のかけらもみんな穴《あな》から下に流れこんで、あっというまにふさいじゃったさ。一瞬《いっしゅん》のあいだに死んだはずだ。ラザン族は永久《えいきゅう》にほろびたんだ。まちがいない！」

ドミニクは片方《かたほう》の腕《うで》で目をおおうとつぶやいた。「アダモの命もだな。あのなかにいたんなら」

ベンはドミニクの言葉にうなずくしかなかった。「ああ、ぼくたちの使命は失敗《しっぱい》に終わったんだ。伯爵《はくしゃく》からラザンの呪《のろ》いは取りのぞいてあげられたけど。マグダからアダモはもう死んだって聞かされたよ。でも、そのいいかたがへんだったな。はっきり思い出せないけど、たぶんあした、こんなにつかれてなきゃ思い出すかもしれない」

ふたりの少年と犬は焚《た》き火のまえで眠《ねむ》った。ベンの心はあらゆる気苦労《きぐろう》から解《と》きはなたれていた。ちょうど気を失《うしな》って、ありがたい暗やみにいるような感じだった。ヤギたちも火のぬくもりがほしくて焚き火のまわりにうずくまった。洞穴《ほらあな》のなかは静かで平和だった。外では、なだれであんなに大きな崩壊《ほうかい》があったというのに、夜は静かにふけていった。

夜明けすこしまえにアーネラがもどってきた。ヤギたちはご主人の大きな姿《すがた》が洞穴の入り口をくぐって入ってくるなり、メーッメーッと鳴きはじめた。ネッドは飛び起きてかけよった。ほえ声にベンとドミニクは目を覚《さ》まし、心配そうにアーネラを質問《しつもん》ぜめにした。

「カレイはどこ？　見つけた？」

「ケガしてない？　まさか死んでないよね？」

ヤギたちがうるさく鳴きはじめた。三人は洞穴《ほらあな》の奥《おく》まで行って、質問《しつもん》をつづけた。アーネラは両手を上《あ》げて大声でどなった。「静かに！　みんな！」犬も少年たちもヤギも、みんな静かになった。アーネラは落ちついた声でいった。「カレイは死んでも、ケガしてもいない。わたしは見つけられなかったけど、あいつが見つけたよ」

クマが後足立ちでよろめくように入ってきた。前足で少女を抱《だ》いている。少年ふたりのまえに来ると、少女をやさしく地面に下《お》ろした。ヤギたちはこわがってやかましくメーメー鳴きながら、洞穴から逃《に》げていった。

アーネラは両手を焚《た》き火にかざしてあたためた。「このクマがカレイを抱いてうろついてるのを見つけたんだよ。わたしがそばに寄《よ》るのも警戒《けいかい》してさ。だから、わたしのあとについてこさせた。それでここまで来たってわけ。わかってるのはこれだけさ」

ベンはネッドの思ったことを口に出した。「それと、みんな無事《ぶじ》でまたいっしょになれたってこととね！」

朝の光が洞穴にさしこんできて、めずらしい光景《こうけい》をてらしだした——ヤギたちがクマに食《く》われるのをおそれて入り

口付近《ふきん》に固《かた》まっている。カレイは無傷《むきず》だった。上半身を起こしてハーブティーを飲み、眠《ねむ》っているクマをやさしい目で見つめた。そばに横たわるクマの毛から蒸気《じょうき》が上《あ》がっていた。少女はやさしくクマの体をなでた。「このクマはあたしからはなれずに、運んでくれ、守ってくれたの。でも、どうしてだろ?」

ドミニクは頭をかいた。「どうしてかな。きっときみがやさしくしてやったからだよ。あの檻《おり》に置《お》き去りにしなかったのは、きみだろ。はじめて出会ったときから、こいつを助けてやるっていってたじゃないか。こいつ、いいやつみたいだね。ぼくがなでても平気?」

カレイはほほえんだ。「だいじょうぶ、嚙《か》まないよ」

ドミニクは獣《けもの》の頭をこわごわなでた。クマはおとなしかった。ドミニクは安心して、ネッドにするようにクマの首輪《くびわ》の下をかいたが、ぎょっとすくんだ。クマがびくんと体を起こして、金属製《きんぞくせい》の首輪を前足でたたきはじめたのだ。

カレイはなだめるようにクマに話しかけて、頰《ほお》をクマの大きな前足につけた。「しーっ、いい子だから。痛《いた》いことされたの? でも、ドミニクはそんなつもりじゃなかったんだよ。そうだよね、ドム?」

クマは大きな、うるんだ目をドミニクに向けた。ドミニクはその目をじっとのぞきこんで、息をのんだ。「ベン、アーネラ、そのランタンを持ってきて、この顔のそばに。この動物はなんかへんだ!」

カレイはクマを守ろうと抱《だ》きしめた。「この子を傷《きず》つけたり、おどしたりしないで。いうとおりにしてくれないと、もう口きかないからね！」

ベンはカレイを安心させるようにいった。「傷《きず》つけないって約束《やくそく》するよ。ちょっとだけドミニクに見せてやって。きみのクマはぼくたちといれば安全だよ」

勇気《ゆうき》をふるって、ドミニクはできるだけクマに近よった。アーネラとベンがランタンをかかげてそばに立つ。カレイはクマのうしろをうろうろしながら、心配そうな声を出した。

「なんなのよ、ドミニク？　なにがわかるの？　教えてよ、ねえ」

サバダの絵かきはクマの目の奥《おく》をじっとのぞきこんで、まばたきした。そして、もう一度まばたきすると、涙《なみだ》が自然《しぜん》と頬《ほお》を伝い、泣き声になった。「人間だ！　人間がクマの皮のなかに閉《と》じこめられてるんだよ！」

クマはくぎのついた首輪《くびわ》をしたままどうにかうなずき、長い、苦しげなうめき声をもらした。

ネッドがベンの考えに割《わ》りこんできた。「ぽかんと口開けて座《すわ》ってないでさ、早く出してやりなよ、かわいそうじゃないか！」

アーネラはするどい、かぎの形をしたナイフを取りだした。「よし、そのきたない皮のなかから出してやるよ！」

カレイがヤギ飼《か》いに向かって片手《かたて》を出した。「待って、あたしがやる。ナイフ貸《か》して。それとやわらかい布《ぬの》か、コケかなんか見つけて、お湯にひたして。ああ、それと、この首輪を切るものなにか持ってない？」

カレイはそばに来てクマの顔を両手で囲《かこ》った。

た。

「じっとしててね。あたしを信じて。痛《いた》い目にはあわせないから」

クマは鼻づらを少女の額《ひたい》に押《お》しつけた。「ウーン――」それから頭を下《さ》げてカレイのひざにのせた。

アーネラはそこらじゅうをさがしまわって、古いやすりを見つけた。「このやすりは曲がったひづめを直すのによく使うんだ」

ていねいに、ていねいに、カレイは首輪《くびわ》の内側《うちがわ》にあたたかく湿《しめ》らせたコケを詰《つ》めた。カレイが怒《いか》りとくやしさをおさえきれず、歯ぎしりするようにつぶやくのがベンに聞こえた。「この首輪、表も裏《うら》もくぎが打ちつけてある。ラザンのやつら！　人間に対してどうしてこんな仕打《しう》ちができたんだろう！　やつらが死んじゃってうれしい。ああ、うれしいよ、ほんと！」

アーネラは首輪の下に片手《かたて》をすべりこませて、両端《りょうはし》を止めている緑色に変色した銅《どう》の鋲《びょう》をやすりですり切ろうとした。たくましいヤギ飼《か》いの女には造作《ぞうさ》もなかった。鋲のはずれた鉄の首輪を両手でつかみ、ひと息でまっすぐにのばすと、遠くに投げ捨《す》てた。「さあ、カレイ。わたしらのクマさんがどんなお顔か、見てみよう！」

少女はすばやく器用《きよう》に指を動かして、固い生皮《なまがわ》の、頭と胴体《どうたい》部分をつなぐぬい目をたどった。ぬるま湯にひたしたきれいな布《ぬの》でそこをふいた。かわいた血とからみあった毛が分かれて、手もとがよく見えた。ぬい目がひとつ、またひとつと、首のまわりのじょうぶな糸が、アーネラに借《か》りたナイフで切られ、開いていく。クマの皮の下に手を入れ、首のうしろを守ってやりながら、カレイは下から頭のてっぺんに向かってきれいに切っていった。クマはじっとおとなしく横たわって、声ひとつ出さなかった。アーネラが手を貸《か》して、クマの頭の皮をはずしてやった。鼻づらの部分にはもともとのクマの骨《ほね》が残っていた。あらわれたのは、まぎれもなく人間だった！

男はだまって座《すわ》っていた。涙《なみだ》が濃《こ》い茶色の目からあふれだした。髪《かみ》は長く、あぶらぎって、カラスの羽のように真っ黒で、頭にへばりついていた。鼻はつぶれて、肌《はだ》は青白くロウのようだった。頬骨《ほおぼね》の高いところから頬ひげが生え、くちびるをおおうほどにのびている。首のまわりには首輪《くびわ》のくぎでできた無数《むすう》のかき傷《きず》や切り傷のあとがあった。歯は黄ばんでよごれていたが、健康《けんこう》な歯のようだった。見た目からは判断《はんだん》がむずかしかったが、年のころ二十才《はたち》かそこらに見えた。男はいっときもカレイの顔から目をはなさなかった。

ネッドはおどろいて首をふりながらいった。「へええ、こんなことってあるんだ！」

ベンはまったく同じ思いでドミニクにいった。「もしかして、きみもぼくと同じことを考えてる？　見てよ、あの顔！」

これまでたくさんの顔を見て勉強してきたドミニクは、その顔立ちに視線《しせん》を走らせた。「いい顔だ、ベン。力強い顔だ。あれだけ大きなクマの皮だ、なかにいるのはとても大きい男だろう。ああいう顔を、教会や大聖堂《だいせいどう》の絵で見たことがある。想像《そうぞう》を絶《ぜっ》する苦しみを味わった聖者《せいじゃ》の顔だ……」

カレイはぼうぜんとしていて、アーネラが手のナイフを取りあげたのにも気づかなかった。アーネラは手首のまわりの皮に切れ目を入れて若者《わかもの》の両手を自由にした。

カレイがささやくように若者にいった。「あんたはだれ？　口がきける？」

若者は自分ののどもとにふれて、低くうめいた。「ダモ……！」

ドミニクとベンは同時にさけんだ。「アダモ！」

上《のぼ》る太陽のようなほほえみがアーネラの顔をぱっと明るくした。「あのときの男の子！　やっぱり！　やっぱりそうだったんだ！　アダモ、あんただよねえ！」

アダモは大女の顔を見て、笑顔《えがお》になりかかった。おぼえているよ、というかのように、くちびるからうなり声がもれた。カレイがこの場を引きとっていった。「ねえみんな、森のなかに道があるかどうか調べてきてよ。アダモはこんな顔でおじさんの家に帰るわけにはいかないよ。あたしがきれいに身づくろいするのを手伝う。アーネラ、ナイフの刃《は》をといであたしに貸《か》してくれない？」

アーネラはよしきたとばかりに、ナイフの刃を皮の帯《おび》の上で勢《いきお》いよくとぎながら、つぎつぎに指示《しじ》を出した。「ベン、あの棚《たな》の上の箱にわたしがつくった薬草の塗《ぬ》り薬があるから、持ってきて。ドム、もっとお湯をわかして。それからこの古い髪止《かみど》めを櫛《くし》のかわりに使いなさい。さあ、ネッド、外に行って道をさがそう。男の子たちもついてきなさい！」

一同はまぶしい朝の光を浴《あ》びて、すさまじい地すべりでできた雪の堤《つつみ》の高みから地形を調べた。遠くの丘陵《きゅうりょう》は一面みずみずしい緑だが、ところどころヒースの紫《むらさき》っぽいもやがパッチワークのように散《ち》っている。小川の水が、新たな川すじにそってキラキラときらめいていた。ふもとの谷間から舞《ま》いあがったヒバリが、すみきった空気のなかでさえずっていた。

ベンは犬の考えに耳をかたむけた。「なんていい日だ！　生きていてよかったって思うような日だね。天使さまにフライング・ダッチマン号から救《すく》っていただいてよかったよ。伯爵《はくしゃく》もこの地方の人もみんな、よろこぶだろうねえ。アダモは見つかったし、ラザンのわざわいはもうなくなったから！」

ベンは心のなかで答えた。「ああ、ネッド、これで使命ははたせたね。ここをあとにして去っていかなければならないと思うとさびしいよ。でも長居《ながい》して、みんな老《ふ》けていくのに、ぼくたちだけこの若《わか》さでいるわけにもいかないし」

ドミニクは友のかげった青い目に気がついた。「どうした、ベン？　急に悲しそうになって」

ベンに答えるすきもあたえず、ネッドが体あたりして雪のなかに押《お》したおした。胸《むね》の上に乗ってベンの顔をすごい勢《いきお》いでなめながら、しかった。「ほーらこれだ。だめだよ、泣きべそは。ネッドさまがみじめな気分なんかけちらかしちゃうぞ。なめてあげるから、さあさ、笑顔《えがお》だ、笑顔！」

アーネラとドミニクは思わず吹《ふ》きだしてしまった。ベンがネッドをはらいのけようともみあって、けんめいにせがんでいる。「やめて！　どけ！　べろべろなめるな！　笑顔だよ、ぼくは！　元気だってば、起こしてくれ！　頼《たの》む！」

アーネラは犬をベンから引きはなした。「どうしちゃったの、あんたたち？」

ベンはもがいて立ちあがると、体についた雪をはらい落とした。

「ドミニクがへんなことをいいだすもんだから。ネッドはぼくを笑わせようとしただけ。さがれ、ネッド！　さがるんだ！　ほらね、ぼくは元気だよ」

ヤギ飼《か》いの女はネッドをまるでヤギみたいにわきの下にかかえると、洞穴《ほらあな》にもどっていこうとした。「さあて、アダモがどうなってるか、見にいこう」

カレイは洞穴の外に腰《こし》を落《お》ちつけて、朝の光をアダモといっしょに楽しんでいた。一同が雪の上をバリバリ音を立てて近づいてくるのを見て手をふった。「見て、このハンサムな人！」

若者《わかもの》は頰《ほお》を赤らめ、はずかしそうにほほえんだ。カレイがアダモの顔を洗《あら》い、ひげをそり、髪《かみ》も切ってやっていた。

アーネラは息をのんだ。「ちょっと、これがラザンから救《すく》いだしたむさくるしいクマ？　見て、このモモみたいなきれいな肌《はだ》。それにこの長いまつげ！　若《わか》い娘《むすめ》ならどんなお金積《つ》んでも手に入れたいって思うようなまつげだ！　カレイ、あんた、町にもどったら、ヴェロンの女たちにこの人取られないようにね！」

カレイはアダモの大きく力づよい手をにぎっていいった。「女たちがちょっかい出したら、あたし戦《たたか》うわ！　でも、まだ人前に出るのは早いよ。体に合うまともな服がないから。大きな人だもん。アーネラより大きいくらいだよね。それに肩幅《かたはば》も広い。借《か》りたマントの下で、まだクマの皮を着てるんだ。だから、まだ半分人間で、半分クマなの。そうよね？」

ベンはアダモが背《せ》をかがめ、クマをよそおってうろついているところしか見たことがなかった。だから、まっすぐ立った姿《すがた》にはびっくりした。カレイのいうとおりだった。アダモは大きな男だった。しばらく神妙《しんみょう》にして、やわらかな茶色の目で一同の顔をつぎつぎと見た。それから、派手《はで》な笑《え》顔《がお》になってニッと笑うと、両手を大きく広げた。マントが割《わ》れて、首から足まで着ているクマの皮が見えた。アダモはひょうきんに踊《おど》りだした。前に後ろにはね、幅の広いぼてぼての詰《つ》め物でくるんだ足をけりあげ、毛でおおわれた両手をぐるぐる回した。ネッドのうれしそうなほえ声が、笑い転げている一同の声と混《ま》じりあった。

アダモはへんてこりんなおじぎをすると、もがくようにしてひとつの言葉をいった。

「じ……ゆ……う！」

28

ヴェロンの伯爵《はくしゃく》ヴァンサント・ブルゴンは、壁《かべ》に囲《かこ》まれた美しい庭園のあずま屋《や》に座《すわ》っていた。もう午後だというのに、まだ寝巻《ねまき》とガウンを着たままだった。見るからに老《ふ》けてげっそりとやつれていた。サンダルをはいた足の上を小さなコガネムシがのそのそと歩いていた。一羽のカササギが、開けはなった窓《まど》わくの上をぴょんぴょんと飛びあるいた。そのどちらも老人《ろうじん》は無視《むし》して、砂利《じゃり》の小道と境《さかい》をなす、色あせた花々をしょんぼりと見つめた。

老人の心はうつろだった。カササギはコガネムシを見つけた。いまにも飛びおりてきて虫をついばもうとしたそのとき、足音がした。鳥は飛びたち、おかげでコガネムシはその短い寿命《じゅみょう》が思いがけずのびることになった。

老人と同じように年寄《としよ》りながら、元気いっぱいの料理人《りょうりにん》マチルドが、あずま屋にせかせかと入ってきて、ご主人のわきの凝《こ》ったかざりのテーブルに食べ物と飲み物のお盆《ぼん》を置《お》いた。そして、ぞんざいにいった。「まだかかしみたいに座っているんですか、ええ？」

ガウンのそで口で目をふいて、伯爵はうんざりと答えた。「あっちへ行け、わしをひとりにしておいてくれ」

だが、マチルドは出ていこうとしない。「外の市《いち》の物音が聞こえないかね？　わたしにゃ聞こえるがね。ちゃんと服を着て、出かけたらどう？　気分が晴れるよ。もう夏も終わりになるというのに、だんなさまときたら、朝から夕方まで、来る日も来る日も、こわれた古い銅像《どうぞう》みたいに座《すわ》ってるんだから」

老人《ろうじん》はため息をついて、親指のつま先から床《ゆか》に苦労《くろう》して下《お》りようとしているコガネムシを見つめた。「すこしだまっていろ、マチルド。わしの人生だ、好きにさせてもらうよ。キッチンにもどれ」

マチルドは負けずにお盆《ぼん》をコッコツたたくと、お説教《せっきょう》をつづけた。「そんなじゃ、がい骨《こつ》になっちまうよ。なにか食べなさい！　今朝《けさ》だっておいしい朝食を出してあげたのに、手もつけやしない。だからこうして大麦《おおむぎ》とにらネギ入りのチキンスープをつくってきてあげたんだよ。それにほら、焼《や》きたてのパン、クリームチーズ、ブランディを落とした牛乳《ぎゅうにゅう》。さあ、食べてみて。ほんのちょっとでいいから」

伯爵はしわの寄《よ》った顔をマチルドのきびしい視線《しせん》からそらした。「さげろ、腹《はら》はすいていない。だれか召使《めしつかい》にやってくれ。食欲《しょくよく》がないんだ」

忠実《ちゅうじつ》なマチルドは主人のそばにひざまずいて、声をやわらげていった。「どうしたの、ヴァンサント。なにをなやんでいるんですか？」

ふたたび、伯爵はそでロで目をふいた。「わしは老《お》いぼれのおろかものだ。いや、もっとわるい。

浅《あさ》はかな老《お》いぼれのおろかものだ。ばかな思いつきで、三人の若者《わかもの》と一匹《ぴき》の犬を死に追いやってしまった！」

マチルドはきっぱりと立ちあがると、態度《たいど》を変えた。「おや、またそれかい！　ええ？　あれはだんなさまのせいじゃない。あの子たちがすすんで申し出たんだ。ふん！　浮浪者《ふろうしゃ》どもめ、もどってこなくても当然《とうぜん》だ。わたしにいわせりゃ、きっとラザンの仲間になったんだよ。みんな同類《どうるい》だよ、みんな！」

伯爵《はくしゃく》が目を一瞬《いっしゅん》かっと見ひらき、館《やかた》のほうを指さすといった。「行け、この口のわるい下品《げひん》なばあさん！　行け！」

マチルドはむっとして、その場をはなれながら、つぶやいた。「そうですか、わたしゃブルゴン家に忠誠《ちゅうせい》をつくしたけど、じきに肝心《かんじん》の伯爵は死ぬんだね。飢《う》え死《じ》にしてさ。そうなったらヴェロンはどうなる？　ええ？　ラザンのやつらが押《お》しよせてきて、村じゅうやつらのものになっちまうんだ。きっとそうなるから！」

伯爵はそれに答えるというより、自分自身に語りかけるようにつぶやいた。「どうして神はこんなおろかものを、人の上に立つものに選びなすったのだ！　あんなに年月がたっているのに、アダモがまだ生きていると思うなんて、わしは自分をあざむいていたのだ。あの若い美しい娘《むすめ》、気立《きだ》てのよい少年ふたり、それにあのかしこい犬。みんなの命がこのおろかな老人《ろうじん》の欲望《よくぼう》のせいで失《うしな》われてしまった。ああ、神さま、どうかわしのしたことをおゆるしください！」

伯爵の鍛冶屋《かじや》でうまや番のガラートがあずま屋《や》の階段《かいだん》を三段のっそりと上《あ》がってきた。たくましい腕《うで》を片方《かたほう》、伯爵《はくしゃく》のひじの下に入れて、やさしく立たせていった。「もう、おうちのなかに入る時間ですよ。だれかにこの食べ物を部屋《へや》まで運ばせましょうか？　そのスープはまだ熱《あつ》そうですから、あとで食べたくなるかもしれませんよ」

首を横にふって、伯爵はおとなしく支《ささ》えられていった。「食べ物はおまえの好きにしたらいい。寝室《しんしつ》に連《つ》れていってくれ、ガラート。わしはつかれた」


今日は市《いち》の最終日だった。帰りが長い道中になることもあって、何人かは早めに発《た》っていた。のろのろ動く牛に引かせた二輪《りん》の荷車《にぐるま》に座《すわ》っていたのは、農夫《のうふ》とその妻《つま》と十代の娘《むすめ》だった。荷車はヴェロンの町の壁《かべ》の門まで来たが、そこで足止めを食《く》った。ふたりの新米《しんまい》の番兵《ばんぺい》と五人の旅人がいいあらそいをしていたからだ。農夫は牛の手綱《たづな》をにぎりしめたまま、門の外のいさかいがつづいているあいだ、辛抱《しんぼう》づよく待った。

カレイの声がひびきわたった。「五サンチームだって！　そりゃぼったくりだ！　このまえここに来たときは、ひとり二サンチーム、犬は一サンチームだったんだよ。伯爵呼《よ》んできてよ、よろこんであたしたちをただで通してくれるから！」

ふたりの番兵のうちの背《せ》の高いほうは、家出した農家の少年といったふうの若《わか》い男だったが、カレイの言葉を聞いて笑った。「ハハハ、伯爵の友だちだって！　よくいうよ。おれたちはこの仕事じゃ新米かもしれない。けど、ばかじゃないぞ。市の入場《にゅうじょうりょう》料は値上《ねあ》げになったんだよ。どうやっておれたちの給料《きゅうりょう》はらってると思ってんだ、ええ？」

アーネラがけわしい声で答えた。「なまいきな口きくんじゃない。パンチ食《く》らわすよ。隊長《たいちょう》どこさ？　ここに呼《よ》んできな、話がわかるから！」

小柄《こがら》なほうの番兵《ばんぺい》は相棒《あいぼう》よりさらに若《わか》かったが、礼儀《れいぎ》ただしく、まじめだった。「奥《おく》さん、隊長はご自宅《じたく》のキッチンで食事中です。ここに来られるまで待っていただくしかありません。おれたちも持ち場をはなれるわけにはいかないんです。入場料《にゅうじょうりょう》さえはらってくれたら、あとで隊長はよろこんで話しあいにきてくれるでしょう。でも、ここであなたたちをただで通す権限《けんげん》は、おれたちにはないんです。わかりますか？」

カレイがその気になっていった。「わかった。じゃ、いくらなの？」

背《せ》の高いほうが論争《ろんそう》を引きとった。「ええと、ふたりの女性《じょせい》はそれぞれ五サンチーム、もうひとりも同じ。ということは、ええと、ぜんぶで二十サンチームいただこう」

カレイがばかにしたように笑った。「どこで数えかた習ったの？」

番兵は無視《むし》して先をつづけた。「犬は三サンチームとして、ええと、ヤギはそれぞれ一サンチームだが、まず数えてからな！」

アーネラがまえに進みでた。いまにも爆発《ばくはつ》しそうだ。「もうたくさんだ、ばかばかしい！　なかに入れて！　伯爵《はくしゃく》に用があるんだ。そこをどけ！」

番兵の槍《やり》がアーネラの目のまえで交差《こうさ》し、行く手をはばんだ。アーネラは背の高いほうの番兵をおどして指をふりつけた。

「その槍ひったくって、おまえたちの首に巻《ま》きつけ、お尻《しり》ぺんぺんしてやろうかね、どうだい？」

農夫《のうふ》の妻《つま》がゲートを通ってきてこのいさかいに口を出した。自分の財布《さいふ》からコインを取りだすと、それを番兵《ばんぺい》たちにさしだした。「その人たちを通してやって。はい、五フランあげるから！」そしてカレイに向きなおるとほほえんだ。「わたしをおぼえてる？　ヴェロニクさん」

頭の回転の速い娘《むすめ》は、一瞬《いっしゅん》ですべてを思い出した。はじめてヴェロンに来たときに、運勢《うんせい》を占《うらな》ってやったホットケーキ売りだった。

「わあ、ジルベールさん、また会えるなんてうれしいなあ。あたしたちの入場料《にゅうじょうりょう》をはらってくれてありがとう。いまは、そのう、仲間といっしょなんだ。でも、ちょっとお金がたりなくてね、運勢を見る仕事はこれからだから。わかるでしょ？」

農夫の妻はわけ知り顔でうなずいた。「ええ、わかるわよ。ヴェロニクさん」そういってカレイにウィンクした。「あの日、あなたにお世話になったもの、せめてこれくらいさせてちょうだい。わたしはもうジルベールさんじゃないの。あの農夫と結婚《けっこん》したの、だからフラーヌさんになってとても幸《しあわ》せ。あなたの忠告《ちゅうこく》にしたがってよかったわ。荷車《にぐるま》にいるのが、わたしの夫《おっと》と、娘《むすめ》のジャネットよ。ホットケーキの店はいい値段《ねだん》で売れたし、いまはほんとうに幸せなの、あなたのおかげで。さあ、もう行かなくちゃ。農場までは遠いから。さようなら、ヴェロニクさん――ええと、本当の名前がヴェロニクならばってことだけど、そう？」

カレイはこの気っぷのいい婦人《ふじん》の頬《ほお》にキスしながら、耳もとでささやいた。「ええ、その名前のときもあるわ。お幸せに、フラーヌさん！」

ガラートは伯爵《はくしゃく》を寝室《しんしつ》に運んだ。そのあと、キッチンに腰《こし》を落ちつけて、伯爵が手もつけずに残した食べ物をつぎつぎと平《たい》らげながら、マチルドが大きなスモモのパイの端《はし》にひだをつけていくのを見まもった。「うーん、うまそうだな、そのパイ。だんなさまは夕食にそれ、ひと切れくらいめしあがるんだろ？」

マチルドはパイの中央《ちゅうおう》に切れ目を入れた。「めしあがってくれればいいけどさ、わたしゃ心配で心配でたまらないよ。いいものをちゃんと食べないから、いまにも消えそうにやせ細ってさ。それと、頭のなかになやみをこさえてしまって……」

キッチンのドアに遠慮《えんりょ》がちのノックが聞こえて、マチルドのぼやきがとぎれた。怒《おこ》ったような声で答えた。「はい、どなた？」

ふたりの番兵《ばんぺい》のうちの小柄《こがら》なほうが顔をのぞかせた。敬意《けいい》を表《ひょう》して帽子《ぼうし》を取り、もじゃもじゃの髪《かみ》をさらした。「奥《おく》さん、隊長《たいちょう》に広場で会ったら、こいつらを伯爵に会わせに連《つ》れていけと命《めい》じられました」

マチルドは粉《こな》だらけの手をエプロンでふきながらたずねた。「こいつら？　こいつらってだれ？」一頭の雄《おす》ヤギが番兵《ばんぺい》を押《お》しのけて、キッチンに迷《まよ》いこんできた。「メーッッッ！」

マチルドは麺棒《めんぼう》をつかむとさけんだ。「こらーっ！　その獣《けもの》をキッチンから追いだして！　ガラート、助けて！」

番兵がわきに押しやられた拍子《ひょうし》にドアが大きく開けはなたれ、ヤギの群《む》れがメーッメーッと鳴きながら入ってきた。そのあとにネッドと仲間の面々がつづいた。

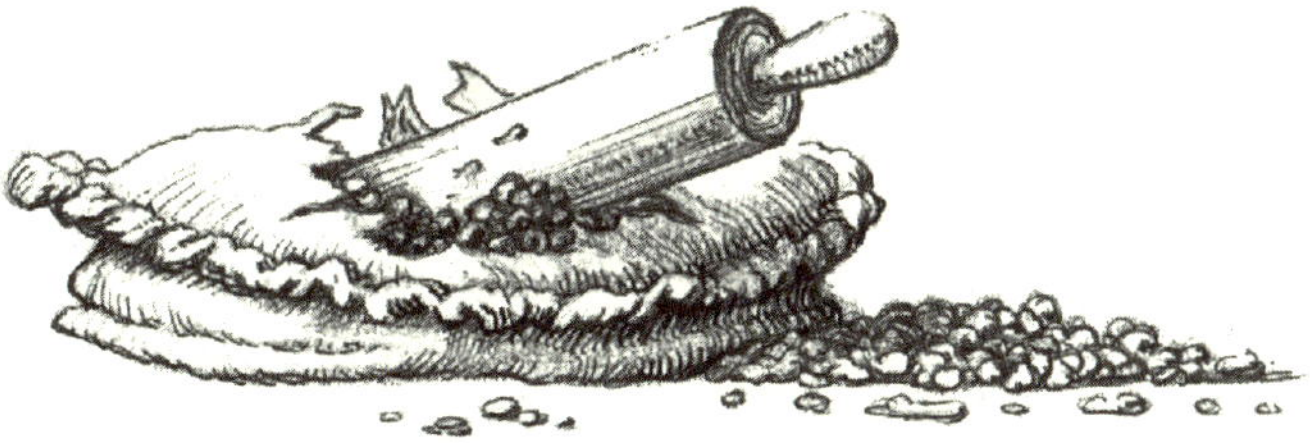

マチルドはとたんにベン、ドミニク、カレイに向かって麺棒《めんぼう》をふりまわしてさけんだ。「あんたら三人、やっぱりだ！　浮浪者《ふろうしゃ》に殺《ころ》し屋め、わたしのキッチンから出てお――ワッ！」

　マチルドは片手《かたて》でぴしゃんと自分の頬《ほお》をたたいた。棒《ぼう》がパイの上に落ちて、パイがつぶれた。クマの皮を着た男を見たマチルドは、ぐらっとよろめいてテーブルの端《はし》につかまった。

　ガラートもその姿《すがた》を見ると、ふるえる声でいった。「エドアールさま……生きておいでだったか？」

　マチルドはすぐにわれにかえっていった。「ばか！　エドアールじゃない！　坊《ぼ》っちゃんのアダモだ……でも、でも……大人《おとな》になってる！」

　アダモはヤギの群《む》れを押《お》しのけ押しのけ、おさないころ母親がわりだった料理人《りょうりにん》のそばに行った。「ああ、チルド！」そういって両腕《りょううで》で抱《だ》きあげると、テーブルの上にのせた。

　マチルドはアダモをはなそうとせず、キスの雨を降《ふ》らせた。「ねえ、ガラート、ちゃんとわたしをおぼえてるんだ。チルドっていって！　小さいとき、そうわたしのことを呼《よ》んだんだよ。アダモ！　ああ、もどってきてくれたんだねえ！　わたしのアダモ！」

　焼《や》かれないままのスモモのパイが床《ゆか》にすっとばされていた。パンチロと、クローヴィス、アイアースのチビがそれを食べてかたづけるのを、アーネラはうらめしそうにながめた。「ああ、焼《や》いてさえあったら、ひと切れでも食べるのになあ。もう何年もスモモのパイなんて口にしてないよ」

それからだいぶかかって、キッチンが元どおりきちんとなった。アーネラがヤギたちを庭に追いだすと、ヤギたちはすぐに花、草、葉っぱなど、食べられそうなものを食べはじめた。マチルドは旅人五人をテーブルにつかせて、手品《てじな》のようにつぎつぎと食べ物を出した。そしてアダモのそばを通るたびに、いとしそうに抱《だ》きしめた。

「はい、坊《ぼう》や、このアーモンドケーキを食べなさい。それと焼きプリンも。オーブンに入ってるビーフシチューはすぐにあたためられるからね。ニンジンとカブのつけ合わせも。ガラート、もっとビールや牛乳《ぎゅうにゅう》を持ってきて。ああ、その干《ほ》しぶどう入りのタルトもちょっとあったためよう。食べて、さあ、みんな！　食べて、食べて！」

秋のはじめの真《ま》っ赤《か》な夕焼《ゆうや》けの光がキッチンの窓《まど》からさしこんでくると、ガラートがランタンにつぎつぎと灯《ひ》をともした。そうしながらも、アダモのほうをふりかえっては、首をふる。「そんなりでは伯爵《はくしゃく》のお部屋《へや》にお通しできませんねえ」

マチルドは果物《くだもの》の汁《しる》のついたエプロンを新しいのと取りかえた。「そうだね。おどかしてあのお年寄《としよ》りを死なせてしまうかもしれない。ガラート、エクトールにいいつけて、熱《あつ》いお湯わかさせて。それをうまやの大きな桶《おけ》いっぱいに張《は》って、ラベンダー水も入れなさい。わたしはこっそりエドアールさまの昔《むかし》の部屋に行くわ。あのかたの服がまだそのまま残っているから。あのかたはアダモと同じくらいの大きさだったから、ぴったり合うはず。そして、そのいやらしいクマの皮を燃《も》やすのよ！」

ネッドがテーブルの下から見あげた。そこで大きなポークチョップをかじっていたのだ。「アダモはきっと、自分で燃やしたいんじゃないかな。ねえ、ベン？」

ベンは犬の考えを受けてアダモにきいた。「クマの皮を燃やしたいかい？」

めずらしく青年はほほえんで、明るい顔になった。そして指でさしていった。「ぼく……それ……もやす……ベン！」

少年の不思議《ふしぎ》な青い目が笑《え》みをたたえて見かえした。「ああ、燃《も》やしたらいい！」

ベッドに寝《ね》たのを見とどけてガラートが出ていったあと、老伯爵《ろうはくしゃく》は心身《しんしん》ともにつかれはてていた。階下《かいか》でなにが起きているかつゆ知らず、深い眠《ねむ》りに落ちていった。二、三時間の昼寝が、まるひと晩《ばん》の眠りのように感じられた。だから、目ざめるなり、カーテンが開けてあり、黄昏《たそがれ》の赤くかがやく太陽の光が部屋《へや》全体にあふれているのを見て、すこしおどろいた。老人はとまどった。自分は起きているのか？　それとも夢《ゆめ》を見ているのか？

手びさしをして伯爵は目をしばたき、顔を上《あ》げた。ベッドのそばに、背《せ》の高い、ハンサムな男が自分を静かに見おろして立っている。不思議な、短いやりとりがあった――その訪問者《ほうもんしゃ》がたったひと言《こと》だけしゃべったのだ。「パッパ？」

ヴァンサント・ブルゴンは首をふった。「いやいや、わしたちのパパはもうずっと昔《むかし》に死んだ。

エドアール、ずっと昔《むかし》のことだよ。エドアール、おまえか？」

そこへ不思議《ふしぎ》な少年、大海原《おおうなばら》のはるか向こうを見ているような目をした少年ベンが来て、ベッドの上に座《すわ》った。「いいえ、伯爵《はくしゃく》、エドアールじゃありませんよ。その息子《むすこ》、アダモです。約束《やくそく》したとおりに連《つ》れて帰ってきました！」

目ざめているのか、夢《ゆめ》なのか、まだはっきりしないまま、老人《ろうじん》はうなずいた。「もちろん、そうだ。アダモは父親の顔を知らないからな。パッパと、あれはいつもわしのことをそう呼《よ》んでいた。ああ、だがそれはラザンにさらわれるまえの話だ」

だれにも止める間《ま》をあたえず、ネッドがベッドに飛び乗って、老人の顔をなめはじめた。ヴェロンの伯爵ヴァンサント・ブルゴンは、上体を起こしてはっきりと目ざめた。

何秒間か、伯爵は長いあいだ行方《ゆくえ》不明だった甥《おい》の顔をじっと見つめた。じょじょに記憶《きおく》がよみがえってきた。背《せ》の高い男の両手を取ると、自分の顔をその手のなかに押《お》しつけた。「アダモ、かわいい弟の息子《むすこ》、おまえか？　アダモ！　アダモ！」

29

それから三度、市《いち》が立ってはたたまれた。明け方のもやがどこかへただよって消え、からりとしたまばゆい秋の朝になった。ベンは鉄の火ばさみをにぎって、馬蹄《ばてい》をおとなしい白い雌馬《めすうま》の前足のひづめにあてていた。鍛練《たんれん》された金属《きんぞく》から青味をおびた灰色《はいいろ》の煙《けむり》がうっすらと上《あ》がった。

　干《ほ》し草の梱《こり》のいちばん上にいたネッドは、思わずひるんでベンに伝えた。「ウーッッ！　あんなことされて痛《いた》くないのかな。真《ま》っ赤《か》に焼《や》けてたよ！」

　ベンは心のなかで答えた。「もちろん、痛くないさ。馬たちは新しい靴《くつ》を合わせてもらってうれしいんだよ。ガラートが蹄鉄《ていてつ》をどうやって打ちこむか、教えてくれるんだってさ。おっと、じっとして、いい子だ。すぐに終わるからね」

　ネッドはおびえていった。「ええっ、かわいそうに！　くぎを打ちこむの？　ああ、出ていこ。きみとガラートがぼくに新しい靴をくれるっていいだすまえに！」

　梱から飛びおりて、黒いラブラドールはうまやの外の玉石を敷《し》きつめた庭に出たが、あやうくカレイとアダモがまたがった二頭の馬にひかれそうになった。娘《むすめ》はいわずもがなのひと言《こと》をかけた。

「気をつけて、ネッド！　ひかれるよ！」

ネッドは口に出すことのできない反発《はんぱつ》をほえ声にした。「足にくぎ打ちこまれるくらいなら、ひかれたほうがまだましだ。見た？　あのふたりが馬になにしているか。アーネラならヤギにあんなことしないよ！」ネッドはほえながら、ヤギ飼《か》いの友だちをさがして走っていった。

カレイが笑った。「ねえ、マチルドが昼食になにをつくってくれてるか、見にいこうよ。ごちそうだと思うな。ああ、おなかぺこぺこ！」

アダモは手を貸《か》してカレイを馬から下《お》ろしてやった。娘《むすめ》の髪《かみ》をふざけてひっぱるようにして、ゆっくり、つかえつかえいった。「いつも……ぺこぺこ、カレイ！」

カレイはやさしい目でアダモを見あげた。「あら、よくいうね。自分がどれほど食べてるか、わかってる？」

むじゃきに答えるアダモの茶色い目がいたずらっぽかった。「ぼく、きみより大きい。アダモ、もっと食べ物ひつよう！」

アーネラはあずま屋《や》で、生後ひと月の赤ちゃんヤギをひざに抱《だ》いて座《すわ》っていた。ドミニクは窓《まど》わくの上にちょこんと座って、この両方を絵にかいていた。絵筆《えふで》も絵の具もカンバスもカンバスのかけ台も、伯爵《はくしゃく》からのおくりものだった。ネッドはぶらぶらとやってきてヤギ飼いのとなりに座り、ひざに前足をのせて、おとなしくアーネラと子ヤギを見あげた。

絵かきは感心してくすくす笑った。「そのまま、ネッド。文句《もんく》なくいい絵になる。えらいぞ、いい犬だ！」

犬はそのポーズで固まったまま、アーネラやドミニクにはけっして届《とど》かない思いを発信した。

「どうしてここに座《すわ》ったと思う？　目が片方《かたほう》しかない人だって、あの絵はバランスがわるいってわかるよ。見て、ぼくがこうしていい光のなかで、気高《けだか》い横顔を見せて座ってるさまを。ぼくに絵を描《えが》かせてくれたら、しっぽの先で傑作《けっさく》を二、三点すぐに仕上《しあ》げてみせるんだけどなあ。かくれた才《さい》能《のう》ってやつよ。ラブラドールのあいだじゃ、ごくあたりまえの話！」

赤ちゃんヤギが鳴いた。「メーッッッッッ！」

ネッドはそっちにちらと目を走らせた。「おまえにきいてないよ」

その日の昼食は、キッチンでかんたんにすませるような代物《しろもの》ではなかった。マチルドはほかの人にキッチンに入ることもゆるさず、シーッと追いだした。

「あっち行って、手を洗《あら》って、着替《きが》えておいで、さあ、みんな！」

アダモが文句《もんく》をいった。「みんな、おなかすいてる、食べさせて、チルド！」

この頼《たの》みにも料理人《りょうりにん》の気持ちは変わらなかった。「だんなさまがみんなを食堂《しょくどう》に集めておくようにとおっしゃったんだよ。昼食は一時間後、さあ、あっち行って！」

ネッドは二階に上がりながら、ベンに伝えた。「伯爵《はくしゃく》はなんか特別《とくべつ》な話があるんじゃないかな」

ベンが階段《かいだん》のとちゅうで立ちどまった。「ぼくもそう思った。この二、三日、なんか気持ちが落ちつかなくてね。ヴェロンに来てもうだいぶたつしな。長居《ながい》しすぎたかもしれない」

ネッドはベンの手をなめた。「天使さまがぼくたちのこと忘《わす》れてしまったって思いたいけど、むりだろうな」

ベンはため息をついた。「天使さまはなにひとつ忘《わす》れないよ」そして肩《かた》をすくめると、つとめて明るくいった。「いらない心配かもしれないぞ。さあ、行って着替《きが》えよう！」

そういって階段《かいだん》をかけあがりながら、聞こえてきた犬の言葉に大声で笑った。「どうしよう。ぼくはなにを着ようかな？」

食堂《しょくどう》に入ってきたヴァンサント・ブルゴンは、頭のてっぺんからつま先までヴェロンの伯爵《はくしゃく》そのものだった。最高の絹《きぬ》と麻《あさ》の服に身をつつみ、髪《かみ》もひげもきちんと切りそろえられ、足運びは元気でかくしゃくとしていた。客たちの目にはいままでの伯爵より何才も若《わか》がえったように見えた。

食卓《しょくたく》を七つのいすが囲《かこ》んでいた。ネッドはテーブルの下に陣取《じんど》り、すでにあぶった豚《ぶた》の骨《ほね》をかじっていた。ベン、ドミニク、アーネラ、カレイ、アダモは笑ったり、おしゃべりをしたりしながら、この家の主人にふるまってもらった新しい服を着こんで座《すわ》っていた。

伯爵がいすに座った。わざと重々《おもおも》しく食卓の表面をドシンとたたくと、声を張《は》った。「なんだ！わしの客人《きゃくじん》たちは空《から》の皿をながめて座っているだけか！　おい、うちのなまけものの料理人《りょうりにん》はどうした？　どうせ、オーブンの火のそばでいねむりをしているんだろう。わしは自分の家のなかでまともな食事も出してもらえんのか？」

マチルドが入ってきた。そのあとにふたりの召使《めしつかい》が、食べ物をたくさん積《つ》んだワゴンを押《お》してつづいた。人をばかにしたような冗談《じょうだん》は、観客《かんきゃく》をまえにしてもけっしておとろえてはいなかった。マチルドは指を一本伯爵に向かってふりつけた。

「お昼食はもう十五分まえからできていましたよ。だんなさまがよろよろ二階から下《お》りてくるのを待ってね。オーブンの火のまえでいねむりだって！　ふん、わたしがいねむりするとしたら、あんたさんをオーブンに入れて、すこしゃその老骨《ろうこつ》に焼《や》きを入れるだろうよ。このもうろくじいさんが！」

ベンとその仲間たちは、ふたりが気持ちよさそうに相手をばかにしあうようすを見て、笑いころげた。

「うるさい、むかつくごくつぶしばあさん！」

「おや、さっさとあっち行って、お昼寝《ひるね》でもどうぞ。もごもごわけのわからないこという、よだれ垂《た》らしのじいさまが！」

伯爵《はくしゃく》は立ちあがった。「わしがそんな侮辱《ぶじょく》を受けて立つと思うか！」

マチルドはカレイとアダモにウィンクすると、やりかえした。「じゃあ、座《すわ》りなさい！」

伯爵はくすくす笑った。そして自分のとなりの空《あ》いているいすをとんとんとたたいていった。

「いや、いや、マチルド、ここにおまえが座るんだ。ここ、わしの横に。今日は召使《めしつかい》の女の子たちに給仕《きゅうじ》させたらいい」

マチルドが反対《はんたい》した。「料理人《りょうりにん》はご主人さまといっしょの食卓《しょくたく》になど座らないんだよ。そんなこと聞いたためしがない！」

だが、ヴェロンの伯爵は議論《ぎろん》をしようともしなかった。「わしの命令《めいれい》だ、ここに座っていっしょに食事しなさい。昼食が終わったら、みんなにとって大切な話をしよう！」

食事はおいしかった。湯気《ゆげ》の上《あ》がっているマッシュルームスープのあとは、サラダ、チーズの盛《も》りあわせ、ハム、黒パン、たまご、コイの焼《や》き物。あつあつの果物《くだもの》入りケーキのクリーム添《ぞ》えがデザートに出てきて、一同はリンゴ酒《しゅ》、フルーツジュース、それに鉱泉水《こうせんすい》で割《わ》った地酒《じざけ》のワインも飲んだ。

ベンは仲間たちとの気さくな毒舌合戦《どくぜつがっせん》や会話にうなずいたり、ほほえんだりしていた。でも、本当はネッドと気がかりなことを話しあっていたから、ほとんど耳に入っていなかった。

犬はテーブルの下で、ご主人の足に前足をのせて意見をいった。「どうしてかわからないけど、なんか落ちつかないんだよ、ベン。なんだろうね」

少年は下に手をのばして、犬のすべすべした耳をなでた。カレイと出会った夜に、夢《ゆめ》のなかで天使から聞いたお告《つ》げが思い出せない。森でのあの夜のことは、遠い昔《むかし》のようだった。

ベンはあまり心配していると思われないよう気をつけながら、ネッドに答えた。「不都合《ふつごう》が起きたら、天使さまが教えてくださるよ。でも、不思議《ふしぎ》だなあ。つぎの旅について天使さまがおっしゃったお告げが思い出せないんだ。おまえは？」

ネッドはテーブルクロスのふちかざりの下から顔を突《つ》きだした。「ぼくもなんにも思い出せない。それが気になってね」

食卓《しょくたく》のまわりが急に静かになった。ドミニクがベンをひじでこづいてささやいた。「きちんと座《すわ》って、ベン。いねむりしてたの？　伯爵《はくしゃく》が話があるんだって！」

ベンはあわてて聞き耳を立てた。「ええ？　ああ、ごめん！」

伯爵《はくしゃく》は指から家の紋章《もんしょう》を彫《ほ》った大きな金《きん》の指輪《ゆびわ》をぬいた。伯爵の指には太すぎてするっと楽にぬけたが、それをアダモのたくましい手の指にはめるとぴたりとおさまった。

「これはおまえの父親の指輪だった。あれがヴェロンの領主《りょうしゅ》の位《くらい》を継《つ》ぐことになっていた。この指輪にはブルゴン家の紋章がついている。力をあらわすライオン、平和のハト、そして結んだロープは統一《とういつ》と団結《だんけつ》を意味している。わしの弟、エドアールの息子《むすこ》、アダモ・ブルゴン、おまえはその生来《せいらい》の権利《けんり》により、いまからはヴェロンの伯爵と名乗るがよい！」

食卓《しょくたく》を囲むみんなからあたたかい拍手《はくしゅ》がわいた。ネッドまでがテーブルの下からあらわれてしっぽをさかんにふった。マチルドはエプロンの端《はし》でうれし涙《なみだ》をふくと、新しい伯爵に向かっていった。

「さあ、伯爵、わたしらみんなになにかお言葉は？　スピーチは？」

アダモは立ちあがった。すらっと背《せ》が高く、たくましく、それでいておだやかで、幸《しあわ》せそうだった。その大きな顔がにっとくずれて笑顔《えがお》になると、居《い》あわせたもののみんなが心をゆさぶられた。アダモはおじぎをしてカレイの手を取ると、つっかえながらしゃべった。

「ぼくの……伯爵夫人《ふじん》に……なってくれますか、カレイ？」

娘《むすめ》の答えは聞きとれなかった。ただ、こっくりとうなずいた。

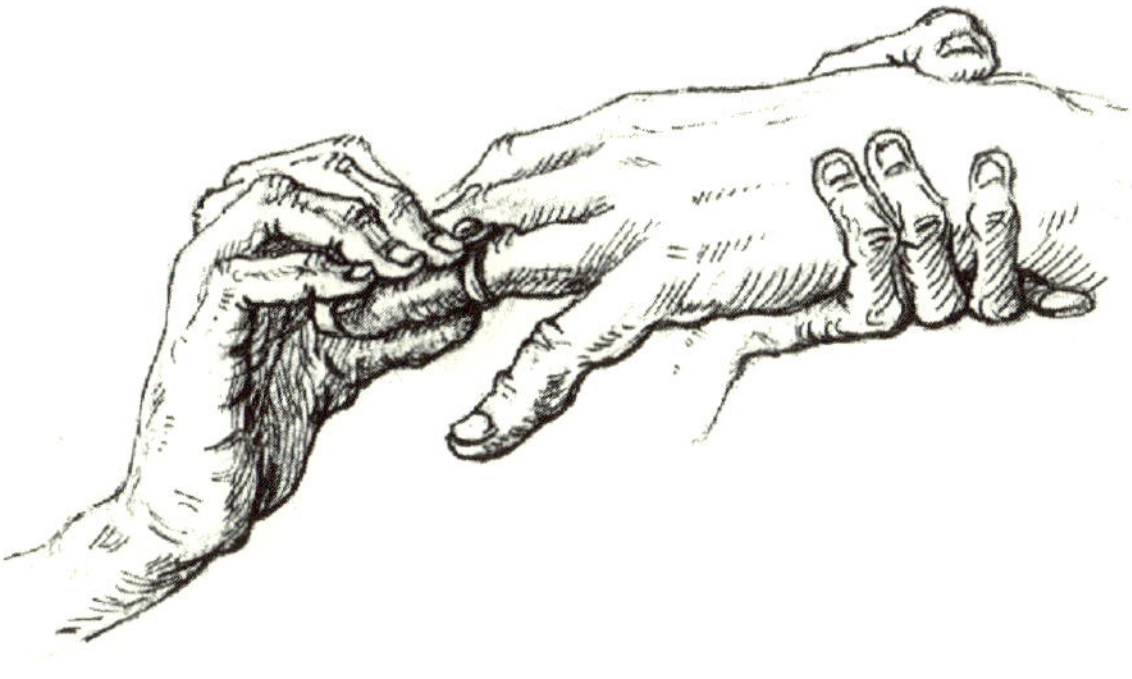

老伯爵《ろうはくしゃく》はふたりの手を取っていった。「おまえたちふたりのようすをずっと見てきた。これこそわしの望《のぞ》むことだ。ほかの友人たち、ベン、ドミニク、そして忠実《ちゅうじつ》なネッドが、アダモを取りもどしてくれたことに対して、わしはどのようにお返しができるか考えた。きみたちは召使《めしつかい》じゃない。金《かね》をさしだすのはいやしく、失礼《しつれい》にあたるだろう。だが、きみたちには愛してくれる親がいないね。それを考えてある決定に達《たっ》した。二、三日以内に、みんなで旅に出よう。目的地《もくてきち》はトゥールーズ。そこの大聖堂《だいせいどう》で、司教《しきょう》さまに相談《そうだん》し、裁判官《さいばんかん》にわしの願《ねが》いを伝えて公表しよう。わしはきみたち少年ふたりにわしの名前をあたえ、わが養子《ようし》としよう。そしてここで一家の一員として暮《く》らすのだ。そしてマチルド、おまえにはこの家でわしのつれあいとなってもらいたい。もうキッチンで料理《りょうり》したり、掃除《そうじ》することはない……」

ベンもネッドもヴァンサント・ブルゴンのあとの言葉を聞いていなかった。真夜中の稲妻《いなずま》のように天使のお告《つ》げがふたりの頭をいっぱいにし、ほかのすべてをかき消した。

子のない男が
おまえを息子《むすこ》と呼《よ》ぶだろう。
そのとき、おまえは去らねばならない。
顔を海に向ければ
もうひとりの男に会うだろう。
子のない父に、

旅立つまえに。
その男が子らを助けるのを助けなさい、
男の身内《みうち》となりかわって。

お告《つ》げの意味に気づいてはっとなったとき、マチルドの声が聞こえた。老伯爵《ろうはくしゃく》に口ごたえしている。「そんなことはいけません。これからずっと座《すわ》っているなんてごめんだよ。わたしは料理人《りょうりにん》、これからも料理人！　どっかの小娘《こむすめ》にキッチンを取られてなるもんか！　ベン、あんただいじょうぶ？　真《ま》っ青《さお》な顔してるじゃないの」

ベンは立ちあがった。ふらつき、頭がぼんやりしていたが、なんとかこの場にふさわしい答えをした。「すぐによくなります。ワインを飲みすぎたんだね、水で割《わ》ってあったのに。だいじょうぶだから、さわがないで。ちょっと外を散歩《さんぽ》して、いい空気を吸《す》ってきます。すぐによくなりますよ。ネッドもおいで」

ドミニクは友のかげった青い目のなかをのぞきこんだ。はるか遠くを見ているような悲しい目だった。「ベン、ぼくもいっしょに行こうか？」

ベンにはわかっていた。友はこれから起きることの真相《しんそう》を読みとるだろう。ベンは愛をこめた目で老伯爵、マチルド、アダモとカレイ、そして最後にドミニクを見た。ベンは二度、三度、目をしばたいた。「いいや、いいんだ、きみは残って。ネッドだけ来てくれればいいんだ」

そして、少年と犬は部屋《へや》を出ていった。

30

四日後の夕方近く、ベンとネッドは砂山《すなやま》の上に座《すわ》ってガスコーニュ湾《わん》をながめていた。もう泣けるだけ泣いて、涙《なみだ》もかれていた。ふたりはすごい速度で昼も夜も旅をし、疲労《ひろう》に負けたときだけ、行きあたりばったりに数時間の眠《ねむ》りをむさぼった。少年も犬もけんめいに前へ前へと歩いた。いつかは年を取ってしまう大好きな友人たちのあいだで、自分たちだけ若《わか》くいるのがいやだった。

ネッドはご主人の手を鼻づらでつついた。「ねえ、相棒《あいぼう》、顔を海に向けろっていうからさ、向けてるよ。ああ、腹《はら》ぺこだ。ベン、腹ぺこだよ！」

ベンはうわの空《そら》でうなずいて、返事をした。「考えてるんだよ。ぼくたちが会うっていうもうひとりの人はどこにいるんだろう？　天使さまの言葉の後半をおぼえてる？

顔を海に向ければ、
もうひとりの男に会うだろう。
子のない父に、

旅立つまえに。
その男が子らを助けるのを助けなさい、
男の身内《みうち》となりかわって」

ネッドが頭を左右にふると、耳がぱたぱた動いた。「ただのくだらない文に聞こえるけどね。もうひとりの、子のない父。子がない人が子らを助けるのを助けろなんて。それにだれだよ、身内って。子のいない父が子らを助けるのを助ける身内？　こんな文、さすがの犬にもわけがわからない！」

ベンはすぐに返事をしなかった。それまで見ていた海から、自分たちが座《すわ》っている砂丘《さきゅう》の頂《いただき》と背後《はいご》の木々に目を移《うつ》した。「ネッド、ここがどこか、わかるか？」

黒い犬は依然《いぜん》として天使のなぞの言葉を解《と》こうとしていた。「ううん、どうして？　いや、ちょっと待って。うーん、海だろ。丘《おか》だろ。それと小さな林……わかった！　ここはぼくたちがマリー号の運搬《うんぱん》ボートで流れついた場所だ。あらら、これでまたふりだしにもどったんだ！」

ベンは立ちあがり、手をかざして日をよけ、海のほうをふりかえった。ネッドが見あげた。「どうしたの？」

少年は砂丘をもう下《お》りはじめていた。「小舟《こぶね》が浜《はま》に向かって来る。漁師《りょうし》の船だろう。おいで。余《よ》分《ぶん》な食べ物があるかもしれない」

ネッドがあとを追って走りだした。「食べ物！　それって魔法《まほう》の言葉だ！」

ふたりが浅瀬《あさせ》に立っていると、小さな釣《つ》り舟《ぶね》が舳先《へさき》を向けて近づいてきた。ひとりの男が舳先にあらわれ、ベンの立っている方向にロープを投げて、さけんだ。「腹《はら》へってるのか？」

「ぺこぺこです！」ベンもさけびかえした。

その男は舟の横に飛びおりた。笑っている。「図星《ずぼし》だったな。まず船を干潟《ひがた》の線より上に持っていくのに手を貸《か》してくれ」

ネッドがロープの端《はし》をくわえた。ベンと男はロープを肩《かた》にかついでひっぱった。けんめいにがんばって、三人は畝《うね》のついたぬれた砂《すな》の上に舟をひっぱりあげ、海草や木ぎれなどを乗りこえて、干潟の線の上のかわいた砂地《すなじ》まで運んだ。

男はまずしい身なりで、裸足《はだし》のうえ、長時間さらされる潮風《しおかぜ》から身を守ろうとぼろぼろのマントを首のまわりに巻《ま》いていた。ベンとしっかり握手《あくしゅ》すると、ネッドの頭をなでた。「ありがとう。あそこにある木が見えるかい？　あれをすこし集めてもらえるかな？　生きのいいサバがあるんだ。パンもある。牛乳《ぎゅうにゅう》も。食事ができるぞ！」

ベンはほほえんだ。「魚を取ってくれたんだから、ぼくたちは木を取ってきます！」ベンが走りだすと、ネッドが追いぬいてうれしそうにいった。「パンに魚、腹がへってるときにはこれ以上のごちそうはないね！」

漁師《りょうし》はフライパンも持っていた。魚を三枚《まい》に下《お》ろして頭をはねると、ハーブときざんだタマネギといっしょにフライパンのなかに投げいれた。そしてマントをぬぎながら、湾《わん》の海面を親指でさした。

「満《み》ち潮《しお》のときに網《あみ》をかけると、このあたりは魚がよく取れる。ただし、潮が変わらないうちにやらなきゃな。ところが、あっというまに変わるから、沖《おき》で立ち往生《おうじょう》することになる」マントをゆるめたとき、下に白いえりと、長年着古《きふる》してすりきれた黒い神父《しんぷ》の法衣《ほうい》が見えた。男は神父だったのだ！

ネッドはあたたかい砂《すな》のなかにぬくぬくとうずくまって考えた。「ハハ、神父さまだ。神父さまには子はいないもんね。子のない父って、この人のことだよ、ベン！」

神父はベンに犬の分もふくめてじゅうぶんなパンをくれた。「ところで、こんなうらさびれた浜《はま》でなにをしていたんだ？」

ベンはパンを半分ネッドにほうり投げた。「ぼくたちは旅人なんです、神父さま。海ぞいにスペインに行こうとしているんです。そんなに遠くじゃないですから。このへんにお住まいですか、神父さまは？」

神父はフライパンにのせた六切れのサバの焼《や》けぐあいを見て、ナイフの刃《は》でひっくりかえした。「ああ、アルカションの郊外《こうがい》だ。そこに小さな教区《きょうく》を持っている。小さくて貧《まず》しい村だ……礼拝《れいはい》するのにわたしの家に集まるくらいでね。教会がもうだいぶまえに崩壊《ほうかい》してしまったんだ。基盤《きばん》が砂地で、建物《たてもの》の建材《けんざい》が安いせいで……という、よくある話だ」

ベンは舟《ふね》のなかに銀と黒の縞《しま》もようの魚がたくさんあるのに気づいた。「お仕事をまちがえましたね、神父さま。そんなに水あげできるのなら、りっぱな漁師《りょうし》ですよ」

神父はわびしげにうなずいた。「わたしは教区の人たちと助けあって暮《く》らしている。うちの漁師のショパールが先週腕《うで》を骨折《こっせつ》したんだ。だから、腕がなおるまで、わたしがかわりに漁《りょう》に出ることにした。ここいらの人たちはみんな素朴《そぼく》だ。素朴だがいい人たちばかりだ。みんな、わたしの子らだ。子であれば、食べ物をあたえてやらねばならないだろう」

サバはおいしかった。三人は黙々《もくもく》と食べて飢《う》えを満《み》たした。

ネッドが最初に食べおわり、ベンに伝えた。「この神父《しんぷ》さまの顔をよく見て。だれかに似《に》ていないかい？」

いわれてベンは男の顔をまじまじと見つめた。ネッドのいうとおりだった。目のあたり、引きしまったあごの線、鼻の形、うす茶色の頬《ほお》ひげには、見おぼえがあった。思わず言葉がベンの口をついて出た。「ぼくも船乗《ふなの》りだったんです。友だちに神父さまと同じ村の出《で》の人がいましたよ。アルカションの」

神父は指をなめて、魚の骨《ほね》を焚《た》き火のなかに投げいれた。「アルカションだって？　なんて名前だった？　家族を知っているかもしれない。うちの教区《きょうく》からも家出して船乗りになったものが何人かいる」

ベンはいまは亡《な》き海賊船《かいぞくせん》の船長の名前をいった。「ラファエル・チューロン」

瞬間《しゅんかん》、神父はおどろきのあまり目を大きく見ひらいた。ネッドが大急ぎで注意信号を送ってきた。「待って、相棒《あいぼう》、気をつけて。言葉を選ぶんだよ。必要《ひつよう》ならうそをついて！」

その男はあの船長と同じようにたくましい手でベンの腕をつかんだ。「ラファエル・チューロンはわたしの兄だ！……その男はわたしより八才ほど年上ではなかったか？」

ベンは新しくできた友人の視線《しせん》を避《さ》けていった。「はい、そのくらいでした、神父《しんぷ》さま。あなたによく似《に》ていましたけど、お兄さんも家を出て船乗《ふなの》りになってしまったんですか？」

やさしい神父さまは焚《た》き火に見入《みい》った。「ああ。うちの両親は貧《まず》しい農民《のうみん》だった。ラファエルには将来《しょうらい》神父になってほしいと願《ねが》っていたが、兄は暴《あば》れものでしじゅうトラブルに巻《ま》きこまれていた」そうして笑顔《えがお》になった。「わたしまで巻きこんでいたよ。暴れものだったが、いい兄だった。どうか、兄について知っていることがあったらなんでも教えてほしい。いまどうしている？　ラファエルはこんな田舎《いなか》を出ていけさえしたら、どっか遠い国でひと財産《ざいさん》つくってみせるっていってたが。そうなったんだろうか？」

なんと答えようかと考えをめぐらせながら、ベンはネッドに伝えた。「この人はいい人だ。この人にうそをつくのはまちがいだよ。神父さまとその子らを助けるのなら、本当のことを伝えるのがいちばんだ」

ネッドが答えた。「そうだね、相棒《あいぼう》。でも、天使のことはいっちゃだめだよ」

ベンは腕《うで》にかかっていた神父の手をやさしくはずしていった。「お知らせしたいことがあるんです。いいこととわるいことの両方です、マテュー」

神父はベンの神秘的《しんぴてき》な青い目の奥《おく》をのぞきこんだ。「どうしてわたしの名前を？」

少年はその目と目を合わせた。「お兄さんは、はじめて出会ったときに、あなたの話をしてくれました。お兄さんはぼくがいままで会ったなかでも、とりわけりっぱな人でした」じっとがまんしていたのに、こらえきれずに涙《なみだ》ぐんだ。

マテュー・チューロン神父《しんぷ》は、背《せ》を向けてひきはじめた潮《しお》に目をやった。「いわれなくてももうわかったと思う。ラファエルは死んだのだ！」

痛《いた》ましい知らせをやわらげるすべはなかった。ベンは深く息を吸《す》った。「それがぼくの悲しい使命です、神父さま。ラファエル・チューロン船長は亡《な》くなりました」

沈黙《ちんもく》のときが流れた。神父はゆっくりとくちびるを動かして亡くなった兄の魂《たましい》のために祈《いの》りの言葉をささげた。ベンとネッドはそれを無言《むごん》で見まもっていた。糸のほつれたそで口で涙《なみだ》をふくと、マテュー神父はベンのほうに向きなおってひと言《こと》いった。「船長？」

ベンは小枝《こえだ》を焚《た》き火にくべた。「はい、船長です。お兄さんが海賊《かいぞく》だったら、おどろきますか？」

一瞬《いっしゅん》、ベンは神父がまた泣きだしたのかと思った。だが、神父はくっくっと笑いながら首をふっていた。

「ちっともおどろかないよ。ラファエルは暴《あば》れん坊《ぼう》だったからね。きっといい海賊だっただろう」

マリー号に乗り組んでいた日々を思い出して、ベンは元気が出た。「チューロン船長はカリブ海でおそれられていましたよ。でも、ぼくたち――あの、ぼくはベン。これはネッドって、ぼくの犬だけど、お兄さんのもとで働《はたら》けて誇《ほこ》らしかった！」

満月《まんげつ》の明かりにてらされ、夜がふけていくなかで、ベンは浜辺《はまべ》の焚き火のそばにネッドとマテュー神父とともに座《すわ》っていた。そしてカルタヘナの居酒屋《いざかや》からガスコーニュ湾《わん》にいたるまでの話を残らず語った。神父は興奮《こうふん》に目をかがやかせて聞きながら、大冒険《だいぼうけん》の数々を頭に思い描《えが》いていた――

ヤシの葉の茂《しげ》る島々、スペインの海賊《かいぞく》ども、私掠船《しりゃくせん》、ゆけど果《は》てない大海原《おおうなばら》での追跡劇《ついせきげき》。最後まで話すと、ベンは水筒《すいとう》からたっぷりと水を飲み、ネッドのほめ言葉に耳をかたむけた。

「うまく話したね、よくやった。天使やヴェロンや、ラザンのことにふれなくてよかったよ。夏じゅうほとんど海岸ぞいにかくれて、拾い食《ぐ》いしていたっていうの、本当らしく聞こえたよ。ぼくだったらそんなにうまく話せなかったな」

マテュー神父《しんぷ》は少年とあたたかく握手《あくしゅ》した。「ありがとう、ベン。きみがラファエルをとても慕《した》っていてくれたことがよくわかるよ。兄の死をいたみ、祈《いの》ることにするよ。兄がとらえられ、並《な》みのおたずねもののように処刑《しょけい》されたのではないことを天に感謝《かんしゃ》しよう。兄は本物の船長らしく自分の船とともに沈《しず》んだんだね。それにしてもなんて男だったんだろう、わたしの兄は！　いろいろな国へ行き、さまざまな冒険《ぼうけん》をして――わたしもいっしょに船で旅したかったよ。ラファエルは並みの男だったら十回生まれかわってもできないほどのことを、一回の人生でやってしまったんだ！　だが、わたしにはめんどう見なくてはならない教区《きょうく》があり、まずしい子らがいる……」

よい神父がとめどなく話をしているうち、ベンは湾《わん》のながめに妙《みょう》な変化が生まれたことに気がついた。

ネッドがはっとして立ちあがった。「ベン、聞いて、天使さまだ！」

ベンの耳に天上の生き物があの詩の一節《せつ》を語るのが聞こえてきた。「その男が子らを助けるのを助けなさい。見よ！」

ベンとネッドの目が、ある一カ所に引きつけられた。

潮《しお》はすっかりひいて、広い砂浜《すなはま》があらわれ、沖《おき》の水も浅《あさ》くなっていた。さえわたった夜空にぽつんとひとつ浮《う》かんだ雲が、月をかくしている。ところが、その雲のまんなかに穴《あな》が開き、そこからもれる月光が銀色の淡《あわ》い光の束《たば》となって下をてらしたのだ。空から湾《わん》の水面にスポットライトをあてたように、水面にまるい輪《わ》を浮かびあがらせていた。

また天使が話した。「その男が子らを助けるのを助けなさい。見よ！」

ネッドが釣《つ》り舟《ぶね》の舳先《へさき》のロープをひっぱっていた。ベンは飛びあがって神父《しんぷ》に向かってさけんだ。

「急いで、神父、舟を出すのに手貸《か》して！」

神父は立ちあがってネッドとベンといっしょにロープをつかみながらいった。「なんだ、ベン、どうして舟なんか出す？」

ベンは背中《せなか》を丸めてけんめいに舟を押《お》しだしながら、答えた。「だまって、神父。いいから水に浮かべて。ぼくを信じて。話してるひまがない！」

船を押して湿《しめ》った磯《いそ》の上を波打《なみう》ちぎわまで行くのは、とても苦しい仕事だった。あえぎ、息を切らしながら、ふたりは釣り舟につないだロープを力いっぱいひっぱった。ベンは光の束をしっかりと見すえていたが、汗《あせ》が目に入ってひりひりし、視界《しかい》がぼやけるので、しきりにまばたきした。

やっと海に入ったが、舟の竜骨《りゅうこつ》はまだ砂地《すなち》をこすった。水のなかを押しつづけて深さがひざあたりまでくると、やっと舟は楽に動きだした。ベンがネッドを持ちあげてのせ、神父はびしょびしょになった法衣《ほうい》のすそをまとめて、ぬるぬるすべるサバのあいだに乗りこんだ。「どこへ行くんだ、ベン？」

少年は月光の淡《あわ》い円柱を指さした。「まっすぐ、ほら、海面に光の点があるところが見えるでしょ？　あそこ！」

舟《ふね》がそこに着くまえに、ネッドは材木《ざいもく》が水面から突《つ》きでているのを見つけた。はげしくほえたてながら、ベンに考えを伝えた。「あれはマリー号の運搬《うんぱん》ボートのマストだ！」

ベンは舳先《へさき》に体を横たえ、両手で必死《ひっし》に水をかいてマストをつかんだ。「神父《しんぷ》さま、ここに来て。これにつかまって、どんなことがあってもはなさないでください！」

マテュー神父はすばやくいわれたとおりにして、その材木に命がかかっているかのようにしがみついた。ベンは舳先のロープをつかんで自分の腰《こし》に巻《ま》いて結《むす》び、暗い海のなかに飛びこんだ。とたんに、運搬ボートの竜骨《りゅうこつ》に頭をぶつけて衝撃《しょうげき》にあえいだ。竜骨は海底《かいてい》に対して直角に座《すわ》っていた。ベンはすばやく手さぐりした。このとがったものは舳先だ。ボートにそって手さぐりしていき、ボートの艫《とも》にたどりつくが、むこうずねを艫座《ともざ》にぶつけてすりむいた。さらに手さぐりして帆布《はんぷ》に包まれたものを見つけ、ひっぱってほどいた。あった！　ラファエル・チューロン船長の黄金の財宝《ざいほう》だ！

必死で息をこらえているベンの口から、泡《あわ》が流れだした。腰のロープをはずして大急ぎで輪《わ》にして結んだ。金貨《きんか》の袋《ふくろ》を持ちあげようとひっぱるが、頭のなかは容赦《ようしゃ》なくドクンドクンと音がする。やっとすこしだけ動いたので、下に輪をさしいれてぐいっとしばった。ベンはすぐさま浮《う》きあがり、水をはねかして海水を吐《は》きだした。神父はマストを持っていた手をはなして、少年がもがきつつ舟に乗りこむのを助けた。

ネッドはご主人のまわりをおどりまわった。「見つけた。見つけたんだ！　そうだよね、見つけたんでしょ、ベン？」

ベンはけたたましく笑いだし、大声でさけんだ。

「見つけた、金貨《きんか》を見つけた！」

ベンと神父《しんぷ》は力を合わせて帆布《はんぷ》の袋《ふくろ》を引きあげ、水中にぶらさげておけるところまで持ってきた。ベンはそのロープをしっかりと釣《つ》り舟《ぶね》のマストにくくりつけた。金貨の重みでひどくかたむいた舟を、ふたりはすこしでも浅瀬《あさせ》へ近づけようと動かしていった。ネッドが見ているまえでふたりが船端《ふなばた》から水に飛びこむと、海は腰《こし》までの浅さになっていた。袋の端《はし》をそれぞれが持つと、マテュー神父は号令《ごうれい》をかけた。「舟に上《あ》げるぞ、ベン。一……二の、三っ……！」

ぬれた金貨がぶつかりあうにぶい音がして、袋は神父が釣ったサバの山の上に落ちた。

焚《た》き火にまた木をくべた。ベンは水を飲んで、口に残った海水の味を消した。ネッドは飛んできた火の粉《こ》を前足ではらいながら、内心くすくす笑っていた。

「ハハ、見てごらん、神父《しんぷ》さまを。きっと生まれてはじめて二枚《まい》以上の金貨《きんか》を見たんだよ。ハハハ、見たことがあったとしても、ひとのものだったろうし!」

焚き火の火がゆらめくなかで、ぴかぴかにかがやく金貨が神父の指のあいだからこぼれ落ちた。神父の目はオルガンの音栓《おんせん》のように大きく見ひらいていた。「この黄金の山、ベン、ものすごい財《ざい》宝《ほう》だ。わかるかい、わたしたちは金持ちになった、金持ちなんだ!」

ベンは首をふった。「いや、神父さま、金持ちになったのはあなたです。この金貨はお兄さんからの最後のおくりものなんです。これをどうされますか?」

マテュー神父はよろこびのあまり体じゅうをふるわせながら、金貨を袋《ふくろ》にもどしはじめた。「教会だよ、美しい教会を建《た》てるんだ。信者席《しんじゃせき》、鐘《かね》、尖塔《せんとう》、祭壇《さいだん》、すべてそろった教会を。そしてそれを聖《せい》ラファエル教会と名づけよう!」

ベンはほほえんだ。「神はいやとはおっしゃらないでしょう!」

神父は大の字に寝《ね》ころがり、両腕《りょううで》を大きく広げた。「それに農場《のうじょう》もつくろう。牛と、ブタと、ニワトリと、羊《ひつじ》、田畑《たはた》で穀物《こくもつ》も取れる。農場のまわりにはわが子ら、教区民《きょうくみん》たちが住む家をつくろう。教会はそのまんなかに立つんだ……だが聞いてくれ、あれこれ計画立てるのはいいが、この財宝はきみと分けよう。きみが見つけてくれなかったら、この財宝はまだ海のなかにあったんだから!」

少年はにべもなくことわった。「いいえ、神父さま。ぼくたちは金貨はいらないんです。一枚《まい》たりとも手をつける気はありません。お兄さんにそう誓《ちか》ったんです。お兄さんとの思い出のためにも、その誓いを守ります」

ネッドはうらめしそうに伝えた。「ねえ、二、三枚《まい》もらえない？　せめて一週間くらい、ちゃんとした食事ができる分だけ」

ベンの答えはいいあいを寄《よ》せつけなかった。「天使さまはぼくたちにくださるつもりはないんだ。一枚ももらわない。マテュー神父《しんぷ》が、ぼくたちなんかよりいい使いかたをなさるよ」

神父はベンの手を取った。「お金を受けとらないというなら、では、わたしはどうやってきみの力になったらいいのかね？　わたしの新しい教区《きょうく》に来ていっしょに暮《く》らすかい？　なんでもいってくれ」

ベンは友の手をあたたかくにぎった。「一ヵ所に長くいられない理由《りゆう》があるのです。それに、ぼくはおたずねものの海賊《かいぞく》です。それでスペインに逃《に》げようとしてたんです。だからネッドとぼくが乗れる舟《ふね》さえもらえれば……」

マテュー神父はフライパンを砂《すな》で洗《あら》い、ほかの持ち物やパン少々、ハーブ、タマネギなどといっしょに釣《つ》り舟のなかに積《つ》んだ。そして舳先《へさき》のロープをネッドに手わたすと、ネッドがそれをくわえた。

「この舟をあげよう。食べ物、水、それに魚もだ。持っていきなさい、ふたりとも。わたしの祝福《しゅくふく》といっしょに！」

たった一枚の四角い帆《ほ》を張《は》って、ベンは夜明け一時間まえ、潮《しお》が満《み》ちてきたころに釣り舟を海に出した。ベンとネッドがふりかえると、マテュー・チューロン神父《しんぷ》は腰《こし》まで海の水のなかにつかって、両腕《りょううで》を大きく広げてふたりに向かってさけんだ。「きみたちがわたしと子らにしてくれたことに、神の祝福《しゅくふく》があるように！　さよなら、友よ！　天使たちがふたりを見まもってくださいますよう！」

ベンは思わずネッドに伝えた。「ああ、たしかに見まもってくれてるよね！」

ベンは舵柄《だへい》をあやつって小舟《こぶね》をスペイン本土に向けた。東のほうからバラ色がかった朝の光がビスケー湾《わん》に染《し》みだしてきた。ベンとネッドはふりかえってマテュー神父を見まもった。神父は水のなかを歩いて岸に上《あ》がり、幸運《こううん》の運搬人《うんぱんにん》となって教区《きょうく》に帰っていく。海から来た少年とその忠犬《ちゅうけん》は、新しい日と、まだ見ぬ冒険《ぼうけん》に顔を向けた。

ベンはネッドの気持ちを感じた。「つぎはいったいどこへ行くんだろうね」

少年は頬《ほお》を黒いラブラドール犬《けん》のやわらかな毛並《けな》みに押《お》しあてた。「どこだっていいさ、おまえといっしょなら、ネッド」

まもなく釣《つ》り舟《ぶね》は、広い世界の神秘《しんぴ》をたたえた大海原《おおうなばら》の表面で、ただの小さな点になってしまった。

ヴェロンの伯爵《はくしゃく》、アダモ・ブルゴンの大きな屋敷《やしき》には、食堂《しょくどう》の壁《かべ》に絵がかかっているという。目をうばうほど美しいその絵は、見るものすべての称賛《しょうさん》の的《まと》だ。金色の彫《ほ》りこみのある額《がく》ぶちのなかには、ひとりの少年が立っている。わきにしたがうのは、黒いラブラドール犬《けん》。犬はおとなしく、利口《りこう》そうで、人なつこそうな、やわらかな黒い目をしている。だれもが飼《か》って自慢《じまん》したくなるような犬だ。少年は船乗《ふなの》りもどきの、粗末《そまつ》な服に身を包んでいる。裸足《はだし》で、ほころびたカンバス地のズボンに、ぼろぼろのカリコ地のシャツ。亜麻色《あまいろ》の髪《かみ》は風にゆれて乱《みだ》れている。だが、見るものをなお近くにと引きつけるのは、そのかげった青い目だ。部屋《へや》のどこにいても、その不思議《ふしぎ》なふたつの目は見るものに強くうったえかける。少年は岩にもたれ、そのうしろに冷たい山のような海がうねっている。嵐《あらし》に痛《いた》めつけられた空のはるかかなたを、稲妻《いなずま》が切り裂《さ》いている。片《かた》すみには、荒《あ》れる海をゆく無人《むじん》の帆船《はんせん》らしきものが見え、マストや帆《ほ》が不気味《ぶきみ》な光に包まれている。

おとずれた客たちは、どうしてこの絵の背景《はいけい》が山のなかの田園風景《でんえんふうけい》でないのかとたずねる。なにしろ、ヴェロンは海からは遠いのだ。すると画家はこういう。「わたしはその少年の目に映《うつ》る絵をそのまま描《えが》いただけなのです。わたしにとって本当の弟のように仲のいい少年でした。あの少年の目を見たら、あなたもわたしの言葉を信じてくれたでしょう」

その絵の右下のすみに、画家のサインがあった。サバダのドミニク・ブレゴンと。

きみは仲間を助けられるか――訳者《やくしゃ》あとがきにかえて

みなさん、お待たせいたしました！　われらが永遠《えいえん》の少年ベンと忠犬《ちゅうけん》ネッドの冒険《ぼうけん》ファンタジイ第二弾《だん》、『海賊船《かいぞくせん》の財宝《ざいほう》』をお届《とど》けいたします。

そもそもこのふたりの冒険の出発点は、十七世紀、一六二〇年のデンマークでした。みなし子の少年と犬が、呪《のろ》われた幽霊船《ゆうれいせん》から天使に救《すく》いだされて永遠の命をあたえられるものの、悪《あく》と戦《たたか》う使命を背負《せお》ったために世界をさすらう旅がはじまったのでした。

前作の『幽霊船から来た少年』では、流れついた南米最南端《なんべいさいなんたん》のフエゴ島での暮《く》らしのあと、後半は一気に十九世紀末のイギリスに飛びました。ベンとネッドは純朴《じゅんぼく》な村人たちのため、横暴《おうぼう》な成《な》り上《あ》がり者と戦いました。それは失《うしな》われた古文書《こもんじょ》のなぞときにあふれた、いわば頭脳的《ずのうてき》な冒険でもありました。

さて、今回はなんと、また十七世紀に逆《ぎゃく》もどり。フエゴ島から北上し、南米最北端のカルタヘナにたどりついたところからはじまります。そして皮肉《ひにく》にも〝二度と乗りたくない〟と思っていた船に、それも海賊船《かいぞくせん》に乗り組むはめになるのです。結果《けっか》は……お読みになればおわかりのとおり、海上の追《つい》跡劇《せきげき》に、大砲《たいほう》の撃《う》ちあいにと、三国入りみだれての大乱戦《らんせん》となります。さらに後半では、スペインの山中深くで凶悪《きょうあく》な山賊《さんぞく》を相手どって、死にものぐるいの戦《たたか》いがくりひろげられます。今回は海に、山に、まさにハラハラドキドキ、体力勝負のアクション巨篇《きょへん》となりました。〝だれか映画《えいが》にして見せてくれーっ〟とさけびたくなったのは、わたしだけではないでしょう。

前回の〝訳者《やくしゃ》あとがき〟で、作者ブライアン・ジェイクスの抜《ぬ》きんでたすばらしさや特色《とくしょく》をいくつか挙《あ》げました。今回はこれに冒険小説《ぼうけんしょうせつ》の楽しみでもある〝サバイバルの知恵《ちえ》〟も加わりました。海や山、きびしい自然《しぜん》のなかでどうやって生きのびるか。ときには口車《くちぐるま》ひとつで立ちふさがる人の壁《かべ》を突《とっ》破《ぱ》するなど、ユーモラスなサバイバル術《じゅつ》も教えてくれています。

ジェイクスおじさんは素朴《そぼく》でおいしい食べ物と同じように、いや、それ以上に歌と音楽、絵画《かいが》や建《けん》築《ちく》など、わたしたちの心の底《そこ》からわきあがってくる思いや霊感《れいかん》を形にあらわす人間の技《わざ》、つまり芸術《げいじゅつ》が大好きです。人の心を動かすカレイの歌、真実《しんじつ》を映《うつ》しだすドミニクの絵。ベンの旅の仲間の個性《こせい》として自然に織《お》りこみながら、作者は芸術の力、豊《ゆた》かさ、人間のすばらしさをうったえているのです。

ところで、肝心《かんじん》のベンに、作者はなにを託《たく》したのでしょうか。

ブルゴン伯爵《はくしゃく》はカレイとドミニクの特技《とくぎ》を知ったあと、ベンにたずねます。「きみはどんな特別の才能《さいのう》を披露《ひろう》してくれるのかな？」ベンは答えます。「特別な才能なんかありません。……このふたりの友だちだってだけです」伯爵はいいます。「じゃあ、ふたりは……いい友だちがいてほんとうにめぐまれている。友情《ゆうじょう》は最高のおくりものだからな」

どうということもないせりふだと読み流した方は、つぎのベンのひと言《こと》を思い出してください。さらわれた伯爵《はくしゃく》の甥《おい》の救出《きゅうしゅつ》を誓《ちか》うベンは、危険《きけん》すぎると送り出すのをためらう伯爵にこういいます。

「あなたのような友だちの力になれなかったら、ぼくたちはいままでなんのために生きてきたのでしょう！」

こんなに純粋《じゅんすい》で、真《ま》っ向《こう》からひたむきな言葉に、わたしはもう何十年と出会ったことがありません。ここを読むたびに、胸《むね》がきゅんとなります。そしてなぜこんなに感動するか考えてみて思いあたりました。この言葉は、わたしの子どものころの日本語に翻訳《ほんやく》すると、「義《ぎ》を見てせざるは勇《ゆう》なきなり」（正しいと思っていながらそれを行なおうとしないのは、勇気がないことだ）なのです。あのころは大人も小学生もこのいいまわしをごく日常的《にちじょうてき》に口にしていました。子どもはこの言葉をふりかざしてチャンバラごっこに飛びこんでいきました。まことに空気中に浮《う》かんでいるようなありふれた言葉でした。それがいつの間《ま》にかかげをひそめて、人はめったに「まかせてくれ、わたしが助けてやる！」とはいわなくなってしまいました。

拉致《らち》されて人間性《にんげんせい》をうばわれる話は、海賊行為《かいぞくこうい》がまかり通っていた十七世紀にとどまらず、残念《ざんねん》ながら形を変えて現代の世界にも生きています。仲間が拉致されて遠い土地に連《つ》れ去られたとき、「あなたを助けられないとしたら、わたしはいままでなんのために生きてきたのでしょう」といえる人がいったいどれだけいるでしょうか。作者はベンに、世界がいまいちばん必要としている〝身を挺《てい》した愛〟と、その心意気《こころいき》を託したのではないでしょうか。そして、その心意気がすっくとのびた背《せ》すじのように通っていることこそ、話のおもしろさとともにすぐれた冒険小説《ぼうけんしょうせつ》の真髄《しんずい》であるように思われてなりません。

それにしても、あいかわらず威勢《いせい》のいい書きっぷりはもとより、今回のみごとな結末《けつまつ》にいたるまでのストーリーづくりのうまさはどうでしょう！　いまや偉大《いだい》な古典《こてん》であるJ・R・R・トールキンの『指輪物語《ゆびわものがたり》』（映画《えいが》『ロード・オブ・ザ・リング』の原作）といい、最近の〈ハリー・ポッター〉といい、イギリスはファンタジイ小説《しょうせつ》の王国です。トールキンの伝統《でんとう》をいまに引きつぐ骨太《ほねぶと》の作家ブライアン・ジェイクスは、むやみに魔法《まほう》に頼《たよ》ることなく、とほうもなくスケールの大きなファンタジイを書きながら、その根っこに自由のすばらしさ、人間の善《ぜん》と悪《あく》、友情《ゆうじょう》、生き物への愛を満々《まんまん》とたたえています。

命あるものはやがて死ぬ。別れは来る。そのすべてを見まもる大いなるものへの賛美《さんび》の心は、やがて美しい教会や聖堂《せいどう》という形を取って次代に残る……。日本の一読者として、わたしはなにがなし哀愁《あいしゅう》のただよう結末も大好きです。

このおもしろい本を、ぜひもっと多くの方々に読んでほしいと思います。この本を夢中《むちゅう》になって読みふけった方、ジェイクスの大ファンだという方はぜひ、まだ読んでいない人にすすめてあげてください。こんな傑作《けっさく》を知らないなんて、もったいないではありませんか！

ベンとネッドのつぎの冒険《ぼうけん》の地は、アラビア？　中国？　シルクロード？　ひょっとして日本のあなたの故郷《こきょう》かもしれませんよ。思っただけでも……胸《むね》がときめきます。

最後に、第五十回産経児童出版文化賞《さんけいじどうしゅっぱんぶんかしょう》に入選した前作『幽霊船《ゆうれいせん》から来た少年』のとき以上の情熱《じょうねつ》をもって編集《へんしゅう》にあたってくださった、早川書房《しょぼう》の大黒かおりさんに心からお礼を申し上げます。ありがとうございました。

二〇〇四年三月

早川書房の児童書〈ハリネズミの本箱〉

海賊船《かいぞくせん》の財宝《ざいほう》

二〇〇四年三月 二十 日　初版印刷
二〇〇四年三月三十一日　初版発行

著　者　ブライアン・ジェイクス
訳　者　酒井《さかい》洋子《ようこ》
発行者　早川　浩
発行所　株式会社早川書房
東京都千代田区神田多町二—二
電話　〇三-三二五二-三一一一（大代表）
振替　〇〇一六〇-三-四七七九九
http://www.hayakawa-online.co.jp
印刷所　精文堂印刷株式会社
製本所　大口製本印刷株式会社

Printed and bound in Japan
ISBN4-15-250019-0　C8097

早川書房の児童書〈ハリネズミの本箱〉

夜中に犬に起こった奇《き》妙《みょう》な事《じ》件《けん》

マーク・ハッドン
小尾芙佐訳
46判上製

事《じ》件《けん》を通して成長する少年の心

ぼくは誰《だれ》が犬を殺したか捜《さが》しだす——数学では天才だが人づきあいが苦手な自閉症《じへいしょう》の少年クリストファーは、事件の調査を始める。やがて驚《おどろ》くべき事実を知り成長していく姿《すがた》を描《えが》く、『アルジャーノンに花束を』をしのぐ感動作

早川書房の児童書〈ハリネズミの本箱〉

川の少年

ティム・ボウラー
入江真佐子訳／伊勢英子絵
46判上製

不思議《ふしぎ》な少年がくれた贈《おく》り物

ジェスが15才の夏、大好きなおじいちゃんが倒《たお》れた。最後の願いをかなえるため、家族で訪《おとず》れた故郷の川で、ジェスは不思議な少年と出会う。この少年が、ジェスとおじいちゃんの運命を変えていく。カーネギー賞受賞の感動作